KB122380

식민지 문역

식민지 문역 文域

검열 / 이중출판시장 / 피식민자의 문장

성균관대학교 출판부

어떠한 계급이 지식을 독점하고 교육을 전제한다는 것
가령 말하면 문예부흥기 전기前期의 서구대륙이 교권
주의教權主義 하에서 암흑시대에 빠지게 한 지식의 독
점이라든지 일 제국의 일 식민지에 대하여 취하는 교
육의 전제주의라든지 하는 것이 자계급, 자민족에 대
한 타계급, 타민족의 협조라든지 동화를 바라는 것이
아니라 그보다도 먼저 자의식, 자기 비판력을 빼앗거나
또는 발생할 여유를 주지 않으려는 데에 원리가 있는
것이다. 우세한 계급은 결코 하층계급이 자계급과 동
일한 감정, 사상에 협조되고 동화되기를 원치 않는다

염상섭, 「민족, 사회운동의 유심적 고찰」, 1927

어떠한 계급이 지식을 독점하고 교육을 전제한다는 것, 가령 말하면 문예부흥기 전기前期의 서구대륙이 교권주의敎權主義 하에서 암흑시대에 빠지게 한 지식의 독점이라든지 일 제국의 일 식민지에 대하여 취하는 교육의 전제주의라든지 하는 것이 자계급, 자민족에 대한 타계급, 타민족의 협조라든지 동화를 바라는 것이 아니라 그보다도 먼저 자의식, 자기 비판력을 빼앗거나 또는 발생할 여유를 주지 않으려는 데에 원리가 있는 것이다. 우세한 계급은 결코 하층계급이 자계급과 동일한 감정, 사상에 협조되고 동화되기를 원치 않는다.

염상섭, 「민족, 사회운동의 유심적 고찰」, 1927

목 차

제3부 피식민자의 언어들

서 문

이 책은 식민지 검열이 만든 다양한 상처를 다루지만, 검열의 잔혹함 그 자체를 고발하는 것이 목적은 아니다. 대신 일제의 검열로 인해 한국인의 정신과 문화, 특히 그들의 문장과 언어감각에 어떠한 흔적이 남겨져 있는지에 대해 추적할 생각이다. 문장에 관심을 갖지 않을 수 없는 것은 그것이 근대인의 존재를 구현하는 특별한 형식이기 때문이다. 어떤 점에서 볼 때, 문장에 각인된 그 비틀린 체계를 다루는 것이 식민지 검열의 역사성에 대한 더욱 날카롭고 신랄한 대응이 될 수 있다고 생각한다.

검열이 표현의 세계에 가해지는 국가폭력일 뿐 아니라 인간사유 전체에 대한 지배의 추구를 뜻한다면, 문장은 글을 쓰는 이가 검열주체의 의도와 대결하면서 만들어낸 섬세하게 계량한 표현의 욕망과 그 속에 담겨진 긴장의 밀도 전부를 재현한다. 한 인간이 검열의 압력으로 일그러진 자기 문장을 대면하는 것은 매우 힘든 일이지만, 그것을 직시하지 않고서는 결코 자신의 심부에 접근할 수 없다. 말하고 싶은 내심의 한 자락이라도 살리고자 할 때, 식민지인은 자기 문장이 세상에 태어나는 마지막 한 순간까지를 집중해서 지켜보아야만 했다. 그런 점에서 문장은 한국인과 식민주의가 맺고 있던 관계의 전 과정을 역으로 추적할 수 있는 흔치 않은 질료이다.

내 팔이 면도칼을 든 채로 끊어져 떨어졌다
자세히 보면 무엇에 몹시 위협당하는 것처럼 새파랗다
이렇게 하여 잃어버린 내 두 개의 팔을 나는 촉대燭臺세음으로 내 방에
장식하여 놓았다
팔은 죽어서도 오히려 나에게 겁을 내이는 것만 같다
나는 이렇게 얇다란 예의를 화초분보다도 사랑스레 여긴다[1]

시인 이상은 「오감도—시 제13호」에서 면도칼을 든 채로 끊어져 떨어진 두 팔을 촛대처럼 세워 방 안을 장식하는 기이한 인물의 신체 분할을 묘사했다. 몸에서 분리된 두 팔을 두고 시인은 "무엇에 몹시 위협당하는 것처럼 새파랐다"고 단정했다.

분리된 신체의 각 부분이 떨어져 버렸기 때문에 오히려 기묘하게 공존할 수 있다는, 파열상태의 일상성을 말하는 이상의 그로테스크한 상상은 무엇보다 피식민자의 문장이 처해 있던 매일 매일의 현실과 겹쳐진다. 날카로운 칼에 의한 절단과 분리 이후 두려움이 엄습했지만, 놀랍게도 팔이 잘려진 인물은 몸에서 떨어져 나간 자신의 팔을 차갑게 응시한다. "팔은 죽어서도 오히려 나에게 겁을 내이는 것만 같다"라는 표현에 이르러, 이상은 치명적으로 훼손되었지만 죽을 수 없는 존재들의 상태를 명징하게

포착했다.

가공할 외력에 직면했던 자들의 놀라운 인내와 자기해부를 극한의 비유를 통해 조망하고 있는 것이다. 손상된 자아에 대한 공포를 증언하는[2] 것이야말로 자신을 시대의 초상으로 만드는 방법임을 이상은 확실히 자각하고 있었다. 외부의 힘에 의해 이루어진 신체 분리를 떠올리는 것은 피검열자가 자기 문장의 생사를 걱정하는 것과 사실 크게 다르지 않았다. 검열을 의식하는 글쓰기라는 것이 자신의 몸과 자신의 손이 분리되는 것을 바라볼 수밖에 없는 최악의 긴장된 국면과 과연 얼마나 다를 것인가?

국가권력이 만들어낸 지극한 공포는 사회를 향한 참을 수 없는 분노의 충동조차 억제했다. 『만세전』의 한 대목에서 염상섭은 결코 소리가 되어 나올 수 없는 식민지 지식인의 곤경을 절실하게 묘사했다. 우리가 잘 알고 있지만 미처 제대로 살피지 못한 한 장면이 있다. 작가가 말하고자 했던 마지막 의도를 담고 있는 대목이다. 소설의 화자 이인화는 대전역에서 결박당한 채 아이를 업고 있는 젊은 부인을 목격한 후 심각한 충격과 좌절감을 경험한다.

피식민자로서 절실한 자각이 생겨난 지점일 것인데, 그때 이인화는 세상을 향해 "무덤이다. 구더기가 끓는 무덤이다"라는 절규를 토해냈다. 그런데 여기서 중요한 점은 이인화의 좌절감과 자각이 소리를 통해 외부로 흘러나왔는가의 여부를 확인하는 것이다. 이인화가 자신의 자의식을 소리라는 물질성으로 바꾸어 공적 판단의 대상으로 만인 앞에 내던지는 결단을 내릴 수 있었는가?

> 눈물이 스며 나올 것 같았다. 나는, 승강대로 올라서며, 속으로 분노가 치밀어 올라 이렇게 부르짖었다. '이것이 생활이라는 것인가 모두 뒈져버려라!' 찻간 안으로 들어오며, '무덤이다 구더기가 끓는 무덤이다!' 라고 나는, 지긋지긋한 듯이 입술을 악물어 보았다. (…중략…) 나는 한

번 휙 돌려다본 뒤에 '공동묘지다! 구더기가 우글우글하는 공동묘지다!'라고 속으로 생각하였다. '이 방안부터 위불없는 공동묘지다. 공동묘지에 있으니까 공동묘지에 들어가기 싫어하는 것이다. 구더기가 득시글득시글하는 무덤 속이다. 너도 구더기, 나도 구더기다. 그 속에서도 진화론적 모든 조건은 한 초 동안도 거르지 않고 진행되겠지!'[3]

작품 속에서 그 정황은 모호하여 판단하기 쉽지 않다. 하지만 "속으로 생각하였다"라는 말이 의미하듯, 그 절규는 자신만의 작은 독백이거나 내면의 외침에 그쳤을 가능성이 높다. 이인화는 아직 의식이 소리가 되고 의미를 만들어 타인에게 전달될 때 발생하는 식민권력의 가공할 반응을 견딜 만한 준비가 없는 인물이었기 때문이다. 각성의 현실화가 가져오는 대가의 혹독함을 이겨내지 못한 것이 당시 보통의 조선인이 보여준 현실이며, 이인화 또한 그 평균점을 벗어나지 못했다고 생각한다.

그러나 '소리'가 되지 못한 '외침'이라는 아이러니 상태야말로 피식민자가 처한 상황의 본질을 단박에 드러낸다. 그것은 출구 없는 사유의 불안한 축적을 뜻하지만, 단련의 시간들을 견디면서 견고한 판단들을 숙성시키기도 했다. 이 지점이 분노가 사상으로 전화되는 계기이다. 이인화는 조선인을 무덤 속의 구더기로 규정하면서 그 속에서 이루어지는 근대적 삶의 모든 양태를 '무덤 속의 진화론'이라 표현했다.

여기에서 청년 염상섭이 겪었던 식민지 근대에 대한 하나의 정의가 완성되었다. "그 속에서도 진화론적 모든 조건은 한 초 동안도 거르지 않고 진행되겠지!"라는 문장 속에서 염상섭은 무덤 밖으로 나올 수 없는 진화란 곧 생명을 잉태하지 못한 채 사멸한 유령들의 근대를 뜻하며, 이것이 곧 식민지라는 관점을 토로했다. 살아 있음과 유리된 진화라는 비유로 식민지의 현실을 설명한 것이다. 염상섭의 시각으로 볼 때, 조선은 자본주의 근대사회이면서 동시에 자본주의 근대사회가 아니다. 진화를 위한 왕성한 운동이 진행되지만, 그 진화의 운동은 삶의 실제와 분리된 것이다.

진화론이 삶의 현실에서 작동할 수 없는 상태, 곧 부재하는 실재로서의 근대를 경험한 조선 지식인의 자의식은 3.1운동 발발의 필연성을 근대사상의 차원에서 정당화했다. 염상섭은 만세운동의 전국적 외침, 곧 만인의 귀에 도달한 소리의 향연이 돌이킬 수 없는 거대한 확신의 산물이라는 것을 상기시켰다. 우리가 염상섭의 가르침을 받아들인다면, 모두가 들을 수 있는 실제의 소리야말로 고통의 경험과 고뇌가 쌓이고 그것이 사상의 단련으로 응축된 이후에 나타날 수 있는 가장 견고한 형태의 신념이다. 소리의 공유를 결정하는 것은 결코 간단한 문제가 아니다. 그렇기 때문에 3.1운동은 우연으로 발생한 일일 수 없다. 그것은 조선인들이 식민지라는 무덤에서 스스로 걸어 나와 누구와도 만날 수 있는 열린 진화론의 세계에 동참하려는 의지로부터 생겨난 사건이었기 때문이다.

하지만 만세운동의 현장은 극히 예외의 시공간이었다. 식민지는 언제나 한 개인의 생각이 소리나 문자로 공중公衆을 향해 나아가는 지점에서 강력하고 차별적인 국가권력의 통제가 가해지는 곳이었다. 검열연구가 식민주의의 해명에 구체적으로 기여할 수 있는 가능성은 여기에서 생겨난다. 검열이라는 접근통로는 오랜 시간을 두고 식민지의 일상과 피식민자의 실존을 다방면에서 관찰할 수 있는 방법을 우리에게 제공하기 때문이다. 한국의 근대성 연구는 식민주의라는 특별한 한 겹의 영향력을 고려해야만 하는 이유로 인해 많은 학문적 난제들에 직면해왔다. 일부 해결되고 있기는 하지만, 더 많은 문제들이 아직 점검되거나 해명되지 못한 채 남아 있기도 하다.

어떤 생각이 사상이 되기 위해서는 세계에 대한 해석의 주권이 보장되어야 한다. 피식민자는 사상의 생산자에게 요구되는 그러한 권리를 부정당한 존재였다. 해석하는 자로서의 책무가 거부된 것이다. 식민지는 자유로운 독서, 사유의 객관화를 위한 공개적 표현, 의사소통을 매개하는 출판물의 간행에 극심한 제약이 있던 지역이었다. 그것이 근대 한국인의 표현욕망을 잠식하고 위축시켰다.

생각하는 힘을 축소하려는 것이 대중의 지지를 받지 못한 국가권력의 요구였다면, 우리는 지난 백년을 국가권력의 그러한 개입을 어떻게 거부할 것인가를 둘러싸고 장구한 대결이 이루어진 시간으로 이해해도 좋을 것이다. 검열은 텍스트의 소멸보다 인식의 깊이와 다원적 사고, 욕망의 표현과 사상의 권위를 봉쇄하는 것에 초점을 두는 국가의 권력행위였다. 국가의 위력에 맞설만한 권위 있는 개인의 출현을 억압하고 개인을 초라하게 만듦으로써 국가권력의 실체가 분석되지 않기를 추구한 것이다. 비교되거나 상대화되는 것은 모든 권력이 지닌 본질적인 두려움이다. 그런 점에서 검열은 개인과 국가권력의 관계가 지배의 메커니즘에 유리하도록 고안된 시스템이었다. 검열이 문자, 문장, 책, 영화, 연극, 그림, 디자인 등의 문제에 집착했던 것은 이러한 텍스트들이 바로 표상을 창조하는 개인의 영향력 그 자체를 의미했기 때문이다.

1960년대 후반, 시인 김수영과 평론가 이어령 사이에서 한 논전이 벌어졌다. 그것은 표면적으로 예술의 성격을 둘러싼 이해방식의 차이에서 비롯된 것처럼 보였다. 하지만 이 대립의 이면에는 식민주의가 조성한 사상의 결핍이라는 근대한국의 난맥이 작동하고 있었다. 김수영은 검열과 관련한 식민주의 유산이 만들어내는 불길한 현실을 심각하게 고민했다. 동시에 그는 식민자의 모든 욕망과 의도가 집약된, '불온'이라는 지배의 언어가 끝내 정치권력의 시선에서 해방되기를 희망했다. 그는 불온과 같은 제국의 문자를 어떤 창조적 열정과 미학적 파격의 앞에 설 때 발생하는 희열에 찬 긴장감 같은, 전혀 새로운 차원의 의미로 해석하고 싶어 했다. 이러한 개념의 전복이 식민주의에 대한 한국인의 경험과 인식 전체를 뒤집고 지양하는 역사의 선회로 나아가기를 염원한 것이다.

모든 전위문학은 불온하다. 모든 살아 있는 문화는 본질적으로 불온한 것이다. 그것은 두말할 것도 없이 문화의 본질이 꿈을 추구하는 것이고 불가능을 추구하는 것이기 때문이다.[4]

여기에는 식민지 사회 이래 지속된, 김수영 자신의 표현을 빌려 말하면 "무서운 것은 문화를 정치사회의 이데올로기와 동일시하는 것이 아니라, 문화를 단 하나의 이데올로기와 동일시하는 것"[5]과 같은 식민지 정신사의 천박한 전통에서 벗어나려는 노력이 깃들어 있었다. 식민자들이 말의 세계에 개입하면서 만들어진 역사의 얼룩을 씻어내고자 한 것이다.[6]

그러나 한국사회에서 불온이라는 단어의 생명은 그렇게 쉽게 끝나지 않았다. 김수영은 이어령의 태도 속에 권력을 내면화하여 스스로를 권력의 일부로 만드는 식민성의 오랜 전통이 작동하고 있다고 판단했다. 김수영은 이어령의 생각을 차갑게 비웃었다.

이어령씨는 '불온하다고 보여질 우려'가 있는 작품을 기관원도 단정을 내리기 전에 먼저 '불온하다'고 단정을 내림으로써 '불온하다고 보여질 우려'가 있는 작품이 불온하지 않게 통할 수 있는 문화풍토를 조성하자는 나의 설명을 거꾸로 되잡아서, '불온하다고 보여질 우려가 있는 작품'이 바로 '불온한 작품'이니 그런 문화풍토가 조성되면 문학이 말살된다고 기관원이 무색할 정도의 망상을 하고 있다.[7]

김수영은 자기검열을 통해 국가권력의 의도와 스스로 일체화하는 반지성의 현상을 심각한 문제로 지적했다. 여기서 그는 식민주의의 유산이 정치적 탈식민 이후에도 지속되고 있는 현실을 강조했다. 표현에 대한 국가통제의 위험을 고발하는 김수영의 비판 속에는 식민주의의 관습과 피식민자의 심리상태가 뒤얽힌 자신이 살고 있는 시대의 고통에 대한 깊은 우려가 담겨 있었다. 그는 한국인의 말과 표현, 문학과 예술의 세계를 집어삼킨 검열이라는 포식자의 이빨이 작동한 방식과 그 영향력의 종식이 어떻게 가능한지를 우리에게 물었다. 그의 질문은 외면할 수 없는 시대의 공안公案이었다고 생각한다.

이 책의 구상과 집필은 오래전 읽었던 김수영이 남긴 검열에 대한 절실한 논의를 실마리로 삼아 이루어졌다. 김수영이 겪었던 권력의 행태와 공포의 근원은 식민주의에서 기원한 것이기 때문에 식민성과 문장의 관계를 설명하지 않고서 그가 제기한 질문의 근원에 다가설 수 없었다. 식민지 사회에서 세상에 나온 조선어 문장들이 어떻게 태어나게 되었는지, 그들은 어떤 의미로 남겨지길 원했는지를 설명해야 하는 것이다. 그런데 중요한 것은 보이지 않는 곳에서 문장의 실체를 만드는 데 개입하고 작용한 힘들의 관계를 확인하는 것이다. 문장은 인간의 경험과 지식, 사유와 감성이 담긴 문자의 집합 전체를 의미하며, 그 탄생과 생존에는 생각보다 복잡한 사회제도의 개입이 영향을 미쳤던 탓이다.

피식민자의 문장을 분석하기 위해 식민지의 검열제도와 이중출판시장 상황을 거론하게 된 것은 이러한 연유로 인한 것이다. 그리고 이들 세 개의 초점은 '문역文域'이라는 낯선 단어를 통해 하나로 이어진다. '문역'은 식민지 조선에서 생존했던 문장들을 입체화된 공간 개념으로 설명하기 위한 것인데, 그렇기 때문에 이 말이 생겨난 과정에 대한 다소의 설명이 필요하다.

이 표현을 처음 생각한 것은 1923년 결성된 '신문지법 급及 출판법 개정기성회改正期成會'가 식민당국에 제출한 '건의서'를 읽었을 때였다. 언론과 출판에 종사하는 조선인들이 식민지 출판 관련 법률의 부당함을 비판하는 내용을 담고 있는 이 글을 통해 말/문장의 식민성이 무엇인지 비로소 정확하게 알게 되었다. 그래서 그 첫 문단을 함께 읽어보고자 한다.

범凡 법률은 시대의 추의에 반伴하여 변경치 아니치 못할지요, 우又 한 법역法域 내에서는 부득이한 사항을 제除한 외에 하인何人을 불문하고 적용할 법률의 통일을 허許치 아니치 못할지라. 연이然而 현금 조선에서 행하는 법률은 유감이니 금석今昔의 감感이 유有한 구한국법령舊韓國法令으로 상금尙今 적용되는 자가 유하고 혹은 일본인과 조선인의 차별을 설設하여 각각 적용될 법령을 이異히 함이 불선不尠하니 차는 현대의 문화향상을 조해阻害할 뿐이 아니라 동일한 통치 하에서 여사如斯히 편파한 법제를 잉존剩存케 함은 도저히 공존공영의 실을 거擧하는 소이所以가 아니라.[8]

"한 법역法域 내에서는 부득이한 사항을 제除한 외에 하인何人을 불문하고 적용할 법률의 통일을 허許치 아니치 못 할지라"는 위 문장 속의 한 구절은 조선인이 겪고 있는 차별에 대한 고발이자 '일시동인一視同仁'이나 '내지연장주의'와 같은 일제의 선전이 결코 사실일 수 없다는 점을 강조했다.

동일한 '법역' 안에서 서로 다른 법률의 적용하는 이유가 무엇인지를 묻고 있는 이 내용은 결국 식민지와 일본의 본토가 동일한 '법역'이 아니라는 엄연한 사실을 우리에게 알려준다. 이 글은 선전과 실제가 판이한 식민지의 현실을 매일 확인하며 살았던 조선인들이 가졌던 말과 문장에 대한 감각을 새롭게 생각해보는 계기가 되었다. 차별을 전제한 이원적 법률질서에 대응하는 피식민자의 문장은 어떠한 것인지를 규명하는 것이 중요한 학술과제라는 판단에 이른 것이다.

'문역'이라는 개념을 생각하게 된 것은 그 즈음에서였다. 두 개의 법률체계가 작동하는 장소가 식민지라면, 법률의 규정 속에서 생존한 조선어 문장 또한 복수의 질서를 구현한 중층의 구조일 수밖에 없을 것이기 때문이다. 일본 제국의 내부에서 작동하는 상이한 '법역'이 문장질서의 체계를 혼란에 빠트리는 현실을 설명해야 하는 상황과 대면하게 된 것이다.

이후 우연히 특별한 자료를 만났다. 『개벽』 49호(1924.7, 12~13면)는 베이징대학 총장 대리였던 장멍린蔣夢麟의 기고문 「우리들의 사명我們的使命」을 실었다.[9] 잡지의 창간 4주년을 기념하는 이 글은 극히 이례적으로 번역되지 않은 채 중국어로 발표되었다. 아마도 『개벽』 전체에서 유일한 사례가 아닌가 싶다. 이 글에서 장멍린은 사회진화론의 반인간성을 성토하고 크로포트킨 상호부조론의 시대적 중요성을 고창했다. 그 다음 짧지만 호소력 있는 다음의 문장이 연결된다.

> 만일 그대가 이미 고등교육을 받았다면 그것으로 호의호식할 수 있다든가 나라에서 높은 자리가 주어질 것이라고 여기지 말라. 도회지에서 교회당을 어슬렁거리며 기도나 하러 다니려 해서는 안 된다. 우리 선배들이 이미 우리에게 들려주었고 또 놀라운 성과를 발휘하게 될 외침, 이것이 바로 '인민 속으로(브 나로드)'다. 바로 우리의 저 가엾은 벗들을 돕기 위해 모든 허영과 향락을 잊는 것이다. (…중략…) 우리가 지금 당하는 고통은 아직 미미한 것이다. 만일 그대가 잠자는 사람을 일깨우러 가고 싶다면, 적을 감화시키고 싶다면, 손에 든 폭탄과 권총에 의지하지 말라. 그대들이 가진 조용한 목소리와 온화한 모습, 굳건한 의지와 부드러운 입맞춤, 그것들이 그대들의 무기다. 의심할 바 없이 우리들은 민중을 자유와 광명으로 인도해야 한다. 모든 위험과 전제와 싸우다가 희생이 필요할 때는 앞장서 스스로를 희생할 수 있지만, 자기를 위해 다른 사람들에게 희생을 강요해선 안 된다. '동정과 상호부조 없이는 인류는 반드시 멸망할 것'이라는 말로 한편으로는 우선 우리 스스로를 개혁해야 함을 똑똑히 기억해야 할 것이다. 설사 우리가 인류와 사회를 돕지도 못하고 후세 사람들의 동정과 연민을 산다 해도, 최소한 우리를 저주하거나 무덤에 침을 뱉게 해서는 안 된다.

我們的使命

蔣夢麟

蔣夢麟博士는現北京大學의代理校長으로서中國學界의第一人이며新中國建設의有力한指導者임은우리의말할바이아니라 今番開闢四周年紀念號에先生이特히이文을보내주게된것은讀者의意外의感謝하게생각하는바일것이외다 글은비록짧으나그意味의深長한것은보아서아시려니와「우리의使命은무엇이냐? 나아가우리의使命을다하자、가자、어서民衆의사이로、同情과互助의新社會의建設로」이것이우리讀者에게맞의게준것이외다。

——李東谷 付識——

霍布士(Hobbes)曾說『人既陷於誤謬的意見之中 並把這些意見深印在心中的時候 我們要對這種人明明白白的觀話 比在一張寫濫了的紙上要清清楚楚的寫字更不可能。』他的話要是不錯的 我們的前途就更淒涼了 多少的迷信和偏見 從我們母親或乳母的乳裏 祖父或祖母的談笑裏 或者在幼年時代從我們的先生和同伴裏得來。我們的被人笑落 被人譏笑 也就爲了這個。可是我們將怎樣呢 我們要和哥薩克人一樣拿皮鞭子來打我們自己 和別國人一樣拿香檳酒來麻醉自己 或者覺如沙場上的野獸一樣來吞嚙別人 那末 我們的將來也只有殘殺和沉醉了。

也不僅是因襲的毒害種在我們的身上 只要個肯去看或者去聽 你就要看到或者聽到一種不能避免的災禍就在我們目前 也許我們的子孫要比現在我們所受的苦還大 但是要明白 假設個不去再造孽因 自然後來的也不至於受到更悲慘的結果 并且我們苟能努力 也就能減去点 現在和將來的煩擾與苦痛 我們所處的時代和所負的責任之重要 也就能在這裏很顯然的看出。

達爾文說生存競爭是優勝劣敗 弱肉強食 但是克魯泡特金(Kropot Kim)明明白白的告我們道 『倘使沒有正義 沒有同情和互助 人類一定會滅亡 好像有幾種依搶掠爲生的動物 及養畜奴隸的螞蟻一樣的滅亡』這個我們應當確切的記着 不但我們 就是我們的仇敵也該理會這個。

要是個己經受過高等教育就不要以爲這是使個來得到享樂的 或者是可以在政府裏來我個位置的 個不要在都市裏去逍遙 教堂中去祈禱 我們的前輩己經告訴我們 而且這種呼聲也曾奏過奇效 這就是『到民間去』(Vnarod) 爲去幫助我們那些可憐的朋友 且把一切的虛榮和享樂忘掉 不要怕教人時沒有校舍 治病時沒有器具和藥物 或者沒有可靠的薪俸和報酬 個要曉得我們的祖先和兄弟 因爲得不着教育 得不着醫藥 或者做兒子的受父親的虐待 做妻的受丈夫的凌辱 而這樣的死了 他們的坟墓是沒有人記得的 他們的苦楚是沒有人悲傷的 可是他們還在那裏做夢 并且他們就要這樣的死了 來壓迫我們的不只是外力 現在我們所身受的苦痛是微小的 如果個想——個想去驚醒睡漢 或者感化仇人 不要靠個手裏的炸彈 和手槍 個有個幽靜的聲音 和藹的面貌。堅忍的意志和溫柔的接吻 這些都是個的武器 無疑的我們應當引導民衆到自由和光明裏去 可以和一切的危險和專制奮鬪 到必需犧牲時 牛犧牲自己 然而不要 爲了個强迫的使人家來犧牲。應該并且必需的拿我們堅確的記憶來記住『沒有同情和互助 人類一定會滅亡……』的話一面也當先盡力的來改善我們自己 即使我們不能扶助人類和社會 也當讓後世的人來同情我們 可憐我們 至少也不要讓後人來咀咒我們 或者把唾沫吐在我們的墓碑上。

我的話或者有不盡的地方 但是眞能如此 我想我們的使命總可完成了一部分。

蔣夢麟氏

베이징대학 교수 장멍린의 기고문 「우리들의 사명」(『개벽』 49호, 1924.7)
번역하지 않은 채 중국어 원문 그대로 게재되었다. 자료제공 아단문고.

이 글은 그 이면에 인류적 가치를 이루기 위한 식민지 조선과 중국 지식인들의 연대를 암시하는 의미를 담고 있었다. 중국어 원문 옆에 조선어 해설을 쓴 이동곡李東谷은 『개벽』의 중국 특파원이었는데, 중국내 조선인 혁명가 그룹과 깊이 연관된 인물이었다.[10] 그가 장명린과 『개벽』의 연결을 주선했을 것이다. 이러한 이유로 『개벽』 편집진은 이 글이 식민지 검열관의 손끝을 피할 수 있을지를 고민했다. 번역되지 못한 것은 그 때문인데, 그래서 문장의 사멸 대신 독해자의 범위를 축소하는 방향을 선택했다. 글의 활자화 자체가 조선어로 이해되는 것보다 더 중요한 것으로 판단한 것이다.

장명린의 글을 번역하지 못한 것은 식민지 출판물에 허용된 표현의 한계에 대한 경험적 감각이 작용했기 때문이다. 검열관의 판단을 사전에 예측할 수는 없지만, 축적된 사례를 통해 특정한 표현의 검열 저촉 여부에 대한 느낌이 생겨났다. 검열자와 피검열자의 관계망 속에서 형성된 문장에 대한 그러한 공통감각은 '식민지 문역'의 실재를 생각하게 만들었다.

하지만 조선의 문장에 개입한 힘은 식민지의 검열만은 아니었다. 어쩌면 검열만큼이나 본질적인 영향력은 일본의 본토로부터 들어오는 압도적인 제국의 지식문화, 그 배후에 존재하는 출판제국주의, 근대일본의 아카데미즘과 학지學知의 작용에 의해 형성되었다. 일본어를 읽을 수 있었던 조선인들은 일본인과 함께 일본어 출판물의 구매자이자 독자였다. 그들은 일본어의 근대가 만든 문화세계의 공동 수용자였다.

그렇지만 그들이 조선어로 자신의 생각을 드러내는 한 그 사유의 내용과 발언의 수위는 조선어에 걸려 있는 차별의 기제로 인해 사전에 축소되거나 제거되거나 변형되어야 했다. 앎의 크기가 커질수록 앎과 표현 사이의 압력은 비례해서 높아졌다. 조선인은 제국의 지식문화를 받아들이는 권리만 있을 뿐, 그것을 자기방식으로 표현하거나 넘어서는 자율성을 허락받지 못했다. 성장에의 계기와 처벌의 가능성은 언제나 동시에 찾아왔다. 스스로 정신과 문장의 불일치라는 모순을 만들어낸, 피식민자가 처했던 이해하기 힘든 상태를 설명해야 하는 것이다.

다시 김수영의 문장으로 돌아가서 생각해본다. 그가 「거대한 뿌리」(1964)에서 입에 담을 수 없는 욕설을 뱉어낸 것은 국가권력이 제안한 표현의 금기를 일상화하는, 심지어는 자연화하려는 안팎의 시도와 동조를 멈추게 하고 동시대인의 정신 속에 그어져 있는 표현의 불가능성에 대한 결박을 풀어버리기 위한 위험한 도전이었다. 식민지사회로부터 계속된 '문역'의 금제를 찢어낸 사건이었다. 이 시에 등장하는 네에미씹, 개좆, 좆대강이라는 단어는 국가의 권력과 공모한 근대문명의 허위를 근저로부터 허물어트린다. 동시에 시인 자신에게 화살을 돌려 시의 역할과 기능에 대한 제한 없는 성찰을 요구했다. 그러한 점에서 '문역'이라는 발상은 표현의 한계선을 찾아내려는 시도라기보다 그 제한선 밖을 생각하고 그곳으로 넘어가기를 안내하는 의도를 담고 있다.

이 책은 모두 3부로 구성되어 있다. 제1부 '식민성의 기층'에서는 식민지 검열의 역사상에 대한 구조적인 분석을 담았다. 검열의 전 과정을 관통하는 '불온'이라는 용어와 일본제국주의의 관계, 조선출판경찰 자료의 성격과 특징을 제1장에서 설명했다. 제2장에서는 '문역'이라는 개념이 식민지 검열과 이중출판시장, 피식민자의 문장이 충돌하는 지점에서 생겨난 이론과제라는 점을 제안했다. 이 책이 말하고자 하는 전체 방향과 좌표를 담고 있는 부분이다. 제3장에서는 '이중출판시장'과 '토착성'의 관계를 논했는데, 이 부분을 작성하는 과정에서 근대문학 전반에 대해 과거와는 다른 생각을 하게 되었다. 구소설, 신소설 같은 이른바 토착서사들이 일본 문화시장의 압박 속에서 명맥을 유지한 조선 출판자본의 생명줄이었으며, 놀랍게도 무수한 조선인 독자들이 그 상황을 함께 감당해나갔다는 사실을 이때 비로소 알게 되었다. 그들은 사라져가는 과거의 유산이 아니라 식민지 근대문학의 주역이었다는 결론을 얻은 것이다. 이러한 관점에 의한다면 문학적 근대의 구도는 새롭게 조정될 수밖에 없다. 3부에 들어 있는 구소설에 대한 두 장의 논의는 이렇게 해서 얻어진 것이다. 근대문학의 범주 안에서 20세기 구소설을 분석하는 일은 아직 먼 길이 남아 있다는 것을 이 자리에서 지적해둔다. 제4장에서는 식민지 검열장의 성격을 다루었다. 이 장에서는 검열을 둘러싼 상황이 복잡한 다자관계로 구성되며, 검열장이 각 주체들의 존재 증명과 장기적인 생존의 가능성을 실험하는 공간이었다는 점을 강조했다.

제2부 '검열이라는 거울'은 식민지 검열의 현장에서 생겨난 사건들을 묘사하는 데 중점을 두었다. 제5장에서는 검열수요가 폭증했던 문화정치기의 공방과 필화사건을 추적했고, 특히 『개벽』의 강제 폐간이 갖는 문화사적 의미를 분석했다. 제6장은 식민지 검열이 법률과 행정원칙에 의해서 운영되지만, 근본적으로는 정치의 문제였다는 점을 환기했다. 『개벽』의 폐간과 『조선지광』의 간행 허용은 그러한 식민지 정치상황의 특성을 보여주는 사례였다. 제7장은 조선인 시가의 불온성을 점검하려는 목적으로 제작된 『조선어 신문의 시가諺文新聞の詩歌』(1931)를 분석했다. 이 자료집은 한국의 근대문학, 신문, 독자대중의 관계에 대한 깊이 있는 연구의 필요성을 제기했다. 그것은 검열기구의 활동이 식민지 문화구조의 깊숙한 문제로까지 진입한 상황을 보여준다. 제8장은 조선 문화시장의 성격과 사회운동의 관계를 문예대중화론을 통해 접근했다. 사회주의 문화운동은 20세기 전반 세계적인 차원에서 이루어졌지만, 각 지역의 독자성이 무엇인지에 대한 해명은 충분히 이루어지지 못했다. 시장의 크기와 운동양상에 주목할 때, 그러한 문제에 관한 밀도 있는 조망이 가능하다고 생각한다. 제9장은 근대출판물에 집중되었을 것이라는 예상과 달리 한문서적에 대해서도 식민지 검열이 긴장을 늦추지 않았다는 점을 확인했다. 한문

자료에 대한 검열의 관심은 문명사적 차원의 한중연대, 지식인 교류, 임진왜란 비판 등에 집중되었다. 한문 출판물 검열에 대한 보다 심화된 관심이 필요한 실정이다.

제3부 '피식민자의 언어들'은 근대서사와 식민지 검열의 관계를 다루었다. 제10장은 '법정서사'라는 반검열 양식을 통해 관찰한 3.1운동의 후일담을 분석했다. 대중매체가 일반화되면서 식민권력과 조선인 모두 미디어 공간을 자기방식으로 활용했는데, 여기서 제국의 문자로 식민권력을 공격하는 간계의 형식이 발견되었다. 제11장은 검열을 의식하고 그것을 넘어서고자 했을 뿐 아니라 그 대결 속에서 한국소설의 특별한 양식을 실험하고 발견했던 염상섭의 문학세계를 탐색한다. 『만세전』 이후 그의 각오는 조선의 현실을 담아내면서 살아남을 수 있는 서사의 창안에 있었다. 이러한 시각에 설 때 염상섭 소설의 새로운 면모가 드러난다. 제12장에서는 페미니스트 김유정에 대해 논의했다. 김유정은 여성에게 가해지는 모든 비참에서 의연히 벗어나 자기의 세계를 가꾸는 유랑매춘부를 등장시켜 여성의 겪는 참상에 주목하되 그 책임을 여성 자신에게 되돌리는 사회의 공모구조에서 여성을 끌어낸다. 이것을 제국의 감시를 무력화하는 검열의 '외부'에 대한 발견으로 이해하고자 한다. 제13장은 식민권력과 정면으로 부딪쳤던 심훈의 문학이 검열로 멈추게 되었을 때, 그가 선택한 우회로가 어떤 결과에 이르렀는지를 점검했다. 검열로 중단된 『동방의 애인』과 『상록수』 사이에 놓여 있는 서사의 편차와 검열을 대하는 심훈의 태도변화가 어떤 관계를 맺고 있는지 분석하는 것이 초점이다. 제14장과 제15장은 식민지 검열이 조성한 문학장의 구조 안에서 구소설이 수행한 역할을 설명하고 근대문학의 시각에서 구소설의 위치를 설정하는 방법의 한 사례를 제시한다. 검열연구의 흐름이 구소설의 역사성에 대한 옹호로 나아간 것은 나 자신도 미처 생각하지 못한 일이다. 그러나 예

상할 수 없었다는 것 자체가 이러한 귀결이 갖는 객관성을 드러낸다. 식민지의 대중들에게 삶의 깊이와 정신세계의 심오함을 가르친 구소설의 역할을 확인한 것이 뜻깊은 일이다.

오래전 인연이 있었지만 비로소 함께 작은 매듭을 짓게 된 성균관대학교출판부 현상철 선생에게 먼저 고마운 마음을 표한다. 일본어 자료를 정리하는 데 도움을 준 다지마 데츠오 선생께도 깊은 감사를 드린다. 식민지 검열을 계기로 만나 함께 공부했던 동료들 모두에게 그간 우리가 나눈 말들과 서로를 향한 격려가 큰 힘이 되었다는 말을 전하고 싶다. 그리고 식민지라는 그 시절에 무엇인가를 쓰고 문학이라는 이름을 붙여 우리에게 남겨준 많은 선배들의 공덕을 다시 한 번 기억하려고 한다.

사실을 고백하겠다. 검열이라는 주제에 들어가게 된 계기는 비록 한때의 생각이었지만, 한국의 근대문학이 왜소해진 원인을 알고 싶었기 때문이다. 압력을 가한 자들에게 책임을 돌리려는 의도도 있었을 것이다. 하지만 식민지 문학의 겉모습 뒤에 다 알려지지 않은 숱한 세계들이 남아 있으며, 한국문학의 성취가 아직 충분히 설명되지 못했다는 것을 책을 만들면서 알게 되었다.

2019년 5월

한기형

閒人閒話
新生活의創刊에臨하야

제 1 부

식민성의 기층

제1장

식민지, 불온한 것들의 세계

식민성의 기층

식민자의 단어

'불온不穩'처럼 식민자의 지배욕망과 국가권력에 대한 피식민자의 공포가 한 단어 속에 얽혀 있는 사례를 찾기는 어렵다. 이 단어는 정치 민주화, 사고의 합리성, 법치주의 등 문명세계의 기반을 부정하고 파괴하려는 권력의 질주를 상징한다. 불온이 근대 일본의 세력을 과시하는 민감한 정치용어로 사용되기 시작한 것은 제국주의 팽창정책이 추진된 이후의 일이다.

동아시아 전통사회에서 불온의 의미는 많은 경우 '편안하지 않다' 혹은 '순조롭지 못하다'라는 맥락에서 이해되었다. 자연과 사물, 인간 정서의 비정상적 상황을 설명하기 위한 것이다. 두보杜甫의 시 「귀뚜라미(원제목은 촉직促織)」에 그 한 사례가 들어 있다.[1] "풀뿌리에서 울 때는 편치 않더니草根吟不穩"라는 시구에서 두보는 귀뚜라미 소리를 비유해 자기 내면의 흔들림을 표현했다. 본인의 복잡한 심회를 벌레 소리에 투사한 것이다.

> 귀뚜라미는 작은 미물이기는 하지만　促織甚微細
> 구슬픈 울음소리 그 얼마나 사람의 마음을 움직이던가?　哀音何動人
> 풀뿌리에서 울 때는 편치 않더니　草根吟不穩
> 침대 아래에서는 마음이 서로 가까워진다.　牀下意相親 (작품의 일부)

『정조실록』에서는 숙면을 이루지 못하는 상황을 설명하기 위해 불온이란 표현을 사용했다.

> 나는 의지와 기개가 차츰 감소되어가는 이유로 수면도 따라서 달게 이루지 못하니, 이와 같은 정력으로 어찌 경들이 잘 보좌해주길 깊이 바라지 않을 수 있겠는가(而予則以志氣漸減之故, 寢睡亦隨而不穩, 以此精力, 安得不深有望於卿等之對揚乎).[2]

하지만 역모사건과 관련된 '불온'의 용례도 적지 않았다. 심각한 정치 대립의 상황을 왕의 입장에서 주도하기 위해 불온이란 용어를 선택한 것이다. 이때 '불온'은 왕의 정당성을 옹호하고 역모에 가담한 자들의 무도함을 단죄하는 의미를 담고 있었다. 제국주의 일본은 이와 같은 언어맥락에 특별히 주목했다. 이로 인해 '흉한 것' 들의 세계를 지칭하는 단일한 의미로 불온의 의미가 고정되기 시작했다.[3]

일본의 한국지배가 본격화된 1907년 반포된 보안법은 불온이라는 용어가 한국사회에서 근대의 법률과 결합하는 사례를 보여준다.

> 정치에 관하여 불온의 언론과 동작 우又는 타인을 선동과 교사敎唆 혹은 사용使用하며 우又는 타인의 행위에 간섭하여 인因하여 치안을 방해한 자는 오십 이상의 태형, 10개월 이상의 금옥, 우又는 2개년 이하의 징역에 처함.(7조)[4]

이 법률은 정치에 관한 불온한 말이나 행동을 하고 다른 사람을 선동, 교사하는 이들에 대해 태형, 구금, 징역형에 처한다고 경고했다. 그런데 보안법은 한국인에게만 적용된 식민지 지배를 위한 치안법이었다.[5]

보안법이 반포된 그해, 통감부 총무장관 대리 기우치 주시로木内重四郎

가 외무차관 진다 스테미珍田捨己 앞으로 보낸 기밀문서인 기밀통발제7호機密統發第七號에는 "재미한국인의 불온행동在米韓國人ノ不穩行動"이라는 표현이 들어 있었다. 1908년 2월, 총리대신 이완용은 일본군 육군중좌 이와타니 류타로岩谷龍太郎의 서훈을 신청하면서 그가 경성이 불온했을 때 질서 회복을 위해 노력했음을 근거로 제시했다.[6]

대한제국의 식민지화가 진행되는 시기에 생산된 이러한 자료들 속에서 볼온이란 단어는 일본에 대한 한국인의 공격과 위해의 가능성을 묘사하기 위해 등장했다. 이후 불온의 그러한 정치적 의미는 점점 굳어져 갔다. 1934년 조선총독 우가키 가즈시게宇垣一成는 훈시를 통해 식민지의 사회질서를 교란하는 모든 반제국적 행위를 '불온한 것'으로 규정했다.

> 이제 강내疆內 대강 정밀靜謐하고 민심이 더욱더 안정되어 능히 다사多事한 시국에 처하는 통치정신을 체현하고 중서衆庶 각 그 업에 정려精勵하고 있으니 다행한 일이다. 하지만 일면 '불온한 사상'을 품는 패거리들의 준동은 지금도 그 흔적을 근절하지 못하여, 때론 숨어서 집요하게 교묘한 책모를 시도하고 시정施政에 반대하며 국제 세국世局의 분규를 틈타서 황당무계한 유언비어로 민심을 현혹시키며 제국의 전도前途에 불안한 생각을 가지게 하려고 도모하는 패거리들이 없지 않다(『조선총독부관보』 1934.4.18).

불온이라는 용어는 이렇듯 제국 일본이 적대세력에 대한 공격의 필요성이 증대하던 시대상황의 산물이다. 이 말의 이면에는 일본 안팎에서 비등하던 다양한 반제국의 움직임을 제압하려는 의도가 들어 있었다. 적대성을 통칭하기 위해 그 의미가 모호하면서도 다양한 대상을 동시에 거론할 수 있는 불온이라는 표현을 선택한 것이다. 일본은 불온이라는 말을 통해 제국체제를 완전무결한 자연적 존재로 비유했는데, 그것은 적대세력에 대한 무제한적인 권력행사의 정당성을 초법적인 차원에서 확보하기 위한 것이었다.

불온이라는 용어의 발화주체가 되는 것은 사회윤리와 법률의 차원에서 정당한 존재로 스스로를 규정하는 것이다. 누군가를 불온한 자로 지목하는 순간 자신은 그렇지 않는 존재로 특권화 된다. 특정한 대상을 불온한 자로 호명하는 것은 그들로 인한 질서의 파괴를 방지하거나 복구하는 주체로 자신을 부각시키기 위한 것이었다. 그렇기 때문에 불온이라는 말은 곧 제국 일본의 안정을 파괴하고 질서를 교란한 것과 동일한 의미로 정의되었다. 불온이라는 용어를 매개로 한 자연질서와 제국시스템의 동일시, 그 속에는 국가가 행사하는 힘에 대한 다중의 합의과정을 부정하고 넘어서려는 초월적 권력에의 강렬한 욕망이 숨어 있었다.

특정한 대상에 대해 불온이라는 낙인을 찍을 수 있는 권리는 법에 대한 지배까지도 가능하게 만드는 최종심급의 권력이었다. 이점에서 불온은 미지의 적대자에 대해 신속하고도 효과적인 제거가 절실했던 근대 일본의 정치현실을 반영하는 개념이었다. 정치가 법률을 압도할 수밖에 없었던 제국체제의 특수한 상황이 제국권력의 무오류성에 대한 신념을 바탕으로 불온이라는 개념을 탄생시킨 것이다.

1933년 조선총독부 경무국이 제작한 『고등경찰용어사전』에 부록으로 첨부되어 있는 「고등경찰관계주의일표高等警察關契注意日表」는[7] 그러한 욕망과 연계된 흥미로운 사례의 하나이다.

이 자료는 일상의 시간을 불온한 시간으로 개조하는 식민지 경찰의 놀라운 상상력과 강박관념을 보여준다. 그 특별한 시간관의 주체인 조선총독부는 1년 365일을 211일에 걸친 불온한 사건의 연쇄로 재구성했다. 사상통제를 전담했던 식민지 고등경찰들은 자신들이 만든 그들만의 일력을 넘기며 과거의 오늘에 일어났던 위험한 일들을 확인하고 예상되는 사건의 재발에 대비했다.

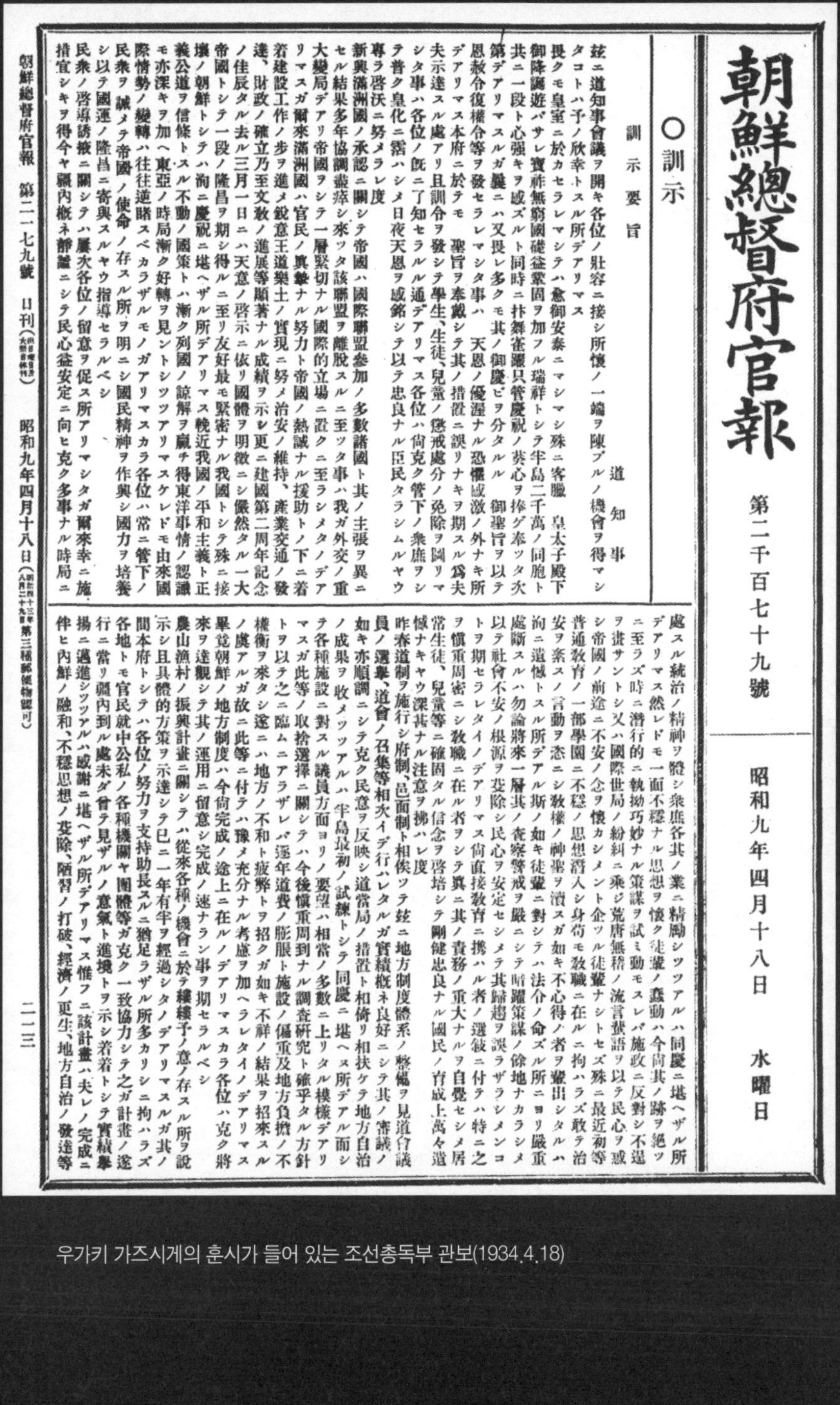

朝鮮總督府官報

第二千百七十九號

昭和九年四月十八日　水曜日

○訓示

訓示要旨

道知事

茲ニ道知事會議ヲ開キ各位ノ壯容ニ接シ所懐ノ一端ヲ陳ブルノ機會ヲ得マシタコトハ予ノ欣幸トスル所デアリマス

畏クモ皇室ニ於カセラレマシテハ愈御安泰ニマシマシ殊ニ客臘 皇太子殿下御降誕遊バサレ寶祚無窮國礎益鞏固ヲ加フル瑞祥トシテ半島二千萬ノ同胞ト共ニ一段ト心强キヲ感ズルト同時ニ抃舞雀躍只管慶祝ノ葵心ヲ捧ゲ奉ッタ次第デアリマスルガ襃ニハ又畏レ多クモ其ノ御慶ビヲ分タルル 御聖旨ヲ以テ恩赦令復權令等ヲ發セラレマシタ事ハ 天恩ノ優渥ナル恐懼感激ノ外ナキ所デアリマス本府ニ於テモ 聖旨ヲ奉戴シテ其ノ措置ニ誤リナキヲ期スル爲夫夫示達スル處アリ且訓令ヲ發シテ學生、生徒、兒童ノ懲戒處分ノ免除ヲ圖リマシタ事ハ各位ノ既ニ了知セラルル通デアリマス各位ハ尙克ク管下ノ衆庶ヲシテ普ク皇化ニ霑ハシメ日夜天恩ヲ感銘シテ以テ忠良ナル臣民タラシムルヤウ專ラ啓沃ニ努メラレ度

新興滿洲國ノ承認ニ關シテ帝國ハ國際聯盟參加ノ多數諸國ト其ノ主張ヲ異ニセル結果多年協調盡瘁シ來ッタ該聯盟ヲ離脫スルニ至ッタ事ハ我ガ外交ノ重大變局デアリ帝國ヲシテ一層緊切ナル國際的立場ニ置クニ至ラシメタノデアリマスガ爾來滿洲國ハ官民ノ眞摯ナル努力ト帝國ノ熱誠ナル援助トノ下ニ着着建設工作ノ歩ヲ進メ鋭意王道樂土ノ實現ニ努メ治安ノ維持、産業交通ノ發達、財政ノ確立乃至文敎ノ進展等顯著ナル成績ヲ示シ更ニ建國第二周年記念ノ佳辰タル去ル三月一日ニハ天意ノ啓示ニ依リ國體ヲ明徵ニシ儼然タル一大帝國トシテ一段ノ隆昌ヲ期シ得ルニ至リ友好最モ緊密ナル我國トシテ殊ニ接壤ノ朝鮮トシテハ洵ニ慶祝ニ堪ヘザル所デアリマス輓近我國ノ平和主義ト正義公道ヲ信條トスル不動ノ國策トハ漸ク列國ノ諒解ヲ贏チ得東洋事情ノ認識モ亦深キヲ加ヘ東亞ノ時局漸ク好轉ヲ見ントシツツアリマスケレドモ由來國際情勢ノ變轉ハ往往逆睹スベカラザルモノガアリマスカラ各位ハ常ニ管下ノ民衆ヲ誡メテ帝國ノ使命ノ存スル所ヲ明ニシ國民精神ヲ作興シ國力ヲ培養シ以テ國運ノ隆昌ニ寄與スルヤウ指導セラルベシ

民衆ノ啓導誘掖ニ關シテハ屢次各位ノ留意ヲ促ス所アリマシタガ爾來幸ニ施措宜シキヲ得今ヤ鮮內概ネ靜謐ニシテ民心益安定ニ向ヒ克ク多事ナル時局ニ處スル統治ノ精神ヲ體シ衆庶各其ノ業ニ精勵シツツアルハ同慶ニ堪ヘザル所デアリマス然レドモ一面不穩ナル思想ヲ懷ク徒輩ノ蠢動ハ今尙其ノ跡ヲ絕ツニ至ラズ時ニ潛行的ニ執拗巧妙ナル策謀ヲ試ミ動モスレバ施政ニ反對シ不逞ヲ企サントシ又ハ國際世局ノ紛糾ニ乘ジ荒唐無稽ノ流言蜚語ヲ以テ民心ヲ惑シ帝國ノ前途ニ不安ノ念ヲ懷カシメント企ツル徒輩ナシトセズ殊ニ最近初等普通敎育ノ一部學園ニ不穩ノ思想潛入シ身苟モ敎職ニ在ルニ拘ハラズ敢テ治安ヲ紊スノ言動ヲ恣ニシ敎權ノ神聖ヲ瀆スガ如キ不心得ノ者ヲ輩出シタルハ洵ニ遺憾トスル所デアル斯ノ如キ徒輩ニ對シテハ法令ノ命ズル所ニヨリ嚴重處斷スルハ勿論將來一層其ノ査察警戒ヲ嚴ニシテ跳躍策謀ノ餘地ナカラシメ以テ社會不安ノ根源ヲ芟除シ民心ヲ安定セシメテ其歸趨ヲ誤ラザラシメンコトヲ期セラレタイノデアリマス尙直接敎育ニ携ハル者ノ選敍ニ付テハ特ニ之ヲ愼重周密ニシ敎職ニ在ル者ヲシテ眞ニ其ノ責務ノ重大ナルヲ自覺セシメ居常生徒、兒童等ニ確固タル信念ヲ啓培シテ剛健忠良ナル國民ノ育成上萬々遺憾ナキヤウ深甚ナル注意ヲ拂ハレ度

昨春道制ヲ施行シ府制、邑面制ト相俟ッテ茲ニ地方制度體系ノ整備ヲ見道會議員ノ選擧、道會ノ召集等相次イデ行ハレタルガ實績槪ネ良好ニシテ其ノ審議ノ如キ亦順調ニシテ克ク民意ヲ反映シ道當局ノ措置ト相倚リ相扶ケテ地方自治ノ成果ヲ收メッツアルハ半島最初ノ試煉トシテ同慶ニ堪ヘヌ所デアル而シテ各種施設ニ對スル議員方面ヨリノ要望ハ相當ノ多數ニ上リタル模樣デアリマスガ此等ノ取捨選擇ニ關シテハ今後愼重周到ナル調査研究ト確乎タル方針トヲ以テ之ニ臨ムニアラザレバ逐年道費ノ膨脹ト施設ノ偏重及地方負擔ノ不權衡ヲ來タシ遂ニハ地方ノ不和ト疲弊トヲ招クガ如キ不祥ノ結果ヲ招來スルノ虞アルガ故ニ此等ニ付テハ豫メ充分ナル考慮ヲ加ヘラレタイノデアリマス畢竟朝鮮ノ地方制度ハ今尙完成ノ途上ニ在ルノデアリマスカラ各位ハ克ク將來ヲ達觀シテ其ノ運用ニ留意シ完成ノ速ナラン事ヲ期セラルベシ

農山漁村ノ振興計畫ニ關シテハ從來各種ノ機會ニ於テ縷縷予ノ意ノ存スル所ヲ說示シ且具體的方策ヲ示達シテ已ニ一年有半ヲ經過シタノデアリマスルガ其ノ間本府トシテハ各位ノ努力ヲ支持助長スルニ猶足ラザル所多カリシニ拘ハラズ各地トモ官民就中公私ノ各種機關ヤ團體等ガ克ク一致協力シテ之ガ計畫ノ遂行ニ當リ鮮內到ル處未ダ曾テ見ザルノ意氣ト進境トヲ示シ着着トシテ實積擧揚ニ邁進シツツアルハ感謝ニ堪ヘザル所デアリマス惟フニ該計畫ハ夫レノ完成ニ伴ヒ內鮮ノ融和、不穩思想ノ芟除、陋習ノ打破、經濟ノ更生、地方自治ノ發達等

우가키 가즈시게의 훈시가 들어 있는 조선총독부 관보(1934.4.18)

「고등경찰관계주의일표」의 목표는 시간에 대한 관념을 제국의 안전이라는 특정한 시각 속에 고정시키는 것이었다. 이 시간표를 따라가다 보면 식민지 조선에서 제국 일본에 대한 적대성이 언제 누구에 의해 어떻게 구성될지가 적나라하게 드러났다. 그것은 시간의 지배를 통해 새로운 제국 질서를 만들려는 시도를 의미했다.

「고등경찰관계주의일표」가 담고 있는 211개의 사건과 기념행사들은 식민지 조선의 문제를 중심으로 중국, 일본, 러시아, 만주, 타이완, 그리고 유럽의 상황으로까지 연결되는 나선형 체계로 구성되어 있었다. 조선 내부의 최대 관심사는 민족종교와 관련된 사안이었다. 총 60일이 천도교,

〈표1〉「고등경찰관계주의일표」(『고등경찰용어사전』, 조선총독부 경무국, 1933, 일부)[8]

일시	내용	일시	내용
1월 1일	보천교 대절일 치성제	3월 15일(陰)	단군승어(檀君昇御)기념대제
1월 3일	한커우(漢口)사건기념일	3월 15일	3.15사건기념일
1월 3일	니주바시(二重橋)사건	4월 16일	4.16사건기념일
1월 8일	사쿠라다문밖(櫻田門外)불상(不詳)사건	4월 25일	형평사창립기념일
1월 9일	피의 일요일	4월 29일	상하이폭탄사건
1월 15일(陰)	중광절(重光節)	5월 1일	메이데이
1월 18일	천도교 도일(道日)기념일	5월 4일	지나 5.4기념일
1월 21일	레닌기념일	5월 7일	지나 5.7국치기념일
1월 22일	이태왕 홍거(薨去)	5월 15일	신간회 해소
1월 31일	조선무산자동맹창립기념일	5월 30일	간도 5.30사건
2월 8일	크로포트킨기념일	5월 30일	지나 5.30기념일
2월 8일	조선독립청원운동기념일	6월 17일	대치(臺恥, 臺灣始政)기념일
2월 20일	고바야시 다키지(小林多喜二) 기념일	8월 29일	일한병합기념일
2월 24일	이리(伊犁)조약기념일	9월 18일	만주사변기념일
3월 1일	3.1기념일	10월 26일	이토오공(伊藤公)암살사건
3월 1일	만주국독립기념일	10월 28일	조선언문발포기념일
3월 5일	코민테른창립기념일	11월 7일	러시아혁명기념일
3월 14일	상하이가정부선언기념일	12월 15일	광둥소비에트기념일

보천교, 시천교, 청림교, 단군교, 대종교의 종교행사에 배당되었다. 그것은 일본 경찰당국이 종교와 민중의 결합이 야기할 위험성에 민감하게 반응했다는 것을 의미한다.[9] 반면 기독교 관련 사안은 부활제, 기독탄강제 등 4일에 불과했다.

일한병합기념일, 삼일기념일, 상하이가정부선언기념일, 형평사창립기념일, 상하이폭탄사건, 조선무산자동맹창립기념일, 형평데이, 신간회 해소, 조선언문발포기념일 등 일본의 한국 점령 이후 일어난 일들도 집중 점검의 대상이 되었다. 특히 신분차별 철폐를 위한 '형평데이'에 대해서 "강연, 강좌, 포스타, 삐라 등에 의한 선전 및 가두운동을 행"한다고 기록하여 이 날에 불온한 문서가 대량 생산되고 있음을 강조했다.

중국 관련 사항들도 치밀하게 정리되어 있었다. 국민당기념일, 만주국 독립기념일, 5.4기념일, 5.30기념일, 베이핑北平민중혁명기념일, 지난濟南사건기념일, 대치(臺恥, 타이완 할양)기념일, 만주사변기념일, 광둥廣東소비에트기념일 등이 관심의 대상으로 기록되었다. 중국의 비중이 높은 것은 중국문제가 조선의 식민 지배와 직결되어 있었기 때문이다.

식민지 고등경찰이 만들어낸 불온의 세계상이라는 정보체계에서 핵심은 무엇이 조선총독부의 긴급한 관심사인가 하는 점에 있었다. 그것은 불온성의 초점이 제국 내부에서 식민지로 이전되는 것이 아니라 식민지 자체의 현안과 밀접하게 연관되어 있음을 뜻했다. 불온한 사건들은 사회 불안과 식민권력의 위기, 곧 '치안'의 문제를 야기하는 사안이기 때문이다. 이는 불온의 맥락이 특정 지역의 사회상황과 연결되어 실제화 된다는 것을 의미했다. 그 점에서 불온성의 본질은 제국 각 곳의 사회 현안과 밀접히 연관된 '지역성'의 특징을 지니고 있었다. 조선총독부 고등경찰이 가장 유의한 대상이 조선의 민족종교였다는 점을 주목할 필요가 있다. 조선의 고유한 종교가 만들어내는 위험한 정신과 문화들에 대해 식민권력은 관심을 집중하고 있었다.

그러나 불온성의 생산은 역설적으로 제국 일본이 광대한 적대세력에 둘러싸여 있었다는 사실을 스스로 폭로하는 과정이기도 했다. 일본 영토의 확대와 불온성의 증가는 상호 비례한 현상인데, 제국의 판도가 확장될수록 일본의 안전을 위협하는 일들이 늘어났기 때문이다. 그것은 무엇보다 「고등경찰관계주의일표」를 통해 식민지 조선의 시간 속으로 들어온 주변 지역의 무수한 불온사건들을 통해서 명백하게 증명된다. 제국의 팽창이 동아시아 사회를 불온함이 충만한 시공간으로 만든 것이다.

불온문서라는 형벌

불온이란 용어는 사상, 행동, 연설, 도서, 시가, 문서 등 여러 용어들과 결합하면서 새로운 파생어들을 만들어냈다. 1912년 3월 제정된 경찰범처벌규칙(조선총독부령 제40호)에 들어 있는 "불온한 연설을 하거나 불온한 문서·도서·시가를 게시, 반포, 낭독 또는 방음放吟한 자"라는 표현은 불온이란 용어가 제국 일본의 필요와 결합하면서 외연을 확장해가는 과정을 보여준다.[10]

불온문서도 그러한 신조어 가운데 하나였다.[11] 그러나 불온문서는 불온이 만들어낸 다른 복합어들과는 달리 곧바로 불온의 활용을 대표하는 보통명사로 부각되었고, 제국체제가 유지되던 기간 동안 그 전역에서 일본에 적대적이거나 적대적일 가능성이 있는 출판물과 문서들을 통칭하는 공식용어로 사용되었다.[12] 불온문서라는 용어의 이러한 부상은 문자텍스트의 적대성이 만들어내는 위험도의 가파른 상승이 초래한 필연적인 결과였다.

불온문서라는 용어의 기원과 역사성은 보다 정밀하게 고증해야 할 과제이지만, 이 용어가 대량으로 생산되고 유통되기 시작한 것은 확실히 1919년 3.1운동을 전후한 시기부터였다. 이것은 식민지 조선 뿐 아니라 제국 일본 전체의 관점에서도 그러했다. 왜냐하면 3.1운동은 일본의 한국 지배를 전면적으로 거부하는 막대한 양의 비합법 문서들이 제국의 각 지역에서 만들어지는 계기가 되었기 때문이다.

3.1운동과 관련되어 체포 구금된 상당수 인사들의 죄목이 출판법 위반이었던 까닭은 그들이 식민권력의 허가 없이 개인적으로 문서를 유통시켰기 때문이다. 3.1운동 당시 조선총독부 검사였던 미즈노水野는 "본 건의 독립선언서는 해당 관청의 허가를 얻지 아니하고 인쇄한 것임을 관계 피고인이 인정하는 바이며 그 문서 내용은 제국의 영토, 제국의 신민된 조선 및 조선인에게 제국의 주권을 배제코자 함을 선언하는 취지이니 우리 국헌을 문란하는 문서임은 명백"하다는[13] 언급을 했다. 식민권력의 시각에서 볼 때, 3.1운동 관련자들은 불온문서의 적극적인 생산자들이었던 것이다.[14]

3.1운동이 진행되는 동안 조선 뿐 아니라 일본, 중국, 러시아, 미국 등에서 만들어진 격문과 선언서가 다양한 경로를 통해 조선사회 안으로 반입되었다.[15] 반제국주의를 표방하는 허가받지 않은 문서나 출판물의 존재는 제국 일본의 식민지 운영에 심각한 고민거리 가운데 하나가 되었다. 그러한 현상을 일본의 검열당국은 "불온 삐라의 선전전이 다이쇼大正 8년 3월의 조선독립소요사건에서 발단하였다"라고 기록했다.[16]

지지자를 확대하기 위해 비합법 문서를 살포하는 방식은 3.1운동 이후 일제에 반대하는 항일 운동가들이 선택한 일반적인 전술 가운데 하나였다. "독립신문의 자금을 모집하려는 격문 같은 불온문서를 조선 전도에 배부"(『매일신보』 1919.12.24), "대한국민회원의 불온문서 살포"(『매일신보』 1920.3.1), "불온문서로 협박하고 육천여 원을 거두어서 상하이 가정부假政府로 보내"(『매일신보』 1921.5.28), "대한독립만만세라는 불온문서를 게시한 김판경은 징역 팔 개월"(『동아일보』 1921.8.31) 같은 기사들이 신문 지면을 채우기 시작하면서 불온문서의 범람은 식민지 조선의 사회불안을 조성하는 원인이 되었다.

1920년 3월, 3.1운동 1주기에 경성에서 일어난 대대적인 삐라 살포사건은 불온문서의 사회적 파급력을 명백하게 의식하고 이루어진 비밀행동이었다. 국민대회, 혈성단血誠團, 대한국민회결사단 등 다양한 항일운동 단체의 이름으로 뿌려진 이들 삐라에는 동맹휴업과 상가철시로 '대한독립 일주년'을 축하하자는 격문이 인쇄되어 있었다.[17] 조선인들이 살포한 불온문서 속에서 3.1운동의 이미지는 곧잘 국가 해방의 원년으로 묘사되었다.

1919년 전후 불온문서라는 용어는 반제국주의를 선동하는 지하출판물을 지칭하는 비교적 단순한 개념이었다. 그러나 1920년대를 지나면서 보다 복잡한 의미와 맥락을 가지게 되었다. 그 변화의 배경에는 민족해방운동의 강화, 사회주의운동의 진전, 출판물의 활발한 이동, 그리고 출판물 생산량의 획기적 증대와 같은 요인들이 있었다. 사회변혁운동, 통신과 교통의 발전, 인쇄문화의 성장이 반체제 지식정보의 확산을 자극했던 것이다.

그런데 산둥출병(1927), 만주사변(1931), 중일전쟁(1937)으로 이어진 일본의 침략정책은 앞서 제시한 네 가지 요인의 연계된 위험도를 빠르게 증가시켰다. 제국 일본의 영토가 확대되는 과정에서 노골적인 반일출판물이 격증했을 뿐만 아니라 점령지의 사회적 긴장이 특정한 출판물과 문서의 잠재적 불온성을 지속적으로 강화했기 때문이다.[18]

제국 일본도 이러한 적대적 출판물의 확산에 적극 대응했다. 이 반격의 과정에서 불온문서라는 용어가 지닌 자의성과 유동성의 가치가 새롭게 발견되었다. 개념의 신축과 변형 가능성이야말로 불온문서라는 정치적 용어의 본질이었다. 그 점에서 누구나 인정하는 보편타당한 불온문서는 존재할 수 없었다. 불온문서인가 아닌가의 여부는 오직 일본이라는 국가권력의 판단에 의해 결정되는 문제였기 때문이다. 이 때문에 불온문서는 정의하기 매우 어려운 개념이 되었다. 왜냐하면 일본에 대한 적대성의 정도는 정치상황과 그것을 판단하는 주체의 시각에 따라 수시로 변할 수밖에 없는 것이었기 때문이다.

불온문서라는 용어의 주된 역할은 행정기관의 처분과 사법부의 판결 이전에 특정 텍스트의 불법성을 임의로 사전 규정하는 데에 있었다. 그것은 어떤 출판물이나 문서가 행정처분과 법적 판결의 대상이 되어야 함을 강력하게 촉구하거나 심지어 결정하는 의미까지 내포하고 있었다. 이러한 자의성은 심각한 문제를 안고 있었지만, 시간이 갈수록 그러한 현상은 확대되어 갔다. 1920년대 후반부터 가동하기 시작한 출판경찰 제도는 불온성과 불온문서의 의미를 끊임없이 재규정하면서 출판물에 대한 일제의 억압을 합리화했다.

불온문서 개념의 유동성은 무엇보다 식민지 검열의 성격과 특질에서 비롯되었다. 이미 검열을 통과해 그 합법적 유통을 보장받은 출판물이라도 새로운 심의과정에서 과거의 판단이 부정될 수 있었다. 그러한 중복검열의 전형적인 사례가 검열원고 『심훈시가집』(1932)에 나타난다.

심훈은 과거에 발표된 작품의 인쇄본을 오려내어 검열심사를 위해 편집된 원고 속에 집어넣었다. 이미 검열 받은 사실을 강조하여 검열관의 신경이 무디어질 것을 기대한 것이다. 그러나 인쇄본으로 두 번째 검열을 받았던 작품들은 대부분 전면 삭제의 처분을 받았다. 한 편의 시가 두 번의 검열에서 서로 다른 판단을 받은 것이다. 이러한 현상은 식민지에서의 검열이 절대적인 기준에 의해 수행되는 것이 아니라는 것을 보여준다. 한 번의 검열이 식민지 출판물의 생존을 장기적으로 보장하는 인증서는 아니었던 것이다.

식민지 검열의 유동성은 검열체제가 정밀하게 작동하기 이전에 간행된 출판물에 대한 재점검이라는 형태로도 나타났다. 1934년 조선총독부 경무국 도서과는 '조사자료 37집'으로 『불온간행물기사집록不穩刊行物記事

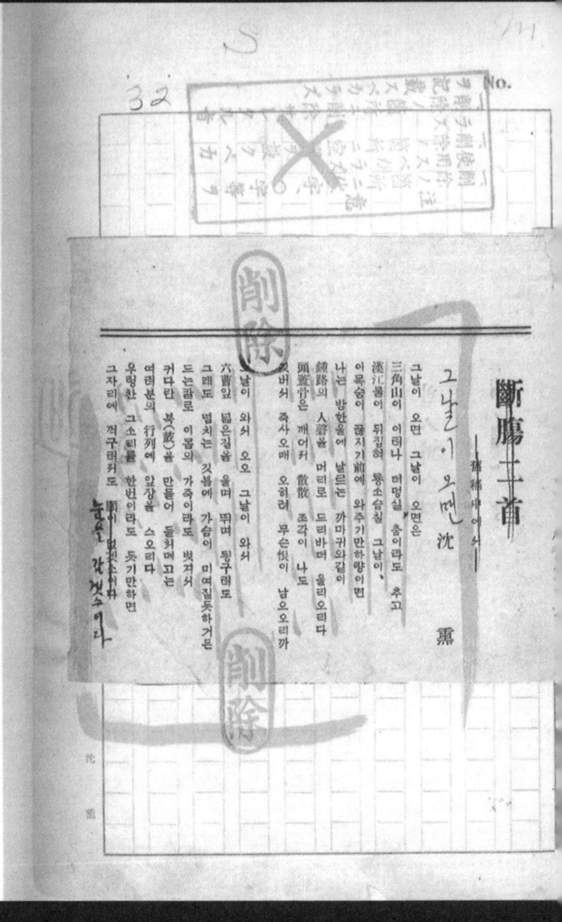

斷腸二首

그날이 오면 沈熏

그날이 오면 그날이 오면은
三角山이 이러나 더덩실 춤이라도 추고
漢江물이 뒤집혀 룽소슴칠 그날이,
이목숨이 끈치기前에 와주기만하량이면
나는 밤한울에 날르는 까마귀와같이
鐘路의 人磬을 머리로 드리바더 울리오리다
頭蓋骨은 깨어저 散散 조각이 나도
깃버서 죽사오매 오히려 무슨恨이 남으오리까

그날이 와서 오오 그날이 와서
六曹앞 넓은길을 울며 뛰며 뒹구러도
그래도 넘치는 깃븜에 가슴이 미여질듯하거든
드는칼로 이몸의 가죽이라도 벗겨서
커다란 북(鼓)을 만들어 들처메고는
여러분의 行列에 앞장을 스오리다
우렁찬 그소리를 한번이라도 듯기만하면
그자리에 꺽구러저도 눈을 감겟소이다

중복 검열의 사례, 심훈의 「그날이 오면」(검열원고 『심훈시가집』, 1932)[19]

輯錄』이라는 내부보고서를 작성했다. '극비'라는 도장이 전면에 선명한 이 자료집은 민영환, 최익현, 조병세, 송병선, 안중근, 이준, 박승환, 이만도, 황현, 손병희, 강우규 등 1900년대부터 1920년대 초까지 활동했던 대표적인 항일인사들의 여러 기록들을 정리하여 수록하였다.

『불온간행물기사집록』에 포함된 자료는 대부분 한문으로 씌어졌고 널리 알려지지 않았던 자료도 적지 않았을 것인데 조선총독부 검열당국자는 그것들을 일일이 읽고 분석하여 문제가 된 부분을 중심으로 압수와 삭제의 대상을 정한 것이다.[20] 이러한 한문자료의 조사는 한문고전을 독해할 수 있는 상당한 수준의 전문 인력이 동원되지 않고서는 불가능한 일이었다. 여기서 식민지 검열의 체계가 예상보다 고도화되어 있었다는 점이 확인된다.[21]

중복검열과 상시검열이라는 문제와 함께 식민지 검열의 유동성을 확대시킨 요인은 조선사회 밖에서 반입되던 막대한 양의 이수입 출판물과 조선 안팎에서 생산되어 은밀하게 유통되던 각종 불법출판물의 존재였다. 이수입 출판물의 경우 그 생산지역과 조선의 검열기준 차이로 인해, 불법출판물은 식민정부의 검열체계와 무관하게 유통될 수밖에 없었다는 점에서 그 불온성의 정도를 사전에 측정하기가 어려웠다. 그때문에 식민지 검열당국은 이수입 출판물과 불법 출판물의 반입과 유통을 통제하기 위해 많은 노력을 기울여야만 했다.[22]

1936년 6월 13일, '불온문서임시취체법'이 반포되어 오랫동안 애매한 의미로 통용되던 불온문서 개념이 제국법의 체계 안에 공식적으로 수렴되었다. 불온문서임시취체법 제1조는 불온문서의 의미를 다음과 같이 정의했다.

> 군질軍秩을 문란紊亂하고 재계財界를 교란攪亂하며 기타 인심을 혹란惑亂할 목적으로써 치안을 방해할 사항을 게재한 문서·도화圖畵로서 발행

의 책임자의 씨명 급及 주소의 기재를 아니 하거나 혹은 허위의 기재를 하거나 우又는 출판법 혹은 신문지법에 의한 납본을 하지 아니한 것을 출판한 자 우又는 이를 반포한 자는 3년 이하의 징역 우又는 금고에 처한다.[23]

"군질을 문란하고 재계를 교란하며 기타 인심을 혹란할 목적으로써 치안을 방해할 사항을 게재한 문서·도화"라는 표현이 보여주듯, 이 법에서도 불온문서의 의미는 명료함이 결여된 채 포괄적인 방식으로만 설명되었다.[24] 불온문서의 의미규정이 어렵다는 점은 이미 지적했지만, 이 법의 목표는 불온문서 개념의 구체화보다 납본 불이행이나 책임자 허위 기재를 처벌한다는 표현 속에 들어 있었다. 애초부터 제국 일본의 검열을 회피할 목적을 지닌 문서나 출판물이 특별한 초점이 된 것이다. 그것은 제국 전역에서 허가받지 않는 문서나 출판물의 유통이 급증하여 치안을 불안케 할 조짐이 커지고 있었던 1930년대 후반의 시대상을 반영하고 있었다.

불온문서임시취체법은 1936년 2월 26일 황도파 장교들이 일으킨 군사 쿠데타로 시작된 일본 파시즘 변화의 연장선에서 취해진 조치였다. 2.26 사건 직후 계엄령이 선포되었으며 히로타 고키廣田弘毅 내각이 등장했다. 종전 후 난징대학살의 주범으로 교수형에 처해진 인물이었던 히로타는 군부대신 현역제 부활, 사상범보호관찰법 제정, 추축국 방공협정 체결 등의 전쟁정책을 강행했다. 불온문서임시취체법 역시 그의 수상 재임 시절 이루어진 일이었다.

히로타 수상은 귀족원 본회의 석상에서 "사회에 심대한 영향을 미칠 줄 생각하나 현상에 직直하여 본 법의 설정은 부득이하다"라고 발언했다.[25] 그는 겉으로 여러 비판으로 인한 곤혹스러움을 표현했지만 그가 제시한 법 제정의 취지는 "소위 괴문서가 횡행하는 것을 치안유지상 엄단하지 않으면 안 된다"는 것뿐이었다. 이 법의 취지가 적대적인 텍스트로부터 파시즘의 핵심 주체를 지키려는 것에 있음을 노골적으로 드러낸 것이다.

불온문서임시취체법은 언론권의 훼손에 대한 심각한 우려 때문에 중의원의 격렬한 반대에 부딪쳤다. 특히 문제가 되었던 것은 '문서취체 법률'의 중복성과 '사법파쇼'의 가능성이었다.[26] 그러나 임시 입법의 한시성 강조와 일부 내용 수정을 조건으로 불온문서임시취체법은 제국의회를 통과했다.[27] 파시즘의 비정상성에 대한 법률을 통한 정당화가 이루어진 것이다. 이로써 불온문서라는 용어는 공식적인 위상을 갖게 되었다.

불온문서임시취체법은 제정 이후 조선, 타이완, 사할린(가라후토, 樺太), 관동주, 남만주 등 일본 제국이 지배했던 아시아 각 지역에서 확대 실시되었다.[28] 그것은 중일전쟁을 앞둔 시점에서 기획된 총력전 체제로의 전환을 예고하는 신호 가운데 하나였다. 불온문서라는 용어로 제국의 사상전이 진행된 것이다.

불온 개념의 정치성

자의성과 유동성을 특징으로 했기 때문에 불온문서의 의미를 확정하는 것은 쉽지 않은 일이다. 일본 내부와 식민지 사이에서도 개념 상의 차이들이 적지 않게 나타났다. 조선 출판경찰의 임무는 이와 같은 불온문서들을 지속적으로 찾아내어 그것을 행정처분과 사법처분의 대상으로 분류하는 것이었다. 식민지 조선의 경우 다음과 같은 형태의 불온문서 혹은 불온출판물의 개념이 존재했다.

① 조선총독부의 검열과정에서 압수, 발매금지 등 행정처분의 대상이 된 조선의 출판물

② 합법적으로 간행되었으나 이후 불온성이 재인식된 조선의 출판물
③ 조선으로의 이입과정에서 검열기준 차이로 인해 불온성이 부여된 일본의 출판물
④ 제국 일본의 법역 밖에서 합법적으로 간행되었으나 조선에 수입되는 과정에서 조선의 검열기준에 의해 불온성이 새롭게 부여된 외국 출판물
⑤ 제국 일본의 법역 밖에서 합법적으로 간행되었으나 제국 일본과 식민권력에 대한 노골적 부정 또는 사회주의혁명운동을 선동하는 등의 내용을 담고 있는 출판물
⑥ 조선의 안과 밖에서 어떠한 합법화 심사도 받지 않았으며 제국 일본과 식민권력에 대한 노골적 부정 또는 사회주의혁명운동을 선동하는 등의 내용을 담고 있는 문서나 출판물

식민지는 별도의 법체계와 검열기준이 작동되는 지역이었기 때문에 일본 본토에 비해 불온성의 개념이 훨씬 복잡할 수밖에 없었고, 이 때문에 불온문서의 양상도 다양한 형태로 나타났다.

이러한 여섯 개의 불온문서 개념 가운데 주목의 대상이 된 것은 역시 ⑤번과 ⑥번이었다. 불온문서임시취체법의 법 취지가 지시하는 불온문서 또한 여기에 초점이 있었다. 가장 강렬한 불온성을 지닌 이들 문서나 출판물이 식민지 조선으로 반입되거나 조선 내에서 생산될 때, 조선총독부가 시행하는 검열절차의 대상이 될 가능성은 거의 없었다. 오히려 식민지 검열의 신경망을 어떻게 피할 것인가가 이러한 문서나 출판물을 제작하거나 반입하는 사람들이 지녔던 초미의 관심사였다. 일제의 합법화 심사에 대한 의도적 회피가 불온문서의 순도를 결정짓는 본질적 사안이라면 ⑤, ⑥번과 관련된 자료야말로 가장 불온한 불온문서에 해당하는 사례일 것이다.

이러한 불온문서의 존재로 인해 식민지 검열의 기준은 항상 흔들릴 수밖에 없었다. 은밀히 유통되는 그러한 비합법 문서들은 조선인들에게 일상에서 경험할 수 없는 색다른 해방감을 제공했을 뿐만 아니라 표현에 대한 피식민자의 결핍감과 욕망을 격렬하게 자극했다. 이들은 언어를 통한 상상과 표현의 한계에 대한 근원적인 의구심을 던졌다.

사람들이 제국법의 경계 밖에서 생산된 불온문서의 존재를 대면하는 순간, 일본에의 예속을 의미하는 '합법성'이라는 출판물의 실존 근거는 즉각 휘발되었다. "출판물의 생존을 왜 국가가 결정하는가"라는 불온문서의 질문 속에는 실정법의 부정이 제기하는 첨예한 문제의식이 담겨 있었다. 비합법과 검열거부를 의도한 불온문서는 식민권력이 결정한 표현의 제한이 영구적인 것이 아니라는 점을 강력하게 환기했다. 정치언어를 검열의 구속에서 해방하는 것이야말로 불온문서가 수행한 가장 중요한 역사적 역할이었다고 할 수 있다.

식민지 시기 카프작가의 일원으로 활동한 권환權煥의 시 「삼십분간」(1932)은 '삐라'를 읽는 이의 심리변화를 세밀하게 추적하면서 불온문서가 만들어내는 정치적 영향력을 설득력 있게 묘사했다. 비밀출판의 대표적인 사례인 삐라는 '일매一枚의 지편紙片'이라는 아주 연약한 물질성을 지녔지만 '사상을 실현하는 선전에 용用하는 자者'라는 점에서 명백한 '출판물'로 간주되었다.[29]

한 장의 '삐라'가 얼마나 큰 위력으로 기존 정치질서의 문제와 본질을 폭로하는가? 이 시의 초점은 여기에 있었다. 그의 시는 식민지 검열관의 관심을 끌만한 특정한 표현을 사용하지 않고서도 불온문서가 만들어내는 폭발적인 긴장감과 정치선동의 현장을 탁월하게 그려냈다.

권환이 구사한 서술전략은 특정 단어와 구절 자체에 매달릴 수밖에 없는 검열과정의 일반적 한계, 즉 지배와 탄압을 위한 부당한 권력행위가 지닌 어쩔 수 없는 나태함에 대한 통렬한 반어였다. 이 시를 통해 권환은 식민지 검열의 압력을 전복하는 계기로서 불온문서가 행사한 실제의 영향력을 날카롭게 확인시켰다.

> 활동사진 광고진가
> 어떤 놈이 언제 이런데다 끼워뒀어?
> 아니 광고지는 아닌 게야
> 그는 너덧 동무가 머리를 맞대고 있는 창고 뒤로 가서
> 포켓트 속 꾸겨 넣은 그것을 내여 보았다.
>
> ....
> ....
> ....
> ....
>
> 순언문으로 굵직굵직 박힌 글을
> 가만가만 다 읽어 보았다
>
> 히-ㅁ
> 히-ㅁ
> 히-ㅁ
>
> 그것을 끝까지 다 읽기도 전에
> 어쩐지 가슴 속이 찌르르 하였다.
>
> 그것 차-ㅁ
> 그것 차-ㅁ

그는 다시 한 번 우 아래로
한 자도 안 빼고 읽어 보았다

이런 게다 이런 게다
참 이런 게로군 이런 걸
세상에 못난 놈은 우리고 어리석은 놈은 우리구나
에잇 참 우리가 이렇게 어리석나?
그렇지만 대관절 이걸 뉘가 썼을까
이 안에 있는 놈일까
이 안에도 이렇게 지식 있고 잘 아는 놈이 있을까?
아니 뉘가 썼는지 그건 알아 뭣 해
우리가 뉘한테 어떻게 속힌 건만
우리는 어떡해야 된다는 것만 알면 그만이지
이런 게다 이런 게다
참 이런 게로군 이런 걸!

가슴 속이 펄떡펄떡 뛰었다
마치 사랑하는 사람의 편지를 받아 본 것처럼
얼골 위까지 화끈화끈 하였다

응 이런 걸 참
우리가 이때껏 모른 것도 아니지만
인제야 똑똑히 알았다
똑똑히 알고야 그냥 있을 수 있나

그는 훨씬 굵게 쓰인 끝으로 석 줄을

또 다시 한 번 읽어 보았다. 또 한 번을!

……………… …………………………………………… …………………………………………… ……………………………………………

나도! 나도다!
나는 못할 게 무엇이냐. 안 할게 뭐 있냐
내 한 몸 하고 안한 게 ××을 이리저리야 않지마는
한 놈 그것이 뭉쳐서 ×고 풀어져 ×는 것 아닌가
나도! 나도다!
하면 되는 것 아니냐. 안 될 것 뭣 있냐
아무것도 가진 것 없는 검은 손 이놈이라도
꿈쩍이고 안 꿈쩍인 것 이놈의 자유 아니냐

그의 가슴은 화끈화끈 타올랐다. 그리고 결심과 만족이 빈틈없이 찼다.[30]

「삼십분간」의 특징은 이 시가 묘사하고 있는 실제상황을 경험한 사람이 아니면 그 의미를 정확하게 알 수 없도록 설계되어 있다는 점이다. 비밀을 공유하는 내부자만이 알 수 있도록 언어책략을 구사하고 있는 것이다.

시의 내용을 설명하면 이렇다. 어떤 이가 문틈 어딘가에 끼워 놓은 종이를 발견한다. 처음에는 영화의 광고지로 생각했지만 이내 그것이 사회혁명을 선동하는 삐라라는 것을 알게 된다. 은밀한 곳에서 동료들과 함께 읽는 장면 이후 직사각형의 공간 안에 점선으로 처리된 '복자伏字'가 등장한다.

아무런 의미도 없이 오직 점들과 종이의 물질성을 가시화하는 네모의 형상, 그것은 삐라의 실물이면서 공개적으로 문자화될 수 없는 '불온문서'의 실체를 동시에 드러낸다. 점선은 검열로 삭제된 부분을 표시하는 식민지 출판물의 일반 관행 가운데 하나이다. 권환은 자기 시의 일부를 삭제된 형태로 만듦으로써 그 공간이 식민권력의 지배권으로부터 벗어난 내용을 담고 있음을 상기시켰다. 문자 없음의 표시가 합법의 세계에서 용인될 수 없는 문자가 그 자리에서 있다는 것을 알려준다. 점선이라는 피식민자의 공통어가 곧 강렬한 반제국의 의지를 담고 있음을 강조하고 있는 것이다.[31]

시인은 이를 통해 문자의 죽음을 경험했던 사람만이 느낄수 있는 공감의 세계를 만들어냈다. "히-ㅁ, 히-ㅁ, 히-ㅁ"은 스스로 삭제한 삐라 속에 등장하는 단어이다. 시 속에서 말하는 이는 이 단어를 나직이 읽을 때 생겨나는 장음현상을 소리 나는 그대로 적었다. '힘'이라는 표현은 억압하는 상대방에 대한 저항을 뜻하니, 그 한 마디 만으로도 점선 속에 사라진 모든 문자들이 이 시를 읽는 독자들에게 살아나 복원된다.

"그것 차-ㅁ, 그것 차-ㅁ"이란 표현은 삐라를 읽은 후 사람들의 내면에 일어난 깊은 동의와 자각을 보여준다. 자신이 억압된 존재라는 진실을 알게 된 후 내뱉는 각성과 감격의 탄식이다. 그래서 "세상에 못난 놈은 우리고 어리석은 놈은 우리구나"라는 반성과 성찰을 자연스럽게 토로하게 된다. 깨달음은 스스로에게 자신감을 부여하고 각오를 다지게 하며 행위의 정당성을 부여한다. 태어나서 처음으로 자신을 긍정하고 신뢰하는 경험을 갖게 된 것이다. "마치 사랑하는 처녀의 편지를 처음 받아 본 것처럼" 어떤 대상에 대한 열망과 그것을 가로막은 것에 대한 분노가 새로운 자기를 찾는 길로 나서게 한다.

이 시는 변화를 촉구하는 삐라의 권능과 효과를 하나의 극적인 서사로 만들어냈다. 두려움에 가득 찼던 과거의 자아는 삶의 비참과 사회모순의 본질을 꿰뚫어보는 성숙한 존재로 새롭게 태어났다. 시인 권환은 직접 표현의 길을 버리고 말하지 않는 방식으로 명료한 표현 이상의 의미를 발산하는 특별한 성취를 이루었다. 문자를 지워 내용이 삭제되어버린 곳에 독자들 스스로 하고 싶은 말들을 채워 넣게 함으로써, 시인과 독자가 교감하며 함께 만드는 시의 사례를 만든 것이다. 그는 피식민자에게 강요된 말의 한계를 말을 버림으로써 돌파해낸 것이다.

확장하는 불온성

공개적으로 말할 수 없는 불온문서의 세계를 어떻게 해석과 이해가 가능한 의미의 영역으로 바꾸어낼 것인가를 시인 권환은 심각하게 고민했다. 그의 수사학이 독자들에게 전달될 수 있었다면 그것은 이른바 가장 불온한 불온문서의 존재가 일상의 일로 되어버린 시대상황 탓이었을 것이다. 1920년 후반을 지나며 조선사회 안팎에서 불온문서의 생산이 급격히 늘어났다. 특히 조선 밖에서 들어오는 불온문서의 존재는 심각한 문제를 야기했다. 조선을 둘러싼 동아시아 지역의 정세불안이 만주와 연해주 등에서 전개되던 중국혁명의 기운, 조선인 무장투쟁과 연계되면서 곳곳을 반제국주의 선전의 현장으로 만들었다.

> 해외에 있는 조선○○단의 집단지라고 지목되는 북만주 지방과 베이징, 상하이 등지에 있는 조선인은 대개 공산주의, 민족주의의 두 가지 조류로 분파되어 있다는데 최근 중국 동란의 여파를 받을 뿐 아니라 중로中露 국교의 풍운을 보고 이 두 파가 합병한다는 말이 있다고 한다. (…중략…) 이 직접 행동의 전제로 신문, 잡지 등을 간행하는 수효가 상당한

다수에 달하여 발행지, 명칭, 조종자, 주의 등의 판명된 것만으로도 벌써 사십여 종에 달한다는 바 발행지는 물론 전기 북만, 베이징, 상하이 등 세 지방이요, 신문이 십오 종, 잡지가 이십오 종이며 주의 별로 보면 공산주의 간행물이 십팔 종, 독립주의 간행물이 십구 종, 무정부주의 간행물이 두 가지, 기타 간행물이 한 가지라는데 이것은 다만 표면에 나타난 것이요, 이외에도 무수한 팜프렛트가 있다는 바 이런 인쇄물은 점점 늘어가는 현상이라더라(모처 정보).[32]

조선 밖에서 만들어져 유통되는 불온문서의 범람에 대응하기 위한 제국 차원의 방어체계는 일찍부터 가동되고 있었다. 중국 내 각 지역 일본 영사관, 조선총독부 경무국 등 담당부서에서는 조선관련 불온문서들을 광범하게 수집하고 그 내용을 번역, 정리하여 제국 일본 전역의 업무 관련자들과 그 내용을 공유했다.

1922년 3월 27일, 하얼빈 총영사 야마우치 시로山內四郎가 외무대신 백작 우치다 고사이內田康哉에게 보낸 '조선인 공산산당 불온문서에 관한 건[鮮人共産黨不穩文書ニ關スル件]'에는 다음과 같은 표현이 들어 있었다.

근래 모스크바에 있는 조선인 공산당의 활동이 격렬하여 일본문, 중국문, 조선문으로 작성된 격문 및 불온문서를 인쇄하여 일본과 중국, 조선 내지에 밀송하였으며, 최근에는 로문露文으로 별지 문장과 같은 불온문서를 몰래 동료 러시아인에 배포했습니다. 참고하시도록 보고합니다.

조선총독부 경무국은 1925년 10월, 북경의 '불령선인'에 의해 간행된 '불온신문 『혁명』'의 내용 가운데 「우리들의 공산혁명과 폭력운동」, 「재만 형제에게 고함」 등을 번역하여 외무성 아세아국장, 내각 척식국장, 내무성 경보국장, 경시총감, 오사카大阪 · 아이치愛知 · 후쿠오카福岡 · 나가사키長崎 등 각 부현府縣 지사, 중국공사, 상하이 · 펑티엔奉天 · 지린吉林 · 하얼빈·간도 총영사, 안둥安東과 철령鐵嶺의 영사, 타이완총독부 경무국장, 조선군 사령관, 조선헌병대 사령관, 각 도지사, 각 법원 검사장과 검사정, 나카무라中村 내무사무관 등에게 그 내용을 통보했다.[33]

이들 공문서를 통해 특정 지역의 불온문서에 대한 정보 보고가 해당 지역 주변뿐 아니라 제국의 전역으로 신속하게 확산되었음을 알 수 있으며, 시간이 갈수록 수신 대상자의 수가 증가했다는 것이 확인된다. 이러한 정보의 교차 교환이 축적되면서 각 지역에서 생산된 불온문서의 특징과 상호 연관성에 대한 검열당국의 이해가 깊어졌다.

조선총독부 경무국은 앞서 언급한 자료 외에도 '불온신문 『선봉』의 기사에 관한 건'(1925.9.16), '불온잡지 『동우同友』의 기사에 관한 건'(1925.12.26), '불온신문 『신민보』에 관한 건'(1926.6.12), '불온신문 『혈조血潮』에 관한 건'(1926.10) 등 한반도 주변에서 생산되는 불온문서에 대한 광범한 수집과 내용의 번역, 정리를 지속했다. 이러한 작업은 이후 식민지 출판경찰의 월보와 연보 속으로 수렴되어 검열기준의 수립과 검열관의 감각을 고도화하는 데 활용되었다.

번역되는 적대성
'조선출판경찰'의 기록들

일본은 출판경찰 제도의 강화를 통해 출판물의 적대성 증가라는 상황변화에 대처하고자 했다. 1920년대 후반부터 제국의 각 지역에서 문서검열과 사상통제를 보다 높은 차원에서 수행하기 위한 제도보완이 이루어졌

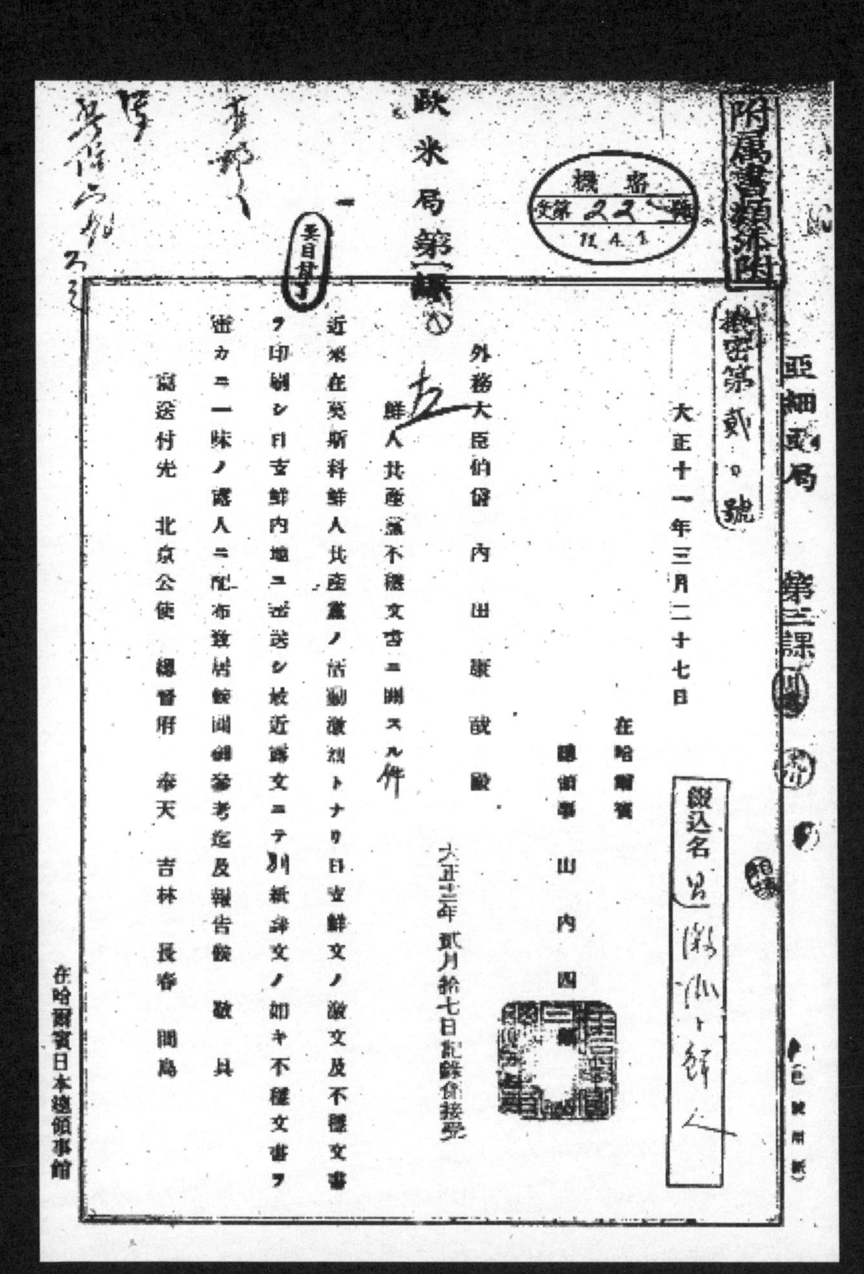
附屬書類添附

機密 受第22號

機密第貳〇號

亞細亞局 第三課

歐米局第一課

大正十一年三月二十七日

在哈爾賓 總領事 山内四郎

外務大臣伯爵 内田康哉殿

鮮人共産黨不穩文書ニ關スル件

近來在莫斯科鮮人共産黨ノ活動激烈トナリ日支鮮文ノ激文及不穩文書ヲ印刷シ日支鮮内地ニ密送シ最近露文ニテ別紙譯文ノ如キ不穩文書ヲ密カニ一味ノ露人ニ配布致居候間御參考迄及報告候 敬具

寫送付先 北京公使 總督府 奉天 吉林 長春 間島

在哈爾賓日本總領事館

大正十二年 貳月拾七日記錄局接受

綴込名

하얼빈 총영사관이 발행한 조선인 불온문서에 관한 공문서(1922)

다. 이를 통해 출판물의 불온성에 대한 통합된 분석틀이 마련되었다.[34] 여러 형식으로 제작된 출판경찰의 비공개 간행물들이 집중 출현하기 시작한 것도 이때부터이다. 이러한 보고서들은 제국체제의 안정을 저해할 우려가 있는 출판물의 내용, 성격, 수량, 발행기관, 발행자, 구매자, 유통지역에 관한 정보들을 체계적으로 정리했다.

일제하 조선에서 지식에 대한 통제는 사상통제와 출판통제의 두 측면에서 이루어졌는데, 출판통제는 사상통제의 한 축이면서 그것을 지원하는 역할을 하였다. 그러한 출판통제 과정에서 동원된 개념과 제도가 '출판경찰'이다.[35] 출판경찰의 법률적 의미는 "출판물을 발행하는 것에 의하여 생기는 사회적인 위해를 예방하고 배제하기 위해 출판의 자유를 제한하는 국가의 권력 작용"이라고 정의된다.[36] '출판경찰'은 '출판행정경찰'과 '출판사법경찰'로 나뉘어 있었다. 전자는 '취체'를 위한 출판물의 '계출届出'과 납본, 불온·불량 출판물을 방지하기 위한 발매반포의 금지와 압수 등을 주관했으며, 후자는 출판 관계자가 국가의 명령과 금지 규정을 위반했을 경우 그 범죄행위의 수사 및 범인 체포 등을 담당했다.

출판경찰의 활동이 활발해지면서 산출된 방대한 출판경찰 보고서는 일본 본토와 조선, 타이완, 만주 등 제국 일본이 확보한 영토 전체에서 만들어졌고 상호 교환되었다. 동아시아 검열체제의 작동은 식민지 조선뿐만 아니라 제국 전체의 차원에서 검열의 개념을 변화시켰다. 이러한 제도의 가동으로 인해 검열은 단순히 국가와 출판물 사이에서 이루어지는 합법화 심사만을 의미할 수 없게 되었다. 제국의 검열은 장기적이고 통합적인 정책을 요구하는 고도의 통치행위로 전환되었다. 이를 위해 식민지 조선의 검열기구는 출판산업 전체의 실물 파악과 통계 축적, 출판물의 제국 내 각 지역 간 이동의 확인, 합법 출판물의 불온성에 대한 감시, 조선 안팎에서 유통되는 불온·불법 출판물의 적발과 분석 등을 포괄하는 방대한 작업을 수행하게 되었다.

조선총독부 경무국 도서과의 설립(1926.4)은 그러한 임무를 부여받은 식민지 출판경찰의 본격적인 출현을 의미했다. 도서과의 활동이 시작되자 불온한 텍스트에 대한 관리는 새로운 국면을 맞이하게 되었다. 도서과는 '조사자료집'이란 이름으로 다양한 불온문서의 실물을 수습하는 한편[37] '출판경찰연보'와 '출판경찰월보'를 발간하여 식민지 조선에서 유통되는 지식문화 전체에 대한 분석과 체계화, 불법 출판물의 확인과 추적, 불온한 문장들의 번역 등을 지속적으로 수행하기 시작했다.

1929년 10월 '조사자료' 제14집으로 작성된 『병합 20주년에 관한 불온문서[併合二十週年ニ關スル不穩文書]』와 1930년 5월 '조사자료' 제20집으로 제작된 『조선어 신문의 시가[諺文新聞の詩歌]』는 '불온문서'를 이해하는 조선총독부 도서과 시각의 양 극점을 드러냈다. 전자의 경우, 일제에 의한 한국 강제병합 20주년을 맞이해 1929년 8월 초순부터 9월말까지 일본과 중국 각지에서 배포된 격문과 삐라 등을 일본어로 번역한 것이다. 이 자료집에는 도쿄와 오사카 등지의 노동단체, 청년단체에서 발표한 문건과 중국의 한인 청년동맹, 조선공산당 만주총국 등에서 발표한 격문, 만주에서 발행된 신문 『민성보民聲報』의 기사가 수록되어 있다.[38] 이들은 주로 제국의 내부에서 불법적으로 제작되었거나 제국의 권력이 미칠 수 없는 곳에서 생산된 반제국주의 출판물들이었다.

반면 『조선어 신문의 시가』는 식민지 조선에서 간행된 민간신문의 시가들에서 검열당국이 미처 파악하지 못한 '불온성'을 새롭게 발견한 경우이다. 도서과는 이들 조선어 신문의 시가를 선별하여 조선의 독립(혁명)투쟁을 풍자하여 단결투쟁을 종용한 것, 총독정치를 저주한 배일적인 것, 빈궁을 노래하고 계급의식을 도발한 것 등 세 차원의 불온성을 부여하고 일본어로 번역했다.[39]

이 두 개의 '조사자료'는 불법문서에서 합법 출판물에 이르기까지 식민지 조선과 연관된 텍스트들을 상대로 제국에 적대적인 불온성을 샅샅

이 찾아내야 한다는 조선총독부의 의무감을 반영하고 있었다. 그것은 명시적인 불온성의 확인과 비가시적 불온성의 생산을 결합한 것이었다. 이러한 이중체계가 식민지 조선에서 이루어진 '불온문서' 창출의 메커니즘이었다.

'조사자료'와는 달리 출판경찰의 '연보'나 '월보'는 조선에서 유통된 출판물의 총량과 생산처, 그 이동상황의 확인에 일차적인 목표를 두고 있었다. 이 때문에 불온한 문장의 번역이라는 구체적인 내용을 포함하기는 하지만 통계의 작성과 관리가 중요한 관심내용이었다. 출판경찰의 '연보'나 '월보'는 제국의 판도 전역에 펼쳐져 있는 지식문화 전반에 관한 종합보고서라는 성격을 지니고 있었다. 일본 출판경찰에서 조선 출판경찰, 타이완 출판경찰, 만주 출판경찰의 문헌들로 연결되는 이 국가기록의 연쇄는 지배의 효과를 극대화하기 위한 정신문화의 예속에 목표를 둔 것으로 그 실제효과를 제국의 전 지역에서 정기적으로 확인하기 위한 것이었다.

불온한 출판물이 합법 출판물 전체와 어떤 관계를 맺고 있으며 그 관계의 전체성을 어떻게 해석할 것인가라는 질문은 '치안유지'의 관점에서 개별 출판물의 불온성에 집중하던 이전의 태도와는 구별되는 것이었다.[40] 그것은 일본제국주의가 구축한 '출판물의 제국'이라는 현상이 식민지 조선에 어떤 영향을 주고 있는지를 확인하는 작업임과 동시에 지식문화를 매개로 일본 본토와 식민지 사이의 위계성이 안정적으로 유지되도록 조율하는 장기목표를 지향하고 있었다. 이 책의 이론적 문제의식 가운데 하나인 '이중출판시장'이라는 개념 또한 제국 전체를 대상으로 설계된 이러한 지식문화의 예속구조가 일본 출판자본과 일본 국가권력의 공모의 결과였음을 설명하기 위한 것이다.

『신문지요람新聞紙要覽』(1927)은 도서과의 출범 이후 처음 만들어진 '연보' 성격의 출판경찰 문헌이다. 출판물의 거시변화에 주목하면서 출판경찰이 생각하는 분석의 체계와 구조를 처음 보여준 문헌이다. 이 보고서는 식민지 조선과 연관된 출판물의 생산방식과 생산량·유통지역과 유통량·그 검열결과 등에 대한 다양한 통계, 이수입 출판물과 불법 출판물의 현황과 그 불온성의 분석, 조선어 신문에 게재된 불온기사들의 일본어 번역 등으로 구성되어 있었다.

먼저 총 26개의 항목으로 이루어진 『신문지요람』의 통계와 자료목록을 제시한다. 이것은 식민지 조선에서 유통될 수 있는 각종 출판물의 불온성 정도와 식민권력의 통제 상황을 개괄하기 위한 목적으로 만들어졌다. 식민지 출판물의 불온성을 측정하기 위해 이처럼 방대한 조사분석이 필요했던 것은 조선총독부가 식민지 조선 안에서 유통된 전체 출판물 속에서 정상성과 비정상성의 상대적 규모를 확인하려고 했기 때문이었다. 그렇게 해야만 '불온문서'와 같은 '비정상' 영역의 축소와 소멸을 위한 정책방향과 정책수단을 선택할 수 있었다.

이러한 정리를 통해 불온문서의 성격과 발행지, 발행주체, 사용된 언어, 발행인, 제명 등과 같은 '신원'이 구체적으로 확인되었다. 통계조사는 불온성의 위험을 계량화했고, 목록화 작업은 그 신원을 가시화했던 것이다. 이는 불온성에 대한 식민지 출판경찰의 정책수립이 객관적인 자료에 근거할 수 있게 되었다는 것을 뜻했다.[41]

〈A〉자료군은 조선 안에서 합법적으로 출간된 정기간행물의 규모와 그 불온성에 대한 처분 현황이다. 이들 통계와 목록은 상대적으로 관리가 용이한 식민지 출판경찰의 통제권 속에 있는 사항들을 담고 있다. 이 때문에 대상 매체들의 성격과 속성, 판매와 유통 현황, 행정 및 사법처분의 내용, 그리고 불온성의 양상 등이 비교적 정확하게 파악되어 있다.

1926년 식민지 조선에서 총 61종의 신문이 유통되고 있었는데 49종(80%)이 일본인, 11종(18%)이 조선인, 1종이 외국인에 의해 발행되었다. 이 가운데 식민권력의 관심과 통제가 집중된 '정치시사'를 보도하는 신문은 47종이며, 그 중에서 39종(82%)이 일본인, 7종(14%)이 조선인에 의해 간행

〈표2〉 『신문지요람』(1927)의 체제구성과 그 내용[42]

분류	표 순서	표 제목	성격
A	1	조선 내 발행 신문지 발행시기 구별 일람표	식민지 조선 안에서 합법적으로 간행된 정기간행물의 규모와 그 불온성에 대한 처분 현황
	2	조선 내 발행 신문지 게재사항 종류 일람표	
	3	조선 내 발행 신문지 사용문자 종별 일람표	
	4	조선 내 발행 신문지 일람표	
	5	신문, 잡지 발행출원 및 그 처분	
	10	신문지 발행금지·발행정지처분 건수 표	
	11	조선인 발행 신문지, 잡지 행정처분 건수 비교표	
	13	조선 내 발행 신문지, 잡지 반포 상세일람	
	14	조선 외 발매·반포 신문지 부수 조사표〔일본어〕	
	15	조선 외 발매 반포 신문지 부수 조사표〔조선어〕	
	17	신문지 잡지 행정처분 종별 건수표	
	20	조선문 신문지, 잡지 행정처분 도수 월별표	
	22	조선문 신문지, 잡지 차압처분[43] 결과 월별표(1)	
	23	신문기사 게재금지, 경고 기타 일람표	
	24	신문기사 게재금지, 경고 기타 건수 월별표(2)	
	25	신문지규칙 위반 및 사건표	
	26	신문지법 위반 및 사건표	
B	7	국외 발행 불온출판물 일람표 1) 적화선전 출판물 2) 공산주의 선전에 관한 출판물 3) 조선독립 고취에 관한 출판물	제국 일본의 영토 밖에서 간행된 조선 관련 불온출판물의 현황
C	6	재동경 조선인 경영 간행물 발행 상황표	일본과 외국에서 조선으로 이수입된 정기간행물 현황과 그 불온성에 대한 처분 현황
	8	수이입 신문지, 잡지 종류 수량 일람표	
	9	수이입 신문지, 잡지 종류 수량 일람표	
	12	내지에서 발행하고 조선에서 발매·반포하는 신문지 일람표	
	16	이수입 신문지, 잡지 반포 상세일람	
	18	국문·외국문 신문지, 잡지 행정처분 건수 월별표	
	19	국문 외국문 신문지 잡지 행정처분 도수(월별표)	
	21	국문 외국문 신문지 차압처분 결과표	

되었다.[44] 신문의 사용언어는 일본어 39종, 조선어 8종, 영어 1종, 일어와 조선어 혼용이 12종, 영어와 조선어 혼용 1종이다. 순일본어 사용이 전체의 64%, 순조선어 사용이 전체의 17%를 점유했다.[45] 이들 자료는 식민지 조선에서 신문 간행의 압도적 주도권이 일본인에게 있었음을 보여준다.

1926년 조선인 간행물은 1년간 한 번의 발행금지와 발행정지를 당했다.[46] 발행정지는 일시적인 발행 중단, 발행금지는 강제폐간을 의미하는 행정처분이다. 식민지 조선의 최대 잡지였던 『개벽』이 바로 이 해 8월에 사회주의를 선전했다는 이유로 강제 폐간되었다. 반면 일본인 간행 매체의 발행금지와 발행정지는 전무했다. 신문지법에 의해 간행된 4종의 조선어 매체는 1926년 한 해 동안 94건의 행정처분을 받았다. 그 가운데 조선총독부가 지원하는 조선어 일간지 『매일신보』는 3건의 처분을 받는데 그쳤다. 이는 『조선일보』 44건, 『동아일보』 24건, 『시대일보』 23건에 비해 현저히 작은 수치였다.[47]

조선어 신문과 잡지의 '차압처분' 결과는 식민지 합법매체에 대한 억압의 정도를 판단하는 데 긴요한 자료이다. 1926년 한 해 동안 조선에서 간행된 『조선일보』, 『동아일보』, 『중외일보』, 『시대일보』 1,105,671부와 『개벽』, 『조선지광』, 『신민』 3,425부가 '차압처분'을 받았다. 간행 총량을 확인할 수 없기 때문에 압수율의 분석은 불가능하지만, 39종의 일본어 신문의 압수량 48,306부는 조선어 신문의 4.3%에 지나지 않았다.

강력한 통제 아래 놓인 조선 내부의 합법 출판물에 관한 통계 및 목록 자료군인 〈A〉만을 두고 볼 때, 식민지의 불온성은 효과적으로 관리되고 있는 것처럼 보인다. 그러나 〈B〉, 〈C〉와 함께 검토하면 상황은 완전히 달라진다. 내부에 대한 통제만으로 조선이 직면해 있던 상황 전체를 감당하는 것은 불가능한 일이었기 때문이다. 식민지의 출판경찰이 우려했던 문제의 본질은 알 수 없는 수많은 길을 통해 반입된 출판물들이 만들어내는 미지성의 문제라는 것이 〈B〉와 〈C〉의 통계와 목록에서 여실하게 드러난다.

〈표3〉 조선어 신문·잡지 차압처분 결과(A-22, 1926, 단위 부/권)

조선일보	동아일보	시대일보	매일신보	중외일보	개벽	조선지광	신민	계	〈참고〉 일본어 신문
566,342	341,390	136,995	60,003	941	3,140	104	181	1,109,096	48,306

〈B〉자료군은 조선과 일본 이외의 국가에서 발행되거나 만들어진 불온출판물의 현황이다. 〈B〉의 '불온선전문일람표'는 하나의 목록이지만 실제로는 세 부분으로 나누어진 방대한 내용을 담고 있다. 이 표는 총 364건의 문서들을 ① '적화 선전 출판물'(45건) ② '조선독립 고취에 관한 출판물'(70건) ③ '공산주의 선전에 관한 출판물'(249건) 등 세 영역으로 분류하였다. 이 자료들은 여러 지역에서 활동하는 일본 비밀경찰의 정보보고서를 토대로 작성되었으며, 식민지 조선의 정세와 관련 있는 것으로만 선별된 것이다.[48] ①과 ③은 사회주의자들의 활동, ②는 민족주의자들의 활동을 대상으로 삼았다. ①과 ③은 사회주의혁명운동과의 직접 연관 여부로 구분되었다.

'불온선전문일람표'에 수록된 출판물의 언어구성은 조선어 249건(68.4%), 한문 37건(10.1%), 일본어 35건(9.6%), 러시아어 23건(6.3%), 영어 7건(1.9%), 중국어 4건(1.1%), 기타 9건(2.4%) 등으로 이루어져 있었다. 조선어 문서가 68.4%에 달하는 것은 출판경찰의 불온문서 분석이 해당 지역의 현안에 집중되고 있었음을 시사한다.

불온문서
번역의 의도

불온문서 주요 생산지인 중국과 러시아의 문서 성격이 다르다는 점도 유의할 사항이다. 러시아 생산문서 121건은 모두 사회주의와 관련되어 있었다. 반면 중국에서 만들어진 불온문서는 민족문제 관련 비율이 32.5%, 사회주의 관련 비율이 67.5%이다. 중국에서 생산된 불온문서는 19개 이상의 도시에서 수거된 것이나 러시아발 불온문서의 69.4%(84건)는 블라디보스토크에서 만들어진 것이다. 여기서 블라디보스토크가 러시아 사회주의의 유입 통로였다는 것이 확인된다. 이것은 러시아와 중국에서 활동했던 불온문서 생산자들의 이념과 전략이 서로 같지 않았음을 보여준다.

'불온선전문일람표'의 자료들은 불온문서와 사회주의의 관계를 출판경찰이 우려하는 핵심 관심사로 부각시켰다. 대상자료 가운데 293건(80.4%)이 사회주의 관련 문서라는 것은 사회주의가 제국 일본의 국가정책에 가장 위협적인 적대세력이었음을 드러냈다. 그것은 조선 출판경찰의 정책목표가 사회주의의 차단에 집중하게 만든 요인이 되었다.

한 가지 더 지적할 것은, 이 불온문서들이 중국 18곳, 러시아 7곳, 미국 5곳 등 모두 30곳 이상의 해외 도시에서 제작되었다는 점이다. 그것은 조선의 식민권력이 해외 여러 도시에서 만들어진 적대적 텍스트에 의해 포위되어 있었다는 것뿐 아니라 이들의 제거가 쉽게 이루어질 수 없다는 두 가지 사실을 동시에 확인시켜준다.

자료군 〈C〉는 일본과 외국에서 조선으로 이수입된 정기간행물 현황과 그 불온성에 대한 처분 현황을 담고 있다. 일본에서 이입된 신문들의 경우 1926년 275,251부가 압수되어 조선 내 일본어 신문에 비해 570%나 더 많은 압수량을 기록했다.[49] 재조 일본어 신문과의 비교할 수 없는 이러한 수치는 이입신문의 반입과정에서 새롭게 시행된 검열의 결과로 생겨난 것이다. 내지와 식민지 사이에 엄존했던 법역의 편차와 연관된 사항이다. 『신문지요람』은 이와 관련하여 "(조선 내에서 간행되는) 내지인 발행 신문지는 그 경영이 착실하여 게재한 기사가 모두 온건하여 특기할 사항이 없다"라는 기록을 남겼다.[50]

이수입 출판물과 관련된 사안의 초점은 식민지 검열당국이 제작과정에서 그것을 검열할 수 없다는 것이다. 이수입 출판물의 대부분은 일본에서 들어온 이입 출판물들이었다. 이미 일본에서 검열을 하였지만 식민지에서는 그 불온성의 정도가 측정되지 않은 출판물인 것이다. 더구나 그 양도 막대했다. 식민지의 검열기구는 모국에서 들어오는 출판물을 식민지의 기준으로 다시 검열해야 하는 모순에 직면해 있었다.

『신문지요람』은 식민지의 검열기구가 복잡하게 구성된 불온성과 대면하고 있었다는 사실을 확인시켰다. 조선 내 합법 출판물들에 대해서는 식민권력이 완벽한 수준의 검열 주도권을 가지고 있었다. 그러나 사전에 검열할 수 없었던 조선 밖에서 만들어진 출판물은 치밀한 조사의 대상이 되어야 했고, 특히 중국이나 러시아에서 반입되는 불온문서는 은밀한 방식으로 전파되었기에 그 전체 규모의 파악과 통제가 애당초 불가능했다.

그렇기 때문에 식민지 조선의 검열은 그 대상의 성격에 따라 불균등하게 이루어질 수밖에 없었다. 그러한 사실을 객관화한 것이 『신문지요람』이 확인한 가장 중요한 성과였다. 이 보고서는 결과적으로 조선의 밖에서 다양한 경로를 통해 반입되는 문서, 출판물에 대한 효과적인 통제가 식민지 검열정책의 요체가 되어야 한다는 점을 강조했다. 이를 통해 조선 안팎의 문서와 출판물에 적용되는 검열의 수위가 균질해져야 한다는 정책 목표가 설정되었다.

하지만 그러한 목표는 하나의 이상에 불과했다. 통제가 상대적으로 어렵거나 심지어는 불가능한 대상이 항상 존재했기 때문이다. 일본에서 합법적으로 들어오는 출판물과 중국과 러시아 등에서 비합법적으로 반입되는 출판물은 그 성격의 판이함에도 불구하고 조선의 검열에 비균질성을 조장한다는 점에서 유사한 역할을 수행했다. 그것은 이율배반적 일이었지만, 바로 그러한 특징이 식민지의 본질이었다. 더구나 조선총독부는 상황의 변화에 따라 조선 내의 출판물에서도 끊임없이 새로운 불온성을 발견해야만 하는 책무에 시달려야 했다.

『신문지요람』 이후 출판물의 불온성에 대한 조선총독부의 대응은 두 가지 차원에서 이루어졌다. 그 하나는 출판경찰이 검열대상에 대한 보다 정밀한 통계와 광범한 자료를 계속해서 축적하는 것이었다. 다른 하나는 검열인원과 국경검열소의 확충 등 검열기구의 정비에 있었다.[51] 조선총독부는 이러한 조치들을 통해 앞에서 언급한 검열의 불균등함을 시정하고자 했다. 그러나 검열행정의 고도화로 조선총독부가 직면했던 식민지 검열의 과제를 어느 정도까지 해결했는지는 불확실하다.

분명한 것은 새로운 검열정책의 효과가 『조선출판경찰월보』와 같은 식민지 관방문서에 기술되어 있지는 않다는 것이다. 설사 그러한 내용이 있다 할지라도 그것을 신뢰하기는 어렵다. 왜냐하면 이 문서들은 국가정책의 정당성과 합리성을 선전할 뿐 정책수행의 결과에 대한 엄정한 자기분석까지 수행하지는 않았기 때문이다. 이 때문에 식민지 관헌문서의 성격을 객관적으로 분석하는 새로운 방법의 개발이 필요해진다.

제2장

검열, 출판자본, 표현력의 차이가 교차하는 지점

'문역文域'이라는 이론 과제

식민성의 기층

상상력의 공간적 분열

임화가 일본에서 발표한 세 편의 시, 「담(曇)-1927」(『예술운동』 창간호 1927.11)과 「탱크의 출발[タンクの出發]」(『プロレタリア藝術』 1927.10)[1], 「병감病監에서 죽은 녀석」(『무산자』 2호 1929.7)은 그가 추구한 정치문학의 정수가 들어 있다는 점에서 세간의 주목을 받아왔다. 특히 「담-1927」은 고양된 혁명의식과 절제된 사실묘사가 잘 결합되어 있어 혁명적 모더니티의 직설적 간결함이 돋보이는 작품이다. 이 시 속에서 임화는 이탈리아 출신 미국 노동자 자코Nicolas Sacco와 반제티Bartolome Vanxetti의 죽음을 부르주아 국가권력에 의한 사법살인이라 규정하고, 반자본주의 투쟁의 세계적 촉발을 정당화하는 사건으로 부각시켰다.[2]

> 1917-태양이 도망간 해
> 세계의 우리들은 8월 25일 지구발 전보를 작성하였다.
>
> 제1의 동지는 뉴욕 사크라멘트 등지에서 수십 층 사탑死塔에 폭탄 세례를 주었으며
> 제2의 동지는 핀란드에서 살인자 미국의 상품에 대한 비매동맹을 조직하였고

제3의 동지는 코펜하겐에 아메리카 범죄자의 대사관을 습격하였으며
제4의 동지는 암스텔담 궁전을 파괴하고 군대의 총 끝에 목숨을 던졌고
제5의 동지는 파리에서 수백 명 경관을 ××하고 다 달아났으며
제6의 동지는 모스크바에서 치열한 제3인터내셔날의 명령 하에서 대시위운동을 일으키었고
제7의 동지는 도쿄에서 ××자의 대사관에 협박장을 던지고 갔으며
제8의 동지는 스위스에서 지구의 강도 국제연맹 본부를 습격하였다.
(그때의 그놈들은 한 장의 200냥짜리 유리창이 깨어진 것을 탄식하였다-눈물은 염가다)
오오 지금 세계의 도처에서 우리들의 동지는 그놈들의 폭압과 ××에 얼마나 장렬히 싸워가고 있는가(작품의 일부)[3]

임화는 「담-1927」을 통해 코민테른을 중심으로 진행되는 세계혁명의 과정을 생생하게 드러내고자 했다. 임화는 연속되는 숫자의 지속적 배열을 통해 혁명의 기운이 전 세계로 확산될 것을 암시했다. 흥분과 긴장을 고조시키며 종말론의 절박함을 연상시키는 임화의 수사 전략은 이후 이상李箱의 「오감도-시 제1호」(『조선중앙일보』 1934.7.24)로 연결되었다.[4] 임화는 뉴욕의 빌딩과 암스테르담의 궁전, 각지의 미국 대사관과 스위스 국제연맹에 대한 테러를 언급하며 자본주의 국가체제의 파괴와 그 혁명적 재구성을 촉구했다. 시 속에서 그는 이렇게 말했다. "세계의 일체를 파괴하고, 세계의 일체를 건설한다."

「담-1927」은 사회주의 혁명가의 상상력과 그 예술적 표현의 현실화가 어떻게 결합되는지를 보여주었다. 임화는 일본 땅에서 국가권력에 의해 훼손되지 않는 정치성과 문학성의 순수한 결합을 경험했다. 이 시에서 상상력과 그 표현 가능성의 차이가 만드는 대립과 충돌은 드러나지 않는다. 사전검열로 인한 출판 불허가, 삭제와 압수를 의식한 자기검열의 흔적들은 이 시 속에 남아 있지 않았다.

「담-1927」과 함께 실려 있는 「붉은 처녀지에 드리는 송가」는 러시아 혁명과 소비에트 러시아에 대한 열광과 예찬으로 가득 차 있다. 홍약명洪躍明은 러시아혁명으로 탄생한 '자유 로서아'로 인해 "전 지구의 교감신경엔 경이의 전류가 약동하였다"고 노래했다. 소비에트 러시아야말로 "아등我等의 심장이여! 뇌여!"라고 부르짖기까지 했다. 이 시에서 '새 생활체계의 대동맥'으로 비유된 사회주의혁명은 인류의 역사와 문명 그 모든 것에 대한 돌이킬 수 없는 찬란한 전환으로 해석되었다.[5]

일본에서 발표된 다른 한 편의 시 「동무들아! 메이데이는 준비되었느냐!?」(적포탄, 『무산자』 3권 1호, 1929.5)는 조선 노동자들의 정치슬로건을 시의 내용 속에 그대로 삽입하였다.

> 우리의 행동의 요구는
> 조선총독××정치 ××깃발 밑에!
> 노동자 농민에게 ××을!
> 언론의 자유를!
> 집회의 자유를!
> 출판의 자유를! 결사의 자유를!
> 일체의 정치범의 즉시 석방을!
> ××××의 대중화를!
> 해방운동 희생자 구원의 자유를!
> 조선 노동자 특수×압, 특수 임금 차별 철폐!
> 삼총三總집회의 해금을!(작품의 일부)[6]

정치적 요구가 예술형식이 되게 하는 예술과 정치의 일체화가 이들 작품을 통해 실험되었다. 그것은 일본에서 간행된 조선인 사회주의 혁명시의 일반적 정황을 반영하고 있었다. 하지만 임화가 조선에서 발표한 시들은 「담-1927」과 그 성격이 많이 달랐다. 시인으로서 임화의 이름을 널리 알린 「젊은 순라巡邏의 편지」(『조선지광』 1928.4), 「네거리의 순이」(『조선지광』 1929.1), 「우리 오빠와 화로」(『조선지광』 1929.2) 「우산 받은 요코하마의 부두」(『조선지광』 1929.9) 등 이른바 '단편 서사시' 계열의 시들에서는 혁명의 당위성을 선동하는 직설적 표현들은 더 이상 등장하지 않았다. 이 시들은 투쟁의 현실을 실감있게 묘사하는 대신, 혁명운동의 어두운 면을 반추하는 데 더 많은 공간을 할애했다. 투옥된 자에 대한 진술이 유난히 많은 것도 그와 연관된 현상이었다.

결정적인 문제는 조선에서 발표된 임화의 시가 혁명의 시간을 대개 미래의 것으로만 정의했다는 점이다. 혁명적 상황은 좀처럼 현재와 만나지 못하는데, 그것은 「담-1927」의 시간의식과 질적으로 구분되는 것이었다. 그런데 혁명을 알 수 없는 미래의 시간 속에 가두는 것은 조선의 좌익 작가들이 창작현실에서 직면했던 지대한 난관, 곧 검열의 문제와 깊이 연관된 현상이었다. 그것은 고통스러운 타협의 결과였다.

이 시들에서 혁명이 미래로 유폐된 것은, 표현의 불가능성에 대한 우려가 상상의 자율성을 억압했기 때문에 나타난 현상이었다. 그 과정에서 애상과 낭만의 서정, 친족 간의 유대 등이 중요한 시적 자질로 부상했다. 혁명에 대한 신념을 문자화할 수 없는 현실이 혁명에 대한 기대 자체를 약화시킬 수 있는 상황을 만든 것이다. 조선에서 발표된 임화의 시가 빈번하게 가족을 호명한 것은 미래를 현재화하지 못함으로써 사적 체험의 과거세계로 돌아갈 수밖에 없는, 식민지인의 정신구조를 반영한 것이었다.

선언의 담론에서 독백의 언어로 급격히 경사된 임화시의 정조는 「네거리의 순이」의 한 구절에서 절실하게 드러났다. 임화는 누이에 대한 오빠의 진술이란 형식을 빌려 혈육과의 관계를 재현하고 그 속에 자신이 말하려는 반권력의 정치의도를 감추고자 했다.

젊은 날을 싸움에 보내던 그 손으로
지금은 젊은 피로 벽돌담에다 달력을 그리겠구나
그리고 이 추운 밤 가느다란 그 다리가 피아노줄 같이 떨리겠구나[7]

임화는 「네거리의 순이」에서 옥에 갇힌 사회주의자의 모습을 그렸다. 그러나 '피아노줄 같이 떨리는 다리'를 가진 쇠잔한 혁명가의 신체는 「담-1927」에서 '스파르타쿠스의 용감한 투사'로 묘사된 혁명전위의 형상과는 너무나 거리가 멀었다.

임화는 1931년 조선에서 간행된 『카프시인집』(집단사, 1931)에 일본에서 발표한 자신의 작품을 한 편도 포함시키지 않았다. 오직 조선에서 발표한 시들만을 선택한 것은[8] 그 시들의 검열 통과 가능성을 의심했기 때문일 것이다. 「담-1927」은 현해탄을 건너 온 『예술운동』의 지면을 통해서만 조선의 독자들과 만날 수 있었지만, 『예술운동』이 조선에서 자유롭게 판매되는 것은 거의 불가능했다. 일본에서 조선으로 이동하는 과정에서 출판물에 대한 새로운 검열기준이 적용되었기 때문이다.

발표지역의 차이가 시의 표현과 정조를 결정했다고 단정 짓기는 어렵다. 그런데 공교롭게도 임화의 시가 발표지역과 표현 내용의 등가화를 보여주는 것도 사실이다. 만약 임화의 사례가 자의식의 공간적 분열로 인한 구조적 현상이라면, 그것은 임화의 작품에 한정된 논의로 해명될 수 있는 것이 아니다.

법역의 편차
'문역'의 생성

임화의 경우처럼 많은 조선인 사회주의자들은 일본과 조선의 검열차이를 활용하여 고국에서 표현하지 못한 것을 해결하고자 노력했다.[9] 도쿄가 검열회피를 위한 식민지인들의 피난처가 되었다는 점이 흥미롭지만, 그들의 의도가 표현의 자유를 얻으려는 것에만 한정되었던 것은 아니다.[10] 보다 중요한 목표는 사전검열로 시도조차 할 수 없던 혁명적 출판물을 제작하고, 그것을 다시 자신들의 고향에 돌려보내는 것이었다.[11]

그러나 조선어 사회주의 문헌의 조선 내 반입이 그렇게 순탄하지는 않았다. "발행된 지 반년에 제1권의 각 호는 모조리 조선에서 압수당하였다"[12]는 『사상운동』의 기록이 말해주듯, 대부분 발매·반포가 금지되었다. 그것은 일본과 조선 사이에 엄존했던 검열환경의 상이함이 만들어낸 결과였다. 양 지역 검열차이의 본질은 처벌의 강도보다 표현 수위의 허용범위에 있었다. 예를 들어 일본도 사회주의와 포르노에 예민하게 대응했지만, 조선에 비해 그것을 걸러내는 방식은 현저히 달랐다. 지역에 따라 국가검열의 방법적 위계가 존재한 것이다.

그러한 제국 일본 내부의 지역 간 검열편차를 '법역法域'과 '문역文域'의 개념을 통해 설명하고자 한다. '법역'은 법과 규칙, 행정행위 등 검열수단이 특정 지역과 그 인구집단에 미치는 효력범위를 뜻하며 반드시 국가권력의 정책의도를 반영한다. 조선은 일본제국의 영토로 간주되었지만 법규정과 행정규칙, 검열기준 등이 동일하지 않았다. 뿐만 아니라 조선인과 일본인은 그 신원에 따라 서로 다른 법률의 적용을 받았다. 일본인은 조선에서도 본토와 유사한 법적 지위를 유지했지만 조선인은 재조일본인에 현저히 미달하는 법률의 규제 아래 있었다. 식민지 조선에서 신문지법과 신문지규칙, 출판법과 출판규칙이란 이중법이 시행되게 된 이유가 여기에 있었다. 그것이 법역 개념의 혼란을 만들어냈다.

일본에서 이루어진 조선인 사회주의자들의 출판활동은 그러한 법 적용의 지역 간 차이를 활용한 것이었다. 하지만 다른 한편으로 그것은 차별받는 식민지인이라는 현실을 스스로 자인하는 일이기도 했다. 제국주의의 영토 확장이 야기한 '법역'의 균열은 지역 간 검열의 강도와 연동되고 이는 다시 식민지 지식문화 전반에 심대한 영향을 미쳤다. 중요한 것은 이 연쇄를 통해 일본 본토 텍스트와 식민지 텍스트의 사이의 비대칭성이 만들어졌다는 점이다.

제국 일본의 영토 내부에서 '내지'와 식민지로 갈리는 법적 기준의 차이는 다른 한편에서 '문역'의 생성을 야기했다. '문역'은 한 국가 내부에서 시행되는 법률의 지역 간 차이가 만들어내는 표현력의 상대적 편차를 설명하기 위해 고안된 개념이다. 대부분의 조선인은 일상의 삶 속에서 표현의 문제에 관해 내지인과 식민지인에게 차별적으로 부여된 이중의 기준을 느끼지 않을 수 없었다. 그것은 자신이 읽고 보고 경험한 것과는 다른 방식으로 표현해야 한다는 심리적 중압감을 만들어 냈다.

이렇듯 조선인은 무엇인가를 표현해야 하는 상황에 직면할 때 제국 일본 전체의 차원에서 구현되는 일반적인 제약과 조선 안에서 조선인에게만 특별하게 적용되는 별도의 규율을 동시에 고려하지 않을 수 없었다. '문역'이라는 문제의식은 지식과 문화의 수용과 그것의 표현과정에서 조선인들이 겪게 되는 이러한 곤란과 복잡성을 설명하기 위한 것이다.

'문역'은 합법적으로 간행된 텍스트의 총체와 대응하며 완결되지 않는 유동성을 특징으로 한다. '문역'이 완결될 수 없었던 것은 검열의 운동성 때문에 '법역'의 체계가 계속해서 변화했기 때문이다. '문역'은 검열과정과 그 결과를 구현한 것이라는 점에서 '법역'의 메타표상이었다. '문역'은 지속적인 반복에 의해 실제화되어 특정한 규범성을 띠게 되는데, "어떤 문장을 검열해야 하는가?"라는 질문에 답하는 조선총독부 도서과의 교본들인 검열사례집들은 그러한 규범을 이탈한 조선문 자료를 정리하여 '문역'의 실재를 공식적으로 입증했다.

이를 통해 제국의 본토와 식민지 사이의 표현력 편차를 확인할 근거들이 축적되었다. 대표적인 사례로 식민지 검열표준인 「조선문 간행물 행정처분 예」(『조선에 있어서의 출판물개요(朝鮮に於ける出版物概要)』, 1930)를 들 수 있다. 이 행정문서 속의 사회주의 출판물 검열기준은 아래와 같은 예시문을 통해 레닌과 트로츠키를 긍정적으로 거론하는 것이 조선 내 검열의 중요한 관심사임을 상기시켰다.

> 아, 2년 전 금월 금일 오후 6시(조선 시로 정오)! 위대한 파괴자요 건설자인 '레닌'은 아주 가고 말았다. 그러나 그가 가고난 후에 노동의 기반은 엽성근심葉盛根深하여 사후 2년 금일에 더욱 새로움을 보니 잊지 못할 위대한 창조자여!(『동아일보』 1926.1.21)

> 지난 날 로국이 혁명함에 그를 국제적 유린에서 구하고 내란의 참화를 면케 한 자는 다른 것이 아니라 트로츠키의 적위군 그것이었다(『동아일보』 1927.2.11).[13]

이러한 금기의 발동으로 사회주의자들의 표현은 극도로 제한되었다. 조선의 좌익인사들이 사회주의 러시아와 세계 혁명운동의 실상을 거론하는 것은 매우 어려운 일이 되었다. 『개벽』 46호(1924.4)는 「세계 사회주의운동의 현세」, 「적색조합과 황색조합」, 「러시아의 공산당」, 「칼 리북네히트와 로사 룩셈뿌르크를 추상追想함」, 「노동운동과 기其 단결방법」, 「조선청년총동맹에 대하여」 등 여섯 편의 글을 삭제 당했다. 『개벽』 발행금지(강제폐간, 1926.8)의 표면적 이유는 사회주의혁명 이후 러시아 사회를 소개하는 기사를 게재했다는 것에 있었다.[14] "조선의 일시적인 역사적 공포(식민지배를 뜻함-필자)를 타승打勝할 사명이 노농군중 급及 혁명적인 인텔리겐챠에게 있다"라는 대목과 "노농계급의 동맹이 적로혁명을 승리하는 데 제일 많은 유조有助가 되었다. 적로赤露 혁명사가 인류해방운동에 많은 영향을 주었다"[15] 등의 서술이 『개벽』의 종언을 알리는 빌미가 된 것이다.

하지만 일본에서의 상황은 이와 달랐다. 식민지인에게 강요된 표현의 한계, 말하자면 '문역'의 제한을 넘어서려는 조선인들의 노력이 1920년 중반 이후 『사상운동』, 『이론투쟁』, 『현계단』, 『예술운동』, 『무산자』 등 일본에서 간행된 조선어 사회주의 잡지를 통해 활발하게 이루어졌다. 이를 『신생활』, 『개벽』, 『조선지광』 등 조선 내 매체들과 비교해보면 일본과 조선 사이의 표현력 격차가 무엇인지 명확하게 알 수 있다.

일본의 조선어 사회주의 간행물은 대부분 특정한 운동노선과 조직을 구체적으로 대변했다. 『사상운동』이 일월회, 『예술운동』과 『무산자』는 카프KAPF 신세대의 입장을 반영했다. 그러나 조선공산당의 기관지이자 당대의 대표적인 사회주의 잡지였던 『조선지광』에서 그러한 구체성은 찾아보기 어렵다. 카프 기관지 『예술운동』과 동시에 간행되었던 『조선지광』 73호(1927.11) 목차 가운데 사회주의혁명에 대한 구체적 언사는 거의 존재하지 않았다. 대부분의 불온한 표현은 문장의 내용 속으로 조심스럽게 감추어졌다.

『조선지광』 73호(1927.11)

「신간회와 그에 대한 임무」(노정환)

「현하의 국제정세와 대전쟁의 위기」(김영식)

「일본 각 정당의 정책에 대한 고찰」(곽종렬)

「사회일지」(편집부)

「속학적 유물관의 극복」(박문병)

「유물이냐, 유심이냐」(한치진)

「사고 선행자로서의 실천」(이우적)

「근우회의 토론을 보고서」(오재현)

「보르딘은 어떠한 사람인가」(송아지)

「톨스토이의 무저항주의와 동포 귀일의 사상」(김온)

「경제발달사 강화」(송언필)

「통속변증법 강좌」(문원태)

「문예평론」(윤기정)

「문예시감 단편」(김기진)

「가을의 향기」(시, 김대준)

「바다에 사는 사람」(시, 박아지)

「해후」(소설, 이기영)

「피로연」(소설, 유진오)

『예술운동』 창간호(1927.11)

「무산계급 예술운동에 대한 논강」(본부초안)

「무산계급 문예운동의 정치적 역할」(박영희)

「예술운동의 방향전환론은 과연 진정한 방향전환론이었든가?」(이북만)

「일본 プロレタリア(프롤레타리아) 예술운동에 대하여」(中野重治)

〈노농로서아혁명 십주년 기념〉

(1) 「시월혁명과 예술혁명」(장준석)

(2) 「로서아의 극문학」(월켄스타인)

(3) 「프로레타리아예술에 대하여」(루나찰스키)

「청년운동과 문예투쟁」(이우적)

「프롤레타리아 극장공연을 보고」(김무적)

「노동자 위안회 잡감」(최병한)

「담-1927」(시, 임화)

「붉은 처녀지에 드리는 송가」(시, 홍약명)

「검열제도개정기성동맹선언, 강령, 규약」

「앞날을 위하여」(소설, 윤기정)

「빼앗기고만 살 건가?」(소설, 조중곤)

「모기가 없어지는 까닭」(동화극, 송영)

이러한 차이의 원인은 이미 지적한 것처럼 조선과 일본의 검열기준과 관행이 달랐기 때문이다. 가노 마사나오鹿野政直는 "중요한 것은 검열과 내부대신의 발매반포 금지권을 근저로 하는 언론취체가 다분히 자의성을 가지고 수행되고 있었다는 점이다"[16]라는 지적을 했는데, 여기서 거론된 '자의성'의 의미를 일본과 조선의 차별적 검열관행을 설명하는 의미로 확장해도 좋겠다.

> 회고하니 세월은 어느덧 3주년!
> 원한을 부르짖는 추추啾啾한 귀곡성이 들리우든 무섭고도 끔찍한 비린내 나던 재작년 구월! 그 사천동포 가운데서 몇 사람이나 자기 명에 죽었을고! 아니다 한 사람도. 그러면 이 어찌 백골이 분쇄된들 잊을 수 없는 한의 구월이 아니냐! 피차의 죄를 세이자니 ㅇㅇ것이 죄라면 자본주의, 군국주의, ㅇㅇ당한 자, 자경단을 세일 것이요, 죽은 것이 죄라면 약자 된 탓, 조선인 된 탓, 찬밥이라도 얻어먹으려고 일본에 온 것을 세일 수 있을 것이다. 가만히 생각하니 새삼스러운 하염없는 눈물이 앞을 가린다. 죽은 벗을 위로코자 무산 십일 단체의 연합으로 성의껏 개최한 추도회나마 살풍경 끝에 검속, 중지, 해산이라는 횡포 무극한 유린을 당하고 말았다. 어찌하면 좋을꼬. 우리의 나갈 길은 아주 막혔느냐? 아니다. 찾아보자![17]

이 글은 동경대지진 당시 희생된 조선인들을 위한 추도회를 기록한 글이다. 이 사건에 관한 언급은 3.1운동의 경우처럼[18] 강도 높은 보도통제의 대상이었다. '오랫동안 파묻혔던 백골의 발견'[19], '무주고혼된 동포의 시체를 찾으려는 교섭'[20] 등 애매한 방식으로 드러내지 않는 것이 관례였다. 그러한 금지의 상황은 일본에서도 크게 다르지 않았다.[21] 그런데 『사상운동』은 흑우회, 도쿄조선노동동맹회, 조선무산청년동맹회, 재일본조선노동총동맹, 일월회 등 여러 단체가 함께 조직한 추도회 기록을 게재하여 조선인 학살의 참상을 상기시켰다. 엄격하게 금지된 역사의 한 자락을 햇빛 아래로 끌어낸 것이다.

이러한 일들로 인해 식민지 검열당국은 조선인 사회주의자들이 일본에서 간행해 반입하는 서적들을 '가장 주의를 필요로 하는'[22] 극히 위험한 출판물로 분류했다. 무엇보다 이들 출판물이 식민지 현실에 근거해 조선 사회의 변혁을 심각하게 선동했기 때문이다. 조선어 사용으로 인해 가독성이 매우 넓었다는 점도 그 위험도를 배가시켰다.

> 내지에서 발행된 이들 조선인 신문잡지 및 기타 출판물은 그 기사들이 대개 불온한 것이 많고 배일排日을 선동하고 공산주의를 선전하며 기타 주의적主義的 기사를 게재하는 등 상당히 주의를 필요로 한다. 그래서 이 같은 출판물은 한 번 조선 내에 이입되자 청소년 사이에 환영받고 애독되는 경향이 있기 때문에 그들의 선량한 사상을 고혹蠱惑하고 그 귀추를 잘못 만든 일이 없지 않다. 이 경향은 나아가서 조선통치에 유해한 화근을 초래하여 그 직접이든 간접이든지 간에 각종 방면에 끼칠 영향은 참으로 적지 않은 바가 있다. 이 때문에 내지 관계 관헌과 연락을 취하여 단속에 완벽을 기하고 있는 것이 현황이다.[23]

1920년대 후반 도쿄에서 간행된 조선인 발행 출판물 28종[24] 가운데

22종이 반제국주의 운동과 연관되어 있었다. 특히 연속간행물 8종은 조선 내에서 발매반포금지 및 압수의 대상이라는 특별한 대접을 받았다.

식민지 검열기관이 조선어 사회주의 매체의 이입을 경계한 것은 그들에게 조선의 출판물에서 보기 힘든 비밀유통의 가능성이 있었기 때문이다. 일본에서는 발행 3일전 제본 2부를 내무성에 납본하는 것으로 출판절차가 마무리되므로 납본물 심의를 통해 발매금지 등의 행정처분을 받는 경우라도 출판주체가 출판물 내용에 손상을 입지 않고 지하시장을 선택할 수 있는 조건을 가지고 있었다. 이렇게 법적 기준을 염두에 두고 제작

〈표1〉 재도쿄 조선인 발행 주의(注意) 신문·잡지 일람표(1927~1928)[25]

제명	언어	법률근거	기사내용	창간일	부수	발행인	비고
학지광	조선어	출판법	민족, 사회	1911.9	1천	박양근 朴亮根	학우회 기관지, 부정기
조선노동	조선어	신문지법	정치, 노동, 사회	1925.8	1~3천	김상철 金相哲	재일본조선노동총동맹 기관지
청년조선	조선어	신문지법	정치, 노동, 사회	1926.8	약 1천	방치규 方致規	동경조선청년동맹 기관지
신운동	일본어	신문지법	사회, 조선	1925.9	1~3천	이달 李達	기부금 모금 시 제공
대중신문	조선어	신문지법	사회, 민족(공산)	1926.6	1~1.5천	최익환 崔益翰	형설회(舊일월회 계열) 기관지
자유사회	일본어	신문지법	사회(무정부)	1927.6	1천	이홍근 李弘根	흑풍회(흑우회) 기관지
여자계	조선어	출판법	민족, 여성	1927.1	1천	이숙종 李淑鐘	여자학흥회 기관지
신조선	일본어	신문지법	사회, 조선	1925.9	약 2천	강세형 姜世馨	기부금 모금 시 제공
신흥과학	조선어	출판법	사회	1927.3	1천	이병호 李丙鎬	신흥과학연구회 기관지
현계단	조선어	출판법	사회, 출판법	1928.7	불명	장준석 張準錫	재경 좌익단체 기관지

되었지만, 사후에 검열의 제재대상이 되었을 경우 정부의 행정명령을 벗어나는 유연한 전환의 가능성은 일본의 좌익출판물이 가졌던 하나의 특권이었다.[26]

"가혹한 현재의 검열제도의 독아毒牙는 때때로 제군의 손으로부터 또 서점으로부터 『예술운동』을 빼앗을 때가 많으리라. 제군, 우리 『예술운동』을 한권 빼지 않고 보려는 제군은 발행소로 직접 주문하라"는 공지[27] 속에는 이 잡지가 언제든지 법률과 행정권의 경계를 넘어설 수 있다는 암시가 들어 있었다.

> 지난 23일부로 일본에서 발행하는 무산계급의 전투잡지로써 조선에 가장 많이 수입되는 『무산자신문』을 비롯하여 『노농』, 『무산자』, 『노동신문』 등이 계속하여 경무국으로부터 조선 내의 발매반포금지 처분을 당하였는데 이상의 잡지는 모다 ××××에 대하여 ××× 논문을 많이 게재하였으며, 또 2월달에 발행한 부수가 전달에 비하여 몇 배가 된다 하며 이번에 압수처분을 당한 부수도 수천 부에 달한다 하는 바 경무국장의 명령으로써 총독부 각 국과와 지방 경찰부에까지 전기前記 압수한 서적의 민간 잠입을 금지하라 하였다더라.[28]

'압수한 서적의 민간 잠입을 금지하라'는 조선총독부 경무국장의 명령은 일본에서 간행된 사회주의 출판물을 강력히 통제하라는 뜻을 담고 있었다. 제국 일본의 운영을 위한 구조적 차별이 오히려 제국체제의 질서를 위협하는 역설이 출판물의 지역 간 이동을 통해 생겨나기 시작한 것이다.

그러나 조선의 출판물은 삭제와 원고몰수로 표현되는 사전검열의 혹심함으로 지하시장에 유통될만한 조건을 갖출 수 없었다. 조선인들은 검열기구의 강압을 받아들여 식민권력이 만족할 만한 합법의 세계에 머물거나 국가권력의 출판통제를 애당초 부정하는 불법출판의 방향, 이 두 가지 가운데 하나를 선택하도록 강요받았다.

여기서 나카노 시게하루中野重治의 「비 내리는 시나가와역[雨の降る品川驛]」 두 개의 판본과 검열의 문제를 거론할 필요가 있겠다. 『개조改造』 1929년 2월호에 처음 실렸을 당시 이 작품은 그 의미를 알아볼 수 없을 정도로 삭제된 상태였다. 그러나 3개월 후 조선어 잡지 『무산자』(3권 1호, 1929. 5, 도쿄 간행)에 발표된 번역시는 원문의 내용이 거의 그대로 살아남았다. 이후 연구자들이 두 판본을 비교검토하면서 『개조』의 삭제가 작품 속에서 암시된 천황에 대한 공격, 곧 대역大逆의 가능성 때문이었음을 확인했다.[29] 그런데 어떻게 이러한 판본의 차이가 생겨날 수 있었던 것일까?

그것은 1920년대 일본 출판계에서 행해졌던 '내열內閱'의 관행과 연관된 현상이었다. 출판 전 사전검열의 제도가 없었던 일본에서 나카노 시의 삭제는 편집진과 검열당국의 사전협의 과정에서 이루어진 것이었다. 그런데 이러한 '내열'의 관습에는 어떤 법적 근거도 없었다.

> 문학에 한정해서 보자. 1919년에 창간되었던 종합잡지 『개조』는 노동운동이나 사회문제에 파고들어 독자를 늘리고, 20년대를 이끄는 잡지가 되어갔다. 하지만 동시에 몇 번이나 판매배포 금지 처분을 받아서 경제적 손실을 입었다. 일본 국내의 언론통제의 특색은 사전검열이 아닌 납본제에 의한 사후검열이었다. 잡지나 서적의 경우 내무성에 납본되어 판단이 결정된다. 3일 이내에 발매배포 금지 통지가 나오면, 서점에서 철수시켜야만 한다. 일부는 시중에 이미 유통된 상태이기 때문에 느슨하다고 말하면 느슨한 검열이지만, 기업치고는 작은 조직에 불과한 출판사로서는 발매배포 금지는 큰 적자가 되고, 경제제재의 의미를 가진 것이었다. 애초 『개조』에서 처분 대상이 되었던 것은 정치나 사회를 다룬 논문과 기사였다. 당연히 출판사로서는 제재를 피하기 위해 편집자가 검열을 행하는 내무성 경보국 도서과 관리에게 미리 가서 사

비 날 이 는 品川驛

中野重治

×××記念으로李北滿 金浩永의게

辛이여 잘가거라
金이여 잘가거라
그대들은 비오는品川驛에서 차에 오를 으는구나
李여 잘가거라
또한분의李여 잘가거라
그대들은 그대들의부모의나라로 도러가는구나
그대들의나라의시내ㅅ물은 겨울치위에얼어붓고
그대들의××반항하는마음은 떠나는일순에굿게얼어
바다는비에저저서 어두어가는저녁에 파도성을놉히고
비닭이는비에저저서 연기를헷치고 창고집웅에서날너
날인다
그대들은비에저저서 그대들을출쫏처내는일본의××을
생각한다
그대들은비에저々서 그의머리털 그의좁은이마 그
의안경 그의수염 그의보기실은교ㅂ새등곱기를 눈
압헤곱여본다
비는줄々날이는데 새파란 시그낼 은오르너간다
비는줄々날이는데 그대들의검은눈동사가번적인다
그대들의검은그림자는 改札口을지나
그대들의옷자락은 침々한 푸랏트폼 에흔날녀
시그낼은색을변하고
그대들은차에오르너란다
그대들은추ㄹ발하는구나
그대들은떡나는구나
오々!
조선의산아이요 게집아인그대들
머리끗 배끗까지 닥ㅅ々한동무
일본푸로레타리아―트의압쌉이요 뒤ㅅ군
가거든 그딱々하고둣터운 번질々々한얼음장을 두
되려 깨ㅅ치라
오래동안갓치엇든물로 분방한홍수를지여라
그리고 또다시
해협ㅂ을건너뛰여닥처오너라
神戶 名古屋을지나 동경에달여들어
그의신변에육박하고 그의면전에나타나
×를사로×어 그의×살을움켜잡고
그의×믹바로거긔에다 낫×을견우고
만신의뛰는피에
뜨거운복×의환희속ㄱ에서
울어라! 우서라!

「비 내리는 시나가와역」의 번역(『무산자』, 1929.5)

전에 마음에 드는 논문 등의 교정쇄를 보여주고 지시를 받드는 것처럼 했다. 이것을 '내검열' 혹은 '내열'이라 불렀는데, 관료의 지시에 따라 복자를 늘리거나 경우에 따라서 교정쇄의 단계에서 논문 자체를 삭제하는 등의 자위적인 조치를 취했기 때문이었다.[30]

대중 교양지의 성격을 지녔던 『개조』의 입장에서 '대역'의 가능성을 지닌 작품을 그대로 발표하는 것은 어려운 일이었다. 이 시기를 전후해 일본에서는 반국가적인 출판물에 대한 통제가 급속히 강화되고 있었다. 1928년 4월 13일, 일본 각의는 내무성의 '너무 완만한 경향'을 지적하고 만장일치로 언론에 대한 '엄중한 취체'를 결정했다. 곧바로 스즈키鈴木 내상이 야마후쿠山岡 경보국장을 불러 발매금지를 받고도 반성하지 않는 신문·잡지들에 대해 '사법처분에 의하여 발행금지의 극형에 처'할 것과 '무산당의 선전기관인 제종의 신문·잡지에 대해 가장 주도周到한 사열査閱을 행'할 것을 명령했다.[31]

이때 초점이 된 출판물은 『부산자신문』, 『노동농민신문』, 『맑스신문』, 『전위』, 『해방』, 『적기』, 『정치비판』, 『노농』, 『프로예술』이었는데 이 과정에서 『개조』에게도 "최근 비상히 급진적 태도를 취하고 있는 잡지로 크게 주시注視"된다는 평가가 내려졌다. 『개조』 편집진이 나카노의 시를 자진 삭제했다면 그것은 이러한 시대 정황의 산물이었을 것이다. 총 39행 중 9행이 검열로 사라져 시의 내용과 의미는 복원되기 힘들 정도로 파괴되었다. 그럼에도 『개조』는 「비 내리는 시나가와역」의 게재를 포기하지 않고 강행했다. 그 이유는 무엇이었을까?

『개조』가 심각하게 파열된 작품을 그대로 살려놓은 것은 삭제된 시의 모습이 어떤 의미를 발산할 수 있기 때문이다. 삭제가 심각할수록 독자들에 대한 호소력은 커졌다. 『개조』는 '내열'로 장래에 생겨날 수 있는 탄압과 손해를 차단하고 고통 받는 존재로 대중에게 자신을 드러낼 기회를 만들었다. 정치적 희생자라는 매체의 이미지를 조성한 것이다. 이러한 선택의 목표는 국가권력을 비판하되 부정하지 않는 것이다.

그러나 조선의 출판자본은 자신의 출판정책을 유지하면서 동시에 국가권력과 공모할 수 있는 사회적 환경을 갖지 못했다. '내열'이 전혀 없지는 않았지만 특수한 사례에 불과했다.[32] '내열'은 출판자본과 국가권력 사이의 힘의 균형, 혹은 이해관계의 일치를 전제한 협의 과정을 의미하는데 조선에서는 그러한 균형과 이해관계의 일치가 존재할 수 없었기 때문이다. '사전검열'이라는 용어는 식민지사회에서 출판물과 국가권력의 일방적인 관계를 단적으로 보여주었다.

『무산자』는 『개조』가 훼손시킨 「비 내리는 시나가와역」을 전문 번역하여 일본의 엘리트 잡지와 구별되는 결정을 내렸다.[33] 『무산자』는 매체의 생존을 목적으로 삼지 않았기 때문에 일본의 검열당국과 '내열'을 통해 공모할 이유가 없었다. 일본과 조선에서 지하유통의 가능성이 열려 있었고 최대 3천 부 미만의 잡지였으므로 상업적 타협의 필요도 크지 않았다. 만약 『무산자』 같은 사회주의 잡지들이 '내열'을 시도했다면 그 작고 불안한 자신들의 출판시장조차도 지키기 어려웠을 것이다. 『무산자』를 원했던 조선인들은 위험의 정도가 매우 높은 출판물을 선호했던 부류였기 때문이다.

1936년 10월, '조선공산당재건 경성준비그룹 기관지부'가 발행한 『적기』 제1호에는 다음과 같은 내용이 들어 있었다. 그런데 『적기』야말로 전형적인 의미의 비합법 인쇄물이었다.

> 『적기』는 놈들의 강대한 적임과 동시에 탄압의 유일한 물적 증거다. 반포자 제군은 지면에 다른 동지의 지문을 없애기 위하여 수취함과 동시에 전 지면을 자기의 손으로 쓸어버리자. 『적기』는 우리들의 좌우명이다. 읽은 후에 반드시 소각하자. 『적기』를 가지고 가는 도중에는 한유

閒遊, 방문, 산보는 엄금. 가두를 통행할 때에는 십자로라든지 전망요소展望要所를 피해 막다른 길을 특히 주의하고 주위를 잘 살펴 스파이 같은 자를 발견할 때는 급변하여 자기의 행선을 감추자.[34]

국가가 설정한 법체계와 행정규칙에 근거해 간행된 출판물이 국가의 명령을 어기고 지하에서 판매되는 현상은 심각한 문제를 야기했지만, 처벌을 위한 법적 주체가 뚜렷했다는 점에서 그 상황이 국가질서 자체를 근본적으로 부정한 것은 아니었다. 그러나 『적기』는 출판에 대한 국가의 법체계와 행정관행을 거부함으로써 실정법의 경계를 넘어섰다. 그 때문에 『적기』와 같은 비합법 출판물은 특정한 '문역'의 영향을 받을 필요가 없었다. 그것은 공중公衆에게 전파되는 문자 미디어의 장에서 사상과 표현의 자유가 평등하게 상호 수렴되는 것을 의미했다. 그런데 어떤 출판물이 국가가 설정한 합법의 범주와 통제의 한계선을 고려하지 않는다는 것은 근대 출판물의 일반적 생존환경에서 이탈한 전혀 새로운 차원의 문제였다.

두 개의 출판시장과 식민지 '문역'의 혼란

조선 밖에서 반입되는 신문, 잡지의 이수입량은 1919년 51,594부, 1922년 141,350부, 1925년 204,838부, 1926년 249,810부, 1927년 266,397부, 1930년 325,030부로 증가되었다. 11년간 629%의 양적 확대가 이루어진 것이다. 이 가운데 일본이 아닌 곳에서 들어온 출판물은 1% 남짓에 불과했다. 예를 들어, 1927년도 266,397부 가운데 99%가 일본 이입물이며 1,255부가 중국, 971부가 기타 외국에서 수입되었다. 이 수치는 문화정

치기를 지나는 동안 조선사회가 일본의 출판시장에 급속히 예속되었다는 것을 보여준다.[35]

조선총독부 관계자는 일본 출판물의 조선 진출에 대해 "간행물의 수이입 증가경향은 조선문화 향상을 여실히 보여주는 증좌이며 참으로 기뻐해야 할 현상"[36]이라고 적극 평가했다. 그러나 일본 출판물의 존재는 다른 한편에서 식민지 검열당국의 새로운 고민거리를 만들었다. 요점은 '내지' 출판물의 이입과 비례하여 증가할 불온한 내용의 조선 내 반입을 사전에 차단하는 것에 있었다. 그것은 곧 검열 수요의 급속한 팽창을 의미했다. 일본의 출판물이 식민지 검열의 기준에 저촉될 가능성이 높아진 것이다.

"경성에 도착할 일본 각 신문은 당국의 기휘忌諱에 당하여 압수"되었다는 기사가 이미 1920년대 초부터 조선어 신문지상에 심심치 않게 등장했다. "이들 다수의 간행물의 수이입에 따라 민중의 사상 상에 미치는 영향 또한 적지 않은 바가 있음으로 이 방면에 대해서는 특히 심심한 주의를 기울이"지 않을 수 없게 된 것이다.[37]

검열 건수의 증가는 이수입 출판물의 확대와 비례하여 생겨난 현상이었다. 〈표2〉에 의하면 일본에서 들어오는 출판물에 대한 조선 내 검열 행정처분(3,006건)이 조선 외 관청통보에 의한 것(651건)보다 461%나 더 많았다. 그것은 이입 과정의 높은 검열 강도를 뜻했다.

일본에서 들어오는 출판물에 대한 검열도 치밀하게 진행되었지만, 제국의 영역 밖에서 들어오는 출판물은 훨씬 더 높은 수준의 통제를 받았다. 1926년부터 1930년까지 5년간 일본 출판물과 국외 출판물의 행정처분 건수는 각각 3,657건과 1,712건이다. 일본 이외의 출판물에 대한 조선 검열당국의 행정처분 건수가 일본 이입물의 46%라는 것은 앞서 살핀 이수입 신문·잡지 총 부수에서 일본 이외 지역의 비중이 1% 남짓했던 것과 비교할 때 엄청나게 높은 수치이다. 국외 출판물과 일본 출판물의 비교에

〈표2〉 이수입 출판물에 대한 행정처분 건수(1926~1930)[38]

발행지	발견원인	구별	치안방해	풍속괴란	합계
일본	조선 외 관청통보	신문	425	31	456
		잡지	151	44	195
	조선 내 검열	신문	2,970	1	2,971
			*883	*103	*986
		잡지	35		35
국외	조선 외 관청통보	신문	13		13
		잡지	8		8
	조선 내 검열	신문	1,690		1,690
			*252	*2	*254
		잡지	1		1
계		신문	5,099	32	5,131(*1,240)
		잡지	195	44	239

* 표는 1928년도 자료가 신문잡지의 종별 구분과 발견 원인의 구분 없이 총수로만 기재되어 있어 통계에 산입하지 않고 별도로 배치한 것임. 986건과 254건 속에는 신문과 잡지의 행정처분 건수가 혼재되어 있다.

서 반입량 비율보다 행정처분 비율이 46배나 높은 것은 주목하지 않을 수 없는 현상인 것이다. 그것은 수입(일본 외) 출판물에 대해 갖고 있던 조선 검열당국의 극단적 긴장감을 드러냈다.

그런데 1920년대 조선에서 진행된 일본 출판물의 보급 확대와 일본에서 이입되는 사회주의 관련 매체의 퇴조는 맞물려 있던 현상이다. 불온한 출판물의 조선 유입에 대한 강력한 대응이 이루어진 것이다. 조선총독부의 특별한 관심을 받았던 『무산자신문無産者新聞』은 1928년 이후, 『해방解放』과 『스스메進め』는 1926년 단 한 번 거론된 이후 조선 출판경찰의 연보 작성 대상에서 빠졌다. 『무산자신문』은 1926년 436부(조선인 구독자 428부), 1927년 280부(조선인 구독자 237부), 1928년에 381부(조선인 구독자 367부)가 조선에서 유통되었고, 『해방』과 『스스메』는 1926년 한해 각각 144권(조선인 구

독자 26권), 131권(조선인 구독자 126권)이 유통된 것으로 출판경찰 문헌에 기록되었다.[39] 연보의 통계 대상에서 누락된 것은 조선으로의 합법적인 이입이 거의 없다는 것을 의미한다.

> 본 신문은 계급투쟁을 조장 선동하여 선내鮮內 민심에 끼치는 악영향이 적지 않아 치안상 유해한 것으로 인정하여 엄중한 취체를 려행勵行하고 이입은 단순히 이름 만에 불과하여 매호 연속적으로 차압처분에 붙이고 있다. 구독자의 입수하기는 불가능한 상태에 있다.[40]

『무산자신문』에 대한 총독부의 우려는 『무산자신문』의 구독자가 주로 조선인이라는 점 때문에 생겨났다. 일본 사회주의운동과 조선의 연계를 차단하기 위해서 조선총독부는 이 신문의 구매 자체를 불가능하게 조처했다. 반면 『무산자신문』과 함께 '사상 방면, 특히 주의적 색채 기사의 신문잡지'[41]로 분류되었던 『개조』는 조선 내 발매에 별다른 제약을 받지 않았다.

일본 출판물의 조선 내 이입이 보편화되면서 조선의 출판시장은 일본어 시장과 조선어 시장으로 뚜렷하게 이원화되기 시작했다. 이들의 경합 양상은 아직 충분히 드러나지 않았지만, 식민지의 지식문화와 깊이 연관되어 있던 검열정책이 두 출판시장의 관계에 상당한 영향을 미쳤던 것은 분명한 일이다. 일본 출판물의 검열기준을 조선의 기준에 맞출 것인가, 조선의 기준보다 느슨하게 할 것인가에 따라 시장의 반응은 달라질 수밖에 없었기 때문이다. 만약 식민지 '문역'의 저급함에서 벗어나려는 조선인의 욕망과 이입 출판물의 검열기준을 완화해 일본 출판자본을 지원하려는 식민지 검열정책이 결합한다면 조선어 출판시장은 위축될 수밖에 없었다.

일반적으로 말해 식민지기 조선의 출판시장은 폐쇄적 이중성으로 분절되어 있었다. 조선에서 일본어 출판물과 조선어 출판물은 공존했지만,

조선어 출판물이 '내지'로 진출하는 것은 극히 드믄 일이었기 때문에, 일본 출판시장의 광역화 현상을 조선의 출판시장이 모방할 수는 없었다. 조선의 출판시장은 대자본과 제국의 정치적 후광으로 조성된 일본 출판시장에 포위된 하나의 '지방시장'에 불과했다.

하지만 그러한 필연적 위계성조차 평범하게 유지되지는 않았다. 조선의 출판시장은 일본에 비해 매우 작은 규모였음에도 조선에서 출판시장의 성장과 외형 확대는 제도적으로 차단되어 있었다. 식민지 검열은 그러한 시장의 변동 가능성을 규율하는 핵심적인 국가제도였다. 검열은 사상통제와 정신훈육에 중점을 두었지만, 다른 한편에서는 지식자본의 장악에도 깊은 관심을 기울였다. 식민지 검열로 인해 생겨난 일본과 조선의 표현력 차이야말로 조선의 출판시장에서 조선어 출판물과 일본어 출판물의 생존조건을 다르게 만드는 요인이 되었다.

이 점과 관련하여 조선에서 이루어진 『개조改造』의 지속적인 판매허용은 일본 출판물이 조선 내 사상문화의 영역까지 잠식하는 현상으로 이해될 소지가 있었다. 『개조』의 문세가 검열당국의 정치적 목적에 의한 것이었다면, 그것은 출판시장의 경쟁이란 방식으로 조선의 지식문화 전체에 대한 간접통제가 성공한 것을 의미했다. 1940년 조선 내 판매량 5,745부가 『개조』의 경영에 어느 정도 도움이 되었는지는 판단하기 어렵다.[42] 그러나 조선사회에서 『개조』의 존재와 행보는 그 판매량과는 또 다른 차원의 의미망을 형성하고 있었다.

> 업자들의 증언에 의하면 지역마다 팔리는 책의 경향이 달랐다. 처음에 들른 조선사회에서는 당시 내지에서도 잘 팔리지 않던 사상관계와 경제관계 서적이 인기였으므로, 타이완에도 들고 갔으나 전혀 팔리지 않았다. (…중략…) 출판자본의 골칫거리였던 '유령'들이 식민지로 추방된 순간, 이익을 낳는 수익상품으로 둔갑한 것이다.[43]

고영란이 묘사한 출판시장의 풍경은 식민지 조선의 '문역'과 관련하여 깊은 흥미를 불러일으킨다. 일본 출판업자의 입장에서 조선은 사회주의 상품을 처리하는 시장에 불과했지만, 조선인 서적 구매자는 재고상품을 구입하는 과정에서 오랜 시간동안 억압되어왔던 식민지 '문역'의 한계를 해소할 기회를 얻었다. 그러나 인식의 한계를 확장하기 위해 '내지'의 출판물을 활용할 수밖에 없던 식민지인의 현실로 인해 피지배자의 불온한 욕망조차 관대하게 수용하는 제국이라는 왜곡된 이미지가 만들어졌다는 점도 기억해야 한다.

'역域의 문제와 식민지 출판시장의 관계를 살피면서 일본문학의 조선어 번역상황을 점검해 보았는데, 번역과 번안을 포함해 그 양이 매우 적다는 사실을 알게 되었다. 뿐만 아니라 그 대부분이 일본문단의 주류경향과는 거리가 있는 작품들이다. 예상과 어긋나는 그러한 사실을 확인하면서 근대지식의 지역간 이동의 문제와 식민지의 관계에 대한 새로운 생각을 하게 되었다.

1910년대 이전에는 야노 류케이矢野龍溪의 『경국미담經國美談』, 스에히로 뎃초末廣鐵腸의 『설중매雪中梅』 등이, 1910년대는 도쿠토미 로카德富蘆花의 『불여귀不如歸』, 와타나베 가테이渡辺霞亭의 『상부련想夫憐』, 기쿠치 유호菊池幽芳의 『나의 죄己が罪』, 오자키 고요尾崎紅葉의 『금색야차金色夜叉』, 야나가와 슌요柳川春葉의 『의붓자식生さぬ仲』 등이 조선어로 번역 혹은 번안되었다. 1920년대에 들어와서는 더 줄어들어 나카니시 이노스케中西伊之助의 『열풍熱風』과 『그대의 등 뒤에서汝の背後より』 정도가 있을 뿐이다. 이 시기가 프롤레타리아트 국제주의의 전성기였다는 점이 무색할 따름이다.

그런데 일본어 소설의 번역은 총력전 시기에 오히려 활발해졌다. 총독부의 의도가 개입되었을 『문장』의 '전선문학선' 목록을 보면, 유명한 『보리와 병대麦と兵隊』의 저자인 히노 아시헤이火野葦平의 「흙과 병대」, 「담배

와 병대」 등을 비롯하여 하야시 후미코林芙美子의 「전선」, 「별 밝던 하룻밤」, 「전장의 도덕」, 도쿠나가 스스무德永進의 「대부대의 적」, 오자키 시로尾崎士朗의 「육군비행대」, 「비전투원」 등 33편의 작품이 조선어로 번역되었다.[44]

조선과 일본의 밀접했던 관계에 비추어 초라하기 이를 데 없는 번역문학의 목록과 그보다 더 심각한 작품 선정의 편중성이야말로 두 지역 간 문화관계의 실상을 보여주는 자료라고 하겠다. 일본문학의 번역상황은 그 자체로 많은 논의가 필요한 주제이지만, 우선 중요한 것은 번역목록의 초라함보다 왜 이러한 일이 벌어졌는지를 살펴보는 일이다. 과연 식민지 조선에서 '번역되지 않는 제국'이란 어떤 의미를 갖고 있던 사회현상이었을까?

여기에는 다음과 같은 몇 가지 이유가 있었다. 먼저 대부분의 조선 지식인들이 일본어를 구사했기 때문에 이들을 제외한 구매자가 어느 정도인지 예측하기 어려웠다는 점을 지적할 필요가 있다. 판매량의 불확실함이 번역의 위축에 영향을 주었을 것이다. 둘째, 개벽사開闢社를 비롯해 조선의 주요 출판사들은 자기 매체의 내용을 채우기 위해 일본의 지식과 문화를 번역하는 데 부정적이었다. 그것을 저항의 표현으로 이해할 수도 있지만, 다른 한편에서는 조선이라는 지방시장을 장악하고 있던 토착출판자본이 취할 수밖에 없는 배타성의 문제이기도 했다. 출판시장의 지배력 유지는 모방할 수 없는 재료를 가지고 있는가의 여부에 있었기 때문이다. 셋째, 검열의 관점에서 볼 때, 일본을 번역한다는 행위는 예측하기 힘든 위험을 늘 내포하고 있었다. '문역'의 편차 때문에 번역된 내용이 조선의 검열을 통과할 수 있을까의 문제가 항상적인 제약이 되었다.

1920년대 정백鄭柏은 사카이 도시히코堺利彦가 일본어로 번역한 윌리엄 모리스William Morris의 『유토피아에서 온 소식News from Nowhere』(1891)을 조선에 소개하면서 사회주의 사상의 번역이 야기할 위험을 피하기 위해

이 작품이 두 사람과 연관되었다는 것을 감추려고 필사적으로 노력했다.[45]

이러한 이유들로 인해 일본 지식문화의 조선어 번역은 적극적으로 이루어지지 않았다. 그리고 일본의 출판시장이 조선으로 확장되면서 번역의 문제는 더욱 사람들의 관심에서 멀어졌다. 그 와중에 국책문학이 대거 번역된 것은 그 작품들이 검열할 필요가 없었던 텍스트들이었기 때문이다. 조선총독부의 핵심 검열관이었던 니시무라 신타로西村真太郎가 『보리와 병대麦と兵隊』(1938)를 번역하고 총독부가 이를 무료로 반포한 사실은[46] 제국의 권력이 개입하지 않고 식민지에서 제국을 번역하는 일이 얼마나 어려운 일이었는지를 단적으로 드러낸다.

식민지의 언어를 이해하는 길

'문역'의 문제를 고려하지 않고 식민지인의 문장을 심도 있게 이해하는 것은 불가능하다고 생각한다. 일제의 침략이 한국의 근대어문 질서에 가했던 압력은 식민지 조선인의 문장 곳곳에 피할 수 없는 흔적을 남겨놓았다. 식민지라는 특수한 공간/역域 속에 갇혀 있던 사람들은 자신에게 강요된 그 환경의 의미를 정확하게 이해하지 않고서는 안전한 의사소통을 하기 어려웠다. 여기서 안전의 의미는 식민권력이 규정한 표현의 한계를 벗어나지 않음으로써 국가폭력의 대상이 되지 않도록 조심하는 것을 의미한다.

하지만 보다 큰 문제는 '문역'의 유동성으로 인해 그 허용된 표현의 범위와 성격 자체가 극히 가변적이었다는 점에 있었다. 그러한 제약이 발화욕망과 문자표현의 전 과정을 장악하면서 식민지에 살고 있던 조선인은 자기인식과 그 재현의 과정을 체계화하기 어려운 혼란에 빠지게 되었다. 식민지인은 비식민지인에[47] 비해 훨씬 더 규범에서 벗어난 발화/표현에 예민해질 수밖에 없는 상황이 발생한 것이다. 이것은 식민지에서 진행된 언어문화의 근대화 과정이 필연적으로 비균질의 요소를 내장하도록 만든 자기모순의 구조였음을 보여준다.

합법성과 발화목적을 통합하려는 의도, 달리 말하면 반식민의 의도를 담고 있을지라도 그것을 식민지 검열이 설정한 제한선 안에 두어야 한다는 합법성에 대한 강박관념으로 인해 언술내용의 도착과 이질성이 생겨난 것이다. 그것은 종종 식민지 문화의 미성숙을 증명하는 표지로 이해되거나 식민지인의 지적 활동에 대한 폄하의 증거로 활용되었다. 한국의 근대소설사에는 세계에 내놓을 만한 '위대한 대작'이 없다는 콤플렉스의 이면에는 식민지의 특수한 환경을 비식민지의 관점으로(심하게 말하면 제국의 관점으로) 평가할 수밖에 없었던 한국 지식계의 식민성이란 오랜 관성이 영향을 미치고 있었다. 그러나 식민지인의 발화방식에 대한 새로운 분석방법이 고안된다면 그러한 현상은 재평가될 수밖에 없다.[48]

이러한 주장은 식민지의 문학이 식민지 자체의 문학생산 메커니즘에 의해 분석되어야 한다는 점을 촉구함과 동시에 근대문학의 해석을 위한 기존의 미학체계가 지닌 한계를 식민지적 특성의 해명을 통해 보완해야 한다는 문제의식을 동시에 담고 있다. '역'의 문제 또한 조선인들이 경험했던 그러한 특별한 국면들을 덮어버리는 학술관행을 뒤집고, 식민지의 역사현실을 그 자체의 구조에 근거해 재해석하려는 일련의 노력 속에서 포착되었다.

제3장

'이중출판시장'과 식민지 문화

식민성의 기층

'토착성'이란 문제의식의 제기

통계로 본 식민지 조선의 '이중출판시장'

식민지 조선사회의 지식문화는 일본에서 유입된 것과 조선 자체가 생산한 두 축이 섞이고 교차하면서 만들어졌다. 이러한 중첩은 식민지 사회 전 분야 걸친 일련의 강제적인 사회통합의 흐름 속에서 이루어진 것인데, 다른 분야보다 지식문화 영역에서 특히 두드러졌다. 행정과 교육 등 국가권력이 직접 개입하는 분야와 달리 이 영역에서는 자본의 결정, 개인의 구매의사 등 민간의 상대적 역할이 컸기 때문이다. 그런데 피식민자의 자기결정권이 미약하게나마 작동할 수 있었던 그 속에서 행사된 조선인의 주체성이 무엇을 의미하는지는 아직 충분히 해명되지 못했다.

3.1운동 이후 이루어진 조선어 출판물의 간행 허용과 조선어 출판시장의 확대가 종종 조선인들의 저항에 대한 타협의 대가로 설명되지만, 반드시 그러했던 것만은 아니다.[1] 그동안 우리가 간과했던 것은 조선어 출판시장의 성장이 일본 출판물의 조선 진출과 동시에 이루어졌다는 사실이다. 그것은 조선과 일본의 문화자본이 본격적인 경쟁관계에 돌입하게 되었음을 의미했다.

이것이 1920년대 전반기에 시행된 문화정치의 전략적 복선이었다. 독자적인 표상체계의 수립과 지식문화의 자립이 허용되는 동시에 그 전체가 제국 문화자본의 영향력 속에 예속되도록 만드는 포위 전략이 진행된 것이다. 이로 인해 일본 출판자본의 압도적 위상과 비교되는 조선이라는 변방의 문화시장이 만들어졌다. 그것은 국어의 지위를 갖는 일본어와 하나의 지방어에 불과했던 조선어가 맺고 있던 관계와 유사한 것이었다. 결과적으로 조선인들은 제국 일본이 자신들에게 부여한 문화적 지방성을 어떻게 그들의 방식으로 '전유'할 것인가라는 무거운 과제를 떠안게 되었다.

소설가 이익상은 그러한 비관적 현실을 이렇게 말했다.

> 소위 독서능력이 있다는 한학漢學, 양학洋學, 화학和學의 수양을 가진 사람들은 다 각각 양서, 한서, 화서를 구득하게 됨으로 조선어로서의 출판은 결국 조선어 이해자에 한하여 수용이 되는 형편이므로 불식문맹不識文盲이 많은 조선에서는 장래는 모르거니와 현재는 미미한 상태를 유지하기도 어려울 것입니다.[2]

이익상은 조선어의 위축과 연계된 조선어 출판시장의 심각한 한계를 지적했다. 한서·양서·화서를 함께 거론했지만, 강조의 초점은 화서和書 곧 일본책의 영향력을 지적하는 것에 있었다. 그의 표현처럼 조선어를 사용한 서적의 양과 그 지위는 말 그대로 미미했다. 따라서 우리가 만약 식민지 조선사회에 침투한 일본 출판물의 존재를 상정하지 않는다면, 그것은 당대 조선인이 경험했던 실제의 역사현실을 외면하거나 왜곡하는 일이 된다.

1920년대 중반에 이르러 본격화된 두 개 출판시장의 병존이라는 조선의 문화현상은 식민과 피식민의 관계로부터 생겨난 근원적인 생존조건의 차이를 기반으로 성립되었다. 그것은 완전히 분리된 세계의 형식적인 공존을 뜻했다. 일본의 출판산업은 잉여의 처리와 이익의 확장을 위해 식민지로 흐르는 통로를 만들었고, 식민자의 위치로 조선에 살고 있는 일본인과 식민체제에 결합될 수밖에 없었던 조선인들을 대상으로 자신들의 상품을 판매했다. 그것은 일본의 조선 지배가 만들어낸 중요한 사회현상 가운데 하나였다.

이 두 개의 출판시장은 서로 다른 방향성을 가지고 있었기 때문에 역설적인 공생관계를 유지할 수 있었다. 조선인 출판자본은 일본 출판물과 직접 경쟁하지 않는 방식으로 조선인의 구매력 가운데 일부를 점유했다. 말하자면 제국의 영향력이 미칠 수 없는 주변부에 관심을 기울인 것이다. 일본 출판자본이 제국문화의 확산을 통해 이익을 창출했다면 조선의 출판자본은 제국이라는 보편성을 중개하는 역할을 할 수 없었다는 점에서, 일본의 근대성이 침투하기 어려운 토착문화의 유지와 확장을 통해서만 그 생존의 가능성을 보장받았다. 식민지의 출판자본은 근대사회의 주류문화에 가까이 갈수록 오히려 위험해질 수 있는 자기모순을 안고 있었다.

1920년대 이후 일본어 매체와 서적이 조선의 출판시장을 장악했던 상황은 관련 통계를 통해 입증된다. 다음에 제시되는 통계자료는 조선총독부 경무국 도서과가 1920년대 후반에서 1930년대 후반에 걸쳐 제작한 조선 출판경찰의 '연보'와 '월보'의 내용을 정리한 것이다. 〈제1영역〉은 1926년부터 1939년까지 조선 출판경찰의 '연보'에서 추출한 조선 내 유통 출판물의 양상을 담고 있다. '연보'는 『신문지요람新聞紙要覽』(1927), 『신문지출판물요항新聞紙出版物要項』(1928), 『조선에 있어서의 출판경찰개요朝鮮に於ける出判警察概要』(1929, 1930, 1932), 『조선출판경찰개요朝鮮出判警察概要』(1934~1940) 등 제작 시점에 따라 그 명칭이 달라진다.

〈제2영역〉은 『조선출판경찰월보朝鮮出版警察月報』와 『조선총독부금지단행본목록朝鮮總督府禁止單行本目錄』(1941, 이하 『금지단행본목록』)에 근거한 통계이다. '월보'는 1928년 9월분부터 1938년 11월분까지 123호가 확인된 상태이다.[3] 하지만 중간에 결호가 있기 때문에 통계의 완정성을 보장하지는 못한다. 『금지단행본목록』은 조선총독부가 20여 년간 시행한 검열 결과의 기록으로, 검열을 통과하지 못해 조선의 출판시장에 진입할 수 없었던 단행본 목록과 발간상황을 담고 있다.

제1영역: 조선 출판경찰 '연보'의 통계

〈표1〉 구매량 상위 30위 매체
〈표2〉 조선 내 유통매체 구매량 비교
〈표3〉 연도별 단행본 발행 허가 상황
〈표4〉 조선인 단행본 발행 허가건수[4]
〈표5〉 조선인 단행본 허가건수의 연도별 백분위

제2영역: 『조선출판경찰월보』와 『금지단행본목록』의 통계

〈표6〉 신문지 발행지별 차압건수 및 비율
〈표7〉 계속출판 발행지별 차압건수 및 비율
〈표8〉 단행본 발행지별 차압건수 및 비율
〈표9〉 『금지단행본목록』 처분사유 분류

조선총독부 경무국 도서과가 작성한 통계자료를 근거로 식민지 조선에서 구성된 이중출판시장의 객관적 상황을 살펴보고자 한다. 이 자료를 해석하기에 앞서 자료 성격에 대한 설명이 필요하다.

첫째, 이 자료에서 제시되는 통계수치가 식민지 시기 조선에서 유통된 자료들의 총량과 일치하는가의 여부는 불확실하다. 출판경찰의 활동 목표는 조선에서 유통된 합법과 비합법 출판물을 파악하고 그 가운데 문제가 있는 불온출판물을 조선 검열당국의 기준으로 행정처분과 사법처

분하는 것이었다. 따라서 최대한 전체상황의 파악을 위해 노력했을 것이라는 추정은 가능하다. 하지만 '연보'와 '월보'의 통계수치가 불일치한 경우도 있고 심지어 같은 자료 안에서도 착오가 나타난다.

둘째, 조선총독부 경무국 도서과 통계를 통해 '이중출판시장'의 성격을 설명하는 것은 여러 측면의 난점이 있다. 우선 가장 확실한 비교영역은 신문이다. 신문의 경우 일본에서 이입된 종수와 총량, 조선인 발행종수와 총량, 재조일본인 발행종수와 총량 등의 파악이 가능하다. 하지만 잡지와 단행본의 정황을 추적하는 것은 불가능하다. 이입된 잡지의 종수와 총량은 어느 정도 확인할 수 있지만, 단행본의 경우 조선 출판경찰의 기록 속에는 자료가 남아 있지 않다.

이 때문에 별도의 자료에 대한 접근이 필요하다. 조선에서 간행된 잡지의 경우 간행량과 종수에 대한 부분적인 통계가 남아 있다. 조선인이 출간한 단행본은 출판허가 건수 통계를 통해 그 대체적인 출판량과 성격을 파악할 수 있다. 결과적으로 직접 비교가 가능한 영역은 신문에 한정되어 있으며 조선 내에서 유통된 일본의 잡지와 단행본, 재조일본인의 잡지와 단행본, 조선인이 출판한 잡지와 단행본 사이의 상대적 비교는 현재로서는 쉽지 않은 상황이다.

이러한 어려움을 보완하기 위해 서적광고, 도서과가 제작한 『금지단행본목록』 등을 활용할 생각이다. 조선어 신문의 서적광고는 '이중출판시장'의 흐름과 경향을 추정하는 데 필요한 간접 정보들을 제공한다. 『금지단행본목록』은 식민지 조선에서 유통이 금지된 단행본 서적들에 대한 장기간의 자료를 담고 있다. 그 상당수가 일본 출판물이기 때문에 공백상태에 있는 일본 단행본 통계를 보완하는 역할을 수행할 수 있다.

〈표1〉 '구매량 상위 30위 매체'는 1926년부터 1939년까지 조선에 반입되거나 조선에서 생산된 신문과 잡지 가운데 상위 30위까지의 매체명, 생산지, 부수를 담았다.

〈표1〉 구매량 상위 30위 매체[5]

구분	1926			1933		
	매체명	생산지	부수	매체명	생산지	부수
1	大阪每日新聞	A	44,184	大阪每日新聞	A	54,066
2	大阪朝日新聞	A	36,528	大阪每日新聞	A	53,540
3	동아일보	C	29,060	동아일보	C	39,928
4	조선일보	C	24,503	主婦之友	A	28,158
5	朝鮮新聞	B	24,463	キング	A	26,681
6	京城日報	B	22,586	京城日報	B	24,800
7	매일신보	C	21,887	매일신보	C	24,626
8	キング	A	13,753	조선일보	C	24,040
9	警務彙報	B	7,868	朝鮮新聞	B	18,352
10	主婦之友	A	7,704	警務彙報	B	17,352
11	朝鮮警察新聞	B	7,290	조선중앙일보	C	16,176
12	婦女界	A	7,280	釜山日報	B	14,666
13	朝鮮時報	B	6,268	婦人俱樂部	A	12,491
14	朝鮮民報	B	6,064	少年俱樂部	A	6,975
15	朝鮮每日新聞	B	4,642	朝鮮民報	B	6,691
16	婦人世界	A	4,516	講談俱樂部	A	6,579
17	サンデー每日	A	4,292	司法協會雜誌	B	6,394
18	京城日日新聞	B	3,857	幼年俱樂部	A	6,383
19	平壤每日新聞	B	3,585	婦人公論	A	6,253
20	釜山日報	B	3,517	婦女界	A	6,181
21	講談俱樂部	A	3,328	朝鮮地方行政	B	5,894
22	週間朝日	A	3,022	富士	A	5,495
23	日本少年	A	2,903	サンデー每日	A	5,224
24	西鮮日日新聞	B	2,890	改造	A	4,188
25	東洋水產新聞	B	2,832	日刊大陸	B	4,099
26	群山日報	B	2,436	平壤每日新聞	B	4,051
27	朝鮮經濟日報	B	2,367	朝鮮時報	B	3,862
28	婦人俱樂部	A	2,305	法制時報	A	3,488
29	少年俱樂部	A	2,010	少年俱樂部	A	3,438
30	法制時報	A	2,005	朝鮮消防	A	3,380

※ A는 일본에서 이입된 출판물, B는 조선에서 재조일본인이 생산한 출판물, C는 조선인이 조선어로 간행한 출판물을 뜻한다.

1935			1937			1939		
매체명	생산지	부수	매체명	생산지	부수	매체명	생산지	부수
大阪每日新聞	A	59,574	大阪每日新聞	A	73,334	매일신보	C	93,276
大阪朝日新聞	A	56,877	大阪朝日新聞	A	66,276	大阪每日新聞	A	83,339
동아일보	C	43,012	조선일보	C	59,608	大阪朝日新聞	A	72,859
조선일보	C	35,350	동아일보	C	49,566	京城日報	B	54,976
京城日報	B	32,782	매일신보	C	43,703	조선일보	C	51,799
매일신보	C	30,442	キング	A	34,593	동아일보	C	45,821
主婦之友	A	30,293	京城日報	B	30,598	キング	A	41,994
キング	A	24,390	主婦之友	A	29,509	主婦之友	A	34,259
조선중앙일보	C	21,203	朝鮮新聞	B	22,685	金融組合	B	32,214
朝鮮新聞	B	19,022	警務彙報	B	18,712	防共の朝鮮	B	31,275
警務彙報	B	17,810	婦人倶樂部	A	16,228	婦人倶樂部	A	27,704
釜山日報	B	17,242	釜山日報	B	15,980	中鮮新報	B	22,713
婦人倶樂部	A	16,644	東光新聞	B	9,440	警務彙報	B	18,398
講談倶樂部	A	8,994	朝鮮民報	B	8,863	釜山日報	B	16,872
少年倶樂部	A	8,421	少年倶樂部	A	7,266	大每小學生新聞	A	15,028
朝鮮民報	B	8,357	富士	A	7,214	京日小學生新聞	B	13,744
日の出	A	7,316	日の出	A	6,938	講談倶樂部	A	10,361
幼年倶樂部	A	7,130	大邱日報	B	6,722	日の出	A	9,496
婦人公論	A	7,040	朝鮮時報	B	6,689	局友	B	9,289
富士	A	6,982	講談倶樂部	A	6,334	少年倶樂部	A	9,045
朝鮮消防	B	6,037	平壤每日新聞	B	6,279	朝鮮民報	B	8,985
平壤每日新聞	B	5,868	サンデー每日	A	5,689	富士	A	8,850
大邱日報	B	5,548	幼年倶樂部	A	5,238	大邱日報	B	7,342
サンデー每日	A	5,386	週間朝日	A	5,144	朝鮮日日新聞	B	7,103
少女倶樂部	A	5,160	少女倶樂部	A	5,134	週報	A	6,869
週間朝日	A	4,991	婦人公論	A	4,844	平壤每日新聞	B	6,607
婦女界	A	4,957	朝鮮日日新聞	B	4,271	サンデー每日	A	6,521
朝鮮日日新聞	B	4,696	全北日報	B	4,031	婦人公論	A	6,219
朝鮮商工新聞	B	4,317	朝鮮消防	B	3,924	少女倶樂部	A	6,145
朝鮮時報	B	4,285	中央公論	A	3,891	北鮮日報	B	5,982

이 기간 동안 조선에서 가장 많이 구독된 신문 1, 2위는 『오사카마이니치신문大阪每日新聞』과 『오사카아사히신문大阪朝日新聞』이었다. 13년간 전자는 44,184부에서 83,339부로, 후자는 36,528부에서 72,859부로 판매량이 증가했다.[6] 3위부터 10위까지는 『동아일보』, 『조선일보』, 『조선신문』, 『경성일보』, 『매일신보』, 『킹キング』, 『경무휘보警務彙報』, 『주부지우主婦之友』, 『부산일보』, 『조선중앙일보』 등이 차지했다. 일제 말기로 가면서 『주부지우』와 『킹』의 판매확대가 두드러졌다. 1938년 『킹』의 판매량은 41,994부, 『주부지우』는 34,259부인데, 1926년에는 각각 13,753부와 7,704부였다.

전체 독자층을 놓고 볼 때, 상위 30개 매체 가운데 조선어 매체는 『동아일보』, 『조선일보』, 『매일신보』, 『조선중앙일보』 등 4종에 불과했다. 나머지 26종은 일본에서 이입된 것과 재조일본인들이 간행한 매체들인데 그 규모가 조선어 신문과는 비교할 수 없을 정도로 압도적이다. 이러한 불균형은 법률로 보장되었다. 식민지에서 시행된 신문지법과 출판법은 허가제와 사전검열제를 통해 조선인 매체의 자유로운 간행을 극단적으로 제한했다.

〈표2〉 '조선 내 유통매체 구매량 비교'는 '연보'의 통계가 제시하는 조선에서 유통된 매체와 각 주체별 구매량을 수량화한 것이다. 이는 조선 내 '이중출판시장'의 운동 양상을 전체적으로 파악하는 데 중요한 근거가 되는 자료이다. 이 표를 보면 재조일본인 매체, 조선인 매체, 일본에서 이입된 매체의 경합 양상이 구체적으로 드러난다. 조선인 매체는 조선 안으로만 고립되어 있으며, 일본인까지 독자로 포섭하는 확장성이 극히 미약하다. 조선인 매체의 일본인 구독자는 1926년 989명에서 1939년 3,670명으로 2,681명이 증가했을 뿐이다.

반면 재조일본인 출판물의 조선인 구독자는 14,687명에서 130,649명으로 확대되었다. 그 대부분이 일본 이입물인 이수입 출판물 조선인 구매

〈표2〉 조선 내 유통 매체 생산지별 구매량

생산지(주체)	구매자		1926	1927	1933	1934	1935	1936	1937	1939	총합
조선(일본인)	일본인		109,400	109,317	120,389	138,868	139,643	129,629	135,933	178,219	1,061,398
		증감		-0.1%	10.1%	15.3%	0.6%	-7.2%	4.9%	31.1%	62.9%
	조선인		14,687	19,086	34,178	37,591	36,276	39,280	52,883	130,649	364,630
		증감		30.0%	79.1%	10.0%	-3.5%	8.3%	34.6%	147.1%	789.6%
	외국인		163	141	164	164	189	225	917	224	2,187
		증감		-13.5%	16.3%	0.0%	15.2%	19.0%	307.6%	-75.6%	37.4%
	소계		124,250	128,544	154,731	176,623	176,108	169,134	189,733	309,092	1,428,215
		증감		3.5%	20.4%	14.1%	-0.3%	-4.0%	12.2%	62.9%	148.8%
조선(조선인)	일본인		989	1,256	1,861	1,468	2,533	1,826	3,883	3,670	17,486
		증감		27.0%	48.2%	-21.1%	72.5%	-27.9%	112.7%	-5.5%	271.1%
	조선인		79,436	94,489	110,022	123,922	132,147	131,291	152,215	197,596	1,021,118
		증감		18.9%	16.4%	12.6%	6.6%	-0.6%	15.9%	29.8%	148.7%
	외국인		90	66	174	206	104	68	186	123	1,017
		증감		-26.7%	163.6%	18.4%	-49.5%	-34.6%	173.5%	-33.9%	36.7%
	소계		80,515	95,811	112,057	125,596	134,784	133,185	156,284	201,389	1,039,621
		증감		19.0%	17.0%	12.1%	7.3%	-1.2%	17.3%	28.9%	150.1%
이수입(95~99%가 일본에서의 이입물)7	일본인		180,017	192,482	247,973	250,280	286,801	291,611	300,029	357,932	2,107,125
		증감		6.9%	28.8%	0.9%	14.6%	1.7%	2.9%	19.3%	98.8%
	조선인		7,450	12,128	27,591	30,303	34,712	39,882	49,596	96,528	298,190
		증감		62.8%	127.5%	9.8%	14.5%	14.9%	24.4%	94.6%	1195.7%
	외국인		47	99	113	77	1,942	75	166	173	2,692
		증감		110.6%	14.1%	-31.9%	2422.1%	-96.1%	121.3%	4.2%	268.1%
	소계		187,514	204,709	275,677	280,660	323,455	331,568	349,791	454,633	2,408,007
		증감		9.2%	34.7%	1.8%	15.2%	2.5%	5.5%	30.0%	142.5%
총계	일본인		290,406	303,055	370,223	390,616	428,977	423,066	439,845	539,821	3,186,009
		증감		4.4%	22.2%	5.5%	9.8%	-1.4%	4.0%	22.7%	85.9%
	조선인		101,573	125,703	171,791	191,816	203,135	210,453	254,694	424,773	1,683,938
		증감		23.8%	36.7%	11.7%	5.9%	3.6%	21.0%	66.8%	318.2%
	외국인		300	306	451	447	2,235	368	1,269	520	5,896
		증감		2.0%	47.4%	-0.9%	400.0%	-83.5%	244.8%	-59.0%	73.3%
	총량		392,279	429,064	542,465	582,879	634,347	633,887	695,808	965,114	4,875,843
		증감		9.4%	26.4%	7.5%	8.8%	-0.1%	9.8%	38.7%	146.0%

자 수도 7,450명에서 96,528명으로 성장했다. 일본어 출판물에 대한 조선인들의 관심도와 구매량이 급격하게 상승하고 있었던 것이다. 조선인 매체에 대한 조선인 구독자 수는 13년간 79,436명에서 197,596명으로 늘어났는데, 이를 상대적으로 비교하면 재조일본인 매체에 대한 조선인 구매량은 789.6%, 이수입 매체에 대한 조선인 구매량은 1,195.7%, 조선인 매체에 대한 조선인 구매량은 148.8% 증가했다. 이 통계를 통해 조선인 매체에 대한 조선인 구독자의 증가는 완만했지만 재조일본인 출판물과 일본 출판물에 대한 조선인의 관심은 크게 증가한 사실이 확인된다.

〈표3〉 연도별 단행본 발행 허가 상황[8]

연도	일본인	외국인	조선인	계
1924	345	86	자료없음	431
1925	276	109	자료없음	385
1926	306	134	자료없음	440
1927	324	148	853	1,325
1928	310	48	자료없음	358
1929	384	113	자료없음	497
1930	427	118	자료없음	545
1931	591	137	자료없음	728
1932	756	123	자료없음	879
1933	793	261	1,052	2,106
1934	778	231	1,005	2,014
1935	912	217	1,158	2,287
1936	960	214	1,126	2,300
1937	1,326	249	1,310	2,885
1938	1,061	2	1,812	2,875
1939	1,198	7	자료없음	1,205
1940	1,114	3	800	1,917
총계	11,861	2,200	9,116	23,177

〈표3〉 '연도별 단행본 발행 허가 상황'은 조선 내 단행본 출판과 관련된 정보를 제공한다. 1924년부터 1940년까지 17년 동안 조선에서 발행 허가된 단행본 총수는 일본인 11,861건, 외국인 2,200건, 조선인 9,116건이다. 조선인 항목의 9년 치 자료가 없기 때문에 연평균 간행량으로 환산하여 계산하면 일본인 697.7건, 외국인 129.4건, 조선인 1,139.5건이다. 조선 내 일본인 서적 간행량은 조선인 간행량의 61.2%를 점하고 있다. 일본인과 외국인을 합하면 827.1건인데, 이는 조선인 간행량의 72.6%에 해당한다. 여기에 현재 확인할 수 없는 이입 단행본을 더하면, 조선인 단행본 출간량의 상대적 크기는 더욱 줄어들 것이다.

〈표4〉 '조선인 단행본 발행 허가건수'와 〈표5〉 '조선인 단행본 허가건수의 연도별 백분위'을 살펴보면 재조일본인 출판물과 이입 출판물 양쪽에서 압력을 받고 있는 조선 단행본 시장의 열악한 생존환경이 그대로 나타난다. 총 40항으로 분류된 단행본 가운데 3% 이상의 점유를 보여주는 항목은 정치(11.54%), 교육(4.59%), 종교(5.80%), 역사(4.55%), 구소설(5.23%), 신소설(6.95%), 시가(5.66%), 족보(16.89%), 유고(3.54%), 문집(6.84%) 등 모두 10개 항목이다. 이들 10개 항목의 비중은 71.59%이다. 이 가운데 구소설, 신소설, 시가 등 문학관련 비중이 16.1%, 족보, 유고, 문집 등 전통문화와 관련된 한문자료의 비중이 27.27%이었다. 이 둘을 합하면 43.37%이며, 식민지기에 간행된 단행본 총량의 과반에 육박한다.

〈표4〉 조선인 단행본 발행 허가 건수[9]

구분	1927	1933	1934	1935	1936	1937	1939	1940	합계
정치	1	107	5	38	1	145	753	0	1,050
법률	2	5	6	18	6	4	5	1	47
경제	3	5	2	4	0	13	1	1	29
사상	18	20	11	10	0	39	9	7	114
철학	2	1	1	0	1	9	1	1	16
윤리	3	19	9	9	1	11	4	4	60
수양	6	12	10	14	4	7	2	10	65
교육	48	4	41	28	15	18	159	105	418
종교	22	27	41	55	66	48	143	126	528
경서	17	4	2	4	0	4	2	7	40
지리	21	22	11	27	31	18	21	7	158
역사	23	32	47	50	31	68	52	111	414
수학	5	6	2	1	0	8	5	2	29
이과	1	3	0	2	2	2	2	2	14
의약위생	18	25	30	19	21	23	26	8	170
농업	6	8	2	12	7	13	4	7	59
공업	2	12	3	10	17	7	3	4	58
상업	3	3	1	8	4	16	2	4	41
아동독물	0	7	20	32	12	27	4	5	107
구소설	38	139	44	49	79	105	14	8	476
신소설	80	47	55	77	105	138	87	43	632
시가	21	49	70	98	87	68	82	40	515
문예	0	15	8	21	12	16	26	8	106
동화	15	2	0	6	8	9	2	11	53
동요	0	0	2	3	1	7	0	3	16
서식	9	27	19	17	14	9	12	7	114
자전	5	3	9	4	0	7	10	0	38
어학	16	40	32	22	12	14	13	16	165
족보	227	200	136	261	260	213	164	76	1,537
유고	127	41	23	38	15	29	35	14	322
문집	7	118	114	103	108	85	49	38	622
음악	17	14	1	8	7	15	7	6	75
연극	6	7	3	3	0	3	4	4	30
여행영업안내	9	3	3	4	4	3	2	0	28
팔괘	0	8	13	8	3	0	0	0	32
잡(雜)	75	17	129	95	192	110	107	29	754
사회	0	0	0	0	0	0	0	4	4
수산	0	0	0	0	0	0	0	0	0
전업(錢業)	0	0	0	0	0	0	0	3	3
선거관계	0	0	0	0	0	0	0	161	161
기록상 합계	853	1,052	1,005	1,158	1,126	1,310	1,812	800	9,116
실합계	853	1,052	905	1,158	1,126	1,311	1,812	883	9,100

〈표5〉 조선인 단행본 허가건수의 연도별 백분위

구분	1927	1933	1934	1935	1936	1937	1939	1940	합계
정치	0.12%	10.17%	0.55%	3.28%	0.09%	11.06%	41.56%	0.00%	11.54%
법률	0.23%	0.48%	0.66%	1.55%	0.53%	0.31%	0.28%	0.11%	0.52%
경제	0.35%	0.48%	0.22%	0.35%	0.00%	0.99%	0.06%	0.11%	0.32%
사상	2.11%	1.90%	1.22%	0.86%	0.00%	2.97%	0.50%	0.79%	1.25%
철학	0.23%	0.10%	0.11%	0.00%	0.09%	0.69%	0.06%	0.11%	0.18%
윤리	0.35%	1.81%	0.99%	0.78%	0.09%	0.84%	0.22%	0.45%	0.66%
수양	0.70%	1.14%	1.10%	1.21%	0.36%	0.53%	0.11%	1.13%	0.71%
교육	5.63%	0.38%	4.53%	2.42%	1.33%	1.37%	8.77%	11.89%	4.59%
종교	2.58%	2.57%	4.53%	4.75%	5.86%	3.66%	7.89%	14.27%	5.80%
경서	1.99%	0.38%	0.22%	0.35%	0.00%	0.31%	0.11%	0.79%	0.44%
지리	2.46%	2.09%	1.22%	2.33%	2.75%	1.37%	1.16%	0.79%	1.74%
역사	2.70%	3.04%	5.19%	4.32%	2.75%	5.19%	2.87%	12.57%	4.55%
수학	0.59%	0.57%	0.22%	0.09%	0.00%	0.61%	0.28%	0.23%	0.32%
이과	0.12%	0.29%	0.00%	0.17%	0.18%	0.15%	0.11%	0.23%	0.15%
의약위생	2.11%	2.38%	3.31%	1.64%	1.87%	1.75%	1.43%	0.91%	1.87%
농업	0.70%	0.76%	0.22%	1.04%	0.62%	0.99%	0.22%	0.79%	0.65%
공업	0.23%	1.14%	0.33%	0.86%	1.51%	0.53%	0.17%	0.45%	0.64%
상업	0.35%	0.29%	0.11%	0.69%	0.36%	1.22%	0.11%	0.45%	0.45%
아동독물	0.00%	0.67%	2.21%	2.76%	1.07%	2.06%	0.22%	0.57%	1.18%
구소설	4.45%	13.21%	4.86%	4.23%	7.02%	8.01%	0.77%	0.91%	5.23%
신소설	9.38%	4.47%	6.08%	6.65%	9.33%	10.53%	4.80%	4.87%	6.95%
시가	2.46%	4.66%	7.73%	8.46%	7.73%	5.19%	4.53%	4.53%	5.66%
문예	0.00%	1.43%	0.88%	1.81%	1.07%	1.22%	1.43%	0.91%	1.16%
동화	1.76%	0.19%	0.00%	0.52%	0.71%	0.69%	0.11%	1.25%	0.58%
동요	0.00%	0.00%	0.22%	0.26%	0.09%	0.53%	0.00%	0.34%	0.18%
서식	1.06%	2.57%	2.10%	1.47%	1.24%	0.69%	0.66%	0.79%	1.25%
자전	0.59%	0.29%	0.99%	0.35%	0.00%	0.53%	0.55%	0.00%	0.42%
어학	1.88%	3.80%	3.54%	1.90%	1.07%	1.07%	0.72%	1.81%	1.81%
족보	26.61%	19.01%	15.03%	22.54%	23.09%	16.25%	9.05%	8.61%	16.89%
유고	14.89%	3.90%	2.54%	3.28%	1.33%	2.21%	1.93%	1.59%	3.54%
문집	0.82%	11.22%	12.60%	8.89%	9.59%	6.48%	2.70%	4.30%	6.84%
음악	1.99%	1.33%	0.11%	0.69%	0.62%	1.14%	0.39%	0.68%	0.82%
연극	0.70%	0.67%	0.33%	0.26%	0.00%	0.23%	0.22%	0.45%	0.33%
여행영업안내	1.06%	0.29%	0.33%	0.35%	0.36%	0.23%	0.11%	0.00%	0.31%
팔괘	0.00%	0.76%	1.44%	0.69%	0.27%	0.00%	0.00%	0.00%	0.35%
잡(雜)	8.79%	1.62%	14.25%	8.20%	17.05%	8.39%	5.91%	3.28%	8.29%
사회	0.00%	0.00%	0.00%	0.00%	0.00%	0.00%	0.00%	0.45%	0.04%
수산	0.00%	0.00%	0.00%	0.00%	0.00%	0.00%	0.00%	0.00%	0.00%
전업(錢業)	0.00%	0.00%	0.00%	0.00%	0.00%	0.00%	0.00%	0.34%	0.03%
선거관계	0.00%	0.00%	0.00%	0.00%	0.00%	0.00%	0.00%	18.23%	1.77%

‘이입 출판물’의 사회적 영향

식민지 조선으로 막대한 일본 출판물이 유입되었고 그 양도 가파르게 증가했다. 일본 출판물의 주요 독자는 재조일본인들이었지만, 1930년대에 들어오면 조선인들의 구매도 급증했다. 출판물에 대한 조선인의 잠재적 구매력은 지속적으로 일본 출판물에 흡수되었다. 〈표2〉에서 나타난 것과 같이, 조선 출판물도 완만한 성장세를 유지했지만 성장의 질적 내용은 재조일본인 출판물이나 이입된 일본 출판물의 경우에 비해 상대적으로 열악한 것이었다.

1926년 80,515건이었던 조선인 출판물 구매량은 1939년 1,039,621건으로 늘어났다. 그 사이 재조일본인 출판물은 124,250건에서 1,428,215건으로, 이수입 출판물은 187,514건에서 2,408,007건으로 구매량 확대가 일어났다. 조선인 출판물은 959,106건, 재조일본인 출판물은 1,303,965건, 이수입 출판물은 2,220,493건이 증가한 것이다. 그런데 이수입 출판물은 구매자가 거의 일본인이라는 점에서 알 수 있듯이, 대부분 일본에서 들어온 것이다. 통계에서 제시된 유통량 전체를 영역별로 비교하면 조선인 출판물은 이수입 출판물의 43.1%, 재조일본인 출판물과 이수입 출판물 합계의 27.1%에 불과했다. 이러한 조건 아래서 조선 출판물의 성장 잠재력은 약화될 수밖에 없었다.

그런데 일본 출판물의 유입으로 재조 일본인 출판물과의 사이에 경쟁이 생겨났다는 점도 지적할 필요가 있다. 사실 1920년대 후반에 들어오면서 조선에서 간행되던 재조일본인 출판물의 영향력은 크게 위축되었다. 그 부진은 무엇보다 이입 출판물의 영향 때문이었다. 조선총독부 경무국 도서과는 “최근 내지로부터 이입하는 간행물에 압도당하여 그 경영이 상당히 어려운 처지에 있는 실정이며, 특수한 것들을 제외하고 도저히 내지의 이입 출판물에 미치지 못해 거의 경영의 수지가 맞지 않고, 그 발행 또한 부진한 상황"[10]이라고 재조일본인 출판업의 침체를 설명했다. 일본인들이 조선에 설립한 중소신문이나 출판사의 위기는 그러한 흐름을 반영한 현상이었다.

> 내지의 이들 신문, 잡지는 그 체제나 내용이 우미하고 충실하며 게다가 면수도 많고 가격이 저렴하다는 점에서 도저히 선내鮮內 발행 신문, 잡지가 능히 경쟁하는 바가 아니다. 때문에 선내 내지인 발행 신문, 잡지는 현저히 그 지반을 교란 잠식당하고 두세 개 신문을 빼고는 겨우 선내 일부 지방에 머무는 비경悲境에 있고 경영상 심대한 위협을 느끼고 있는 실정이다. 목하 선내에서 그 발행부수가 많다는 것을 자랑을 삼는 『경성일보』, 『조선신문』, 『부산일보』과 같은 신문사도 그 때문에 경영이 상당히 곤란한 모양이다.[11]

'이중출판시장'의 성격을 설명할 때 식민지 검열의 개입과 역할을 빼놓을 수 없다. 조신의 검열제도는 이중출판시장의 메커니즘을 조율한 국가시스템이었다. 일본 출판자본이 식민지로 영향력을 확대할 때, 그 이동의 내용과 규모를 실질적으로 결정한 것은 조선총독부였다. 일본 출판물은 조선으로 들어오는 과정에서 빈번하게 압수되었는데[12] 식민지 검열기구는 이입 출판물 가운데 문제가 되는 것을 걸러내어 본토와 식민지 사이의 '문역'의 차이를 만들어냈다.

『조선출판경찰월보』에 근거한 〈표6〉 '신문 발행지별 차압건수 및 비율', 〈표7〉 '계속출판 발행지별 차압건수 및 비율', 〈표8〉 '단행본 발행지별 차압건수 및 비율'은 그러한 이입과정에서 이루어진 일본 출판물들에 대한 압수상황을 보여준다.[13] 신문의 압수비율은 조선 내 발행 5.7%, 일본 발행 34.8%, 외국 발행 59.5%였다.[14]

'계속출판물'(주로 잡지를 의미함)의 경우 그 양상이 달라진다. 조선 발행

'계속출판물'의 압수율은 3.7%로 신문과 비슷하나, 이입 '계속출판물'의 압수율은 56.6%로 신문의 경우보다 높았다. 단행본의 경우 〈표8〉에서 확인할 수 있듯이 일본에서의 이입물 압수비율이 전체의 70.9%까지 올라갔다. 이러한 통계수치는 식민지 조선에서 신문 〈 계속출판물(잡지) 〈 단행본 순으로 일본 출판물의 위험도가 높았다는 것을 보여준다.

이 기록은 이수입 출판물 총량, 조선 내 출판물 총량과 대비한 압수률의 상대적 비교치가 아니고, 조선 내 압수물만을 합산한 것이기 때문에 그 의미를 조선 내 불온성의 전체 상황과 직접 연결할 수는 없다. 하지만 신

〈표6〉 신문지 발행지별 차압건수 및 비율

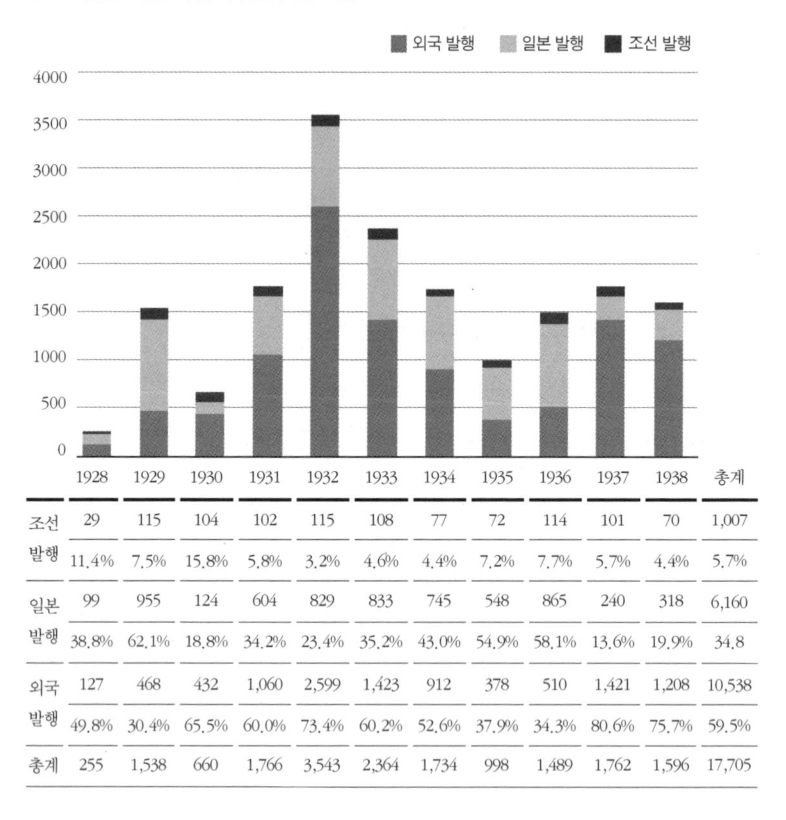

	1928	1929	1930	1931	1932	1933	1934	1935	1936	1937	1938	총계
조선 발행	29	115	104	102	115	108	77	72	114	101	70	1,007
	11.4%	7.5%	15.8%	5.8%	3.2%	4.6%	4.4%	7.2%	7.7%	5.7%	4.4%	5.7%
일본 발행	99	955	124	604	829	833	745	548	865	240	318	6,160
	38.8%	62.1%	18.8%	34.2%	23.4%	35.2%	43.0%	54.9%	58.1%	13.6%	19.9%	34.8
외국 발행	127	468	432	1,060	2,599	1,423	912	378	510	1,421	1,208	10,538
	49.8%	30.4%	65.5%	60.0%	73.4%	60.2%	52.6%	37.9%	34.3%	80.6%	75.7%	59.5%
총계	255	1,538	660	1,766	3,543	2,364	1,734	998	1,489	1,762	1,596	17,705

문과 계속출판물, 단행본 모든 부분에서의 압수물의 비중이 3.7%에서 5.7% 사이에 존재하는 것은 이수입 출판물과 비교해 조선 간행물의 표현 정도, 혹은 억압상태의 수준을 드러낸다.

일본에서 들어온 단행본의 위험성을 식민지 검열당국도 특별하게 주목했다는 점은 『금지단행본목록』을 통해 그 구체적 사실이 확인된다. '목록'에 수록된 총 2,789건 가운데 일본어 단행본은 2,359건(84.6%), 조선어 단행본은 257건(9.2%), 중국어 단행본은 148건(5.3%)이다.

〈표9〉 '『금지단행본목록』 처분사유 분류'를 통해 일본어 서적 금지사

〈표7〉 계속출판 발행지별 차압건수 및 비율

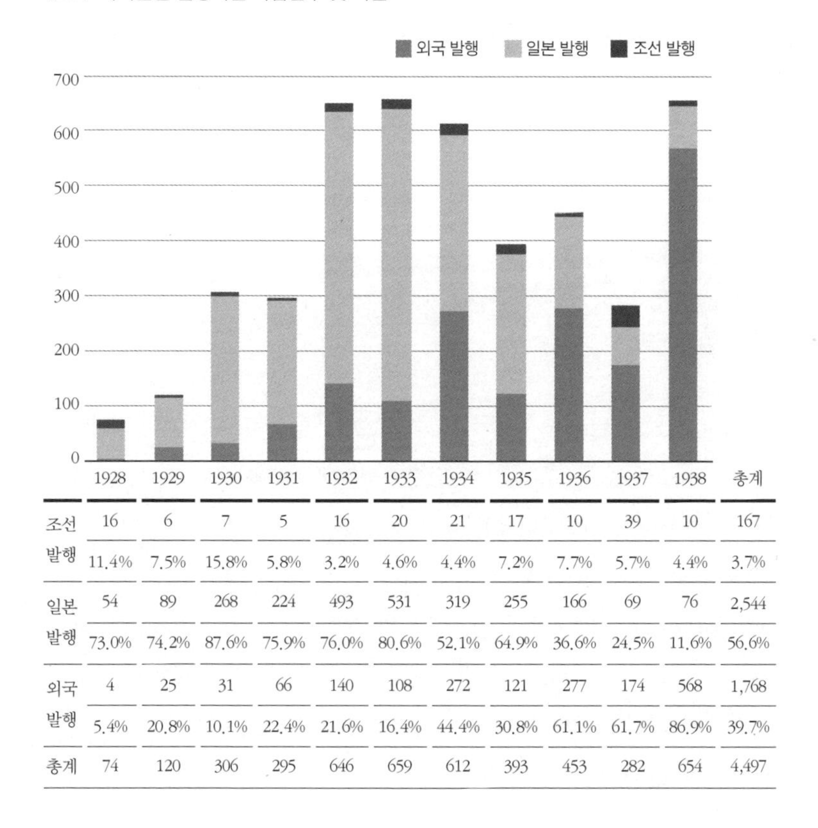

	1928	1929	1930	1931	1932	1933	1934	1935	1936	1937	1938	총계
조선 발행	16	6	7	5	16	20	21	17	10	39	10	167
	11.4%	7.5%	15.8%	5.8%	3.2%	4.6%	4.4%	7.2%	7.7%	5.7%	4.4%	3.7%
일본 발행	54	89	268	224	493	531	319	255	166	69	76	2,544
	73.0%	74.2%	87.6%	75.9%	76.0%	80.6%	52.1%	64.9%	36.6%	24.5%	11.6%	56.6%
외국 발행	4	25	31	66	140	108	272	121	277	174	568	1,768
	5.4%	20.8%	10.1%	22.4%	21.6%	16.4%	44.4%	30.8%	61.1%	61.7%	86.9%	39.7%
총계	74	120	306	295	646	659	612	393	453	282	654	4,497

〈표8〉 단행본 발행지별 차압건수 및 비율

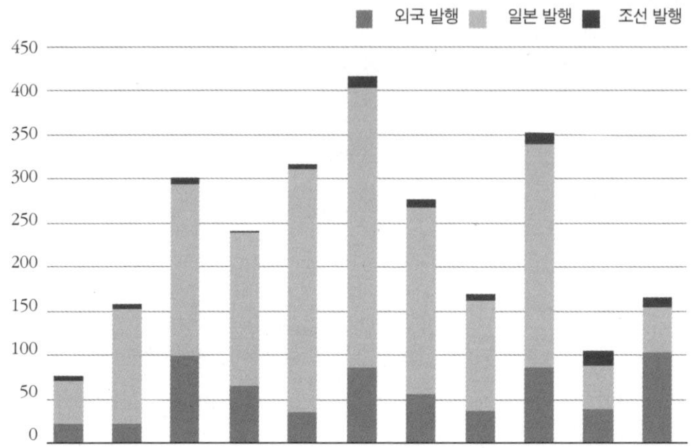

외국 발행 일본 발행 조선 발행

	1928	1929	1930	1931	1932	1933	1934	1935	1936	1937	1938	총계
조선 발행	5	6	8	1	6	13	9	8	12	16	12	96
	6.5%	3.8%	2.6%	0.4%	1.9%	3.1%	3.2%	4.7%	3.4%	15.2%	7.2%	3.7%
일본 발행	49	130	194	174	275	316	211	125	253	50	51	1,828
	63.6%	82.3%	64.2%	72.2%	87.0%	76.0%	76.2%	73.5%	71.9%	47.6%	30.7%	70.9%
외국 발행	23	22	100	66	35	87	57	37	87	39	103	656
	63.6%	82.3%	64.2%	72.2%	87.0%	76.0%	76.2%	73.5%	71.9%	47.6%	30.7%	25.4%
총계	77	158	302	241	316	416	277	170	352	105	166	2,580

유를 살펴볼 때, 러시아 공산주의(183건, 1위), 프로문학(131건, 2위), 레닌주의(101건, 4위), 노동운동(72건, 6위), 무정부주의(59건, 7위), 사회주의(45건, 9위), 마르크스주의(51건, 8위), 코민테른(34건, 11위), 소비에트(24건, 12위) 등 상위 상당수가 사회주의 관련 서적이다. 하지만 오오모토교大本敎(114건, 3위)와 같은 종교 관련 비중도 생각보다 높은 편이다. '에로'(75건, 5위), '엽기'(15건, 20위), '성'·'변태'(각 12건, 23위), '성생활'(11건, 29위) 등 풍속 관련 주제도 중요 관심 대상이었다. 사회주의, 종교, (성)풍속 등이 초점이었는데, 식민지 출판경찰이 오오모토교의 조선 내 확산을 집중 차단하고 있었음은 우리가 예상

〈표9〉『금지단행본목록』 처분사유 분류[15]

구분	전체	수량	일본어	수량	조선어	수량	중국어	수량
1	러·공산주의	193	러·공산주의	183	노래집	12	중국	11
2	프로문학	133	프로문학	131	러·공산주의	10	중·항일	8
3	오오모토교(大本教)	114	오오모토교	114	여호와의 증인	10	중·국어독본	7
4	레니즘	104	레니즘	101	노동운동	8	중·상식 교과서	7
5	노동운동	80	에로	75	기독교	7	외설	6
6	에로	75	노동운동	72	사회주의	6	중·일본침략	6
7	무정부주의	61	무정부주의	59	한국문학	6	중국문학	4
8	사회주의	52	마르크스주의	51	중·공산당	5	중·화교용 교과서	4
9	마르크스주의	51	사회주의	45	장로교	4	중·항쟁	3
10	국수주의	39	국수주의	39	노동자	4	중·지리 교과서	3
11	중국	35	코민테른	34	창가집	4	중·사회 교과서	3
12	코민테른	34	소비에트	24	농민운동	3	루쉰	3
13	소비에트	27	중국	23	레니즘	3	기독교	2
14	러시아혁명	24	러시아혁명	22	부인운동	3	민족운동	2
15	여호와의 증인	23	미상	19	사회사상	3	중·삼민주의	2
16	미상	20	일본문학	17	유물사관	3	중·교학책	2
17	일본문학	17	청년코민테른	16	삼민주의	3	장개석	2
18	청년코민테른	16	범죄	15	조선역사	3	상해항전	2
19	범죄	15	공산주의	15	무정부주의	2	중·국어 교과서	2
20	공산주의	15	엽기	15	프로문학	2	사회주의	1
21	농민운동	15	군부구데타	14	소비에트	2	여호와의 증인	1
22	엽기	15	소비에트문학	13	마르크스	2	소비에트	1
23	군부구데타	14	프랑스문학	12	러시아혁명	2	성생활	1
24	기독교	13	근세문학	12	만주	2	마르크스경제학	1
25	성	13	에스페란토	12	조선문제	2	성교육	1
26	성생활	13	성	12	자본주의	2	독립운동	1
27	소비에트문학	13	농민운동	12	러·공산당	2	3.1운동	1
28	노래집	13	변태	12	족보	2	달력	1
29	프랑스문학	12	일본역사	11	한국국민단	2	중국희극	1
30	근세문학	12	성생활	11	기독교보	2	원나라	1

구분	전체	수량	일본어	수량	조선어	수량	중국어	수량
31	에스페란토	12	여호와의 증인	10	조선현황	2	의용군	1
32	변태	12	경제	10	한국국민당	2	민족해방	1
33	일본역사	11	독일·공산주의	10	월남	2	종교론	1
34	마르크스	11	황도주의	10	고려공산당	2	규방	1
35	외설	11	니치렌종	10	성서	2	중국국민당	1
36	유물사관	11	세계경제	10	장로회	2	중·항일 노래집	1
37	경제	10	산아조정	9	조선교육	2	화보	1
38	독일·공산주의	10	인터내셔날	9	노래	2	예호아의 증언	1
39	황도주의	10	프로연극	9	불교	1	중·국난	1
40	니치렌종(日蓮宗)	10	마르크스	9	인도사	1	중·국치	1

하지 못했던 사안이다.

문제는 조선에서 유통되지 못한 일본어 출판물 2,359건의 성격 규명이다. 어떤 내용이 조선에서 금지되었는지를 확인하는 것은 일본과 조선의 지식문화 차별이 어떤 결과를 낳았는지 밝히는데 반드시 필요하다. 그러한 실제 분석은 이 책이 제안한 '문역'이라는 이론과제를 해결해나가는 데에도 중요한 근거와 디딤돌이 될 것이다.

일본 단행본에 대한 식민지 검열당국의 통제가 일본 출판자본의 조선에 대한 영향력 자체를 훼손하지는 않았을 것이다. 내용의 다양성, 학술적 권위 등 일본 출판물이 갖고 있는 매력은 조선 출판물이 대신할 수 없기 것이었기 때문에 위험의 수위가 높은 일부 서적을 제거하더라도 나머지는 충분히 식민지사회의 경쟁력 있는 문화상품이 될 수 있었다. 이입 출판물 단속의 목적은 조선으로 이입되는 불온성을 제거하고 내지인이 지녔던 지식문화의 특권이 식민지인과 공유되는 것을 억제하기 위한 조치였다. 그런 점에서 검열을 통해 조선에 진입한 일본 출판물은 어떤 특정부분이 제거된 근대성의 회로라는 성격을 지니고 있었다.

조선총독부 입장에서는 사회주의 선전, 민간종교의 전파, 성풍속의 문제 등 '내지' 출판물의 위험성만을 부분적으로 발라내면 조선을 일본과 차별된 지역으로 묶어두려는 정책의도와 일본 출판자본의 이익을 동시에 실현할 수 있었다. 검열당국의 개입으로 인해 조선의 일본 출판물 구매자들은 일본의 독자에 비해 현저히 낮은 수준의 정보와 지식, 대중문화, 교양 등을 수용해야 했다. '포르노가 불가능한 식민지'라는 극단적인 표현은[16] 근대 표현의 세계에서 식민지의 문화시장이 가질 수밖에 없었던 근원적 영세성을 날카롭게 상징한다. 검열은 이 과정에서 조선인의 정서 속에 일본의 지식과 문화에 대한 특별한 감각을 만들었는데, 어떤 점에서 사회주의와 성문화는 식민권력에 의해 거세됨으로써 '부재'를 통한 권위를 갖게 측면도 없지 않다.

검열로 인한 손실이 적지 않았지만, 상당수의 일본 단행본들이 살아남아 조선의 출판시장에 진입했다. 그들의 존재는 조선어 신문을 포함한 각종 매체의 서적광고를 통해 조선인들에게 전달되었다. 조선어 신문에 게재된 일본 출판물 광고는 특정 단행본에 집중하거나 출판사 간행목록 전체를 광고하는 두 가지 방식으로 이루어졌다.[17]

조선어 신문을 통해 이름을 알린 일본의 출판사들은 광우사출판부廣友社出版部, 방옥당芳玉堂, 수성당서점秀誠堂書店, 정문사正文社, 삼성당三省堂, 개조사改造社, 남송서원南松書院, 암송당(巖松堂, 경성점), 도강서원刀江書院, 스즈키상점출판부鈴木商店出版部, 진문관進文館, 동아당서방東亞堂書房, 삼광사서원三光社書院, 백양사白揚社, 중앙공론사中央公論社, 와세다대학출판부早稲田大學出版部, 마르크스서방マルクス書房, 제국출판협회帝國出版協會, 대일본영웅회강담사大日本英雄會講談社, 희망각希望閣, 성문당誠文堂, 송산방松山房, 남만서방南蠻書房, 고양서원高陽書院, 비범각非凡閣, 평범사平凡社, 현대출판사現代出版社, 독화언림獨和言林, 국민서원國民書院, 삼성출판사三省出版社, 독서신문사讀書新聞社, 동양청년연맹사東洋青年聯盟社, 군서당서점群書堂書店, 국민공업학원國民工業學院, 유교사有教社, 소문당昭文堂, 지마다성창당島田誠昌堂, 일본전보통신사日本電報通信社, 일본통신대학법제학회日本通信大學法制學會, 주부지우사主婦之友社, 정문당서점精文堂書店, 과학주의공업사科學主義工業社, 일본방송출판협회日本放送出版協會, 금성출판사錦城出版社, 천천사天泉社, 오쿠가와서방奧川書房, 중문관서방中文館書房, 아사히신문사朝日新聞社, 왕문사旺文社, 대일본국민중학회大日本國民中學會, 신태양사新太陽社, 적문당積文堂 등이 있었다.

참고로 『금지단행본목록』에 이름을 올린 일본 출판사는 백양사(白楊社, 153건), 희망각(希望閣, 104건), 공생각(共生閣, 74건), 개조사(改造社, 69건), 총문각(叢文閣, 59건), 천성사(天聲社, 44건), 마르크스서방(マルクス書房, 43건), 평범사(平凡社, 31건), 우에노서점(上野書店, 29건), 전기사(戰旗社, 25건), 백양사(白揚社, 24건), 나우카사(ナウカ社, 23건), 이와나미서점(岩波書店, 22건), 춘양당(春陽堂, 22건), 철탑서원(鐵塔書院, 21건), 남만서방(南蠻書房, 20건), 신조사(新潮社, 18건), 일본평론사(日本評論社, 18건), 중앙공론사(中央公論社, 16건), 이스크라각(イスクラ閣, 14건), 노동문제연구소(勞動問題研究所, 13건), 무산사(無産社, 12건), 남송서원(南宋書院, 12건), 제이천성사(第二天聲社, 12건), 금성당(金星堂, 11건), 성문당(誠文堂, 11건), 노동서방(勞農書房, 10건), 대중공론사(大衆公論社, 9건), 홍옥당서점(紅玉堂書店, 9건) 등이다.

이 가운데 개조사, 마르크스서방, 백양사白揚社, 남만서방, 남송서원, 중앙공론사, 성문당, 평범사 등이 조선어 신문에 자사의 서적 광고를 게재했다.

> 우리사회에 무엇이 우리 마음대로 발전될 것이 있겠습니까. 더욱이 출판계로 말하면 국민의 지식을 좌우할만한 지식이 나타나는 바이므로 우리의 희망은 하루바삐 홍왕하기를 바라고 원합니다마는, 일본문을 다 읽기 때문에 조선문 서적은 일향 발전할 여지를 발견치 못합니다. 통

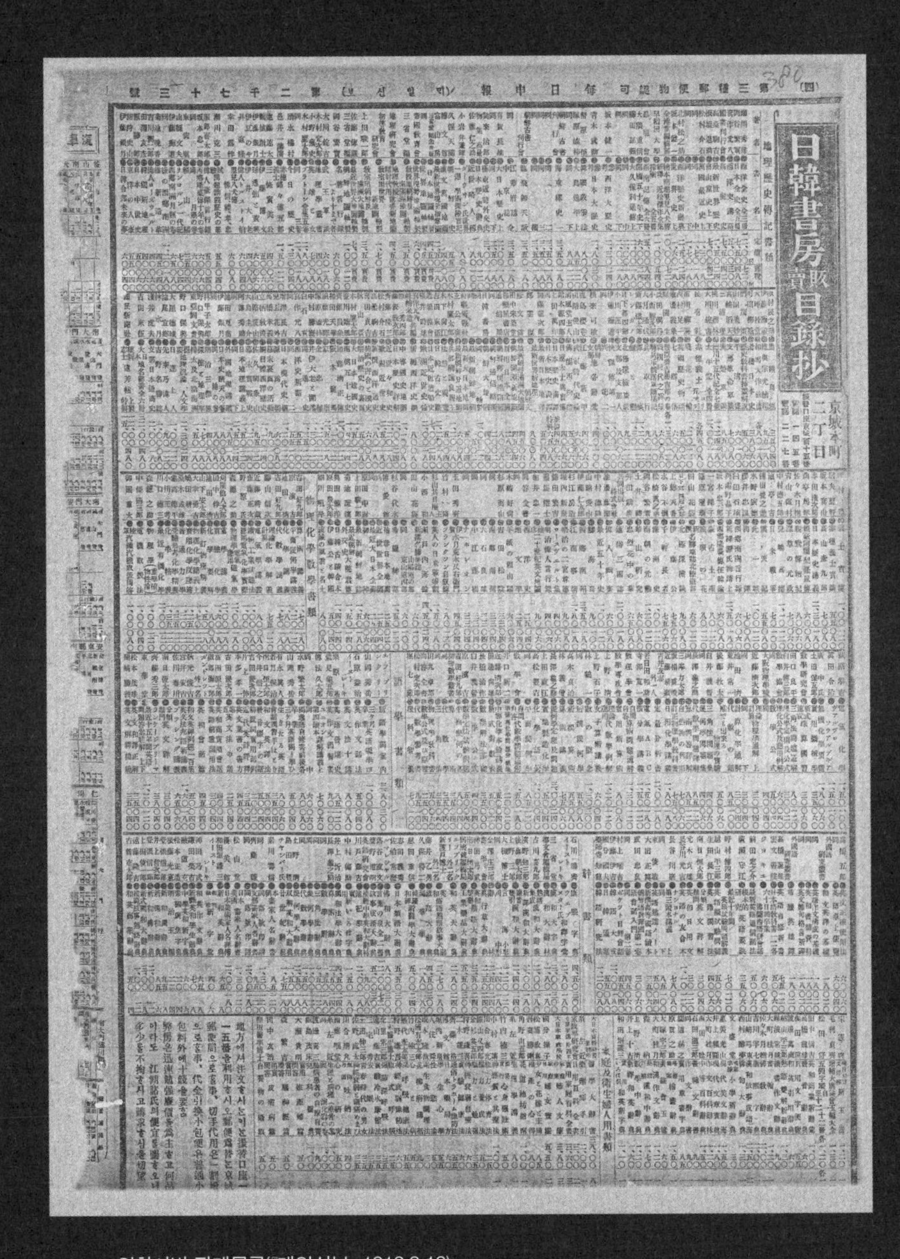
日韓書房 販賣 目錄抄

京城本町二丁目

地理歷史傳記書籍

일한서방 판매목록(『매일신보』 1912.9.12)

일한서방은 모리야마 요시오(森山美夫)가 일본에서 건너와 1906년 창업한 서점 겸 출판사로 판매하는 일본서적의 종류와 양이 방대했다.

털어 말하면 구소설이 조금씩 작게 팔리는 것이 우리 사회의 변천을 말한다고 할까요. 이 현상대로 나간다면 우리 출판계의 전도가 괄목할만한 전개를 보기에는 어려운 문제외다. 또는 조선에는 출판권을 보호하는 등록소가 없어서 크게 곤란을 느낍니다.[18] (강조는 인용자)

1920년대 말, 출판인 홍순필은 일본어 서적의 범람으로 인해 조선어 서적의 성장 가능성이 극히 작아지고 있음을 지적했다. 그는 조선어 출판 시장의 탈출구로 구소설의 가능성을 거론하고 있는데, 구소설이야말로 조선의 토착문화를 대표하는 문화상품이었다. 그의 발언 속에는 일본 출판물과의 경쟁이란 당면한 현실과 그 대안 모색에 대한 심각한 고뇌가 묻어 있었다.

하지만 이미 1920년대 초반부터 일본 서적과 조선 서적의 역할 분담이 하나의 사회적 현상으로 부각되어 있었다. 1921년 말, 『동아일보』 기사 「독서계로 본 실사회」는 "일본 책은 사상과 문예서류, 조선 책은 창가서류唱歌書類가 유행, 주목할 사회주의의 매황賣況"이라고 중간 제목을 뽑았다. 그 내용에 의하면 중학교 삼학년 이상 전문학교 학생들이 주로 보는 서적은 『개조』와 『문예구락부』, 사회주의 소설 『사선을 넘어서』였다.[19] 서점 오사카야고大阪屋號의 주인은 인터뷰에서 이런 발언을 남겼다.

우리 서점에서 가장 많이 팔린 서적은 사회주의서류와 및 문예서류이올시다. 사회주의 서적 『사선을 넘어서』는 자세히 알 수는 없으나 좌우간 만여 부 이상이 팔렸으며, 더구나 조선 청년들은 사회주의서류와 문예서류를 가장 많이 삽니다. 그 중에 조선 청년은 번역 책을 많이 사고 일본 청년들은 창작을 많이 사는 모양이올시다.[20]

반면 조선 출판물 가운데 주목을 받았던 것은 주로 전통적인 대중오락과 관련된 서적이었다. 한성도서주식회사의 영업부 주임은 "비교적 새로운 청년들은 문예와 사상서류를 많이 사는 모양이나 우리 회사에서 금년에 가장 많이 팔린 책은 『화류계창가』 올시다. 조선에서 책을 발간하면 일 년에 2판되기가 어려우나 『화류계창가』는 일 년 만에 벌써 4, 5판을 발행케"된다고 말했다. 이 기사는 "조선인 서점으로는 『화류계창가』, 『음풍농월』, 『신식창가』가 가장 많이 팔렸다"고 부연하고 있다. 앞서 거론한 조선 출판경찰의 기록과 부합되는 증언이다.

문학과 전통
식민지 출판사의 생존 전략

1927년 9월, 소설가 이익상은 『동아일보』 지상에 몇 가지 통계와 함께 조선 출판계의 문제를 지적하는 장편의 글을 기고했다. 먼저 그는 일본과 조선의 출판량을 비교했다. 이익상이 제시한 자료에 의하면, 1925년 일본에서 출간된 단행본은 모두 18,028종이다.[21] 정기간행물은 '유보증금'의 경우 일간신문 187종, 월 4회 이상 신문 412종, 잡지 3,600종이다. '무보증금'의 경우 일간신문 187종, 월 4회 이상 신문 142종, 잡지 1,832종이었다.

같은 해 조선에서는 단행본 816종, 출판법에 의한 정기간행물 141종, 신문지법에 의한 일간신문 4종, 주간신문 4종, 월간잡지 6종이 간행되었다. 전체 정기간행물은 155종, 총 출판 종수는 961종이었다.[22] 단행본의 세부사항은 소설 386종, 족보 290종, 정치·경제·수양 27종, 지리·역사·수학 70종, 농업 7종, 음악연극 10종, 아동 24종 등이었다. 단행본 가운데 소설의 비중은 47.3%, 족보는 35.5%였다. 이들 두 영역은 전체의 82.8%를 차지했다.[23]

이익상이 이러한 통계를 제시한 것은 일본과 조선 출판 상황의 현격한 격차를 드러내 조선 출판계의 심각한 상황을 알리기 위한 것이었다. 그는 이 글에서 1920년대 중반 조선 단행본의 대다수가 '족보'와 '소설'로 채워진 현상에 주목했다. 족보에 대해서는 "다른 나라에서는 볼 수 없는 것"이며 "일반사회에는 출판물로서의 하등의 의미가 없"다고 단정했다. "족보 290종을 제외하면 진정한 의미의 출판물은 691종일 뿐"이라며 족보의 근대 출판물로서의 가치를 부정했다. 구소설과 신소설 등 주로 식민지 조선의 토착서사를 뜻하는 '소설'에 대해서도 "통속소설의 재간再刊이 많다"고 비판하여, 족보는 물론 소설 또한 근대 출판물의 위상에 부합한 내용을 갖지 못한 것으로 평가했다.

족보와 토착소설 출간 붐이 지닌 반근대성에 대한 비판은 이익상의 지적이 아니더라도 식민지기 내내 계속되었다. "전세기적 유물인 족보 등이 제일위를 점령하고 있다는 것은 조선 출판계를 위하여 한 치욕"[24]이라는 가혹한 비난도 감수해야만 했다.

그런데 족보와 소설은 그 출판환경이 근본적으로 다르기 때문에 연관된 현상이기는 하지만, 같은 차원에서 논의하기는 어렵다. 족보가 가문을 중심으로 간행주체가 꾸려지는 것에 반해, 소설은 기성 출판사들의 중요 수입원이었다. 널리 알려진 조선인 출판사들이 족보를 간행하는 일은 드물기 때문에 간행 총량은 많지만 조선 출판자본의 활동과는 큰 연관이 없었다. 반면 소설은 조선 출판사 이익의 상당부분을 담당하고 있었다. 조선 출판사들이 소설 간행과 판매에 주력한 것은 식민지에서 살아남기 위한 고육지책이었다. 강력한 법적 제약으로 자유로운 출판기획을 할 수 없었던 상황에서 생존의 길을 찾는 것은 식민지 출판사가 안고 있던 최대의 숙제였다.

한성도서주식회사의 『도서총목록』(1935)을 통해 그 상황을 살펴보자. 이 목록집은 모두 36개의 항목 밑에 1,785종의 도서를 소개하고 있다. 이들이 모두 한성도서의 간행물은 아니며 자사 출판물과 판매대행 서적이

〈표10〉 한성도서주식회사 『도서총목록』(1935)의 도서 분류방식과 종수

철학·종교	70종	각본	70종	음악	94종
수양	28종	소년서	27종	연설·식사(式辭)	22종
정치·경제·법률	27종	동화·동요	47종	재담·야담·속담	28종
역사·전기	70종	작문	11종	가정	12종
지리·지도·기행	27종	척독	79종	보교(普校)·고보교(高普校) 참고서	43종
자전·사전	24종	서식	8종	경서(經書)	16종
어학	55종	수학·박물학·이화학	36종	교육 참고서	71종
조선어	22종	의학	27종	시율(詩律)·법첩(法帖)	34종
사상	67종	공업·상업	11종	한문소설	16종
문예	234종	농업	35종	복서(卜筮)	26종
시·시조	41종	운동·유희	19종	잡서(雜書)	21종
잡가	17종	신소설·고대소설	343종	백지판구서	44종

혼재되어 있다.[25] 각 분야를 망라한 서적 목록의 충실함, 근대출판에 주력했던 출판사의 성향, 식민지기 전체 흐름을 조망할 수 있는 시기 등을 고려해서 이 자료를 선택했다.

이 도서목록은 식민지기 조선의 출판사가 선택한 단행본 전략의 경향성을 잘 드러낸다. 그 내용은 문학, 전통, 일상생활, 사회주의, 실용서, 전문서, 교육용 참고서 등의 카테고리 안에서 움직였다. 이 가운데 '문학'과 '전통'의 내용을 구체적으로 확인해 보겠다.

'문학'은 문예, 시, 시조, 신소설, 고대소설, 한문소설, 잡가, 각본, 동화, 동요, 재담, 야담, 속담, 소년서, 척독 등을 포괄했다. 그 종수는 849종이다. 이는 전체 목록의 47.5%이다. 이 가운데 서구 근대문학을 뜻하는 이른바 본격문학의 수가 얼마인지는 정확히 확인하기 어렵다. 본격문학의 개념을 엄격하게 적용하여 근대문학사에서 다루는 조선인의 순수 창작으로 한정하면 그 수는 현저히 줄어들 것이다.

'문학' 범주의 중심은 343종에 달했던 구소설, 신소설류이다. 문학사에서 근대미달의 형식으로 배제되거나 폄하된 이들 가운데 대부분은 이른바 딱지본이라고 불린 값싼 보급형 대중소설이다. 과거와 현재가 뒤섞인 한국적인 서사상품인 것이다. 잡가, 재담, 야담, 속담들도 이들과 유사한 특징을 지닌 양식들이다. 이를 통해 볼 때, '문학' 영역의 50% 이상은 전근대의 자질에 근거해서 만들어진 것이다.

'전통'은 역사, 전기, 조선어, 경서經書, 시율詩律, 법첩法帖, 복서卜筮, 백지판구서白紙版舊書 등 196종이다. 역사, 전기 가운데 17종은 서구인물 관련이므로 제외했다. 나머지는 조선의 인물전기와 역사서들이다. 조선어는 대부분 어학 관련 서적들이다. 경서, 시율, 법첩, 백지판구서는 구지식인을 위한 한문서적이다. 복서卜筮는 역술서적이다.

'전통'의 형식과 관련하여 '음악' 속에 포함된 서적들도 주목해야 한다. '음악'은 '문학'이나 '전통' 관련 서적처럼 한국의 기층문화와 연결되어 있었던 영역이다. 예컨대 『조선영화소곡집』, 『낙화유수창가집』, 『아리랑민요집』, 『아리랑가요집』, 『음풍영월신식창가집』, 『경성무당노래』, 『조선유람가』, 『금강일람』, 『금강유람가』, 『강명화창가』, 『거북선가요집』, 『조선동요백곡선』 등이 한성도서 목록광고를 통해 조선인 대중들에게 전파되었다.[26]

'문학'과 '전통'은 일본서적이 대신할 수 없는 조선출판계의 고유한 특성을 담고 있었다. 신구문학, 전통문화, 조선어와 조선학, 음악과 한문서적은 일본의 출판계가 접근하기 어려운 영역들이었다. 이러한 시각에서 생각해 볼 때 심지어 서구 근대성을 상징하는 본격적인 근대문학조차 식민지조선에서는 토착적인 출판 소재의 성격을 지니고 있었다. 조선의 출판사들이 조선인의 정체성을 재현하면서 검열의 간섭과 일본서적과의 경쟁을 동시에 회피할 수 있는 자질에 주목했기 때문이다.

식민지 출판사의 판매목록을 통해 우리는 조선인 출판물이 집중할 수 있는 비교우위의 출판영역이 극히 협소했다는 것을 새삼스럽게 확인할 수 있다. 국가가 주관하는 교육과 행정, 근대 아카데미즘의 학술영역, 서구 지식문화의 번역물, 일본어라는 '국어'의 권위를 배경으로 한 다양한 문화서적들의 출판은 조선 출판업자들에게는 망외의 대상이었다. 어쩔 수 없이 그들은 조선인들이 일본 출판물을 통해 향유할 수 없거나 획득할 수 없는 지식과 감성, 경험의 영역에 치중했다.

족보와 신구소설이 조선인들이 선택한 양대 출판물이었다는 것은, 이 점과 관련하여 우리의 역사적 상상력을 자극한다. 족보와 소설은 외형상 서로 무관했다. 그러나 기획된 서사를 통해 그 골격이 구성된다는 점에서, 실제로는 양식상의 깊은 연관을 지니고 있었다. 족보가 가문서사를 사실인 양 객관화하는 가공의 형식이라는 것은 상식에 속한다. 장구한 인척관계의 수직적, 수평적 나열은 족보의 연대기 서사에 참여한 자신의 육체가 영광스러운 시간의 적층 속에 담겨지기를 원하는 구성원들의 욕망을 충족시킨다. 역사를 가문의 서사 속에 용해시킴으로써 가문 속의 한 사람인 '나'는 자연스럽게 특별한 역사를 담고 있는 존재로 다시 태어난다.[27]

이처럼 족보는 참여자가 상상하는 특정한 서사를 누구도 부인할 수 없는 사실로 확정하기 위해 지속적으로 그 정보를 추가하고 보완했다. 데이터의 생명력이 정보의 갱신 여부에 달려 있는 지금의 상황과 유사한 것이다. 20세기 전반기의 족보 출간 붐은 자신의 가치를 가문의 역사를 통해서라도 스스로 증명해야만 하는 당대의 위기상황과 연관이 높았다.

손병규는 그것을 이렇게 설명한다.

> 양반가문의 정통성을 견지하려고 하거나 양반으로 가문을 일으키고자 하며 때로는 그것을 넘어 족적인 네트워크를 확대시키려는 전통적 인식은 조선인민이 식민지 조선사회를 견뎌내는 하나의 방편이었는지 모른다.[28]

구소설과 그 양식을 차용한 숱한 변종소설들은[29] 족보의 구조, 그 서사특질과 긴밀히 연결되었다. 구소설의 일반적 시간관은 영광스러운 과거와 불행한 현실, 영광이 재현되는 미래라는 체계로 설정된다. 현실의 고통은 과거의 존귀함을 환기하고, 미래에 그것이 돌아와야 한다는 당위성을 드러내기 위해 필요한 요소이다.[30] 구소설이 현실과 무관한 듯한 외형과는 달리 피식민자의 내면과 감성을 풀어낼 수 있게 되는 것은 이 때문이다.

그러나 구소설이 현실을 부정하는 것은 현실의 부당성 때문이 아니라 회복해야만 하는 가치와 신분 때문이다. 여기서 구소설은 피식민자의 객관적 현실과 멀어지게 되는데, 이 때문에 족보와 더욱 긴밀하게 연결되는 계기를 갖게 된다. 족보 참여자와 구소설 독자는 유사한 멘탈리티의 소유자이다. 그들은 현실에 대한 공허한 부정과 현실을 건너뛰어 과거와 미래를 연결하려는 낭만적 상상력을 통해 그들이 살고 있는 시대의 시간성을 자기방식으로 해체하고 재규정한다. 그것이야말로 피식민자가 식민자들과 대립하지 않으면서 자기를 정체성을 지키는 방식의 하나였다.

하지만 이른바 본격적인 근대문학에서 시간에 대한 그러한 자의적 상상은 불가능했다. 리얼리즘은 시간에 대한 해석에서 주체의 부재, 말하자면 현재로부터 해석의 주체를 소거하거나 소외시킬 수 없도록 금지했다. 근대의 작가가 탈현실, 탈정치의 공간으로 숨어들거나 그러한 시간을 창안하는 것이 불가능한 것은 이 때문이다. 구소설과 그 변종들이 근대사회에서 당했던 수모와 저급문학이라는 단죄는 이런 이유로 생겨난 일이다. 그들은 근대사회의 표상체로 인정받지 못하는 대신에 그 존재의 유지를 보장받은 것이다.

하지만 족보 간행과 구소설 출간이 활발했다는 것은 식민지사회에 살고 있는 조선인들의 정서 속에 현재와 겹쳐져 있는 장구한 시간의 연대기에 대한 갈증이 높아졌다는 것을 의미한다. 집단경험과 개인의 상상세계를 연결하려는 욕망을 통해 얻고자 하는 은밀한 가치가 있었던 것이다. 따라서 근대사회의 문화기준이나 근대문학의 미학규범으로 그러한 현상들의 역사적 의미를 설명하기는 어렵다. 중요한 것은 이러한 현상이 비록 의도한 것은 아닐지라도 '근대성'과 '보편성'이라는 두 개의 가치를 앞세워 조선의 문화시장에 진입한 일본 출판물에 대한 조선인 나름의 대응방식이었다는 점이다.

'토착성'이라는 문제의식

전통문화는 오랜 시간에 걸쳐 사람들의 경험과 기억 속에 스며들어 그들의 신체 속에 각인된 것이기 때문에 근대사회에 진입했다고 해서 그 생명력이 쉽게 종결될 수 있는 것이 아니다. 그 때문에 신구문화의 공존 시간이 우리가 생각보다 것보다 훨씬 길어진 것이다. 식민지기 조선어 신문들이 모두 한시를 게재한 것, 시조와 창가의 독자투고를 유지했던 것은 쉽게 해체될 수 없는 그러한 문화관습의 문제였다. 독자의 구매력에 의존하는 근대매체의 생존을 위해 구문화의 유지와 수호에 나설 수밖에 없었던 것이다.[31]

이러한 현상이 식민정책에 의해 조장된 것은 분명하다.[32] 하지만 그것에 의해서만 이루어진 일은 아니다. '전통'에 대한 식민지 조선인의 소비는 정치적인 차원의 문제만이 아니라 심리와 습관, 공동체의 유대, 사회관계의 영향과 같은 다양한 요구에 의한 것이다. 이 때문에 식민지기에 나타난 '근대의 지연'을 다룰 때 여러 가지 조건을 함께 주목할 필요가 있다.

정승진은 근대화에 대한 적응을 늦추도록 한 계契나 족보의 중수重修 같은 전통의 유지가 시장이나 규율권력에 의해 해체되지 않는 조선 농민

사회의 독자적인 생활문화로 이해했다.[33] 그것은 소렌슨Sorenson, Clark W이 말했던 '부분문화를 가진 부분사회part-society with part-culture의 한 특징을 드러낸다. 소렌슨은 한국의 농민사회가 근대 부적응의 특성 때문에 외부의 압력에 저항하는 민족성의 자질을 갖게 되었음을 지적했다.[34]

> 전통 '발견'의 세 가지 계기는 서두에서 언급한 열린 촌락(=시장 및 규율 권력에 개방적인 촌락) 하에서 농민사회의 취약성을 스스로 보완하고자 하는 한국농촌의 '닫힌 이미지'라는 중층적 성격을 띠고 있다. 여기서 주목하는 농민 촌락의 중층성은 종래 근대성과 식민지성의 단순한 결합이나 근대 대 전근대라는 이분법적 시각의 산물이 아니다. 근대성과 공존하고 때로 토속적인 민속문화로 존속하고 있는 전통의 자화상이다. 우리가 '민족nation'이라는 추상적인 이미지를 농촌과 농민에게서 떠올리는 것도 전통 농민의 지역적 요소와 깊은 관련을 갖고 있기 때문이다.[35]

정승진은 전통을 중시하는 조선인의 삶이 불가피한 '적응'의 과정에서 파생한 것일 수 있다는 것을 지적했다. 그의 논의를 확대하면 문화적 내셔널리즘은 이 과정에서 얻어진 부산물이라는 추정도 가능하다. 말하자면 토착문화는 반근대의 문제라기보다 근대의 강요를 수용하는 조선인 특유의 태도였다.

그런데 이러한 판단은 제국이데올로기의 복제로 식민지 내셔널리즘을 설명하는 탈식민이론들과 충돌한다. 내셔널리즘은 세계적인 현상이지만 한편에서는 각 지역의 고유한 상황의 산물이다. 따라서 세계적인 차원과 특정 지역의 상황에서 동시에 그 구성의 계기를 얻게 된다. 그것이 내셔널리즘을 분석할 때 일반적인 측면과 특정한 현상을 함께 설명해야 하는 이유이다. 한 지역의 경험과 정서를 일반화 할 수 없는 것과 같이, 어떤 보편성도 각 지역의 고유한 특징을 획일적으로 설명할 수는 없다.

모더니스트 이상李箱은 죽음에 임박해 작성한 도쿄방문기에서 특별한 근대관을 제시했다. "뉴욕紐育 부로드웨이에 가서도 나는 똑같은 환멸을 당할는지. 어쨌든 이 도시는 몹시 깨솔링 내가 나는구나!가 도쿄東京의 첫 인상이다."[36] 여기서 이상이 하고 싶었던 말은 근대의 초라함이다. 마루노우찌丸の內는 도쿄의 도심과 번화함을 대표하는 지역이지만, 예상과는 달리 보잘것없다는 것이 이상의 판단이었다. 뉴욕 또한 그러할 것이라는 언급에 이르러, 이상은 특정한 근대의 절대성에 대한 격렬한 부정의 심리를 드러냈다.

그의 묘사를 통해 결국 도쿄는, 독한 가솔린 냄새로만 표상되는 익명의 도시가 되었다. 이상의 문장 속에는 도쿄와 뉴욕의 비교대상으로 경성이 숨어 있다. 그의 시각 속에 세 개의 공간이 갖는 질적 차별성은 크지 않다. 도쿄와 뉴욕이 상상의 크기보다 훨씬 작다는 실망은 경성의 위상에 대한 독자들의 판단을 흔들고 변형시킨다. 이상의 발언은 근대의 규모와 영향력의 문제가 상당부분 인식자의 심리에 달려 있음을 보여주었다. 근대의 본류와 규범은 어디에도 존재하지 않는다는 단정이 피식민자로 살았던 시인 이상이 마지막으로 뱉어낸 당대세계에 대한 해석이었다. 이러한 사유는 전통문화라는 기제를 통해 자신을 드러냈던 식민지 토착성의 세계와도 깊이 연결된다.

근대적인 가치와 부합하기 어려운 재래의 출판자료를 가지고 생존의 가능성을 도모하게 되는 현상 속에는 조선의 식민지 근대가 벗어나기 어려웠던 조건과 환경의 결박이 들어 있었다. 조선 출판자본이 살아남기 위해 선택한 '토착성'의 문제는 그렇기 때문에 가시적인 현상이면서 동시에 조선인이라는 피식민자의 존재 속에 담겨 있는 사고의 원리이기도 했다. 이 용어가 피식민자의 감성과 문화구조, 그것들이 후대에 미친 영향관계를 설명하는 데 일정한 유용성이 있다고 생각한다.

불완전하지만 논의의 진전을 위해 '토착성'에 대한 잠정적인 정의를 해보고자 한다. '토착성'은 일반적으로 피식민자의 자기보존 욕망, 자기재현 의지가 근대성에 대한 식민자의 권력이 개입한 가치규정, 문화형태와 충돌하는 지점에서 생겨났다. 그것은 일본을 포함한 서구 근대를 보편으로 단정하는 관념체계를 의식적으로 거부하는 태도이다. '토착성'이란 용어가 장구한 시간을 통해 구성된 조선의 전통문화, 사유방식, 생활관습에 내재한 집단적 유지력維持力을 연상시키나 반드시 오래된 것, 고유한 것이라는 맥락에서 설명될 필요는 없다. 오히려 근대의 주류성이 자기 몸을 통해 구현될 수 없음에 대한 자각 이후에 생성되는 새로운 형태의 주체인식에 가깝다. 주류 근대와 상반된 세계를 발견함으로써 그 지배력에 대한 방어기제를 확보하려는 태도인 것이다. 그것은 근대의 중심성에 대한 진화론적 동화를 스스로 포기하는 적극적인 반근대성의 내재화라고도 할 수 있다. 따라서 '토착성'은 식민지나 저개발지역의 주민들이 선택할 수 있는 근대사회에 대한 인식론적 개입의 한 형태이며, 여기서 독자적인 사회심리와 문화구조가 구성될 가능성이 발생한다. 전통과 고유한 것에 대한 정향定向이라는 외형상 퇴행의 모습으로 나타나는 '토착성'의 표현방식에는 근대에 대한 피식민자 집단의 해석 의지가 반영되어 있는 것이다. 이 때문에 '토착성'은 대개 환원되지 않는 시공간이자 번역 불가능한 세계로 자기를 재구성하려는 의지를 통해 구현된다.

예컨대 이광수의 「문학이란 하何오」(1917)에서 근대문학의 정의가 이루어진 후 근대미달의 세계라는 부정의 공간이 만들어졌다. 그런데 오히려 그러한 배제가 시작되자 조선의 과거 혹은 반근대라는 주변을 통해 새로운 주체를 구성하려는 세력도 함께 등장했다. 그 점에서 '토착성'은 식민지 근대라는 중층역학의 산물이다. 앞서 살핀 것처럼, 신소설 혹은 신소설의 양식을 이어받은 다양한 대중서사들과 활자본 구소설의 막대한 유통이 만들어낸 식민지 조선의 문학현상은 '토착성'의 구현이라는 시각에서 조망될 때 그 역사적 실체에 대한 접근이 가능하다. 그점에서 본격적인 근대문학조차 우리의 예상보다 훨씬 더 많은 부분이 '토착'의 세계와 연계되어 있다. 문학은 실재하는 세계와 결합하지 않고서는 성립할 수 없는 상품이기 때문이다.

제4장

검열장의 성격과 구조

식민성의 기층

검열장의 형성과 식민지 조선

1927년 7월, 경성에서 『조선사론朝鮮私論』이라는 잡지를 간행하던 슈도 유헤이首藤雄平는 조선총독부 도서과장 콘도오 츠네타카近藤商尙와 조선총독 우가키 가즈시게宇垣一成를 '불경죄'의 주범과 종범으로 경성지방법원 검사국에 고소했다. 이 흥미로운 고소사건의 전말을 당시 신문은 다음과 같이 묘사했다.

> 조선사론사에서 발행하는 『조선사론』 5월호를 '아황실我皇室의 어번영御繁榮과 지나적화문제호支那赤化問題號'라고 하여 발행한 후 그 잡지 첫 페이지에 지난 명치 사십삼 년 일한합병 때의 칙어勅語를 봉대奉戴한 후 잡지 한권을 콘도오 씨에게 개인으로 기증하였던 바 콘도오 씨는 이 잡지의 발매반포를 금지하고 본정本町경찰서원을 시키어 잡지의 발송하고 남은 것을 모다 압수하여 갔음으로 기휘忌諱에 저촉된 부분을 가르쳐달라고 하였으나 그것도 가르쳐 주지 아니하고 명확하게 말도 하지 아니한다 하여 그것은 칙어까지 안녕과 질서를 문란케 한 기사로 표시한 것인 즉 이것은 불경에 해당한 행동이라 하여 그와 같이 고소를 한 것이라더라.[1]

이 기사에 의하면 슈도는 조선총독부가 명확한 근거도 제시하지 않은 채 자신이 발행하는 잡지의 발매반포 금지와 압수처분을 내린 것에 격분, 같은 잡지에 천황의 칙어가 실려 있는 것을 빌미로 조선총독부가 천황의 발언을 압수했다고 규정하고 그 행정행위의 최고책임자 두 사람을 불경죄로 고소한 것이다. 조선총독부의 불합리한 처분에 항의하기 위해 '불경'이란 권력의 개념을 활용했다는 점이 흥미롭지만, 이 사건의 본질이 식민지 검열정책의 비판에만 있었던 것은 아니었다.

이 사건의 파장은 식민지 조선에서 발행된 모든 합법 출판물이 일정한 법적 기준과 행정절차에 근거해 간행되고 유통되었다는 점을 환기했다는 점에 있었다. 그런데 이러한 기준과 절차는 행정처분의 대상자들에게만 적용되는 것이 아니었기에 슈도는 조선총독부의 권력남용 행태를 그 나름의 방식으로 지적함으로써 권력의 전횡을 견제하려 했던 것이다.

슈도의 고소사건은 우리에게 혹심한 검열의 대상으로만 인식되어 있는 식민지 출판물의 생존환경에 대해 새로운 시각을 갖도록 요구한다. 이 사건을 통해 확인할 수 있는 것은 식민지 출판물과 그 생산자가 조선총독부에 비해 일방적인 열세에 놓여있었던 것만은 아니었다는 점이다. 조선총독부에 대한 슈도의 반격이 일본인에 의해 이루어진 현실풍자적인 사건이라는 점에서 특이한 사례인 것만은 분명했다. 그러나 슈도의 고소사건 이외에도 조선총독부의 검열정책과 그 처분방식에 대한 문제제기는 다양한 형태로 지속되고 있었다. 그러한 분규는 식민권력과 식민지 출판주체 사이에 놓여 있는 이해관계의 다름에 의해 발생했다. 그런데 통치 효율성의 제고와 출판 자율권의 확대를 사이에 두고 표면화된 검열을 둘러싼 식민지사회의 이러한 갈등은 간단하게 조정될 수 있는 문제가 아니었다.[2]

1931년 3월 12일 김동환(삼천리사), 주요한(동광사), 차상찬(개벽사), 이성환(전조선농민사), 이은상(신생사), 김영철(동아상공사) 등 조선 잡지계 대표들은 조선총독부 도서과를 방문했다. 이들은 모리오카 지로森岡二郎 경무국장,

다츠타 기요타츠立田清辰 도서과장, 쿠사후카 죠우지草深常治 사무관, 니시무라 신타로西村眞太郎 통역관 등을 만난 자리에서 다음과 같은 문제의 해결을 요구했다.[3] 그들의 요구사항은 이러한 것이었다.

> 제출조건
>
> · 검열제도 철폐
>
> · 신문지법 범위 확장
>
> 당면문제
>
> · 제한 외 규정을 철폐
>
> · 불허가 제도, 전문삭제 제도 폐지
>
> · 인물평을 허가할 것
>
> · 검열시일을 속히 할 것
>
> · 편집기술상 간섭을 폐지할 것[4]

이러한 요구에 대해 모리오카 경무국장은 "원고 검열의 신속을 포함해 기타 모든 요망도 될 수 있는 대로 생각하겠다"며 상당한 수준의 공감을 표시했다. 그러나 신문지법에 의한 잡지허가 문제는 단호히 거절했다. 신문지법과 관련된 쿠사후카 사무관의 발언은 보다 교묘했다.

> 조선에 있어서는 법규상 신문지법에 의하지 않고는 계속 잡지를 발행할 수가 없이 되어 있으나 이 점을 특히 고려하여 계속 잡지의 발행을 허하여 오는 중이다. 그리고 그 같은 잡지에 정치와 시사 문제에 관한 기사도 게재하는 것을 용인하여 왔었으나, 그 기사로 말미암아 여러 가지 폐해가 많음으로 종래보다 이에 관한 검열을 엄중히 하여 폐해 되는 일을 없이하여 왔었다. (…중략…) 이번의 진정은 검열을 종래와 같이 관

대하게 하여 달라는 요망이다. 그것은 잡지의 당무자들이 진지한 태도를 가지고 일에 당하여 여러 가지 폐해 되는 일만 없게 한다면 물론 검열당국으로서도 관대한 태도를 가지고 이에 당하게 될 것이다.[5]

대부분의 식민지 잡지들은 출판법에 의해 허가되었으므로 잡지의 연속간행과 정치 및 시사 관련기사의 게재는 불법행위였고, 이 때문에 항상적인 법적처분의 위기상황 속에 놓여 있었다. 따라서 신문지법에 의한 간행은 조선에서 잡지의 안정적인 출판을 위해 꼭 필요한 법률 조건이었다. 검열당국은 이 점에 대해 모호한 입장을 취하면서 묵인과 처벌을 반복하며 잡지들의 표현 수준을 관리했다. 앞에 제시된 쿠사후카의 발언은 그러한 식민지 관리들의 내심이 겉으로 표명된 사례 가운데 하나였다. 그는 조선의 잡지 발행인들에게 '생존'과 '순치'의 교환을 제안했던 것이다.

그러나 조선인 잡지의 자기검열을 요구한 쿠사후카 제안의 이면에는 엄격한 법적용이 야기할 총독부 자신의 손익계산도 숨어 있었다. 출판법의 엄밀한 적용은 잡지 간행이 불가능해진다는 것을 의미했다. 조선의 출판법에는 연속간행물 규정이 없었기 때문에 출판법 간행 잡지들은 법적으로 단행본 취급을 받았기 때문이다. 하지만 조선에서 잡지와 같은 근대매체의 부재가 오히려 식민통치에 불리하다는 사실은 이미 무단통치기의 경험을 통해 확인된 것이었다. 그러한 오류를 되풀이하지 않기 위해 조선총독부는 출판법에 의한 간행조건을 고수하면서도 '정치시사' 기사의 게재와 잡지 연속간행의 문제를 사안에 따라 묵인해왔던 것이다.

제국 일본의 법률을 스스로 느슨하게 만들며 식민통치의 모순을 완화하려는 조선총독부 관리들의 자의적인 법률운용 태도는 근대 출판물을 둘러싼 관계에서 식민권력이 완전한 우위에 있지 않았다는 것을 역설적인 방식으로 보여준다. 그것은 지배를 위해 선택한 정책이 경우에 따라 지배의 효율성을 약화시킬 수도 있다는 것을 의미했다.

조선총독부 관리들과의 면담이 끝난 후 전조선농민사 이성환은 『조선일보』와의 인터뷰에서 이렇게 말했다. 그는 명백한 차별과 퇴행의 결과인 식민지 출판관련법의 문제를 통해 기만에 불과했던 내지연장주의의 허구성을 공격했다.

> 조선의 현행 출판법은 구한국시대의 케케묵은 법령을 지금 그대로 적용하고 있으니 이것은 우리 조선 사람에게 한 모욕입니다. 현재 당국의 검열제도로는 도저히 신문이나 잡지를 경영할 수 없습니다. 요컨대 현하의 대중이 무엇을 요구하는가? 그것을 반영하고 그 요구에 적응하여 나아가기 위하여 우리도 이제부터 현행법령의 개정과 당면에 부자연한 모든 제도 개선을 기할 필요가 있으며 전조선적으로 출판업자와의 단결기관을 상설로 둘 필요가 있고 이것을 하루바삐 실현하고자 합니다.[6]

진정사건이 있은 지 4일 후인 1931년 3월 15일, 13개 잡지사 대표가 모여 '서울잡지협회'를 결성하고 4개항의 요구사항을 결의했다. 그 핵심사항은 원고검열제도의 폐지와 신문지법에 의한 잡지허가 범위의 확장이었다.[7]

간행의 법적 조건을 둘러싼 식민지 매체와 조선총독부의 충돌은 이 시기 처음 있었던 것은 아니었다. 1923년 3월, 언론출판계와 법조계를 중심으로 '신문지법과 출판법 개정 기성회'가 조직되어 조선총독부에 건의서를 제출했다.[8] 이 건의서의 내용은 출판법의 개정, 예약출판제의 시행, 저작권 보호제도의 실질화, 신문지법의 개정 등 4개항이었다.[9] 이러한 요구의 목표는 식민지 이중법의 해체와 조선의 언론출판계가 겪어온 불이익을 벗어나는 데 있었다. 이들의 주장은 한마디로 자본주의 경쟁체제의 공정한 규칙을 식민지에서도 시행하라는 것이었다.

'기성회'의 요구는 문화정치기 조선총독부를 곤혹스럽게 만들었다. 정치문제와 생존권문제를 구별하기 어려운 상황에서 조선인들의 요구를 전적으로 거부할 수 없었던 식민권력은 일단 그들의 주장을 수용하는 태도를 취했다. 조선총독부 관리들은 1925년을 전후해 진행된 본국의 관련법 개정과 함께 조선과 일본의 시행 법률을 통일하겠다는 등의 발언을 통해 상황을 무마하려고 노력했다.[10] 하지만 쟁점의 실질적 해결은 이루어지지 않았고, 1930년대에 이르기까지 법 개정을 둘러싼 지루한 논의만 계속되었다.[11] 앞서 소개된 잡지사들의 집단행동(1931년)도 그 연장선에서 일어난 일이었다.

그런데 이러한 법 개정 요구의 이면에는 매체를 중심으로 한 반식민운동의 의도와 매체 자체의 정체성 강조라는 독특한 주체감각이 함께 영향을 미치고 있었다. 조선인 매체 관계자들은 종종 자신들의 사회적 위상을 인정하지 않으려는 총독부의 비현실적 태도를 성토했다. 그들은 '입법기관'이자 '감독기관'으로 매체의 역할을 설정하고, 조선사회를 공치共治하는 또 하나의 주역으로 스스로를 규정했다.

> 그럼으로 현재 조선사회에 있는 언론기관은 다른 사회의 그것에 비하여 일종의 입법기관이며 일종의 감독기관이라 할 것이라. 그러나 이것도 또한 권리기관으로 존재한 것이 아니라 시혜정책으로 존재한 것이며 대립기관으로 존재한 것이 아니라 허가주의로 성립한 줄도 천치가 아닌 오인은 충분히 양해하노라. 이와 같이 잔열殘劣한 언론기관에 대하여 이것도 또한 관권행사官權行使, 권위존중官威尊重에 대하여 불편불리하다고 행정적 경고를 발하며 형법상 위협을 가하는 것은 가혹보다도 너무 잔혹치 아니한가. 시사試思할지어다.[12]

이 표현 속에는 식민지 근대화에 기여한 제도의 주체로서 신문 종사자가 가졌던 자부심과 그러한 역할을 인정하지 않는 식민권력에 대한 그들의 반발이 교차하고 있다. 이 글의 필자는 매체의 사회 안정화 효과를 인정하고 매체에 의한 권력분점의 현실을 용인하라는 주장을 펼침으로써 언론기구의 역할과 위상을 인정받으려는 태도를 분명히 했다.

이러한 차원에서 이루어진 조선인 매체와 조선총독부의 갈등은 민족 혹은 계급의 시각으로만 설명할 수 없는 고유한 관계의 지형도를 만들어냈다. 상당수의 조선인 매체는 자기 자신의 생존을 위해 식민권력과 대립했다. 그들에게 식민체제를 용인하는 것과 매체의 자율성 침해를 받아들이는 것은 별개의 사안이었다. 이것은 어떤 사회세력의 표상체로만 식민지 매체의 성격을 이해하는 태도에 문제를 제기하는 의미를 가지며, 식민지 매체의 반권력화 경향이 예상보다 복잡한 원인에서 비롯되었다는 것을 알려준다.

이와 같이 근대매체를 둘러싼 식민지사회의 갈등은 식민권력에 의한 일방적인 공격, 혹은 식민권력과 특정 정치세력 간의 대립이란 고정된 형태로만 이루어진 것이 아니었다. 조선총독부도 내심으로 식민지 매체의 주체들과 갈등 수위가 고조되는 것을 원치 않았다. 조선인 언론출판계의 합리적인 요구를 거부하지 않았던 것도 그러한 이유에서였다. 조선총독부는 식민지 매체의 전면통제로 인한 지배질서의 교란을 피하는 대신 내용의 순화에 주력했다. 이를 위해 검열기구는 매체 주체가 받아들여야 하는 표현 수위의 기준을 제공했다. 문화정치기 이후 검열당국이 식민지 출판물에 대한 정교한 부분 교정에 주력한 것은 이 때문이었다.

이러한 현상들은 식민지 검열과 조선인 출판물의 상관성을 새로운 차원에서 분석해야 할 필요성을 제기한다. 검열에 의해 조선의 출판물이 겪었던 혹독한 운명에 대한 관심과 함께 식민지 출판물 전체의 성격 형성에 미친 검열의 역할을 고려하는 복수의 사고가 요청되기 때문이다.

매체를 비롯한 식민지 합법 출판물들이 사회세력의 재현체계이면서 동시에 자기완결성을 지닌 근대의 문화제도였다는 점을 인정한다면, 조선총독부의 검열이 식민지 출판물에 일방적이고 절대적인 영향력을 미쳤을 것이라 단정하는 시각은 재고되어야 한다. 식민지 출판물 속에는 식민권력의 통치의도뿐만 아니라 출판자본, 작가, 독자 등 다양한 참여자들의 입장이 동시에 개입되어 있었다. 따라서 식민지 출판물의 생산과 관련된 이러한 각 주체들의 이해관계가 어떠한 방식으로 제기되고 조정되는지를 구체적으로 확인해야 한다. 식민체제와 조선의 근대 텍스트는 적대적 상호의존성이란 특별한 관계를 맺고 있었다. 식민체제는 조선인의 출판물에 생존권을 부여한 주체이지만 조선의 출판물은 식민체제의 권력행위를 정당화시킨 다른 차원의 주체였기 때문이다. 그러한 상호규정의 실체를 해명해야 한다.

검열법과 검열장의 관계

식민지 검열연구의 일차목표는 일제의 검열기구가 식민지 지배를 위해 자행한 심각한 권력 남용행위의 폐해와 영향을 분석하는 것이다. 그러나 당시의 검열행위가 법률에 기초한 행정절차와 사법절차를 통해 이루어졌다는 점도 잊지 말아야 한다. 근대국가의 통상적 운영방식의 하나였다는 뜻이다. 식민지 검열은 수많은 현장에서 파괴와 폭력을 일삼았지만, 그 이면에는 국가질서를 유지하려는 나름의 이성적인 동기가 숨어 있었다. 식민지 검열은 근대 일본 국가정책의 산물이었고 그렇기 때문에 제국일본이 조선에 만들고자 했던 사회체제 전반과 밀접하면서도 장기적인 관계를 맺고 있었다. 식민지 검열의 시행은 단순히 대항세력을 제거하는 것에 한정되었던 것이 아니었다. 그것은 국가경영을 위한 절차이자 방법의 하나였다.

출판법(1909)은 일본의 본토와 식민지를 분할하여 차별하는 대표적인

'이중법' 가운데 하나였다. 그러나 이 법률로 인해 다양한 형태의 표현물이 근대적 재산권을 행사하게 되었다는 점도 함께 주목해야 한다. 출판법은 아래의 두 조문을 통해 모든 합법 출판물의 소유관계에 대한 명료한 법적 판단을 내렸다.

> 문서 도화圖畵를 출판코자 하는 시時는 저작자 우又는 상속자와 발행자가 연인連印하여 고본稿本을 첨添하여 지방장관을 경유하여 내부대신에게 허가를 신청함이 가함(2조).

> 관청의 문서 혹은 타인의 연설 우又는 강의의 필기를 출판코자 하는 시時와 우又는 저작권을 유有한 타인의 저작물을 출판코자 하는 시時는 전조前條의 신청서에 해該 관청의 허가서 우又는 연설자, 강연자, 저작권의 승인서를 첨부함을 요함(3조).[13]

이 법조문의 핵심어는 저작자, 상속자, 발행자, 허가, 저작권 등이다. 이러한 용어들은 출판물이 지닌 재산권을 묘사하기 위한 것이다. 출판법의 내용과 연관하여 살펴볼 필요가 있는 것이 일본의 저작권법(1899)이다. 이 법은 "문서, 연설, 도화, 조각, 모형, 사진, 기타 문예, 학술 혹은 미술의 범위에 속하는 저작물의 저작자는 그 저작물을 복제하는 권리를 전유專有한다(1조)", 그리고 "저작권은 이를 양도할 수 있다(2조)"는 두 개의 조문을[14] 통해 출판물 전반에 대한 저작자의 소유권리를 규정했다. 그런데 이 저작권법이 1909년 한국저작권령이란 이름으로 도입되었다.[15]

출판법과 한국저작권령이 같은 해 동시에 시행됨으로써 한국인은 지적 재산에 대한 성문화된 근대의 규범을 갖게 되었다. 하지만 출판법은 허가를 받지 않고 출판한 저작자와 발행자를 처단한다는 11조의 내용을 통해 이 법의 목적이 개인 권리를 보장하는 것에만 있지 않음을 분명히 했

法律第六號

出版法

法部大臣 高永喜

第一條 機械와其他如何方法을勿論ᄒᆞ고發賣又ᄂᆞᆫ頒布로目的삼ᄂᆞᆫ文書와圖畵를印刷ᄒᆞᆷ을出版이라ᄒᆞ고其文書를著述ᄒᆞ거나又ᄂᆞᆫ繙譯ᄒᆞ거나又ᄂᆞᆫ編纂ᄒᆞ거나又ᄂᆞᆫ圖畵를作爲ᄒᆞᄂᆞᆫ者를著作者라ᄒᆞ고發賣又ᄂᆞᆫ頒布를擔當ᄒᆞᄂᆞᆫ者를發行者라ᄒᆞ고印刷를擔當ᄒᆞᄂᆞᆫ者를印刷者라ᄒᆞᆷ

第二條 文書圖畵를出版코져ᄒᆞᄂᆞᆫ時ᄂᆞᆫ著作者又ᄂᆞᆫ其相續者와及發行者가連印ᄒᆞ야稿本을添ᄒᆞ야地方長官(漢城府에서ᄂᆞᆫ警視總監으로ᄒᆞᆷ)을經由ᄒᆞ야內部大臣에게許可를申請ᄒᆞᆷ이可ᄒᆞᆷ

第三條 官廳의文書圖畵或은他人의演說又ᄂᆞᆫ講義의筆記를出版코져ᄒᆞᄂᆞᆫ時와又ᄂᆞᆫ著作權을有ᄒᆞᆫ他人의著作物을出版코져ᄒᆞᄂᆞᆫ時ᄂᆞᆫ前條의申請書에該官廳의許可書又ᄂᆞᆫ演說者、講義者、著作權者의承諾書를添附ᄒᆞᆷ을要ᄒᆞᆷ

前項의境遇에在ᄒᆞ야ᄂᆞᆫ許可又ᄂᆞᆫ承諾을得ᄒᆞᆫ者로ᄡᅧ著作者로看做ᄒᆞᆷ

第四條 私立學校、會社、其他團體에셔出版ᄒᆞᄂᆞᆫ文書圖畵ᄂᆞᆫ該學校、會社其他團體를代表ᄒᆞᄂᆞᆫ者와及發行者가連印ᄒᆞ야第二條의節次를行ᄒᆞᆷ이可ᄒᆞᆷ

前項의代表者ᄂᆞᆫ著作者로看做ᄒᆞᆷ

第五條 第二條의許可를得ᄒᆞ야文書와圖畵를出版ᄒᆞᆫ時에ᄂᆞᆫ即時製本二部를內部에納付ᄒᆞᆷ이可ᄒᆞᆷ

第六條 官廳에셔文書圖畵를出版ᄒᆞᆫ時에ᄂᆞᆫ其官廳에셔製本二部를內部에送付ᄒᆞᆷ이可ᄒᆞᆷ

第七條 文書圖畵의發行者ᄂᆞᆫ文書圖畵를販賣ᄒᆞᆷ으로營業삼ᄂᆞᆫ者에만限ᄒᆞᆷ但著作者又ᄂᆞᆫ其相續者ᄂᆞᆫ發行者를兼ᄒᆞᆷ을得ᄒᆞᆷ

第八條 文書圖畵의發行者와印刷者ᄂᆞᆫ其姓名、住所、發行所、印刷所及發行印刷의年月日을該文書圖畵의末尾에記載ᄒᆞᆷ이可ᄒᆞ고印刷所가營業上慣用ᄒᆞᆫ名稱이有ᄒᆞᆫ境遇에ᄂᆞᆫ該名稱도記載ᄒᆞᆷ이可ᄒᆞᆷ

數人이協同ᄒᆞ야發行又ᄂᆞᆫ印刷를營ᄒᆞᄂᆞᆫ境遇에ᄂᆞᆫ業務上의代表者를發行者又ᄂᆞᆫ印刷者로看做ᄒᆞᆷ

第九條 文書圖畵를再版ᄒᆞᄂᆞᆫ境遇에ᄂᆞᆫ著作者나又ᄂᆞᆫ其相續者와及發行者가連印ᄒᆞ야製本二部를添ᄒᆞ야地方長官을經由ᄒᆞ야內部大臣에게申告ᄒᆞᆷ이可ᄒᆞᆷ但改正增減ᄒᆞ거나註解、附錄、繪畵等을添加코져ᄒᆞᄂᆞᆫ時ᄂᆞᆫ第二條의節次를依ᄒᆞᆷ이可ᄒᆞᆷ

第十條 書簡、通信、報告、社則、引札、廣告、諸藝의次第書、諸種의用紙의類及寫眞을出版ᄒᆞᄂᆞᆫ者ᄂᆞᆫ第二條第六條第七條에依ᄒᆞᆷ을不要ᄒᆞᆷ

但第十一條第一號第二號第三號에該當ᄒᆞᄂᆞᆫ境遇에ᄂᆞᆫ本法을依ᄒᆞ야處分ᄒᆞᆷ

第十一條 許可를得치아니ᄒᆞ고出版ᄒᆞᆫ著作者、發行者ᄂᆞᆫ左의區別을依ᄒᆞ야處斷ᄒᆞᆷ

一 國交를阻害ᄒᆞ거나政體를變壞ᄒᆞ거나國憲을紊亂ᄒᆞᄂᆞᆫ文書圖畵를出版ᄒᆞᆫ時ᄂᆞᆫ三年以下의役刑

二 外交와軍事의機密에關ᄒᆞᆫ文書圖畵를出版ᄒᆞᆫ時ᄂᆞᆫ二年以下의役刑

三 前二號의境遇外에安寧秩序를妨害ᄒᆞ거나又ᄂᆞᆫ風俗을壞亂ᄒᆞᄂᆞᆫ文書圖畵를出版ᄒᆞᆫ時ᄂᆞᆫ十個月以下의禁獄

四 其他의文書圖畵를出版ᄒᆞᆫ時ᄂᆞᆫ百圜以下의罰金

前項文書圖畵의印刷를擔當ᄒᆞᄂᆞᆫ者의罰도亦同ᄒᆞᆷ

第十二條 外國에셔發行ᄒᆞᆫ文書圖畵와又ᄂᆞᆫ外國人이內國에셔發行ᄒᆞᆫ文書圖畵로安寧秩序를妨害ᄒᆞ거나又ᄂᆞᆫ風俗을壞亂ᄒᆞᆷ으로認ᄒᆞᄂᆞᆫ時ᄂᆞᆫ內部大臣은其文書圖畵를內國에셔發賣又ᄂᆞᆫ頒布ᄒᆞᆷ을禁止ᄒᆞ고其印本을押收ᄒᆞᆷ을得ᄒᆞᆷ

第十三條 內部大臣은本法을違反ᄒᆞ야出版ᄒᆞᆫ文書圖畵의發賣又ᄂᆞᆫ頒布를禁止ᄒᆞ고該刻版印本을押收ᄒᆞᆷ을得ᄒᆞᆷ

第十四條 發賣頒布를禁止ᄒᆞᆫ文書圖畵인줄을知情ᄒᆞ고此를

출판법 반포를 알리는 대한제국 관보(1909.2)

다. 출판법 11조는 문제의 초점을 ① 국교 저해, 정체 변경, 국헌 문란 ② 외교, 군사기밀에 대한 문서·도화 출판 ③ 안녕 질서를 방해하거나 풍속을 괴란하는 문서·도화 출판 등으로 정리했다. 이 조문에서 국가정책과의 대립이 출판법에 반영된 불법성의 핵심이라는 것이 드러난다.

출판법의 의도는 지적 표현물에 대한 개인의 권리를 국가가 법률로 보장하되 국가의 방침에서 벗어나는 내용은 법적 심판의 대상이 될 수 있다는 것을 강조하는 데 있었다. 즉 개인은 자신의 지적 재산에 대한 권리를 갖는 대신 그 내용이 국가 정책과 대립되지 않도록 요구받았다. 출판법은 인간의 지식과 정신문화의 잠재적인 위해를 둘러싼 국가와 개인 사이에 맺어진 계약이란 의미를 지니고 있었다. 따라서 출판법의 성격을 식민지 검열을 구동하기 위한 악법이라는 관점에서만 이해하는 것은 문제의 본질을 지나치게 단순화하는 것이다.

물론 반식민지 상태에서 이루어진 그 계약이 쌍방의 이해관계를 균형있게 반영하지 않은 것은 분명했다. 한 연구자가 날카롭게 지적한 것처럼, 차별의 문제는 제국과 식민지 관계 속에 내재한 필연적인 특질이었다.[16] 익히 알려져 있듯이 일본의 출판법(1893)과 대한제국의 출판법(1909)의 결정적인 차이는 신고제와 허가제에 있었다. 이 때문에 출판법으로 간행되는 조선의 모든 출판물은 강도 높은 사전검열을 받아야했다. 출판법 제정 초기에는 심지어 원고의 사전검열, 조판된 잡지의 대장검열, 납본검열이라는 삼중통제의 과정을 거치기도 했다.[17] 허가를 받지 않은 불법 출판물들은 일본의 경우보다 훨씬 무거운 법적처분을 받았다. 사전검열의 가혹함과 법적처분의 과중함이란 현상에는 식민지에 대한 지배의 욕망이 노골적으로 개입되어 있었다.

그러나 그러한 억압조차 출판물이 근대인의 문화자본이며 개인의 소유로 귀속되는 대상이라는 사실을 바꾸지는 못했다. 오히려 식민지 출판법은 식민지인을 차별하면서 동시에 그들을 근대 텍스트의 소유자로 옹호하였다. 강제병합이 공식화되기 직전에 출판법이 제정된 것은 일본 국가시스템의 이식과정에서 지식문화의 문제가 비중 있게 고려되었음을 뜻했다. 출판법은 최대목표는 정신문화의 지배를 통해 제국 일본의 동반자를 창출하는 것이었고, 최소목표는 식민지의 지식문화가 넘어서는 안 될 제한선을 설정하는 것이었다.

식민지배에 유해한 출판물을 불법의 영역으로 몰아내고, 합법 출판물이라 할지라도 그것이 미래에 야기할 문제에 대한 법적 주체를 설정하는 두 가지 내용이 지적 재산의 소유권 보장과 연계된 식민지 출판법 제정의 의도였다. 이를 통해 조선인의 지식문화 환경은 제국 일본의 법체계 속에 예속되었다. 이것은 합법 출판물에 의존하고 있는 근대인의 사유구조 형성에 결정적인 영향을 미쳤다. 근대인이면서 동시에 식민지인으로서의 정신이 주조되기 시작한 것이다.

출판법이 식민지 텍스트의 소유관계에 비중을 둔 법률이라면,[18] 또 하나의 검열법인 신문지법은 식민권력이 식민지 대중의 정치의식과 사회인식을 어떻게 조절할 것인가라는 문제와 연관되어 있었다. '정치시사' 문제를 다룰 수 있는 권리를 갖게 된다는 법 취지에서 알 수 있는 것처럼, 신문지법 간행 매체는 상대적으로 폭넓은 지식과 정보의 수집과 표현이 가능했다. 그런데 그것은 곧 매체의 사회적 영향력 확대를 의미하는 것이므로 식민권력은 조선에서 신문지법 대상 매체의 간행을 최대한 제한했다. 자칫 조선인 매체의 반일 성향을 조장할 우려가 있었기 때문이다.

식민지 전 기간 동안 신문지법에 의해 간행된 조선어 매체는 일간신문과 월간잡지를 포함해 총 23종이었다.[19] 이 가운데 널리 알려진 매체는 『동아일보』, 『조선일보』, 『시대일보』, 『매일신보』 등 네 개 신문과 『개벽』, 『신생활』, 『동명』, 『조선지광』, 『신천지』, 『현대평론』 등 여섯 개 잡지에 불과했다. 그 나머지는 종교와 경제 등 특수 분야에 관한 것이었다.

식민권력이 견지한 신문지법 운영방식은 '정치시사'에 대한 기사 작성권을 소수 매체에게만 허용하여 예민한 사회 현안에 대한 효율적 통제를 추구하는 것이었다. 하지만 식민지 매체의 입장에서 신문지법에 의한 간행은 중요 뉴스와 특정 사회현실에 대한 전달과 해석의 권리를 획득하는 것이었기 때문에 상당한 특혜를 의미했다. 1925년 『개벽』을 통해 '신문정부론'을 제기한 한 논자는 조선사회에서 식민권력과 신문이 권력을 공유하고 있다고까지 주장하였다.[20]

확실히 신문지법은 정보 독점권을 통해 조선인 매체의 권위를 만들었다. 정치와 시사에 대한 접근의 권리야말로 신문지법에 의해 간행된 식민지 매체와 식민권력 사이에 이루어진 거래의 본질이었다. 그 거래의 대가로 매체의 발행자들은 표현의 수위에 대한 엄격한 자기검열을 요구받았다. 하지만 『신생활』, 『신천지』, 『개벽』과 같은 1920년대를 대표하는 신문지법 간행 잡지들은 식민권력의 그러한 거래 요구에 순응하지 않았고 정치와 시사에 대한 표현 권리를 식민권력이 예상한 것 이상의 수준에서 행사하였다. 그것이 강제폐간의 원인이 되었다.[21]

『개벽』의 폐간 이후 그만한 영향력을 행사한 잡지는 더 이상 나오지 않았다. 결과적으로 신문지법 간행 매체는 주로 신문에 집중될 수밖에 없었다. 그런데 『개벽』의 경우와는 달리 조선의 민간신문들은 식민권력과 대립적 공존을 교묘하게 유지해나갔다. 어떤 임계점을 넘게 되면 해당 신문에 대해 압수, 발행정지와 같은 고강도의 행정처분이 내려졌지만[22] 그러한 긴장이 해당 신문을 완전한 파국으로까지 몰고 가지는 않았다. 그것은 무엇보다 조선의 민간신문들이 식민지 언론의 정체성과 미디어 산업의 생존 사이에 놓여있는 다양한 난관들을 잘 관리한 탓일 것이다.[23]

이처럼 신문지법의 목표는 위협을 통한 동의와 협력의 확보였다고 요약할 수 있다. 이 법을 통해 일본은 소수의 신문, 잡지가 제국의 근대성을 식민지로 전달하는 회로가 되기를 원했다. 하지만 그것을 위해서 일본 자신도 식민지의 매체와 무엇인가를 교환해야 했다. 사회적 권위는 신문지

(光武九年七月一日第三種郵便物認可)

第三千八百二十九號

光武十一年七月廿七日 土曜

內閣法制局官報課

法律

法律第五號

新聞紙法

第一條 新聞紙ᄅᆞᆯ發行코져ᄒᆞᄂᆞᆫ者ᄂᆞᆫ發行地ᄅᆞᆯ管轄ᄒᆞᄂᆞᆫ觀察使京城에在ᄒᆞ야ᄂᆞᆫ警務使ᄅᆞᆯ經由ᄒᆞ야內部大臣에게請願ᄒᆞ야許可ᄅᆞᆯ受ᄒᆞᆷ이可ᄒᆞᆷ

第二條 前條의請願書에ᄂᆞᆫ左開事項을記載ᄒᆞᆷ이可ᄒᆞᆷ

一 題號
二 記事의種類
三 發行의時期
四 發行所及印刷所
五 發行人、編輯人、及印刷人의姓名居住年齡

第三條 發行人編輯人及印刷人은年齡二十歲以上의男子로國內에居住ᄒᆞᄂᆞᆫ者에限ᄒᆞᆷ

第四條 發行人은保證金으로金三百圜을請願書에添付ᄒᆞ야內部에納付ᄒᆞᆷ이可ᄒᆞᆷ
保證金은確實ᄒᆞᆫ銀行의任置金證書로써代納ᄒᆞᆷ을得ᄒᆞᆷ

第五條 學術技藝或物價報告에關ᄒᆞᄂᆞᆫ事項만記載ᄒᆞᄂᆞᆫ新聞紙에在ᄒᆞ야ᄂᆞᆫ保證金을納付ᄒᆞᆷ을不要ᄒᆞᆷ

第六條 第二條第一號第二號又ᄂᆞᆫ第五號의事項을變更코져ᄒᆞᄂᆞᆫ時ᄂᆞᆫ豫先請願ᄒᆞ야許可ᄅᆞᆯ受ᄒᆞᆷ이可ᄒᆞ되其他各號의事項을變更코져ᄒᆞᄂᆞᆫ時ᄂᆞᆫ一週日以內에申告ᄒᆞᆷ이可ᄒᆞᆷ
發行人編輯人或印刷人이死亡ᄒᆞ거나若第三條의要件을失ᄒᆞᆫ時ᄂᆞᆫ一週日以內에後繼者ᄅᆞᆯ定ᄒᆞ며請願ᄒᆞ야許可ᄅᆞᆯ受ᄒᆞᆷ이可ᄒᆞ되其許可ᄅᆞᆯ受ᄒᆞ기ᄭᆞ지ᄂᆞᆫ擔任者ᄅᆞᆯ假定ᄒᆞ야申告ᄒᆞᆫ後에發行을繼續ᄒᆞᆷ을得ᄒᆞᆷ

第七條 發行을停止ᄒᆞᄂᆞᆫ境遇에ᄂᆞᆫ期限을定ᄒᆞ야申告ᄒᆞᆷ이可ᄒᆞ되發行停止期間은一個年을過ᄒᆞᆷ을不得ᄒᆞᆷ

第八條 前二個條의請願及申告ᄂᆞᆫ第一條의節次ᄅᆞᆯ依ᄒᆞᆷ이可ᄒᆞᆷ

第九條 發行許可의日又ᄂᆞᆫ申告에係ᄒᆞᆫ發行停止의最終日로브터二個月을過ᄒᆞ야發行치아니ᄒᆞᄂᆞᆫ時ᄂᆞᆫ發行許可의效力을失ᄒᆞᆷ
申告가無ᄒᆞ고發行을停止ᄒᆞ야一週日을過ᄒᆞᆫ時도亦同ᄒᆞᆷ

第十條 新聞紙ᄂᆞᆫ每回發行에預先內部及其管轄官廳에各二部ᄅᆞᆯ納付ᄒᆞᆷ이可ᄒᆞᆷ

第十一條 皇室의尊嚴을冒瀆ᄒᆞ거나國憲을紊亂ᄒᆞ거나或國際交誼ᄅᆞᆯ阻害ᄒᆞᆯ事項을記載ᄒᆞᆷ을不得ᄒᆞᆷ

第十二條 機密에關ᄒᆞᆫ官廳의文書及議事ᄂᆞᆫ當該官廳의許可ᄅᆞᆯ得지아니ᄒᆞ면詳略을不拘ᄒᆞ고記載ᄒᆞᆷ을不得ᄒᆞᆷ
特殊ᄒᆞᆫ事項에關ᄒᆞ야當該官廳에서記載ᄅᆞᆯ禁止ᄒᆞᆫ時도亦同ᄒᆞᆷ

八十

신문지법 반포를 알리는 대한제국 관보(1907.7)

법 간행 매체가 지녔던 중요한 특징인데, 그러한 권위가 식민권력에 의해 부여된 것이라는 사실을 이해하는 것이 중요하다. 그것은 식민지의 매체가 식민권력에 완전히 종속된 것이 아니라는 점을 보여준다. 식민권력과 식민지 텍스트 사이에 긴장된 갈등이 성립할 수 있는 여지가 바로 그 교환의 지점에서 발생했기 때문이다.

지금까지 살펴본 것처럼, 출판법과 신문지법은 다양한 차원에서 식민지 근대 텍스트의 존재방식에 개입했다. 출판법이 개인의 출판물에 대한 소유권을 보장한 것이나 신문지법이 매체의 사회적 위상 확보를 지원한 것은 이 법률들의 목적이 표상체계의 소멸과 부재를 추구한 것이 아니라는 점을 뜻한다. 억압하면서도 동시에 인정해야 하는 자기모순이 식민지 검열법에 담겨 있는 제국주의의 현실이었다.

그런데 검열법은 식민지 텍스트가 제국 일본의 이익에 기여하도록 유도하는 적극적인 목적도 가지고 있었다. 검열법이 조선인의 근대문화 향유를 어느 정도 용인하여 정복자의 비이성적 탐욕을 제어한 이유는 식민지 경영의 고도화를 목표로 했기 때문이다.[24] 이 때문에 효율성이 훼손되지 않는 범위 안에서는 심지어 식민권력에 대한 비판과 공격조차 일정한 수위에 이르기까지 수용할 수 있었던 것이다. 무단통치의 강력한 탄압 기조 속에서도 약간의 매체공간을 허용했던 1910년대의 상황이 그러한 기조와 연관된 현상이었다.[25]

식민지 검열기구는 검열법의 적용을 포함해 이러한 유동적 상황을 판단하고 조율하는 책임을 맡고 있었다. 검열기구의 감독 아래 여러 이익주체의 참여로 형성된 검열장이라는 가상공간이 형성되었다. 그 속에서 탄압, 협력, 경쟁, 공존이라는 다양한 관계방식이 생겨났다. 식민지에서 간행된 모든 합법 출판물은 검열장이라는 회로를 통과해야만 세상에 나올 수 있었다. 이 과정에서 식민지 텍스트와 그 주체들의 고유한 역사적 성격이 형성되었다.

검열표준화의 한계와 검열장의 역할

식민권력과 식민지 텍스트의 대립적 공존은 복잡한 형태의 다자관계에 의해 유지되었다. 검열장이란 공간이 필요했던 것은 그러한 이유에서였다. 식민지 검열의 성격이 단순하지 않았다는 것은 사회주의 세력과 식민권력의 대결이 치열했던 1920년대 후반, 예상과 달리 당대를 대표하는 사회주의 잡지 『조선지광』의 합법 간행이 허용된 것에서도 명확히 드러난다.[26] 이것은 어떤 정책이 법률에 근거하지만 그 법률에 갇혀 있는 것이 아니라 현실의 급변하는 정치상황과 연동되어 있다는 것을 보여준다.

중요한 것은 현실 속에서의 실제관계였고 제국 일본은 그 관계가 사전에 설정된 질서의 테두리를 넘지 않도록 조정하면서 식민지사회의 안정을 추구했다. 그렇기 때문에 검열원칙이 검열의 실행단계에서 현실상황과 충돌하는 경우도 생겨났다. 뿐만 아니라 검열법과 시행령, 관련기관 내규들이 검열당국과 식민지 텍스트 사이에 발생할 수 있는 모든 상황을 정의하거나 규정할 수도 없었다. 원칙과 현실 사이의 거리 조율은 현장 속에서 움직이는 정책 집행자의 분석과 판단을 통해 이루어졌다.

이처럼 검열원칙은 총론적인 것일 뿐, 그 총론만으로 모든 텍스트의 운명을 순간순간 측정할 수는 없었다. 검열관 개인의 감각, 검열당국의 정책의도, 그 의도의 시간적 변화, 특수한 사건의 발생으로 인한 강조점의 이동, 그러한 변화에 대응하는 텍스트 주체의 노력 등이 만들어내는 다양한 양상은 입체적인 유동성을 특징으로 하는 고유한 매개공간을 창출했다.

검열과 관련을 맺고 있는 주체 뿐 아니라 검열과정을 주도하는 국가권력의 성격도 단일하지 않았다. 경우에 따라서 식민 본국과 식민지의 검열기준, 정책이 충돌하는 경우도 있었다. 이것은 검열장이 끊임없이 분할되거나 재조직되는 움직이는 시공간임을 말해준다. 합법적으로 간행된 모든 식민지 텍스트와 검열당국 사이에서 발생한 이러한 제한적 중립지대를 기반으로 식민지사회의 검열장이 구성되었다. '제한적'이라는 표현을 사용한 것은 검열장의 운동이 결코 평등한 조건과 상황 속에서 이루어질 수 없었기 때문이다.

검열장을 통해 식민지에서 생산되는 모든 텍스트는 합법화를 명분으로 제도권 안에 포섭되었다. 조선인의 표상체가 검열의 촉수로 점검되는 과정에서 그들의 감정, 사상, 문화는 제국의 신경망에 포착되었다. 하지만 검열대상의 일정한 자율성이 검열장의 구동조건이었기 때문에 검열자와 피검열자는 적어도 검열장이 정상적으로 움직이는 한 일정한 상호의존 관계를 맺지 않을 수 없었다. 검열장을 통해 일본은 식민지에서 제국의 존재를 드러냈고 텍스트 주체들은 자신들의 표현 욕망을 구현할 수 있었다. 식민권력은 그 관계의 주도적 조절을 위해 검열법과 검열기구를 적극적으로 활용했다.

식민지인의 텍스트는 검열장을 통과하는 순간, 세계를 향해 말할 수 있는 권리가 주이졌다. 이것이 합법성을 따르는 주체에게 부여된 반대급부였다. 피식민자의 글쓰기는 이러한 과정을 통해서 산출되었다. 그런데 검열의 조건을 받아들이는 것은 식민권력과 식민지 텍스트의 공존을 위한 평균조건일 뿐 반드시 식민권력에 대한 순응과 협력을 뜻하는 것은 아니었다. 합법텍스트라 할지라도 그것이 독자들에게 식민권력의 희망과는 다른 의미와 이미지로 전달될 가능성은 얼마든지 있었다. 그것이야말로 어떤 권력도 완전히 통제할 수 없는 문장 혹은 표현의 '잉여'라고 할 수 있다. 피식민자는 검열의 의도와 겹쳐지지 않는 이러한 '잉여'를 어떻게 극대화할 것인가를 고민하지 않을 수 없었던 존재들이었다.

식민지 검열의 이중성은 텍스트 주체의 욕구와도 밀접하게 관계된 문제였다. 텍스트 주체는 그 주체의 의도가 설사 식민권력과의 물러설 수 없는 대결에 있다 할지라도 그 목표를 실현하기 위해서는 검열기구의 합법화심사를 통과해야만 했다. 자신이 거부해야 할 대상에 대한 부정효과를 얻어내기 위해 검열당국의 다양한 요구에 기민하게 대응해야 하는 것이다. 여기에서 식민권력에 적대적이면서도 동시에 합법적일 수 있는 식민지 텍스트의 특별한 양식들이 발생할 여지가 생겨났다.

이 점과 관련하여 우리는 먼저 식민지 검열기구가 여러 차례의 준비과정을 거쳐 완성한 검열표준의 실제 효과를 살펴보아야 한다. 검열표준은 식민지 초기부터 장기간에 걸쳐 이루어진 검열 경험의 일반화, 제국의 판도 전체에 통용되면서 식민지의 특수한 상황에 함께 적용되어야 한다는 정책요구 양 측면이 결합되어 완성되었다.[27] 식민지 검열표준의 구체적 사례는 『조선에 있어서의 출판물개요朝鮮に於ける出版物概要』(조선총독부 경무국, 1930)에 들어 있는 「조선물 간행물 행정처분 예」와 『조선출판경찰개요朝鮮出版警察概要』(1936)의 「검열표준」을 통해 확인된다.[28]

중요한 사실은 검열표준이 정교화되기 시작한 1930년부터 1936년 사이에 식민지 텍스트의 생산량이 현저히 증가했다는 점이다. 1920년부터 1929년까지 매년 창간된 정기간행물의 평균 종수는 51.3종인데, 1930년부터 1936년 사이에는 평균 82.6종이 새로 만들어졌다.[29] 조선인 발행 잡지허가 건수는 1928년 502건, 1931년 802건, 1934년 1,096건, 1936년 1,146건, 1939년 937건이었다.[30] 단행본의 허가 건수는 같은 기간에 817건에서 1,812건으로 늘어났다.

이러한 현상은 검열원칙의 정교화가 식민지 텍스트의 양적 확대를 제어하려는 식민정책의 결과였음을 보여준다. 그러나 검열표준의 확립이 반드시 검열결과의 효율성을 제고시킨 것만은 아니었다. 적대적인 모든 대상을 검열하기 위한 기준을 세우는 것은 현실적으로 불가능했기 때문에 검열표준화의 시도가 검열시스템의 제도적 완성을 의미할 수는 없었다.

검열기준이 표준화의 단계로까지 나아갔지만 "조선의 독립을 선동하거나 그 운동을 시사하고 혹은 이를 상양賞揚하는 것과 같은 사항"(23조),

"조선 민족의식을 앙양하는 것 같은 사항"(25조), "조선총독의 위신을 훼손하거나 또는 조선통치의 정신에 배반하는 것 같은 사항"(26조), "기타 안녕질서(치안)를 방해하는 사항"(28조) 등 「검열표준」의 문구들은 여전히 모호하고 추상적이었다. 그렇기 때문에 「검열표준」으로 판단의 정확성을 검증받기란 결코 쉽지 않았다. 뿐만 아니라 검열의 정교화를 위해 선별된 특정 표현들이 검열관의 능동적인 텍스트 이해방식을 오히려 경직시켰다.

그 구체적 사례가 「조선물 간행물 행정처분 예」에서 일본어로 번역해서 제시된 압수되거나 삭제된 조선어 신문의 원문들이다.[31] 이러한 자료의 축적이 검열관의 감각을 향상시키기도 했지만 표준의 절대화로 인해 그 밖의 텍스트에 대한 검열관들의 민감도를 약화시키기도 했다. 참고로 "조선통치를 부인하는 기사"와 "외설, 난륜, 잔인, 기타 풍속을 해칠 기사"에 등장하는 내용을 살펴본다.

> 조선인은 일본인의 통치에 만족하고 있지 않다. 일본은 한국 영유를 결심하고 있으나 한민은 장래 언젠가는 완전한 자유국이 되기를 목적으로 하고 있다. 여러분 한국 국민정신은 사멸치 않고 있으며 지금도 살아 있고 또 영원히 살 것이다.(중역, 『동아일보』1924.9.8.)[32]

> 아! 인생은 일생일대의 쾌락을 취함을 으뜸으로 한다. 이 보익환은 음경을 흥분하는 작용을 하며 칠십의 노인에게도 쾌락을 임의로 만족시킬 수 있다! 청년 제군은 복용 일주일 이내에 음경이 주책없이 발기할 염려가 있으므로 가감하여 복용할지어다.(중역,『동아일보』1924.11.8.)[33]

"검열기준은 확고부동한 것이 아니라 시세의 변천에 따라 당연히 변할 것"[34]이라는 검열당국 내부문서의 지적은 그러한 현실을 고려한 것이었다. 조선총독부 도서과 소속 검열관 카네다 카나메兼田要는 구체적인 검열현장에서 검열자가 지닌 '감'의 중요성을 언급했는데, 그의 글이 「검열표준」이 만들어진 바로 그 해(1936)에 발표된 것도 흥미롭다.

예상되는 모든 상황에 적용되는 검열원칙을 만들어야 한다는 강박증의 결과물인 「검열표준」은 의도했던 목표와의 괴리를 만들었음에도 불구하고, 검열대상에 대한 완벽한 장악의 가능성을 시사했다. 검열의 표준화가 검열결과의 효율을 높일 것이라는 주관적 신념과 연계됨으로써 검열의 기준은 검열의 완성도에 대한 검열기구의 합리화 논리가 될 가능성이 커져갔다.

이러한 과정 속에서 식민지 검열의 성격은 상당부분 '상징화'되기 시작했다. 검열의 이데올로기적 효과가 그것이다. 식민지 검열당국이 식민권력에 적대적인 사회주의 관련 출판물에 검열역량을 집중하면서 그 밖의 분야에 대한 검열의 강도는 상대적으로 느슨해졌다. 1930년대에 들어가면서 식민지 텍스트의 총량은 가파르게 증가했음에도 검열처분의 비율은 상대적으로 하락했다. 그런데 텍스트의 양적 증대와 특정 부분에 집중되는 검열의 상징화 경향이 서로 맞물리면서 기존의 검열기준으로는 포착할 수 없는 텍스트의 생존공간이 창출될 가능성이 생겨났다.

아래의 통계표는 1928년부터 1939년까지 간행된 잡지와 단행본의 출원대비 허가비율과 허가대비 삭제비율이다.[35] 이 내용에 의하면 잡지의

〈표1〉 잡지·단행본의 출원대비 허가비율 및 허가대비 삭제비율(1928~1939)

	1928년	1931년	1934년	1936년	1939년
출원대비 허가비율(잡지)	89.16%	94.80%	98.38%	98.96%	98.94%
허가대비 삭제비율(잡지)	42.43%	37.41%	30.75%	18.85%	21.30%
출원대비 허가비율(단행본)	92%	94.46%	98.82%	95.58%	98.10%
허가대비 삭제비율(단행본)	12%	10.11%	13.03%	18.74%	4.14%

출원대비 허가비율은 1928년 이후 10년간 89%에서 99%까지 완만하게 증가했다. 잡지의 허가대비 삭제비율은 42%대에서 21%까지 하락했다. 단행본의 출원대비 허가비율은 92%에서 98%까지 증가했으며, 허가대비 삭제비율은 12%에서 4%대로 떨어졌다. 잡지와 단행본 양 측면에서 허가비율의 상승과 삭제비율의 하락이 10년간에 걸쳐 진행된 것이다. 이 수치는 표면적으로 텍스트의 양이 증가하고 검열원칙이 정비되는 것과 함께 검열장의 가시적 갈등이 점차 완화되었음을 보여준다.

물론 이것을 식민지 검열정책의 성공으로 해석할 수 있다. 그러나 다른 한편에서는 식민지 검열표준의 시야에서 벗어난 텍스트의 양이 현저하게 증대된 결과로 이해될 수도 있다. 검열기준의 범위를 넘어선 언어표현과 문제의식들, 그것이 식민성과의 대결국면에서 조성한 근대 한국어의 새로운 영역임을 인정해야 한다. 이른바 식민지의 일상이라는 시공간은 이러한 식민지 검열의 상징화 과정에서 생산된 텍스트의 존재와 역할을 도외시하고는 생각하기 어렵다.[36] 그리고 문학이 그러한 일상을 구성하는 핵심 출판물이었다는 점이 중요하다.

검열장과 식민지 문학

식민지의 검열장을 양자 갈등의 공간으로만 묘사할 수는 없다. 그 속에는 복잡한 상황들이 근대와 식민지라는 이름으로 숨어 있었다. 작가가 검열장 속에서 글쓰기에 대한 국가권력의 규정력을 체험하듯, 검열장은 조선인에게 자기 주체성이 상대적으로 구성된다는 것을 가르쳤다. 검열장은 여러 가지 갈등이 부딪치는 곳이기도 했지만, 다양한 주체가 서로를 체험하고 확인하는 학습의 현장이기도 했다. 이러한 과정을 겪으며 식민지의 근대문화가 만들어졌다.

3.1운동 이후 본격적으로 검열장이 형성되고[37] 상당량의 근대 출판물이 생산되었다. 그것은 억압과 저항, 강요와 협력이라는 식민지사회의 갈등양상을 반영했지만 그렇게만 분류될 수 없는 다차원의 현실을 만들어냈다. 1920년대 초반부터 급격하게 성장한 조선의 출판시장이 만들어낸 표현의 세계 전부를 제국과 식민지 대립의 구도로만 설명하는 것은 현실적으로 불가능하다.

예를 들어 1920년 이후 1930년대 후반에 이르기까지 조선어 서적 가운데 문학 관련 도서의 비율은 언제나 수위에 있었다. 1930년부터 1939년까지 10년간 출판된 문학 관련 도서는 모두 4,001종으로, 전체 21,026종의 19.03%에 달하는 수치다.[38] 그러나 이러한 사실을 근거로 식민지시대 문학이 식민체제에 순치되어 있었다는 결론을 내릴 수는 없다. 그것은 식민지인이 생산한 모든 합법 텍스트가 일본에 대한 지지를 담고 있는 것은 아니었다는 것이다. 여기에서 우리는 식민지 검열장이 일본의 이익에 적극적인 봉사자 만을 양성한 것이 아니라는 논리적 결론을 얻을 수 있다.

"히틀러 치하에서 (…중략…) '작은 사람들'의 일상적인 삶은 오히려 합의와 적극적인 적응 그리고 일탈적 태도 사이에 아주 모호하게 서 있으면서 회색 속을 이리저리 움직이고 있었다"라는[39] 데틀레프 포이케르트 Detlev Peukert의 언급이 암시하는 것처럼, 식민지 텍스트의 많은 부분은 제국 일본에 대한 거부와 협력이라는 이원론으로 뚜렷하게 구분할 수 없는 영역까지를 포괄하고 있다. 이러한 제3지대가 식민권력에 대한 순응의 결과로 비판되기도 하지만, 다른 한편에서 일제 스스로가 어쩔 수 없는 타협의 지점으로 인정한 공간이라고 해석할 수 있다.[40]

식민지 검열은 다른 모든 식민지 지배정책의 결과와 마찬가지로 현대 한국사회에 깊은 상처와 부정적 유산을 남겨놓았다. 그 때문에 연구의 방향 또한 주로 가해와 피해의 현황을 드러내는 측면에 집중되어왔다. 그러나 검열연구의 초점을 가해와 피해의 구도 속에만 가둘 경우 그 의도와 상관없이 역사현상의 본질을 은폐할 가능성이 높아진다. 왜냐하면 검열은 결코 식민지기에 한정할 수 없는 문제이기 때문이다. 그러한 태도는 식민지 사회와 이후 한국사회의 연계성에 대한 깊이 있는 분석을 저해할 여지가 있다.

검열연구에서 식민권력의 영향력을 일방적으로 강조하는 태도가 억압 주체에 대한 과잉 평가를 불러왔고, 억압받는 자들의 역량과 그 성장 가능성을 과소평가하는 결과를 낳아 왔다. 권력관계의 동태를 부정하게 되는 것이다. 식민지 검열 기구는 압도적인 힘으로 조선인의 텍스트를 지배했지만, 식민권력이 검열제도를 통해 조선인의 정신활동 전체를 장악할 수는 없었다는 것 또한 명백한 역사적 사실이다.

閒人閒話

新生活의創刊에臨하야

民衆文化

제 2 부

검열이라는 거울

제5장

대중매체의 허용과 문화정치의 통치술

검열이라는 거울

무단통치와 식민지배 효율성의 문제

조선총독부에 의해 시행된 식민지 검열은 근대 한국인의 지적 활동과 문화 전반을 통제, 장악하기 위해 행해진 일종의 국가폭력이었다. 식민지 조선의 검열체제는[1] 일본의 한국지배 초기인 통감정치 시기에 구체화되었다. 신문지법(1907)과 출판법(1909)의 반포는 식민지 검열체제에 법률적 기초를 마련해주었다. 이러한 법률들은 일본의 법체계에 근거해 만들어졌지만 그 내용이 상이한, 이른바 이중법적 성격을 특징으로 하고 있었다. 이를 통해 법률 차원의 식민지 차별이 엄존했음을 알 수 있다.[2]

무단통치와 연계된 초기 검열정책의 특징은 검열의 대상이 만들어지는 것 자체를 가급적 봉쇄하는 것이었다. 그 결과 1910년대 전 기간 동안 신문지법에 의한 대중매체의 간행은 엄격히 금지되었다. 『경성일보』와 『매일신보』가 발행되었지만, 그 사회적 기능에 대해서는 일본 내부에서조차 심각한 의문이 제기되고 있었다. 예를 들어 나카노 세이코오中野正剛는 "이들 어용신문은 중앙정부의 자랑 이야기를 엮은 논설 기사를 가지고 지면을 채우고 있다"[3]며 그 편협성을 우회적으로 비판했다. 출판법에 의해 허가된 『청춘』, 『천도교회월보』 등 잡지는 시사와 정치문제를 다룰 수 없었으므로, 이들 잡지가 조선의 사회현실에 접근하는 것은 원천적으

로 불가능했다. 『청춘』이 문학과 교육에 집중했던 것은 말하자면 강요된 것이었다.[4]

그런데 사회현실을 반영하는 대중매체가 없다는 것은 10년간의 식민지 정책이 추구한 조선사회의 근대적 변화—그것은 물론 제국 일본에의 예속화과정이었지만—를 표상할 수 있는 기구와 제도의 부재를 의미했다. 이것이 의도하지 않은 식민정책 내부의 모순을 만들어냈다. 대중매체는 근대사회를 대표하는 핵심제도이므로 그것이 존재하지 않는다는 것은 조선인들이 조선의 사회변화를 제대로 인식할 수 없다는 것을 뜻했기 때문이다. 행정제도, 군사제도, 교육제도, 문화제도 등의 상호 연관성 속에서 근대국가가 구성된다고 할 때, 대중매체는 사회현실을 비추는 창으로 문화제도의 핵심기능을 수행하고 있었다. 따라서 대중매체의 폐쇄와 추방이라는 식민정책은 그 시효가 한시적일 수밖에 없었다. 현재의 변화를 대중에게 보여주고 설득하는 장치가 제거되면서 조선지배의 미래에 대한 의심이 생기게 된 것이다.

제국 일본은 조선인들을 식민지적 근대의 주체로 전화시켜 영토확장 정책에 필요한 자원으로 삼고자 했다. 그런데 조선인들이 근대사회로 나아가는 데 필수적인 대중매체라는 길을 차단함으로써 제국 일본이 '추구하는 정책'과 식민지에서 '시행되는 정책' 사이의 모순을 만들었다. 이것이 무단통치라는 정책방향의 전략적 가치를 의심하게 만드는 요인이 되었다.

일본의 식민지 정책기조는 기본적으로 동화주의에 있었다. 동화정책은 식민지를 통해 일본의 한계를 보완하려는 것이었다. 따라서 식민지인은 수탈과 지배의 대상이면서 동시에 일본의 조력자이자 제국의 정책에 대한 능동적 참여자로서의 역할도 요구받고 있었다. 이것이 이른바 '내지연장주의'의 정치적 함의라고 할 수 있다. 일본이 '내지연장주의'라는 슬로건을 내세운 것은 장기적인 아시아전략 혹은 세계전략의 구도 속에서 이루어진 일이었다. 하지만 초기의 식민지근대화정책은 대중문화와 언론 부문의 억압을 전제한 상황 속에서 추진되었다. 이는 자율적 근대인의 존재를 부정하는 것이었고, '동화'를 통해 얻고자 하는 일본 국력의 총량 강화에 역행하는 결과를 낳았다. 여기서 일본의 국가 잠재력을 극대화할 수 없게 되었다는 판단이 생겨났다. 무단통치가 동화주의와 모순되는 상황이 발생한 것이다.

이 문제에 대해 강력한 의문을 던진 사람은 1910년대 조선에서 잡지를 통해 식민지근대화의 방향을 선도하던 다케우치 로쿠노스케竹內錄之助였다.[5] 그는 3.1운동이 임박한 시점인 1919년 1월 무단통치와 동화주의의 전략적 모순을 다음과 같이 지적했다.

> 금일 제국의 대세로 논하면 제국의 정략에 급히 개선할 바는 조선문제라. 조선을 제국 식민지에 편입하여 식민지 정책을 행하는 것이 득책得策이 될까. 오인은 결코 차此는 득책이 아니라 단언하노라. 조선은 소위 삼천리 강토에 이천만 인민이 유有한 반도라. 차 반도의 위치는 정히 제국이 대륙발전상 후설喉舌의 임任을 당할 만하니 여차如此히 중지重地에 재在한 조선은 극단의 노골적이나 조선과 심복적心服的 동화同化를 부득不得하면 반反히 심복적 질병疾病이 될 것은 정칙正則이니 조선 민족에 대하여 식민정책을 행하고 철저적 동화를 득得할가 하면 차는 도저히 불가능한 사事이라. 조선이 비록 폐방弊邦이나 누천년의 역사적 관념이 유하고 또는 구대舊代의 문명족이라. 기其 현용적現用的 상식으로는 물론 내지인에게 양보를 아니치 못할 바이나 고유의 지식력으로는 역亦 내지인이 불급不及할 점이 다多하니 여차如此한 인민으로 동일한 헌법하에 치置하면 기 발전과 심복心服이 어찌 가량可量할 바이리오.[6]

그의 생각은 한마디로 무단정치가 제국의 이익에 배치된다는 것이었다. 다케우치는 중국에 대한 영향력 확대 등 일본의 장기 전략을 위해서는 조선의 실질적인 동화가 중요하며 무단적인 방식으로는 더 이상 조선인의 진심어린 협력, 이른바 '심복'의 상태에 이를 수 없다는 주장을 펼쳤다.

1918년 하라 다카시原敬가 내각의 수반이 되고, 1919년 사이토 마코토齋藤實가 조선의 새로운 총독으로 부임하면서 이러한 모순의 해결점들이 모색되기 시작했다. 사이토 마코토의 등장은 식민지 미디어 정책사에서 정책 부재의 상태에서 정교한 정책으로의 전환을 의미하는 것이었다. 문화정치기 대중매체의 간행 허용은 기본적으로 이러한 환경의 산물이었다. 여기서 문화정치기 대중매체가 3.1운동에 대한 배상금만은 아니었다는 점이 뚜렷해진다.[7]

일제는 대중매체 부재라는 반근대적 상황 속에 조선을 묶어놓는 것이 현실적으로 불가능하다고 판단했다. 그런데 일제의 고민은 어떻게 하면 조선인에 대한 대중매체 허용과 조선에 대한 지배력이 대립하지 않도록 할 것인가에 놓여 있었다. 그 책임을 새삼스럽게 떠맡게 된 것이 식민지 검열체제였다. 이제 검열정책의 방향은 대중매체를 소멸시키는 것이 아니라 그것을 관리하는 것으로 바뀌게 되었다. 매체허용은 일본에 의한 근대의 성장을 조선인이 인식하도록 하는 것에 초점을 맞추고 있었다. 이는 조선의 동화를 추진하기 위해 일본이 선택한 하나의 모험이었고, 그 모험은 1920년을 전후한 시기에 제국 일본이 지녔던 '여유'에 기초해 진행되었다.[8] 일본 국력의 극대화를 목표로 조선(인)의 일본(인)화를 위한 장기정책이 시작된 것이다. 그 결과로 『조선일보』, 『동아일보』, 『개벽』이 1920년 세상에 나왔고, 식민지 출판문화의 장이 본격적으로 형성되기 시작했다.

메이지, 다이쇼 시대를 거치며 일본은 미디어의 중립성에 대해 충분한 경험을 가지게 되었다. 이를 통해 대중매체가 적대적인 존재가 아니라 활용과 관리의 대상이라는 점도 체득하게 되었다. 조선총독부는 미디어를 통한 민족 갈등의 가상적 대립을 허용하고 검열체제가 그 상황을 관리하도록 했다. 동화과정의 유연성을 확보하기 위해 미디어를 통한 중립지대를 조성한 것이다. 식민지 매체에 부여된 이러한 의도된 중립성에 대해 한 논객은 '신문정부'라는 개념을 부여하고, 그 의미를 다음과 같이 분석했다.

> 신문정부는 내각 총리대신을 걸어 욕설을 부쳐도 질책당할 걱정은 없는 것이요, 조선 통치의 수뇌자 총독을 향하여 공박을 할 수 없는 것도 아니요, 귀족이나 부호나 사장과 같은 그 지위로부터 흔들어 떨어트리며 쌈을 걸며 다소의 사감을 부려도 그리 큰 상관이 없으며, 절대의 총검의 권력을 다 발휘하는 관헌의 횡포를 공격하여 어느 범위까지 언론의 위엄을 드러나게 되는 일도 있다. (… 중략…) 그리하여 신문이나 잡지는 사회생활 상에 큰 힘이 되는 보도와 여론지도의 이대 중임을 가지고서 그로부터 생生하는 힘을 지배적 권력으로 발휘한다. 그러므로 모든 면에서 정치의 거세를 당한 이 조선사람들은 이 지배적 권력을 신문정부의 문전에 몰려와서 찾게 된다.[9]

이 글은 일제가 식민지 조선인에게서 거두어들인 권력을 그들에게 돌려주는 대신 그 일부를 조선인 신문에게 나누어주고, 신문에 의해 조선인들의 권력의지가 대리 행사되도록 한 상황을 '신문정부'의 의미로 설명했다. 적어도 문화정치기 검열체제는 이러한 대리전이 경기장 밖으로 비화되는 것을 차단하는 데 총력을 기울였다. 현실이 아닌 경기장 속에서 분노와 욕망을 배출하는 것은 궁극적으로 일본의 식민지 지배에 도움이 된다고 판단했기 때문이다. 그리고 그 과정이 지나면 제국 일본의 위력이 조선인에게 내면화될 것으로 기대했다.

그러나 그러한 정교한 정책이 곧 결점 없는 정책을 뜻하는 것은 아니었다. 대중매체 허용의 궁극적 목표는 근대 미디어가 만들어내는 부정적 효과를 차단하면서, 식민지 근대의 성장에 대중매체가 적극적으로 기여할 수 있는 길을 모색하는 것이었다. 따라서 이러한 정책의 시행에는 상당한 시간과 인내, 그리고 예상할 수 없는 위험상황에 대한 대비가 반드시 필요했다. 식민지 조선의 대중매체가 발휘하는 사회적 영향이 어떻게 나타날지 알 수 없었기 때문이다. 하지만 문화정치기 검열체제는 이 점에 대한 충분한 경험을 갖고 있지 못했다. 문화정치기 내내 이어졌던 신문과 잡지에 대한 다양한 형태의 탄압은 대중매체 허용정책에 대한 조선총독부의 신경과민과 불안상태를 반영하는 것이었다.[10]

대중매체를 둘러싼 공방
검열정책의 혼란

문화정치기 이전 검열정책의 목표는 미디어 공론장의 성립 자체를 부정하는 것에 있었다. 한국의 강제점령 이후 3.1운동 이전까지 일제가 신문지법에 의해 대중매체를 허가하지 않은 것은 그러한 정책기조에 의한 것이었다. 따라서 이 10년간 검열체제와 조선인 미디어의 상호 관계를 살펴보기 위한 자료는 매우 부족하다. 검열의 대상 자체가 거의 생산되지 않았던 탓이다. 하지만 그 와중에도 우리의 관심을 붙잡는 작은 사건이 하나 일어났다. 4개월간의 '발행정지' 끝에 복간된 『소년』 19호(1910. 12)는 책머리에 '발행정지'에 관련된 조선총독부의 행정처분 문서를 공개함으로써 검열당국에 대한 편집자 최남선의 불편한 감정을 노골적으로 표현했다.

> 독자열위愛讀列位에게 근고謹告함
>
> 잡지나 신문계新聞界의 통례라고 할 것을 보건대 발행정지 같은 것을 당

하였다가 해제가 되던지 하면 거기 대하여 무슨 말이던지 합디다. 그러나 나는 이일로써 그리 끔직한 일같이 생각하지 아니하오. 죄 있어 벌 당하고 한限되어 풀님이 당연한 일이 아니오리까. 여기 대하여 무슨 딴 말이 있겠소. 다만 이에 관한 관문서官文書를 등재하여 역사거리나 만드오.

〈警機高發第二六號〉　少年 發行人 崔昌善

明治四十三年八月二十五日發行少年第三年第八卷ハ治安ヲ妨害スルモノト認ムルニ付韓國光武十一年法律第五號新聞紙法第二十一條ニ依リ該雜誌ノ發賣頒布ヲ禁止シ之ヲ押收シ其發行ヲ停此ス

明治四十三年八月二十八日　統監府 警務總長　明石元二郞 印

〈高圖秘發第二百六十五號ノ二〉　少年 發行人 崔昌善

明治四十三年八月二十六日附命令シタル少年發行停止ナ解ク

明治四十三年十二月七日　朝鮮總督府 警務總長　明石元二郞 印

이것이 곳 우리가 여러분으로 더불어 여러 달 캄캄한 '턴넬'을 지나게 한 동기요 겸 사실이외다. 심히 간단하오나 주의하여 보아주시오.

검열의 객체가 스스로 검열 관련 행정문서를 공개한 것은 식민지 역사에서 극히 예외적인 경우였다. 이러한 유례없는 상황이 발생한 것은 초기 검열정책의 방향이 미디어 자체를 소멸하는 데 주안을 둔 결과, 간행을 허용한 잡지들에 대해 섬세한 점검을 제대로 하지 못한 탓이었다. 말하자면 검열과정의 미숙성이 야기한 결과인 것이다. 하지만 행정문서의 공개와 같은 직접적인 불만표출은 이후 더 이상 용인되지 않았다. 1910년대 전체를 통해서도 출판검열과 관련해 심각한 사회문제가 야기된 적은 거의 없었다.[11]

愛讀列位에게謹告함

雜誌나新聞界의通例라고할것을보건댄發行停止갓흔것을當하얏다가解除가되던지차면거긔對하야무슨말이던지합듸다그러나나는이일노써그리쑥씩한일갓히생각하지아니하오罪잇서罰당하고限되야풀님이當然한일이아니오릿가여긔對하야무슨짠말이잇겟소다만이에關한官文書를謄載하야歷史ㅅ거리나만드오。

警機高發第二六五號

少年發行人　崔昌善

明治四十三年八月廿五日發行少年第三年第八卷ハ治安ヲ妨害スルモノト認ムルニ付韓國光武十一年法律第五號新聞紙法第二十一條ニ依リ該雜誌ノ發賣頒布ヲ禁止シ之ヲ押收シ其發行ヲ停止ス

明治四十三年八月二十六日

統監府警務總長　明石元二郎　印

高警秘發第二六五號ノ二

少年發行人　崔昌善

明治四十三年八月二十六日附命令シタル少年發行停止ヲ解ク

明治四十三年十二月七日

朝鮮總督府警務總長　明石元二郎　印

이것이곳우리가여러분으로더브러여러달캄캄한「턴넬」을지나게한動機요衆事實이외다。甚히簡單하오나注意하야보아주시오。

우리는그동안에本誌第三年八卷에廣告한計劃을別노實施하기爲하야한雜誌의發行을請願하얏스나左記한文面에잇슴과갓히如意치못하얏소。

指令第一八號

京城南部上犂洞三十二統四戶　崔南善

明治四十三年九月十三日付請願ニ係ル歷史地理硏究ノ發行ヲ許可セス

二十三年

明治四十三年九月二十九日

統監府警務總長　明石元二郎　印

少年第三年第九卷目次

『소년』 19호(1910. 12)의 검열문서 공개

그러나 문화정치기로 접어들면서 상황은 급변했다. 김근수의 조사에 의하면, 무단통치기 10년간 간행된 잡지는 모두 46종이었다. 그런데 1920년에서 1922년 3년간 새로 간행된 잡지만 44종으로, 이전 10년간 발행된 잡지 총수에 육박했다. 1920년대 전체로 하면 168종으로, 1910년대의 3배가 넘는다.[12] 규모와 질 차원에서는 이보다 훨씬 더 크고 복잡한 변화가 있었다. 여기에 조선인의 입장을 대변하는 민간지 2종도 동시에 창간되었다. 신문은 잡지와는 다른 형태의 강력한 사회적 영향력을 창출했다. 이러한 대중매체의 존재는 곧바로 검열수요를 폭발적으로 증가시켰다. 대중매체 허용은 식민정책의 내부모순 해결을 위한 것이었지만, 그 결과로 검열강화라는 새로운 식민정책이 필요하게 된 것이다.

매체허용과 검열강화는 동시에 진행되었다. 『개벽』의 창간호(1920. 6)는 2회의 압수소동과 5건 이상의 삭제를 통과하고서야 겨우 독자와 만날 수 있었다. 비슷한 시기 『동아일보』는 108일(1920.9.25.~1921.1.10)에 걸친 1차 발행정지를 당했고, 『조선일보』는 두 번에 걸친 발행정지(1920.8.7.~1920.9.2, 1920.9.5.~1920.11.5)를 겪었다.[13] 문화정치의 시행과 검열의 강화는 논리적으로는 모순된 현상이었으나 실제로는 매우 깊은 정책상의 연관을 지니고 있었다. 일제는 조선인의 근대적 자기 확인을 용인하면서도 과도한 현실인식의 억제해야 한다는 모순된 이중의 목표를 동시에 달성해야 했기 때문이었다.

그런데 조선총독부의 미디어 관리체계는 문화정치 초기부터 적지 않은 난관에 봉착했다. 스스로 허용한 조선인 매체들로부터 날카로운 공격을 받았기 때문이다. 특히 식민지 검열당국을 당혹하게 한 것은 그들이 구사했던 반검열 논리의 합리성이었다.

> 그들은 오인吾人의 소견과 반대로 일한합병은 '대세 순응의 자연自然'이라 하며 '민의에 합치라'하여 이를 성화聖化하려 하였으며, 조선민중은

총독정치에 '열복悅服'이라 하여 면장 등으로 하여금 혹 인민에게 송덕문을 강제하였으며 혹 국기게양을 강요하였으니 (가소롭다. 여차한 모순이 어데 있스랴.) 만일 당국자로 그 소견과 소신에 충실하였다 하면 어찌 언론 압박에 이와 같이 용의用意하며 언론자유에 이와 같이 공포恐怖하였는고? 열복悅服이면 언론자유로 말미암아 오히려 당국 찬미의 시詩와 노래를 들을 것이 아닌가? 사불출어차事不出於此함은 그 심중心中에 스스로 우憂하는 바 있으니 하何오 하면 언론자유를 허許하면 인심에 울적한 불평은 화산같이 폭발하리라 함이로다.[14]

선인鮮人에게 신문 발행을 허許하고 언론자유를 부여함은 문명정치의 간판 중의 금선金線이라. (…중략…) 연즉然則 당국은 약시若是히 귀중한 간판, 약시若是히 긴요한 언론을 스스로 옹호 보장할 필요가 유有하나니 구苟히 당국자가 치자治者의 사명에 고顧하여 선토鮮土의 개발을 도圖할 성의가 유有할진댄 선토鮮土의 민의를 존중하고 민론民論에 청聽하여 시정施政 개선에 공供하고 민심 완화에 자資함이 고固 당연한 방도方途어늘 금야今也에 당국은 반反히 차次에 압수, 정간 등 위탈威奪, 압박을 가하여 자가自家의 성명聲明을 무시하고 간판을 오손汚損하려하니 차此 어찌 당국의 조치가 현명하다 할까? 약시若是할진댄 당초에 당국이 선인鮮人의 신문을 허가하고 언론을 용인한 본의本義가 선인鮮人에게 자유를 여與함이 아니라 압박을 가하려 함이며 민의창달을 구함이 아니라 아유阿諛를 구하려 함이런가? 과연果然할진댄 당국의 소위 문화정치는 또한 기괴치 안이한가?[15]

첫 번째 기사는 소위 '일한병합'이 정당한 일이라면 왜 일본은 식민지 언론탄압에 그토록 매진하는가를 풍자적으로 묻고 있다. 두 번째 기사는 문화정치의 언론자유가 민의를 존중하고 민심을 달래려는 것임에도 압수, 정간으로 언론을 탄압하는 것은 이해할 수 없는 것이니 그런 점에서 '문화정치'라는 용어는 '기괴'한 것이라고 비꼬았다. 두 문장은 문화정치의 정책모순을 날카롭게 파고 들어가며 조선총독부의 행태에 차가운 독설을 던졌다.

하지만 이러한 정치비판은 즉각적인 반격의 빌미가 되었다. 『조선일보』 1차 정간을 비판한 두 번째 인용문은 2차 정간의 직접적인 원인이 되었다. 『매일신보』는 『동아일보』 1차 발행정지의 원인이 '반어反語와 음어陰語를 사용한 독립사상의 선전'에 있다고 했는데, 이는 조선인 신문의 파상공세에 대한 조선총독부의 예민한 심기를 대변하는 기사였다.[16] 이러한 민감한 대응은 문화정치 초기 검열당국의 긴장도를 극명하게 드러냈다.

검열당국에 대한 조선인 매체의 공격은 논리적 차원에만 머무르지 않고 법률적 차원으로 발전하였다. 『개벽』의 발행인 이두성은 유진희[17]가 발표한 「순연한 민중의 단결이 되라」(1920.12)의 내용 때문에 자신이 벌금형에 처해지자 이에 불복, 정식재판을 청구했다. 그러자 개벽사의 요청이 없었음에도 장도, 김찬영, 박승빈, 이승우, 이기찬 변호사 등이 합동변론을 자청하였고 이 재판은 삽시간에 문화정치 초기 반검열운동의 상징이 되었다.

당시 『조선일보』 기사는 그 재판과정을 치밀하고 상세하게 묘사했다.[18] 기사에 의하면 이 재판의 쟁점은 "일체의 재벌의 발호에서, 일체의 관벌官閥의 위압에서, 일체의 소유와 전통에서, 일체의 가정적 정조에서, 일체의 향토적 애착에서, 단연 분리"라는 문구의 의미해석과 유진희의 글이 '시사'인가, 아닌가를 둘러싸고 벌어졌다.

김찬영은 '일체 재벌의 발호에서 분리'는 '빈부평균주의'가 아닌 '재력에 끌려가지 말자'라는 뜻이며, '일체의 관벌의 위압에서 분리'는 '무정부주의'가 아니라 '관민이 혼동되지 않고 백성의 직책을 지킨다'라는 의미로 해석했다. 또한 '일체의 소유와 전통에서 분리하자'는 것이 '국가 주권을 부정한다'는 주장을 비판하며, 이는 '구사상을 벗어나 신사상으로 가자'라는 의도라고 변호했다. 끝으로 김찬영은 '일체의 가정적 정조에서 분리'라는 표현이 '동양의 고유한 도덕과 가족주의를 파괴한다'는 판단에 이의를 제기하고, 그것은 '완고한 구가정의 고루한 습관을 인종해서는 안 된다'라는 뜻으로 이해해야 한다고 말했다. 김찬영 변호사는 유진희 글의 내용에 대한 검열기구의 판단에 대해 조목조목 그 부당성과 해석의 오류를 지적함으로써 검열당국의 판단 자체를 무의미한 것으로 만들어버렸다.

한편 박승빈은 유진희의 글이 결코 '시사'가 아니며 하나의 '정신적 교훈'에 불과하다고 변론했다. 그런데 박승빈이 유진희의 글이 '시사'의 범주에 들어가지 않음을 입증하려 했던 것은 특별한 주목이 필요한 부분이다. 이는 다름 아닌 『개벽』의 법률적 허가사항과 연관된 문제이기 때문이다. 이 기사에 근거해볼 때, 『개벽』은 신문지법 제5조 "학술 기예 혹 물가 보고에 관하는 기사만 기재하는 신문지에 재在하여는 보증금을 납부함을 불요함"이라는 조항에 의해 발행이 허가되었다. 그것은 신문지법에 의한 출판물은 '정치시사'를 다룰 수 있다는 통상적인 내용과 『개벽』의 허가조건이 상당한 차이가 있었음을 말해준다.

『개벽』은 신문지법에 의해 발행되었지만 제5조의 제한규정 때문에 일반 신문과는 달리 내용 구성에서 근본적 제약이 있었던 것이다. 신문지법 제30조는 "제5조의 사항 이외 기사를 게재한 경우에는 발행인을 오십환 이상 백환 이하 벌금에 처함"이라는 규정을 두었고, 이두성이 벌금형을 받은 것은 바로 이 규정에 의한 것이었다. 이 때문에 유진희의 글이 신문지법 제5조의 '학술 기예'라는 허가조건을 벗어났는가, 벗어나지 않았는가가 핵심적인 법적 다툼의 대상이 되었던 것이다. 하지만 재판부는 동대문경찰서의 즉결처분 결과를 번복하지 않았고, 결국 정식재판에 의해 벌금형이 확정되었다.[19]

벌금형에 대해 정식재판을 청구했다는 것이 말해주듯 이 재판은 식민지 검열체제에 대한 조선인들의 능동적 대응을 보여준 사례였다. 그런데 더욱 문제적인 것은 검열결과를 법정으로 끌고 감으로써 검열을 둘러싼 법리논쟁이 시작되었다는 점이다. 식민지 검열체제가 법률을 통해 정당성을 확보하고 있었던 점을 역이용해 그 법률 자체의 허점과 불합리함을 공격함으로써 검열체제의 제도적 기반 자체를 부정하려 한 것이다. 그 결과 이 재판은 검열기구가 관련 법률해석에 있어 포괄적 자의성을 개입시켜 법률을 단지 정책수행의 도구로 전락시키는 관행에 대한 제동, 그리고 제국 일본의 법체계가 안고 있는 근본적 한계를 폭로하는 의미를 갖게 되었다.

필화사건의 파장
매체허용에 대한 검열당국의 회의

1922년 9월 15일 『개벽』, 『신천지』, 『신생활』, 『조선지광』 등 네 잡지에 대해 신문지법에 의한 발행이 허가되었다. 이로써 이들 잡지는 이른바 '정치시사'를 다룰 수 있는 권리를 얻게 되었다. 『개벽』의 경우, 이 조치로 인해 신문지법 제5조의 제한에서 벗어나게 되었다. 『개벽』의 편집진은 상황의 변화에 대해 다음과 같이 말했다.

> 독자 여러분이나 우리가 한가지로 유감의 유감될 일이라 할 것은 이른바 정치시사라 하는 것이었나이다. 당시(발간 초기-인용자)로 말하면 이런 잡지에는 어느 것이나 다 같이 정치시사를 금하여 온 바이지마는 소위 신문조례에 의하여 솔선하여 특히 허가된 이 『개벽』 잡지에까지도 이것을 금물禁物로 보게 됨에 이르러는 누구나 다 억울한 일로 알지 아

니치 못하게 되었나이다. 만종萬種의 사상을 계발하기로 목적한 『개벽』의 기사 중에 이와 같은 일대 금물禁物이 차간此間에 복재伏在하였는지라 이로 인하여 생하는 경영자의 책임은 얼마나 옹색되었을 것이며 자유의 필봉은 얼마나 둔결鈍缺하였을 것이며 압수, 삭제, 주의, 경계의 모든 고통은 얼마나 되었겠나이까. 그러나 이것은 이미 과거의 사事이오, 『개벽』은 이제부터 정치시사를 해금케 되어 래월호로부터는 금상첨화로 새로운 기사와 새로운 면목으로 독자의 앞에 신운명을 말하게 되였나이다. 우리들은 이것으로써 스스로 『개벽』의 신기원이라 하여 모든 것을 신기원답게 활동하려 하나이다.[20]

이러한 변화는 표면적으로 2년간 이루어진 조선인 언론의 공세에 대한 조선총독부의 결정적 양보를 의미한 것처럼 보였다. 하지만 네 잡지에 대한 '정치시사'의 게재허용은 곧바로 하나의 의혹을 만들어냈다. 그 초점은 이 정책의 의도가 무엇인가 하는 점에 있었다. '정치시사'의 허용은 곧 조선인 대중매체에 의한 공격에 식민권력이 무방비로 노출되는 것을 의미했기 때문이다. 그러한 우려는 신문지법에 의한 잡지허가가 이루어진 직후부터 언론지상에 오르내렸다. 당시 신문기사는 마루야마 츠루기치丸山鶴吉 경무국장의 취임 이후 행정처분에서 사법처분으로 강화된 언론정책의 변화를 지적하고, 그 상황에서 신문지법에 의한 잡지허가가 혹 탄압의 전조가 아닌지를 의심했다.[21]

세간의 의혹은 얼마 지나지 않아 현실로 나타났다. 2개월 뒤인 1922년 11월 하순부터 『신천지』와 『신생활』 두 잡지를 중심으로 대규모 필화사건이 터졌다. 이 두 사건의 관련자들에게는 극심한 탄압이 가해졌다. 『신생활』 주필이었던 김명식은 위중한 상태로 사경을 헤맸고,[22] 『신천지』 사건의 관계자였던 박제호는 복역 중 얻은 병으로 사망했다.[23]

『신천지』 필화의 원인은 1922년 11월호에 주간 백대진이 기고한 「일본 위정자에게 여與하노라」의 특정 표현을 어떻게 이해할 것인가에 있었다. 검열당국은 "조선인은 참정권 이상의 그 무엇을 요구하며 갈망한다"에서의 '그 무엇'과 다른 문장 가운데 들어 있는 '조선은 조선인의 조선'이라는 표현이 조선독립을 의미한다고 보았다. 1922년 12월 22일 열린 2차 공판에서 오오하라大原 검사는 "피고가 조선독립을 희망한 것이 분명"하다는 전제 하에 제령 제7호와 신문지법을 위반한 것으로 결론짓고 징역 1년을 구형했다.

이에 대해 변호인단은 ① '그 무엇'이 반드시 조선독립을 의미한다고 할 수 없다. ② 설혹 '그 무엇'이 조선독립을 의미한다 할지라도 표현되지 않았으므로 법률에 저촉되지 않는다. ③ '조선은 조선인의 조선'이라는 표현은 '경성은 경성인의 경성'이라는 표현과 같아서 경성인 자체만 독립하자는 것이 아니라 경성의 일은 경성인이 하자는 뜻이다. ④ 조선문제 게재에 대한 일본인 잡지와 조선인 잡지의 상반된 처분이 갖는 부당성 등을 거론했다. 그러나 하나무라花村 판사는 이를 받아들이지 않았다.[24]

『신천지』 필화가 백대진 개인의 소박한 발언이 문제가 된 것에 비해, 『신생활』 사건은 보다 복잡한 현실의 문제와 연계되어 있었다. 이 사건의 발단은 『신생활』 11호가 '러시아혁명기념호'로 간행된 것 때문이었다. '한국 초유의 사회주의 재판'이라는[25] 표현에서도 드러나듯, 이 사건은 사회주의자들의 잡지발간에 대한 검열당국의 제동에 그 본질이 있었다. 판결내용에서도 그러한 정황이 잘 드러난다.

이 사건의 관련자 가운데 박희도와 김명식은 특집호 건으로, 이시우는 자유노동조합 취지서의 인쇄 배포로 인한 출판법 및 제령 위반으로, 김사민은 자유노동조합의 설립과 그 취지서 작성 및 『신생활』을 통한 취지서 공개 등의 이유로 기소되었다. 신일용은 제령과 신문지법에 저촉되었고, 유진희는 제령위반이 문제가 되었다. 판결 결과 박희도와 이시우는 2년 6월, 김명식과 김사민은 2년, 신일용과 유진희는 1년의 징역을 각각 언도받았다.[26] 이 사건을 계기로 결국 『신생활』은 폐간되었는데, 김송은이란 인물은 『신생활』 폐간을 "자본주의의 참혹한 만행"[27]으로까지 규정했다.

그런데 주목되는 것은 이처럼 성격과 내용이 판이한 두 잡지가 비슷한 시기에 신문지법에 의해 간행이 허가되고 또 비슷한 시기에 필화사건의 주역이 되었다는 점이다. 『신생활』의 탄압은 사회주의운동과 관련되어 있었던 탓에 어느 정도 예상되었던 일이다. 『신생활』 기자 이성태는 "금번의 사실이 우리의 의외로 아는 바가 아니라는 말 뿐이외다"[28]라는 애매한 표현으로 당시의 긴장된 정황을 시인했다. 그러나 『신천지』 사건은 사실 이렇다 할 내용이 없었다. 더구나 백대진은 『신문계』와 『반도시론』 기자, 『매일신보』 사회부장 출신으로 반일적인 사회운동과는 거리가 있었던 인물이었다.[29] 그럼에도 다소의 민족적 입장을 드러낸 발언 때문에 집중적인 타격을 받았다.

이 사건을 추적해보면 검열당국이 필화를 기획한 것이 아닌가 하는 느낌을 받게 된다. 신문지법에 의한 잡지 4종의 동시 허가, 그 가운데 성격이 다른 2종의 잡지가 같은 시기에 필화사건의 희생이 되었던 것은 대중매체의 통제를 위한 모종의 정책결정이 사전에 있지 않았나 하는 의구심을 낳게 한다. 주요 잡지가 민족운동과 사회주의운동 확산을 지원하고, 식민지 현실에 대한 분석을 담은 기획기사의 출현은 검열당국의 우려를 불러일으키기에 충분했다. 따라서 잡지의 영향력 확대를 견제하는 것이 시급한 일로 부각되었을 가능성이 높다. 중요 잡지의 법률적 허가조건을 조정한 것은 이러한 판단과 관련되어 있는 사항이다.

출판법에 의한 간행물은 사전검열을, 신문지법에 의한 간행물은 사후검열을 받았다. 일반적으로 사전검열이 사후검열보다 훨씬 가혹한 것이었지만, 그렇지 않은 경우도 있었다. 사전검열은 내용을 검열당국이 먼저 확인하고 허가한 것이므로 이후 새로운 문제가 생겼을 때 처벌하기가 쉽지 않았고 지나친 언론 통제라는 비판도 만만치 않았다. 이에 비해 사후

新生活의創刊에臨하야

李承駿

(以下一頁削除)……

(以下削除)……

(十八頁에서繼續)

하고난 良妻라는것을 想像할수도업다。例컨대 其妻는 엇더케 훌륭한 男便의理解者오 戀人이라 하드래도 男便의게 永久的으로 沒個性的犧牲과 從屬的 奴隷的使役을 不肯하다면 家事의瑣煩을 賞치아니하재녀언다면 누구나 良妻에適合한 資格으로 是認하지아니할것이다。 (未完)

(23) ——新生活의創刊에臨하야——
(22) ——新生活 第一號——
新生活의創刊에臨하야 李承駿
(以下一頁削除)
(以下削除)
(十八頁에서繼續)
하고난 良妻라는것을 想像할수도업다。例컨대 其妻는 엇더케 훌륭한 男便의理解者오 戀人이라 하드래도 男便의게 永久的으로 沒個性的犧牲과 從屬的 奴隷的使役을 不肯하다면 家事의瑣煩을 賞치아니하재녀언다면 누구나 良妻에適合한 資格으로 是認하지아니할것이다。 (未完)

검열은 근본적으로 가능한가

검열로 삭제되어 내용이 사라져버린 채 제목만 남은 이승준의 「『신생활』의 창간에 임하여」(1922.3)(위). 누군가 삭제된 빈 칸 위에 무엇인가 의견을 적어 넣었다(아래). 자료제공 아단문고(위)·오영식(아래).

검열은 사전검열보다 검열 강도가 낮아 보이지만 검열체제의 자의적 구속력이 매체 간행 이후까지 지속적으로 미칠 수 있는 방식이었다. 사후검열에 의해 검열체제는 언제든지 행정처분과 사법처분을 시행할 수 있었다. 특히 압수나 발행정지는 매체 발행사에 상당한 경제적인 타격을 주었다. 따라서 사후검열은 활용하기에 따라 검열의 수위와 강도를 보다 고도화시킬 수 있는 방식이었다. 검열체제는 문화정치 2년간의 경험을 통해 이러한 사후검열의 잠재적 가치를 발견했을 것이다. 신문지법에 의해 사후검열을 실시함으로써 한편으로는 검열완화라는 명분을 얻고, 다른 한편으로는 발생 이후 생겨난 문제의 책임을 간행 주체에게 전가할 수 있다는 것은 특별한 매력이었다.

이러한 의도는 곧바로 정책에 반영되어 네 개 잡지의 신문지법 허용 2개월 후 실제화되었다. 대상의 선택도 정교하게 이루어졌다. 『신생활』은 사회주의 억압이라는 현실적 이유 때문이었을 것이고, 『신천지』는 독립을 암시하는 모든 매체내용에 대한 광범한 경고라는 측면에서 선택되었다. 이를 통해 잡지발간과 반일운동을 결합하려는 다양한 세력들에 대한 강력한 경고가 내려졌다.[30] 그런데 그 경고의 최종목표는 『개벽』에 있었다고 추정된다. 민족운동 및 사회주의운동과의 다양한 연계, 잘 조직된 광범한 독자망, 천도교라는 배후세력 등을 토대로 구축된 『개벽』의 '미디어적 중심성'을 해체하거나 무력화시키지 않고서는 검열당국의 정책목표는 항상 위협을 받을 가능성이 있었기 때문이다.[31]

신문지법에 의한 '정치시사' 발언을 용인한 검열당국의 잡지 간행조건 변경의 의도는 여기에 있었다. 조선인 매체의 공세에 대한 적극적 대응의 한 양상이었던 셈이다. 이 사건으로 인해 『신생활』은 1923년 1월 8일, 신문지법에 의한 허가를 받은 지 4개월 만에 사회주의를 선전했다는 이유로 폐간되었다.[32] 『신생활』이 발행금지된 후 신생활사는 출판법에 의해 후속지 『신사회』 창간을 시도했으나 계속된 원고압수로 그마저도 결국 좌절되었다.[33] 『동아일보』는 일제의 이러한 태도를 "조선인의 사상적 발전에 대한 억지抑止"(1923.6.6)로 규정하면서 "기괴한 편견"에 의한 가혹한 처사는 곧 "불평자의 감정을 과격"하게 하는 것이며, 언론계로 하여금 "직접 행동"에 나서게 하는 "위험한 정책"이라고 비판했다. 그러나 문제가 시정되지는 않았다.

『신천지』, 『신생활』 필화사건은 검열당국의 잡지매체에 대한 공세수위의 강화를 의미했는데, 이것은 문화정치기 대중매체 정책의 내적 위기를 알리는 하나의 징후였다. 문화정치기 매체정책의 당초 방향은 식민정책과 조선인 매체의 공존을 통해 식민지사회의 안정을 확보하는 것이었다. 그런데 필화사건과 특정 잡지의 강제폐간은 그러한 공존의 가능성에 대해 어두운 그림자를 던졌다.

검열당국은 필화사건을 겪으며 대중매체라는 근대의 문화제도를 통해 얻거나 잃을 수 있는 것이 무엇인지에 대한 적지 않은 경험을 축적했다. 그리고 이 과정에서 검열당국도 상당한 손실을 감수해야 했다. 그 희생의 본질은 식민지 대중매체의 생존에 가장 적대적인 세력이 결국 식민권력 자신이었다는 사실을 비로소 명료하게 알게 되었다는 점에 있었다. 그것은 식민권력의 정치적 정당성을 심각하게 훼손시킬 수 있는 새로운 형태의 모순이었다.

『신천지』, 『신생활』 필화사건은 언론계 연대의 중요한 계기가 되었다. 조선지광사, 개벽사, 동명사, 시사평론사, 조선일보사, 동아일보사의 관계자들은 1922년 11월 25일, 견지동 청년연합회에서 모임을 갖고 필화사건에 대한 공동대응과 언론자유 확대 요구를 결의했다.[34] 이틀 후인 11월 27일에는 언론계와 법조계 인사들이 합동모임을 갖고 필화사건에 공동대응할 것을 발표했다.[35] 이 회의에는 박승빈, 최진, 허헌, 김찬영, 변영만(이상 변호사)과 염상섭, 이재현, 최국현, 남태희, 김원벽, 오상은, 송진우(이상 언론계) 등이 참석했다.[36]

1922년 11월 30일 『동아일보』 기사는 ① 이번 필화사건은 진시황의 분서갱유와 같이 결국 국가의 재난을 촉진하며 문화의 침체를 초래할 것이다. ② 데라우치 총독의 실패원인도 언론압박에 있었다. ③ 따라서 법률을 통한 언론탄압이 결코 성공할 수 없다. ④ 특히 신체를 구속하여 사회불안을 야기하는 근거와 이유는 무엇인가? ⑤ 같은 필화사건이면서 모리토森戶의 '조헌문란사건',[37] 아오키靑木의 '불경사건'과 법률처분 내용이 다르니 이는 조선인을 차별하는 것이 아닌가? ⑥ 무력으로 언론자유를 파괴하는 것과 법률로 언론자유의 범위를 제한하는 것의 차이는 무엇인가 등의 문제를 격렬한 어조로 제기했다.

1922년 12월 17일 『동아일보』는 「언론과 생활의 관계를 논하여 사이토 총독에게 고하노라」라는 제목의 직설적인 논설을 게재했다. 이 논설은 다음과 같은 내용으로 끝을 맺었다.

> 각하, 각하는 조선이 적화赤化할가 염려하며 적화하기를 방지하려 하는가. 적화는 무산자가 정권을 집執하고 사회조직을 무산자적 기초 우에 입立하는 것이라. 조선 실사회에 무산자가 일증월가日增月加함을 내하柰何오. 각하, 민론民論을 찰察하여 정치의 시비是非를 변辨하고 실생활을 찰察하여 민론民論의 선악을 판判하여야 하나니 바라건대 각하는 말末인 언론취체에 급하지 말고 그 본本인 사회의 실생활에 대하여 심사명찰深思明察을 가加하라. 각하, 조선인의 생활 산업을 보장하는 도리가 하何에 재在한가. 원컨대 그 도道를 시示하고 또 차此를 실지實地에 시施하라.

위와 같은 정면공격으로 인해 긴장의 정도는 더욱 높아졌다. 검열당국이 필화사건을 통해 의도한 것은 식민정책에 위협이 예상되는 사회운동과 대중매체의 결합을 차단하고 반일세력과 식민지의 대중과 분리하려는 것이었다. 그러나 위의 논설을 통해 볼 수 있는 것처럼 그러한 목표는 충분한 성공을 거두지 못했다. 오히려 '언론자유'라는 슬로건 아래 다양한 세력이 집결하고 대응의 강도 또한 이전보다 더욱 높아졌다. 대중매체를 둘러싼 갈등의 수위가 점점 고조되어 간 것이다.

이 과정에서 검열당국의 고민도 깊어졌다. 미디어에 대한 통제가 강해질수록 조선인들의 반대논리도 정교해지고 구체화되어 검열체제가 논리적으로 밀리는 현상이 발생했기 때문이다. 이 때문에 식민지 매체의 자율성을 어느 정도 보장하여 조선의 성장을 안팎에 선전하고, 동시에 조선인의 협력을 얻으려했던 일본의 정책목표는 점점 미궁에 빠져들게 되었다.

이후 조선총독부의 언론정책은 강공으로 일관했으며 탄압의 강도는 더욱 거세졌다. 이 강경의 악순환을 조선총독부가 당초부터 설계한 식민지 대중매체 장악 시나리오의 과정으로 이해할 수도 있겠다. 그러나 그러한 음모설은 설득력이 약하다고 판단한다. 왜냐하면 조선인 매체의 완전한 지배는 곧 문화정치기 매체허용의 취지인 제국에 대한 심리적 복속이란 정책목표와 어긋나기 때문이다. 조선인 매체가 어느 정도 위협이 되었는지 분명치 않지만, 식민지 검열당국은 그들에 대해 지나칠 정도로 민감하게 반응했다. 한 가지 분명한 것은 그 민감성이 상황을 악화시켰다는 점이다. '관리'를 목표로 한 문화정치기 미디어정책이 '관리'의 범위를 벗어나게 되는 현상이 서서히 벌어지게 되었던 것이다.

1923년부터 1925년까지 수년간은 그러한 '선'을 사이에 두고 아슬아슬한 공방이 지속된 시기였다. 검열당국의 입장에서 볼 때 그 '선'을 벗어나는 것은 대중매체를 통해 조선인들의 정신을 제국 일본의 영역 안에 묶어두려는 문화정치기 동화전략의 약화 혹은 포기를 뜻했다. 물론 조선인들 가운데 강경세력은 그러한 '선'을 근본적으로 인정하지 않았고, 그 '선'의 관리와 유지는 전적으로 검열체제의 책임이었다. 그런데 『신천지』, 『신생활』 사건을 기점으로 그 균형이 흔들리기 시작했고, 그 이후 혼돈은 더욱 심각해졌다.

이 몇 년간 조선인 대중매체와 식민체제 사이의 갈등을 보여주는 몇 건의 대표적 사건들이 발생했다. 1923년 3월 언론계와 법조계가 합동으로 '신문지법, 출판법 개정 기성회'를 결성하고 건의서를 제출했다. 이 건의서는 출판법을 둘러싼 일본인과 조선인 사이의 차별 시정, 조선인에 대한 예약출판법제의 적용, 신문지법 개정 등을 요구했다. 1924년 6월 20일에는 급격히 고조되는 언론탄압에 대응하기 위해 31개 사회단체, 언론단체가 참여한 '언론집회압박탄핵대회'가 계획되었다. 그러나 이 대회는 천여 명의 군중이 운집한 상태에서 집회금지로 무산되었다. 다나카 다케오田中武雄 고등경찰과장은 이 집회가 "제국의 기반羈絆을 벗어나려는 불온한 행동"[38]이라고 평가했다. 1924년 8월에는 언론인 모임인 무명회가 재건되었고, 1924년 11월에는 사회부 기자들의 모임인 철필구락부가 결성되었다. 그 결과로 1925년 4월 15일에는 철필구락부와 무명회가 주관한 '전조선기자대회'가 개최되었다. 준비위원장 이종린, 의장 이상재, 부의장 안재홍 등의 면면을 통해 알 수 있듯이, 이 대회에는 조선의 언론계, 사회단체를 대표하는 인물들이 대거 참여했다.[39]

이 과정에서 조선인 언론의 내용은 점점 과격해졌다. "압박이 항거를 이기는 것은 일시오, 항거가 압박을 이기는 것은 종국이다",[40] "이 압박이 문화정치란 간판 하에서 감행할 일이냐! 당국자여 문화정치의 간판을 떼이라,"[41] "기휘忌諱를 저촉할수록 한편으로는 받는 이의 명예가 될 것이다" 등의 단계를 지나 "타인이 고통에 신음하는 것을 보고 쾌락을 느끼는 성적 변태심리의 소유자와 같이 어느 정신상 이상이 발생한 결과인지 오인은 추단할 수 없다"[42]에 와서는 검열체제를 변태성욕자 혹은 정신이상자로 비유하는 상황에까지 이르렀다. 그러고 나서 '문화정치의 미디어 탄압'이라는 형용모순이 몰고 올 흥미로운 미래가 제시되었다.

극단으로 억압 금알禁遏한 결과 과격이 과격을 생生하며 직접 행동으로 변하며 비밀운동으로 화化하여 분화구 상의 사회가 되며 시일갈상是日害喪의[43] 인심人心이 되면 파탄이 불원한지라.[44]

조선인 대중매체와 식민체제는 운명공동체라는 것이 이 글의 핵심적 논리이다. 식민체제가 조선인의 언론활동을 억압하는 것은 그렇기 때문에 자신을 스스로 부정하는 행동이라는 것이다. 이와 함께 조선에서 대중매체의 존재를 공격하는 행동은 종국에 식민체제와 조선인 사이의 중립지대를 제거하고 여론의 중심을 비제도권으로 옮겨가게 할 것이라는 경고를 하고 있다. 이것은 향후 제국 일본의 미디어정책 방향과 식민지 대중매체 성격변화의 큰 방향을 예견했다는 점에서 의미심장한 논의였다. 식민체제가 조선인 매체와의 공생관계를 거부할 때 더 큰 위기에 직면할 것이라는 발언은 문화정치기 언론정책의 본질과 식민체제의 자기 모순성에 대한 날카로운 분석이었다. 하지만 식민권력이 스스로 그러한 문제를 해결할 수 있는 유연성의 진폭은 점점 작아지고 있었다.

『개벽』의 폐간과 문화정치의 종언

이러한 전선의 팽팽함이 문화정치기의 상황이었다. 물리적 강약은 분명했으나 조선총독부의 입장에서는 대중매체 자체를 부정할 수 없다는 것이 최대의 약점이었고, 따라서 그 존재를 인정하면서 조선인 매체와 반일세력의 결합을 어떻게 약화시킬 것인가를 고민하게 되었다.[45] 이 과정에서 식민권력은 지배능력의 상대적 고도화를 의미하는 보다 정교한 시스템을 확보할 수 있었다. 조선인들은 이 전선의 형성을 통해 합법공간 안에서 식민권력에 대항하는 실제적인 방법을 배웠다. 이것은 식민체제와의 대결이라는 당대의 의미를 넘어서는 경험이기도 했다. 식민지 지배가 끝난 이후에도 오랫동안 지속된 국가권력과의 충돌에서 한국의 시민사회가 대중매체를 활용하는 방법은 식민지 시기 축적한 경험에 크게 의존했다고 해도 과언이 아니다.

검열체제의 중심기구인 경무국 도서과가 1926년 4월에 세워지고, 이후 보다 강력하고 체계적인 검열체제를 작동할 수 있었던 것은 확실히 문화정치기를 통해 얻어진 경험과 훈련의 결과였다.[46] 미디어검열을 계기로 조성된 전선의 구축은 분명 의도된 것은 아니지만, 조선총독부와 식민지 조선의 저항세력 모두에게 유익한 기회를 준 셈이다. 이점에서 "1920년부터 1925년에 이르기까지, 한국인들은 허용의 한계가 어디까지인가를 실험하고, 식민지 관리들은 관용의 한계를 숙고하는, 실험실의 분위기가 식민지를 지배했다"[47]고 본 마이클 로빈슨Michael Robinson 교수의 언급은 문화정치기 사회의 한 특징을 날카롭게 포착한 것이라 할 수 있다.

1925년 8월, 파국의 전조가 찾아왔다. 조선총독부는 1925년 8월 1일자로 『개벽』 8월호를 압수하는 동시에 『개벽』에 대한 발행정지 처분을 내렸다. 발행정지를 예상하지 못했던 개벽사에서는 압수된 기사를 삭제하고 호외 발행을 위해 인쇄를 새로 하였으나 발행정지 명령에 의해 그것마저 다시 압수되었다. 뿐만 아니라 『개벽』 8월호의 광고를 게재한 『동아일보』 8월 1일자 조간까지 함께 발매금지를 당했다.[48]

『개벽』은 1920년 6월부터 1926년 8월까지 72호를 간행하는 동안 총 40회 이상의 발매금지(압수)와 1회의 발행정지(정간) 처분을 당했는데,[49] 1925년 8월의 정간은 창간 후 5년 만에 처음 있는 일이었다. 정기적인 발행을 생명으로 하는 근대매체의 입장에서 무기한 발행이 정지되는 것은 치명적인 타격이었다. 광고 및 판매수입의 중단으로 경영상태가 심각하게 악화되기 때문이다. 동시에 발행정지가 해제되더라도 광고주와 구독자를 다시 이전 상태로 회복시킬 수 있는지 여부 또한 불투명한 일이었다. 이 점에서 발행정지는 발매금지와는 전혀 다른 차원의 압박이었다. 발행인 이돈화도 『동아일보』 기자와의 인터뷰에서 발행정지로 인한 경영위기를 심각하게 우려했다.[50] 『신천지』, 『신생활』 필화가 일어난 지 1년 반이 지나 『개벽』에 대한 검열체제의 치명적 공격이 시작된 것이다.

하지만 이것이 『개벽』만의 일은 아니었다. 1925년 9월 8일에는 38일간 지속된 『조선일보』의 3차 발행정지가 결정되었다. 조선총독부는 『조선일보』 정간을 해제하는 조건으로 사회주의 성향을 지닌 기자의 해직을 요구했고, 결국 17명이 회사를 떠났다.[51] 1926년 3월 7일 『동아일보』에 44일 간의 2차 발행정지 처분이 내려졌다. 『개벽』의 발행정지는 이러한 일련의 상황과 궤를 같이하는 일이었다.

신문기사 압수처분은 1923년에 34건이던 것이 1924년 153건, 1925년 151건, 1926년 115건, 1927년 139건으로 늘어났다가 1928년 76건, 1929년 78건으로 줄어들었다. 이 통계를 통해 1924~1927년 사이에 신문기사 압수가 최고조로 높아졌다는 사실을 알 수 있다.[52] 신문사설 압수처분도 1923년 8건, 1925년 41건, 1927년 32건, 1929년 11건으로 1925~1927년 사이에 급격히 증가했다.[53] 1924년에서 1927년까지 3년간은 특별한 격돌의 시기였던 것이다.

주목할 만한 사실은 『신천지』, 『신생활』 필화가 한창이던 시기 『개벽』은 오히려 별다른 상처를 입지 않았다는 점이다. 개벽은 27호(1922.9)를 압수당한 후 필화사건이 진행되는 동안 아무런 제재를 받지 않다가 34호(1923.4)와 39호(1923.9)에서 각각 압수를 당했다. 이는 1년간 세 번의 압수를 당한 것으로, 그 이전과 이후에 비해 오히려 압수건수가 현저히 줄어든 것이다. 이것은 『개벽』에 대한 명시적 우대를 뜻했다. 두 잡지의 필화와 극명하게 대립되는 『개벽』에 대한 검열체제의 호의는 잡지매체 내부의 분열을 유도하는 정책의 결과로도 이해할 수 있다. 그러나 1924년 10월 이후 『개벽』에 대한 그러한 유보조치는 중단되었다. 40호(1923.10)부터 폐간호인 72호(1926.8)까지 『개벽』은 32회의 발행 중 총 21회의 압수를 당해 66%의 압수율을 기록했다.

발행정지 이후 다나카 다케오田中武雄 고등경찰과장은 『개벽』에 대한 총독부의 입장을 숨김없이 드러냈다.

> 『개벽』 잡지가 발행정지를 당함에 대하여 다나카田中 고등과장은 말하되 『개벽』 잡지에 발행정지까지 하게 된 것은 팔월 호에 관련한 것뿐 아니라 원래 『개벽』 잡지로 말하면 종교잡지로 출현 되었으나 점차 정치를 언론하게 되어 논조가 항상 불온함으로 주의도 여러 번 시키고 발매금지도 여러 번 시켰으며, 금년에 이르러서는 그 불온한 정도가 너무 심한 고로 곧 발행정지를 시키려고까지 하였으나 삼월 달에 특히 개벽사 책임자에게 엄중히 주의하고 다시 그의 태도를 살펴 오던 중, 그 이후에도 겨우 한번만 무사하고 기타는 다달이 발매금지를 아니 할 수 없게 되였다. 금번 팔월 호로 말하면 만일 금번만 같으면 발매금지에 그치고 말았는지도 알 수 없으나 아모리 하여도 그대로 가서는 고칠 희망이 없음으로 단연 금지 시킨 것이다. 장래 방침으로 말하면 이러한 신문 잡지는 단연 처분할 것이오, 『개벽』은 아마 다시 발행하기 어려우리라. 그러나 지금 태도를 고친다는 것을 인정하면 어찌 될는지 나종 일이니 지금 단언하기가 어려웁다.[54]

『개벽』에 대한 총독부 관리의 이러한 강경발언은 다소 이례적인 것이었다. "『개벽』은 아마 다시 발행하기 어려우리라"는 다나카의 발언 속에는 당대의 조선인 대잡지 『개벽』을 체제 안에 순치시키려고 오랫동안 노력했던 식민관리의 불편한 감정이 짙게 배어 있었다. 다나카의 발언 속에서도 감지되는 것처럼, 문화정치기 검열체제는 최대의 잡지이자 강력한

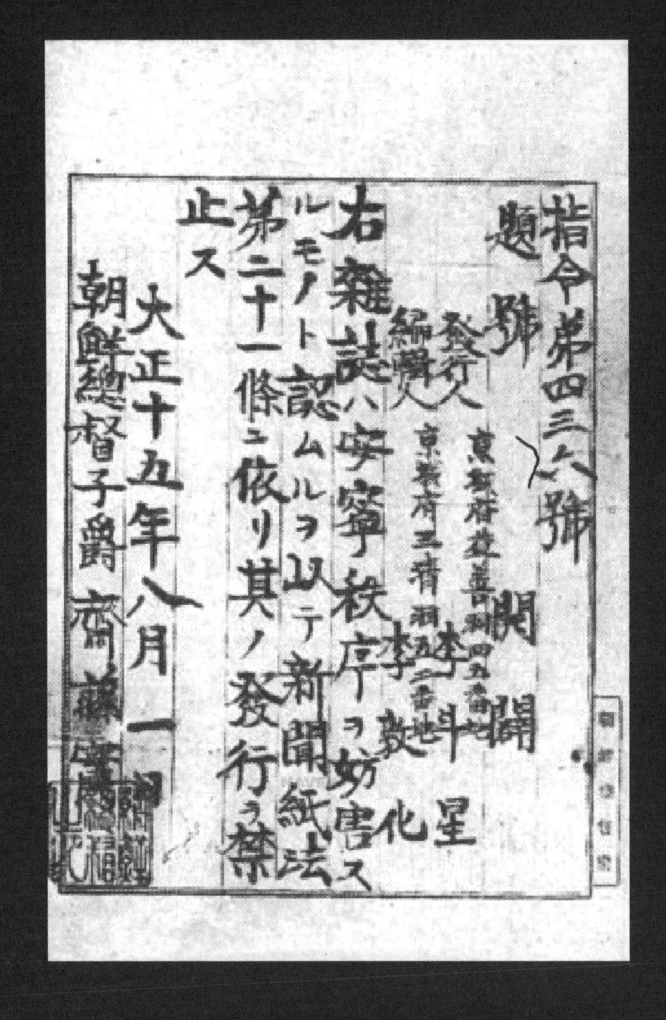

指令第四三六號

題號 開闢

發行人 京城府[illegible]洞四五番地 李斗星

編輯人 京城府三清洞[illegible]番地 李敦化

右雜誌ハ安寧秩序ヲ妨害スルモノト認ムルヲ以テ新聞紙法第二十一條ニ依リ其ノ發行ヲ禁止ス

大正十五年八月一日

朝鮮總督子爵 齋藤實

『개벽』 '발행금지'에 관한 조선총독부의 공문서 지령(指令) 제436호(『동아일보』 1926.8.3, 3면)

6.10만세운동에서 천도교와 사회주의가 연합하여 활동했다는 점과 표면적으로는 제72호에 실린 사회주의 관계 논설인 박춘우의 「모스크바에 새로 열린 국제농촌학원」을 빌미로, 결국 『개벽』은 폐간된다.

여론동원력을 지녔던 『개벽』을 관리하기 위해 그 나름 많은 노력을 기울였다. 즉 검열체제는 다양한 방식으로 회유와 압박을 반복하면서 『개벽』을 어떤 균형과 공존을 추구하는 문화정치의 상징으로 만들고자 했다. 하지만 그러한 조선총독부의 인내는 한계에 이르렀고, 1925년의 발행정지는 최후통첩의 성격을 갖는 마지막 메시지였다. 그렇다면 무엇이 그토록 상황을 악화시켰던 것일까?

이 문제는 다양한 각도와 자료를 통한 종합적인 접근이 필요한 과제이다. 그런데 최수일의 연구는 『개벽』 폐간을 둘러싼 조선총독부의 정책변화 원인분석에 중요한 단서를 제공한다. 최수일은 후반기(31호~72호) 『개벽』의 특성으로 유통망(본사-지사-분사 시스템)의 전국조직화, 그러한 지분사의 전국화와 연결된 사회주의, 민족주의를 아우르는 지역 청년운동가 및 운동단체와의 결합, 『개벽』 논조의 급격한 사회주의화 등을 지적했다.[55] 그것은 조선총독부의 입장에서 볼 때 『개벽』의 영향력이 더 이상 참을 수 없는 상태로까지 성장해버린 것을 의미했다. 다양한 운동세력과의 교감과 연계가 『개벽』이라는 매체공간을 통해 활발하게 이루어진다는 사실을 인정하지 않을 수 없게 된 것이다.

다나카의 발언이 있은 후 정확히 1년 후인 1926년 8월 『개벽』은 발행금지 처분을 받았다. 『개벽』의 폐간에 대해 『동아일보』는 「언론계 일대 참극」(1926.8.3), 『조선일보』는 「조개벽지弔開闢誌」(1926.8.3)라는 제목을 뽑았다. 식민지 검열체제의 주역인 콘도오 츠네타카近藤常尚 도서과장은 『동아일보』 기자와의 인터뷰에서 "처음에는 학술, 종교에 관한 기사를 게재함으로써 목적을 삼는다 하여 보증금도 받지 아니하였음에도 불구하고 창간 당초부터 정치시사 문제 등 제한 외에 관한 기사를 써서 차압이 빈번하였습니다. 그 다음에 다이쇼 십일 년에 이르러 정치, 경제 일반에 대한 기사게재를 허락하였으나 논조는 의연 불온하여 당국으로부터 경고와 설유 받은 것이 일, 이차가 아니외다. 이리하야 칠십이 회 발행 중삼십 이회가 압수를 당하였고 금 팔월 호에는 과격한 혁명사상 선전에 관한 기사를 만재하였음으로 경무국장, 정무총감, 총독과 상의하여 단연한 처치를 한 것이외다"[56]라고 담담한 어조로 『개벽』 발행금지의 전말을 설명했다.

콘도오의 이러한 태도는 1년 전 다나카의 그것과는 구별되는 것이었다. 다나카의 긴장된 발언에 문화정치의 정책방향을 포기할지도 모를 상황에 대한 정책담당자의 고뇌가 숨어 있었던 반면, 콘도오의 차분한 어조는 문화정치의 기조가 폐기되고 난 이후의 상황을 반영한다고 말한다면 지나친 비약일까? 그런데 한 가지 분명한 것은 『개벽』의 폐간이 조선총독부 핵심 당국자들의 결정에 의한 것이었다는 점이다. 『개벽』의 폐간을 알리는 『매일신보』 기사(1926.8.3)도 "조선 문예지는 가급적 최후 수단을 피하여 선도코자 고심하나 도저히 제도키 난함으로 금회 국局은 총감, 총독 등 상사에 의하여 단호한 조치를 한 것이다"라며 콘도오의 진술을 재확인했다.

하지만 『개벽』의 폐간이 식민지 검열체제의 일방적 결정에 의한 것만은 아니었다. 여기에는 보다 복잡한 역사적 복선이 영향을 미치고 있었다. 그것은 『개벽』 폐간 전후 시기의 국내외에서 벌어진 사건과 미디어 탄압상을 종합해볼 때 보다 선명히 드러난다. 1926년 4월 19일부터 44일간 있었던 『동아일보』의 무기정간, 6.10만세운동, 일본군의 산둥출병과 지난濟南사건(1927~1928), 「지난사건의 벽상관壁上觀」이란 기사로 인한 『조선일보』의 무기정간(1928.5.9~1928.9.19, 133일), 세계공황의 여파로 인한 일본의 경제위기, 『동아일보』의 무기정간(1930.4.17~1930.9.1, 138일), 만주사변(1931)까지의 역사변화는 미디어탄압 강화와 제국의 대륙진출이 밀접하게 연결되어 있음을 보여준다. 『개벽』의 폐간은 제국의 여유가 없어지기 시작한 시점에서 이루어진 일이었다.

제국 일본의 팽창정책과 문화정치의 종언은 이점에서 표리관계를 이루고 있었다. 문화정치는 일본과 조선의 실질적 연합을 의도한 정책이었고, 그것에서 일본은 아시아와 세계를 향한 동력을 얻으려고 했다. 하지만 앞에서 살펴본 것처럼, 일본은 목표를 향한 과정이 필요로 하는 시간을 기다리지 못했다. 일본은 지나치게 성급했던 것인데 그 조급함이 결과적으로 제국 일본의 비극을 만드는 계기가 되었다.[57]

이러한 상황을 정리하며 일본제국주의의 확대과정과 검열체제의 경직화가 왜 연계될 수밖에 없었는가, 그리고 왜 양자는 상호 독립적으로 자기목표의 효율성을 추구할 수 없었는가라는 의문을 가지게 되었다. 현상적으로 볼 때 제국 일본의 팽창정책과 식민지 검열정책은 일종의 제로섬 게임의 형국이었다. 제국의 팽창(+)이 검열정책의 경직화(-)를 강제하고 있는 것이다. 이 점을 해명하기 위해서는 앞으로도 다양한 측면의 조사와 연구가 필요할 것이다. 이 글에서는 다만 자료를 읽으며 느꼈던 소회—신경과민과 긴장상태에 빠져있던 문화정치기 검열체제—를 통해 얻어진 하나의 잠정적 추론을 제시해본다. 그것은 제국 일본이 실제로는 매우 유약했을지 모른다는 것이다.

돌이켜보면 제국 일본은 동화를 위한 '심복'의 정치적 전제로 여겨진 조선인의 참정권과 자치조차 양보하지 못했다. 다케우치 로쿠노스케竹內錄之助나 나카노 세이코오中野正剛 등이 제시한 실질적 동화전략을 조선총독부는 매우 부분적으로만 접수했다. 제국 일본은 홋카이도, 류쿠, 타이완을 거쳐 조선의 지배자가 되었다. 표면적으로는 식민지경영에 대한 많은 경험을 축적했다고도 할 수 있지만 현실적으로는 그것이 여유롭게 표현되지 못했다. 일본은 식민지와의 완전한 결속이 제국의 이념에도 부합하고 일본 국력의 강화에도 도움이 된다고 생각했으나, 이를 끝내 장기실천으로 연결시키지 못했다. 문화정치기가 유일한 실험의 시간이었지만, 그조차 예민한 신경의 곤두섬 속에서 마감되었다. 제국의 국량은 끝내 표현되지 못했다.

끝으로, 『개벽』의 폐간과 문화정치의 종식이 식민지매체의 운명에 어떠한 영향을 미쳤는가에 대한 몇 가지 가설을 제시한다. 첫째, 『개벽』의 폐간으로 합법매체의 위상이 급격히 약화되었다. 그 결과라고 단정할 수만은 없지만, 1930년대에 들어와 비합법 출판물의 사회적 비중이 이전보다 증대되었다. 이러한 사실은 적색출판을 엄중 검색하기 위해 "남북 주요 관문에 검열망을 일대 확충"한다는 『조선중앙일보』 기사(1934.7.15)나 "이수입 신문잡지허가제도의 실시를 계획"했던 조선총독부 경무국 도서과의 검열강화책(『조선일보』 1934.10.31), "괴문서 금압을 목적"으로 일본 현행법과 동일하게 실시된 불온문서임시취체령(총독부 제령 13호, 1936.8.8) 등의 사례를 통해 확인된다.

둘째, 조선총독부의 미디어정책이 크게 보아서 잡지에 대한 탄압과 신문에 대한 회유에 있었다는 점이 분명해졌다. 실제로 『조선일보』와 『동아일보』는 1920년대 여러 번의 압수와 정간을 거듭하면서도 폐간되지 않았고, 오히려 1930년대에 이르러 상당한 외형적 발전을 이루었다.[58] 반면 1920년대 신문지법으로 간행된 중요잡지들은 『신생활』, 『신천지』, 『개벽』, 『조선지광』 순으로 강제폐간되거나 자진폐간이 유도되었다. 잡지가 탄압의 대상이 된 것은 지식의 생산과 유통을 통해 반식민의 사상을 유포하거나 다양한 반일세력을 매개하는 네트워크가 되고 있었기 때문이다. 동시에 잡지가 신문에 비해 사회적 영향력이 상대적으로 작았던 점도 집중 탄압을 받은 중요한 요인 가운데 하나였다.

셋째, 『개벽』의 폐간은 식민지 잡지들의 성격분화의 계기가 되었다. 『개벽』의 종합성이 해체되면서 식민지 잡지는 크게 일상성, 운동성, 전문성이라는 세 개의 방향으로 분화되었다. 『개벽』의 후속지 『별건곤』은 식민지 일상성의 사례로, 『조선지광』, 『신계단』, 『비판』은 운동성의 경우로, 1930년대의 『문장』 등은 전문적 분화의 예로 논의할 수 있을 것이다.

『개벽』의 퇴장 이후 어떤 잡지도 『개벽』이 지녔던 중심성을 회복하지는 못했다. 문화정치 이후 식민지사회는 대개 탈정치화된 매체가 주도했다. 식민권력은 대중매체의 탈정치화를 위해 검열체제의 강화에 주력했는데 이 때문에 이전보다 훨씬 많은 관리 비용을 지불해야 했다. 그 이유는 『개벽』과 같은 구심력을 지녔던 매체의 소멸, 여타 매체의 탈정치화가 식민권력이 기대하는 결과로 나아가지 않았기 때문이다. 권위 있는 미디어의 부재 속에서 대중매체의 사회적 신뢰에 의문이 확산되고 해외 무장투쟁, 지하운동 등을 선전하는 불법문서의 영향력이 암암리에 커져갔다. 『개벽』과 같은 대잡지가 사라지면서 오히려 상황통제의 어려움을 가중되었다고 판단할 여지가 있는 것이다. 이러한 비이성적 선택의 결과로 식민체제의 내부 합리성은 점차 축소되었다.

문화정치의 포기는 일본이 조선인의 동화를 위한 진정한 노력을 더 이상 하지 않게 된 것을 의미했다. 따라서 일제 말기에 시행된 강력한 동화정책은 동화의 본래 방향과는 무관한 극단적 억압의 한 방식에 불과했다. 그것이 동화일 수 없었던 것은 동의의 과정과 동의를 받기 위한 노력이 생략되었기 때문이다. 일제 말기의 총동원체제는 제국 일본이 자기의 근대성을 스스로 부정한 사례인데, 한국 대중매체의 입장에서 그것은 무단통치의 상태로 되돌아간 것을 의미했다.

제6장

식민지 검열현장의 정치맥락

검열이라는 거울

『개벽』과 『조선지광』의 사례분석

『조선지광』
사회주의 문화의 새로운 중심

1926년 8월 3일, 경성에서 발행되는 조선어 신문들은 『개벽』 폐간에 대한 도서과장 콘도오 츠네타카近藤商尙의 인터뷰 기사를 일제히 실었다. 총독부 검열정책의 책임자였던 그는 이 인터뷰를 통해 『개벽』의 일관된 비타협적 태도와 사회주의에 대한 지나친 경사가 폐간의 원인이었음을 밝혔다. 이 사건의 역사적 배경은 간단하게 설명할 수 없는 복잡한 내용을 담고 있지만, 콘도오의 발언처럼 사회주의와의 밀착이 직접적인 계기가 된 것은 사실이었다.[1] 특히 6.10만세운동을 계기로 민족해방운동에서 사회주의 세력의 영향력과 비중이 높아지자[2] 『개벽』의 존재는 식민권력에게 상당한 부담이 되었다. 제72호의 논설 「모스크바에 새로 열린 국제농촌학원」(박춘우)이 『개벽』 폐간의 이유라고 발표한 『조선일보』는 이미 압수된 『개벽』의 기사 가운데 '민족주의'에 관한 것이 8회, '사회주의'에 관한 것이 25회였다고 부연했다.[3]

『개벽』은 1920년대 식민지사회에서 가장 영향력 있던 잡지였다. 『개벽』이 행사한 '미디어적 중심성'은 이 잡지가 천도교의 종교운동, 식민지 사회주의운동, 그밖에 여러 형태의 반일운동과 계몽운동을 종합하고, 또 다양한 형태의 근대지식을 소개하면서 확보한 영향력에 근거한 것이었다.[4] 그러한 『개벽』의 존재감과 역사적 위상은 조선의 유력인사들도 두루 공지共知하고 있던 사안이었다. 개벽사 설립 10주년 기념사에서 송진우는 "한시라도 바삐 『개벽』 시대와 같이 되기를" 바란다고 말했다.[5] 그의 발언은 개벽사의 무게중심이 『개벽』이 간행되던 '과거'에 있음을 지적한 것이었다. 소홍생素虹生이란 논객의 견해는 보다 직설적이었다. 그는 『개벽』이 전사戰死하면서 개벽사도 죽었기 때문에 현재의 개벽사는 '일개의 해골'일 뿐[6]이라고 단언했다. 『개벽』 이후의 개벽사에 대한 소설가 염상섭의 평가도 냉정했다. 염상섭은 『개벽』의 후속지 『별건곤』의 간행을 『개벽』의 역사적 가치를 훼손하는 행위로 묘사했다.

> 그러나 체면 없이 입바른 말을 한다면 개벽사에서 잡지 『개벽』을 발간할 시대가 민중의 경의와 감사와 찬사를 받을 것이요, 『별건곤』 이후의 개벽사에 대하여는 민중이 충심에서 나오는 경의와 감사와 찬사를 받들기에 다소 주저치 아니할까 두려워하는 바이다.[7]

세 사람 논의의 공통점은 잡지 『개벽』과 개벽사를 분리할 수 없으며, 『개벽』의 폐간으로 개벽사의 시대적 역할은 종결된 것이라는 점에 있었다. 무엇이 그러한 단절감을 만들어냈을까?

그것은 일차적으로 천도교 측에서 스스로 사회운동과의 관계를 약화시키거나 포기했다는 점 때문이었다. 『개벽』 폐간 이후 천도교는 독자적 종교 활동을 강화했다. 이 과정에서 사회주의운동과 경쟁관계라는 새로운 국면이 조성되었다. 그러한 분열로 인해 천도교와 사회운동의 연계가 끊어지고, 결과적으로 개벽사가 간행하던 잡지의 성격에 커다란 변화가 생겨났다.[8] 『제일선』을 종교잡지로 규정한 것도 그러한 이유 때문이었다.[9]

『개벽』이 폐간되고 3개월 후인 1926년 11월 『별건곤』이 창간되었으나 이 잡지는 『개벽』이 추구했던 진보적인 지향과 완전히 결별했다. 대중문화의 창출에 목표를 둔 『별건곤』의 새로운 편집전략은[10] 『개벽』의 주요 기고자였던 사회주의자들과의 절연 속에서 추진되었다. 『개벽』이 폐간된 이후 간행된 개벽사의 잡지들은 『개벽』의 역사성을 계승하지 않았던 것이다.

그 결과 『개벽』이 주도했던 사회주의 선전활동은 『조선지광』으로 넘어갔다. 『조선지광』은 사회주의 관련 합법잡지의 역사에서 『개벽』의 후계자 위치에 놓이게 된 것이다. 『조선지광』의 부상은 사회주의 합법 활동이 천도교가 운영하던 잡지의 부속상태에서 벗어나는 것을 의미했다. 임화는 1938년 「잡지문화론」에서 "『개벽』, 『조선지광』 이 두 조선 문화사상 특기할 잡지가 최근 년간까지 조선의 사상계와 문예계를 좌우하고 공헌한 것은 실로 신문보다 크다"[11]라고 이들 잡지의 역할을 높이 평가했다.

조선공산당 당원이자 『조선지광』 기자였던 김경재는[12] 『개벽』과 『조선지광』에 대해 다음과 같은 기록을 남겼다.

> 나는 『개벽』이 발행금지를 당하기 두 달 전에 제일차 공산당 사건으로 서대문 형무소에 갇히게 되었다. 세상과 격리되어 있는 나는 『개벽』이 발행금지란 참형을 받은 것도 모르고 있다 발매금지의 처분 잘 받기로 또는 그때에 있어 조선 언론계에 가장 좌익적이었든 『개벽』은 그래도 천도교란 큰 단체의 배경이 있으니 그렇게 쉽게 발행금지 처분이 나리라고는 생각지 않았다. 『개벽』이 없어진지 벌써 일 년이 넘었건만 나는 그냥 모르고 있다 언제인가 어떤 친구가 면회 올 때에 그의 손에는 『조선지광』이 쥐여 있었다. 주보로 나든 『조선지광』이 월간으로 변개된 것을 모르고 있는 나는 그에게 『조선지광』이 월간으로 되었는가를 묻고 그러면 『개벽』하고 경쟁되지 않느냐고 물었다.[13]

이 글에서 김경재는 두 가지 생각을 드러냈다. 하나는 당대의 가장 좌경화된 합법매체가 『개벽』이었다는 판단이다. 이 발언은 사회주의자들이 『개벽』을 중요한 선전매체로 인식했다는 것을 보여준다. 다른 하나는 월간지 『개벽』과 주간지 『조선지광』 사이에 일정한 역할 분담이 있었다는 사고이다. 『조선지광』과 『개벽』의 경쟁을 우려하는 김경재의 생각 이면에는 월간지와 주간지가 지닌 각각의 특성을 최대한 활용하려는 의도가 들어 있기 때문이다.

『개벽』의 폐간이 결정된 3개월 후인 1926년 11월, 주보로 간행되던 『조선지광』은 체제를 월간지로 바꾸고 제61호를 간행했다.[14] 공교롭게도 그 달 개벽사는 『별건곤』을 창간했다. 『조선지광』의 월간지 전환은 『개벽』의 폐간으로 생겨난 공백을 대신하려는 사회주의자들의 결정에 의한 것이었다. 『개벽』의 폐간으로 사회주의 세력의 합법공간은 급격히 축소되었고, 그것을 회복하기 위해 『조선지광』의 지면확대가 필요했던 것이다.

주간지는 월4회 간행되므로 전체 분량으로는 월간지와 차이가 크지 않지만, 한 호가 지닌 지면의 협소함 때문에 시대상황을 종합적으로 반영할 수 없는 한계를 지니고 있었다. 『조선지광』은 월간지가 됨으로써 조선의 현실을 전체적으로 대변하는 종합잡지로의 성격변화를 추구했다. 그것은 과거 『개벽』이 지니고 있었던 사회적 위상과 역할을 대신하려는 목적의식의 결과였다.[15] 따라서 『조선지광』의 월간지화는 발행인 김동혁 개인의 결정이 아니라 사회주의운동 진영의 개입에 의한 것으로 보는 것이 타당하다.[16]

차금봉을 책임비서로 1928년 출범한 제4차 조선공산당은 1928년 2월 27일 제3차 대회에서 『조선지광』의 당 기관지화를 가결하였다.[17] 그 책임자 이성태는 『신생활』 시절부터 사회주의 잡지 간행에 진력한 인물로 제4차 조선공산당의 위원을 맡고 있었다. 제4차 조선공산당은 『조선지광』을 비롯해 『대중신문』, 『현계단』, 『청년조선』, 『혁명』, 『불꽃』, 『신흥과학』 등 7종을 당 기관지로 확보했는데, 국내매체로는 『조선지광』이 유일했다.[18]

이상의 내용을 종합해볼 때, 사회주의를 표방하는 매체가 『개벽』에서 『조선지광』으로 바뀐 것은 적어도 이 상황을 둘러싸고 작용했던 세 개의 힘인 식민체제, 사회주의 세력, 천도교의 상호 역학 속에서 이루어진 일이었다. 식민체제는 『개벽』이라는 매체가 수행했던 좌우익을 포괄하는 대중 획득의 위험성을 제거하려 했던 것이고, 사회주의 세력과 천도교는 독자적 매체의 확보가 자신들의 세력을 확장하고 유지하는 데 유리할 것으로 판단했다. 두 진영이 민중 획득 문제로 대립하기 시작한 것도 상호 독자화의 시대배경 가운데 하나였다.[19] 문제는 그러한 분열이 두 세력에게 실질적 이익이 되었는가 하는 점이다.

『개벽』의 폐간과 『조선지광』의 허용
잡지매체와 식민지의 정치역학

1920년대 전반기 가장 많은 판매량을 지녔던[20] 두 개의 잡지 『신생활』과 『개벽』은 모두 사회주의운동과 연관되었다는 이유로 폐간되었다. 1920년대 잡지계에서 사회주의는 이른바 독이 든 성배와 같은 존재였다. 해방의 이념이 발산하는 대중에 대한 영향력과 생명을 단축시키는 불길함이 사회주의가 드러낸 모순된 이중의 이미지였다.[21]

그러나 사회주의=폐간이라는 1920년대 잡지사의 공식은 『조선지광』에 와서 깨졌다. 『조선지광』은 1920년대 전 기간 동안 사회주의운동에 가장 가까이 간 잡지였음에도 오랫동안 폐간되지 않았다. 이미 확인한 것처럼 『조선지광』은 조선공산당의 기관지였음에도 사회주의운동이 격렬했던 1930년을 전후한 시기까지 지속적으로 간행되었다.[22] 사회주의운동을 압박하기 위해 1925년 5월부터 치안유지법이 시행되었고, 1926년 설치된 경무국 도서과를 중심으로 보다 고도화된 검열체계가 작동하기 시작했으며, 조선공산당을 와해시키기 위한 수사와 관련자 체포가 상시적으로 진행되던 이 시기에 『조선지광』은 끝내 생존했다. 이 사실은 우리에게 깊은 흥미와 동시에 적지 않은 혼란을 던져준다.

1928년 6월 19일 새벽, 종로경찰서는 조선지광사를 포위하고 제4차 조선공산당 관련자를 체포했다. 이때 체포된 인물은 김동혁, 이성태, 김복진, 오재현, 김소익, 이기영, 성경덕 등 7명이었다.[23] 김동혁은 『조선지광』 발행자, 이성태는 당기관지 『조선지광』의 책임자, 김복진은 조선공산당 경기도당 위원과 고려공청 중앙위원, 오재현은 『조선지광』 기자이면서 조선공산당 경기도당 학생 야체이카[24] 책임자, 김소익은 조선공산당원이었으며, 이기영은 카프 맹원이었다. 발행인 김동혁은 체포 후 석방되었으나 2개월 후 고향인 황해도 재령에서 다시 체포되었다.[25] 이러한 체포상황은 『조선지광』과 조선공산당의 밀접했던 관계를 분명하게 보여준다. 주목해야 할 것은 일제가 『조선지광』과 제4차 조선공산당의 관계를 알고 있으면서도 이 잡지의 발행을 끝까지 묵인했다는 점이다.

『조선지광』이 생존했다고 해서 이 잡지가 검열당국의 주목에서 벗어난 것은 아니었다. 『조선지광』이 발행되는 동안 여러 번에 걸쳐 압수처분을 받았던 것은 확실하다.[26] 동시에 『조선지광』에 대한 참혹한 수준의 원문삭제가 일상적으로 자행되었다. 그럼에도 불구하고 『조선지광』은 100호 이상 간행되었다. 월간지로 체제가 변경된 61호 이후 40여 호가 더 발행된 것이다. 검열당국은 무엇 때문에 『조선지광』이라는 사회주의 매체의 지속적 간행을 용인했는가? 이 질문에 대한 해답은 검열당국이 『개벽』을 폐간하는 대신 『조선지광』의 월간지화를 허용한 의도가 무엇인지를 분석하는 데서 시작한다. 종교단체가 발간하는 월간잡지를 폐간하고 사회주의자들의 월간잡지를 허용한 것은 무엇인가 특별한 의도의 결과일 수밖에 없었다. 그것은 검열당국이 『조선지광』의 소멸보다 식민정책에 활용되는 방향을 선택했기 때문이었다.

『개벽』의 폐간과 『조선지광』의 월간지화 과정에서 『개벽』의 사회주의 관련 필진과 사회주의 선전활동은 자연스럽게 『조선지광』의 지면으로 이동했다. 사회주의 진영의 입장에서 『개벽』에서 『조선지광』으로의 매체이동은 독자적인 표현공간의 확보를 의미했다. 이것은 사회주의운동의 영향력 확대로 이해될 소지가 높았다. 그러나 문제는 『개벽』이 포괄했던 영역 가운데 『조선지광』으로 이동한 것은 '사회주의뿐'이었다는 점이다. 따라서 『조선지광』의 부각은 사회주의 집중화를 명목으로 한 『개벽』의 축소지향을 의미하는 것이었다.

결과적으로 검열당국과 사회주의 진영은 각자 필요한 목적을 달성했다. 사회주의는 운동 확산을 위한 독자매체를 확보할 수 있었고 식민지 검열기관은 매체공간 속에서 민족주의 등 다양한 반일세력들과 사회주의를 분리할 수 있었다. 『조선지광』의 월간지화는 사회주의 대중선전의 자립을 예고했지만, 그것은 역설적으로 이 잡지의 고립을 자초한 계기도 되었다. 이것이 『조선지광』의 월간지화를 묵인한 검열당국의 정책목표였다고 생각한다.

치안유지법 실시 이후 사회주의 진영의 합법 영역은 급격히 줄어들었다. 이 법의 시행으로 사회주의운동가들은 보다 고도화된 식민체제의 압박을 견뎌내야 했다.[27] 이러한 과정에서 민족협동전선에 대한 분위기가 점차 고양되었다. 강달영을 책임비서로 했던 제2차 조선공산당은 "코민테른의 방침에 따라 민족, 사회 두 운동가들을 통합하여 국민당을 결성하고 그 안으로 공산당이 들어가야 한다고 결의"하였다.[28]

치안유지법 시행 직후 『개벽』은 치안유지법에 관련한 설문기사를 실었다. 이 설문의 세 번째 항목이 '사회운동과 민족운동과의 금후 관련 여하'였다. 권오설, 이영, 조봉암, 김찬, 김사국, 신철, 송진우, 이인, 홍명희, 송봉우, 신일용 등 당대 사회주의, 민족주의 양 진영의 핵심 인물들이 이

질문에 답했다. 이들은 대부분 향후 두 세력이 보다 긴밀한 관계로 나아갈 것이라는 견해를 피력했다.[29]

협동의 필요성에 대한 양 진영의 합의는 이후 6.10만세운동과 신간회 결성의 동력이 되었다. 신간회의 결성으로 전선이 확장되면서 사회주의에 대한 식민체제의 예봉이 다소 둔화될 가능성도 생겨났다. 하지만 사회주의와 천도교는 민족협동전선이 논의되는 와중에서도 오히려 독자적 매체의 운영에 치중했다. 그것은 이 기간 동안 두 진영이 자파세력의 강화에 주력했다고 해석될 수 있는 현상이다.

『조선지광』이 사회주의 진영의 중요 매체로 부상하자 사회주의자들의 합법 활동은 이 잡지를 통해 전면 노출될 가능성이 높아졌다. 동시에 『조선지광』은 사회주의만의 대변자로 전체 반일세력과 분절되었다. 사회주의와 『개벽』의 분리는 자연스럽게 『개벽』이 매개하던 천도교와 민족주의 진영, 그리고 광범한 『개벽』의 독자층과 사회주의의 관계를 약화시켰다. 『조선지광』이 『개벽』의 배후세력을 그대로 인수할 수는 없었던 것이다. 이것은 장기적으로 볼 때 사회주의운동에 결코 유리한 영향을 주지 못했다.

물론 『조선지광』의 월간지화가 사회주의 진영의 적극적 선택의 결과는 아니었다. 『개벽』의 폐간으로 인한 지면 확보과정에서 자연스럽게 『조선지광』이 『개벽』의 사회주의 관련기사를 떠맡게 되었던 측면도 없지 않았다. 그러나 사회주의 진영이 『개벽』의 폐간과 『조선지광』의 허용 사이에 놓여 있는 식민지 검열당국의 전략을 확실하게 파악하지 못한 것은 분명했다. 이것은 당시 사회를 혁명적 고조기로 판단했던 사회주의 세력의 지나친 낙관주의에 그 원인이 있었다.

이 과정에서 식민권력은 사회주의의 합법적인 매체활동을 『조선지광』이라는 울타리에 가두는 데 성공했다. 식민권력은 『조선지광』을 둘러싼 상태에서 『조선지광』에 자신들의 정책의도를 개입시켰다. 그 내용은 이 잡지가 전국 차원에서 다양한 사회운동을 조직하는 회로가 되는 것을 봉쇄하고 사회주의만의 표상기관으로 고립시키는 것이었다. 전문화되고 집중화되는 것은 다른 차원에서 볼 때 전체적 지배력이 약화되는 것이다.[30] 『조선지광』이 끝내 『개벽』의 중심성을 대신하지 못한 원인이 여기에 있었다.

사회주의와 관련된 이론, 사상, 지식, 문화 등 제 현상이 제국 일본에 위협적인 것이 아니라 대중 일반의 자기향상운동 즉 대중의 욕망과 분노가 사회주의와 결합하는 것이 위험하다는 점을 검열당국은 잘 알고 있었다. 식민지 조선의 검열당국은 사회주의를 『조선지광』이라는 협소한 공간 속에 포획된 모습으로 대중과 만나도록 유도했다.

『조선지광』은 『개벽』에 비해 훨씬 가혹한 검열의 대상이 되었던 것이 분명한데 삭제와 복자로 점철된 『조선지광』의 상흔들은 독자로 하여금 사회주의에 대한 공포를 구조화하는 데 기여했다. 식민권력은 『조선지광』이 겪고 있는 고통과 상처를 부각시킴으로써 사회주의의 신화를 견제하려고 했다. 사회주의운동의 현실적 고통이 매체를 통해 드러남으로써 예속된 사회주의라는 이미지가 만들어졌다. 『조선지광』을 대중과 긴밀하게 연결되지 않은 사회주의 진영의 대변자로 만들려고 했던 검열당국의 의도가 일정한 결실을 거둔 것이다.

식민권력이 『조선지광』을 폐간시키지 않은 또 다른 목적은 사회주의운동이 제국의 식민지 경영에 잠재적 혹은 현실적 위협세력이라는 것을 합법매체를 통해 지속적으로 확인시키려는 데 있었다. 제국 일본에 대한 적대세력의 존재를 가시적으로 드러내려는 목적은 식민지사회에서 사회적 긴장을 창출하는 데 있었다.

마루야마 마사오丸山眞男는 "적화赤化의 위협이라는 것이 당시 지배계급이 선전한 만큼 현실적인 것이었는지는 다분히 의심스럽습니다"라는 언급을 한 바 있다.[31] 독일과 이탈리아에 비해 낮은 차원에 머물러 있던 일본 사회주의운동의 현실에 비추어볼 때 '적화위기'는 일본 파시즘에 의

認識할수잇스며 싸러서그것을××××××××××××하여갈수잇느냐? 宗敎團 商工뿌르조아지의黨派이냐? 아니다 그럴뿐아니라 彼等은바야흐로急激히××으로脫落할必然性을가지고잇다。婦人大衆白丁府 또는靑年大衆이냐。아니다、그들은元來로歷史的運動에잇서서指導的勢力으로組織될수업다。小뿌르조아諸府의黨派이냐 아니다 彼等은比較的××××으로進出하지마는 그要求를徹底히主張하지못한다。(四行略)

資本主義의現階段에잇서서의××××은『孤立的現象으로볼것이아니오 世界的見地로부터보아야할것이다』

그리고 (五行略) 一部分으로看做하지아니하면아니된다

(三行約)

故로『資로今日에잇서々는 ××××××××뿌르조아民主主義의唯一의支持者이며 또그럴수잇다는結論과 ××××運動의運命이뿌르조아民主主義에매여잇는것이아니오 逆으로民主主義的發展의運動이×××××××××다는結論이생길뿐이다。民主主義는勞働者階級이××××그만흠에應하야活氣를가지게되는것이아니오 逆으로 ××××××××××××뿌르조아의××放棄的反動的結果에對하야 ××수잇도록充分히×하게됨에應하야 旺盛하게된다는것이結論된다』

(五字略) 主體의一部分으로서의우리가 (一行略)

故로 新幹會에잇서서의 우리의當面緊急任務는 혜게모의戰取에잇다。

五

우리가 全人民의 (一行約) 諸要素와 如何한交涉이展開될것이냐

1

우에서究明된바와가티 現階段에잇서서는 ×××運動의任務와 ××××××××任務를對立식힐수

업다。이두任務를代立식히는것은 組合主義——政治的으로는日和見主義이며(二行約)故로우리는近者에우리의사이에 流布되는 所謂「間接指導」云々의 思想을斷乎히排斥하여야한다。그思想의根據는民族內뿌르조아의××을廻避하려는대잇스니그것은 (四行略) 서만完成될것을認識하지못한것이다。

우리는 勞働 (十四字略)—— 特徵을일치아니하고굿세게保持하여서만能히우리에게負課된(十二字略) 잇는것이다。

『民主々義뿌르조아지—와 一時的聯盟을맷지아니하면아니되지마는 그러나彼等과合同할것이아니다。恒常×××××의性質……을嚴하게保持하고잇지아니하면아니된다』

『政治的情勢가如何할지라도』 우리는決코如何한××××와合體하여서는아니된다』 우리는『一個의獨自한勢力을代表하지아니하면아니된다』 우리는一個의特別한階級——一團의中에서가장彈力이强하고그리고가장(十四字略)』×××이다。그럼으로우리는 우리의『見解를主張하고 ×××××××××××할때 如何한××일지라도 ×하여지는것을許容하여서는아니된다』우리는『×××小뿌르조아民主々義의動搖와逡巡을批評할權利를抛棄하여서는아니된다。反對로 如斯한批評만이小뿌르조아×××를剿戟하야 ×××××××하고 ×××××에잇서서의×××××혜게모니—를確保할것이다。』

그러나 (三行略) 新幹會는現階段에잇서서……………農民及小뿌르조아와直接接觸交涉할수잇는特殊組織形態이다。그것을써나서는(十三字略) 할수업다。故로우리는如何한政治的情勢에當할지라도 新幹會의××××(間接이아니고×××)를斷念하여서는아니된다。싸러서그것으로부터脫退하여서는아니된다。新幹會의支持의會로! 강을 더욱活潑하게부르지저야한다。新幹會는×××××××가아니라 (十四字略)

2

以上(一頁略)

노정환의 「신간회와 그에 대한 임무」(『조선지광』 73호, 1927.3, 6~7면)의 일부
이 두 면 가운데 1면 23행 72자의 삭제와 ×로 표시된 142개의 복자가 들어 있다.

해 의도적으로 과장된 것임을 마루야마는 지적한 것이다. 마찬가지로 식민지 시기 사회주의운동이 식민체제에 심각한 위협이 되었던 것은 분명했지만, 위기를 야기할 수준까지 고양되어 있었는지는 불확실하다.

식민지 사회주의운동이 제국 일본의 대립자로서 주어진 역할을 다하기 위해서는 대중사회에 사회주의운동의 목표를 선전할 수 있는 수단이 있어야 했다. 사회주의 진영의 합법매체는 그러한 이유로 일본에게도 존재해야할 필요가 있었다. 식민지 검열당국은 『아성』, 『신생활』, 『개벽』, 『조선지광』, 『신계단』, 『비판』 등 사회주의 관련 잡지를 자신들의 정치적 목적을 위해 활용했다. 이들 잡지들은 어떤 점에서 식민체제가 스스로 생산한 적대자였다.

검열기구가 식민지 매체와 사회주의, 식민권력 상호간의 정치역학을 세밀하게 계산하고 있었다는 사실은 신문과 잡지에 게재된 사회주의 관련기사의 변화 추이를 통해서도 분명하게 확인된다. 신문에 게재된 사회주의 관련기사는 1925년 정점을 찍고 이후 지속해서 하락했다.[32] 조선공산당 관련 기자들의 『조선일보』 해직(1925.9)이 식민지 시대 신문과 사회주의의 분리를 만든 기점이 된 것이다. 반면 잡지의 경우 1926년과 1927년, 1931년과 1932년 두 번에 걸쳐 사회주의 관련기사 수가 급격히 증가한다.[33] 사회주의운동이 격심했던 시기에도 잡지의 사회주의 관련기사가 오히려 많아지는 현상은 식민권력이 신문의 사회주의는 적극 통제하는 대신 잡지의 사회주의는 용인했다는 추론을 가능하게 한다.

그러한 정책의 시행은 신문과 잡지의 대중 동원력 혹은 영향력 차이 때문이었다. 대중에 대한 전파력이 상대적으로 큰 신문과 사회주의의 연계는 원천봉쇄하면서 대중 동원력이 신문보다 작은 잡지의 사회주의 기사는 식민체제의 정책 활용대상이 된 것이다. 따라서 사회주의 매체의 주도자들은 그러한 이중, 삼중의 치밀한 복선 속에서 예리하게 자신의 정체성을 설정해야 하는 고도의 생존방법을 터득해야만 했다. 반식민지운동에서 합법적인 역할을 지속하는 것은 비합법 상태를 견디는 것만큼 어렵고 힘든 일이었다. 그러나 『조선지광』의 주도자들은 이 잡지가 놓여 있는 환경의 복잡성을 근본적으로 꿰뚫어보지 못했다.

진영 내부의 논쟁회로
사회주의자들의 『조선지광』 활용

그렇다면 사회주의 진영에서는 『조선지광』을 어떻게 규정하고 활용했는가? 이 점을 이해하는 데 도움이 되는 하나의 사례를 소개한다. 민족협동전선의 문제가 초미의 관심이 되었던 1927년 후반부터 1928년 초반까지 신간회에 대한 사회주의 정파들의 입장을 대변하는 노정환盧正煥과 박문병朴文秉의 글이 『조선지광』에 발표되었다.[34] 노정환은 『조선지광』 제73호(1927.11)에 「신간회와 그에 대한 임무」를[35] 기고했는데, 그가 바로 일월회 상무집행위원이자 정우회선언의 주도자이며 조선공산당 책임비서를 지낸 안광천安光泉이었다.

이 글에서 안광천은 신간회가 지닌 사회주의혁명과정에서의 한계를 지적하는 것과 함께 신간회 내부에서 사회주의자들이 헤게모니를 확보해야 한다는 점을 강조했다. 그는 "민주주의 뿌르죠아와 일시적 연맹을 맺지 아니하면 아니 되지마는 그러나 피등彼等과 합동할 것은 아니다(7면)"라며 사회주의와 민족주의의 연대는 일시적인 것이고, 신간회에 대한 사회주의자들의 당면한 긴급 임무는 "헤게모니의 전취戰取에 있다(6면)"고 주장했다. 안광천은 이 글보다 1년 전인 1926년 11월 3일 발표된 정우회선언에서 '민족주의적 세력'과의 '적극적 제휴'를 제안했던 인물이다. 하지만 그는 1년 만에 자신의 주장을 뒤집음으로써 정우회선언에서 제기한

민족협동전선이 사회주의 헤게모니의 총량적 확대를 위한 전술이었음을 스스로 고백했다.

안광천은 얼마 후 미성생尾星生이란 인물의 강력한 비판을 받았고 그에 대한 반론인 「청산파적 경향의 대두」(『조선지광』 제75호, 1928.1)를 발표했다. 안광천은 이 글에서 "일방一方에는 민족단일 ××××과 도저히 연결될 수 없는 계급운동의 길, 타일방他一方에는 계급운동을 포기한 민족단일 협동전선의 길이 있을 뿐이다. 제삼로第三路는 절대로 있을 수 없다(13면)"고 주장하며 미성생을 청산주의자로 몰아붙였다.

그러나 『조선일보』를 통해 제기된 미성생의 안광천 비판은 그렇게 단순한 것은 아니었다. 미성생의 논지는 안광천의 주장이 현실을 무시한 관념적 극좌주의라는 점에 있었다. 미성생은 민족협동전선의 역사적 타당성을 중국의 사례를 비교하여 설명했다. 그는 무산계급의 발달정도가 한국보다 앞서고 국민당과의 오랜 대결경험을 가지고 있는 중국 사회주의 진영도 현재 농민과 노동자의 연합민주정권을 슬로건으로 하고 있다는 점을 소개했다. 그 점에서 신간회에 대한 '헤게모니 전취'나 '간접 지도'를 주장하고 '민족운동에 대한 멸시'와 '민족주의자에게 도전'하는 태도는 '좌경 소아병자의 반동사상'에 불과하다고 비판했다.[36]

박문병은[37] 두 번에 걸쳐 「절충주의의 비판」이란 논문을 『조선지광』 제75~76호(1928.1~2)에 기고했다. 이 글에서 그는 정우회선언의 '민족단일당 결성' 주장을[38] '기계적 제휴론'이자 '조잡한 대동단결론'이라고 혹평했다. 가네모리 죠사쿠金森襄作의 설명에 의하면, 이 논문은 본래 정우회선언 직후 1927년 1월 『조선지광』에 발표될 예정이었으나 논의의 파장을 염려한 편집진의 결정으로 게재가 1년이나 연기되었다고 한다.[39]

박문병의 글은 정우회선언 당시 서로 대립되는 입장을 지녔던 안광천, 박문병 두 사람이 1년 후 결국 같은 노선을 걷게 되는 상황을 보여준다. 1년 전 두 사람의 대립이 본질적인 것이었는지의 여부를 밝히는 것은 여기서 그렇게 긴요한 사항은 아니다. 보다 중요한 문제는 안광천과 박문병의 글을 통해 민족협동전선을 둘러싸고 노정된 사회주의 진영 내부의 복잡한 입장차이와 의견번복이 공개적으로 표출되었다는 점이다.

박문병의 글이 발표된 그해 겨울, 제6차 코민테른 대회의 결과에 의거 코민테른 집행위원회 정치서기국은 「조선농민 및 노동자의 임무에 관한 테제」(일명 '12월테제')를 발표했다. 12월테제는 혁명적 노동운동의 완전한 독자성을 엄중히 지켜나가야 한다는 것, 혁명운동이 모든 소부르주아 당파들로부터 확실히 분리되어야 한다는 점, 그리고 공산당과 민족혁명운동의 잠정적 동맹은 허용되나 이 동맹이 공산주의운동과 부르주아혁명운동의 연합이어서는 안 된다는 것 등을 강조했다.[40] 12월테제가 신간회 해소에 대한 코민테른의 지시를 의미한 것인지에 대해서는 상당한 논란이 있지만,[41] 적어도 앞의 안광천, 박문병의 입장에 보다 더 큰 힘이 실리게 된 계기인 것만은 분명했다.

그런데 주목해야 하는 점은 안광천과 박문병의 주장 그 자체보다 『조선지광』이 그러한 논쟁을 다루는 방식에 있다. 안광천과 박문병의 입장은 두 가지 점에서 문제적이었다. 첫째, 1927년~1928년 초의 시점에서 조선공산당은 민족협동전선에 적극적이었으며 다수의 당원 및 공청 회원이 신간회 내부에서 핵심적인 인물로 활동하고 있었다.[42] 이러한 상황에서 신간회의 기능과 영향에 대한 부정적인 견해가 『조선지광』을 통해 발표됨으로써 대중들의 상황인식을 교란시킬 가능성이 높아졌다. 둘째, 안광천과 박문병의 주장은 기본적으로 사회주의 진영 내부의 이론투쟁과정 속에서 산출된 것이었다. 신간회 문제는 사회주의 진영의 미래를 결정짓는 중요한 변수 가운데 하나였고, 따라서 신중한 토론의 대상인 것은 분명했다. 하지만 민족협동전선이 실질적으로 진행되어 가고 있는 상황에서 신간회를 둘러싼 찬반토의는 사회주의 진영 내부에서 이루어지는 것이 타당했다.

그러나 『조선지광』은 그러한 문제들을 심각하게 고려하지 않았다. 민족협동전선을 둘러싼 사회주의 내부의 갈등이 『조선지광』을 통해 공개되었다는 것은 비공개 토의대상과 합법매체를 통해 개진되어야 할 논의가 뒤섞이는 것을 의미했다. 『조선지광』은 민족협동전선과 같은 중요한 시대적 과제를 다루면서 이 주제를 사회주의자들의 관심사로만 해소했다. 이는 식민지사회에서 『조선지광』에게 요구되었던 합법적 전체성에 대한 감각의 부재를 뜻했다. 그것은 『조선지광』 주체들이 지녔던 정치적 미숙함의 결과였다.

안광천과 박문병이 글이 동시에 실렸던 『조선지광』 제75호(1928.1)는 「당면문제에 대한 제 견해」라는 제목으로 당시의 사회적 쟁점에 대해 여러 사람의 의견을 실었다. 1929년 신간회 중앙집행위원장을 맡게 되는 허헌許憲은 다음과 같은 의견을 표명했다. 허헌의 말 속에는 신간회와 관련된 사회주의자들의 논쟁에 대한 미묘한 비판의 의도가 들어 있었다.

> 소위 민족적 대동단결이란 것이 결코 무조건으로 성립되는 것은 아니다. 그리하여 우리는 무조건 단결을 필요하다 아니하며 또한 가능치도 못할 것이다. 그러나 우리의 민족적으로 공통되는 어떤 의식이 있다면 그에는 당연히 종합되지 아니면 안 될 것이다. 그런데 종래로 우리의 실상을 보면 항상 소이小異에 구집拘執하여 대동大同에 취就치 못할 뿐 아니라 부질없이 파쟁 혹 당쟁을 일삼는 자 없지 아니하니 실로 한심할 일이다(77면).

식민지사회에서 합법매체의 영향력은 여러 세력과 결합할 때 보다 커질 수 있는 것이다. 『조선지광』이 사회주의 가치를 지향하면서도 사회주의자들만의 언론에서 벗어났다면, 이 잡지의 위상은 오히려 높아졌을 것이다. 그러나 『조선지광』의 역량은 그러한 유연성을 발휘할 정도의 수준에 이르지 못한 상태였다. 이 잡지의 편집진은 합법잡지에 대한 사회주의

자들의 최소 요구와 최대 요구 사이에서 후자의 방향을 선택했다.

그 결과 『조선지광』의 편집내용은 검열당국의 강력한 견제를 받아야만 했다. 삭제로 인해 안광천과 박문병의 논문은 최소한도의 주장 이상을 전달하는 것이 불가능할 정도였다. 다량의 삭제를 감수한 이러한 편집정책은 식민권력에 대한 과감한 도전이란 의미가 있었지만, 다른 한편에서는 합법성의 효과를 심각하게 축소하였다. 사회주의자들의 내밀한 의도들을 가감 없이 공개해버린 『조선지광』의 결정은 검열당국의 극단적인 감시 아래 놓여 있던 식민지사회에서 정치잡지가 취해야 할 적절한 태도라고 하기는 어려웠다.

『조선지광』의 그러한 편집방침에는 식민지 사회주의자들이 지녔던 심리적 특성도 일정한 역할을 하였다. 『조선지광』에 발표된 논쟁의 언어 속에는 자신들의 이념에 절대적 가치를 부여했던 사회주의자들의 심태가 잘 드러나 있다. 예컨대 안광천이 보여준 민족운동에 대한 거부는 사회주의자의 선민의식과 깊이 연관된 현상이었다.[43] 1920년대 초반부터 급속하게 전파된 한국의 사회주의는 사실 한 번도 이론과 운동의 양 측면에서 근본적 도전을 받아보지 못했다. 근대 민족종교의 중심체였던 천도교는 사회주의로부터 신학적 토대를 발견하려고 했으며, 『개벽』을 매개로 한 사회주의운동과의 연대를 통해 천도교의 근대적 가능성을 실험했다. 민족주의 진영은 사회주의 세력과 입장을 달리했지만 식민지사회라는 조건에서 사회주의 진영과 적대적 관계를 유지할 수는 없었다. 예컨대 민족주의자들 가운데 식민체제와의 타협적 공존을 추구한 인물들은 사회주의자들과 비타협적 민족주의자들의 일치된 공격에 직면해야 했다.

따라서 식민지사회에서 사회주의 진영의 유일한 대립자이자 경쟁자는 제국 일본뿐이었다. 이것이 일찍부터 우익 파시즘과 사회주의가 경쟁했던 일본의 경우와 근본적으로 다른 점이었다. 한국의 사회주의는 이론의 차원에서뿐만 아니라 현실의 차원에서도 절대적 가치의 체현자라는 관념적 나르시시즘에 침윤될 소지를 다분히 안고 있었다.

근대에 대한 해석과 변혁을 동시에 관장한다는 자의식은 사회주의자들의 우월감을 만들어내는 토대가 되었다. 『조선지광』을 무대로 이루어진 몇몇 사회주의자 상호간의 양보 없는 투쟁은 그러한 상황을 반영하는 현상이었다. 식민지 시대 프로문학이 보여준 강렬한 좌익 계몽주의 또한 사회주의자들이 지녔던 그 절대성의 감각과 연계된 것이었다. 그러나 계몽주의가 계속될 때 사상의 성숙은 기대하기 어렵다.

검열체제의 태도변화
『조선지광』과 『신계단』의 검열방식 차이

1933년 조선총독부 경무국에서 작성한 내부보고서는 신간회 해소 이후 사회주의 진영의 약화 현상을 다음과 같이 분석했다.

> 신간회의 해소 결의 후 좌익운동은 한층 진전되고 그에 대한 탄압에 수반하여 필연적으로 지하화되고 비합법 수단으로 조직의 확대 강화를 도모하려 했다. (…중략…) 이로 인하여 특수한 사상악화지대에 대해서는 물론 일반 좌익분자의 책동에 대해 준엄한 탄압 방침으로 임하는 한편으로 지방 청소년의 사상 선도에 무척 노력하고 있다. 그 결과 1932년에 들어서는 이러한 종류의 돌발사건도 점차 감소하고 민심도 서서히 안정되기에 이르렀다. 만주사변 후에는 시국의 추이에 따라 일본제국의 국제적 지위에 대한 민중의 새로운 인식이나 일본 공산당의 거두를 위시한 극좌분자의 사상 전향 등 여러 정세는 조선 내 사상계에도 필연적으로 영향을 주었다. 그래서 극좌분자가 사상전향을 표명하고

운동전선에서 이탈하거나 또는 사상 악화지역도 지역적으로 일부 호전되어 갱생 도상에 있는 등 점차 사상 정화의 서광을 볼 수 있다.[44]

이 보고서는 1930년대 초반 사회주의운동의 전반적 침체에 주목하면서 그 계기가 신간회 해소 이후 사회주의 진영의 독자화 및 강경책으로의 선회에 있음을 지적했다. 식민권력과 사회주의 진영의 대립이 격화된 원인은 복잡했다. 그것은 1930년 전후 발생한 세계적인 차원의 대공황, 그 여파로 일어난 계급갈등의 격화 및 혁명적 분위기의 조성, 제국 일본의 급속한 군국주의화, 12월테제로 상징되는 코민테른의 정책변화, 코민테른의 조선공산당 승인취소(1928년) 이후 사회주의 진영의 분열 등이 결합되면서 생겨난 현상이었다. 하지만 민족협동전선의 붕괴가 조선에서의 전선을 사회주의 진영과 식민체제로 단일화시킨 것만은 분명했다. 이 상황에서 진행된 식민체제와의 투쟁은 사회주의 진영 속에서 합법 영역과 비합법 영역 사이의 심각한 대립을 가져왔다.

1930년대 비합법 지하운동과 조선공산당 재건운동의 핵심인물이었던 이재유는 사회주의 관련 합법매체들의 존재의미를 근본적으로 부정했다. 이재유는 유진희의 『신계단』, 김약수金若水의 『대중』, 『이러타』, 『비판』 등을 "공산주의 운동에서 탈락한 소부르주아 계급에 의해 발간되는 잡지"로 규정하고 그 '반동적인 사회민주주의'의 영향력을 분쇄해야 한다고 주장했다.[45]

1932년 10월, 조선지광사는 『조선지광』 대신 『신계단』을 간행하기 시작했다. 『조선지광』의 종간과 김동혁의 퇴장, 『신계단』과 유진희의 등장이 어떠한 연유로 이루어진 일인지는 알려져 있지 않다. 다만 신문지법에 의해 발간되던 『조선지광』 대신 출판법의 제약을 받게 될 『신계단』이 창간된 배경에는 그럴수 밖에 없는 사정이 있었을 것이다.

『신계단』의 창간 또한 그렇게 순탄하지는 않았다. 총독부에 제출된 창간호 원고 1,400매~1,500매 가량(국판 300면 분량) 전부가 불허가되었기 때문이다. 그 때문에 창간작업이 한 달 동안 지연되었다.[46] 문제 잡지의 창간호를 몰수하는 것은 잡지 편집자를 길들이려는 검열기관의 관행적 행태 가운데 하나였지만, 시련은 창간호에 그치지 않았다. 『신계단』 제2호 역시 예정된 원고 대부분이 검열로 실리지 못하게 되었다.

계속된 원고몰수로 잡지 구성에 변화가 불가피해졌다. 창간 당시 『신계단』은 소설, 희곡, 시 등 순문예품을 싣지 않겠다고 공언했다(창간호 「편집후기」). 이는 잡지의 정치적 운동성을 보다 강화하겠다는 의지의 표명이었다. 그러나 불과 한 호를 버티지 못하고 이러한 결정은 번복되었다. 문예의 중요성을 다시 강조한 근거로 "제諸 부르주아 잡지의 타락된 문예란에 비하여 본지 문예란은 특색 있는 자랑할 만한 것(2호 「편집후기」)"이라는 입장이 제시되었지만, 문예란 부활의 실질적 원인은 검열에 의한 원고고갈 때문이었다.

『조선지광』과 『신계단』의 검열방식 차이는 현저했다. 『조선지광』의 경우 혹독한 검열을 받았지만 원문의 일부는 살아남았다. 반면 『신계단』은 문제가 되는 글 전체가 배제되었다. 표면적으로 『조선지광』이 『신계단』에 비해 훨씬 더 심각한 타격을 받은 것처럼 보였지만, 실제 상황은 그렇지 않았던 것이다. 이것은 신문지법(사후검열)과 출판법(사전검열)이란 간행물 검열조건의 차이, 그리고 출판물에서 검열의 흔적을 없애려는 정책변화와 연관되어 생겨난 현상이었다.[47]

검열내용을 감추려고 한 것은 식민지 검열방향의 질적 변화와 관계된 일이었다. 검열흔적이 남아 있는 경우는 대중의 공포를 자극하면서도 텍스트 전체를 소멸시키지는 않겠다는 것을 의미하지만, 검열흔적을 지우는 정책은 문제적인 텍스트의 생존 자체를 부정하겠다는 의지의 표현이기 때문이다.

결과적으로 『신계단』의 정치적 목표는 약화되었고 잡지간행의 초점은 어쩔 수 없이 사회주의 자체의 선전 쪽으로 이동하였다. 예컨대 유진희 폭행사건을 계기로 야기된 천도교와의 갈등은 『신계단』이 발간되는 동안 계속된 쟁점 가운데 하나였는데, 이는 사회주의자들의 반종교운동을 대변하는 현상이었다. 그러나 사회주의자들의 천도교 공격이 그들의 현실적 입지를 강화하는 데 도움이 되었다고 보기는 어렵다.

『조선지광』에서 『신계단』에 이르는 과정에서 검열당국의 정책방향은 이들 잡지의 생존을 유지시키면서 내용의 약화를 추진하는 데 있었다. 그 과정에서 사회주의 잡지의 영향력은 점차 작아졌다. 그것은 식민지사회에서 사회주의자들의 합법 활동이 축소되는 것을 의미했다. 분명한 점은 『조선지광』에서부터 시작된 사회주의 색채의 전면화가 오히려 사회주의 세력의 영향력을 강화하는 데 그렇게 큰 도움이 되지 못했다는 것이다. 만약 사회주의자들이 합법 출판활동에서 보다 현실적인 대응을 했더라면 그들이 간행한 잡지들은 훨씬 더 의미 있는 역사적 역할을 수행했을 것이다.

『조선지광』 이후
정치잡지의 퇴장

1930년대 후반, 임화는 『개벽』과 『조선지광』 이후 잡지사의 흐름을 다음과 같이 정리했다.

> 조선에서 이런 종합잡지가 이 두 가지(『개벽』과 『조선지광』-인용자) 밖에 못 나왔다는 것은—그외에도 몇가지 있었으나 일반적으로 읽혔던 것은 아니었다— 다른 조건도 많겠지만 조선의 법률관계의 특수성에 연유함이 불소不少하다. 신문잡지에 이런 특수성이 최근에 와서 조선문 신문

의 정치적 가치가 점차로 저하하는 바람에 반대로 문화적 가치가 증대하게 된 것은 기현상이라 아니할 수 없다. 학예면의 증대가 그것이다. 이리하여 신문 학예면은 문단의 중심이 되고 그 반면, 권위 있는 문예잡지가 하나도 없게 되었다.

뿐만 아니라 신문사가 정치적 가치를 상실해가는 반면 차차로 기업적으로 성장하여 각기 종합잡지—기실 정치비평이 없는 취미문화나—를 발행하여 순연한 자본의 힘으로 잡지계의 왕좌를 점하여 오늘날에는 잡지라고는 이것 밖에 없게 되었다. 이런 편집 형식의 다른 잡지는 도저히 신문사 잡지를 못 이겨낼 것이다. 그것은 다른 또 한 개의 조건과 더불어 앞으로 조선 잡지문화가 발전상 지대한 장애라 아니할 수 없다. 왜 그러냐 하면 자본의 힘으로 다른 잡지의 성장을 조지(阻止)한 한편 잡지라는 것은 신문의 부록처럼 만들어 사소하나마도 잡지로서의 독자성을 없이 한 때문이다.[48]

임화는 1930년대 들어와 급격히 기업화된 신문이 상업화의 논리와 거대자본을 앞세워 잡지시장을 장악한 것이 문제임을 지적했다. 임화는 『개벽』과 『조선지광』이 지녔던 정치성과 사회적 권위가 사라지고, 『조광』과 『신동아』 등 신문사 간행 잡지가 가벼운 문화상품의 하나로 그 자리를 대신해버린 시대의 풍조를 애석해했다.

한국 근대 종합잡지의 흐름을 일별해볼 때, 정치성이 배제된 상업성은 병리적 징후를 내장한 현상이었다. 대중의 정치적 욕망과 갈증을 수렴했던 잡지가 상업적으로도 성공했던 것은 1920년대 『신생활』과 『개벽』의 사례에서 입증되었고, 이후 『신천지』, 『사상계』, 『창작과비평』 등으로 계승되었다. 정치성이 상업성의 중요한 계기였다는 점은 한국 근대문화사의 성격을 이해하는 데 필요한 요체 가운데 하나이다.

제7장

식민지의 위험한 대중시가들

검열이라는 거울

『조선어 신문의 시가[諺文新聞の詩歌]』(1931)의 분석

식민지 검열의 미학

1930년 조선총독부 경무국 도서과는 『조선일보』, 『동아일보』, 『중외일보』 등 세 신문에 실린 시가 자료를 모아 식민지 검열정책을 위한 비공개 자료집을 만들었다. 그것이 『조선어 신문의 시가[諺文新聞の詩歌]』이다. '조사자료 제20집'이라는 표지기록을 통해 이 책이 도서과가 수행한 검열자료 조사업무의 일환이었음을 알 수 있다. 이 책은 1930년 1월부터 3월까지 위의 세 신문에 실린 134편의 작품을 조선의 독립(혁명)을 풍자하여 단결투쟁을 종용한 것, 총독정치를 저주한 배일적인 것, 빈궁을 노래하고 계급의식을 도발한 것 등 세 범주로 분류하고 일본어로 번역하여 정리했다.[1] 134편의 시가자료 출처는 『조선일보』 78편(28/14/36), 『동아일보』 32편(19/4/9), 『중외일보』 24편(13/1/10)이다.[2]

도서과의 행태는 식민지 행정기관이 조선인이 향유하는 문학언어를 과도하게 단순화하고 특정한 방식으로 이해되도록 고정하는 것을 뜻했다. 그 속에는 한 편의 시가 만들어내는 다채로운 의미들과 독자들의 활발한 상상력을 극도로 제약하려는 의도가 들어 있었다. 식민지의 독서인은 제국 일본이 설정한 의미 범주 안에서만 작품의 내용을 이해해야만 한다는 것이 『조선어 신문의 시가』의 시 분류에 담긴 정치적 의미였다.

국가권력의 문학해석에 대한 이러한 개입은 식민자들이 식민지 시어의 의미에 대한 선험적 해석을 스스로에게 강요하고 있었다는 것을 보여준다. 그것은 한 편의 시가 국적이나 이념, 지역이나 인종과 상관없이 누구에게나 열린 언어의 형식으로 다가갈 수 있다는 개방된 보편성이라는 오랜 기간 확인된 문학의 권능을 부정하는 행위였다.

도서과의 조선시가 분류기준은 문제가 된 작품들이 제국 일본에 반대하는 불온한 정신의 산물이라는 확신에 근거한 것이었다. 그러한 관점에 의해 언어를 매개로 삶과 자연, 사회현실에 다가설 수 있는 다양한 통로는 급격히 사라졌다. 그것은 식민권력이 한반도를 삶의 현장으로 받아들이지 않았기 때문에 생겨난 현상이었다. 이것은 식민지사회가 정상국가의 다원성과 자율성을 부정하는 토대 위에 수립되었다는 것을 보여준다.

식민지사회에서는 문학의 언어가 애초부터 간직해온 의미규정의 무정부성이 온전히 살아날 수 없었다. 한국의 근대문학은 식민권력에 의해 그것이 담고 있고 의도한 것 이상의 정치언어로 취급되었다. 식민지의 시들을 정치과잉의 존재로 만든 것은 식민권력이 지녔던 내적 긴장감을 반영하는 현상이자 그들의 돌이킬 수 없는 왜곡을 고백하는 사례이기도 했다.

몇 편의 내용을 살펴보자. 채규삼蔡奎三이 쓴 「여명의 빛」은 이렇게 시작된다.

> 여명을 재촉하는
> 무리 닭소리에
> 희망의 새봄은 밝았다
> 무거이 늘어졌던 어둠의 장막은
> 여명의 빛에 쫓겨 숨어버린다
>
> 동무여!

환희에 넘치는 이 새벽에
굳세인 '리듬'에 맞추어 가지고
생명의 기발을 높이 날리자! (작품의 일부)[3]

이 시는 '조선의 독립(혁명)을 풍자하여 단결투쟁을 종용한' 사례로 지목되었다. 시 속에서 여명, 희망, 새봄, 빛, 환희, 새벽 등의 시어가 드러내는 생성의 이미지는 어둠, 장막 등과 대비되며 미래의 어떤 가능성을 제시한다. 그러나 그것이 조선의 독립과 혁명으로 연결되는 계기는 어디에서도 찾아보기 어렵다. 자연의 운행과 시간의 변화에 대한 한 사람의 감각마저 국가와 연계되어야 한다는 발상이 이 시에 대한 도서과의 결정 내용이었다. 그러한 편협한 이해가 확장되어 시문학의 세계 속에서 개인과 국가의 거리는 급격히 가까워졌고, 한 인간의 고유한 감성은 국가의 촉수로 변질되었다.

개인의 상상력을 국가주의 속에 수렴시킴으로써 식민지의 조선인은 국민국가의 부재에 대한 강렬한 결여의 자의식을 지닌 존재로만 설명되었다. 독립국가에 대한 과도한 동경 속에 함몰된 존재로 조선인의 심상을 규정하는 것은 대립자를 창출하여 지배를 합리화하는 전형적인 제국주의 정책의 한 방식이었다.[4] 동시에 그것은 식민통치의 시간이 길어지면서 생겨난 식민자의 피로와 강박관념, 히스테리의 결과이기도 했다. 일본이 점령한 전 지역에서 무수하게 생산된 불온문서의 존재는 그러한 이상 상태의 극점에서 나타난 현상이었다.

청춘의 고통을 노래한 소설가 박태원의[5] 감상적인 인생시 「동모에게」는 '총독정치를 저주한 배일적인 것'으로 분류되었다. 이 시의 '괴롭다'라는 표현이 식민지 현실의 억압을 암시하는 것으로 이해된 것이다.

누구라 스무 해를 짧다 하오리

대물린 무거운 짓 등에 지고서

예는 길 괴로워라 참 괴로워라

산 넘고 물을 건너가고 또 가도

언제든 머나먼 길 오직 이 한길

괴롬 말고 몸 둘 곳 바이 없어라(작품의 일부)[6]

이광수의 작품 「새해마지」는[7] "대대로 물려온 팔자 부디 함께 묻으쇼"라는 표현에 내재한 식민지근대화의 논리가 식민체제의 선전내용과 같은 의미를 담고 있음에도 '조선의 독립(혁명)을 풍자하여 단결투쟁을 종용한 것'으로 규정되었다. 희망, 무덤, 맹세, 새해, 분투, 그날, 강산 등의 시어가 시 전체의 맥락 속에서 이해되지 않고 그 자체로 고립되어 해석된 탓이다.

윤석중의 동요 「휘파람」에서도 그러한 해석의 착오는 반복되어 나타났다.

팔월에도 보름날에

달이 밝건만

우리 누나 공장에선

밤일을 하네

공장 누나 저녁밥을 날라다 주고

휘파람을 불며 불며

돌아오누나[8]

조선총독부의 검열관은 이 시의 성격을 '빈궁을 노래하고 계급의식을 도발한' 것으로 판단했다. 그러나 이 작품은 식민지 사회변화의 단면을 사실적으로 포착한 일종의 서경시에 가까웠다. 근대산업의 등장과 함께 찾아온 노동과 생활의 변화를 담백한 어조로 묘사한 것에 불과했지만 검열관은 '공장'이라는 용어와 함께 사용되는 노동자, 반자본주의 등의 말들을 무의식적으로 떠올렸을지 모른다.

'단어'와 '구절'이라는 최소한의 문장단위에 집착하여 시가문학의 불온성을 만들어낸 『조선어 신문의 시가』에 수록된 작품들은 대개 문제가 된 특정 표현이 잘못 해석된 탓에 작품 전체의 의미맥락과 모순관계에 놓여 있었다. 이 문제는 식민지 검열과 근대 텍스트의 상관관계를 설명하는 데 필요한 중요 논점 가운데 하나이다. 분명한 것은 텍스트 전체의 조망을 전제로 이루어진 검열행위를 뜻하는 '맥락주의'도 검열 대상에 대해 객관적이거나 호의적이지 않았다는 점이다. 이미 설명한 것처럼, 검열관이 가지고 있는 선험적 적대성이 시의 맥락 전체를 왜곡할 가능성이 상존했기 때문이다.[9]

국가기관이 문학에 대한 해석의 기준을 강요하는 것은 근대문학의 자율성에 대한 심각한 도전이었다. 문학이 현실과 교섭하면서도 특정 시간 속에 갇히지 않는 절대 잉여의 가능성으로 인해 끊임없이 새로운 의미와 가치를 구성할 수 있다고 한다면, 조선총독부 도서과의 시가 분류기준은 그러한 문학의 특질을 인정하지 않은 것이다. 그것은 식민지의 시가가 특정한 의미로 고정되어 닫혀진 판단 안에서만 설명되어야 한다는 것을 의미했다. 이것을 식민지의 문학에 가해진 제국 일본의 미의식으로 이해할 필요가 있다. 식민지 검열체제가 정치적 지배의 수단으로만 작동된 것은 아니었다. 그것은 문학에 대한 이해방식 전반을 지배했다. 검열이 유도한 미학의 세계 전반에 대한 탐색이 필요한 것이다.

어떤 작품의 의미가 이미 '국가'에 의해 결정되어 있기 때문에 작품에 대한 자신만의 해석을 위해서 상당한 모험과 결단을 필요로 한다면, 문학장 참여자들의 자율성과 주체성은 심각한 위기에 빠질 수밖에 없다. 문학에 대한 식민권력의 일방적인 판단은 어떤 작품이 현실과 탈현실의 중간지대에 위치되거나, 현실과 직접 연계되지 않는 방식으로 이해될 가능성을 차단했다. 이로 인해 식민지의 문학은 국가의 시각으로 설명되어야 한다는 극단의 결과에 도달하게 되었다. 식민권력의 필요에 의해 작품 내용이 당대의 의미망 속에 갇히게 되자, 작가와 독자 또한 그 환경 속에서 자신의 대응인식을 만들수 밖에 없게 되었다.

시가문학의 대중화 그 역설적 위기

『조선어 신문의 시가』는 조선총독부 경무국 도서과가 주관했던 식민지 검열기록의 체계화과정에서 제작되었다. 그 의도는 조선어 신문에 대량으로 게재되고 있는 시가문학의 성격을 검열의 관점에서 어떻게 파악할 것인가, 그리고 시가문학의 '검열기준'을 어떻게 만들어낼 것인가에 있었다.[10] 도서과가 설치된 이후 '간행물행정처분표준 13개항'(1927)이 만들어졌고, 이것이 '간행물행정처분례 19개항'(1930)으로 발전하였다. 1936년 '일반검열표준'과 '특수검열표준'이 제정됨으로써 식민지 조선의 검열원칙이 확립되었다.[11] '간행물행정처분례'에서 '검열표준'으로의 이행은 검열기준의 제시방식이 '열거주의'에서 '표준주의'로 전화하는 것을 의미했다. '열거주의'는 다양한 검열사례를 함께 제시하는 방식이며 '표준주의'는 개념화된 기준들만 제시하는 방식이었다. 이러한 변화는 검열기준의 누적과 분류기록의 축적에 의해서 가능해진 일이었다.[12] 그것은 조선인의 사유와 표현 전체에 대한 관리체계가 확립되었다는 것을 뜻했다.

『조선어 신문의 시가』는 그러한 식민지 검열의 진화과정 속에서 만들어졌다. 도서과는 식민지 시가의 '불온성'을 '표준화'하기 위해 3개의 검열기준을 제시하고 문제가 된 다수의 작품을 각각의 기준 아래 배치했다. 그것은 '간행물행정처분례'의 열거주의에 근거한 것이었다. '불온성'이 표준화되지 않을 때 국가의 행정, 사법행위인 검열과정이 자칫 검열관 개인의 경험과 주관의 결과가 되어버릴 가능성이 있으므로 검열관의 판단기준을 체계화하는 것은 정책수행의 신뢰를 높이는 데 필요한 요건일 수밖에 없었다.[13]

그러나 『조선어 신문의 시가』를 둘러싼 상황이 그렇게 단순했던 것만은 아니었다. 문제의 초점은 왜 갑자기 그 시기에 식민지 시가문학의 불온성에 대한 표준화 작업이 시행되었는가 하는 점이다. 문학만을 대상으로 한 검열문서는 『조선어 신문의 시가』가 유일했다. 그것은 도서과가 식민지 시가문학을 대상으로 자료분석을 해야 할 시급한 이유가 생겼다는 것을 말해준다. 『조선어 신문의 시가』는 검열표준화라는 도서과의 검열정책과 조선어 신문의 시가문학에 대한 신속한 검열기준의 수립 필요성이란 두 개의 요인이 겹치는 지점에서 생산된 것이다.

『조선어 신문의 시가』의 내용을 분석하기 위해 1930년 1월부터 3월까지 3개월간 『조선일보』, 『동아일보』, 『중외일보』 세 신문에 게재된 시가 전체를 조사했다. 조사 결과 『조선일보』 438편, 『동아일보』 296편, 『중외일보』 186편 등 모두 920편의 작품을 확인했다.[14] 『조선어 신문의 시가』에 134편이 수록되었으므로, 대상 시가의 약 14%가 '불온한 작품'으로 규정되었음을 알 수 있다. 920편의 시가작품은 근대시 338편, 동요·민요 582편으로 구성되어 있으며, 그 비율은 1:1.7이다. 이 통계는 신문에 발표된 시가문학의 총량이 예상보다 많다는 것과 대부분 독자투고인 동요·민요의 수가 상대적으로 높은 비중을 차지하고 있다는 점을 보여준다.[15] 그것은 무엇보다 당시 조선어 신문들이 시를 짓는 사람들의 수를 늘리기 위해 많은 노력을 기울인 결과였다.[16]

작품을 쓴 사람들에 대한 비교통계도 이러한 추정과 대체로 일치한다.

〈표1〉 1인당 시가작품 게재 수(1930.1~1930.3)

	1편	2편	3편	4편	5편	6편	6편이상	인원총수
조선일보	109명	28명	14명	15명	3명	7명	9명	185명
동아일보	126명	33명	8명	3명	2명	2명	8명	182명
중외일보	72명	15명	6명	3명	3명	0명	3명	102명

3개월간 세 신문의 작품 발표자 총원은 470명이며, 그 가운데 1회만 발표한 사람은 307명이다. 이는 전체의 64%에 해당하는 수치다. 1인당 게재 작품 수를 구체적으로 제시하면 위와 같다.

동요·민요의 비율, 1편 기고자의 비율 등은 대중 문학장을 만들기 위한 신문의 의식적 노력을 보여준다. 당시의 신문은 시가문학의 다양한 주체들이 적극 소통하는 활성화된 문학공간이었다. 470명의 작가 가운데 61명의 신원을 확인했는데 이는 전체의 12% 가량이다. 이들 가운데 근대시 작가가 47명, 동요 작가는 14명이다.[17] 근대시는 184명 가운데 25%가 존재를 드러낸 반면, 동요작가 286명에서 확인 가능한 인물은 4.8%에 불과하다. 동요작가의 확인율이 상대적으로 떨어지는 것은 그들 대부분이 습작상태에 머물고 있었기 때문이다.[18]

『조선어 신문의 시가』 수록 시가 134편은 근대시 73편, 동요 59편, 민요 2편으로 구성되어 있었다.[19] 근대시와 동요·민요의 비율이 1:0.8로 대상자료 전체의 구성과는 상당한 차이가 난다. 아무래도 근대시의 사회 파급력과 전문작가들의 영향력이 검열당국의 주목대상이 되었을 것이다. 『조선어 신문의 시가』의 작가 101명 가운데 그 활동상이 비교적 알려진 30명의 이름은 아래와 같다.

고정옥高晶玉, 권구현權九玄, 김병호金炳昊, 김안서金岸曙, 김철수金哲洙, 김해균金海均, 김해운金海雲, 정노풍鄭蘆風, 모은천毛隱泉, 양주동梁柱東,

박영호朴英鎬, 박태원朴泰遠, 송순일宋順鎰, 송완순宋完淳, 송창일宋昌一, 안필승安必承, 류해붕柳海鵬, 윤석중尹石重, 이광수李光洙, 이대용李大容, 이규원李揆元, 이원수李元壽, 이정구李貞求, 장두삼張斗三, 전봉제全鳳濟, 정규창丁奎昶, 정익진鄭益鎭, 조종현趙宗泫, 채규삼蔡奎三, 한태천韓泰泉

이 가운데 김철수, 모은천, 송완순, 송창일, 이원수, 윤석중, 전봉제, 정익진, 조종현 등 9명은 동요, 나머지 21명이 근대시의 작자이다. 하지만 양식 자체가 일차 고려 대상은 아닌 듯싶다. 어떤 일을 했던 사람인지 확인하지는 못했지만, 가장 많은 5편이 자료집에 포함된 손길상孫桔湘의 작품은 모두 동요였다.

조선어 신문의 창작집단이 다양한 층으로 구성된 것은 전문가와 비전문가의 경계가 느슨해지는 시대 흐름을 반영하는 현상이었다. 그것은 근대문학의 외연이 넓어지면서 이루어진 변화의 결과였다. 근대의 시가문학에 대한 대중의 관심이 확대되면서 광범한 문학인구가 창출되었다. 시가문학의 대중화시대가 신문매체를 통해 조성되고 있었던 것이다.

여러 계층에 의해 생산된 이질적인 시가작품들의 공존은 식민지 조선의 문학장과 신문매체의 적극적 상호관계를 뚜렷하게 보여준다.[20] 시가문학은 형식의 단소성, 전문 문인과 비전문가의 모호한 경계 등의 특징 때문에 독자대중과 신문이 밀접한 관계를 유지하는 데 유리한 환경을 조성했다. 편집진은 신문의 지면을 전문 문인과 문학 애호가에게 동시에 제공했고, 이를 통해 기성 작가뿐 아니라 다수의 비전문가도 자신의 작품을 사회에 알릴 수 있는 기회를 얻었다. 이것은 전문작가가 아니고서는 활동하기 힘들었던 소설의 경우와 근본적으로 구별되는, 시가문학의 고유한 사회적 성격이었다.

시가와 달리 소설은 창작의 어려움과 분량의 문제 때문에 전문가와 비전문가가 신문 지면을 분점할 수 있는 문학형식이 되지 못했다. 소설은 대중이 자신의 창작욕을 자연스럽게 투사할 수 있는 양식이 아니었다. '현상문예' 등의 형태로 이루어진 대중매체의 소설 모집은 문학을 동경하는 애호가들의 창작열을 높이는 데 커다란 기여를 했지만, 그 사업의 목적은 신인의 확보, 즉 문학 재생산체계의 유지에 있었다.[21] 시가와 소설이 신문의 지면을 매개로 대중과 만나는 방식은 현저히 달랐다.

신문은 근대의 문학어가 소수의 전문가에 독점되지 않을 수 있다는 사실을, 시가문학의 대중화를 실현하는 것을 통해 증명했다. 근대사회가 국민어의 보급을 계기로 문학의 대중화를 실현했지만, 그것은 대부분 수용자와 구매자라는 특정한 위치를 받아들임으로써 얻어진 일종의 반대급부였다. 대중은 '독자'라는 새로운 신분을 얻은 반면, 창조하는 주체로서의 가능성을 박탈당했다. 근대사회가 시작되면서 장구한 세월 동안 지속된 문자 없는 문학의 시대는 대부분의 지역에서 종결되었다. 문학의 세계에서 음성언어의 역할은 부정되었고, 음성문학의 전통은 '민속'의 영역으로, 말하자면 시대착오적인 과거의 것으로 추방되었다.[22]

대중이 문학의 새로운 주체가 되기 위해서는 근대사회가 전면화한 문자문화의 질서와 체계 속에서 자신의 언어가 의미 있는 것으로 받아들여져야만 했다. 그러나 그것은 현실적으로 불가능에 가까운 일이었다. 대중은 작가를 통해서만 자신의 문학적 상상력을 확인받을 수 있었다. 작가라는 존재가 대중의 정서와 감각을 대신해서 주조하는 역할을 맡게 된 것이다.

근대사회의 중요한 문화현상 가운데 하나였던 '작가'를 향한 열망은 이러한 언어창조의 '대리자'라는 대중의 집단인식과 무관하지 않았다. 근대작가는 인쇄자본과 독자대중을 연결하는 중개자로서의 성격을 지닌 인물이다. 근대의 인쇄자본은 모든 문학적 충동이 문자로 표현되어야 한다는 강박을 만들어낸 주역 가운데 하나였고, 그 표현욕망을 '인쇄된 문학'이라는 상품화 시스템을 통해 조절했다. 근대인의 문학에 대한 관심과 욕망은 스스로 작가가 되거나 기성작가가 시장에 내놓은 작품을 소비하는 방식으로밖에 충족될 수 없었다. 하지만 문학을 사랑한다고 해서 누구나 작가의 반열로 올라갈 수는 없었다. 작가라는 존재가 지닌 이러한 지배력이야말로 근대사회에서 성공한 작가에 바쳐진 최상급의 찬사 이면에서 작동하는 원리였다고 할 수 있다.

문학의 언어를 얼마나 깊이 있게 자신의 삶 속으로 끌어들였는가라는, 즉 문학 주체화의 수준과 정도라는 관점에서 본다면, 근대의 대중은 오히려 전통시대에 비해 한없이 초라한 존재로 전락한 것이다. 그것이 음성언어에 근거한 문학장의 붕괴와 문자문학의 절대화가 야기한 현실이었다. 근대의 감수성이 문자텍스트로 구현된다는 강요와 믿음, 그 연장선에서 만들어진 문자예술에 대한 강박은 근대작가를 초월적인 이미지로 재구성하기 시작했다.[23] 특히 문학어가 정치언어로서의 기능까지 함께 수행할 수밖에 없었던 식민지 조선에서 그 정도는 더욱 심각했다.[24] 그것이 대중과 작가 사이의 특별한 위계심리를 만들어냈다. 작가와 독자는 친근한 관계로 묘사되었지만, 그것은 대중이 작가로서의 가능성과 단절한 이후에야 얻어질 수 있는 모순된 친밀감이었다.

근대의 독자는 문학에 대한 '항상적 동경'이라는, 변할 수 없는 시간의 주체였을 뿐이다. 그에게는 숭배자로서 문학에 기여하는 것만이 허락되었다. 문학에 대한 대중의 창조적 개입은 문학장의 권력체계에 의해 근본적으로 차단되었다. 근대문학은 고도의 훈련과 학습의 과정을 통해서만 접근 가능한 것으로 인식되었고, 또 그것이 어쩔 수 없는 사실이기도 했다. 근대문학의 생산 메커니즘을 주도했던 인쇄자본가들과 문학장의 주역들은 높은 진입장벽을 쌓아 자신들의 권위를 유지했다. 근대문학의 위상과 성과는 이러한 문학권력의 운동방식에 의해서 형성된 것이다.

근대사회에서 작가는 매력과 권위의 화신으로 조명되었지만, 대중 자신이 작가가 될 수 있는 길은 많지 않았다. 중세가 해체되면서 문학도 전

사회계층이 참여하는 공공문화의 하나로 그 성격이 변화되었다. 하지만 이러한 변화의 이면에는 문학을 고도의 지적 활동으로 재구성하려는 사회적 움직임이 개입되어 있었다. 서구 근대성의 핵심 가운데 하나로 인식된 '리터러처'의 도입과 높은 수준의 문해능력을 지닌 지식인의 결합을 통해 이루어진 한국의 근대문학은 새로운 원리에 의해 재구성된 지식체계의 하나로 받아들여졌다.[25] 이것은 거시적으로 볼 때, 지식문화의 양극화와 문학을 통한 의사소통 가능성의 약화를 의미했다.

식민지 조선의 신문은 대중의 능동적 창조력을 거세하는 근대문학의 그러한 한계를 특별한 방식으로 해결하고자 했다. 시가문학의 투고란은 신문의 정책의도와 연계되어 있는 공간이었다. 그것은 대중들이 자신의 문학적 표현 욕구를 실현 불가능한 것으로 느끼지 않게 하기 위한, 신문의 작은 배려였다. 신문은 근대문학의 독자를 창출했고, 그들을 신문의 문예란에 참여시켰으며, 종국에는 그들 모두에게 '작가'로서의 가능성을 심어주었다. 대중에게 문학을 삶의 한 양식으로 주체화할 수 있는 기회를 제공한 것이다. 그 모든 것이 신문의 성장과 위상의 제고로 귀결되었음은 당연한 일이었다.

신문의 전략은 평범한 대중으로부터 전문 문인에 이르기까지 누구나 자신의 내면과 감정을 시가문학의 형식으로 표출할 수 있게 하는 것이었다. 이렇게 하여 구성된 신문의 문학장은 문학의 창조 혹은 그 가능성의 확인이라는 경험을 통해 참여자 모두에게 근대인으로서의 자의식을 허락했다. 수많은 독자들과 접속된 신문과 자신의 언어가 결합한다는 것은 곧 현실에 대한 창조적 개입을 뜻했다.

식민도시 경성에서 발행되는 세 개의 신문이 3개월 동안 920편의 시가문학을 게재했다는 것은 그 숫자만으로도 여러 가지 상상을 불러일으킨다. 이것은 시가문학이 신문이라는 근대미디어를 소통매개로 하여 식민지 국민문화를 대표하는 형식으로 확산되고 있었다는 사실을 보여준다.

3개월의 분량을 토대로 추산해볼 때, 1년간 약 1,200편의 근대시와 2,400여 편의 동요·민요가 세 개의 신문 지면을 통해 조선 각지에 산재한 독자들과 만나고 있었다. 시가문학이 만들어내는 독자적 국민성이라는 감각, 식민지 검열당국은 그 점을 주목하지 않을 수 없었다. 그런데 여기서 한 가지 더 지적할 것은 이러한 국민문학의 토대 위에 계급의식이라는 미묘한 방향성이 입혀지기 시작했다는 점이다. 1920년대 후반에서 1930년대 초반은 식민지 조선에서 사회주의운동이 가장 격렬했던 시기라는 점을 기억할 필요가 있다.

문화표상을 둘러싼 협력과 경쟁

시가문학만을 대상으로 검열표준화 작업을 시도한 것은 시가문학이 검열당국의 주요 관심대상이 되었다는 것을 뜻했다. 그것은 이미 지적했던 것처럼, 시가문학이 조선의 대중과 결합하는 동시에 계급투쟁의 정당성을 설파하는, 즉 정치언어로서의 비중이 커지고 있다는 인식의 결과였다. 시가문학이 식민지 대중사회 속에서 영향력을 키워가고 있었다면, 그 원인과 파장은 가볍게 여길 수 없는 문제였다. 그것은 신문잡지 등의 매체, 식민지사회운동, 식민권력, 문학에 대한 대중의 동경 등 다양한 힘들이 복잡하게 연계되어 만들어진 것이었다.

이혜령은 1920년대 『동아일보』 학예면이 구지식인, 학생, 아동, 여성 등 여러 계층을 신문으로 끌어들인 대중사회의 문학장임을 논증했다.[26] 이 신문은 다양한 독자층을 분할하면서 통합했는데 이를 위해 한시, 시조, 동요, 창가, 근대시에 이르기까지 여러 시 양식을 동원했다. 그것은 식

〈표2〉 식민지 시기 신문의 연도별 한시 게재 건수[27]

	20	21	22	23	24	25	26	27	28	29	30	31	32	33	34	35	36	37	38	39	40	합계
조선일보	169	186	24	54	23	0	0	0	0	70	3	2	0	52	125	26	159	93	62	91	53	1,192
동아일보	169	18	0	48	132	0	16	47	315	125	99	163	160	3	25	161	124	71	111	105	166	2,058
매일신보	399	798	620	644	647	225	75	114	130	415	218	179	101	238	154	44	213	318	330	437	323	6,622

민지 시기 신문이 수행한 시가문학의 대중화가 신문의 사회적 위상을 키우는 것과 깊이 연관되어 있음을 보여준다. 신문 속의 문학이 다양한 양식을 포괄하는 '장르적 잡종성'의 특성을 보이는 것은 상업적 성공과 문화권력을 동시에 추구하는 이중전략의 소산이었다.[28]

영향력 확대를 위한 신문의 노력을 보여주는 하나의 사례가 조선어 신문들의 한시 게재였다. 〈표2〉는 구지식인의 흡수에 『매일신보』, 『동아일보』, 『조선일보』가 얼마나 노력했는지를 잘 보여준다. 독자의 확보와 상업적 성공을 위해 구문화의 보존, 유지, 확산에 적극 개입하는 신문들의 행태는 대중매체의 생존환경을 좌우한 현실의 복잡성을 드러낸다. 한시에 가장 호의적인 신문은 『매일신보』였는데 『조선일보』의 1,192건에 비해 거의 다섯 배에 해당하는 6,622건의 한시를 20여 년에 걸쳐 게재했다. 식민권력의 기관지 역할을 했던 이 신문의 입장에서 식민지사회의 상층부를 구성하고 있던 보수적인 구지식인들의 구매를 유도하는 것은 중요한 생존전략의 하나였을 것이다.

그런데 신문의 시가 대중화정책은 사회주의 문화운동의 활성화와 동시에 진행되었다. 1928년경부터 시작된 '예술대중화논쟁'은 그러한 문제의 접점에서 어떠한 상황들이 발생했는지를 우리에게 알려준다. 사회혁명과 예술의 관계를 둘러싸고 벌어진 이 논쟁의 초점 가운데 하나는 예술작품과 식민지 합법성, 대중 획득의 관계를 어떻게 설정할 것인가의 문제였다.

예술대중화론의 이론적 선편을 쥐었던 김기진은 시가문학의 정치성을 실용적인 차원에서 현실화하는 데 가장 적극적인 인물이었다. 그의 주장은 사회주의를 추구하는 예술가들이 식민지 합법공간을 적극 활용하여 대중 획득에 나서야 하며, 시가문학은 그 중요한 수단이 될 수 있다는 것이었다.

> 우리의 시가는 그 형식상에 있어서 노래로 불려질 만큼 되지 아니하고서는 대중에게 고루 고루 퍼질 수 없다. 왜 그러냐 하면 대중은, 노동자나 농민은 혹 일을 할 때에 혹 놀고 있을 때에 노래를 요구하며 그러한 때에는 잡지 구석에 발표된 자유시형으로 된 우리의 시를 찾지 않고 전해 내려오는 또는 유행하는 가곡을 들은대로 외운다. 그러므로 우리는 이러한 기회를 붙잡아야 하며 그렇게 하기 위하여는 먼저 우리의 시를 가곡의 형식으로 작하는 준비가 필요하다.[29]

공교롭게도 김기진의 이 글은 문제의식과 의도가 다름에도 당대 신문의 시가문학정책과 방향을 함께했다. 김기진은 "소위 예술적으로 불완전하고 또는 그 시식詩式이 진부하여 프롤레타리아 예술로서 거의 가치를 줄 수 없는 것이 될지라도 그것이 대중이 부르기 쉽고, 그리고 그 시가에서 계급의식의 각성(내지 암시)을 받는 것이 되기에 유용한 것이 될 것 같으면, 불완전하고 진부하다는 것은 도리어 문제가 안 된다"라는 견해를 덧붙였다. 당시 신문이 여러 방면의 독자대중을 확보하기 위해 시가의 형식에 개방적이었다면, 김기진은 계급의식의 확산에 조금이라도 유리한 것이라면 어떠한 형식이라도 적극 활용해야 한다는 입장을 피력한 것이다.

예술의 생존에 비중을 두었던 김기진은 검열체제와의 관계설정을 중시했다. 김기진이 주장한 예술대중화론의 핵심은 '검열을 통과할 수 있는 프롤레타리아예술은 어떠한 내용과 형식을 갖추어야 하는가'라는 문장으로 요약되었다. 김기진은 자신의 견해에 대한 동료들의 비판을 모험주의라는 관점에서 재반박했다. 임화에 대한 반론에서 김기진은 합법 문화공간의 주도권을 갖지 못하면 혁명을 위한 대중 획득도 불가능할 것이라는 점을 강조했다.

> 그러므로 군(임화－인용자)이 주장하는 바와 같이 검열에서 저들이 압수한다고 ×세를 취하여 더욱 압수되도록 쓴다고 가정하자. 이렇게 하는 것이 군에게 의하여 프로레타리아적 방법이니까. 모든 이론적, 실제적 일상투쟁에서 언제든지 ×세를 취하지 않으면 안 된다는 군의 공식을 적용하자면 압수되더라도 그와 같은 조자調子[30]로 소설을 써야 하고 시를 써야하고 영화를 제작하여야 한다. 그리하여 시와 소설은 마침내 인쇄되지 못하고 그 영화는 마침내 상영되지 못한다. 이것이 군에 의하면 프롤레타리아적 작품 행동이다. 그리고 그 시, 소설과 영화의 독자와 관중은 어디다 두고서 무슨 효과를 얻었는가?[31]

그러나 임화는 합법성에 대한 기대가 가져올 폐해를 강조했다. 그는 사회주의 예술운동이 합법매체와의 관계 속에서 입게 될지 모르는 손해의 측면에 민감했다. 임화는 "우리가 과거에 가지고 있던 오견誤見, 주로 뿌르 신문과 뿌르 잡지를 통하여서만 행하든 운동(주로 작품)경향, 즉 우리들 자신의 기관의 강대화보다도 다른 기관의 이용을 과중 평가한 그것을 단연斷然히 극복하여야 한다는 것"[32]이라고 주장했다. 임화는 프로문학운동이 자칫 대중매체의 영향력에 흡수될 가능성을 심각하게 거론했다.

임화의 발언 속에는 제대로 된 기관지를 가져보지 못한 식민지 사회주의 문예운동가의 비애가 묻어난다. 조선프롤레타리아예술동맹KAPF의 경우 설립 초기에는 『개벽』을, 1926년 8월 『개벽』이 폐간된 이후에는 『조선지광』을 주로 활용했으나 필요한 지면의 일부를 얻었을 뿐이다.[33] 신문 지면에 기고할 경우도 적지 않았지만 이럴 경우 주도권은 언제나 신문의 편에 있었다. 사회주의자들은 신문에 의해 선택되는 객체였다. "군(김기진—인용자)이 『동아일보』나 『중외일보』로 예술운동을 하는 대신 우리는 견고한 [삭제] 가졌다. 거기는 군이 기진할 문구로 (그러나 노동자, 농민은 어떻게 좋아하는지) 가득 찼다"[34]라는 임화의 문장 속에는 비합법매체와 합법매체를 두고 벌어진 미묘한 경쟁심리의 흔적이 엿보인다.

김기진은 예술이 합법의 영역에 존재해야만 대중의 관심과 협력을 얻을 수 있고, 나아가 대중 자신의 주체화 동력으로 활용될 수 있음을 강조했다. 반면 임화를 비롯한 급진파는 혁명운동의 전략 속에서 예술이 어떻게 활용될 것인가가 본질적인 문제이므로 표현의 합법성 여부는 부차적인 것으로 생각했다. 현재까지 한국학계는 이 팽팽했던 논쟁의 의미에 대한 심화된 분석을 보여주지 못하고 있다. 그런데 한 가지 분명한 점은 '예술대중화논쟁'이 수입된 이론의 공허한 번안은 아니었다는 점이다. 그것은 문화표상의 주도을 둘러싸고 벌어진 첨예한 전략 수립의 문제였다.

이러한 카프 내부의 복잡한 논쟁에도 불구하고 조선어 매체에 게재되는 시가문학의 비중은 점점 커지고 있었다. 그것은 문학에의 참여 욕망, 사회현실에 대한 불만, 민족성에 대한 자의식 등 식민지인의 내면을 드러낼 수 있는 언어형식의 절대 제약과도 깊이 연관되어 있었다. 1928년 『조선일보』 신춘문예의 결과는 민감한 현실 문제를 다룬 작품에 집중되었고, 그 결과 당선작 상당수가 검열로 삭제되었다.[35] 『조선어 신문의 시가』 자료의 50% 이상이 『조선일보』 소재 시가였다는 것은 이 신문의 과격한 분위기가 적어도 1930년 초반까지 계속되었다는 것을 말해준다.

이 과정에서 '민족'과 '계급'이라는 두 개의 핵심명제는 점차 거리를 좁히고 있었다. 김기진은 자신의 예술대중화론에서 시가 개량의 사례로 아리랑 타령을 제시했다. 그는 아리랑이 "불평불만의 감정, 울분한 감정, 투지에 연소되는 감정을 전달하고 선동하여서 실지로 노동·소작쟁의나 혹은 일반적 대중적 투쟁이 전개될 경우 유용"한 형식이라 규정하고 재래의 형식이라도 '개량'을 통해 그 사회적 가능성을 최대한 확대할 수 있다고 주장했다.[36] 민족형식과 계급의식이 연계되는 효과에 주목한 것이다.

아리랑 타령은 왜 생겼나?
슬픈 놈 가슴이 미어진다
아리랑 아리랑 아라리요
아리랑 살고개로 넘어간다

밭가는 농부의 아리랑은
도조와 장리가 걱정 일세
아리랑 아리랑 아라리요
아리랑 살고개로 넘어간다

일 년 열두 달 지어 논 것은
누구의 곳집을 채워주나?
아리랑 아리랑 아라리요
아리랑 살고개로 넘어간다

제사장 여직공 아리랑은
시집갈 밑천이 걱정 일세
아리랑 아리랑 아라리요
아리랑 살고개로 넘어간다

기계는 돌아서 돈을 낳고

돈은 돌아서 어디로 가나
아리랑 아리랑 아라리요
아리랑 살고개로 넘어간다.[37]

김기진이 거론한 아리랑 가사는 1929년 5월 11일, 수원에서 개최된 프로예맹 강연회 정리모임에서 불렸던 것이다. 송영은 이 아리랑이 공석정孔錫禎이 작사한 것이며 지맹원支盟員 전체가 합창했다고 기록했다.[38] 강연회 참여자는 김기진, 박팔양, 임화, 유완희, 윤기정, 송영 등이었다. 김기진은 이때의 기억을 통해 아리랑과 같은 민요의 정치성을 확인한 것이다.[39]

김기진은 아리랑이 지닌 개방성, 변형 가능성을 적극 활용하여 혁명의 노래로 새롭게 태어나도록 해야 한다는 점을 강조했다.[40] 그는 아리랑이 "재래의 퇴폐적, 향락적, 이기주의적 사상과 취미로 뭉쳐진 유독한 가요에서 대중을 격리하고 구출하고 다소간이라도 계급의식에 눈뜨게 하는 효과를 가진 것만은 의심할 수 없는 사실"이라는 믿음을 가지고 있었다. 아리랑이 농민의 가혹한 현실을 깨닫게 하고, 그 상황을 농민 스스로 극복할 수 있도록 추동하는 변혁의 언어를 담을 수 있는 그릇이라고 본 것이다.

> 아리랑은 조선의 모든 재래의 가곡의 공통적 경향에서도 전형적으로 애상적 멜로디를 가진 물건이다. 그러나 육자배기, 난봉가, 방아타령 등보다도 보편적인 점에서 출중하니 이것은 이용할 수 있는 물건이다. 더구나 조금 개량하여 부르면 애조보다도 차라리 소박하고 무뚝뚝한 힘찬 감정을 표한할 수 있다. 그러면 전기 공군孔君의 가사의 내용은 프롤레타리아 시가로서 좋은 것인가? 나쁜 것인가? "밭가는 농부의 아리랑은 도조와 장리가 걱정이니 일 년 열두 달 지어 논 것은 누구의 곳집을 채워주나?"한 것은 무엇을 가리키는 것인가? 우리는 여기서 현재의 농민의 사회적, 경제적 지위를 깨달을 수 있다. "아리랑 살고개로 넘어

간다" 한 것은 농부들이 말로 잘살기 위하여서 싸우며 나간다는 뜻을 암시하는 것이다.[41]

비슷한 시기 김동환도 민요와 프로문학의 연계 가능성을 거론했다. 그는 "금일의 프로레타리아 전신인 피치자군被治者群의 예술"로 민요를 정의하며, 사회주의 문예운동과 민요의 관계를 다음과 같이 논했다.

> 우리는 신시는 기교화하고 시조는 고아화高雅化하고 한시는 난삽難澁을 극極하고 있을 때에 미더운 것은 오직 야생적 그대로의 표현과 내용을 가진 민요뿐이라. 조선민요의 문예운동은 우리들의 생활운동과 밀착불가리不可離할 관계를 가지고 있는 것임을 느낄 때에 더욱 민요의 발흥에 전력을 다 하여야 할 것이다.[42]

실제로 김동환은 「아리랑 고개」, 「팔려가는 섬 색시」, 「갈보청」[43] 등 여러 편의 사회비판적 민요시를 발표했다. 김동환의 작품은 김기진이 주장했던 재래시가의 혁명적 개량을 실증하는 사례였다. 「아리랑 고개」의 내용을 살펴보면 전통 민요와 현대시의 경계선에 서서 과거의 형식 속에 현실을 문맥을 적절하게 배합해서 드러냈다. "불평 품은 이 느는 게지"라는 표현 속에 살짝 숨겨둔 부정적 의도가 노래 전체의 성격을 당대의 현실로 바짝 끌어온 것이다.

> 천리 천리 삼천리에
> 그립든 동무가 모와 든다.
> 아리랑 아리랑 아라리요
> 아리랑 고개를 어서 넘자
> 서울 장야엔 술집도 는다

불평 품은 이 느는 게지
아리랑 아리랑 아라리요
아리랑 고개를 어서 넘자

꽃이 안 폈다고 죽은 나문가
뿌리는 살았네 꽃 피겠지
아리랑 아리랑 아라리요
아리랑 고개를 어서 넘자

약산 동대의 진달래꽃도
한쪽이 먼저 피면 따라 피네
아리랑 아리랑 아라리요
아리랑 고개를 어서 넘자

삼각산 넘나드는 청제비 봐라
집신만 있으면 어딜 못 넘어
아리랑 아리랑 아라리요
아리랑 고개를 어서 넘자[44]

대중의 진솔한 노래와 사회주의 이념의 결합은 식민권력의 입장에서 볼 때 매우 위험한 현상이었다. 대중동원의 방향성이 명료해질 수 있었기 때문이다. 『조선어 신문의 시가』라는 조사자료집의 제작은 이미 그러한 결합이 이루어져 식민지 시가의 불온화가 상당한 수준으로 진전되고 있다는 판단의 결과였을 것이다.

『조선출판경찰월보』 8호(1929.4, 4면)는 1928년도 조선어 잡지를 분석하면서 강력한 검열의 대상이 되는 사상 관련 잡지보다 '문예잡지'나 '소년

소녀독물'이 "암암리에 사상적 재료를 취급하는 양태를 띠는 경향"의 위험성을 지적했다. 『조선어 신문의 시가』와 『조선출판경찰월보』 등 검열기관의 문서들이 문예와 아동물에 주목했던 것은 그것이 식민지사회에서 불온성이 퍼져나가는 중요한 통로라는 인식이 커졌기 때문이었다.[45]

시가문학에 대한 검열체제의 관심이 집중되던 1930년 그해 겨울, 시가문학에 대한 신문의 태도에 미묘한 변화가 감지되기 시작했다. 『동아일보』는 이전과는 다른 형태의 '신춘현상모집' 광고를 내보냈다. 현상의 대상은 '조선의 노래', '조선 청년의 좌우명', '우리의 슬로건' 등 세 분야였고, '조선의 노래'와 '우리의 슬로건'에는 다시 창가, 시조, 한시와 생활혁신, 민족보건, 식자운동 등의 하위범주가 설정되었다. 이 현상모집에서 '노래'의 의미는 확실히 이전과는 다른 차원의 의미를 담고 있었다.

> 모든 조선 사람이 기쁘게 부를 조선의 노래를 가지고 싶습니다. 조선의 땅과 사람과 그의 힘과 아름다움과 그의 빛난 장래에의 약속과 희망 (…중략…) 이런 것들을 넣은 웅대하고 장쾌하고도 숭엄한 노래—과연 조선의 노래라고 하기에 합당한 노래를 구하는 것은 아마 조선사람 전체의 생각이라고 믿습니다.[46]

'조선의 노래' 투고를 독려하는 광고문은 조선적인 것의 총화이자 조선인 전체를 대표하여 재현하는 민족형식으로 '노래'의 의미를 정의했다. 그러나 '노래'의 형식을 창가와 시조, 한시로만 제한했다는 점이 문제가 되었다. '조선의 노래'가 이 세 개의 시가형식에 한정됨으로써 '조선'과 '노래'는 과거, 현재, 미래를 모두 담아내는 시간을 초월하는 민족성을 뜻하는 개념이 되지 못했다. 그 때문에 노래의 향유자도 과거 안에 갇혀 있는 존재로 표상될 수밖에 없었다. 현재의 시간을 과거의 형식 속에 가두는 『동아일보』의 태도는 내셔널리즘의 일반적인 인식론과 크게 다르지 않았지만, 식민지 상황이 이러한 양상에 특정한 의미를 부여한 것은 분명했다. 그것은 '신춘현상'의 시가가 '문학'에서 계몽의 '방법'으로 성격이 달라지는 사회적 배치의 재구성이었다.

'신춘현상' 사업이 종결되고 난 후 『동아일보』는 아래와 같은 사설을 실었다.

> '글은 눈'이다. 글을 모르는 것은 눈이 없는 것이다. 어떤 의미로는 생리적 눈보다도 글이라는 눈이 더 중요할 수 있다. 왜 그런고 하면 생리적 눈은 현재의 자기의 주위의 현상 밖에 보지 못하지마는 글이라는 것은 수천 년 간 수없는 천재들이 관찰하고 경험한 보고를 볼 수가 있는 까닭이다. 내 글은 '내 눈'이다. 조선인은 다 글을 알아야 한다. 글을 아는데서 개인의 능력이 생기고 민족 생활의 신여명新黎明이 오는 것이다.[47]

이 글은 문해능력의 확대를 '신춘현상'의 목표로 천명했다. 조선의 노래를 보급하는 것과 '신춘현상'의 또 다른 목표인 식자운동識字運動은 밀접하게 연계되어 있었다. "만민개독萬民皆讀은 만민개건萬民皆健과 아울러 조선의 민족적 비약의 양익兩翼이외다. 문자와 수자를 배우자. 바른 조선말을 쓰자. 그래서 이천만중二千萬衆의 혼魂이 하나로 뭉치자"[48]라는 식자운동의 슬로건은 '조선노래'의 양식이 창가, 시조, 한시로 정해진 이유가 무엇인지 분명하게 드러냈다.

노래를 통한 한자와 국문의 동시 습득이야말로 '조선의 노래'가 '신춘현상'에서 강조된 이유였다. '조선의 노래'는 문자의 보편화를 위해 고안된 개념이었기 때문에 대중에게 익숙한 형식을 선택해야 했다. 그러나 그것은 정치성을 벗어던진 포즈로서의 계몽에 불과했다. 계몽의 목표가 독립적인 근대국가의 건설이라는 방향을 버리고 신문 자신의 안위를 지키는 데 맞추어진 것이다.

『동아일보』의 새로운 전략은 민족에 대한 대중의 열망을 수렴하되 그것이 식민지의 현실정치와는 무관하도록 조정하는 것이었다. 이를 통해 신문은 자신의 사회적 존재감을 유지하면서도 식민통치와는 대립하지 않을 수 있는 환경이 조성되길 기대했다.[49] 탈정치화된 의고적 시가의 존재는 문화권력을 분점하기 위한 『동아일보』의 투기적 내셔널리즘이 낳은 산물이었다. 그것은 예술대중화논쟁이 진행되던 당시, 재래시가의 형식에 현재성을 부여하여 혁명언어의 가능성을 실험했던 김기진의 시각과도 근본적으로 다른 차원의 것이었다. 1930년도 '신춘현상'의 당선작에 투영된 명랑함과 낙관주의는 그렇기 때문에 과장된 허세였을 뿐이다. '조선의 노래' 시조부분 당선작인 박노홍朴魯洪의 「봄빛」 마지막 연을 제시한다.

> 님이여 들로 오소 꿀에 젖은 무궁화ㅅ들
> 버린 가슴에 젖이 철철 흐르는 품
> 큰 복이 넘친 듯 하여 새 희망을 뵈이오[50]

시간이 한참 지난 후의 일이지만, 1937년 임화는 「담천하曇天下의 시단 1년」에서 조선시단의 복고적 경향을 비판하면서 "오직 퇴색한 중세적 여음餘音이 구슬프게 들릴 뿐이다"며 좌절에 가까운 감정을 드러냈다. 임화는 1930년대 들어와 현저하게 나타난 '자유시형'에서 시조 등 '정률시'로의 후퇴가 보수적인 낭만적 민족주의에서 비롯되었음을 지적한 후, 이 경향이 "현대의 인민 가운데서 가장 진부하고 비속한 사상과 정서와 연결하여 그것을 긍정, 조장케 하려는 데에 있다"[51]고 분석했다.

> 금일에 있어서의 중세적 시가의 생산자들은 일찍이 신경향파 시인들이 생활과 시가의 종합, 시의 사상성을 강조하였을 때 시의 순수성의 주장

> 자들이었다. 그때 그들이 주장하는바 시의 무사상성의 주장 그것이 한 개의 사상성이라고 비평하였을 때, 그들은 머리를 좌우로 흔들었다.[52]

모더니스트이자 사회주의자였던 임화의 입장에서 근대시 형식의 위축은 근대시가 담당했던 진보성 전체를 부정하는 현상이었다. 임화는 '문화와 예술의 임종'이라는 극단적인 표현으로 당시 시문학의 복고성을 비판했다. 그러나 이 현상은 근대 시문학의 핵심 생산처였던 신문의 존재방식과 밀접하게 연계되어 있었던 문제라는 점에서, 몇몇 시인들의 인식과 이념의 한계로만 설명될 수 없는 현상이었다. 임화가 퇴행의 원인으로 지적한 '보수적 낭만주의'(퇴영적 민족주의의 다른 표현이라고 생각되는)야말로 신문의 주도권 유지에 중심 역할을 한 이데올로기였기 때문이다.

식민지의 조선어 신문들은 이러한 방식으로 여타 문화주체들과 위태로운 경쟁관계를 이어나갔다. 신문의 지면에 분할 배치된 시가문학의 여러 하위양식들은 그 경쟁을 위한 중요한 도구였다. 그것은 균형의 유지를 통해서만 보장되었다. 식민지의 조선어 신문은 식민권력과 대립하되 그 대립이 위태로운 상태로까지 나아가지 않도록 각별한 노력을 기울였다. 대중에 대한 계몽의 언어가 식민권력을 비판하는 말로 들리지 않도록 별도의 장치가 필요했던 것도 이 때문이다. 이러한 균형을 거부하는 세력들과의 연대는 필연적으로 깨어졌다. 임화가 문예대중화논쟁의 와중에 지적했던 그 문제, 식민지사회에서 합법적 표상체계는 혁명가들의 것이 될 수 없다는 주장이 현실 속에서 증명되기까지는 그리 오랜 시간이 걸리지 않았다.

불온의 경계
그 안과 밖

식민지사회에서 조선인 인쇄출판문화가 본격적으로 성장하기 시작한 1920년 이래 시가문학에 대한 검열관의 칼끝은 결코 무디어본 적이 없었다. 그것은 식민지 검열에서 시가문학이 예외적 지위를 누리지 않았다는 것을 의미했다.[53] 『조선어 신문의 시가』의 자료수집이 시작된 시점인 1930년 1월 3일, 『동아일보』에는 '혈탄血灘'이라는 필명을 사용하는 인물의 「시의 삭제를 보고」라는 시조 한 수가 게재되었다. 이 시조에서 '피노래'라는 표현은 검열 속에서 생존의 기회를 박탈당한 숱한 시가들의 불우한 운명을 섬뜩한 이미지로 드러냈다.

> 그 누가 불렀는고 빈터 될 피노래를
> 노래가 없어지니 활자가 서럽구나
> 이 저 곳 깍기운 자취 내 맘 더욱 울리네

"부고, 기관차군 칠월사일 약석무효 자이부고(訃告, 機關車君 七月四日 藥石無效 玆以訃告)." 1930년 7월, 카프시인 김창술金昌述은 친우 김병호金炳昊에게 자기 시집 『기관차』가 검열로 발간할 수 없게 되자 이를 조상하는 부고를 띄웠다.[54] 김병호는 이 부고를 소개하는 글 속에서 『기관차』의 검열과 관련해 김해강金海剛, 김창술과 주고받은 사신을 공개했다.

> 해강, "그 『기관차』는 창술 형이 편집을 마쳐 제출한 모양인데 어떻게 잘 통과되어 나올 수 있을까요?"
> 창술, "해강과 공장시집共裝詩集 『기관차』를 불일간 원고 제출을 해 볼 작정인데 파스가 문제입니다."

창술, "『기관차』를 제출했는데 무사히 파스하기만 기다립니다. 육분六分의 희망은 있으나 알 수 없는 것 그것입니다."

창술, "시집 『기관차』는 일 개월이 훨씬 넘어도 소식이 없습니다."[55]

이미 처녀시집 『열광』을 검열로 압수당했던 김창술은 두 번째 시집마저 나올 수 없게 되자 그 좌절을 마치 자신의 죽음인 것처럼 비유한 것이다. 김병호에게 보낸 편지의 문구는 시간의 흐름에 따라 짙어지는 김창술의 절망감을 그대로 드러냈다. 이처럼 검열은 식민지 문인들의 언어 속에서 곧잘 죽음을 불러내는 치명적 가해로 묘사되었다. 검열은 식민권력과 식민지인의 텍스트 사이에서 벌어진 일상적인 현상의 하나였고, 시가문학 또한 그 영향권에서 벗어날 수 없었다. 혈탄과 김창술은 그 야만적 일상성에 관한 특별한 기록을 남겼던 것이다.

그런데 보통의 일반 검열대상과 달리 시가문학을 특별한 존재로 관찰할 필요성이 생겼을 때, 『조선어 신문의 시가』라는 조사보고서가 작성되었다. 식민지의 시가라는 묶음의 텍스트 전체에 대한 별도의 검열방식이 필요해진 것이었다. 그것은 식민지 검열의 고도화를 의미했다. 그런데 이 보고서를 통해 뜻하지 않은 문학의 역사상들이 펼쳐졌다. 검열기구와 신문의 시가문학 사이의 관계만이 아니라, 식민지 문학을 둘러싸고 있던 독자대중, 대중매체, 식민권력 간의 상호관계가 드러났기 때문이다. 이 문헌은 조선어 신문의 시가문학을 대상으로 작성된 사건조서와 같은 공문서였다. 여기에는 사건에 관여한 여러 주체들의 흔적이 여러 가지 방식으로 남아 있었다.

1920년대 중반부터 1930년대 중반에 이르는 10여 년간 신문의 시가는 격심한 신체의 변화를 겪어야 했다. 그것은 시가문학이 신문 자신을 포함해 민족해방운동, 사회주의운동, 작가와 독자, 식민권력에 이르기까지 다양한 주체의 이해관계를 반영하는 표현물로 이해되었기 때문이다. 일부

사회주의자들은 자기 이념의 확산을 위해 시가의 가능성을 활용했다. 문학대중들은 근대의 주체가 되기 위해 신문의 문학장에 뛰어들었다. 식민권력은 미지의 적대세력을 제압하기 위해 '불온문서'를 생산하는 방식으로 신문의 시가에 개입했다. 신문은 사회운동세력과 대중 그리고 식민권력이 움직이는 방향을 계산하면서 시가문학의 정치적 수위를 조절했다. 이 와중에서 신문은 강도 높은 검열과 삭제를 기꺼이 감수하기도 했으며, 생존을 대가로 자기검열을 강요받는 굴욕적 상황에 처하기도 했다.[56]

1930년대 중반에 이르자 신문의 문학장에서 시가문학의 정치성은 현저히 약화되었다. 1933년 이후 민간지들의 문예면은 크게 증대되었지만, 이와 같은 문예공간의 확대는 1930년대 들어와 가속화된 신문들의 기업화과정과 맞물린 신문사간 경쟁에 그 초점이 있었다.[57] 1933년 1월, 도서과장 시미즈 시게오清水重夫도 검열의 강도가 높아질 것을 시사했다. 그는 "국가의 건전 발달을 저해하거나 우又는 사회생활의 원만한 향상에 반하는 언론은 엄중히 차此를 억제하는 동시에 사전에 지도감독을 게을리 하여서는 불가하다. 그러나 여余는 언론에 대한 국가적 통제라는 것이 가까운 장래에 반드시 실현될 줄로 믿는다"[58]라고 말했다. 시미즈의 발언은 식민지 텍스트에 대한 보다 강력한 통제의 시행을 알리는 신호탄이었다.

1935년 『동아일보』 '신춘현상' 당선작인 「조선 학생의 노래」(1월 1일, 4면)는 파시즘체제가 노골화되면서 강요한 동일화에의 순응이 어떻게 진행되고 있었는지를 보여준다. 이 작품의 각 연 마지막 행 "옛 문화의 묵은 터에 동이 트는 저리로"와 "새 세기의 아침에 불끈 솟는 저리로"에서 표현된 '신생'의 이미지는, 여러 방식으로 설명되거나 이해될 수 있는 최소한의 가능성과도 단절되어 있었다. 그것은 오직 파시즘 신체제에 대한 공허한 예찬의 길 위에 올라선 문자였다. 검열의 미학이 식민지 문학에 부여한 단일한 방향성이 비로소 그 마지막 단계에 까지 도달했던 것이었다.

결과적으로 볼 때, 『조선어 신문의 시가』는 다양한 의미를 내장한 문학다운 문학, 시가다운 시가들이 불온성을 빌미로 식민지 신문의 지면으로부터 배제되기 시작한 단초를 제공했다. 그러나 우리가 질문해야 할 것은 그로 인해 식민지 시가의 모든 불온한 요소들이 실제로 소멸되었는가 하는 점이다. 식민지 검열기구가 만들어낸 불온성이 제국 일본에 대한 복종을 강요하고 피식민자의 정체성을 버리게 하기 위한 수단을 의미했다면, 그러한 의도를 거부하는 언어와 문학이 검열당국의 시선 밖에서 생존했을 가능성은 없었던 것일까?

『조선어 신문의 시가』 제작을 위한 조사가 진행되던 3개월 동안 식민지 조선의 신문에 발표된 여러 편의 시들은 충분히 '불온함'에도 『조선어 신문의 시가』의 수록대상으로 선택받지 못했다. 이활(李活, 이육사)의 「말」(『조선일보』, 1930.1.3)도 그러한 작품의 하나였다.

흐트러진 갈기
후주군한 눈
밤송이 같은 털
오! 먼 길에 지친 말
채죽에 지친 말이여!

수긋한 목통
축 처진 꼬리
서리에 번적이는 네 굽
오 구름을 헷치려는 말!
새해에 소리칠 흰 말이여![59]

지하사업에 종사하는 남편의 삶을 암시하는 작품도 있었다. 이춘희의

「코고는 소리」도 함께 읽어보자. 의미심장한 의도를 담은 2연의 내용에 주목해야 한다.

오늘 아침도 나는
당신과 어린 것을 생각하여
마을로 쌀을 꾸러 나갔다가
고개 숙이고 빈손으로 돌아왔습니다

어두컴컴한 뒷골목 골방 속으로
동무를 찾아가서 밤을 새우고
새벽녘에야 돌아오신 당신은
창문에 해 비친 줄도 모르고
아직도 이불 속에서 코를 곱니다

월급자리에서 쫓겨나왔다고
가난한 살림살이 돌보지 않는다고
마음 괴로운 당신을,
이 나라 청년인 당신을,
미워하리까 원망하리까마는
해 비친 창문 앞에 가만히 앉아서
당신의 코고는 소리를 들으며
어린 것을 안고 젖을 물리노라니
하염없이 눈물이 쏟아집니다
그리다가 다시 눈물을 거두고
약한 내 마음을 뉘우치오니
마음껏 코골며 잠이나 자소서

賞

코고는소리

李春憙

오늘 아츰도 나는
당신과 어린것을 생각하야
마을로 쌀을꾸려 나갓다가
고개숙이고 빈손으로 도라왓습니다

어둑컴컴한 뒷골목 골방속으로
몽부를 차저가서 밤을새우고
새벽녘에야 도라오신 당신은
窓문에 해비친줄도 모르고
아즉도 이불속에서 코를곱니다

月給자리에서 쫏겨나왓다고
가난한 살림사리 돌보지안는다고
마음괴로운 당신을,
이나라靑年인 당신을,
미워하리까 원망하리까만은
해비친窓문압헤 가만히 안저서
당신의 코고는소리를 들으며
어린것을안고 젓을물리노라니
하욤업시 눈물이 쏘다집니다
그리다가 다시눈물을 거두고
弱한 내마음을 뉘우처오니
마음끗 코골며 잠이나자소서
나는 가난한 당신의안해외다

—끗—

이춘희의 「코고는 소리」 _『조선일보』 신년현상문예 시 부문 당선작(1930.1.4)

나는 가난한 당신의 안해외다

민중대회사건(1929.12)으로 감옥에 갇힌 홍명희를 묘사한 것으로 추정되는[60] 심훈의 「선생님 생각」(『조선일보』, 1930.1.6)과 혁명운동에 연루되어 고초를 겪는 사람들을 연상시키는 야초野草의 「달밤의 거리에서」(『조선일보』, 1930.1.21)도 『조선어 신문의 시가』의 목록에 이름을 올리지 못했다.

이러한 시가들의 존재는 검열 자체의 자의성과 불완전성을 말해주기도 하지만, 확고한 검열기준이 오히려 검열기준 밖의 새로운 세계를 만드는 계기도 될 수 있음을 알게 한다. 기준은 그 정도가 강력할수록 어떤 절대성의 감각을 만들어내는데, 그것은 곧잘 그 경계 밖의 언어에 대한 해석의 무력함이나 게으름을 만들어냈다.

이처럼 『조선어 신문의 시가』의 존재는 검열과정에 기여한 이 자료집의 역할에 대한 이해라는 기본문제를 넘어, 식민지 검열에 대한 보다 근본적인 성찰의 필요성을 제기했다. 우리는 먼저 불온성의 창출과 그 표준화로 식민지 시가문학의 잠재적 불온성이 과연 효과적으로 통제되었는지를 살펴보아야 한다. 문학에 대한 검열기구의 개입이 어떤 측면에서 국가폭력에 대한 식민지 언어의 방어기제를 오히려 강화시킨 것은 아닐까 하는 모험적 질문의 가능성은 여전히 열려 있다.[61] 그것을 깊이 있게 설명할 수 있다면, 조선총독부 경무국 도서과가 구상한 검열표준화는 결국 제국 일본이 생산한 막대한 문자에 대한 통제 불가능성을 감추기 위한 타협에 불과했다는 추론도 성립할 수 있을 것이다.

제8장

선전과 시장, 문예대중화론의 재인식

검열이라는 거울

우리가 여기에서 예술대중화론의 잘못을 검증하는 것은 하나의 명예스러운 일이다. 그렇지만 동시에 그것을 우리가 검증하지 않으면 안 된다고 하는 것은 또 하나의 수치인 것이다.

_나카노 시게하루中野重治, 「이른바 예술대중화론의 오류에 대하여」, 『전기戰旗』, 1928.6

문예대중화의 조건

사회주의 선전과 출판시장의 관계를 어떻게 설정할 것인가라는 과제는 문예대중화와 관련된 논쟁의 시종을 일관했던 문제였다. 마에다 아이前田愛는 출판의 자본주의화에 의한 방대한 독자대중을 어떻게 빼돌려 정치적으로 계몽할 것인지가 프롤레타리아문학운동이 직면했던 새로운 과제였다고 지적했다.[1] 사토 다쿠미佐藤卓己는 마에다 아이의 논의를 보다 구체화하여 문예대중화론을 미디어가 형성한 '대중적 공공권' 내부에서 전개된 대중쟁탈전이라는 관점으로 이해했다.[2]

그런데 일본 학계가 문예대중화론을 문학시장의 주도권 확보의 문제와 연결시켰던 것은 무엇보다 시장의 크기가 보여주는 가시적 위력 때문이었다. 강담사講談社가 발행한 『킹』의 창간호(1925)가 70만 부란 발행부수를 기록했고 신조사新潮社의 세계문학전집이 58만부의 예약독자를 확보했었다는 지적,[3] 잡지 『킹』이 『메이지대제 기념부록』을 발매하여 140만부의 판매고를 올리며 천황제 내셔널리즘을 일상의 문화로 만들었다는 발언[4] 속에는 출판시장이 사회이념을 주조하는 핵심 문화제도였던 근대 일본사회의 특성에 대한 강조가 담겨 있다.

하지만 조선 출판시장의 구조는 일본과는 다른 성격을 지니고 있었다. 무엇보다 시장 전체의 크기가 현저히 작았다. 조선에서 문예대중화론이 촉발되기 직전인 1928년, 조선총독부 검열당국이 파악한 출판시장의 규모는 재조 일본인 발행 신문 151,819부, 조선인 발행 신문 103,711부, 일본에서 들어온 신문 164,118부, 잡지 177,644부 등이었다.[5] 이 통계에 의하면 조선인 발행 신문부수가 일본에서 이입된 신문의 3분의 2에도 미치지 못했다.[6] 재조 일본인 인구 40만, 조선인 인구 2천만이었던 당시 상황을 고려할 때[7] 극단적인 불균형을 보여준 것이다. 그렇지만 이러한 차이는 일본 출판시장의 조선 진출이 가속화되면서 더욱 심화되었다. 이른바 '이중출판시장'이 본격화되기 시작한 것이다.[8]

> 최근 이입되는 신문잡지가 해마다 격증하는 추세를 나타내고 있다. 특히 오사카 양대 신문은 그 풍부한 대자본으로 점차 조선에 그 세력을 확대하고 우수한 기자를 파견하는 한편 조선에 가장 가까운 후쿠오카현 모지門司시에 있는 지국에서 본지本紙의 일부분을 이루는 특수한 조선판을 발행하여 다대한 희생을 치르면서 본지 구독자에 대해 무상으로 반포하고 있다. **두 신문 모두 시기가 도래하면 조선 내에서 조선판의 발행 인가를 받고자 호시탐탐 주목하고 있는 상황에 있다.** (…중략…) 이같이 『오사카 마이니치大每』, 『오사카 아사이大朝』 뿐만 아니라 내지의 신문 잡지가 매우 많이 조선 내로 이입되며 게다가 그 체재나 지면 쪽수나 내용이 모두 다 훌륭하고 충실한 데다 가격이 저렴하여 도저히

조선 내 발행 신문 잡지가 능히 경쟁할 바가 아니다.[9](강조는 인용자)

일본에서 들어온 이입 출판물의 확대 이면에는 식민지 검열로 인한 조선인 발행 출판물의 위축이란 또 다른 사회현상이 있었다. 식민지 검열의 본질은 합법적 표현력의 상대적 축소와 비합법시장의 부정이라는 두 가지 측면으로 구성되어 있었다. 이러한 정책방향은 조선 출판시장의 경쟁력 약화와 일본 지식문화로의 예속을 위한 것이었다. 이러한 두 가지 이유로 인해 조선 출판시장의 생명력은 심각하게 위축되었다.

세계 사상계의 동향, 풍속문화의 신기류, 조선의 정치문제에 이르기까지 수준 높은 지식과 정보의 상당부분을 일본 서적을 통해 얻게 됨으로써 출판물과 지식정보의 지역 간 편차가 심화되었다. 출판물의 출생지와 그 가치가 연동되는 현상이 생겨난 것이다. 그것은 조선에서의 출판시장과 검열의 관계가 일본에 비해 훨씬 불리하다는 것을 말해준다. 거대한 시장, 안정된 자본, 상대적으로 유연한 검열환경으로 조성된 일본 출판시장의 성격을 식민지 조선의 경우와 비교해보아야 하는 것이다.

문예대중화논쟁은 사회주의혁명을 위한 문학의 역할을 둘러싸고 동아시아 근대사회가 겪었던 공통의 현상이었다. 그러나 그 내용은 조선, 일본, 중국이 지닌 각각의 상황에 따라 미묘하거나 근본적인 차이를 보여주었다. 조선에서 진행된 문예대중화론의 초점은 '이중출판시장'과 조선총독부 검열의 영향 속에서 문학을 통한 사회주의 선전을 어떻게 수행할 것인가의 문제였는데, 그 논의과정을 통해 식민지 문화구조의 특성들이 드러나기 시작했다.

대중의 발견과 시장의 창출

김기진은 식민지 조선에서 문예대중화논쟁을 촉발시킨 인물이었다. 하지만 그의 발언 속에 들어 있던 여러 가지 문제의식은 그 시대뿐 아니라 최근에 이르기까지 충분히 검토되지 못했다. 그는 사회주의 확산을 위해 조선의 대중매체가 포섭한 계층과는 별개의 문예주체를 창출해야 한다고 주장했다. 근대매체의 권역 밖에 방치되어 있는 노동자, 농민을 문예대중화의 주역으로 '발견'해야 한다는 김기진의 생각은 마에다 아이나 사토 다쿠미가 파악한 일본 문예대중화론의 성격과는 상당한 차이가 있는 것이었다.

김기진은 '통속성'과 '대중성'을 질적으로 다른 별개의 사회현상으로 이해했다. 그는 조선어 신문이 가정 내의 독자를 유인하기 위해 흥미를 끌만한 내용과 삽화로 꾸민 작품을 '통속소설'로, 고담책이라 불리며 문학의 권외로 추방되었으나 신문의 통속소설과 비교할 수 없는 전파력을 지닌 전통문학을 '대중소설'이라 각각 정의하였다. 그는 1920년대 후반의 조선 사회에서 신문과 잡지는 구매력을 지닌 유한계급의 것이지 노동계급까지를 포괄하는 매체일 수 없다고 단정했다.[10] 토착소설이 문예대중화의 통로가 되어야 한다는 주장은 반근대의 영역으로 배제된 과거 소설의 양식을 통해 사회주의 문학의 영토를 확장하자는 의미를 담고 있었다.

김기진이 언급한 '대중소설'은 정확히 말하면 현대인쇄로 출간된 구소설이었다. 구양식과 신기술의 결합으로 재탄생한 이러한 양식이 유행하기 시작했던 것은 1910년대 중반 이후의 일인데, 식민지화로 인해 더 이상 계몽서적의 출간을 할 수 없었던 출판사들이 전래하던 필사본과 목판본 소설을 복간하면서 널리 확산되었다.[11] 그것은 식민지 근대의 전형적인 문화형태 가운데 하나였다. 싼 가격과 짧은 분량을 특징으로 하는 이들 소설책은 주로 지방시장과 재래 유통망을 통해 공급되었다.

김기진이 이들 전통소설에 주목한 것은 일차적으로 보통교육의 수혜를 받지 못한 조선인들 비율이 높았기 때문이다. 그들 대부분은 신문과 잡지 등의 매체를 통해 근대문학과 만날 수 있는 기회를 얻지 못했다. 서구문학에서 기원한 한국의 근대문학이 그들에게 생소한 문화로 받아들여질 것에 대한 우려가 생겨난 것이다. 김기진의 의견에 반대했던 권환조차 "조선이 소위 의무교육이 없었던 관계로 일반 빈농층의 문자지식 수준이 너무나도 저하한 것"[12]이 문예대중화의 실천에 커다란 장애였음을 인정했다.

하지만 보다 중요한 이유는 전통소설이 보여준 막대한 판매량에 있었다.

> 놀라지 마라! 『춘향전』 『심청전』 『구운몽』 『옥루몽』 등의 이야기책이, 또는 이외의 10여 종의 이야기책이 각각 1년에 적어도 만여 권씩 판매되는 출판계의 현상으로 나타나고 있다. 이 사실을 무시하고서 우리들의 이론을 추출할 수 없다.[13]

이러한 전통소설의 인기를 근거로 김기진은 "대중소설이란 명사는 명사로서만 우리들의 귀에 생소할 뿐이오, 실제에 있어서는 이미 오래 전부터 존재해 온 것"이라는 주장을 펼쳤다. 대중성의 설명하기 위해 '지연된 근대'라는 논리를 전개한 것이다. 조선총독부의 조사에 의하면 1930~39년 10년간 출판 허가된 '구소설'은 609종으로, '신소설' 849종의 71.7%에 달했다.[14] 1930년대가 한국 근대문학의 급속한 성장기였다는 점을 고려할 때 김기진의 판단은 객관적 근거가 있었던 것이다.

김기진이 반근대의 영역으로 배척되었던 전통양식을 소환한 것은 시장의 확충을 통해 사회주의 문화운동의 배후를 두텁게 하려는 목적 때문이었다. 김기진은 문학과 출판시장의 상호의존 관계를 근거로 프로문학과 전통양식의 결합 필요성이라는 화두를 던진 것이다. 그것은 문학이 전통사회와 당대를 종합하는 표현물이 되는 것을 의미했다. 전통 서사양식에 '대중소설'이라는 근대의 이름을 부여하고 그들을 끌어안는 것이 부르주아 미디어가 독점해온 근대문학에 대한 소유권을 약화시키고 문학시장 안에서 사회주의 세력의 영향력을 확대하는 길이라고 판단한 것이다.

> 왜 그러냐 하면 그들의 그와 같은 흥미는 결코 일조일석에 이루어진 것이 아니고 장구한 세월을 두고, 적어도 1, 2세기 전부터 이 따위 이야기책으로 말미암아 축적되어온 심리적 효과의 결과인 동시에 이미 소실된 사회기구와 그 분위기가 아직도 그들의 상상의 세계에서는 지속되어 오는 까닭이다. 다시 말하면 임경업이 가졌던 당시의 국가 조직, 사회제도, 생산관계는 전혀 소실되었건만 무용절인武勇絶人한 임경업의 행사와 충의의 개념만은 당시 사회의 분위기와 한가지로 독자의 상상의 세계에 이주하여 있다는 것이다.[15] 이 현상으로부터 우리는 다음과 같은 원리를 추출한다. 즉 어떤 종류의 예술품은 장구한 세월을 두고 오래가면 1, 2세기 이상이라도, 독자층에 있어서 그때 당시 사회인이 경험한 바와 같은 동일한 심리적 효과를 지속하는 것이니 그것은 쉴 새 없이 그 예술품이 갖는 심리적 효과가 독자층에 있어서 자꾸 되풀이되고 되풀이되는 까닭이다.[16]

식민지 조선의 프로문학운동이 대중과 만나기 위해서는 '양식의 시간'과 조우해야 한다는 김기진의 견해는 문학의 현대성에 대한 역사철학적 접근을 의미했다. "모든 신시대의 사물은 비록 적은 부분이지만 그 전시대의 어떤 것을 전승하고 있는 것"이라는[17] 언명 속에는 자본주의 근대라는 시대구분과 문학양식의 역사가 상호 독립적일 수 있다는 발상이 들어 있었다. 전통사회와의 분화가 뚜렷하지 못한 식민지 조선의 특수한 정황을 적극 활용하여 문학시장의 주도권을 확보하겠다는 의도가 있었던 것이다. 그것은 사회주의 문화운동의 정착과정에서 나타난 대안적 인식의 하나였다.

문예대중화론이 당대 동아시아 사회의 공통담론이었기 때문에 김기진의 생각은 일본과 중국의 사회주의 문예운동과 일정한 연관성을 가지고 있었다. 하지만 논의가 구체화되면서 상당한 차이도 생겨났다. 하야시 후사오林房雄는 로맹 롤랑Romain Rolland이 제기한 피로해진 노동자의 육체와 정신의 휴식이 문학적 대중성의 초점이 되어야 한다고 주장했다. 그는 분방한 공상, 해학과 풍자, 건강한 정욕, 통쾌한 히로이즘으로 가득 찬 재미있는 것이야말로 대중문학의 본령이라고 보았다.[18]

전통의 요소들을 동원하여 문학적 시간의 독자화라는 구도를 만들었다는 점에서 하야시의 생각은 김기진의 대중문학관과 연결된다. 그러나 그가 강조한 것은 김기진과는 다른 차원의 문제였다. 자기 참회와 정신적 고통으로 찌푸린 지식계급 소설의 인물들과는 달리 노동하는 대중은 자기참회에 몰두하지 않을 뿐만 아니라 그들의 생활감정보다 훨씬 더 '동물적'이라는 하야시의 발언 속에는 미하일 바흐친Mikhail Bakhtin의 민중문화론을 연상케 하는 초시간적 생명력과 선천적 낙관성이라는 노동계급 문화심리에 대한 동경이 숨어 있었다.[19]

구라하라 고레히토藏原惟人의 생각은 김기진의 대중화론과 조금 더 직접적으로 연결되었다. 그는 과거의 유산 없이 프롤레타리아 예술은 있을 수 없다는 판단 아래 "우리의 입장이 허용되는 한 과거의 모든 예술적 형식과 양식을 이용할 수 있고, 이용하지 않으면 안 된다"는 주장을 펼쳤다. 그는 대중의 사상과 감정과 의지를 결합해서 고양시킬 수 있는 예술형식의 절실함을 강조하면서 예술발달의 마르크스주의적 연구를 진행하고 거기에서 현재 또는 장래의 프롤레타리아 예술의 방향을 결정할 것, 과거 대중이 받아들인 예술의 형식을 연구하고 그것을 비판적으로 받아들일 것 등을 구체적인 방안으로 제시했다.[20]

하야시와 구라하라의 문제의식이 김기진의 문예대중화론 구상에 영향을 주었을 가능성이 없지 않다. 그러나 두 사람의 글에 검열로 억제된 합법적 표현력을 보완하고 프로문학의 고유한 시장을 창출하기 위해 전통문학의 유산과 결합해야 한다는 식민지의 특수한 사정이 반영될 수는 없었다.

구라하라는 『전기戰旗』의 예술대중화 시도가 실패했음을 고백할 때에도 『전기』 자체의 사회적 생존과 대중화의 문제를 연계시키지 않았다.[21] 그는 『전기』의 대중화 실패의 원인을 예술운동의 지도기관이자 대중운동의 선전선동기관이라는 두 방향의 혼선에서 찾았다. 목적에 따라 매체의 내용을 구분해야 한다는 것이었다. 그러면서 공장과 농촌에 보급될 수 있는 대중적인 그림이 들어 있는 잡지의 창간을 주문했다. 그런데 이러한 자기반성의 이면에는 프롤레타리아 대중잡지의 시장이 존재한다는 것과 그 간행이 법적으로 허용될 것이라는 확신이 들어 있었다.

서동주는 일본 프로문학 이론가들이 '재미'의 중요성을 강조한 것을 독자 확보를 중시하는 부르주아 출판자본의 논리에 말려들어가 그들과의 경쟁을 의식한 결과로 이해했다.[22] 그러나 그가 인용한 하야시 후사오, 나카노 시게하루, 구라하라 고레히토의 글 속에서 그러한 다급함은 뚜렷이 느껴지지 않는다. 그 속에는 오히려 대중심리의 심층에 대한 해명이나 전통문학 형식에 대한 이론적 규명과 같은 보다 학술적인 문제의식이 더 많이 담겨 있었다.[23] 그것은 일본의 사회주의 문학이론가들이 시장과 학술을 아우르는 보다 안정된 생존의 지반을 갖고 있었기 때문에 가능했던 현상이라고 생각한다.

시장과 표현력의 문제는 일본 프로문학의 근본적 고민이 아니었다. 실제로 나프NAPF의 기관지 『전기』의 판매량은 1928년 5월부터 1930년 7월까지 2년여간 7,000부에서 23,000부까지 급등했다.[24] 그것은 일본에서 합법적인 적색출판시장이 실재했음을 보여주는 기록이다. 그러나 조선의 프로문학 운동가들은 많은 시도와 노력에도 불구하고 합법 기관지의 발간 자체를 허락받지 못했다. 프로문학운동이 종결되는 1935년까지도 그 염원은 끝내 실현되지 못했다.

일본에서 일본프롤레타리아 작가동맹 중앙위원회 이름으로 발표되어 예술대중화논쟁을 방향을 결정한 「예술대중화에 대한 결의」(『전기』 1930.7)는 여러 번에 걸쳐 신중하지 못한 전통양식의 활용이 낳을 수 있는 폐해를 지적했다.

> 과거의 형식, 이를테면 저급하고 비속화된 형식이 한편으로 대중에게 쉽사리 친숙하게 된 사실도 우리의 기본적 시각에 비추어 예술의 내용에 적응되지 않는 경우 그것은 어디까지나 배척되지 않으면 안 된다. 과거에 속하는 예술형식을 우리의 것으로 섭취하는 것은 다만 우리의 기본적 시각에 맞추어 우리의 형식적 특징으로 하는 명랑함과 단순함을 위해 취사선택되지 않으면 안 된다. 다시 그것에 관하여 주의하지 않으면 안 될 것은 형식 그 자체의 발전 혹은 내용에서 독립된 형식적 유산의 답습은 발전이라 할 수 없는 것이다. 하나의 형식은 반드시 그 자체의 내용에 따라 성립한 것이고, 그것은 항상 내용 그 자체의 속성, 즉 내용이 투사하는 그림자를 담고 있다. 예를 들어 강담낙어講談落語[25]의 형식은 봉건적, 도시상인적 이데올로기와 밀접하게 결합하여 양자는 교호작용을 하였다. 따라서 우리가 아무런 고려도 없이 그러한 형식을 차용하여 그것으로 새로운 내용을 담으려고 하는 경우 반드시 내용 그것은 형식이 갖고 있는 나쁜 작용으로 영향을 주게 되어 내용의 혁명적 의지가 왜곡되는 결과를 야기한다는 것을 주의하지 않으면 안 된다.[26]

확실히 「결의」의 내용은 '전통'의 문제에 대해 비우호적이었다. 그것이 일본의 맥락에서 어떤 의미가 있는지 판단하기는 어렵다. 전통을 완전히 부정하지는 않았지만 「결의」의 내용은 서구 근대문학을 뚜렷하게 강조하는 느낌을 준다. 그것은 임화를 비롯한 조선 프로문학의 주류들이 지녔던 근대주의의 입장과 유사했다.[27]

창작방법에만 집중하면서 검열의 위협, 시장의 변동과 같은 현실의 문제들에 대해 주의를 기울이지 않았던 「결의」의 내용을 그대로 조선의 현실에 적용하는 것은 상당한 무리가 있는 것이었다. 문예대중화란 결국 프로문학 진영이 보유한 힘의 크기를 확대하자는 것인데, 그 과정에서 부딪칠 수밖에 없었던 '검열'과 '시장'의 관계가 관심의 대상이 되지 못한 것은 어떤 이유에 의한 것인지를 판단해보아야 한다.

강요된 비합법
식민지의 역설

전통양식을 매개로 프로문학의 대중화가 현실화되었을 때, 예상되는 직접 수혜자는 조선의 토착 출판자본이었다. 김기진 식의 문예대중화가 실현된다면 저질의 값싼 읽을거리로 인식되며 판매량에 상관없이 근대 출판시장의 주변에 머물고 있던 전통서사가 위상 변동을 일으키면서 조선어 출판시장의 중심으로 이동할 가능성이 있었기 때문이다. 그것은 시장에 새로운 재료가 공급되는 것을 의미했다. 전통양식과 사회주의 모더니티의 결합이란 시도는 식민지 검열에 의해 표현력의 저급함을 강요받으며 동시에 일본 출판물과의 경쟁에 내몰렸던 조선 출판업계에 하나의 출구가 될 수 있었다. 그것은 토착 출판자본과 사회주의 문화운동의 동맹을 의미했다. 1920년대 전반 천도교와 사회주의 세력의 결합이 만들어낸 잡지 『개벽』의 대중적 성공과는 다른 차원에서 사회주의 대중화의 흐름과 출판자본이 연계될 수 있는 계기가 생겨난 것이다.

그런데 '전통'과 '시장'을 묶어 조선인과 사회주의를 결합한다는 발상은 합법성을 전제해야만 성립할 수 있는 전술이었다. 시장의 확충과 사회주의 선전이 공존할 수 있는 것은 합법이라는 고리를 통해서만 가능한 것이었기 때문이다. 여기에서 사회주의자가 혁명의 선전을 위해 출판시장의 확대를 논리적으로 옹호해야 하는 상황이 생겨났다. 그 역설을 바로잡으려는 공격이 빗발친 것은 따라서 당연한 일이었다.

"극도로 재미없는 정세에 있어서 우리들의 연장으로서의 문학은 그 정도를 수그려야 한다"[28] 또는 "오늘보다도 더 심하게 ××[탄압]당한다면 『춘향전』 중의 금준미주천인혈金樽美酒千人血, 옥반가효만성고玉盤佳爻萬姓膏, 촉루락시민루락燭淚落時民淚落, 가성고처원성고歌聲高處怨聲高 이 정도의 표현을 가지고서라도 우리들의 작품을 만들어내야 할 것이다"[29] 등 검열의 현실을 인정하는 데서 시작하려는 김기진의 견해에 대해 임화는 이렇게 말했다.

> 그러나 불행히도 우리는 언제나 주의하여오던 ……원칙의 치명적 무장해제적 오류를 발견하는 것이다. 그것은 싸움에 임하는 우리들의 작품의 수준을 현행 검열제도 하로, 다시 말하면 합법성의 추수를 말한 것이다. (…중략…) 이렇게 된다면 결국은 정치적 정세의 호전을 기다리는 소위 그 비겁 극한 '기다리는 태도', 전선에서의 회피라는, 도저히 호의로서는 해석할 수 없는 태도에 떨어지는 것이다. 만일 이것의 정당화를 주장한다면 검열이 현재 이상으로 가혹하여 진다면 그때의 우리는 어떻게 할 것인가?[30]

김기진에 대해 임화가 취했던 강경한 태도를 한 연구자는 ML파 계열의 조선공산당 재건운동과 연계되어 있던 카프 동경지부의 심리상태를 반영하는 것으로 판단했다. 카프 도쿄지부 인사들이 조선의 특수한 현실을 충분히 감안하지 않고 정치투쟁에 몰입한 것으로 본 것이다.

> 임화나 김두용이 영웅적 투쟁을 강조하며 '정치투쟁으로 들어가라'고 할 수 있었던 것은 도쿄지부가 경성지부와 다른 운동적 조건 속에 놓여 있었기 때문에 가능한 것이었다. 요컨대 김기진이 내세우는 춘향전식 대중화론의 발상이 임화의 말대로 자체의 기관지도 없이 '부르주아 신문'에 기생하면서 예술운동을 할 수밖에 없는 상황에서 나온 것이라면, 도쿄지부의 비합법적 정치투쟁론은 적어도 자체의 기관지, 즉 『무산자』를 극도의 곤란을 겪으면서라도 발행할 수 있었고 또한 이것을 "대중에게 반포하고 프롤레타리아 집회에 연극을 가지고 가며 시의 낭독을 하며 투쟁의 회화繪畵를 걸"[31]수 있었던 상황에 의한 것이었다. 다시 말해서 외적 제약, 즉 탄압의 강도에 있어서 경성과 도쿄는 차이가 있었다.[32]

이 문제와 관련하여 사회주의 운동가 안광천安光泉도 "모든 출판물은 조선인의 것에 한해서(일본인 및 기타 외국인의 것은 그렇지 않은데) 원고를 미리 검열 받게 되어 절대로 위험성이 없다고 인정되는 것에 한해서만 허가되고 조금이라도 반항적 색채가 있으면 차압, 발행금지, 정간, 폐간에 처해진다"[33]고 지적해 임화의 태도가 조선의 검열상황과 출판현실을 고려하지 못한 것으로 해석될 여지를 남겼다.

그러나 임화의 조급함이 사실이었을지라도 그것을 임화의 좌편향 탓으로만 돌릴 수는 없었다. "만일 이것(김기진의 관점)의 정당화를 주장한다면, 검열이 현재 이상으로 가혹하여 진다면 그때는 우리는 어떻게 할 것인가?"라는 질문 속에는 '시장'을 목적화할 때 자칫 '선전'이 희생될 수 있다는 우려가 짙게 배어 있었다.

식민지 검열의 영향으로 '선전'과 '시장' 사이의 완충지역이 극히 얇았던 조선의 현실이 출판시장을 사회주의 선전의 장으로 활용하는 것에 대한 깊은 거부감을 만들어냈던 것이다. 거기에는 조선의 문화시장이 의미 있는 수준으로까지 성장할 수 있는지에 대한 의문도 함께 있었다. '시장'이 '선전'을 수용할 수 없을 것이라는 판단은 식민지에서 허용된 표현의 수위에 대한 극도의 불신이 조장한 문제였다. 임화가 비합법의 세계를 선호한 것은 그러한 상황인식의 결과였다.

임화와 김기진의 대립은 식민지 검열의 영향에 대한 그러한 판단 차이를 반영하고 있었다. 그것을 현실인식과 조직노선 상의 충돌로만 해석할 때 식민지의 고유함은 잘 드러나지 않는다. 김기진은 조선에서 '시장'과 '선전' 사이의 중간지대를 보다 낙관적으로 기대했던 것이고, 임화는 그러한 중간지대가 조선에서는 존재할 수 없다고 보았던 것이다. 그런데 식민지 합법운동의 생산적 기여가 높지 않다는 임화의 판단근거는 사실 식민지 검열당국이 제공한 것이었다.

볼셰비키 대중화가 진행되던 1930년 전후 자주 언급된 비합법 출판활동에 대한 강조는 모든 지역의 사회주의 활동가들이 공통으로 고민했던 문제였지만, 조선의 경우 '시장'과 '선전'이 상보적인 관계가 될 수 없다는 고민으로 인해 그 쏠림의 정도가 더욱 심각했다. 식민지의 합법화 심사를 거부하고 비합법 출판물이 조성하는 고도의 긴장감을 통해 부르주아 출판물과 경쟁해야 한다는 주장은 조선사회에서 큰 설득력을 얻었다.

권환은 최고 수준의 긴장을 조성하는 삐라의 예술성에 대해 다음과 같이 말했다.

> 요컨대 어떤 삐라를 훨씬 구체화시키고 형태화시키면 예술작품이 될 수 있다. 그러나 작품이 삐라보다 구체성을 가졌다고 그 효과가 후자보다 다대하다는 것은 아니다. 효과작용은 각기 장단처를 가졌으니 그것의 다소를 말 할 수는 없을 것이다.[34]

일본과 같이 합법과 비합법의 전술을 동시에 구사할 수 없었던 조선의 좌익문예운동가들에게 양자 간의 선택은 심각한 실존의 문제였다. 합법의 길을 제국주의에 굴복하는 것으로 예단하는 분위기 때문에 문예운동의 주도권은 자연스럽게 강경파가 장악했다. 하지만 조선에서 합법적 문예운동의 전술을 폐기하는 것은 사회주의가 일상의 문화 속에 녹아들어가는 것을 포기한다는 의미를 담고 있었다. 식민지 조선에서 사회주의 문화의 서식처는 이미 극히 협소한 상태에 있었기 때문이다.

조선의 비합법 출판은 식민지 검열법에 의해 문화시장과 원천적으로 분리되어 있었다. 판매할 수 없는 존재, 영리추구와는 결합될 수 없는 출판물이 조선의 비합법 출판물이었다. 고영란이 묘사한 적색출판의 자본화 경쟁이라고 하는 일본의 상황은[35] 조선에서 결코 구현될 수 없었다. 식민지 검열로 인해 '시장'을 겨냥한 비합법 출판물이 존재하기 어려웠을 뿐만 아니라 설사 그러한 출판물이 생산되더라도 시장이 그것을 수용하고 유통시킬 만한 역량, 즉 검열의 두려움을 극복할 수 있는 상업적 이윤에 대한 기대가 존재하기 어려웠기 때문이다. 그것은 이미 언급한 것처럼 조선어 출판시장의 영세성으로부터 생겨난 문제였다.

출판시장의 빈곤은 일본 뿐 아니라 중국의 상황에 비추어 보아도 식민지 조선사회가 가진 중요한 특징이었다. 리디아 류(Lydia H, Liu, 劉禾)는 1930년대 중국 출판계의 변화를 '상품화된 진보문학'이라는 새로운 현상으로 설명하는데, 이러한 사례를 식민지 조선에서 찾아내는 것은 불가능했다.

> 빠진巴金의 베스트셀러 소설 『가家』는 상품화된 진보문학으로서 1930년대 시장에 출현하여 원앙호접파 문학으로부터 흥행의 상당부분을 가로챘다.(…중략…) 변화 중이던 상하이 문화생산의 정경은 출판업자와 서적상들이 적대적인 정치적 분위기에도 불구하고 급진적 정치학을 상품화하는 것을 가능케 했다. 이들 사업가 중 일부는 좌파문학에 투자하

면 자신들의 사업이 위태로울 수 있음을 알고 있었다. 그러나 급진적 정치학은 잘 팔릴 것이며 투자한 만큼 재미를 보게 된다는 것이 아마도 상식이었던 것 같다.[36]

볼셰비키 대중화의 와중에서 부르주아 출판물에의 참여 여부를 둘러싸고 벌어진 논쟁 또한 그러한 식민지사회의 첨예한 정황을 반영하는 현상이었다. 권환은 오래전에 굳어진 국제프롤레타리아운동의 원칙과 1930년 6월 내려진 '명백히 적대적인 출판물에의 참가를 금지'하는 나프NAPF의 결정 등을 거론하면서 합법 출판물과의 협력이 "필경 무의식적으로 타협 굴복의 길로 끌리어 이용이 도리어 피이용될 것"[37]이라 우려했다. 반면 안함광은 대중의 조직과 계몽을 담당할 인텔리 층을 독자로 하는 신문을 이용하지 않는 것은 "기계론적 공식에 목감目甘하는 자이거나 의식적 도피자"의 행태로 규정했다.[38] 안함광의 말 속에는 합법의 위축을 빌미로 비합법을 이상화하는 경향의 위험성에 대한 경고가 담겨 있었다.

그런데 '시장'에 대한 불신은 조선에서 프로문학운동이 본격화되는 단계부터 중요한 쟁점 가운데 하나였다. 이량李亮은 그 대안으로 매체나 출판사를 통하지 않고 작가와 독자가 작품을 직접 교환하는 '문예시장'의 설립을 주도했다. 근대사회의의 일반적인 출판유통체계 자체를 부정한 것이다. "문예시장의 형식을 빌어서 유무명 무산작가의 원고를 교환하고 선전하며 논전을 열어 참된 계급문화를 찾아내자"는 그의 취지 속에는, 그러한 방식이 아니고서는 프로문학의 생존이 불가능하다는 판단이 들어 있었다.

우리가 문예시장 '가펼우남'[39]이라는 형식을 취한 것은 어느 누구의 '임내'[40]도 아니요, 또는 원고를 시장에 끌고 나가서 적은 이익이나마 취하자는 본의가 아니라 현 조선 사정에서 작가의 심령에 불타오르는 그대로 작품을 저작할 수 있는가, 또는 어떠한 한도까지 그 작품을 발표할 물적 무엇이 있는가. 우리는 이것도 없고 저것도 없다. 우리에게 무엇이 있다 하면 오직 빈궁이 있고 말살이 있고 압수가 있을 뿐이다. 그러면 조선 예술가는 그저 앉아서 있을 것인가? 아니다. 새로운 방법과 별다른 수단을 취할 것이라 한다. 우리는 원고 그대로라도 윤독을 하여야 되겠고, 5전, 10전의 리플릿이라도 발간하여야 되겠다. 그것은 물질이 허하는 범위에서 활자판이든던지 등사판이든지 무엇이든지 좋겠다.[41]

이 글에서 이량은 식민지 검열과 출판자본의 압력에서 벗어나야 한다는 점을 강조했다. 근대의 복제시스템 속에 개입되어 있는 국가와 자본의 지배를 넘어서기 위해 수공업적 자급자족의 세계를 선택한 이량의 시도가 어떠한 결과를 낳았는지 확인되지는 않는다.[42] 하지만 그의 제안은 대중세계와의 관계를 끊어버리고 소수의 작가들과 관계자 사이에만 이루어지는 물물교환을 뜻하는 것이기에 프로문학의 영향력 확대와는 무관한 것이었다. 아울러 폐쇄성과 문화적 아나키즘은 새로운 형태의 문학 엘리트주의로 귀결될 가능성이 있었다. 다른 무엇보다 그러한 방식으로 '선전'의 대중화 문제를 해결할 수는 없었다.

식민지 작가의 생존방법

식민지의 작가는 검열을 통과하고 독자의 호응을 얻어야 한다는 이중의 생존 과제를 안고 있었다. "우리는 우리의 기술을 대중화하기 위하여 먼저 우리의 목적을 더욱 교묘히 달하는 수단으로 재미있게, 평이하게, 대중이 친할 만큼, 검열에서 통과되도록 지어내는 재주를 획득하여야 한다"는[43]

김기진의 생각은 식민지 작가들의 그러한 고민과 긴밀하게 결합하였다. '대중문학'의 개념을 출판시장의 확충과 연결시킨 것과 같은 맥락에서 '통속문학'을 탈검열의 창작방법으로 활용할 것을 김기진은 제안했다.[44]

> 일언으로 말하면 사건을 보되 유물사관을 가지고 보라는 것이다. 부르주아의 아들과 기생과의 정사사건도 남자의 성격, 그의 지식, 그의 계급적 지위와 여자의 생활환경과 그의 감정의 변화와 밀접한 사회적 연관에서만 설명해야 할 것이다. 금일의 사회에 있어서 온갖 비희극의 근저에서 작동하는 계급관계야말로 대중의 흥미의 심오한 부분이 되어야 한다. 무엇이 기쁘게 만든 것인가, 무엇이 슬프게 만든 것인가, 그 비밀을 발견할 때에 대중은 단호히 작중의 인물과 사건의 표면에서 느끼는 흥미 이상의 흥미를 느낄 것이다.[45]

'위장된 통속'이란 방법으로 식민지 현실의 폭로와 독자확보라는 이중의 목적을 달성하자는 김기진의 생각을 적극 지지했던 인물이 심훈이었다. 그는 카프KAPF의 전신인 염군사焰群社의 멤버였지만 카프 맹원들과는 다른 길을 걸었다. 그가 카프와 결별하게 된 원인은 사회주의 문화운동의 공식성에 대한 반감 때문이었다. "지독한 검열제도 밑에서 ××을 선동하는 작품, 순정 맑스파의 영화를 제작하지 않는다고 높이 앉아 꾸지람만 하는 것은 당초에 무리한 주문이요, 망상자의 잠꼬대"라며 카프 맹원들이 경직된 발상을 비판했다. 공식주의자들에 대한 그의 공격은 신랄했다.

> 실천할 가능성을 띄우지 못한 공론은 너저분하게 벌여놓아도 헛문서에 그치고 말 것이니 칼 맑스의 망령을 불러오고 레닌을 붙잡아다가 서울 종로 한복판에다 세워 놓고 물어 보라! '먼저 활동사진을 찍어가지고 싸우러 나가자!' 하지는 않을 것이다.[46]

영화감독과 배우, 시인이자 소설가로 식민지 문화현장의 일선에서 활동했던 심훈은 일찍부터 식민지 조선에서 살아남을 수 있는 예술형식에 관심을 갖고 있었다. 그는 작품의 의도적인 변형이 진실을 살아남게 하는 방법이라는 생각을 하고 있었다. 권력을 가진 관찰자의 눈을 속이지 않고서는 식민지 예술의 생존은 불가능하다고 판단한 것이다. 그러한 발상은 영화검열을 받으면서 구체화되었다. 불온하다는 이유로 〈두만강을 건너서〉라는 영화제목이 〈사랑을 찾아서〉로, 〈어둠에서 어둠으로〉가 〈먼동이 틀 때〉로 바뀌는 경험을 하면서 작가의 의도를 어떻게 은닉할 것인가, 동시에 의도의 실종을 어떻게 방지할 것인가라는 두 개의 문제를 해결하는 방법에 대해 고민했다.

> 내 생각 같아서는 모든 문제 가운데서 우리에게 절핍切逼한 실감을 주고 흥미를 끌며 검열관계로도 비교적 자유롭게 취급할 수 있는 것은 성애 문제일까 한다. 즉 연애문제, 결혼 이혼 문제, 양성兩性 도덕과 남녀 해방 문제…. 인생을 해방치 못하는 동안까지는 애욕문제도 영원히 수수께끼에 지나지 못할 것이다. 그러나 우리의 손으로 해결을 짓지 못하더라도 현하의 조선 청년 남녀와 같이 난륜亂倫에 가까이 연애에 걸신병이 들리고 불합리한 결혼으로 가정 지옥에서 신음하며 이혼 난리로 온갖 비극을 꾸며내고 있는 배우들은 다른 나라에 그 류類를 찾지 못할 것이다.[47]

심훈은 이글에서 식민권력의 무관심과 조선대중의 관심이 교차하는 지점인 '성애문제'에 집중할 것을 제안하고 그것을 통해 보다 심각한 사회문제의 묘사로까지 나아갈 것을 주문했다. 진실에 다가가기 위한 서사의 우회로를 찾아낼 필요가 있다는 것을 강조한 것이다. 김기진이 말했던 통속의 전유는 식민지 리얼리즘이 취할 수 있었던 하나의 길이었다. 그것은 드러내는 것과 숨어 있는 것의 낙차를 가급적 크게 만드는 방식을 통해서만 성공적인 결과에 도달할 수 있었다. 식민지의 리얼리즘은 고도의 트릭이 개입되어야만 의도한 바를 실재화할 수 있는 예술방법이었다.

> 그러나 와타리는 이번 것에는 꽤 큰 충격을 받았다. 다다미 가게에서 쓰는 굵은 바늘을 몸에 꿉는 방법이다. 한번 찌를 때마다 강력한 전기에 감전된 듯이 순간 몸이 구두점처럼 조그맣게 줄어드는 것 같았다. 그는 매달려 있는 몸을 비틀고 또 비틀며 어금니를 꽉 깨물고는 큰 소리로 절규했다. "죽여, 죽여-어, 죽여-어!!"[48]

고바야시 다키지小林多喜二가 「1928년 3월 15일」에서 묘사했던 이와 같은 사회주의자들 대한 참혹한 고문의 장면은 조선에서는 결코 '인쇄'될 수 없는 것이었다. '인쇄'할 수 없다는 것은 당연히 작가들의 서사전략과 서사의 자원을 포착하는 정신의 체계에까지 영향을 미쳤다. 먼 거리에서 두터운 간격을 사이에 두고 조망하는 것과 같은 간접화된 태도로 현실의 생생한 상황을 약화시켜야 하는 것이 식민지의 작가에게 요구된 창작의 태도였다. 이러한 사정으로 인해 식민지의 소설이 작가의 내밀한 의도까지 전달할 수 있도록 번역되는 것은 매우 어려운 일이 되었다. 번역된 식민지 조선의 작품을 읽는 독자가 작가의 의도와 무관한 것처럼 보이는 서사방법으로 차단된 소설의 이면에까지 들어가기 위해서는, 작품이 창작된 동시대의 시공간에 대한 공통의 경험과 신체의 감각이 있어야 했기 때문이다.

제9장

한문자료를 읽는 검열관

검열이라는 거울

한문문헌의 통제

한문서적에 대한 식민지 검열기구의 통제는 대개 두 가지 방식을 통해 이루어졌다. 먼저 근대 출판환경 속으로 들어온 전통자료들에 대한 취급방식을 살펴보자. 이들은 대개 족보와 문집들인데, 식민지기 이전에 출간된 것을 재간행하거나 근대출판의 방식에 의해 처음 간행하는 자료들이다. 20세기 전반기에 나타난 족보와 문집 출판의 대유행은 몇 가지 역사적 원인이 있었던 현상이다.[1] 그 중요한 요인 가운데 하나가 인쇄, 출판 기술의 발달로 인한 제작의 편리와 생산비 인하였다. 이들 한문 서적은 출판법의 규정을 따라 원고상태로 검열을 받았는데 그 가운데 두 건의 사례가 학계에 보고된 바 있다.[2]

두 번째 경우는 식민지 검열이 시작되기 전에 만들어졌거나 식민지 검열당국이 영향을 미칠 수 없는 지역에서 생산된 문헌들에 대한 점검의 문제였다. 이들에 대한 조선총독부 차원의 조사와 검열 사례가 『불온간행물기사집록不穩刊行物記事輯錄』(조선총독부 경무국, 조사자료 제37집, 1934)이란 이름으로 남아 있어 그 양상의 일단을 살펴볼 수 있다. 이 책에는 "일한병합과 그 밖의 총독정치에 대한 반감을 품고 불온한 행동을 감행하여 자살하거나 사형에 처해졌던 자 등의 유언장, 격문 혹은 그들을 칭찬하는 제문祭文, 묘표墓表, 만사輓辭 등 가운데 차압되거나 삭제된 것을 정리한 것"이라는 서문이 붙어 있다. 이를 통해 식민지 조선의 한문문헌에 대한 광범위한 검열이 시행되었음이 확인된다.

출판물에 대한 검열 및 그 행정처분과 사법처분은 을사늑약 이후 통감정치기에 본격화되었다. 이때 신문지법(1907)과 출판법(1909)이 반포되어 식민지 검열행정의 법적 기준이 마련되었고 출판물 검열에 대한 행정문서의 기록과 축적이 시작되었다.[3] 이 과정에서 한문서적에 대한 식민지 검열당국의 관심도 함께 이루어졌다.

1937년 간행된 조선총독부의 검열관련 '연보'인 『조선출판경찰개요朝鮮出版警察概要』는 식민지 시기 조선에서 출간된 '족보'와 '문집文集'에 대해 다음과 같은 기록을 남겼다.

> 족보, 문집 등에는 숭명사상崇明思想을 고취하고 '임진壬辰의 역役' 및 일한병합 전후의 내선관계內鮮關係의 사실史實을 서술하며 비분강개하는 구절로 배일排日에 이바지하려는 내용이 들어 있다. 기타 소설류들 속에도 지나支那의 지리, 역사, 인정, 풍속을 주제로 삼아 이를 예찬하거나 동경하는 것들이 많아 무지한 대중들이 우리 제국을 배척하고 지나숭명사상支那崇拜思想을 가지게 한다. 당국은 그 원고를 검열할 때 가책없이 적당한 조치를 강구하고 지도에 힘을 쓰고 있는 상황이다.[4]

이 기록은 식민지 검열당국이 한문문헌의 통제를 통해 반일사상뿐 아니라 조선사회의 구엘리트들이 가지고 있던 전통적인 중화인식까지 함께 제거하려 했다는 것을 보여준다. 한문서적에 대한 검열을 통해 중국이 주도했던 동아시아 한자문명의 영향력을 약화시키려한 것은 주목해야 할 사실이다. 그것은 검열을 계기로 신흥문명(일본)과 전통문명(중국)의 교체를 추진한 것인데, 문명인식의 재구성과 식민지 검열의 역학관계는 향후 보다 정밀한 분석이 필요한 학술과제이다.

그런데 족보와 문집에 대한 검열당국의 취급방식은 다소의 차이가 있었다. 족보의 자료 성격을 언급한 출판경찰 연보의 한 대목은 족보가 가지는 사회적 특성을 지적하면서 신중하게 취급해야 하는 텍스트임을 강조하고 있다.

> 족보출판의 경우 문벌 혹은 선후배들이 다투고 그 누습이 자손까지 미치기가 심하다. 자신을 유리하게 이끌기 위해 어떠한 희생, 어떠한 수단을 가리지 않아 당국에 진정을 하고 나아가 소송사건을 야기하는 사례가 있어 그 끼치는 폐해가 대단히 많다. 그리고 동일한 조상의 자손들은 몇 명이나 그 족보를 출판할 수 있어 타인의 판권을 침해하지 않은 한 내용이 같은 것을 몇 사람이 출원하는 경우도 있다. 당국에서는 출원인의 의사에 반하여 이를 어떻게 할 수가 없다. 그러나 이러한 정황을 무시하고 허가를 주면 동족 간의 분쟁을 빈번하게 만들 우려가 있다. 기회가 있을 때마다 동족 분쟁의 잘못됨을 훈유訓諭하고 양자 협의로 원만한 협정을 이룬 후에 출원하도록 힘쓰고 있다.[5]

이 글은 족보가 가문을 중심으로 구성된 조선인 사회의 중요한 전통유산이기 때문에 복잡한 이해관계가 충돌하는 문헌임을 강조했다. 아울러 조선통치의 효율을 높이고 불필요한 갈등을 유발하지 않기 위해서는 족보 간행에 대한 지나친 간섭을 삼가야 한다는 문제의식도 드러냈다. 이러한 관점 속에는 조선의 오랜 관행을 인정하고 부분적인 문화자치를 보장하면서 그 반대급부로 반일정서를 희석시키려는 의도가 들어 있었다. 여기에서 한문서적에 대한 식민지 검열당국의 태도가 조선통치의 안정을 도모하기 위한 섬세한 정치 감각 위에 세워져 있었음이 확인된다.

고전자료의 검열상황

식민지 전 기간 동안 검열을 통과하여 간행된 한문 서적의 총량을 확인하기는 어렵지만, 검열당국이 작성한 관련기록이 남아 있어 전체의 규모를 짐작하는 것은 가능하다. 먼저 1920~1929년, 1931~1940년 20년간 간행허가된 한문 출판물은 족보 3,114건, 유고遺稿 977건, 문집 1,347건, 전체 5,438건이다. 전체 출판허가량 31,703건 대비 17%에 해당하는 수치이다.[6]

조금 더 구체적인 상황을 살펴보자. 먼저 〈표1〉은 전체 출판물의 출원

〈표1〉 출판경찰의 '연보'에 나타난 한문서적 허가현황 및 전체대비[7]

구분	서기	'28	'30	'32	'33	'34	'35	'36	'37	'39	'40	합계
경서	출원건수	15	23	4	4	2	4	-	4	2	7	65
	허가	15	20	4	4	2	4	-	4	2	7	62
	불허가	-	3	-	-	-	-	-	-	-	-	3
문집	출원건수	35	54	66	120	116	116	117	89	52	40	805
	허가	31	50	64	118	114	103	108	85	49	38	760
	불허가	1	-	1	2	2	9	5	4	3	1	28
유고	출원건수	95	74	16	45	23	43	17	30	36	15	394
	허가	90	71	15	41	23	38	15	29	35	14	371
	불허가	2	1	-	4	-	-	-	1	1	1	10
족보	출원건수	189	182	143	203	236	272	260	213	164	76	1,938
	허가	189	178	138	200	236	272	260	213	164	76	1,926
	불허가	-	-	-	3	-	-		-	-	2	5
계	출원건수	334	333	229	372	377	435	394	336	254	138	3,202
	허가	325	319	221	363	375	417	383	331	250	135	3,119
	불허가	3	4	1	9	2	9	5	5	4	4	46
전체	출원건수	888	927	921	1,076	1,070	1,204	1,178	1,350	1,847	839	11,247
	허가	819	874	870	1,052	1,005	1,158	1,126	1,310	1,812	800	10,826
	불허가	45	27	23	24	11	22	19	32	75	97	375

건수 대비 한문서적의 상대적 비교상황을 보여준다. 남아 있는 출판경찰 연보의 기록에 근거한 것이므로 식민지 시기 전체 상황과는 차이가 있을 수 있다. 1928년부터 1940년 사이에 간행된 10권의 출판경찰 연보 통계에 의하면, 모두 3,202권의 한문서적의 출원이 이루어졌다. 그 가운데 3,119권이 허가되었고 46권이 불허되었다. 불허가뿐만 아니라 삭제된 후 출간된 것까지 고려한다면 한문서적에 대한 검열정도가 낮았다고는 하기는 어렵다.

예를 들어 1939년 『조선출판경찰개요』의 통계를 검토해보면, 한문서적의 출원량은 252건(전체 1,847건)이었는데 그 가운데 42건이 삭제되었고(16.5%), 4건(1.6%)이 불허가되었다. 한문서적의 삭제비율은 출판물 전체의 삭제율(75건, 4.1%)보다 약 4배가 높다. 불허가율도 전체 대비 약 2.5배 높은 편이다. 이것은 한문자료가 식민지 검열당국으로부터 상당한 주목을 받고 있었음을 보여준다. 한편 전체 출원건수 대비 한문 출판물의 규모는 1928년 37.6%로 정점을 찍은 후 12년 후인 1940년도에는 16.4%로 50%가량 줄어들었다. 근대 출판물의 성장이 근본 원인이었겠지만, 한문 출판물의 쇠퇴에 또 다른 요인이 있었는지를 찾아보는 것도 필요하다고 생각한다.

『조선출판경찰월보』에 정리되어 있는 한문서적들을 검토할 차례이다. 우선 문제가 된 자료들의 목록을 제시한다. 이 목록에는 한문으로 기록되었지만 전통시대 출판물과 무관하다고 판단되는 것들은 포함시키지 않았다.

〈표2〉 검열로 처분된 한문자료 목록(『조선출판경찰월보』 소재)[8]

서명	처분일자	처분내용	사유	발행지	발행인
구주음초(歐洲吟草)	28.11.1	삭제	치안	경성	朴永喆
임하유서(林下遺書)	29.12.21	불허가	치안	상주	金周熙
조선역대명신록(朝鮮歷代名臣錄)	30.2.22	불허가	치안	경성	宋柱百
중봉집(重峰集)	30.7.8	삭제	치안	경성	奇廣度
삼우당선생실기(三憂堂先生實記)	30.7.8	삭제	치안	경성	鄭基誠
면암집(勉菴集)	30.9.1	삭제	치안	화순	朴在混
광산세고(光山世稿)	30.9.3	삭제	치안	경성	金達洙
창원구씨세덕집(昌原具氏世德錄)	30.9.4	삭제	치안	마산	昊憬會
청암문집(淸庵文集)	31.11.11	불허가	치안	경성	張奉濟
직재집(直齋集)	31.12.16	불허가	치안	광주	朴剛祚
체암집(遞菴集)	32.3.1	불허가	치안	경성	徐丙稷
운포실기(雲浦實記)	32.5.14	불허가	치안	경성	河容柱
조선유림록(朝鮮儒林錄 附 節孝行跡)	32.9.20	불허가	치안	경성	許麟
운포유사(雲圃遺事)	33.3.6	불허가	-	경성	李商雨
천곡문집(泉谷文集)	33.3.10	불허가	-	경성	宋宅燮
운포유사(雲圃遺事) 추가(追加)	33.3.11	불허가	-	경성	李商雨
전주김씨세보(全州金氏世譜)	33.3.25	불허가	-	평양	金聖敎
학성지(鶴城誌)	33.3.31	불허가	-	울산	趙性禧
송남집(松南集)	33.10.10	불허가	-	함남	金浩榮
석정집(石汀集)	34.3.9	불허가	-	광주	孫在燮
탁암선생문집(拓庵先生文集)	35.4.12	불허가	-	영주	金獻周
건재선생문집(健齊先生文集)	35.4.18	불허가	-	광주	丁日燮
남평문씨파보(南平文氏派譜)	35.7.15	불허가	-	영변	文桂苾
용오속집(龍塢續集)	35.7.25	불허가	-	고창	鄭柱軒
김사직공기적비낙성운(金司直公紀績碑落成韻)	35.7.27	불허가	-	회령	金在淵
진주정씨족보(晉州鄭氏族譜)	35.8.9	불허가	-	청진	鄭象鉉
죽암집(竹菴集)	35.10.2	불허가	-	산청	金鎭沃
위암집(韋庵集)	35.10.22	불허가	-	마산	張在軾
현와집(弦窩集)	35.10.31	불허가	-	광주	高允錫
응암실기(鷹巖實紀)	35.11.26	불허가	-	의성	申相鎬
영지취선(嶺誌聚選)	36.3.24	불허가	-	김해	李鍾式

서명	처분일자	처분내용	사유	발행지	발행인
호남충의도(湖南忠義圖)	36.4.1	불허가	치안	경기	尹榮善
입재집(入齊集)	36.4.28	불허가	치안	경기	鄭在烈
사암실기(思庵實記)	36.5.1	불허가	치안	경북	千龍洛
은진송씨족보(恩津宋氏族譜)	36.8.1	차압	출판법	-	-
송재추감시집(松齋追感詩集)	36.8.15	불허가	치안	경성	李秉憲
창대실기(昌臺實記)	36.8.29	불허가	치안	경성	權重哲
계암문집(溪菴文集)	36.11.19	불허가	치안	경남	曺基準
금계집(錦溪集)	36.11.20	불허가	치안	경북	魯孔源
동래군지(東萊郡誌)	37.1.8	삭제	-	동래	文錡周
해주최씨족보(海州崔氏族譜)	37.1.11	삭제	-	함평	崔炳銀
역파문집(櫟坡文集)	37.1.12	삭제	-	안동	權泰斗
불국사고금창기(佛國寺古今創紀)	37.1.16	삭제	-	대구	姜裕文
두문동서원지(杜門洞書院誌)	37.1.19	삭제	-	개성	孔聖學
영산신씨족보(靈山辛氏族譜)	37.1.21	삭제	-	창녕	辛容範
낙정선생문집(樂靜先生文集)	37.1.25	삭제	-	개성	趙晟濬
영가지(永嘉誌)	37.1.28	삭제	-	안동	權寧度
이한호문집(李漢湖文集)	37.6	삭제	-	경북	李光鹿
해동삼강실기급처세가(海東三綱實記及處世歌)	37.7.20	불허가	치안	경북	李達柱
정선음양대조만세약력(精選陰陽對照萬歲略曆)	37.8.16	불허가	치안	봉화	李敎珏
병정충의열전(丙丁忠義列傳)	37.8.17	불허가	치안	부여	閔泳冑
영대보감(靈臺寶鑑)	38.2.7	불허가	치안	경성	安泰基
쌍수당실기(雙修堂實紀)	38.2.14	불허가	치안	대구	李萬成
척주동해비문(陟州東海碑文)	38.3.17	불허가	치안	경성	吳珏煥
우곡문집(愚谷文集)	38.3.25	불허가	치안	경성	宋鎭萬
명암선생실기(明庵先生實記)	38.10.6	불허가	치안	창원	盧鍾萬
평암이선생사고(平庵李先生私稿)	38.10.22	불허가	치안	함흥	鄭興朝
영성정씨가승보서(靈城丁氏家乘譜序)	38.12.2	불허가	치안	전남	丁炳三
성보현록(姓譜賢錄)	38.12.17	불허가	치안	충남	尹榮重
간재선생척독(艮齊先生尺牘)	38.12.22	불허가	치안	전북	崔承烈
현토동몽선습(懸吐童蒙先習)	38.12.28	불허가	치안	경기	金東縉
언해계몽편(諺解啓蒙篇)	38.12.28	불허가	치안	경기	金東縉

두 개의 초점
반일기록과 한중연대

『조선출판경찰월보』 속에는 검열로 삭제, 불허가 등 행정처분을 받은 서적들의 처분 이유가 부기되어 있는데, 그 내용을 검토해보면 어떠한 내용들이 특별히 문제가 되었는지가 확인된다. 〈표2〉의 목록에 포함된 한문서적의 검열처분 이유 가운데 몇 개를 골라 제시한다.

*『청암문집淸庵文集』: 본서의 저자 조청암趙淸庵은 한일합방과 동시에 불평불만을 품고 회서산晦西山에 은둔한 자로서 그 시문은 거의가 망국의 원한을 읊은 것임. 「단발령을 듣고 시를 지어 맹세함聞斷髮令作詩爲誓」는 "나라의 운명이 액운을 만나 개와 양들이 도성에 들어왔다. 민비의 사변은 통곡할 만한 일이다. 옛날 관직의 이름을 고친 것은 애석할 만한 일이다. 차라리 부월斧鉞을 안고 죽는 게 낫지 산발을 하고 살고 싶지는 않다. 의복의 제도가 일변했다. 이 어두운 밤은 언제 밝으려나" 등을 운운함.[9]

*『송남집松南集』(「일본 유학생 제군에게 귀국을 권하는 글」): "무릇 위인들의 일거수일투족은 천하를 좌지우지할 수 있으리라. 그대들은 배움을 마치고 조국으로 돌아오고 나서의 목적이 무슨 태랑太郞, 무슨 차랑次郞 앞에 무릎을 꿇고 그들의 잔반을 구걸하는 데 있느냐, 그렇지 않으면 이천만 동포를 각성시키고 삼천리강토를 문명으로 촉진시키며 자유와 독립을 얻고자 함에 있느냐."[10]

*『사암실기思庵實記』: 임진란의 기사이며 도이島夷, 흉추凶醜, 천병天兵, 천조天朝, 황명皇明 기타 불온한 글자를 구절을 나열하고 극도로 명나라를 숭배하는 등 치안을 방해하는 내용이 있다고 인정됨에 따름.[11]

*『동래군지東萊郡誌』(일부 삭제 허가): 두 의녀의 성과 이름은 전해지지 않는다. 임진왜란 때 동래성이 함락될 즈음이다. 김상金祥이 지붕에 올라 기와로 적들을 내리쳤다. 의녀들이 따라올라가 싸움을 도왔다. 기와가 다하도록 적들을 내리치다 힘이 다하여 김상과 함께 적의 칼끝에 죽었다. 부사 최명상崔命相이 순영巡營에 보고한 장계를 살펴보니 "여자의 몸으로 국난에 몸을 바쳤습니다. 그 의열義烈이 특별하여 고금에 들은 바가 없을 정도입니다." 운운(二義女, 姓名逸, 壬亂東萊城陷, 金祥升屋, 撤瓦擊敵, 義女從而升屋助戰, 一撤屋一授瓦擊之, 力窮, 與金同死鋒刃下. 按府使崔命相報巡營狀, 曰, 彼以女子之身, 殉於國難, 卓彼義烈, 於古未聞云云.)[12]

*『병정충의열전丙丁忠義列傳』: 본 원고는 인조 년간의 충의 선비의 전기집으로 기록한 동기는 "일한합병 후 과거 충의의 선비를 추모해서 후세 유지有志의 선비를 부흥시키려고 한다"는 목적 아래에 집필한 것이다. 그 내용상 전편을 통해 상上, 주상主上, 대명大明, 황명皇明, 황제皇帝 등의 불온문자가 다수일 뿐만 아니라 사실상 숭명사상崇明思想이 그 근간이므로 금지함.[13]

*『척주동해비문陟州東海碑文』: 허목許穆이 강원도 삼척을 지킬 때 이 비문을 세워 해일을 멈추게 하였다는 것으로 유명한 퇴조비문退潮碑文이다. 예로부터 그 비문의 신이하다고 숭배하는 것 외에 '파사방재破邪防災'하다고 중요하게 여겨 온 것이다. 다른 한편에서 자존적인 민족정신이라 간주해야 할 것으로 불온하다고 인정하는 데에 근거를 둔다.[14]

그런데 조선총독부 경무국 도서과는 1941년 그 동안 축적해온 출판경찰의 '연보'와 '월보' 기록과는 별도로 조선에서 금지된 단행본 목록을 일괄 정리하여 간행했다. 이 목록은 그 당시까지 이루어진 식민지 검열의 전체결과를 반영하고 있지만, 한문서적의 경우 '월보' 목록과 완전히 일치하지는 않는다.

『금지단행본목록禁止單行本目錄』에 들어 있는 한문서적 20종 가운데 전통자료로 판단되는 목록 16종을 제시하면 아래와 같다. 여기서 한 가지 강조해서 지적할 것은, '월보'나 '금지단행본서적'에 들어 있는 한문서적들의 발행지가 전국에 걸쳐 산포되어 있었다는 점이다. 그것은 서울과 같은 대도시로 집중되었던 근대 출판물의 경향과는 뚜렷이 구별되는 특징이다. 전통 한문서적들의 상당수가 각 지역에서 간행된 것은 그 곳에서 영향력을 유지하고 있던 전통가문과 관계가 깊었던 현상이다. 그 세력 안에 있던 지역민들의 움직임을 통제하는 데 이러한 검열 자료가 활용되었을 가능성이 있다. 아울러 『금지단행본목록』 속의 한문서적 가운데 족보의 비

〈표3〉 『금지단행본목록』(조선총독부 경무국 도서과, 1941)중 한문서적

서명	처분일자	처분사유	발행지	발행인
능성구씨세보(綾城具氏世譜, 全10冊)	28.08.31	출판법	경성	
영지취선(嶺誌聚選)	36.03.24	출판법	금해	
대동명현강륜집(大東名賢綱倫集)	36.04.22	출판법	울산	文基洪
시일제선편(詩壹齊選編)	36.08.10	치안	전주	松尾代十郎
남평삼강령(南平三綱領)	36.09.11	출판법	경성	徐鳳烈
문산유고(文山遺稿)	36.12.02	출판법	경남	梁定鉉
기인기사록(奇人奇事錄, 下編)	37.10.05	치안	경성	文昌社
광산김씨족보(光山金氏族譜)	38.08.26	출판법	대전	以文社
남양홍씨족보(南陽洪氏族譜, 巻1)	38.12.09	출판법	평북	
원주이씨세보(原州李氏世譜, 1·2·4巻)	39.02.17	출판법	해남	
금릉이씨세보(金陵李氏世譜, 3冊)	39.07.20	출판법	금산	李德基
사천시지(四川詩誌)	39.07.09	치안		
영양천씨세보(穎陽千氏世譜, 上下2冊)	39.07.17	출판법	경산	
고산급문록(高山及門錄)	40.06.27	출판법	안동	高山書林
강씨이성유상병실기(姜氏二聖遺像並實記)	40.12.02	출판법	진주	
황주변씨삼세유고(黃州邊氏三世遺稿)		출판법	장성	永思亭

중이 높다는 것도 유의해서 살펴볼 일이다.

『불온간행물기사집록』(1934)은 조선총독부 경무국 도서과가 정리하고 간행한 일련의 '조사자료' 가운데 하나이다. '조사자료'는 식민지 검열의 고도화를 위해 진행된 다양한 전문적 분석작업의 일환으로 생산되었다.[15] 『불온간행물기사집록』 속에는 민영환閔泳煥, 조병세趙秉世, 송병선宋秉璿, 최익현崔益鉉, 안중근安重根, 이준李儁, 박승환朴勝煥, 이만도李晩燾, 황현黃玹, 손병희孫秉熙, 강우규姜宇奎 등 모두 11명의 인물과 관련된 자료가 수록되어 있다. 민영환, 조병세, 송병선, 안중근, 이준, 박승환, 강우규 등의 자료는 박은식朴殷植이 집필한 『한국통사韓國痛史』와 『한국독립운동지혈사韓國獨立運動之血史』에서 발췌한 것, 그리고 이들 인물과 연관된 짤막한 문장들로 구성되어 있다.

최익현, 이만도, 황현은 그들의 문집인 『면암집勉菴集』, 『향산집響山集, 『매천집梅泉集』 가운데서 문제가 되는 부분을 뽑아 실었다. 문집 전체를 대상으로 했기 때문에 『불온간행물기사집록』 안에서 차지하는 분량도 압도적으로 많다. 그 중에서도 특히 최익현 관련 내용이 가장 방대한데, 격문과 상소문, 구국활동과 죽음에 이르는 과정 등이 충실하게 정리되어 있다. 그 내용은 다음과 같다. 일부 내용은 생략했다.

① 「격문檄文」(「찬정 최익현이 전국 사민에게 격문을 포고함贊政崔益鉉檄告全國士民」)

② 「12월(초하루는 을사) 병오에 수옥헌에 입대入對하여 5조목의 수차袖箚를 올렸다十二月乙巳丙午入對 漱玉軒兼進五條袖箚」

「임자에 상소하여 진정하였다壬子上疏陳情」

「무진에 재소하였다戊辰再疏」

「기해에 상소하였다己亥上疏」

「포덕문 밖 향축과에서 대명하였다待命于布德門外香祝課」

「기사에 비지批旨를 봉해서 도로 바쳤다己巳封還批旨」

「임신에 세 번의 대죄의 소를 올리다壬申三上疏待罪」

「홍문관 학사 남정철이 상소하여 선생의 말을 채용採用하기를 청하였다弘文學士南廷哲上疏請用先生之言」

「을사년 선생 73세乙巳先生七十三歲」

「정월 갑술에 하사한 돈과 쌀을 도로 바쳤다正月甲戌還納賜送錢米」

「정해에 경기도 관찰사에 제수되었다丁亥除京畿道觀察使」

「기해에 상소해서 사직하고, 겸해서 소회를 아뢰었다己亥上疏辭職兼陳所懷」

「무오에 서울에 들어왔다가 무신에 서강에 나가서 소장을 지었다戊午入京庚申出西江治疏」

「장자 최영조가 문인 조재학曺在學과 더불어 선생의 화상을 그려서 간직하였다長子永祚與門人曺在學繪藏先生像」

「11월(초하루는 경오) 임신에 상소해서 5적五賊을 토포討捕하기를 청하였다十一月庚午壬申上疏請討五賊」

「12월(초하루는 기해) 계해 동지 및 여러 사우와 더불어 노성魯城 궐리사闕里祠에 모여서 강講하고 글을 지어 선성先聖에게 고하고, 또 서고誓告하는 조약이 있었다十二月己亥癸亥與同志諸士友會講于魯城闕里祠爲文告先聖又有誓告條約」

「2월(초하루는 무술) 무오에 가묘家廟를 하직하고 가솔들과 작별한 후 창의할 계획을 실행하려고 호남을 향해 출발하였다二月戊戌戊午辭家廟訣家人駕向湖南爲倡義之」

「윤4월(초하루는 정묘) 기묘에 태인泰仁에 머무르면서 무성서원武城書院에 배알하고 여러 문생들을 거느리고 강회講會를 하고 의병을 일으킨다는 소를 올렸다閏四月丁卯己卯次于泰仁謁武城書院率諸生講會仍上疏擧義」

「격문을 여러 군에 급히 보내었다馳檄于列郡」

「계사에 왜의 사령부에 구금되었다癸巳被囚于倭司令部」,

「7월(초하루는 병신) 계묘에 임병찬林炳瓚과 압송되어, 바다를 건너 대마도 엄원嚴原에 도착하여 위수영衛戍營 경비대 안에 구금되었다七月丙申癸卯與林炳瓚被押渡海至對馬島嚴原拘於衛戍營警備隊內」

「입식粒食을 끊고 곧 유소遺疏를 임병찬林炳瓚에게 불러 주었다絶粒食仍口呼遺疏授林炳瓚」 등 (이상 『면암선생문집勉庵先生文集』 부록 「연보年譜」)

③ 「청토역복의제소請討逆復衣制疏」

「선유대원명하후진회대죄소宣諭大員命下後陳懷待罪(사의정부찬정소辭議政府贊政疏·재소再疏)」

「궐외대명소闕外待命疏·재소再疏」(『면암선생문집』 「소疏」)

④ 「노사수록魯祠隨錄」

「순마수록淳馬隨錄」

「제면암선생祭勉菴先生」

「제면암선생문祭勉菴先生文」(『황매천집黃梅泉集』)

「곡면암선생哭勉菴先生」(『황매천집黃梅泉集』)[16]

중요한 점은 『불온간행물기사집록』(1934)을 통해 『면암선생문집』의 중요 내용이 정리되기 전부터 그 상당한 내용이 이미 일본어로 축약되어 번역되었다는 점이다. 그것이 약 70면으로 이루어진 수기본 『면암선생문집적요勉庵先生文集摘要』이다. 그 목차는 다음과 같다.

「청토역복의제소請討逆復衣制疏」(卷之四, 을미)

「선유대원명하후 진회대죄소宣諭大員命下後陳懷待罪疏」(卷之四, 병신)

「재소再疏」(卷之四, 병신)

「수옥헌주차漱玉軒奏剳」(卷之五, 갑진)

「재소再疏」(卷之五, 갑진)

「사소四疏」(卷之五, 을사)

「피왜압축고귀소被倭押逐告歸疏」(卷之五, 을사)

「청토오적소請討五賊疏」(卷之五, 을사)

「재소再疏」(卷之五, 을사)

「창의토적소倡義討賊疏」(卷之五, 병오)

「유소遺疏」(卷之五, 병오)

「답정수방答鄭秀方」(卷之九, 을미)

「답문숙병答文叔丙」(卷之九, 병오)

「민의정에게 보냄與閔議政」(卷之十一, 병오)

「유길준에게 보내려던 답서擬答兪吉濬」(卷之十四, 을미)

「포천 향약 서고문抱川鄉約誓告文」(卷之十六, 미상)

「팔도 사민에게 포고함八道ノ士民ニ布告ス」[17](卷之十六)

「노성궐리사 강회시서고조약魯城闕里祠講會時誓告條約」(卷之十六)

「일본정부에 보냄寄日本政府」(卷之十六, 병오)

「창의격문倡義檄文」(卷之十六)

「일기日記」(附錄卷之一, 二)

「일기日記」(附錄卷之三, 四)[18]

또 『면암선생문집적요勉菴先生文集摘要』의 「비고備考」와 「약력略歷」을 통해 다음과 같은 내용을 기록했다.

면암은 최익현의 호이다. 본서는 그의 제자들이 익현의 아들 영조永祚를 도와 일대一代의 유서遺書를 수록 간행한 것이며 40권 20책 이외에 부록 4권 2책, 속續 2권 1책, 도합 46권 23책으로 된 큰 저서다. 이 적요摘要는 적어도 3,4쪽 많은 것은 20쪽에 이르는 큰 논문의 요지를 적록摘錄한 것이다. 그러나 그 낱말과 용어는 원문대로 옮겼다.(「비고」)[19]

최익현은 메이지 38년(1905) 11월의 일한협약을 분개하여 이듬해인 메이지 39년(1906) 봄 민종식閔宗植 등과 도모하여 국권회복을 주창하고 전라도에서 폭도를 불러 모았다. 그러나 순식간에 패배해서 붙잡혔고 군율에 의해 종신금고에 처해져 대마경비대에 수감된 지 몇 달 만에 74세로 그곳에서 임종을 맞았다. 제자들이 유해를 모시고 충청남도 정산定山 향읍에서 장례를 치렀다. 그 장례에 모인 유생이 오천여명에 이르렀다고 한다.

익현은 경기 포천의 향족이다. 원래 비천한 출신이지만 어릴 적부터 학문에 뜻을 두고 약관일 때 사방을 유력遊歷하였다. 그 이름이 널리 알려진 것은 민비의 변과 단발에 분개, 메이지 29년(1896) 충청도에 거점은 둔 폭동을 기도하는 중 추대를 받아 각도 폭도들의 맹주가 되었던 것에 있다. 그 이후 주거를 정산에 정하여 비가悲歌와 강개慷慨로 제자들을 교육하였다. 태황제폐하는 익현의 성망이 이李씨에게 해로울 것을 우려하면서도 한편으로 그를 끌어들여 도움을 받으려고 하였다. 유생에 불과한 그를 대관으로 대접하여 메이지 29년(1896) 일약 의정부 참찬, 경기도 관찰사 등에 임명하였다. 그러나 익현은 조정의 간신을 배제하지 않고는 출사하지 않겠다며 이를 사양하고 취임하지 않았다.

익현의 학식은 산림 송병선宋秉璿, 류인석柳麟錫처럼 풍부하지 않다. 곽종석郭鍾錫 등과 성행性行을 같이 하는 제이류第二流의 유자儒者다. 그 성질이 강개하고 국사에 분주하고 일한日韓 사이에 일이 생겼을 때마다 솔선하여 반드시 반대하였고 그 완미頑迷함을 더하기를 본령으로 삼았다. 그러나 태황제폐하께 간하여도 능히 두려워하지 않는 것은 오로지 익현에게서 그것을 볼 수 있는 뿐이다. 실로 한인韓人 중에 희유稀有한 자이다. 생각건대 유생儒生이면서 지사志士를 멸시하지 않는 자라고 해야 할는지.(「최익현의 약력」)[20]

『면암선생문집적요』의 작성연도는 기록되어 있지 않지만 1908년의 초간본『면암선생문집勉菴先生文集』를 근거로 한 것이 분명해 보인다.[21] 그것은 이 자료가 통감부 시절 대한제국 내부 경무국장을 지냈던 마츠이 이케루(松井茂, 1866~1945)가[22] 기록하거나 수집한 문서 속에 들어 있기 때문이다.『면암선생문집』이 간행 직후 그 중요 내용이 일본어로 즉시 번역되었다는 것은 이른바 불온한 한문기록에 대한 일제당국의 내용파악 노력이 매우 치밀하게 진행되었음을 보여준다.

앞서 식민지 출판경찰 보고서 가운데 한문 출판물이 중국과 조선의 연대 회로가 될 수 있음을 우려하는 대목이 있음을 지적했는데,『불온간행물기사집록』의 안중근 관련 자료는 그러한 가능성을 현실화시키고 있다. 안중근 관련 부분은 전적으로 박은식이 저술한 안중근 전기의 내용에서 추출한 것이다. 윤병석의 고증에 의하면 "『안중근』은 민족주의 사학자 백암 박은식의 저술로, 1912년 탈고되어『동서양위인총서東西洋偉人叢書』에 수록되었고, 중외 명사의 서문과 현사顯詞 를 받아 1914년경 상해 대동편집국에서 '창해노방실滄海老紡室'이라는 필명으로 간행"되었다.[23]

이 저작에는 장빙린章炳麟의「안군비安群碑」를[24] 비롯해 뤄난샨羅南山, 자우샤오형周少衡, 한옌韓炎, 가오관우高冠吾, 판샹레이潘湘纍, 쩡용曾鏞 등의 서문, 28장의 본문과 서언 및 결론, 안중근 거사에 관한 량치챠오梁啓超, 황지강黃季剛, 랴오이了遺, 저우쩡진周曾錦, 쩡샨즈鄭善之, 왕양汪洋, 뤄치아린羅洽霖, 장쩐친張震靑, 천위안춘陳鴛春, 차스돤查士端, 왕타오王燾,『민우일보民吁日報』, 김택영金澤榮 등의 추도문이나 추도시, 저작에 대한 독후감 등이 '선록選錄'되어 있다.

중국 측 인사들의 문장을 적극 수록한 것은 이 저술의 목적이 일본침략에 대한 한중연대의 가능성을 모색하는 데 있음을 보여준다. 일제는 이러한 문헌이 담고 있는 반침략사상과 전통문명의식의 결합이 그들이 제안했던 대동아론의 가치와 정당성을 훼손할 것이라 우려했을 것이다.

『불온간행물기사집록』은 박은식의『안중근安重根』의 내용 가운데「안중근의 출세[重根之出世]」(제1장), 「국사에 분주한 안중근[重根之奔走國事]」(제6장), 「나라를 떠난 안중근[重根之去國]」(제8장), 「국민단합에 힘쓰는 안중근[重根之勉勵國民團合]」(제9장), 「안중근의 의거[重根之擧義]」(제10장), 「이토오가 육군을 폐하고 사법권을 강탈하다[伊藤廢陸軍部奪司法權]」(제11장) 「이토오의 만주시찰[伊藤視察滿洲]」(제12장), 「안중근의 활동[重根之活動]」(제13장), 「안중근이 이토오를 저격하다[重根之狙擊伊藤]」(제14장), 「공판시의 상황[公判時之狀況]」(제22장), 「안중근의 최후[重根之最終]」(제24장) 등을 원문 그대로 옮겨 싣고 마지막에 김택영의 추도시 「하얼빈 소식을 듣다[聞哈爾賓消息]」을 추가했다.

여러 추도시문 가운데 특별히 김택영의 글을 선택한 것이 의미심장한데, 그것은 박은식과 마찬가지로 망명객 신분으로 한중 전통지식인의 연대에 깊이 관여한 김택영의 행적을 조선총독부 검열당국이 예의 의식하고 있었던 결과가 아닌가 싶다. 『불온간행물기사집록』에는 그 시의 일부가 실렸다.[25]

平安壯士目雙張	평안도 장사, 두 눈 부릅뜨고
快殺邦讐似殺羊	염소새끼 죽이듯 나라 원수 죽였다네
未死得聞消息好	안 죽고 이 기쁜 소식 들었으니
狂歌亂舞菊花傍	국화 철에 덩실덩실 춤 노래 즐기네
海參港裡鶻磨空	해삼위 상공에 소리개 날개 치더니
哈爾賓頭霹火紅	하얼빈 역두에 벼락이 치네
多少六州豪傑客	육대주 많고 많은 영웅호걸들
一時匙箸落秋風	세찬 가을바람에 수저를 떨어뜨렸다네
從古何嘗國不亡	예로부터 망하지 않는 나라 없었건만
纖兒一例壞金湯	언제나 나라 망치는 건 못된 벼슬아치들
但令得此撑天手	하늘을 떠받들 듯 거인이 나타났으니
却是亡時也有光	나라는 망할 때이건만 빛이 나더라[26]

『불온간행물기사집록』 속에서는 찾아볼 수 없지만, 박은식의 저작 『안중근』에 수록된 여러 중국인사들의 의견도 참고할 만하다. 「안군비安君碑」에서 장빙린章炳麟은 "우리는 그들과 양립할 수 없다. 다가오는 재앙이 눈앞에 보이는데도 그런 일이 금방 오지는 않으리라 마음을 놓는다면 우리나라도 나중에는 망하고 말 것이다"라고 말했다.[27]

뤄난샨羅南山은 "지난날을 고증해보건대 압록강 연안에 풍운이 일어나면 중국은 하루도 편할 수가 없었다. 이 때문에 만주가 위험한 정황에서 중국의 안녕을 기대할 수 없다는 것은 어린아이도 알고 있다는 것이다. (…중략…) 지난날 중국인 판쭝리潘宗禮가 한국의 위망이 고통스러워 바다에 뛰어들어 죽었다.[28] 서로 다른 나라 사람들이 존망위기를 만나면 서로 피로써 보답하기를 아끼지 않으니 이는 실로 마음이 통하는 자연적인 것"(「安重根序」)라는 견해를 피력했다.[29]

판샹레이潘湘纍는 임진왜란 때 이루어진 조명연합朝明聯合의 사례가 안중근을 통해 현재화되었음을 언급하면서 "만약 안씨가 분발하여 한번 치지 않았다면 적게는 한국민이 5년을 넘기지 못할 뿐만 아니라 동아의 화평이 장차 이로써 파괴되고 중국의 운명도 알 수 없었을 것이다"라고 지적했다.[30]

『민우일보民吁日報』 사설은 "고려의 원수는 곧 우리의 원수이다. 일본인들은 고려를 만주진출의 발판으로 삼고 요심遼沈 일대를 일본의 것으로 만들려 하였다. 일본이 이 일에 착수하자 삼한의 지사가 나서서 장구직입長驅直入하려는 그들의 말발굽을 끊었다. 비록 한국 사람들의 원수를 갚기 위한 것이었지만 우리에게는 얼마나 다행한 일인가"라는 기록을 남겼다.[31]

이들 중국 지식인들의 문장 속에는 안중근의 거사로 인해 만들어진 위기시대의 동반자라는 새로운 한중관계의 의미가 절실하게 설명되어 있었다.

한문서적의 검열관은 누구인가?

한문서적에 대한 검열양상을 검토하면서 식민지기 간행된 고전자료 전체를 식민지 검열연구와 연계해야 한다는 새로운 과제가 생겨났다. 검열연구가 근대출판물에 집중되면서 한문문헌의 검열과정, 그 결과 및 영향 등에 관한 사항은 연구자의 시야에서 벗어났다는 점이 지적되어야 한다. 검열의 문제를 표현의 근대성이란 차원에서만 이해한 결과, 한문으로 작성된 문헌들이 근대사회에서 수행한 역할에 주목하지 않은 것이다.

여기서는 관련문헌의 일부만을 제시했지만 훨씬 더 많은 자료들이 묻혀 있을 가능성이 높다. 특히 식민지기에 처음 간행되었거나 재간행된 한문서적의 경우 반드시 조선총독부 검열을 거쳤기 때문에 그 과정에서 내용상의 변화가 생겨났을 여지가 있다. 그 점을 점검하지 않는다면 자료원형과 어긋난 해석이 이루어질 수 있다. 그렇기 때문에 식민지 검열로 인해 훼손되거나 변형된 고전문헌의 원 모습을 확인하고 복구하는 일이 중요하다.

한 가지 더 지적할 것은 고도의 수련을 거쳐야만 접근이 가능한 한문서적들을 과연 누가 읽고 검열했는가 하는 점이다. 전통자료를 능숙하게 분석한 검열관들의 존재와 그들의 지적 배경을 파악하는 것이 중요하다. 통역경찰이 검열관으로 전화되는 과정을 분석한 정근식의 정밀한 연구는 이 문제의 해결에 중요한 실마리를 제공한다.[32] 하지만 그들이 전통 한문서적까지 읽어냈는지의 여부는 불확실하다.

한문에 조예가 깊었던 조선 지식인들이 협력 가능성도 생각해볼 필요가 있다. 1930년대에 들어오면 고학력 엘리트층이 도서과의 조선인 검열관으로 충원되었다. 경성제대 법문학부 조수였던 김지연金志淵이나 경성제대 졸업생인 김택원金宅源, 김성균金聲均, 이능섭李能燮, 그리고 경섭법전

출신의 김영세金榮世, 장덕영張悳永 등이 그들이다.[33] 이들 이외에도 신원이 밝혀지지 않은 조선인 검열관이 있었고 그들 가운데 누군가가 한문문헌의 해석을 전담했을 수도 있다.

제 3 부

피식민자의 언어들

제 10 장

조선인 신문의 반검열 기획에 대하여

> 19세기 로서아 사회운동사를 읽으면, 정부와 주의主義가 같지 아니한 많은 피고들의 법정에서 행한 연설 내지 행동은 우리가 그에 대한 이해 관념을 떠나서라도 다분의 통쾌미를 갖게 하는 것이 있다. 내가 보도하고 경험한 사건 중에서 그러한 통쾌한 것을 구체적으로 자세히 말하는 것은 검열상 관계가 될 줄 짐작함으로 말하려 하지 아니한다. 그러나 재판장에게 경어敬語의 사용을 요구하고 자신은 신문訊問, 기립起立, 선서宣誓를 거부하는 아나키스트의 공판이라든지 '너[お前]'라고 부르면 답변하지 않겠다고 재판장과의 대등적 지위를 요구하는 사회주의자의 공판 같은 것을 보도할 때는 일종의 말할 수 없는 통쾌미를 느낀다. 그것은 나의 쓸 데 없는 젊은 용기일는지 모르나 통쾌한 것은 역시 통쾌하다 할 밖에 없다.
>
> _박팔양, 「작은 통쾌」, 『별건곤』 8호, 1927.8

두 개의 3.1운동

3.1운동 발발 직후 그 생생한 추이를 전달한 거의 유일한 조선어 매체는 일본인 다케우치 로쿠노스케竹內錄之助가 발행하던 『반도시론』이었다. 「반도

半島江山을震蕩ᄒᆞᄂᆞᆫ獨立示威運動의消息

三月一日京城을始ᄒᆞ야 各地에連亘ᄒᆞᆫ萬歲의聲

千萬夢想의外去三月一日午後二時突然히**朝鮮獨立萬歲의聲**이京城을始ᄒᆞ야不日內**全半島三千里江山을慄然**케ᄒᆞ니此ᄂᆞᆫ**天道教主孫秉熙로先頭를作**ᄒᆞ고耶蘇教人及僧侶等三十三人의署名ᄒᆞᆫ바의**民族自決主義卽朝鮮獨立**을唱道ᄒᆞᆫ宣言書를傳布홈으로부터突起ᄒᆞᆫ大事件이니其署名ᄒᆞᆫ三十三人은卽

天道敎主 孫秉熙	平壤牧師 吉善宙
靑年會職員 李弼柱	僧侶 白龍城
天道敎人 金完圭	義州北長老牧師 金秉祚
中央禮拜堂牧師 金昌俊	天道敎道師 權東鎭
天道敎道師 權秉德	羅龍煥
同敎地方道師 羅仁協	宣川北長老牧師 梁甸白
天道敎道師 梁漢默	劉如大
세부란스病院 李甲成	定州北長老牧師 李明龍
沙里院 李昇薰	天道敎道師長者 李鍾勳
天道敎月報課長 李鍾一	同敎地方道師 林禮煥
同敎地方道師 朴準承	靑年會委員 朴熙道

『반도시론』의 3.1운동 관련기사(1919.4)

강산을 진탕震蕩하는 독립시위운동의 소식」(1919.4)라는 제목의 기사는 민족대표 33인의 이름뿐 아니라 경성에서 북간도에 이르는 전국 65개 지역의 만세운동 상황을 상세하게 묘사했다. 주목해야 할 것은 이 글이 3.1운동에 참여한 조선인들의 입장을 적극 옹호하는 태도를 보였다는 점이다. '조선독립만세', '민족자결주의', '사상자 삼백내외, 검거자 오천 이상' 등의 문구를 크게 키워 강조한 것에서 그러한 의도가 분명히 드러난다.

다케우치가 3.1운동에 공명한 것은 자신의 정치관에 따른 것이었다. 그는 무단적인 식민통치에 반대하고 제국헌법의 공유를 통해 일본과 조선이 완전한 국가통합에 이르자는 명실상부한 내지연장주의의 실천을 주창했다.[1] "세계의 대세와 일선日鮮의 관계에 감鑑하여 조선동포에 대하여 제국헌법을 여與함이 최상 방법이라 신信하노라. 조선반도는 현재든지 장래든지 그 영고성쇠榮枯盛衰를 일본과 공共히 할 운명이 유有하니 일본 국민의 향유하는 일체 자유를 조선인에게 여與함은 하등의 모순이 무無하고 당착이 무無하여 극히 순당順當한 조건이라"[2]고 그는 말했다. 근대인의 기본권을 보장하는 헌법의 결여가 3.1운동이 발발한 원인으로 파악하면서 조선문명이 서양과 비교해도 손색이 없는 수준이기 때문에 조선인이 사상적으로 일본인에게 굴복하지 않을 것임을 역설하기도 했다.[3] 지배가 아닌 통합의 대상이라는 조선관을 피력한 것이다.[4]

다케우치는 헌법의 제공으로 일본인으로서의 주권을 부여하자는 의견뿐만 아니라 언론·집회·출판·결사·신교信敎의 자유, 관리 등용에서의 문호개방, 교육제도 개혁 및 종합대학 설립, 사회정책 수립과 빈민구제 등 광범한 영역에서 무단통치의 기조를 거스르는 의견을 개진했다. 그러나 이러한 제안은 일본정부가 채택한 식민정책과는 질적으로 다른 것이었기 때문에 식민지배 전 기간 동안 진지한 검토의 대상이 되지는 못했다.[5]

다케우치의 생각은 조선인의 자기 결정권 부정을 전제한다는 점에서 모순된 주권론이자 변형된 형태의 제국주의 논리였다. 그러나 3.1운동이 헌법 부재상황에 대한 저항과 투쟁이라는 관점이 조선어로 기술된 합법 매체를 통해 발표되었다는 것 자체는 주목하지 않을 수 없는 일이었다. 그런데 식민지사회에서 공개되기 어려운 예민한 논의가 가능했던 것은 이 잡지의 발행이 식민지 조선이 아닌 일본 내부에서 이루어졌기 때문이다.[6] 그것은 이 잡지가 제작과정에서 조선총독부의 검열을 받지 않았다는 것을 의미했다.[7]

3.1운동이 시작되었을 당시 조선 안에서 간행된 매체들의 기사내용은 『반도시론』의 그것과는 근본적으로 다른 것이었다. 주권, 헌법, 기본권 등의 문제와 3.1운동을 결합시키는 어떠한 표현도 그 곳에서는 허용될 수 없었다. 이 차이는 식민지와 제국의 중심 사이에 가로 놓여 있는 정치적 긴장도의 농담濃淡을 반영하는 현상이었다.

『반도시론』 기사는 "삼월 일일 오후 두시 돌연히 조선독립운동의 성聲이 경성을 시始하여 불일내 전 반도 삼천리강산을 전율케"했다고 썼지만, 정작 『매일신보』는 이 대사건이 시작되고 확산되던 수일간 철저하게 침묵으로 일관했다. 1919년 3월 2일, 『매일신보』는 3.1운동에 대해 어떠한 언급도 하지 않았다. 3월 3일자에서는 「봉송고이태왕영구奉送故李太王靈柩」라는 추도문과 고종의 영정을 함께 실었다. 3월 4일자는 운구과정의 사진과 국장의 과정을 소개했다. 3월 5일자는 3.1운동과 무관한 '지나문제' 사설 및 '덕수궁국장화첩'을 예약판매한다는 광고가 1면 전체를 차지했다.

『매일신문』에서 3.1운동 관련기사는 3월 6일 처음 등장한다. 하지만 그 기사는 사건현장에 대한 보도가 아니라 「민족자결주의에 대한 오해」라는 사설이었다. 이 글은 미국대통령 우드로 윌슨Woodrow Wilson의 민족자결주의가 패전국의 식민지에 해당한 것이고, 그 밖의 지역과는 무관한 것이라는 점을 강조했다. 그 뒤에 다음과 같은 문장이 이어졌다.

오인吾人은 오인誤認된 민족자결주의로써 대일본제국의 기초가 진감震

撼케 되리라고는 신信치 아니하노라. 연然이나 만일 여차如此한 사상에 취醉하여 무모無謀의 거擧를 기도企圖하는 자가 유有하다 하면 국가의 치안을 보保하기 위하여 용서 없는 고압수단을 집執하여 근저로부터 차此를 절멸絶滅할 필요가 유有함을 신信하노라.

이 경고문의 중요한 특징은 미래형 수사를 사용했다는 점에 있었다. 현실 속에서 민중봉기가 격화되고 있음에도 『매일신보』는 사건의 현재성을 애매하게 부정했다. 이러한 『매일신보』의 보도로 인해 적어도 3월 6일 현재 3.1운동은 존재하지 않는 사건이 되었다. 여기에는 3.1운동 언론보도를 완벽하게 통제하겠다는 조선총독부의 강력한 의지가 개입되어 있었다.

3.1운동 발발에 대한 『매일신보』의 공식 인정은 3월 7일에 이루어졌다. 하지만 그것도 사실보도가 아니라 하세가와 요시미치長谷川好道 총독의 성명서인 「유고諭告」를 통한 것이었다. 하세가와는 이 글에서 3.1운동을 대하는 조선총독부의 태도와 시각을 제시했다.

도徒히 유언流言을 전傳하고 동포를 환혹幻惑하여써 제국의 정밀靜謐을 조애阻碍코자하는 피彼 불령도배不逞徒輩의 언론을 경신輕信하며 또한 조선과는 전연 관계없는 민족자결이란 어사語辭를 착래捉來하여 망상을 령逞하며 무모한 언동을 감위敢爲하여써 치소嗤笑를 열국列國으로부터 초치招致함과 여如함은 기가성豈可誠할 바 아니리오. 방자方者 정부에서는 갈력竭力하여 진정鎭靜에 시로是勞하고 비위非違를 감위敢爲한 자는 일보一步라도 가차假借할 바 없이 엄중히 처분중이니 불원간에 침식寢息이 될지나 민중도 역시 능히 자제향당子弟鄕黨을 보도保導하여 구苟히 각자 본분을 위배하여 형벽刑辟에 저촉함이 무無하기를 기期할지어다.

諭告

五日長谷川總督은目下의各地의騷擾에對ᄒᆞ야左와如ᄒᆞᆫ諭告를發ᄒᆞ얏더라

曩者故大勳位李太王國葬을執行ᄒᆞ옵실서本總督은庶民이互誡ᄒᆞ고般히靜肅히敬弔ᄒᆞᄂᆞᆫ誠意를表ᄒᆞ야苟히輕擧騷擾치말나ᄂᆞᆫ趣旨를諭告ᄒᆞᆫ지라然이나一部不逞徒黨의煽動으로京城과其餘地方에셔群衆의妄動을敢行ᄒᆞᆫ者ㅣ有ᄒᆞᆷ은本總督이遺憾으로아ᄂᆞᆫ바ㅣ라或者云爲曰朝鮮獨立은法國巴里講和豫備會議에셔列國이承認ᄒᆞᆫ비ㅣ라ᄒᆞ나是則全허無根流說이오素不足取라大抵半島에對ᄒᆞᆫ帝國의立權은確固不拔이오永久히不渝ᄒᆞᆷ은不須再言이니自併合以後로于玆十個年에皇澤이年年히普洽ᄒᆞ고生命財產의安固와教育民業의發達이顯著ᄒᆞᆷ은內外間共認ᄒᆞᆫ바ㅣ어날偶히如斯ᄒᆞᆫ流言을傳ᄒᆞ야衆庶를蠱惑ᄒᆞᆷ은自家를爲ᄒᆞᄂᆞᆫ바ㅣ有ᄒᆞᆷ에지ᄂᆡ지아니ᄒᆞ나니以此로停學ᄒᆞ며廢業ᄒᆞ야써狂奔熱中ᄒᆞᆫ것갓ᄒᆞ면반다시貽悔他日ᄒᆞ게至ᄒᆞᆯ지라맛당히不可不卽爲覺醒ᄒᆞᆯ지어다

今也에內地와朝鮮과ᄂᆞᆫ渾然히合體ᄒᆞ야一國이되지라民衆의大ᄒᆞᆷ과實力의强ᄒᆞᆷ으로써進ᄒᆞ야서ᄂᆞᆫ列國과共히聯盟을形成ᄒᆞ야써世界平和와人文發達에貢獻ᄒᆞ며退ᄒᆞ야서ᄂᆞᆫ隣邦의附庸을敦ᄒᆞ야聯合國된義務를完全케ᄒᆞᆯ秋를當ᄒᆞ니內鮮人間의一致結合을더욱鞏固케ᄒᆞ야써帝國의使命을遂成ᄒᆞ고小外의信望을樹코ᄒᆞᆷ에遺憾이萬無ᄒᆞ기를期치아니치못ᄒᆞᆯ지니라自古로密接不離ᄒᆞᆫ關係를有ᄒᆞᆫ兩者가輓近에더욱融和의實態를顯ᄒᆞ야감은明瞭ᄒᆞᆫ事實이오這番事端則該源因된바ㅣ를究否컨되兩者間에互相反目ᄒᆞᆷ이有ᄒᆞ야惹起ᄒᆞᆷ이아니라居常海外에在留ᄒᆞ고半島實情을詳知치못ᄒᆞ야徒히流言을傳ᄒᆞ고同胞를幻惑ᄒᆞ야써帝國의靜謐을阻碍코져ᄒᆞᄂᆞᆫ彼不逞之徒輩의言說을輕信ᄒᆞ며또ᄒᆞᆫ朝鮮과ᄂᆞᆫ全然關係업ᄂᆞᆫ民族自決이란語辭를提來ᄒᆞ야妄想을逞ᄒᆞ며無謀ᄒᆞᆫ言動을敢爲ᄒᆞ야써嗤笑를列國으로브터招致ᄒᆞᆷ과如ᄒᆞᆷ은豈可誡ᄒᆞᆯ바ㅣ아니리오方者政府에셔ᄂᆞᆫ竭力ᄒᆞ야鎭靜에是努ᄒᆞ고非違를敢爲ᄒᆞᆫ者ᄂᆞᆫ一步라도假借ᄒᆞᆯ바ㅣ업시嚴重히處分中이니不遠間에終息이될지나民衆도亦是能히子弟鄕黨을保導ᄒᆞ야苟히各自本分을遵守ᄒᆞ야刑辟에抵觸ᄒᆞᆷ이無ᄒᆞ기를期ᄒᆞᆯ지어다

大正八年三月五日

朝鮮總督 伯爵長谷川好道

하세가와 요시미치 총독의 3.1운동 관련 '유고'

하세가와는 유언(비어), 환혹, 불령도배, 치소(빈정거리고 웃음), 무모한 언동 등의 용어를 동원하여 조선인의 요구를 거부하고 부정하였다. 특히 형벌에 따라 죽인다는 의미인 '형벽刑辟'이라는 표현을 통해 3.1운동에의 참여가 곧 강력한 법적 처분의 대상이 된다는 것을 경고했다. 이후 『매일신보』의 보도는 주로 그 점을 강조하고 환기하는 데 모아졌다.

3.1운동에 대한 『매일신보』의 사실보도가 처음 이루어진 것은 조선총독 「유고」 공포 다음날인 3월 8일자에서였다. 기사의 제목은 '각지의 소요사건'이었다. 그것은 『반도시론』이 선택한 '독립시위운동'이라는 용어와는 근본적으로 의미가 다른 것이었다. '소요' 곧 시끄럽고 소란스러운 일로 규정됨으로써 3.1운동은 자연스럽게 국가의 질서유지 대상으로 의미화 되었다. 『매일신보』는 사건을 보도하고 그 배경을 설명하는 신문편집의 관행과 상반된 태도를 보인 것이다. 그것은 사건의 성격이 먼저 규정되고, 그 기준에 의해 내용과 이미지가 만들어지는 것을 뜻했다. 이러한 『매일신보』의 기사에 의해 조선총독부가 기획한 '소요사건'이 창안되었다.[8]

3월 8일에는 「소위독립운동」이라는 사설이 실렸다. 그러나 그것은 하세가와 총독의 「유고」를 재해석한 것에 불과했다. 3월 9일의 사설 「회고誨告 학생제군」, 3월 13일의 사설 「조선 소요에 관한 질문서를 독讀함」 등도 조선인들의 분출하는 독립의지를 약화시키려는 선무공작 차원의 내용을 담고 있었다. 이후 '소요사건의 후보後報'라는 제목 하에 각지에서 진행되고 있는 3.1운동 상황들이 간략하게 소개되기 시작했는데, 이들은 주로 만세운동의 폭력성과 탈법성을 부각하는 데 그 초점이 있었다.

한 달간에 걸친 『매일신보』의 3.1운동 보도는 정교하게 기획된 미디어 심리전의 양상을 보여주었다. 며칠간의 침묵과 조선총독의 「유고」, 조선총독의 입장을 정당화하는 사설과 만세운동 전반에 대한 비판적인 현장 취재로 이어진 『매일신보』의 태도는 분식기사로 사실을 왜곡하는 식민자의 언론관을 적나라하게 드러냈다. 『매일신보』는 3.1운동의 원인과 정치맥락을 감추고 사건의 발생을 '유언'과 '망동'의 결과로 유도하는 한편, 운동에 참여하는 것이 실정법의 대상인 점을 강조하여 조선인의 공포심을 자극하는 이중전략을 구사했다.

그러한 기획의 최종목적은 3.1운동 전체를 식민지 법률의 처분대상으로, 제국 일본의 법체계에 포획된 존재로 재구성하는 데 있었다. 1919년 4월 중순부터 『매일신보』의 3.1운동 보도의 초점은 '소요사건 판결'에 집중되었다. 죄명과 형량, 죄수 이름이 장황하게 열거되는 수많은 공판 기사들은 3.1운동의 인상을 인신 구속된 죄수, 곧 갇힌 몸의 존재로 형상화했다.

탈법한 신체, 국가의 법체계에 의해 교정되어야 할 존재로 3.1운동이 묘사됨으로써 대중과 3.1운동의 심리적 거리감이 조장되었다. 『매일신보』 기사내용에서 빈번하게 등장한 '폭민暴民'이라는 용어는 이 신문의 독자들에게 자신이 잠재적인 죄수일지 모른다는 의구심을 불러일으켰다. 『매일신문』을 읽는 이들은 그러한 용어를 구사하는 주체에 대한 심리적 공포를 내재화했고, 그것은 종종 어떤 좌절감과 제국 일본에 대한 순응에의 의지로 연결되었다.[9] 3.1운동의 불법성에 대한 선전은 식민권력이 창안하고 실천한 심리조작체계의 산물이었고, 근대 한국인에게 국가폭력에 대한 지울 수 없는 상처를 새겨 넣은 중요한 계기 가운데 하나였다.

3.1운동을 다루는 『반도시론』과 『매일신보』 두 매체의 시각 차이는 일차적으로 이 매체들의 운영주체가 가지고 있던 관점과 정책의 상이함에서 비롯된 것이다. 그러나 보다 결정적인 요인은 일본과 조선의 서로 다른 출판물 간행 조건의 영향 탓이었다.[10] 예컨대 일본 본토에서는 3.1운동과 관련된 정치담론의 일정한 공개가 허용되었지만, 식민지 조선에서 그러한 유연성은 인정되지 않았다. 그것은 제국의 중심과 식민지가 심각한 정보 격차를 지닌 이질 공간이었음을 드러냈다.

공간과
기억의 편차

3.1운동은 오랜 시간 동안 끊임없이 거대한 서사자원을 만들어냈다. 여러 주체들에 의해 각종 기념행사가 이루어지고 다양한 학술조사와 예술창작의 대상이 되어온 것이다. 이 운동은 조선인이 제국 일본의 지배에 정면으로 맞서 피식민자라는 굴레를 벗어던지고 근대주체로의 신원증명을 수행한 사건이었다. 그러한 존재전이의 경험은 쉽게 지워질 수 없는 일이기 때문에 주권, 제국과 식민지, 민족성에 대한 공동감각 등과 관련된 숱한 논의의 중심에 서게 된 것이다.

하지만 일본이 제국으로 존재했던 시간 동안 3.1운동의 기념이 순탄하게 이루어질 수는 없었다. 3.1운동에 대한 담론이 필연적으로 일제의 조선지배에 대한 부정과 거부의 주장을 생산해냈기 때문에 당대의 평가와 해석은 대개 제국 일본의 판도 밖에서 이루어졌다. 상하이에서 간행된 대한민국 임시정부 기관지 『독립신문』은 3.1운동을 기억하는 하나의 방식을 결정한 매체였다.

이 신문은 논설, 기사, 소설, 시, 수기, 사진 등 여러가지 표현방식을 통해 조선사회에서 공개될 수 없었던 3.1운동에 관한 숱한 사실과 의견을 독자들에게 제공했다.

> 청년의 흉부에 올라서서 군도로 그 신체를 난자하던 일본 천황폐하의 순사는 청년의 생명을 완전히 파괴한 줄 알고 노怒하는 듯이 따라 내려와 주위에 선 일군一群을 향하여 청년의 열혈熱血에 젖은 칼을 내어 두른다. 그의 구두와 바지에는 청년의 피가 흐르고 그의 눈은 마치 독사와 같이 되었다. 이 독사는 독사의 혀와 같이 붉게 피 묻은 군도軍刀를 내어 두르면서 황단黃壇 앞으로 쫓기는 여학생의 일군을 따라 앞서고

말았다. 실로 인류의 역사에 두 번 보지 못할 광경이라.[11]

소설 「피눈물」(1919.8.28~9.27)은[12] 만세운동의 와중에 일어난 거리의 함성과 잔혹한 살육을 동시에 포착했다. 국내에서는 소문과 후일담, 옥중기라는 간접화된 형태로 그려질 수밖에 없었던[13] 만세운동의 현장이 생생하게 묘사될 수 있었던 것은 오직 이 작품이 상하이에서 발표되었기 때문이다. 1919년 10월 4일, 『독립신문』은 '만세 부른 죄로'라는 설명과 함께 칼로 난자된 인물의 얼굴사진을 게재했는데, 소설 「피눈물」은 이 사진과 거의 유사한 수준의 실감을 서사화했다.

1920년 3월 1일, 『독립신문』은 사설 「삼일절」을 게재했다. 여기서 '기미 삼월 일일'이 '대한의 독립을 선언한 날'이자 '부활의 날'이라는 선언이 등장한다. 불과 일 년 만에 등장한 '절節'이라는 표현은 3.1운동에 대한 공동 기억의 요구가 얼마나 광범하고 강력했는지를 보여준다. 김여金輿는 시 「삼월 일일」을 통해 "천만번 다시 죽어도 독립은 하고야 말리라. 왼천하 다 막아도 독립은 하고야 말리라.삼천리 피 우에 뜨고 이천만 하나도 안 남아도 독립은 하고야 말리라. 하고야 말리라"고 소리쳤다.[14] 이들의 언어에서 3.1운동은 죽음을 밀어내고 재생을 쟁취한 사건으로 파악되었다. 발생 1주기를 맞아 조선인의 기억투쟁이 시작된 것이다.

1920년 3월 17일, 『독립신문』은 '상하이의 3.1경축일'에 운집한 군중의 사진을 내보냈다. 1921년 3월 1일에는 독립선언서와 공약삼장, 3.1절과 청산리전투의 관계에 대한 논설 등을 게재했다. 1923년 3.1절 특집은 '국민대표회의 주최 순국제현 추도회' 관련기사, 추도문, 추도시로 구성되었다. 이것은 3.1운동의 기념이 조선인 모두의 국가제의로 그 성격이 집약되어갔던 당시의 사정을 반영하는 현상이었다.

시간이 지나면서 3.1운동은 항일투쟁의 정당성을 상징하는 사건으로 의미가 확대되었다. 국내외의 여러 단체들은 종종 3.1운동의 권위를 빌려 항일운동의 중요성을 선전했다. 10주기인 1929년 3월, 3.1운동과 관련된 비합법 문서의 처분건수가 급격히 증가했다.[15]

그러나 식민지 조선에서는 이 대사건에 대한 해석과 재검토가 공개적으로 이루어질 수 없었다. 3.1운동에 참여했다 구속되었던 심훈은 1920년 3월, 자신의 일기에 1주기를 맞이하는 소회를 이렇게 적었다.

> 오늘이 우리 단족檀族이 전前 천년 후後 만대에 기념할 삼월 일일! 우리 민족이 자주민임과 우리나라가 독립국임을 세계 만방에 선언하여 무궁화 삼천리가 자유를 갈구하는 만세의 부르짖음으로 이천만의 동포가 일시에 분기 열광하여 뒤끓던 날! 오 삼월 일일이여! 사천 이백 오십 이년의 삼월 일일이여! 오! 우리의 조령祖靈이시여, 원수의 칼에 피를 흘린 수만의 동포여, 옥중에 신음하는 형제여, 천 팔백 칠십 육년 칠월 사일 필라델피아 독립각獨立閣에서 울려나오던 종소리가 우리 백두산 위에는 없으리이까? 아! 붓을 들매 손이 떨리고 눈물이 앞을 가리는도다.[16]

그러나 심훈의 이 열렬한 문자는 그 자신의 은밀한 일기 속에서만 존재할 수 있었다. 3.1운동에 대한 조선인의 체험이 다른 이들에게 전달하기 위해서는 기억의 내용과 주체의 감정을 극단적으로 축소할 수밖에 없었다.

1920년대의 대잡지 『개벽』이 3.1운동을 처음으로 다룬 것은 1922년 3월호(통권 21호)에서였다. 『개벽』이 천도교 간행물이고 3.1운동에 교주 손병희가 핵심인물로 참여했음에도 3년이 지나도록 거의 아무런 언급도 하지 못했던 것은, 이 사건이 조선에서 가장 높은 수준의 민감도를 지니고 있음을 단적으로 드러냈다. 한샘(최남선)의 이름으로 발표된 추모시 「세돌」은 이렇게 시작한다. "왼 울을 붉혀 노신 끔찍한 임의 피가/ 오로지 이 내 한 몸 잘 살라 하심인줄/ 다시금 생각하고 고개 숙여 웁니다." 이 모호하고 은유적인 내용이 『개벽』의 선택한 유일한 방식이었다.

『개벽』1923년 3월호(통권 33호)는 3.1운동을 기억하는 네 편의 글을 실었다. 양은 늘어났지만 기억의 방식은 크게 달라지지 못했다. 최린은 4년 전을 이렇게 회고했다. "나는 모년 3월 1일에 신체의 구속을 받아 지옥이라고도 할 수 있고 또 어떤 의미로 말하면 천당이라고도 할 수 있는 세계 외의 세계, 사회 외의 사회인 소위 감옥에서 절대 부자유의 생활을 하게 되었다."[17] 이윤재 또한 3월의 역사와 풍속문화를 설명하는 글에서 "오년 전 일일은 조선독립운동이 기起하였고"[18]라며 살짝 3.1운동을 끼워놓았는데, 이 한 구절을 살리기 위해 그는 3월과 관련된 장황한 역사를 찾고 풀어놓았다.

7주년에 해당하는 1926년 3월, 박달성은 「그해 그달 그날 그때」라는 서간체 수필을 『개벽』에 기고했다. 3.1운동에 연루되었다가 죽은 K를 회고하면서 그에게 바치는 조사의 형태로 작성된 이 글에서도 3.1운동은 사적 체험의 세계를 넘어서지 못했다. 박달성은 이렇게 말한다. "K형! 그 뒤 형은 읍에서 그 일을 맞이하고 나는 서울로 올라오지 않았습니까. 마침내 형은 그 일로 인해서 3년 동안 옥중생활을 하다가 결국은 그것에서 병을 얻어 불귀의 객이 되지 않았습니까?"[19]

이러한 개인적인 언어들, 그것이 『개벽』을 통해 기록된 3.1운동의 내용이었다. 존재했던 사실을 알리고 해석하는 대신 자신의 경험을 내밀하게 진술하는 문장들은 기억을 최소화하려는 의도의 소산이었다. 표현의 욕구와 그 불가능성 사이의 심연은 식민지인의 발화방식과 언어체계 전반에 깊은 흔적을 남긴 것이다.

법정서사의 역사적 맥락

식민지 조선에서 3.1운동에 대한 공식기록은 대부분 통치기관에 의해 만들어졌다. 조선총독부와 조선주둔군 사령부가 생산한 각종 관헌문서, 관련자들의 심문과정에서 기록된 피의자 조서, 조선총독부 재판부가 작성한 판결문 등이 그러한 자료들이다.[20] 그런데 판결문 가운데 일부가 신문에 번역 게재되고 공판내용이 방청기의 형태로 소개되면서 관방문서 중심의 3.1운동 기록에 새로운 영역이 추가되었다. 조선총독부는 조선인에 대한 통치술의 일환으로 판결문의 번역과 공판과정의 기사화를 허용했는데, 이 과정에서 3.1운동에 대한 기억의 방식에 예상하지 못한 균열이 생겨나기 시작했다.

3.1운동 관련자들에 대한 판결문의 번역 게재는 『매일신보』가 처음 시작하였다. 1919년 8월 이전에는 피고인 이름, 형량, 적용법규의 내용만을 발표했지만, 8월 이후부터는 예심결정서의 부분 혹은 전문 게재가 일반화되었다. 『매일신보』의 판결문 게재는 3.1운동에 대한 조선총독부의 대응 방향이 어느 정도 정리되었다는 것을 의미했다.

1919년 8월 3일, 『매일신보』는 조선총독부 판사 나가시마 무사시永島武藏의 이름으로 작성된 만세운동 지도자들에 대한 경성지방법원의 예심종결결정서를 실었다. 그 제목은 '손병희 등 47인 예심종결, 내란죄로 결정'이었다. 8월 8일과 8월 10일에는 '수원사건'과 '안성사건'의 예심결정서가 공개되었다. 9월 7일부터는 시위에 참가한 학생들의 예심결정서가 5회에 걸쳐 연재되었고, 9월 14일부터 출판법, 보안법 위반 피고인들의 예심종결결정서가 4회 게재되었다. 그리고 1920년 3월 23일부터 4월 14일까지 8회에 걸쳐 고등법원의 '손병희 일파 예심결정서'가 발표되었다.[21]

3.1운동 지도자들에 대한 지방법원과 고등법원의 예심결정이 이루어

진 1919년 8월부터 1920년 3월까지 근 7개월간 『매일신보』는 예심판결문의 형식으로 3.1운동을 재현했다. 판결문은 제국 일본의 의지를 천명했고, 『매일신보』는 국가의 언어를 충실하게 전달했다.

3.1운동 판결문을 통해 조선총독부는 제국질서를 위협하는 적대세력에 대한 탄압을 법률의 이름으로 정당화했다. 선동, 문란, 불온, 폭동 등의 부정적 언사로 점철된 3.1운동 지도자들에 대한 판결내용은 조선총독부의 법정이 애초부터 객관적인 심판의 의도가 없었음을 드러냈다. 3.1운동 주동자들은 제국의 안위를 위해 희생되어야 할 존재로 사전에 결정되어 있었다. 군사지휘권, 행정권, 사법권이 총독의 권력 아래 하나로 통합되어 있었던 식민지 조선에서 법률이 조선총독부 행위의 합리화를 위해 동원되는 것은 자연스러운 일이었다. 조선총독부는 식민지의 법정에서 작성된 3.1운동 관련자 판결문을 『매일신보』에 발표했는데, 그것은 3.1운동에 대한 해석의 권리가 자신들에게 있음을 과시하는 것이었다.[22]

『매일신보』의 3.1운동 판결문은 제국의 법정서사이지만, 그것에 선행했던 법정서사 양식은 『대한매일신보』의 공판기였다. 이 두 양식은 그 작성 의도에 근본적인 차이가 있었다. 『매일신보』 판결문이 지배를 위한 국가권력의 언어였다면, 『대한매일신보』 공판기는 제국 일본의 권력에 도전하는 수인囚人의 언어였기 때문이다.

『대한매일신보』(국문판)는 「배설공판기」(1908.6.20~8.7, 41회), 「려순통신」(1910.2.8~3.1, 16회), 「리재명의 공판」(1910.7.2~7.13, 9회) 등 세 편의 장편연재기사를 통해 공판기라는 법정서사의 양식을 확립했다.[23] 『대한매일신보』의 공판기는 배설Ernest Thomas Bethell, 안중근, 이재명 등 대한제국 위기를 상징하는 인물들의 재판을 대상으로 선택하고 재판과정에 대한 상세한 묘사를 통해 피고를 범법자로 규정한 법률의 부당성을 폭로하는 데 초점을 두었다. 공판기는 국가의 법률행위를 사회적으로 전파하는 목적으로 작성되는 것이기 때문에 표현상의 문제가 있더라도 그것을 직접 제재하기 어려웠다. 구한말의 정치금지 상황이 신문의 재판기사를 반제국의 의도가 은폐된 서사형식으로 전화시켰던 것이다.[24]

『대한매일신보』 공판기는 통감정치와 보호국이라는 용어로 상징되는 대한제국의 위기국면을 대중들에게 전파하는 정치효과를 창출했다. 현존하는 '국가—법—수인'의 관계가 부정되어야 할 대상이라면 무엇이 그것을 대신해야 하는가라는 질문을 통해 『대한매일신보』 공판기는 당시에 존재하지 않았던 자민족의 법정을 상상하게 만들었다.

뤼순旅順의 재판정에서 안중근은 다음과 같이 말했다.

> 로일전쟁 당시에 일본 황제의 선전조칙 중에 말하기를 한국의 독립을 부지하고 동양의 평화를 유지한다 한 고로 한국의 일반 인민이 감격하여 일본군대가 승전하기를 축수하여 수 천리 먼 길에 군량과 군미를 수운하여 주며 도로와 교량을 수축하여 주고 로일 양국의 강화가 성립된 후에 일군이 개선가를 부르며 돌아 올 때에 한국인이 제 나라의 군사가 개선하여 돌아오는 것 같이 환영하여 이후로는 한국의 독립은 견고한 줄로 확신하였더니 의외에 이등이 대사로 한국에 와서 매국적 일진회 두령 몇 놈을 돈을 다수히 주고 사서 소위 선언서를 발표케 하고 또 병력으로써 황실과 정부를 위협하여 오조약을 체결하는데 우리 태황제 폐하께옵서 재가하시지 아니 하고 다만 세상이 다 아는 소위 오적 놈들만 날장[25]할 뿐인데 이런 무효한 조약을 완전히 성립되었다 칭하고 당당한 우리 대한제국의 국권을 박탈하여 사천년 국가의 이천만 생령이 어육과 도탄을 면치 못하였으니 어찌 분통하지 아니리오.[26]

안중근은 일본이 자신을 심판할 권리가 없음을 주장하면서 일본이 자신에게 가하는 법률행위 자체를 부정했다. 심판받는 자와 심판하는 자의 관계설정 자체를 거부한 것이다. 『대한매일신보』는 안중근의 진술을 그대로 노출하는 서술전략을 취하여 심판하는 자의 부당함을 부각시켰다. '수인'의 이미지가 압제의 상징으로 고정되기 시작한 것이다.

강제병합 이후 『대한매일신보』의 이름이 『매일신보』로 변경되고 난 후 이 신문에서 일제를 반대하는 조선인의 목소리는 사라졌다. 1910년대 『매일신보』에서도 공판기의 게재는 계속되었지만 그 내용은 이전의 것과는 판이한 것이었다. 「음모사건공판」(1912.11.28~1913.2.4, 35회), 「중대사건공판」(1912.6.30~8.30, 10회), 「안명근의 공판」(1911.8.22~23, 2회)[27] 등에서 『대한매일신보』가 보여준 '수인의 서사'는 더 이상 계속될 수 없었다. 『매일신보』의 법정은 조선인들을 식민지인으로 규율하는 장소였을 뿐이다.[28]

3.1운동 직후 발표된 『매일신보』 공판기도 그러한 1910년대 분위기의 연장선에 있었다. 『매일신보』는 1919년 4월, 2회(17일, 21일)에 걸쳐 미국인 선교사 마우리Mowry의 공판과정을 보도했다. 이 공판기도 국권회복에 대한 조선인들의 기대를 차단하는 것에 초점이 있었다. 마우리는 평양에서 3.1운동에 적극 참여하고 주도자들의 신변을 보호한 혐의로 구속된 인물인데,[29] 그에 대한 공판기의 표제는 '위법선교사공판'이었다.

> 이번 소요가 발생된 이래로 그 내면에 유력한 조력자가 있다는 풍설이 있었는데 이 사건으로 말미암아 탄로된 형편으로서 그 사회에 미치게 한 유형무형한 해독으로 말하면 다시 물을 것도 없는 즉 피고의 행위는 가장 미워할만한 범죄라 말할 것이라. 만일 가령 미국 영토 안에서 이번 조선의 사건과 같은 것이 발생하였을 때에 일본 사람이 그 범죄를 싸고돌았다 하면 미국 관헌은 이것을 모른 체 할 것인가. 또 피고의 믿는 종교상으로 보아서 피고의 행위는 죄악이 아니라고 말할 수 있는가. 과연 그러할진대 이러한 종교는 국가를 파괴하는 것이라 할 것이라.[30]

『매일신보』는 3.1운동의 촉발에 외부의 지원이 있었음을 암시하면서 그러한 역할을 한 종교는 '국가를 파괴'하는 것이라 단정했다. 그것은 운동의 발생원인에 대한 일본 책임론을 호도하기 위한 것이었다. 이처럼 3.1운동 직후 『매일신보』 공판기는 재판과정에 대한 기자 자신의 시각보다 조선총독부의 입장을 강조하는데 주안을 두었다. 3.1운동 공판정이 제국 일본의 국가권력과 식민지 조선인이 투쟁하는 복수의 주체공간이었지만 그 갈등을 묘사하지 않음으로써 『매일신보』는 3.1운동 재판의 성격을 단순화했다.

3.1운동의 재구성과 반검열의 수사학

3.1운동 이후 이 운동이 생산하는 의미와 가치를 둘러싼 갈등이 본격화되었다. 식민권력은 3.1운동의 영향력을 최소화 하려고 했고, 조선인들은 3.1운동의 결과를 자신의 것으로 만들기 위해 다양한 노력을 기울였다. 이 과정에서 이른바 불온문서라는 비합법 선전 수단이 광범하게 활용되었다.

1919년 11월, 이 문제와 관련된 상징적인 사건이 발생했다. 대동단 지도자 전협全協이 정남용鄭南用 등과 함께 『대동신보大同新報』, 『혁신공보革新公報』, 『자유신종自由晨鐘』 등 3종의 지하신문을 간행했는데, 이 사건이 충격을 준 것은 인쇄기계까지 동원하여 『대동신보』 1만부를 비밀리에 제작, 배포하였다는 점 때문이었다. 그것은 예상을 초월하는 규모였다.[31]

『매일신보』는 이 사건을 보도하면서 "금 춘삼월에 소요가 일어난 후로 조선 각지에는 불온문서를 배포하는 자가 많아 그 종류도 수백 종에 달하며 상하이 방면으로부터도 수종의 인쇄물이 와서 인심을 동요케"했다고 지적했다. 이 기사는 3.1운동의 영향으로 생산된 막대한 양의 불법문서와 그 통제의 어려움에 대한 식민권력의 우려를 대변했다.

이러한 상황이 조선어 민간신문의 출현을 가능하게 만든 시대배경 가운데 하나였다. 민간신문의 간행 허용에는 조선인들의 표현욕망을 합법성의 범주를 확대하는 방식으로 제어하려는 의도가 들어 있었다. 식민권력과 말할 수 있는 권리를 함께 나누어 가짐으로써 조선의 민간신문 스스로 표현의 수위를 관리하는 주체가 되도록 유도한 것이다.[32]

압수, 발매금지와 같은 행정처분은 조선인 민간신문 경영자들에게 제국 일본이 허락한 표현의 한계가 무엇인지를 주기적으로 상기시켰다. 민간지들의 최대 고민은 그 한계를 넘어서지 않으면서 독자 대중의 요구를 어떻게 반영할 것인가 하는 점에 있었다. 그 점에서 3.1운동은 민간신문의 중요한 관심대상이었다. 하지만 그 자원을 직접 활용할 수는 없었다. 그것은 민간신문들이 3.1운동에 대한 기사 내용을 스스로 결정할 수 없는 엄연한 현실 때문이었다.

이 과정에서 판결문과 공판기라는 허용된 형식의 가치에 대한 재발견이 이루어졌다. 그것은 식민자의 문자에 피식민자의 의도를 담아 실정법에 저촉되지 않으면서 제국 일본의 국가권력을 부정하는 교묘한 생존법의 사례였다.

1920년 4월, 창간 직후부터 『동아일보』는 3.1운동에 대한 판결문과 공판기를 집중적으로 게재했다. 4월 6일부터 4월 18일까지 총8회에 걸쳐 「47인 예심결정서」가 대대적으로 연재되었다. '47인'이라는 표현은 만세운동 지도자를 뜻하는 표현이었다. 이 말의 어의는 『매일신보』가 사용한 '손일파孫一派'라는 표현과는 매우 다른 느낌을 담고 있었다.

「47인 예심결정서」가 연재된 직후 사이토 마코토 총독의 암살을 기도했던 강우규 공판기가 5회(1920.4.15~5.28)에 걸쳐 연재되었다. 강우규 공판기의 의미는 『매일신보』의 입장에서 벗어나 이전의 『대한매일신보』 서술

四十七人 豫審決定書 (二)

其手段으로먼저同志를糾合하야朝鮮民族代表者로孫秉熙等의名으로써朝鮮의獨立을宣言하고且宣言書를秘密히印刷하야朝鮮全道에配布하야民衆을煽動하야旺盛히朝鮮獨立의示威運動을起케하야써朝鮮民族이如何히獨立을熱望하는지를表示하고一面帝國政府貴衆兩議院朝鮮總督府及講和會議의列國委員에게朝鮮獨立에關한意見書를提出하고又米國大統領윌손氏에게朝鮮獨立에關하야盡力을乞하는旨의請願書를提出하기로定하고其

計畫의實行 에就하야는崔麟으로하야금擔當케하기로하얏슴으로同年二月上旬夜崔麟은以前부터親한中央學校長被告宋鎭禹와師弟의關係가잇는同校敎師被告玄相允及宋鎭禹의媒介로會見하게된歷史專攻者被告崔南善과崔麟의住所에서會合하야前記計劃을告하매右三名이皆此에贊同하얏슴으로其後兩三日을經하야右四名은夜間에再次京城府桂洞中央學校內宋鎭禹의居所에會合하야其際熟議한結果朴泳孝、尹用求、韓圭卨、金允植等舊韓國時代要路에在하던知名의者及基督敎徒를勸說하야同志를삼고此等의者及孫秉熙以下天道敎徒中主要한者를朝鮮民族代表者로하야其名義로써獨立宣言을하고且其名義로써獨立宣言書意見書及請願書를作成하기로하고各書面의起草는崔南善이擔當하고又舊時代의人物에對한交涉은崔麟、崔南善及宋鎭禹가又基督敎側에對한交涉은 **崔南善이가** 此를擔當하게되얏슴으로其後崔麟、崔南善、宋鎭禹는右尹用求等에對하야各其交涉을試하얏스나結局要領을得치못하고中止하고崔南善은基督敎徒의同志를求함에就하야먼저其知己인平安北道定州郡基督敎長老派의長老李昇薰이라는李寅煥에게交涉을試하기로하야同月七日頃玄相允으로하야금李寅煥의設立한五山學校經營의事에稱托하고同人의來京을勸促케하얏슴으로玄相允은被告鄭魯湜家에赴하야鄭魯湜에對하야同人處에止宿한定州郡人被告金道泰로하야금定州郡葛山面金城里李寅煥許에到하야右崔南善의言을李寅煥에게傳達케할事를依賴하얏스며鄭魯湜은崔南善、崔麟等이朝鮮獨立運動을企劃하야其同志를求하기爲하야基督敎徒인李寅煥에게交涉을試할必要上同人을招하는事情을知하면서其

計劃의實行 을幇助하기爲하야右依賴에應하고即日被告金道泰에게對하야定州에赴하야李寅煥에게右傳言을爲할事를依賴하매金道泰는右事情을知悉하고同樣幇助하기爲하야此를承諾하고同月八日京城을出發하야其翌九日定州에到하야李寅煥의住所로向하는途中知人同所五山學校敎員朴賢煥을遇하야同人의게其當時李寅煥이所幹이有하야同道宣川에赴하야不在인事를聞하고情을知치못하는同人에게對하야李寅煥에右傳言을依賴하얏슴으로同人은特히宣川에赴하야此를李寅煥에게傳하얏슴으로李寅煥은同月十一日頃急遽히京城에出來하얏는대崔南善은官憲의注目을避하기爲하야自身이會見치안코宋鎭禹로하야금同日自己에代하야桂洞金性洙別宅에서李寅煥과會見하고前記計劃을告하야基督敎側의參加를求하고且同志를糾合을付托케한바李寅煥은即時此를承諾하고同志를糾合하야即日京城을辭하고平安北道宣川에赴하야同月十二日頃 **基督敎長老** 派牧師被告梁甸伯의住所에서同人及其當時長老會에出席키爲하야宣川에來集한基督敎長老派長老被告李明龍同牧師被告劉如大同牧師金秉祚等과會合하야宋鎭禹의게聽取한前記計劃을告하야贊同을求한바右三名은皆同志者되기를承諾하고劉如大、金秉祚는獨立運動에關하야萬事를李寅煥에게一任하고且必要한書類에押印케하기爲하야各自其印章을同人에게託하고梁甸伯李明龍은李寅煥의注意에依하야親히獨立運動의謀議에參與하기爲하야京城에赴하기로하고尙李寅煥은同月十四日平壤記笏病院에서基督敎長老派牧師被告吉善宙同敎監理派牧師被告申洪植等과面會하고前記計劃을告하야贊同을求한바兩名이皆同志者되기를承諾하고李寅煥의注意에依하야스사로京城에來하야獨立運動의謀議에參與하기로하엿더라

其後李寅煥은同月十七日頃再次京城에來하야昭格洞金昇熙家에投宿하고直時人을派遣하야 **宋鎭禹에게** 來京한旨를通知하매同人은一兩度右旅舘에來訪하얏스나其態度가熱心치못한듯하며其所言이要領을得치못함이잇고又崔南善도容易히李寅煥과面會치안이함으로李寅煥은內心에疑惑을抱懷하얏던時에마침中央靑年會幹事被告朴熙道를遇하야朝鮮獨立運動에基督敎側의同志者와會見코저하는意思를付托하얏슴으로同人은此를承諾하고同月二十日夜京城府需昌洞其住所에基督敎南監理派牧師被告吳華英、同牧師被告鄭春洙、同北監理派監理司吳箕善及申洪植等이皆獨立運動의同志者를集合하고自己도其席에列하고李寅煥과會合하야獨立運動의事를協議한結果京城及各地方에서基督敎의同志者를求하야此와共히日本政府에獨立請願書를提出하기로하고

其同志募集 에就하야鄭春洙로하야금元山方面을擔當케하얏고當夜에別로히基督敎長老派被告咸台永의肩書住所에同人「세부란스」病院事務員被告李甲成平壤基督敎書院總務被告安世桓基督敎長老派助事吳尙根同牧師玄楯等모든獨立運動의同志者가會合하얏스나何等決議한바가無하얏더라然而其翌二月二十一日崔南善은李寅煥을其前記宿所에訪하고相伴하야崔麟家에赴하야崔麟과會見케하얏는데其際에崔麟은李寅煥으로부터前夜朴熙道家에서基督敎徒의同志가會合하야基督敎側에서獨立運動을行하게된事를聞하고獨立運動은民族全体에關한問題임으로宗敎의異同을不問하고合同함이可타는意를說하고懇切히合同을求하얏슴으로李寅煥은同志와協議한后諾否를決하야回答할旨를約하고尙運動費의融通을要求하고歸來한바崔麟은即日孫秉熙의게 **金五千圓을** 基督敎側에貸與할事를要求하야同人은此를承諾하고天道敎大道主被告朴寅浩及同敎金融觀長被告盧憲容에게右事情을告하야同金額의支出을求한바右兩名이皆前記獨立運動에贊同하고志에參加하야異議업시天道敎의保管金五千圓支出의節次를終了하고其翌二十二日現金五千圓을崔麟에게交付하얏슴으로同人은此를携帶하고直時李寅煥의宿所에到하야同人에게交付하얏더라

47인 예심결정서(2)(『동아일보』, 1920.4.7)

태도로 복귀했다는 점에 있었다. 그것은 피고의 태도와 말이 공판기의 중심이 될 수 있는 환경을 조성했다. 공판정은 강우규의 입장을 전파하는 정치토론장이 되었고 신문은 그것을 조선 전 지역으로 실어 날랐다. 『동아일보』의 강우규 공판기는 식민지 내셔널리즘의 극적인 확산을 유도했다.[33]

법정에 등장하는 강우규에 대한 묘사는 조선인 대중의 서사관습에 익숙한 중세 영웅전의 한 장면을 방불케 했다.

> 강우규는 법정에 나타났다. 회색 주의를 입고 얼굴에는 여전히 붉으려한 화기를 가득히 띠었으며 위엄 있는 팔자수염을 쓰다듬으며 서서히 들어오더니 의자에 앉자 허리가 좀 아프니 좀 편안한 의자를 달라고 청구하였으나 재판장이 허락하지 아니하였다.[34]

이러한 내용은 '갇힌 몸'의 존재로 조선을 묘사하려는 조선총독부의 의도와 상반된 분위기를 연출했다. 강우규의 형상은 '수인'이라는 그의 상태가 타당한지에 대한 깊은 의문을 만들어냈다. 재판장과 강우규 사이에서 이루어진 심문 문답도 강우규가 한 행위의 불법성을 확인하기보다는 오히려 그를 구속한 식민지 실정법의 문제점을 폭로하였다. "피고 생각에 전총독 하세가와長谷川는 십년 동안 조선인을 동화코자 하였으나 조선인의 독립운동을 보고 조선인은 영원히 동화치 못할 줄 알고 사임을 하였는데, 신총독 사이토 마코토齋藤實는 세계대세와 민족자결주의를 무시하고 신성한 이천만 동포를 금수와 같이 보는 자이라고 생각하였느냐"라는 판사의 질문에 강우규는 "그리 하였소"라고 답했다. 판사는 다시 "피고는 그때 자기의 목숨을 희생하여 총독을 죽여가지고 조선 사람의 뜨거운 정성을 표하고 세계의 동정을 얻고자 하였느냐"라는 질문을 하였고 강우규는 다시 "그리 하였소"라고 답했다.[35]

이 문답은 독자들에게 조선총독부 판사가 강우규의 정당성을 옹호하는 인상을 주었다. 이 문답이 실제로 재판정에서 오고갔는지에 대한 사실 확인이 필요하지만, 그것이 재판장의 실제 발언이든 혹은 기자의 조작이든 그 사실관계의 규명은 사안의 핵심이 아니었다. 중요한 점은 문답의 내용이 신문에 기재되어 조선인에게 전달되었다는 점 자체였다. 이 과정에서 조선인의 독립운동을 범죄의 영역 속에 묶어두려는 식민권력의 의도는 의심의 대상이 되기 시작했다. 더욱 문제적인 것은 그러한 의심이 제국 일본의 권위를 상징하는 조선총독부의 법정에서 발생했다는 점이다.

강우규 공판기를 통해 그 직전 장기간 연재된 「47인 예심결정서」의 의미 맥락 또한 재구성되었다. 판결문은 공판기와 달리 민간의 의도가 개입할 여지가 전혀 없는 명실상부한 국가권력의 문장이다. 재판장인 와타나베 노부渡邊暢 이하 다섯 명의 판사가 작성한 이 공식문서는 3.1운동에 대한 조선총독부의 법적 판단을 총괄하는 의미를 담고 있었다. 그러나 강우규 공판기와 같은 전복적인 법정서사의 등장은 판결문 또한 새로운 의미로 읽힐 수 있는 가능성을 만들어냈다. 범죄를 확정하기 위한 본래의 목적과는 달리 3.1운동의 주체와 경과에 대한 다양한 정보를 담아 사실을 알리는 예상치 못한 역할이 발견된 것이다.

『동아일보』의 「47인 예심결정서」 공개는 조선인들에게 3.1운동의 전모를 알리는 계기가 되었다. 이 판결문 속에서 만세운동 지도자들의 역할과 활동내용, 운동의 진행상황 등이 상세하게 드러났다. 다음에서 강조된 문장은 3.1운동 판결문의 본래 의도와는 구별되는 특별한 인식효과를 만들어냈다.

> 최남선은 동월 상순경부터 빈수頻數히 최린과 회합 협의한 후 모두冒頭에 '조선의 독립국 됨과 조선인의 자주민 됨을 선언하노라'라 게기揭記**하고 조선의 독립은 시대의 대세에 순응하고 인류 공동생존권의 정당한 발동으로 하물何物이라도 저지 억제키 불능함으로 차 목적을 성成키**

> 무의無疑함으로 조선 민족은 정당히 최후의 일인 최후의 일각까지 독립의 의사를 발표하고 상호 분기하여 제국의 기반羈絆을 탈脫하여 독립을 기도치 아니치 못할 의사로 조헌을 문란하고 독립의 시위운동을 도발할 문사를 기재한 선언서를 제국 정부, 조선총독부, 귀중양원貴衆兩院에 제출할 조선독립에 관한 의견서(…하략…)[36](강조는 인용자)

「47인 예심결정서」는 최남선의 죄상을 언급하면서 「기미독립선언서」의 일부를 그대로 노출시켰다. 이러한 현상은 3.1운동의 실상에 대한 이해를 확산시켰다. 1919년 3월 1일부터 조선에서 어떠한 일이 벌어졌는가라는 의문에 대해 「47인 예심결정서」가 의도하지 않은 답변을 시도한 것이다. 『동아일보』의 「47인 예심결정서」 전문 공개는 그러한 효과를 의식한 결정이었다. 그 결과 조선인 민간신문에 실린 3.1운동 판결문은 의도와 효과가 어긋나는 특별한 문서가 되어버렸다.

「대한청년외교단과 대한애국부인단의 제1회 공판방청 속기록」(1920.4.24.~6.11, 6회)은 시국사건에 대한 식민지 민간신문 공판기의 모범을 보여준다. 이 공판기는 재판관, 검사와의 문답을 통해 피고의 입장과 반제국주의운동의 전말을 드러내고, 검사의 논고 속에 들어 있는 비합리성과 반근대성 등을 폭로했다. 체포와 구금, 조사과정에서 피고가 겪은 고문 등 비인권적 상황을 폭로했을 뿐만 아니라 조선인의 공분을 자극하는 상황과 단어를 은연중 노출시켜 신문독자들의 의식과 감정을 자극했다.

이 공판기는 류광렬柳光烈이 작성했는데, 그는 이와는 별도로 「대구행」(6월 18일~22일, 5회)이라는 수필을 발표했다. 이 글은 시국사건 재판을 참관하는 기자 개인의 심리변화를 담고 있는데, 공판기가 새로운 차원의 근대서사로 전환해가는 사례를 보여주었다. 얼굴에 자상의 흔적을 가진 사람을 보고 "그가 전장에 나가서 자가의 조국을 위하여 피를 흘리다가 적군에게 맞은 칼자죽인가"라고 상상하며 류광렬은 공명자共鳴者로서 자기존

大韓青年外交團과 大韓愛國婦人團의

第一回公判傍聽速記錄

大邱地方法院에서

＝六月七日＝ 本社特派員記

대한청년외교단과 대한애국부인단의 제1회 공판방청 속기록(『동아일보』 1920.7.14)

재를 재구성했다. 그러한 시각은 사건의 주인공을 묘사하는 대목에서 결정적으로 드러났다.

> 여자 피고 중 김마리아金瑪里亞와 백신영白信永은 병든 몸으로 의자에 기대여 앉아 있다. 더욱 김마리아는 담요로 몸을 두르고 얼굴을 흰 수건으로 가리었는데 내어놓은 두 손은 뼈만 남도록 말랐다. 나는 그의 얼굴을 보지 아니하여도 그의 뼈만 남은 두 손을 보고 넉넉히 그의 옥중생활이 얼마나 괴로웠으며 그의 병이 얼마나 중한 것을 알겠다. 흰 수건 아래로 하얗게 보이는 턱, 축 늘어진 그의 양자를 볼 때에 마치 죽은 사람을 보는 것 같이 불상한 마음이 가슴에 충만하였다. 가슴이 찌르르하였다. 나의 이때의 느낌은 마치 성모 마리아나 보는 듯이 경건한 태도를 가졌었다.[37]

피고의 삶에 자신을 겹쳐보려는 동화의 감각이 종국에는 반성을 통한 자기고백으로 이어졌다. "아아 나의 나이 이미 이십이세! 동포와 사회를 위하여 무엇을 이루었나뇨? 부질없이 밥벌레를 면치 못할 뿐!"[38] 이러한 류광렬의 사례는 식민지 시국사건에 대한 기록이 이전에 없었던 새로운 서사양식의 연쇄를 만들어내는 중요한 계기였음을 보여준다.

3.1운동 지도자들에 대한 본심이 끝난 이후『동아일보』공판기의 표현 강도는 한층 높아졌다. 1920년 8월 22일~31일까지 7회에 걸쳐 연재된 연통제聯通制사건 공판기는 당대 법정서사의 한 극점을 보여주었다. 이 공판기는 사건 연루자 한 사람 한 사람의 심문 문답을 기록하면서 피고가 발언한 핵심내용을 굵은 글씨의 표제문으로 뽑아 제시했다.

> 김인서金麟瑞, 조선은 곧 조선인의 조선이니 조선인이 통치함이 당연할 일
> 박원혁朴元赫, 조선인의 문화와 역사를 무시하고 억지로 동화만

김동식金東湜, 한 물건이 있는 곳에는 다른 물건이 있을 수가 없는 까닭
전재일全在一, 일본은 우리의 의붓아버지니 어찌 친아비를 사모치 않으랴
이운혁李雲赫, 시세가 허락하는 독립은 운동치 안 해도 자연히 될 것
임정발林正發, 조선 사람이 된 이상에야 누가 독립을 원치 않으랴
장천석張天錫, 연통제를 조직하여 내외로 연락하여 운동을 함이 필요
이용헌李庸憲, 독립하기는 간절히 원하나 자격이 없어서 운동은 못해
윤태선尹泰善, 조선독립의 의의라 하는 것은 일본의 통치를 벗어나고자
김인서金麟瑞, 윤태선을 상해정부의 대의사로 파견하고자 하는 내용
이규철李揆哲, 리규철은 통역을 꾸짖고 마침내 재판장에게 항거
이규철李揆哲, 나는 오직 강도의 무리에게 잡혀왔다는 말
검사, 연통제는 조헌문란朝憲紊亂, 이와 같은 무리를 박멸하지 않으면 안 된다
김동식金東湜, 우리들은 적국의 포로이니 맘대로 하라
이운혁李雲赫, 조선 삼천리는 큰 감옥이오, 이천만 민중은 모도다 죄인

표제문 가운데 검사의 발언은 단 한 줄에 불과했고 나머지는 모두 피고들의 주장이었다. 이 표제문은 일제의 조선지배에 대한 직설적 비판을 신문의 지면 위에 쏟아내었다. '조선 삼천리는 큰 감옥이오, 이천만 민중은 모도다 죄인'이라는 이운혁의 발언은 일본에 의한 식민지 지배의 타당성을 정면에서 부정했다. 그는 조선인이 제국 일본에 순응하지 말 것을 선동했다. 연통제 관련자들의 발언은 『동아일보』가 과연 식민지의 매체인가를 의심하게 할 만큼 파격적인 것이었다.

무엇을 감출 수 있는가

조선총독부 법정의 판결문이 식민지 매체의 언어가 되고, 제국법이 구현되는 공판정이 반제국주의 선전장으로 변질된 것은 확실히 3.1운동의 열기가 낳은 뜻밖의 현상 가운데 하나였다. 1920년대 초반 민간신문의 법정서사는 제국의 법으로 식민지인의 말이 되게 하려는 목표에 충실했다. 이러한 혼란은 식민지사회에서 제국에 적대적인 불온성이 매우 복잡한 개념이라는 것을 다시 한 번 상기시켰다. 일상의 형식을 통해 출판물에 대한 식민권력의 간섭과 억압을 차단할 수 있다는 것을 3.1운동의 법정서사가 증명한 것이다.

3.1운동의 법정서사는 식민지 검열의 역사적 성격을 새롭게 이해하는데 중요한 근거를 제공했다. 이러한 자료가 확인됨으로써 식민권력이 검열을 통해 "무엇을 감출 수 있었는가"라는 의문이 증폭되었다. 검열자의 언어와 피검열자의 언어가 뒤섞이는 것이 식민지 사회의 필연적인 환경이었다. 어떤 사람들은 그것을 이용하여 검열자의 언어맥락을 변형시켰다. 그때 식민지 검열체계가 작동하지 않았다는 사실을 3.1운동의 법정서사는 명료하게 보여주었다. 제국 법체계의 산물에 대해서 식민지 검열은 그 촉각의 예민함을 완화시켰는데 그러한 허술함은 식민지 검열이 제국 일본의 위계 구조 속에서 작동되던 통치제도의 일부였음을 드러냈다. 검열을 책임지던 법과 행정기구는 그 자체로 완결된 자기목적성을 지니고 있지 못했던 것이다.

조선의 민간신문은 그 약점을 파고들었다. 그들은 검열의 대상이 될 수 없는 곳에 집중했고, 법정을 식민지인의 공론장 속으로 끌어들였다. 제국 일본의 권력행위를 반식민의 언어로 재주조하는 것, 그것이 식민지 민간신문의 판결문과 공판기였다.

판결문과 공판기는 3.1운동에 대한 제국 일본의 단죄를 기록한 자료였다. 그것은 식민권력 자신의 언어이거나 일제의 법적 행위에 대한 관찰이기 때문에 3.1운동을 직접 다루면서도 검열의 대상의 되지 않았다. 그러나 3.1운동 판결문과 그 재판과정의 묘사인 공판기가 조선어 신문에 대대적으로 실리면서 누구도 알지 못했던 실감의 세계를 열었다. 판결문과 공판기에 대한 식민지인의 재맥락화는 제국의 손으로 제국의 눈을 찌르려는 반식민 정치전략이자 피검열 주체의 적극적인 반검열 시도였다.[39]

제 11 장

통속과 반통속, 염상섭의 탈식민 서사

피식민자의 언어들

『만세전』의 노블적 한계

이인화의 여로 속에 겹쳐져 있는 공간의 이질성을 피식민자가 겪을 수밖에 없는 '역域'의 굴레에 대한 비유로 읽고자 할 때 『만세전』에 대한 새로운 이해방식이 생겨난다. 이인화의 심리는 시모노세키下關 항구에서 "낯서투른 친구"에게 "국적이 어디냐"는 질문을 받는 순간 근본적으로 달라진다. 피식민자로서의 자의식을 환기시키는, 조선인이라면 누구나 대답하기 애매한 이 질문은 『만세전』의 세계를 두 개로 가르는 날카로운 분기점이다.

이전의 서사가 이인화의 주관과 욕망이란 그 자신의 자율성에 의해 구성되었다면, 질문에 대한 대답 이후 이인화는 외부세계의 자극에 민감하게 반응하는 존재로 그려진다. 항구에 도착하기 전까지 그는 지인들과 주로 교류했지만, 귀국선을 타면서 견디기 어려운 모욕을 경험하고 생면부지의 타인들과 접촉한다. 여기서 이인화의 태생적 시니시즘cynicism은 환멸의 정서로 형질이 변경되었다. 외부세계와의 접촉면이 넓어질수록 심리적 상처의 강도는 더해지는데, 그것은 이인화가 겪는 내면질서의 훼손과 비례한 현상이었다.

고향으로 귀환한 이인화의 정신세계 속에 "정말 자유는 공허와 고독에 있지 않은가!" 혹은 "자기의 내면에 깊이 파고 들어앉은 결박된 자기를 해방하려는 욕구"[1]와 같은 추상적 고뇌는 더 이상 생겨나지 않았다. 형이상의 번민은 이른바 '내지'에서만 가능한 정신현상 가운데 하나였다.[2] 지적 관념의 세계를 허락받는 것, 그것은 '내지'의 조선인에게 부여된 하나의 특권이었다.

반면 식민지는 '속중俗衆'들의 저속하고 고단한 삶과 연계되어 있는 세계였다. 귀국선을 타면서부터 이인화는 번잡하고 추루한 현장과 부단히 접촉했다. "승객들은 우글우글하며 배에 걸어놓은 층층다리 앞에 일렬로 늘어섰다. 나도 틈을 비집고 그 속에 끼였다(35면)." 이러한 묘사는 이인화의 의사와 상관없이 이루어지는 어떤 불가피한 뒤섞임을 보여준다. 그것은 대개 극도의 인내를 수반했다. 삼등 객실로 들어가기 위해 "썩은 생선을 저리는 듯한 형언할 수 없는 악취에 구역질이 날 듯한 것을 참는" 주인공의 고통은 식민지인이라면 누구도 피할 수 없는 최하면 삶들과의 숙명적 공존을 암시한다.

형사일 것이 확실한 '궐자'는 시모노세키 항구에서 이인화의 본적과 나이, 배를 타는 이유와 종착지가 어디인지 등을 끊임없이 묻는다. 출경의 장소에서 이인화가 당하는 집요한 질문은 내지와 외지 사이에 엄존한 법역의 차이로 인한 것이다. 제국의 내부에서 식민지로 들어오는 모든 출판물들이 빠짐없이 검열되듯이, 식민지를 향해 이동하는 인간들도 그 불온성의 정도를 심사받아야 하는 것이다. 자기정신 안에 존재할지 모르는 제국 일본에 대한 적대감의 여부를 따져보고, 그것이 가져올 실제 위험을 스스로 계량해야 하는 것이 모든 귀향자들이 갖는 공통의 경험이었다.

그들은 제국의 내부에서 누린 사상과 표현의 자유를 스스로 축소해야만 식민지의 현실에 적응할 수 있었다. 문자로 표현된 자유의 잉여가 조선으로 들어오면서 삭제되거나 압수되듯, 귀향자들은 비록 일시적일지라도 그 내부에 증식된 내지의 감각을 버려야만 했다. 이인화에 대한 형사의 도발은 피식민자에 대한 정신의 검열과정을 보여주는데, 그 싸늘한

눈초리는 내지인에서 식민지인으로의 전신轉身을 요구하는 제국의 명령을 담고 있었다. 경성이 가까울수록 높아지는 정신의 압력은 이 때문이다. 『만세전』의 서사는 내면의 주권을 둘러싸고 식민권력과 한 인간 사이에 벌어지는 충돌과정의 기록인 것이다.

그 점에서 식민지는 나가는 것보다 들어오는 것이 더욱 어려운 공간이었다. '잠입'하지 않을 수 없었던 혁명가들의 귀국을 다룬 『동방의 애인』(심훈, 1930)은[3] 특별한 사례일 것이나, 평범한 이들의 귀향도 『만세전』의 경우처럼 상당한 대가를 치러야만 했다. 이 작품들은 식민지의 안과 밖이 얼마나 다른 세계인지를 명료하게 보여준다. 두 소설을 겹쳐 읽을 때 상하이, 모스크바, 도쿄는 동질의 공간이다. 흥미롭게도 소설 속에서 이 도시들이 가지고 있던 정치적인 적대성은 부각되지 않는다. 그곳은 안온하고 평화롭다. 반면 식민지는 특별한 장소였다. 불안한 긴장과 정신의 상처를 감수하지 않고서는 식민지의 문을 열 수 없었다. 공간의 분열로 인한 내면의 강박이야말로 피식민자의 특별한 정신을 만드는 기제 가운데 하나였다.

이질 공간, 곧 '역域'의 차이가 만들어내는 충격의 강도는 자족의 세계에 갇혀 있던 이인화가 타인의 삶에 대한 관심을 표명하고, 심지어는 격렬한 동화의 감정을 느끼게 되는 대목에서 선명하게 드러난다. 그는 조선에 들어오면 금세 술이 느는 자신의 뜻하지 않은 변화를 심각하게 걱정한다.

> 그들이 찰나적 현실에서 벗어나는 것은 그들에게 무엇보다 가치 있는 노력이요, 그리하자면 술잔 이외에 다른 방도와 수단이 없다. 그들은 사는 것이 아니라 산다는 사실에 끌리는 것이다. (…중략…) 그들은 자신의 생명이 신의 무절제한 낭비라고 생각한다. 조선 사람에게서 술잔을 빼앗어? 그것은 그들에게 자살의 길을 교사하는 것이다.(94면)

'술로 생명을 연장한다'는 반어는 도쿄에서의 이인화가 보여준 인간 이해방식과는 매우 다른 것이다. 내지의 근대인에서 식민지 조선인으로의 하방, 도쿄에서 경성으로의 공간이동은 인간론의 초점을 이렇게 변화시켰다. 아래의 문장에서 진술되는, 근대인의 허위와 한계에 대한 냉담한 비판은 조선으로 돌아온 이후 다시 재현되지 못했다.

> 결국 사람은 소위 영리하고 교양이 있을수록 (정도의 차이는 있을지 모르나) 허위를 반복하면서 자기 이외의 일체에 대하여 동의와 타협 없이는 손 하나도 움직이지 못하는 이기적인 동물이다. 물적 자기라는 좌안左岸과 물적 타인이라는 우안右岸에 한발씩 걸쳐 놓고 빙글빙글 뛰며 도는 것이 소위 근대인의 생활이요, 그렇게 하는 어릿광대가 사람이라는 동물이다.(23면)

현실과의 절실한 대면이 이인화의 세계인식을 전환시킨 것은 확실했다. 그는 연락선 목욕탕에서 조선인이 타이완의 '생번生蕃'에[4] 비교되는 말을 듣고 '적개심'과 '반항심'이 '피동적'으로 유발되고 있음을 깨닫는다. 여기서 우리는 '피동'이라는 표현에 유의해야 한다. 식민지 현실이 가한 충격을 강조하는 표현이기 때문이다.

이러한 자각은 '그들'로 지칭된 식민지의 밑바닥 인생들에 대한 공감으로까지 전이되었다. "주림만이 무엇보다도 확실한 그의 받을 품삯이다"(41면)라는 각성은 부인의 위급을 통보받고도 "아직 죽지는 않은 거로군……" 하던 그 심드렁한 표정과는 전혀 다른 심리를 보여준다. 시즈코静子에게 보내는 편지에서 이인화는 죽은 부인이 "너의 길을 스스로 개척하여라!"는 '교훈'을 주었다고 고백하는데, 거기에는 가혹한 삶을 겪었던 부인에 대한 진심어린 이해의 감각이 들어 있었다.[5]

사회와 현실에 대한 접촉이 넓어지자, 『만세전』을 가득 채웠던 냉담한 감정들은 조금씩 엷어졌다. 주인공은 귀로의 여정에서 자기의 부서짐과 또 다른 자기의 세워짐을 경험했다. 어떤 전환의 계기를 맞고 있었던 것이다. 따라서 이 작품의 지평을 환멸의 미학 안으로만 가두는 것은 이미 진행되고 있던 미묘한 변화의 의미를 과소평가하는 것이다. 소설이 끝날 즈음 이인화는 '원심적 생활'을 버리고 '구심적 생활'을 '시작'해야 한다는 말을 꺼냈다. 그 맥락 속에서 '구심적 생활'이라는 표현은 조선 현실의 전체 국면에 대한 깊은 성찰의 요구로 읽힌다.

그러나 우리가 이미 알고 있는 것처럼, 이인화가 여로에서 조우했던 조선인의 삶과 조선이란 현실세계를 『만세전』은 끝까지 추적하지 않았다. 이 소설이 선택한 방법의 제한성이 서사의 확장과 심화를 가로막고 있던 탓이다. 그것을 우리는 『만세전』이 직면했던 노블로서의 한계라는 관점에서 생각해볼 필요가 있다. 『만세전』이 그 자신의 문제를 벗어나려는 준비를 하고는 있었지만, 굳어진 서사의 체계가 완화될 수 있는 여지는 크지 않았다.

여로라는 단일 플롯과 한 개인의 시선으로 고정되고 닫힌 서사구조가 식민지 조선의 이면으로까지 관심의 폭을 밀고 나갈 수 없도록 한 것은 누구나 공감하는 특징이다. 『만세전』이 구사하고 있는 정공법의 묘사가 지닌 한계도 지적해야 하는데, 검열은 누구보다 염상섭 자신이 심각하게 의식하고 있었던 난관의 하나였다.[6] 그렇지만 사안의 핵심은 무엇보다 이 소설의 시종을 관통하고 있는 이른바 환멸의 미학과 소설양식과의 연관성이 낳은 문제였다.

『만세전』의 환멸이 식민지 인텔리겐차의 좌절에서 비롯된 것이라는 판단은 임화로부터 시작된 것이다. 그는 염상섭의 '페시미즘'을 "멀리서는 신문화 수입 이래의 전 성과에 대한 부정이요, 가까이는 1918년 이래 시작되어 일 시민이나 인텔리겐차의 제반요구를 청허聽許해주는 듯한 정황의 귀결에 대한 비관"이라고 해석했다.[7] 임화는 3.1운동의 실패로 인해

『무정』의 세계를 구성했던 주체적 근대성에 대한 자산계급의 노력과 기대는 사멸했으며 그것은 '이광수적인 것'의 종언을 의미한다고 본 것이다.

임화가 『만세전』을 "조선 자연주의 소설의 최고의 절정이자 최종의 모뉴멘트"로 고평한 것은 조선의 근대를 이끌어온 구세력의 역할이 계속될 수 없다는 단정의 역설적 표현이었다. 이인화의 환멸을 임화는 안으로부터 미래로 향한 문을 닫아버린 조선 부르주아의 추락으로 판정했다. 유물론적 역사관의 입증을 위해 이인화의 정신 속에 태동한 '그들'의 삶에 대한 관심을 임화는 애써 외면했다. 그리고 "그(염상섭-인용자)는 요컨대 그들의 선도자들을 위시하여 자기 자신의 사업의 성과가 그 요구에 비하여 너무나 헛될 것을 두려워한 것이리라"[8]와 같은 우아한 수사학을 동원해 『만세전』을 지나간 시대의 만가로 묘사했다. 이 소설을 조선 부르주아의 무덤으로 봉인하고 싶었던 것이다.

하지만 염상섭은 통속의 세계로 나아가면서 『만세전』의 서사를 지탱했던 자학의 인격과 결별했다. 견고한 그의 엘리트의식이 해체된 것은 아니었으나 욕망과 억압의 비대칭성이 만드는 내면적 고투의 서사는 중단되었다. 그것은 임화의 판단과는 달리 새로운 시간을 준비하고 있었던 염상섭의 도전이 얻어낸 성과였다. 염상섭이 지녔던 엘리트의 체질은 상속되거나 획득한 기득권의 행사라는 일반의 의미와는 조금 다른 것이었다. 그것은 속물화된 기성의 권위에 저항하는 반골기질과 순수한 가치의 정수로 회귀하려는 정신적 귀족주의가 결합한 형태를 띠고 있었다.

일본 근대에 대해 한낱 "쇼윈도아[店頭裝飾]의 문명"에 불과하다는 대담한 해석을 내놓고, "다만 세련된 기교에 감복할 따름"이라는 한 구절로 일본 근대문학의 본질을 정리하는 그 냉정함 속에는 제국 일본의 내부를 헤집고 들어가는[9] 무엇에도 구애받지 않는 엘리트로서의 자의식이 뚜렷했다. 일본의 한계는 "우주와 인생 사회에 대하여 좀 더 근간根幹에 부닥다리는 큰 눈이 없고 호흡이 세차지 못한" 탓인데, 그렇기 때문에 일본에

서 대문학은 나올 수 없다고 염상섭은 확신했다.[10]

그의 일본문학관은 프로문학에 대한 신랄함과도 연결되었다. 염상섭은 프로작가를 물도 타지 않은 알콜을 들이키고 수술실로 들어가는 외과의사로, 조선의 문학은 '푸로병'으로 인해 "백 일도 못된 갓 난 아해가 태독胎毒에 걸려 헐떡이는" 상태로 비유했다. 그것은 조선 문학장의 빈곤화가 가속될 것에 대한 심각한 우려의 표현이었다.[11]

나르시시즘에 빠진 자기과장과 대외의존성에 대한 깊은 불신은 일본문학과 프로문학에 대한 염상섭의 비평의식에 내재된 공통된 하나의 시각이었다. 그런데 그러한 불신의 이면에는 사유의 토착화 혹은 조선인의 내적 감각에 대한 신뢰라는 염상섭 특유의 역발상이 들어 있었다. 오랜 시간 집적되어 신체화된 삶의 양식들이 드러내는 재현방식에 대한 염상섭의 관심과 믿음은 깊었다. 박래한 모더니티를 새로운 문명으로 맹신하는 세태를 염상섭은 비루한 것으로 여겼다. 자신의 감각으로 확인하지 않는 모든 권위와 가치에 대한 의심과 혐기, 그것이 염상섭 문학의 생존근거이자 자존감의 기초였다.

『만세전』은 염상섭의 오만한 엘리트주의가 근대소설의 정통양식—그가 깊이 사숙했던 이른바 북국北國의 노블들—[12]을 빌려 피식민자와 식민지의 현실을 표현 가능한 극점까지 밀고나간 작품이었다. 예민한 지식인의 순정한 내면을 흔들고 혼돈에 빠트리는 현실, 그 과정에서 찾아온 각성을 수용하는 정직함과 그 눈에 포착되는 연옥과 같은 세계상을 이 소설은 가감 없이 묘사했다. 그러나 『만세전』이 조선의 피식민자가 겪고 있는 상황의 '전부'를 담을 수는 없었다. 다른 차원으로 말하면, 조선적 현실을 중층적으로 혹은 전면적으로 해부해 들어가지 못했던 것이다.

제국 일본의 영토가 분할되어 생겨난 공간/역域의 차별을 피식민자의 정신현상에 대한 분석으로까지 끌고 올라간 것은 그 자체로 놀라운 성취였다. 하지만 이러한 접근만으로 식민지의 근저까지 묘파될 수는 없었다.

그것은 이미 언급했던 것처럼, 『만세전』이 선택했던 환멸의 양식이란 서사방법의 한계와 연관된 문제였다. 환멸이라는 인식주체 내부로 소환되는 현실에 대한 절망의 기제를 통해 사회를 이해했던 식민지 엘리트의 자아가 소설양식 구조화의 원리였기 때문에 『만세전』이 도달한 성과와 한계에 대한 냉철한 복기 또한 결국 염상섭 자신의 몫일 수밖에 없었다.

『만세전』 이후 염상섭의 문학은 급격히 변모되었다. 변화의 방향은 통속의 요소와 정통문학의 자질을 의도적으로 교직하는 것이었다. 조화되기 어려운 이질성의 무질서한 결합은 식민지에서 노블의 생존과 독립이란 목표를 향하고 있었다. 그것은 가야트리 스피박Gayatri Spivak이 언급한 '패러택씨스parataxis'의 개념을 연상시킨다. 스피박은 "착취자에게 들이대는 날카로운 칼날을 하나도 잃어버리지 않는" 서사의 사례를 언급하면서 '패러택틱paratactic'이라는 용어를 사용했는데, 이는 갈등이나 모순이 해결되지 않은 채 병치되는 관계를 뜻한다.[13] 'parataxis'라는 용어가 문장과 절, 구를 접속사 없이 늘어놓는 것을 뜻한다면, 염상섭 장편소설은 이질적 요소의 혼합과 나열의 서사구성을 보여준다는 점에서 상호 유비적이다.[14]

그것은 통속과 비극, 희극과 간계, 전통서사와 서구양식, 형이상의 사유와 관습적인 하층어, 리얼리티와 과장, 희곡적 특질과 소설적 묘사, 서로 다른 서사들의 착종과 복합, 주도서사와 주변서사의 불확정과 의미론적 역전, 에피소드와 중심플롯의 모호한 관계 등이 외견상 무질서하게 동거하는 형태로 편성된다. 그러한 복합성은 노블의 본래적 성격이지만 염상섭의 장편은 그 일반적인 정황을 현저히 넘어섰다. 의도된 서사의 혼돈인 것이다.

그의 소설은 난해하기보다 갈피를 잡기가 어려운데, "엉성한 소설이 흔히 그렇듯이 복잡한 줄거리를 가지고 있으며 한마디로 정의하기 어려운 작품"이란[15] 한 평론가의 술회는 염상섭의 소설과 만날 때 겪게 되는 독자들의 곤혹을 잘 드러낸다. 염상섭은 독자들에게 피식민자의 서사는 어떻게 당초의 의도를 최대한 간직한 채 생존할 수 있는가라는 긴장된 문제에 동참하기를 요구했다.

1929년 10월, 문제작 『광분』의 연재를 시작하며 염상섭은 소설 속에 담긴 자신의 의식적인 책략과 숨겨진 의도가 간파되길 간곡하게 희망했다.

> 작자는 이제 큰 문제의 하나인 성욕문제를 중심으로 인생의 한 구절을 그려보려 합니다. (…중략…) 그러는 가운데서도 이 시대상을 말하는 소위 모던걸이라는 현대적 여성의 생활에 많은 흥미를 가지고 쓰려 합니다. (…중략…) 그러나 독자는 여기에 홀려서는 아니 됩니다. 내 글이 아름답고 사연이 반가워서 홀린다는 뜻이 아니라 작중인물의 그 부도덕하고 불건전하고 불합리한 모양만이 여러분의 눈에 뜨이며, 그 천열賤劣한 쾌감을 만족시킴에 그치고 작자의 참 목적 앞에 여러분의 눈과 감각이 무디다 할진대 작자는 실망치 않을 수 없다는 말입니다.[16]

'성욕문제'의 이면을 보아달라는 염상섭의 요청은 문자로 재현한 것 이상의 무엇을 전달하겠다는, 식민지의 억압과 금지의 상황을 넘어서보겠다는 포부와 의지의 표명으로 이해된다.

통속의 조건
민중과 데모크라시

통속화의 계기는 『만세전』이 도달했던 지점이 자신의 한계였음을 인식한 것에서 비롯되었다. 염상섭은 1928년 4월부터 6월까지 두 편의 소설론을 연속해서 발표했다. 그 속에는 자신의 신문연재 장편소설을 옹호하는 그 나름의 문학관이 피력되어 있었다. 『만세전』 이후의 생겨난 소설 경향의 변모를 공개적으로 설명할 필요가 있었을 것이다.

1925년, 김억은 『만세전』 이후 염상섭 소설의 문제를 차갑게 지적했다. 그는 『너희들은 무엇을 얻었느냐』(1923)가 "독자의 맘을 사려고 '엿'과 같이 사건을 늘인" 작품이라고 비판했다. 염상섭은 김억에 의해 '작품에 충실치 못한' 작가이자 '작품을 상품시'하는 문학 하류배로 '맹성猛省'을 촉구당한 신세가 되었다.[17] 염상섭 문학에 대한 부정적 시각은 이후에도 계속되었다. 1934년 조용만은 염상섭이 저널리즘에 휩쓸려 "「암야」, 「해바라기」 당시의 모든 좋은 작가적 자질을 배반하고 완전히 한 개의 통속소설 작가로 전환하여 버렸"다고 혹평했다. 조용만은 "경멸할 수 없는 이 고통한 향기"로 자신이 묘사한 초기 단편소설의 시대를 염상섭 문학의 본령으로 이해했다. 그는 루쉰魯迅의 「아Q정전」을 예로 들며 "조선의 작가에서가 아니고는 맛볼 수 없는 특수한 풍격"의 부재도 거론했는데, 이를테면 염상섭은 진실로 이해받지 못했던 것이다.[18]

단편소설을 본격문학의 고유한 형식으로 단정하는 한국적 현상의 원인에 대해서는 이미 박헌호의 탁견이 제시된 바 있지만,[19] 당대의 어떤 독자는 염상섭에게 진심어린 어조로 단편소설을 발표해주길 호소했다. 그는 "신문소설은 돈에 팔려 쓰이고 있는 것을 우리는 압니다. 그러므로 신문소설을 가지고 선생의 작가作家 정체正體를 대하려는 무지는 범하지 않겠습니다. 그러니까 선생의 정말 작가적 태도를 접할 수 있는 단편을 기다리게 됨이외다"라고 말했다.[20] 염상섭의 신문장편소설은 초기 단편의 성취를 가리는 음화陰畵로, 삶의 유지를 위한 생계의 형식으로 받아들여진 것이다.

동료 문인에 의해 본격문학의 길에서 벗어난 행태로 규정되었음에도 염상섭의 신문소설 연재는 계속되었다. 『너희들은 무엇을 얻었느냐』

(1923, 『동아일보』), 『진주는 주었으나』(1925, 『동아일보』), 『사랑과 죄』(1927, 『동아일보』), 『이심』(1928, 『매일신보』), 『광분』(1929, 『조선일보』), 『삼대』(1931, 『조선일보』)로 이어지는 신문연재 장편소설의 계보는 이 시기가 염상섭 문학인생의 최전성기라는 느낌을 갖게 한다. 그 점에서 염상섭은 자신의 선택을 변호할 충분한 필요성이 있었다.

> 나는 소설을 쓰면서 매양 누구에게 읽히려고 쓰느냐는 질문을 자기에게 발하는 때가 많다. 자기 딴은 다소 고급이라 할 만한 표준으로 쓸 때에는 소위 문단끼리만 읽으려고 쓰는 것인가 하고 스스로 묻는다. 또 그보다 낮추어서 소위 신문소설, 통속소설을 쓸 때에는 그 독자의 계급적 성질과 교양의 최고점과 평균점이라는 것을 고려치 않을 수 없다. 그리하여 자기는 동호자同好者끼리를 위한 소설과 중학교 3, 4학년 생도의 정도를 표준으로 한 통속소설을 쓴다는 답안에 도달하였다. 어찌하여 그러하냐? 여기에 대한 설명은 문예와 계급적 관계를 제시할 것이요, 아울러서 조선의 현상現狀은 얼마한 정도의 문예를 가질 수 있겠느냐는 것을 지적할 것이다.[21]

염상섭은 이 글에서 독자와의 소통 가능성이 소설 창작의 관건임을 말했다. 그러나 독자의 수준에 대한 고려가 구매력에 영합하려는 상업적 목적의 산물임은 부정했다. 그가 강조한 것은 소설문학의 수요가 신문소설의 독자인 청소년 학생과 유복한 부녀자들로 한정될 수밖에 없다는 문학장의 냉정한 현실이었다.[22] 이를 바탕으로 염상섭 자신이 스스로 인정한 통속작가의 개념이 조금씩 구체화되었다. 독자층의 결핍이라는 위기를 넘어서기 위해 통속소설을 집필한다는 것이 염상섭의 주장이었는데, 이로써 통속이라는 용어는 가치중립적이며 유연한 현실 대응의 의미를 갖게 되었다.

염상섭은 "통속소설일지라도 소위 본격적 소설이 아닌 것은 아니다. 다만 예술미의 고하高下로 논지論之할 것"[23]이라고 통속의 의미를 정리했다. 그것은 통속소설의 내용 속에 본격 예술소설의 자질이 함유되어 있다는 뜻이었다. 통속소설은 한 차원 낮은 '본격 예술소설'이라는 논리를 펼친 것이다. 통속과 본격의 간극이 양적인 것에 불과하다는 염상섭의 진술은, 근대소설의 역사성에 대한 깊은 이론적 성찰을 토대로 한 적극적인 자기 옹호의 발언이었다.

자신의 문학을 통속소설로 정의하고 청소년 학생과 유복한 부녀자로 한정될지라도 읽고자 하는 자를 위해 소설을 써야 한다는 염상섭의 발상은 일종의 반정통주의 선언이었다.[24] 우리는 염상섭이 통속이라는 용어로 자기를 표상하는 데 주저하지 않았다는 점에 주목해야 한다. 그가 사용하는 통속이란 말 속에는 상층 지식인에 편향된 지식문화의 흐름을 대중사회 전체가 공유하는 방식으로 바꾸어야 한다는 문제의식이 담겨 있었다.

1920년대 초반의 진보잡지 『공제共濟』 1, 2호는 김약수가 집필한 「통속유행어」를 게재했다. 여기서 설명된 용어는 물질주의, 사대주의, 쾌락주의, 암시, 상호부조론, 진화, 몬로주의, 과격파, 부인해방, 해방, 온정주의, 민족자결, 위생적 미인, 인도주의, 사회정책, 사회주의, 노동운동, 사회문제, 해양의 자유, 노동조합, 사회당, 공산주의, 과학파산, 과정, 가능성, 가로수, 혁신단, 기사문, 기하급수, 공중우편, 구체적, 예술 때문에의 예술, 인생 때문에의 예술, 경문학硬文學, 계몽운동, 공설시장, 공장법, 후천적, 사설, 자유시, 자유결혼, 소극적, 상식, 소설, 처녀연설, 처녀작, 백수노동자, 상아탑, 제삼자, 삼면기사, 정당, 주의인물, 노동공산주의, 아멘, 동경, 허무주의, 삐라, 청년단, 대등주의 등 모두 60개에 달했다.

이 용어들은 당대인이면 누구나 알아야만 하는 필수지식이라는 뜻에서 '통속'의 범주에 편입된 것이다. 신문명과 신문화의 향유를 위해 필요한 최소한의 개념을 적극 전파하기 위해 통속이란 개념이 동원된 것이다.[25] '위생적 미인'과 같은 시정의 농담은 극히 적었고, 대부분 서구 사회운동과 신문화의 번역어를 소개했다. 「노동문제 통속강화」(『공제』, 8호), 「조선역사 통속강화」(『동명』, 3호), 「조선어 연구의 통속적 고찰」(『신민』, 20호), 「문예통속강화」(『동아일보』 1925.12.31)처럼 1920년대 매체에서 빈번히 등장하는 '통속'의 표현들도 '앎'과 대중의 관계를 보다 밀접하게 하기 위한 의도를 담고 있었다. 염상섭 또한 그러한 맥락에서 통속문학의 의미를 이해했다.

앞에서 언급한 사례들은, 1920년대 통속 개념 이해방식이 대중의식의 성장문제와 결합되어 있었음을 보여준다. 통속(화)의 목표는 낙후된 상황에 처해 있는 대중이 스스로 자신의 지식과 문화를 향상시키는 데 있었다. 그것은 위로부터의 대중계몽과는 구별되는 것이었다. 근대지식과 대중사회의 연결을 통해 새로운 문화생태계를 만들기 위한 노력의 일환으로 통속 개념이 제안된 것이다.

그것은 소설사 인식의 문제로까지 연결되었다. 염상섭은 당대를 '민중'과 '데모크라시'의 시대이자 '평민'과 '민중'의 예술인 소설의 시대로 규정했다.[26] '평민'과 '민중'을 '데모크라시'라는 시대정신과 연결하고, 소설이 '데모크라시'의 재현체계라고 규정한 것에는 근대소설의 역사성에 대한 급진적인 통찰이 담겨 있었다. 염상섭은 이러한 기준으로 서구와 중국, 한국의 소설사를 통관通觀함으로써 소설의 근대성에 대한 선구적인 해석의 경지에까지 도달했다.

> 지나支那의 소설, 희곡이 당송唐宋의 운문시대의 뒤를 받아서 원대元代에 신기원을 지은 것이라든지 영문학에 있어서 사무엘 리처드슨의 『파멜라Pamela』가 소설의 최초 작품이라는 것이라든지, 조선에서 『춘향전』, 『홍길동전』 등이 출현한 사실과 그 작품의 내용으로 보아서든지

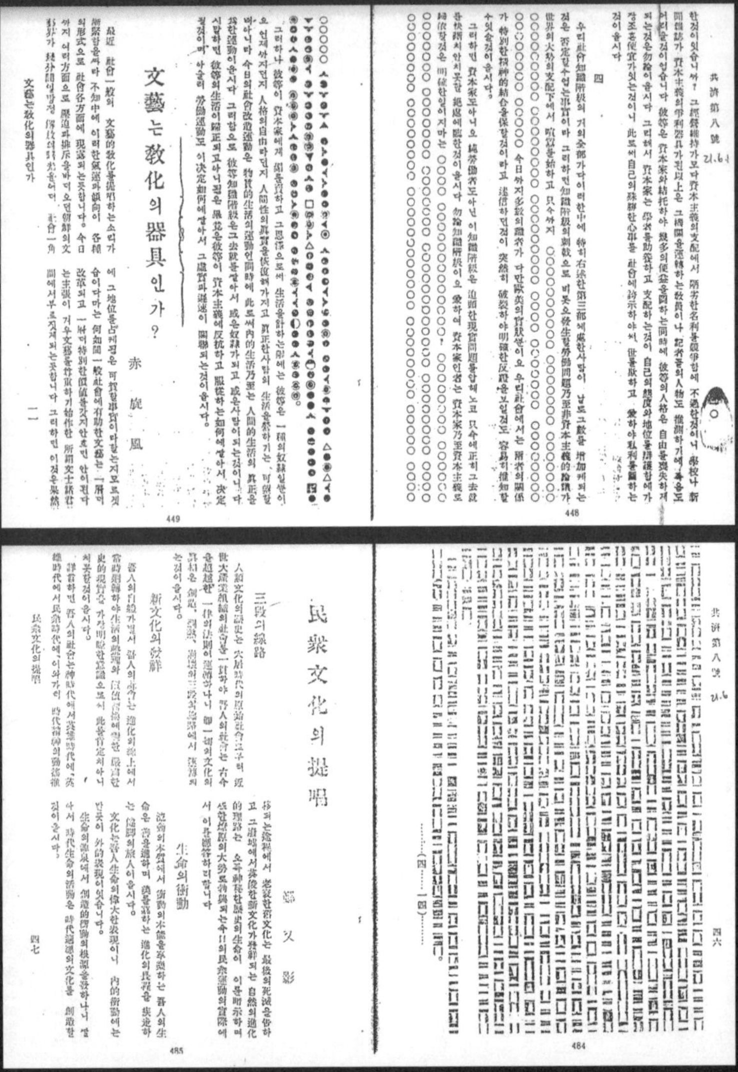

文藝는 教化의 器具인가?

赤旋風

民衆文化의 提唱

鄭又影

검열로 삭제당한 부분을 대신하고 있는 기호와 이미지들.(『공제』 제8호, 1921.6)

모두가 서민계급의 세력이 바야흐로 대두하려는 시운時運의 추이에 말미암음이라고 볼 수 있다. 원元의 소설을 발흥케 한 동기가 몽고인 기타 외국인으로 말미암아 신이상에 접촉케 되고 각지의 이문기담異聞奇譚을 상호尙好 채록케 된 결과에 있다 하거니와 이것은 즉, 시문詩文과 같이 초속적超俗的 전아典雅라든지 신운神韻이 표묘縹渺라는 귀족적, 고답적 경지에서 민중적으로 보편화하여 실인생實人生, 실생활의 내용과 형태를 직관, 비판하려는 예술적 새 시험이라 할 것이다. 또 리처드슨의 『파멜라』로 말할지라도 그 발표가 구미의 데모크라시 사상의 바야흐로 왕성한 18세기 중엽의 사事라고 함은 주목할 만한 사실이다.

즉, 『파멜라』가 발표된 것이 1740년인데 불란서혁명이 49년 후의 1789년이요, 미국의 독립선언이 36년을 격隔한 1776년이며 맑스의 탄생이 19세기에 들어서서 1818년이라는 등 사실을 보아 18세기 말엽 이래로 구주歐洲의 민주주의적 경향이 농후하고 민중의식이 왕일旺溢한 시대적 기운이 소설 발생을 촉성促成함이라 함은 타당한 관찰이라 할 것이다. 그뿐 아니라 『파멜라』의 내용이 천비賤婢의 몸으로 귀공자의 농락과 유혹을 배제하고 굳이 정조를 가꾸어 필경 일 소녀의 정숙, 고결한 인격의 감화로 귀공자를 번연飜然, 회오悔悟케 하는 동시에 인습을 타파하고 마침내 예를 갖추어 정실로 맞게 되었다는 사실은 마치 조선의 춘향이의 수절로써 천기의 몸이 정경부인의 영화를 누리게 되었다는 사실과 이곡동음異曲同音이니, 이는 서민계급이 특권계급에 대하여 승리하였다거나 혹은 계급의식이나 인습도덕에 반항하고 인물본위와 도덕관념으로 평등사상을 고조한 것이라 볼 것이다. 그 외에 『홍길동전』이 서얼의 천시, 압박에 대한 반동사상을 표백하고 『심청전』이 미천한 소녀로도 덕행의 응보應報로써 능히 왕후의 존귀를 누릴 수 있음을 묘사한 것도 역시 데모크라시 정신의 일 발로요, 서민을 위한 만장萬丈의 기염氣焰이라 할 것이다.[27]

1928년 작성된 이 문장은 한국 구소설의 근대성을 거론한 가장 이른 시기의 평문이었다. 염상섭은 원대 중국소설, 사무엘 리처드슨Samuel Richardson의 『파멜라』, 그리고 조선의 『춘향전』, 『심청전』, 『홍길동전』의 성격을 같은 맥락 안에서 비교했다. 이들을 하나로 엮는 자질은 민중성인데, 염상섭은 인류사적인 차원에서 소설적 근대의 기원을 설명하기 위한 고리로 민중성이란 개념을 선택했다. 하지만 각각의 지역은 그 나름의 고유한 특징을 지니고 있었다. 중국소설의 융성에는 탈중화성과 민중생활의 연계가 가장 큰 영향을 미쳤다. 이민족의 이동과 혼거라는 새로운 사회현상이 민중문화의 자장 안에서 소설이라는 새로운 문학양식을 만드는 동력이 된 것이다.

서구소설과 한국소설의 관계는 '데모크라시'라는 차원에서 밀착되었다. 염상섭은 『파멜라』가 간행된 1740년 이후의 역사를 '데모크라시'의 시각에서 재구성했다. 그에 의하면 프랑스대혁명, 미국의 독립선언, 칼 마르크스의 탄생이 '데모크라시'의 진전을 가능하게 한 사건들이며 소설의 근대를 촉진시킨 사회적 배경들이다. '데모크라시'의 개념 안에 마르크스의 사회주의를 포함시킨 것이 중요한데, 여기서 염상섭이 민주주의의 구도 안에서 사회주의의 역사성을 조망했다는 점이 명백해진다.

구소설에 대한 이러한 염상섭의 시각은 문학사가 김태준의 『춘향전』 해석에도 깊은 영향을 주었다. 1931년 『동아일보』에 연재된 『조선소설사』에서 김태준은 앞의 인용문과 유사한 내용을 제시하고 그 출처가 염상섭의 「소설과 민중」임을 밝혔다. 김태준은 염상섭의 문장 뒤에 다음과 같이 자신의 의견을 붙였다.

> 이로써 『춘향전』의 시대를 율律하여보면 강희康熙 시대의 청국보담, 혹은 1740년의 구주보담 민중의식이 왕성하였던 것을 알 것이다. 『춘향전』 중에 농부들이 노래를 부르면서 이앙移秧하는 장면이라든지, 이어

> 사李御使가 암행어사로 출도할 적에 많은 과부들이 동헌에 모여서 만고열녀 춘향을 방면하여 달라고 크게 기염氣焰을 토吐하고 있는 장면 같은 것이 분명히 민중의식을 고취하고 있는 것은 다투지 못할 사실이다. 서민계급의 승리와 계급의식 혹은 인습도덕에 대한 반항과 인물 본위도의관념으로서의 평등사상 고취 등—이것이 『춘향전』이 문학상 영원의 승미勝味이며 향토예술로서 최고한 가치와 의미이라고 한다.[28]

염상섭은 『홍길동전』에서 '서얼의 천시압박에 대한 반동사상'을, 『심청전』에서는 '덕행의 응보'로써 '미천한 소녀'가 '왕후의 존귀'를 누릴 수 있음을 읽어냈다. 전통문학에 대한 날카로운 역사관을 드러낸 것이다. 그런데 이 글의 초점은 무엇보다 『파멜라』와 『춘향전』의 위상을 비교하는 대목에 있었다. 염상섭은 이 두 작품의 예술적, 사회적 의의를 "서민계급이 특권계급에 대하여 승리하였다거나 혹은 계급의식이나 인습도덕에 반항하고 인물본위와 도덕관념으로 평등사상을 고조한 것"이라고 규정했다. 신분을 초월한 연애담의 대중적 폭발력에 주목한 것인데, 이언 와트Ian Watt는 그것을 "그처럼 돌이킬 수 없는 문학의 혁명이 그처럼 오래된 문학의 장치에 의해 초래되었다는 것은 기이한 일임에 틀림없다"고 설명했다.[29] 그처럼 오래된 문학의 장치란 말할 것도 없이 연애의 서사이다.

이 글에서 염상섭은 서구소설과 동아시아 소설이 민주주의와 인간해방의 기록이란 공통정신으로 묶여져 있음을 강조하고, 역사철학적인 관점에서 소설의 성격을 해명해야 한다는 주장을 펼쳤다. 그것은 소설이 인류사의 진전을 위한 노력과 고투의 결과임을 천명한 것이다. 문학사의 해석에 인간중심의 정치사상이란 보편적 기준이 개입하면서 동서의 구별뿐 아니라 과거와 현대의 간극마저 경계가 희미해졌다. 근대소설의 성격에 대한 논의가 보다 밀도 있게 진행될 수 있는 길이 열린 것이다.

이러한 논의로 인해 이광수의 『무정』을 한국 근대소설의 단초로 보려는 구도는 크게 흔들렸다. 국가 간의 충돌과 그로부터 야기된 전통사회에 대한 의심과 부정, 개인성에 대한 자각을 근대소설의 촉발계기로 판단하는 시각은 이미 오래전에 성립되었다.[30] 그러나 염상섭은 인간의 가치에 대한 사회적 인식변화와 그 변화과정에 개입하는 인간들의 실천을 더욱 중요한 척도로 이해했다. 그것은 서구 근대제도의 수용과 그 구현 정도로 한국의 근대성을 측정하려 했던 모든 시도들을 무색하게 만들었다.

염상섭은 '무엇이 근대소설인가'라는 질문에 대해 '데모크라시'의 정신과 '민중성'의 존재 유무만을 문제 삼았다. 그것이 서구의 기준에 합당한 '민중' 개념인가, 또는 서구의 경험을 반영한 '데모크라시'인가는 고려하지 않았다. 주체의 가치판단을 근대성의 기준으로 삼으려는 이러한 태도는, 식민지라는 상대적 빈곤의 세계에 살고 있는 지식인들이 선택할 수 있는 대안적 인식론이란 의미를 갖는다.

임화는 『신문학사』에서 "이태리문학사의 르네상스 이후, 영국문학사의 엘리자베스조 이후, 불란서 문학사의 문예부흥기 이후, 로서아 문학사의 국민문학 수립기 이후, 서반아 문학사의 세르반테스 이후가 모두 우리 신문학사에 해당한다"고 썼다.[31] 하지만 이들과 비슷한 시기인 '이조의 언문문학'은 신문학의 범주에서 배제했다. 그 원인을 임화는 이렇게 설명했다.

> 이조의 언문문학에서 우리는 르네상스 시대의 사람들이 희랍과 라마에서 발견한 고대의 정신, 고전의 완미完美를 발견할 수 없는 것이 역시 당연하기 때문이다. 그것은 오직 봉건적 문학에 불과하였다.[32]

조선에서 르네상스가 수행한 인간중심화 과정이 부재했음을 문제 삼은 것이다. 임화는 신문학에 새겨진 '이조 언문문학'의 영향력을 '유소幼

少한 시민'의 역량부족으로 인해 생겨난 현상으로 해석했다. 이렇게 구소설은 문학적 근대의 도정에서 배제되었다.

염상섭이 전통시대 소설과 근대소설의 동시대성을 암시했다면, 임화는 그것을 부정했다. 문제는 조선인이 경험할 수 없었던 르네상스라는 서구의 기준이 그 과정에 등장했다는 점이다. 임화가 구소설을 한국적 근대의 파행성이란 한계상황의 틈 속에 연명했던 존재로 이해한 것은 토착문화의 긴 생명력과 재생산 능력을 너무 각박하게 평가한 결과였다. 근대 보편주의에 대한 지나친 열망이 한국문학의 특질에 대한 독자적 인식을 가로막은 것이다.

구소설의 근대성에 대한 염상섭의 견해는 프로문학 진영의 문예대중화론과 겹쳐서 읽을 때 그 시대적 맥락이 더욱 구체화된다. 1929년, 문예대중화론을 촉발시킨 김기진은 『춘향전』, 『심청전』, 『옥루몽』 등 전통소설의 막대한 판매량에 주목하고 그 양식의 현대화를 통해 프로문학의 저변을 확대해야 한다는 논리를 펼쳤다. 구소설 독서인구에 대한 사회주의 선전의 가능성을 지적한 것이다.

하지만 김기진이 전통소설의 작품성에 관심을 두었던 것은 아니었다. 그는 조선의 농민과 노동자에게 전통소설이 "필요하지 않다"고 잘라 말했다. 뿐만 아니라 전통소설이 농민과 노동자에게 현실도피의 환상과 미신, 노예근성과 숙명론, 봉건적 취미 등을 갖게 한다고 비판했다.[33]

김기진은 대중의 관심을 활용하여 전통소설을 사회주의 선전의 매체로 활용할 수 있을지의 여부만을 고민했다.[34] 형식을 남겨놓고 내용을 개조하자는 내용과 형식의 분리론은 "『춘향전』은 음탕 교과서요, 『심청전』은 처량 교과서요, 『홍길동전』은 허황 교과서라"고 말했던 이해조의 『자유종』(1910)의 한 구절을 떠올리게 한다. 김기진과 이해조는 자기시간의 절대화라는 계몽주의의 구도 속에 갇혀 있다는 공통점을 갖고 있었다.

김기진이 구소설을 혁명의 동력으로 삼고자 했다면, 염상섭은 그것이 내장한 자질을 당대문학 속에 새롭게 재현하려고 했다. 김기진이 『춘향전』의 서사를 검열체제 우회를 위한 반제국주의 비유로 재활용할 것을 주장한 반면, 염상섭은 자신이 주목한 구소설의 인간화과정이 어떻게 한국문학의 전 국면에 스며들 수 있는가를 고민했다.

염상섭은 그가 「소설과 민중」에서 말했던 인식내용을 자기작품의 뼈대로 삼았다. 판소리계소설의 창작에 참여했던 무수한 민중작가들의 후인後人이 되기를 자청하고, 전통서사 문법과 인물형상을 과감하게 자신의 문학 속에 도입했다. 오직 당대만을 그렸던 염상섭 소설에서 빈번히 등장하는 설명하기 곤란한 '비현대성'은 이러한 연유로 생겨난 것이다.

「소설과 민중」은 빅토르 위고Victor Hugo의 『애사哀史』[35] 서문을 인용하고 있는데, 그 의도가 염상섭 자신의 문학관을 대변하기 위해 동원한 권위의 복화술로 읽힌다.

> 법률과 풍속에 의하여 어떠한 영겁의 사회적 처벌이 존재하고 그리하여 인위적 지옥을 문명의 중심에 세워 신성한 운명을 세간적 인과로써 분규케 하는 동안은 즉 하층계급으로 인한 남자의 실패, 기아로 인한 여자의 타락, 암흑으로 인한 아동의 위축, 이러한 시대적 삼개 문제가 해결되지 못하는 동안은, 즉 어떤 방면에서 사회적 질식 가능한 동안은, 즉 환언하여 더한층 광범한 견지로 보면 지상에서 무지와 비참이 있는 동안은 본서와 같은 성질의 서적이 아마 무익하지는 않을 것이다.[36]

통속과 전통
확장되는 근대서사

염상섭의 장편은 '아雅'와 '속俗'이 서로를 견제하며 이끌고 협력하는 아속절충의 장이었다. "염상섭이 포착하는 사랑의 서사는 무엇보다도 열정의 배제에 기초해 있다"는[37] 분석은 염상섭 장편소설의 미학적 핵심을 드러낸다. 그의 소설에 빈번하게 등장하는 남녀의 삼각관계에서, 타오르는 정념의 파국은 거의 존재하지 않는다. 애정관계에 대한 염상섭 소설의 충실도는 극히 낮다. 서영채가 말했듯이, "그들에게 실연은 곧바로 죽음과도 같은 절망으로 연결되지 않으며, 삼각관계 속에서 열정과 질투가 불타오른다 하더라도 목숨 건 사랑과 같은 격렬함으로 전화되지 않는다."[38]

중문학자 천핑위안陳平原은 "신문학가에 전적으로 동의하지 않고 무협소설가의 '속俗'에도 기반을 두지 않으면서도 이 양면에 다 진출하면서 좌우로 근원까지 봉착했다"고[39] 진융金庸의 문학적 성취를 평가했다. 그런데 이 견해는 염상섭 장편소설을 이해하는 데 필요한 해석의 새로운 관점을 제공한다. 아속의 균제均齊라는 염상섭의 소설미학은 식민지 소설의 역사에서 단연 이채로운 그만의 경지를 드러냈다. 염상섭에게 있어 '아'와 '속'은 서로를 존재하게 만드는 수평적 협력관계를 뜻했다.

> 루쉰魯迅, 바진巴金, 마오둔茅盾 등은 중국문으로 외국소설을 썼다고 말하면 지나치게 각박한 평임을 면치 못하겠지만, 신문학가들이 사상적 계몽과 문학의 혁신에 뜻을 두어 출발한 이 신문학은 확실히 일반대중의 독서취미를 그다지 염두에 두지 않은 것이다.[40]

이 글에서 천陳 교수는 새로운 사상의 전파를 위해 소설 독서사讀書史의 오랜 주체들을 소외시키고 서구문화를 척도로 전통문화에 대한 신뢰와 흥미를 잃어버리게 만들었다고 중국의 근대작가들을 비판했다. 그것은 5.4신문화운동의 전통비판론에 대한 역사적 재해석의 의미를 담고 있다. 이 글의 문제의식을 한국문학사에 적용할 때, 통속의 언어 속에 집적되어 있는 전통서사의 자질을 근대문학의 장 속에 끌어들인 염상섭의 시도는 민간의 축적된 문학경험을 휘발시키는 것으로 근대문학의 기초를 다진 모든 파괴적 현상에 대한 성찰과 반성의 의미를 담게 된다.

예컨대 『사랑과 죄』는 애정의 통속을 극단의 수준에까지 끌어올리는 작품이다. 이 소설에 등장하는 모든 인물은 복잡한 삼각관계의 어딘가에 중복되어 연결된다. 하지만 염상섭은 남녀관계의 밀도 그 자체에 몰입하지 않았다. 염상섭이 그리는 삼각관계는 무엇인가 또 다른 관계의 연장선이거나 애정의 본능과는 다른 어떤 것에 의해 규정되어 있다. 주인공들이 사랑에 전념하는 것을 작가는 의도적으로 차단하는 것이었다.

김호연, 이해춘, 지순영은 사회주의운동을 중심으로 연결된다. 지순영과 류택수, 이해춘의 관계는 평민과 귀족의 결합이란 『춘향전』의 주제를 패러디한다. 이해춘은 "내가 만일 다시 결혼을 한다면? (…중략…) 평민의 피, 상놈의 피를 끌어들일 것"[41]이라며 귀족의 세속화를 결심한다. 정마리아와 류택수의 스캔들은 식민지 조선에서 아직 자립하지 못한 서양예술의 기생성과 어쩔 수 없는 초라함을 상징한다. 이렇듯 종횡으로 교차하는 각각의 남녀관계는 사회주의를 매개로 하는 조선사회의 변혁운동, 전통적 신분질서의 와해와 재구성, 어설프게 이식된 근대문화의 미숙함 등을 재현하며 고유한 세계를 구축한다. 이 과정에서 남녀관계 자체는 논의의 초점에서 멀어지거나 부차화되고, 오히려 그 관계의 사회적 해석이 서사의 주된 동력으로 부상한다.

지순영은 류택수의 후처가 된다면 그것은 혁명조직의 자금을 만들려는 목표 때문이라고 자신을 설득한다.[42] 이것은 분명 『장한몽』의 한 구절을 의식하고 있는 발상이다. 지순영의 공상은 돈에 대한 『장한몽』의 공허하고 목표 없는 집착을 비합리적인 것으로 깨트린다. 심순애가 김중배를 선택한 이유는 자신의 미모에 대한 자기애적 혼란의 결과였다. 스스로 고백하듯이 심순애는 '허영의 악마'로[43] 인해 사랑하는 이수일과 헤어진 것이다.

하지만 염상섭은 『장한몽』의 서사를 자기방식으로 비틀어 전유했다. 지순영은 자신이 유택수에게서 무엇을 얻어내야 할지를 이미 알고 있었다. 그녀는 심순애처럼 삶에 대한 자기 결정권을 잃어버린 인물이 아니었다. 유택수, 조상훈, 민병천 같은 염상섭 소설의 타락자들은 '속'의 세계를 지배하지만, 그들이 상대하는 여성들로 인해 심각한 위기에 봉착한다. 염상섭 소설의 여성들은 식민지 부르주아 남성의 지배질서를 교란하고 혼란에 빠트리며 그들의 추악함을 파헤친다. 그들은 서사의 흥미를 배가시키기 위해 소모되는 대상이 아니라 관습적인 통속의 문법을 해체하는 주체들이다. 통속의 형질을 바꾸고 재구성해 식민지 서사의 독자성을 구성하는 주역들인 것이다.

그들 가운데 단연 돋보이는 존재는 『삼대』의 홍경애다. 그녀는 여협女俠의 풍모를 발산하며 『삼대』의 소설구성에 긴장과 흥미를 불어넣는다. 홍경애는 조상훈의 여성편력과 이중성을 폭로하고 김병화의 소심함을 비웃으며 사교계 명사와 사회주의운동가 모두를 압도한다. 초라한 스캔들의 주인공에서 협객풍의 인물로 성장하는 홍경애의 인생유전은 남성들이 만들어낸 여성에 대한 고정된 인식을 파괴하고 재구성한다.

> 얼굴빛에 추상같은 호령과 남을 압도하는 표독한 기운이 차 보인다.[44]

> 생각할수록 경애는 이상한 계집이다. 지금 말눈치로 보아서는 노는계집과 다름없고, 자기에게 성욕적으로 덤비는 것 같이밖에는 보이지 않았다. 그 뿐 아니라 어제 상훈이에게 끌고 간 것이라든지, 또 전일에 상

> 훈이 앞에서 키스한 것이라든지, 혹은 자기와 상관한 남자들을 모두 대면시키려는 말눈치로 보면 일종의 변태성욕을 가진 색마나 요부 같다. (…중략…) 어떻게 생각하면 불량소녀의 괴수로서 무슨 불한당 수두목 같기도 하다. 옛 책이나 탐정소설에서 볼 수 있는 강도단의 여자두목이라면 알맞을 것 같다. 사실 청인의 상점이 쭉 들어섰고 아편쟁이와 매음녀 꼬이는 음침하고 우중충한 이 창골 속을 휘돌아 들어갈수록 병화는 강도들의 소굴에 붙들려 들어가는 듯한 음험한 불안과 호기심을 느끼는 것이었다.[45]

추상, 호령, 표독, 노는계집, 변태성욕, 색마, 요부, 불량소녀, 괴수魁首, 불한당, 수두목, 강도단, 여자두목, 아편쟁이, 매음녀, 강도들의 소굴, 음험한 불안 등이 김병화의 내면에 투영된 홍경애의 다양한 형상들이다. 특히 "옛 책이나 탐정소설에서 볼 수 있는 강도단의 여자두목"이라는 표현은 홍경애에 대한 다양한 규정을 압축하며, 그녀에게 사회질서를 전복하는 거친 반역의 기운을 부여한다. 야수적인 세상에서 여성이 체득한 삶의 감각과 판단의 날카로움을 김병화는 극히 낯설고 불편하게 받아들인 것이다. 홍경애를 스파이로 의심하는 김병화는 "그래 이렇게 하나 낚아 들이면 얼마씩이나 먹소"라고 떠보지만 돌아온 답은 "먹긴 뭘 먹어요. 중국식으로 모가지 하나에 몇 만 원씩 현상을 하고 잡는 줄 아슈?", "애초에 당신 같은 사람이 사회운동이니 무어니 하고 나돌아 다니는 것이 잘못이지" 등의 핀잔뿐이었다.[46]

김병화에 대한 묘사에 경박한 사회주의자들의 행태를 멸시했던 염상섭 자신의 시선이 스며 있기도 하지만, 홍경애에 비해 김병화는 본질적으로 풋내기에 불과했다. 김병화가 홍경애의 언어와 행동에 견디기 어려운 이질감을 느낀 것은 두 사람 사이에 놓여 있는 체험의 편차로 인한 것이다. 김병화가 그녀를 비정상의 존재로 낙인찍은 것은 감당하기 힘든 상대에 대한 두려움의 표현이었다.

유사하지만 다양한 표현이 동원된 것은 홍경애가 김병화의 사고로는 단번에 정의될 수 없는 존재라는 것을 암시했다. 김병화는 자신도 모르게 어떤 특별한 상황 위에 놓인 것이다. "생경해진 세계란 것은 우리가 익숙하고 편안하게 느끼던 것이 별안간 낯설고 섬뜩하게 다가오는 것"이란[47] 사실을 김병화는 홍경애를 통해 체득한 것이다.

홍경애는 여성에 대한 고정관념의 '밖'으로 나간 인물이었다. 자신의 입장에서 수용하기 힘든 여성의 존재를 김병화는 외면하거나 부정했다.[48] 김병화의 그러한 태도는 식민지의 사회주의가 남성의 원리로 구성된 세계임을 보여준다.[49] 하지만 염상섭은 홍경애를 통해 당대의 일반적인 성적 관념을 뒤집고 여성에 대한 사회적 시선을 예상치 못한 방식으로 역전시켰다.

예외적인 존재인 홍경애의 형상은 좌익 테러리스트 장훈과 짝을 이루며 『삼대』의 세계가 미지의 심각한 불온성과 결합되어 있음을 드러냈다. 홍경애와 장훈은 『삼대』의 서사 가운데 최고의 긴장을 유발하는 인물인데, 그것은 비참한 삶에 개의치 않거나 죽음마저도 초연히 받아들이는 그 이인적異人的 태도 때문이었다. 그것은 동아시아 독서대중에게 익숙한 '유협遊俠'의 삶을 상상하게 만든다.[50]

이처럼 염상섭 소설의 독자들은 식민지인이 겪는 삶의 밑바닥을 탐색하고 통과하면서 서사적 '아雅'의 정당성에 도달하게 된다. 염상섭은 그 꼭짓점에 대개 사회주의를 세워두었는데, 그렇기 때문에 사회주의는 식민권력과도 대립하지만, 통속적 세계의 지양자로도 부각되었다. '통속'의 세계를 다스리는 사회주의, 그 설명하기 어려운 낯설음은 사회주의에 부여된 불안한 이미지를 크게 경감시켰다. 이것이 염상섭의 소설에서 사회주의운동과 사회주의자들의 삶이 그렇게나마 살아남은 이유 가운데 하나였다.

확실히 염상섭의 '통속'은 1938년 임화가 비판한 통속소설의 그것과는 별개의 것이다.

> 이 오로지 상식적인 데 통속소설로서의 특징이 있는 것으로, 묘사란 묘사되는 현상이 그 현상 이상으로 이해하려는 정신의 발현이고, 상식이란 현상을 그대로 사실 자체로 믿어버리려는 엄청난 긍정의식이다. 그러므로 통속소설은 묘사대신 서술의 길을 취하는 것이며, 혹은 묘사가 서술 아래 종속된다. 또한 통속소설이 줄거리를 중시하고 도저히 만들어낼 수 없는 곳에서 용이하게 줄거리를 만들어내는 것은, 묘사를 통하여 그 줄거리와 사실의 논리와를 검증할 필요를 느끼지 않고 속중俗衆의 생각이나 이상을 그대로 얽어 놓아 조금도 책임을 느끼지 않기 때문이다.[51]

임화는 이 글에서 '상식'에의 순응과 과도한 '긍정의식', 서사적 '무책임'을 통속소설 양식의 특징으로 설명했다. 그러나 임화는 통속으로 명명된 세계 속에 그가 중시한 '묘사'의 뛰어난 성취가 있었다는 점을 깊이 살피지는 않았다. 그렇기 때문의 통속에 대한 염상섭의 남다른 의도는 발견되지 않았고 식민지 문학의 가능성을 고정된 틀 안에 가두는 결과를 낳았다.

염상섭이 전통서사에 주목한 것은 번역 불가능한 세계, 태환되지 않는 것으로 자기를 보여주려는 욕망 때문이었다. 서구적 경험과 용어로 포섭되지 않는 존재들의 자립이야말로 피식민자들이 할 수 있는 가능한 지적 투쟁의 하나였다. 보편적 이해보다 공동체 성원들만이 감득할 수 있는 형상의 제시로 나아간 것은 폭력으로 가득 찬 식민지에서 자기를 지키기 위한 하나의 방책이었다. 익숙한 것을 통해 낯설고 두려운 현실을 감싸지 않고서 식민지 근대를 겪는다는 것은 너무도 어려운 일이었을지 모른다.

기독교의 타락을 상징하는 조상훈은 『구운몽』의 화려한 남성 판타지를 꿈꾸나 그를 양소유의 자리에서 끌어내린 것은 뜻밖에도 그의 부친 조의관이었다. 조상훈의 처절한 몰락에는 토착질서와 외래사상의 대결을 전자의 우위로 끌고 가려는 염상섭의 판단이 반영되어 있었다. 염상섭은 조의관이 선택한 완고한 길을 은연중 지지하고 두둔했다. 그점에서 조의관은 염상섭의 페르소나였다.

식민지의 미학과
통속비극

염상섭 장편미학의 귀결점은 통속과 비극의 결합이란 형태로 나타났다. 근대문학사에서 통속과 비극의 연관은 이인직의 『귀의성』에서 그 최초의 모습을 드러냈다. 이 소설은 해방, 곧 속량贖良을 위해 주인을 살해하는 노비, 첩의 살해를 교사하는 본처를 등장시키는데 그 범행의 참혹함은 당시 사회의 갈등 수위가 더 이상 감당할 수 없는 지경에 이르렀음을 암시한다.[52] 노주동맹으로 '가家'의 해체를 지연시키려 하는 『귀의성』의 설정은 본처의 희생을 가문유지의 조건으로 설파한 『사씨남정기』의 세계를 배반한다.

통속비극을 다룰 때, 염상섭은 『귀의성』의 세계와 『장화홍련전』의 구조를 결합하고 변주했다. 『광분』의 숙정은 본부인이지만 동시에 후처였다. 작품 속에서 유숙정의 연적은 놀랍게도 전처소생의 큰딸 민경옥이었다. 유숙정은 연극과 사회주의를 배경으로 하는 모던보이 주정방을 상대로 전처소생인 민경옥과 애정을 다툰다. 실질적 승자는 민경옥인데 그 원인은 주정방과 유숙정의 관계가 돈을 매개로 맺어진 탓이다. 민경옥은 그녀의 새어머니와 치정관계를 즐기는 대담한 성격의 소유자였지만, 그 승리로 인해 결국 죽음을 맞이한다.

『광분』에 그려진 식민지 부르주아 가정의 몰락은 『귀의성』의 그것에 비해 훨씬 더 정신적인 영역의 산물이었다. 『귀의성』의 비극은 신분해방의 욕구, 가문몰락에 대한 두려움 같은 극히 합리적인 이유로 인한 것이었다. 그러나 『광분』의 살인은 욕정의 좌절로 인한 것이었다. 여기서 식민지 부르주아의 사사적私事的 성격이 표현된다. 『광분』의 파국은 『귀의성』과 비교할 수 없을 만큼 비역사적이고 개인적인데, 거기에는 역사와 공공의 영역에서 아무런 역할이 없었던 식민지의 부르주아에 대한 예술가 염상섭의 증오가 담겨 있었다. 염상섭은 민병천 가문의 몰락을 '사私'의 영역에서 일어난 엽기스캔들로 처리함으로써 그들에 대한 최소한의 연민마저 거두었다.

『광분』의 서사는 극히 통속적이나 독자들에게 결코 눈물과 위안을 주지 못했다.[53] 비극의 주인공 유숙정은 민병천과 결합함으로써 돈과 지위를 얻지만 대신 진정한 사랑의 로맨스를 포기했던 여성이다. 유보된 것을 되찾으려 할 때 그녀는 악마에게 운명을 판 존재가 되었다. 현실의 심순애가 봉착한 함정인 것이다. 대중은 그 비극을 관조할 뿐 공명하지 않았다. 경옥과 숙정의 파멸에는 시대의 비극성이 개입되어 있지만, 그것이 장엄과 숭고라는 비극미를 연출할 수는 없었다. 『광분』과 『이심』 등에서 구현되는 염상섭의 통속비극은 식민성이 비극 본래의 미학으로 표현될 수 없거나, 결코 그렇게 되어서는 안 된다는 것을 냉정한 단정의 태도로 입증했다.

하지만 염상섭은 한 식민지인의 지극한 비극에 대해서만은 통속의 의장을 슬그머니 벗겨냈다. 현대의 협객 장훈의 최후를 그리는 대목에서였다. 이보영은 염상섭의 '난세적 상상력'이 '비극적 극한지대'의 것이고 "그뤼네발트의 이젠하임 제단화祭壇畵 십자가 위의 예수처럼 사지가 참담하게 뒤틀린 전율적인 세계"[54]라 묘사했는데, 온몸이 짓이겨지는 참혹한 고문 속에서 장훈이 보여준 죽음에 대한 담담한 수용은 그러한 깊은 떨림을 독자에게 주었을 것이다. 염상섭 장편소설의 모든 통속적 시도는 어쩌면 이 하나의 장면을 살리기 위한 순교적 희생이었는지도 모른다.[55] 죽음을 스스로 선택한 장훈의 비극이 실현되는 매개가 됨으로써 사회주의는 현세 이상의, 현세 밖의 어떤 것과 연계되는 계기를 얻었다. "비극적 존엄성은 평범하고 연약한 개인이 도저히 믿을 수 없을 정도의 힘을 발휘"한다는 슬라보예 지젝Slavoj Zizek[56]의 견해와 마찬가지로 염상섭은 소설의 독자들이 사회를 위해 몸을 바치는 자들의 삶을 공명하고, 마침내 그들의 생각까지도 받아들이게 되는 장면을 그리고 싶었던 것이다. 범속한 사회주의라는 통속성을 염상섭은 결코 견딜 수 없었다고 생각한다.

제 12 장

성노동에 대한 사유와 상징검열의 외부

피식민자의 언어들

검열의 시각으로 해석한 김유정의 소설

여성과 식민지

1935년 발표된 「조선의 집시-들병이 철학」은 김유정의 인간론이자 문학론일 뿐만 아니라 무엇보다 매춘에 대한 특별한 문제의식을 보여주었다는 점에서 주목해야 할 문장이다. 해학과 유머의 작가라는 우리의 선입관은 이 글을 읽고 난 후 크게 달라질 수밖에 없다. 그의 여성관은 예상보다 과격하고 급진적인데, 김유정이 전개한 논지는 한국 전통사회의 구성원리인 종법질서와 남성중심성, 천황제 가족국가라는 제국 일본의 사회체계와 지배이념에 대한 근원적 성찰을 담고 있다.

김유정은 이렇게 말했다. "이것은 그런 모든 가면 허식을 벗어난 각성적 행동이다. 안해를 내놓고 그리고 먹는 것이다. 애교를 판다는 것은 근자에 이르러서는 완전히 노동화하였다. 노동하여 생활하는 여기에는 아무도 이의가 없을 것이다."[1] 글 속의 '이것'은 아내의 매춘, 매춘 과정에 조력자로 동참하는 남편, 빈궁이라는 재난이 야기한 결혼관계의 생산수단화, 가족제도의 재구성, 이로부터 생겨난 삶의 변화에 대한 적극적 수용 전체를 암시한다. 여성의 몸을 노동의 도구로 인정하는 태도를 '가면 허식을 벗어난 각성적 행동'으로 정의한 페미니스트 김유정이 던지는 파장이 결코 만만치 않다.[2]

그는 조선적 궁핍의 압력이 가정 속의 여성과 남성을 어떻게 새로운 존재로 만드는지를 들병이라는 유랑매춘부를 통해 추적했다. 이 과정에서 남성중심 혈연관념의 파괴, 아비의 권위로부터 자유로워진 모성의 가치 등이 부각되고 일종의 계약관계로 전화된 새로운 남녀관계의 실체가 포착된다. 들병이 남편은 "절대로 현장을 교란하거나 가해하는 행동은 안 한다." 뿐만 아니라 자기의 아내를 '강박'하거나 '공갈'하지 않는다. 이것은 여성을 노동의 주체이자 생계를 책임지는 존재로 인정하는 태도이다. 아내의 매춘은 지배자로서의 남성성을 회수하는데, 그것은 아내의 몸이 타인에게 제공됨으로써 지배의 본질인 배타적 소유의 가능성이 근본적으로 훼손된 결과이다.[3] 아내의 매춘을 통해 몸과 재화만이 교환되는 것이 아니다. 사회적 관습으로 축적된 여성에 대한 남성의 지배욕망까지 이 과정에서 소멸된다.

아내가 낳은 아이에 대해서도 "이 아해가 자기의 자식이라고는 믿지 않는다. 다만 자기소유의 자식이라는 그 점에 만족할 뿐"이라고 생각한다. 들병이 남편이 생각하는 '소유'의 개념은 관습적으로 부여된 가부장 질서의 추상적인 관념성과는 다른 차원의 것이다. 그것은 가족의 일원에 대한 담담하고 진솔한 배려와 헌신에 가깝다. 들병이 부부의 생각은 이렇다. "누가 그들을 동정하여 아해를 데리고 다니기가 곤란일 테니 길러주마 한다면 그들은 노할지도 모른다. 이것은 고생이 아니라 생활취미다." 아비를 알 수 없는 아이를 기르는 태도가 취미의 영역이라는 판단에 이르러 김유정이 구사한 '소유'라는 단어에는 평등과 자유에 기초한 개인적 선택의 결과라는 새로운 의미가 추가된다.

김유정의 사유 속에서 삶의 유지와 여성의 몸을 교환하는 것은 윤리의 파괴가 아니며 오히려 윤리를 초월한다. 그렇기 때문에 비극으로 사회적 윤리를 완성하려는 매춘에 관한 많은 소설의 일반적인 설정을 김유정은 거부했다. 그의 관점에서 볼 때 「감자」의 복녀처럼 불행한 죽음에 이르는 서사의 귀결은 매춘하는 여성의 비참을 운명적인 것으로 확정하는 것에 불과하다. 근대소설의 문법에 빈번하게 등장하는 타성적인 구도인 것이다. 매춘을 비극으로 다루는 인식론 속에서 여성 자신은 소거되며 책임은 다시 그에게 돌아간다. 복녀의 죽음에는 현실의 무자비함에 대한 고발과 그이의 선택에 대한 정죄의 의도가 기묘하게 중첩되어 나타난다. 매춘의 상황을 당사자가 어떻게 받아들였는지가 충분하게 고려되지 않는 것이다.

스스로 말하게 하지 않음으로써 복녀에 관한 이야기는 매춘이 불결한 것이며 불운을 초래한다는 사회의 압력에 종속된다. 매춘여성을 죽음에 몰아넣는 서사원리인 비극의 객체성(매춘하는 여성의 '죽음'은 사회적 합의에 의해 이미 결정되어 있는 것이다!)은 사회가 낳은 개인의 곤경을 스스로 해결할 수 없도록 함으로써 사회를 비난하되 결국은 그 교활함을 용인하는 공모의 가능성을 담게 된다. 이것은 일종의 정치적 센티멘탈리즘이다. 상투적인 죽음이란 결말은 그녀의 비참을 평범한 것으로 만드는 것에 불과하기 때문이다. 여성을 지배해온 복잡한 권력 카르텔의 권위는 끝내 손상되지 않는다. 복녀의 죽음은 사회의 모순을 대속하는 성격을 띠지만, 정작 희생으로 바쳐진 그녀 자신은 그러한 대속의 결정이 누구에 의해 이루어졌는지 알지 못했다.

하지만 김유정 소설의 여성은 남성의 향락을 위해 자신의 몸을 제공하는 노동 그 자체로 고통 받거나 한계지점으로 내몰리는 방식으로 묘사되지 않는다. 절망으로 가득 찬, 비정상적인 인격으로 굳어진 창녀의 전형화된 삶을 강요하지 않는 것이다. 들병이의 삶을 전면에서 조망한 소설 「솥」(1935)에서 그려지는 계숙의 행동은 유랑매춘부의 태도로는 상상하기 어려울 정도로 단정하고 평안하다. 화폐를 매개로 교환되는 성적 욕망의 허용, 감시와 처벌로 그것을 단죄하는 규율권력의 이중성이 만들어낸 매춘에 대한 고정되고 양식화된 묘사방식에 김유정은 동의하지 않았다. 낙인과 굴레가 되어 여성의 삶으로 다시 되돌아가는 매춘의 구속력과 그 인식의 강박을 자기문학의 원리로 받아들이지 않은 것이다.

이러한 태도는 전통사회부터 식민지 조선에 이르는 시기의 주류 인식론과 대립할 뿐만 아니라 혁명의 필연성을 주창했던 프로문학의 지향과도 어긋났다. 그는 카프KAPF의 사회주의 문학론을 수용하고 동시에 변주하면서 자신의 독자성을 드러냈는데, 「조선의 집시」 후반에서 제시된 길 위에서의 삶이 만들어낸 새로운 남녀관계의 묘사는 김유정이 갖고 있던 사회사상의 적극적 표명이다. 자유주의와 아나키즘에의 지향을[4] 드러내는 이 대목에서 김유정은 가족과 남녀를 정의해온, 사회와 인간을 지탱했던 오래되고 강력한 질서들의 소멸 이후가 진정 위태로운 것인지를 묻는다.

> 들병이에게 철저히 열광되면 그들 부부 틈에 끼여 같이 표박하는 친구도 있다. 이별은 아깝고 동거는 어렵고 그런 이유로 결국 한 ○은자○隱者로서 추종하는 고행이었다. 이런 때에는 들병이의 남편도 이 연애지상주의자의 정성을 박대하지는 않는다. 의좋게 동행하며 심복같이 잔심부름이나 시켜먹고 한다. 이렇게 되면 누가 본남편인지 분간하기 어렵고 자칫하면 종말에 주객이 전도되는 상외想外의 사실이 없는 것도 아니다.[5]

인용문 속의 '주객이 전도되는 상외想外의 사실'이란 표현은 유랑의 와중에서 복수의 남자와 여자가 자유롭게 혼거함을 뜻하는데, 이것이 바로 그가 내놓은 답이다. 사회제도의 규정에서 벗어난 자들이 겪는 새로운 상황을 과장하거나 공격하지 말고 삶의 일부로 받아들이자는 제안인 바, 이렇게 해서 결혼한 부부라는 장구한 관습의 기억은 비로소 희미해졌다. 어떤 경계를 넘어선 것이다. 매춘에 내몰린 부부가 생계를 위한 선택의 결과로 얻은 탈질서의 시공, 시대의 권력을 파괴하도록 선동하지는 않지만 그 내적 구조를 집요하게 부정하는 단호함은 당대의 맥락에서 뿐만 아니라 현재의 관점에서도 숙고를 요하는 과제를 담고 있다.

들병이에 대한 김유정의 관찰은 사회학적 해석을 지향했다. 그러나 그 저변에는 신화적 상상력을 유발시키려는 복수의 문제의식도 함께 작동하고 있었다. 농민에서 유랑매춘부로 전신한 이들의 삶을 세계에 대한 새로운 통찰로 연결하려는 작가의 의도가 있었던 것이다. 이는 들병이가 '귀향하는 자'로 그려지는 장면에서 선명하게 구현된다. 김유정은 그녀들의 성노동과 유랑이 가혹하지만 끝날 수 없는 형벌처럼 비가역적인 것은 결코 아니라고 말했다. 이들은 도시의 매춘부를 그릴 때 종종 등장하는 닫힌 공간 속에 갇혀 있는 자의 형상과는 전혀 다른 존재이다. 최승일崔承一의 소설 「혼탁」은 경성 유곽의 살풍경을 이렇게 표현했다.

> 얼마든지 쓸쓸한 방이었다. 설령 웃었다 하더라도 그것은 인생의 향락하는 양기陽氣로운 웃음보다도 어느 미지의 유궁幽宮에서 요마妖魔의 유혹하는 음증陰症의 유혹이었을 것이다. 또 이 방에서 인간매매에 얼마나 인간으로써 인간을 유린하였겠느냐? 생각이 날 때 마다 S와 Y는 왼몸에 소름이 끼쳤다.[6]

그러나 김유정은 '쓸쓸한 방', '유궁의 요마', '인간매매', '인간유린'과 같은 최악의 언어로 그려진 도시매춘의 공간과는 전혀 다른 세계를 펼쳐 보인다. "춘궁기가 돌아오면 들병이는 전혀 한가롭다. 그들은 고향에 돌아가 옛집에 칩거한다. 품을 팔아도 좋고 땅을 파도 좋다. 하여튼 다시 농민생활로 귀화하는 것이다. 그리고 그 담 가을을 기다린다."[7] 이 문장에서 그가 언급한 고향, 한가, 옛집, 칩거, 귀화 등의 낱말은 삶과 일을 스스로 선택하는 자율적인 존재의 안정감을 발산한다. 계절노동자이자 유랑매춘부인 '그녀'는 뿌리 뽑힌 존재가 아니며 오히려 땅의 주인이자 남성과 관습에서 해방된 존재이며 무엇보다 자기 삶의 주인이다.

두 계절의 성노동과 두 계절의 귀환이라는 설정은 자연질서에 순응하는 신화적 순환론을 연상케 한다. 여기에서 비참마저도 생의 일부로 용해하고 포용하는 치유자로서의 여성 이미지가 생성된다. 익명의 한촌에서 이루어진 한 여성의 번신翻身은 도시문명의 빛에 가려 있는 생명의 질식에 대한 대안적 지평의 탐색으로 읽힐 여지가 생기는 것이다. 들병이의 서사는 미셸 푸코Michel Foucault에 의해 "사랑에 빠진 이들에게 사랑을, 젊은이들에게 삶의 진실을, 오만하거나 무례하거나 거짓말하는 이들에게 만사의 초라한 현실을 말한다"고 묘사된 '광인'의 존재감을 드러낸다.[8]

김유정은 여성에 대한 사유를 통해 자기가 살았던 시간의 비루함을 지적하는 데 개입했다. 굴욕적인 삶이 무엇인지를 환기했던 것이다. 그러나 그의 생각은 굴욕 그 자체에 대한 일면적 반응에만 머물지 않았다. 그는 굴욕은 왜 생겨났으며 어떻게 해소되는지를 탐색했을 뿐만 아니라 여성에 대한 이해가 사회의 균형과 영속성을 지켜내는 데 어떤 의미가 있는지를 물음으로써 시대의 정치맥락을 새로운 시각으로 조망했다.

이 글의 초점은 여기에 있다. 김유정의 매춘서사를, 해체되지 못한 중세의 압력과 천황제 가족국가가 결합하는 방식에 대한 피식민자의 성찰과 은유로 읽고자 하는 것이 이 글의 첫 번째 방향이다. 이러한 해석이 김유정의 여성주의 시각을 부차화하거나 약화시킨다고 생각하지 않는다. 오히려 정치서사로서의 독해가 김유정 문학의 새로운 이해를 이끌어내는 데 유용한다고 생각한다. 피지배와 차별이란 숙명을 공유한다는 점에서 여성과 식민지는 유사한 몸을 지녔다. 이질적이면서도 동질적인 식민지/여성의 역사가 서로를 보완하는 이론과제라는 것은 이미 많은 학술성과를 통해 논증되고 있다.

문학의 여성인식이 피식민자의 감각과 결합할 때, 필연적으로 검열이라는 감시의 과정을 상정하게 된다. 김유정 소설의 여성형상에는 제국 일본에 대한 정치의식이 투영되었을 뿐 아니라 '검열의 미메시스'라는 개념으로 정의된 검열자와 피검열자 상호모방의 역학까지 반영되어 있다.[9]

이러한 두 개의 서로 다른 힘들이 교차하는 지점에서 구현된 예술형상의 의미를 생각해 보는 것이 이 글의 두 번째 문제의식이다.

식민지 텍스트는 '상징검열'이란 시스템으로 관리되었다.[10] 특정한 표현과 단어를 제거하는 방식으로 진행된 것이 제국 일본의 일반적인 검열 방식이다. 그런 점에서 검열은 모든 텍스트를 죽이는 것이 목표가 아니다. 검열은 특정 대상을 집중 공격함으로써 무엇이 살아날 수 있는가를 상상하게 만드는 효과를 창출한다. 이러한 부분교정은 정치적 암살이 발휘하는 공포감의 조성과 기본적으로 유사했다. 조선이라는 식민지는 일본에 비해 압도적인 수준의 상징검열 체계가 적용되었고, 그 차이는 피식민자의 의식 속에 일본인과는 다른 차원의 일상적인 긴장을 새겨 넣었다.[11]

합법성의 지위를 획득하면서 동시에 상징검열의 망 속에 갇히지 않으려는 식민지 작가들의 다양한 실험은 오랫동안 문학연구자들의 시각 속에 포착되지 못했는데, 김유정의 문학은 그러한 문제에 접근하는 데 필요한 영감과 방향을 제시한다. 그는 상징검열의 '외부'를 탐색하고 그 세계를 창안함으로써 식민권력의 가시권을 벗어나려고 시도했다. 그의 문학을 구성하고 있는 두 개의 구심력, 향촌의 세계와 여성의 운명은 이러한 의도 속에서 선택된 것이다. 식민지의 상징검열 체계를 고려하지 않고 균질화된 모더니티의 기준과 시각으로 한국 근대문학의 성격과 피식민자의 정신구조를 이해하는 것은 어렵다고 생각한다.

은유로서의 매춘

「소낙비」(1935)는 마을의 지주가 마치 봉건시대의 영주처럼 군림하는 산촌의 정황을 묘사한다. 남편의 일상적인 폭력에 시달리는 춘호의 처는 노름자금을 빌려오라는 남편의 강압에 지주 이주사를 찾는다. 자신을 강간하려다 실패했던 자에게 몸과 돈의 교환을 요청하는 것이다. 그이의 심리는 "아무러한 욕을 보더라도 나날이 심해가는 남편의 무지한 매보다는 그래도 좀 헐할"[12] 것이라는 판단이다. '겹겹 산 속에 묻힌 외진 마을' 속에서 한 젊은 여성이 겪는 구타의 공포는 매춘의 좌절감을 압도한다. 무법의 공간에서 매춘은 도리어 폭력과 강간의 위협을 해소하고 생존과 안전의 길을 열어주는 것이다. 돈을 주고 여자의 몸을 산 지주는 여성의 몸을 소유했으므로 더 이상 그녀에게 겁탈의 위협을 가하지 않게 되고, 아내가 가지고 온 돈으로 남편은 산촌을 벗어날 수 있는 가능성을 노름판에서 실험한다.

폐쇄된 향촌 공간에서 스스로 몸을 팔지 않는다면, 그이는 폭력과 강간의 공포를 끝까지 견디어내야만 한다. 김항의 표현을 빌어 말하면, 거의 '난민'에 가까운 실존성을 지니고 있는 것이다.[13] 안전과 생존, 평화를 지켜줄 어떤 형태의 국가제도나 사회연대도 존재하지 않는다. 스스로 자신의 생명을 지키고 희망을 만들어내야 하는 것이다. 이 상황에서 매춘의 윤리적 이해, 사회의 시선에 대한 자의식이 개입할 여지는 없다. 지주와의 계약관계는 구타와 겁탈을 종식시키고 삶의 연장과 탈출을 위한 재원의 조달이라는 의미를 갖는다. 이 소설에서 매춘은 그것이 여성의 삶에 최소한의 행복을 보장한다는 점에서 현실적이고 인과적이다. 이주사와 관계를 맺은 후 준호의 처는 이러한 생각을 하면서 집으로 돌아온다.

> 그는 진땀을 있는 대로 흠뻑 쏟고 나왔다. 그러나 의외로 아니 천행으로 오늘 일은 성공이었다. 그는 몸을 솟치며 생긋하였다. 그런 모욕과 수치는 난생 처음 당하는 봉변으로 지랄 중에도 몹쓸 지랄이었으나 성공은 성공이었다. 복을 받으려면 반드시 고생이 따르는 법이니 이까짓 거야 골백번 당한대도 남편에게 매나 안 맞고 의좋게 살 수만 있다면 그는

사양치 않을 것이다. 이주사가 하늘같이 은인같이 여겼다. 남편에게 부쳐 먹을 농토를 줄테니 자기의 첩이 되라는 그 말도 죄송하였으나 더욱이 돈 이원을 줄께니 내일 이맘때 쇠돌네 집으로 넌지시 만나자는 그 말은 무엇보다 고마웠고 벅찬 짐이나 풀은 듯 마음이 홀가분하였다.[14]

몸을 던져 돈을 얻게 된 것이 도리어 남편과의 관계를 개선하는 일이 되리라는 기대가 우리의 상식을 파괴한다. 그 판단은 적중했다. 춘호는 다음 날 이주사와의 재회를 위해 몸단장을 하는 아내의 머리를 빗겨준 후 정성스럽게 새로 만든 집신까지 신겨준다. 아내의 몸은 이제 이 부부의 미래를 향한 유일한 담보가 되었다. 남편은 몸을 팔러가는 아내에게 애정을 드러내고 아내도 남편에 대한 '정다운 정'을 느낀다. 이들 부부의 관계는 이주사라는 계기를 통해 새롭게 회복된 것이다.

마을 여성의 몸을 지배하는 지주라는 존재, 그에게 복종하며 부인의 몸과 돈을 교환하려고 다투어 나서는 남성들, 돈의 지배력에 의해 구성되는 권력관계와 심리상태, 관습과 가치의 방기 혹은 전도가 일어나는 현장, 김유정은 여성의 시선을 통해 그것들의 상호 연관성을 포착해냈다. 이것은 거대한 알레고리 그 자체이다. 그러한 지배관계 속에서 자신의 몸을 허락하고 대가를 받는 것은 단순한 교환만을 의미하지 않는다. 그것은 지배를 허용함으로써 권력의 안전망 속으로 편입되려는 욕망까지를 포함한다. 피지배의 관계를 인정하는 순간 최소한도의 생존과 안전이 유지될 것이라는 믿음이 생겨나기 때문이다.

피지배자가 됨으로써 삶의 안정을 확보했다는 것, 자신을 몸을 사줄 사람을 찾았다는 안도감은 한계상황이 절망으로 변화될 여지를 축소한다. 진정한 고통은 지배받는 상태가 아니라 자신의 몸을 교환할 시장과 매수자의 부재, 성노동을 팔 수 있는 가능성의 봉쇄에 있다는 것이 김유정의 통찰이다. 따라서 몸의 판매 혹은 성노동의 결과는 우리 예상보다 만족스러운 것이며 어떤 성취감까지 만들어낸다. 춘호 처의 심리는 자신의 결정을 적극적으로 긍정하며 스스로를 변호하고 그 상황 자체를 정당한 것으로 만드는데, 이러한 묘사야말로 한국 근대문학 전체를 겨냥하는 심오한 리얼리티를 보여준다. 자기를 지킨 것은 결국 그녀 자신이다. 그리고 그것은 명백하게 하나의 승리를 의미했다.

하지만 이미 언급한 것처럼, 김유정의 소설에서 강간과 매춘의 경계는 모호하다. 이 둘의 가능성은 항상적으로 공존하며 여성들을 위협한다. 여성의 권리나 존엄에 대한 관념은 존재하지 않으며 그녀들의 신체는 언제나 극히 위태롭다. 매춘을 통해 생겨나는 일시적인 점유권의 양도에서 심리적인 안정을 찾는 춘호 처의 사례는 그러한 위태로움을 예리하게 드러낸다. 따라서 여성의 인신 자체가 통째로 매매되는 극단적인 사례도 그렇게 놀라운 일이 아니다.

「가을」(1936)에서 아내를 파는 사람은 그 남편이다. 물론 원인은 가난이다. "맞붙잡고 굶느니 안해는 다른 데 가서 잘 먹고 또 남편은 남편대로 그 돈으로 잘 먹고 이렇게 일이 필수도 있지 않으랴"는 심산이다.[15] 아내를 팔아서 부부 각자의 생계를 이어간다는 발상은 양자나 양녀로 자녀를 내보내는 극단적 궁핍의 상황과 유사하지만 그보다 훨씬 심각하다. 젖먹이 아들을 떼어놓고 자기를 산 남자를 따라나서는 부인의 모습은 인간이 형성해온 어떤 관계조차도 해체하고 무력화시키는 생존의 비정함이라는 김유정 소설의 고유한 주제를 다시 한 번 부각시킨다.

앞에서 언급한 소설들이 가지고 있는 하나의 공통된 설정은 집을 나가는 여성들에 주목한다는 점이다. 여기서 '집'의 의미는 제도적이면서 동시에 이데올로기적이다. 그것은 자기실현을 추구하는 여성의 결단을 의미하는 『인형의 집』의 여주인공 노라의 가출과는 전혀 다른 형질의 것인데, 그 구별을 위해 '탈가脫家'라는 용어를 사용할 생각이다. 이 말의 뜻은 여성을 남성중심적이고 폭력적인 상황 속에 묶어놓은 억압적 상태의 해체와 그러한 상황으로부터의 이탈을 뜻한다. 그것은 교육이나 계몽을 통한 각성의 성과가 아니며, 사회모순과 위기가 가정에 전가되면서 발생한 극단의 빈곤이나 남성폭력에 직면한 여성들의 자발적인 자기희생과정에서 생겨난 뜻밖의 결과였다.

매춘은 '집'이라고 하는 여성구속의 공간에서 벗어나는 것이다. 이것은 가야트리 스피박이 주목했던 힌두의 과부희생이 만들어내는 착종된 상황을 연상시킨다.[16] "여자들은 죽고 싶어 했다"는 말로 설명되는 순장의 선택, 남편을 화장하는 장작더미에 스스로 올라서는 과부들의 결정은 피할 수 없는 방식으로 강요된 가혹한 관습이겠지만, 그이들은 죽음이라는 한 번의 실천을 통해 자기의 '무엇'을 드러냈다. 그것은 가부장의 습속에 순명하는 최고 수준의 결단이다. 그러나 다른 한편에선 죽음이 발산하는 본질적인 비정상성으로 인해 필연적으로 생명과 관습의 가치를 서로 견주지 않을 수 없도록 만든다.

김유정 소설에서 매춘의 동기 또한 강요된 희생과 유사하다. 그러나 희생 이후의 시간은 당초에 예상하지 못한 다른 방향의 힘들을 만들어낸다. 김유정은 이 부분에서 개입했다. 모호하게 드러나는, 여성 자신이 스스로 말하게 하는 매춘의 독자적인 파열음들은 김유정의 서사세계 안에서 남성지배의 종식, 남녀관계의 수평적인 재조정, 직업으로서의 매춘에 대한 수용과 긍정, 삶과 인간관계에 대한 인식전환과 그 내적 각인이라는 현상들로 구체화된다. 이러한 결과는 김유정이 '탈가'하는 여성을 그림으로써 제도와 이념 양 측면에서 여성의 몸에 구현되어 있는 식민지 조선사회의 전체구조와 의식적으로 대면했다는 느낌을 갖게 한다. 피식민자로서의 여성은 어떤 경로를 거쳐 자신을 긍정하는 세계에 도달할 수 있는가라는 질문을 던진 것이다. 그 과정에 매춘이란 희생의 제의를 개입시킨 것이 상징적이다. 고통을 이겨낸 평화라는 탈식민화의 정서를 불러오기 때문이다.

'탈가'의 형상과 서사는 불온한 정서를 전염시킨다. 가정과 가족처럼 오래되고 자연적으로 인식된 견고한 것들의 해체와 붕괴, 재구성을 암시하기 때문에 그것은 곧바로 국가의 유지와 안정에 균열을 만드는 위험한 상상을 끌어낸다.[17] 강요된 독신생활로 인한 '정열의 포화상태'를 주기적으로 조절하는 '완화작용'에 그 현실적 쓰임이 있다는 매춘에 대한 그 자신의 표면적인 언설과는[18]달리 김유정이 그린 여성의 삶은 그러한 즉자적인 현실론을 현저히 넘어선다. 비록 일시적이거나 불안한 것일지라도, 삶의 윤택과 행복을 가져온다는 상식의 파괴는 평범한 여성이 매춘에 나서게 된 원인을 들추고 반사회적인 것으로 매춘을 해석해온 식민지 국가의 해석 독점권을 공격했다.[19]

김유정의 여성서사는 가부장 권위의 존숭이라는 장구한 사회관념, 천황제 가족국가의 선전이 만들어내는 가족주의 이데올로기를 동시에 겨냥했다. 그의 사유는 전통가치의 부정을 통해 근대적 자아를 정의할 수 없었던 피식민자의 한계를[20] 가족이란 형용모순의 이념으로 위장하는 천황제 파시즘의 정치구조와 결합시키며 그것을 다시 여성의 신체와 정신 속에 작동하는 수직적이고 수평적인 압력으로 묘사해나갔다. 여성이 자기를 팔고 남편이 아내를 판다는 '륜倫'의 파괴는 가족이 국가성립의 기초로서 유지될 수 없는 상태라는 것을 강력하게 시사한다. 그것은 당대가 가족과 국가, 개인의 관계가 재설정될 수밖에 없는 시대라는 것을 드러냈다.

페미니즘 역사가 가노 미키요加納實紀代는 일본 파시즘의 정치구조를 모성성이 부가된 가부장적 천황제라는 자웅동체의 그로테스크한 이미지로 설명한다. '모성'은 여자라는 존재 자체를 의미한다는 점에서 현모양처 이상으로 여성의 정체성을 위협하는 이데올로기인데, 이를 통해 무아無我와 헌신, 자기희생이 강요되었을 뿐 아니라 천황제의 가해성을 지탱하는 존재가 되었다.[21]

> 이 '어머니 천황제'는 공황으로 인해 어머니 품을 잃은 농촌공동체의 '분노'를 흡수하여 아사다 아키라 식으로 표현하자면 "머리 없는 카오스"를 낳게 된다. 야마시타 에스코는 15년 전쟁을 통해 끊임없이 적을 설정하는 것으로 '어머니 천황제'의 구심력이 발휘되었으며 결과적으로 '남근적 모성'이 본색을 드러내며 폭력과 테러리즘으로 무장한 군국의 어머니로 귀결된 것이라고 주장한다.[22]

김유정의 작품 활동은 만주사변에서 중일전쟁에 이르는 1932년에서 1937년 기간에 집중되었다. 파시즘 이데올로기가 전면화되기 시작했던 시기 김유정은 '매춘'과 '탈가'라는 소재로 천황제 파시즘이 설파하는 가정과 모성의 의미를 비틀고, 국가 이데올로기와 배치되는 여성의 삶을 제시했다. '매춘하는 어미'라는 설정은 '남근적 모성'이란 국가주의 환상을 여지없이 깨트린다. 가정은 국가의 기초이며 가정의 중심은 주부라는 전시동원체제의 '가족국가주의' 기조와[23] 김유정의 소설은 두 가지 차원에서 어긋난다. 그 하나는 고도로 규율화된 제국의 문명성이 수용되지 않은 공간이 존재한다는 것이며, 다른 하나는 그곳의 가정이 제국의 정책이 추구하는 길과는 전혀 다른 방향으로 해체되기 시작했다는 점이다. 이는 전시동원체제의 사회조직과 담론체계가 조선 전체로 퍼져나갈 수 있는지에 대한 의구심을 낳았다.

검열체제의 틈과 향촌의 언어

카프의 해산, 사회주의운동의 비합법화, 식민지 자본주의의 난숙, 군국주의의 확산이 동시에 진행되었던 1930년대 중반, 조선의 몇몇 작가들은 향촌의 세계를 탐구하기 시작했다. 이효석의 「메밀꽃 필 무렵」(1936), 주요섭의 「사랑손님과 어머니」(1935), 김동리의 「황토기」(1939) 등이 그 대표작이다. 대중매체를 통한 도시성의 재현이 당대문화의 주류로 부상했던 시점에서 반대의 길을 선택한 이들의 문학세계는 특별한 입장의 표명으로 받아들여진다. 그것이 이른바 '향토적 서정소설'인데, 식민지의 비합리성이 소설가의 내면의식과 결합하면서 삶의 기본적인 경험양식이 되고 세계를 인식하는 기본 틀로 작동한 결과였다.[24]

현실의 비합리성을 비판적으로 다루지 않고 작품의 미적 성취를 높이는 장치로 사용함으로써 비합리성이 작가에게 내면화되어 삶을 바라보는 관점으로 승격되었다는 분석은, 근대의 현실에 대한 '산문적 대결'을[25] 회피하는 태도를 지적한 것이다. 친자연적인 공동체에 대한 향수, 근대화에 뒤떨어진 인간들에 대한 연민, 전통적인 관습과 사상에 대한 옹호라는 '향토적 서정소설'의 특징은 1930년대 조선주의 문화운동이 지향했던 한계와 모순을 문학적으로 구현한 것이기도 했다.[26] "오만한 채로 부서지는 비극의 주인공이 드물다"는 한 연구자의 지적은 파국을 선택함으로써 근대적 자아의 실체를 수면 위로 끌어올리기보다 "현존하는 질서로 수렴되려는 욕구"를 지녔던 1930년대 후반 식민지 문단의 본질을 파고든다.

> 이런 상황에서 향토성의 세계는 근대에 지친 영혼들을 위안하는 안식처가 되었다. 말하자면 향토성의 세계는, 정서적 매개 없이 쏟아졌던 근대화에 대한 감성의 완충지대였던 것이다. 근대에 지친 영혼들은 근대에서 정서적 보완물을 발견할 수 없었던 까닭이다. 근대화의 물결 속에서 위안 받지 못한 감성은 자신을 문화적 공동체의 감각 속에 귀속시킴으로써 구제받는다. 개인주의가 발달하지 못한 사회에서 개인의 영혼은 문화적 공통성에 귀의함으로써 위로받을 수 있었다. 근대는 구현

되었으되 해방구는 만들지 못했다.[27]

향토의 세계가 근대성의 피로에 대한 위안의 형식이었다는 박헌호의 견해는 프롤레타리아 작가 이기영의 농민소설 『고향』(1936)과 『신개지』(1938) 등에 주목한 김철의 문제의식과도 연결된다. 김철은 유토피아적 노스탤지어에 사로잡힌 사회주의자가 발견한 프로롤레타리아 농민들이 시혜와 개조의 대상으로 전락하고 타자화되는 현상을 식민지기 좌익문학이 지닌 한계로 비판했다.[28] 정태적인 공간으로 향촌사회를 규정하고 그 속의 농민들을 스스로 말하지 못하는 자로 박제화한다는 점에서 '향토적 서정소설'과 이기영의 농민소설은 구조적으로 유사하다. 작가의 이념을 구현하는 죽은 인물들의 전람회라는 공통의 성격을 지니고 있는 것이다.

그러나 김유정이 그려낸 향촌은 식민지 근대의 피곤과 식민지 사회주의자의 안일을 정당화하려는 시도와는 거리가 멀다. 어떤 시원성을 강력하게 드러내는, 레이 초우Rey Chow가 말했던 '원시적 열정'에 사로잡힌 관념적 주체의식으로 충만한 「황토기」의 세계와도 무관하다.[29] "회복 불가능한 공유/장소(common/place)의 모습으로 나타나는 원시적인 것은 이처럼 언제나 사후 발명이다. 말하자면 '포스트'의 시기에 '프리'가 만들어지는 것"[30]이라는 레이 초우의 판단은 김유정의 향촌을 설명하는 이론적 도구로서 적절하지 않다. 김유정은 자기 위로의 나르시시즘이나 과거를 이념화하고 시간을 가치화하는 과잉감정의 유도를 거절하면서 현재를 벗어나려는 식민지의 사회심리와 대립했다. 그가 주목한 여성의 삶이, 여성의 현재를 그리는 방법이 여성과 무관한 것의 증명에 동원되는 것을 반대한 것이다. 소비하기 위해 창조된 여성의 비극은 깊은 상처를 남기지 못한다. 그가 그린 여성들이 차갑고 무거운 여운을 남기는 것은 이 때문이다.

김유정의 문학은 외형적으로 식민지 불온성의 맥락에서 벗어나 있는 것처럼 보였다. 그는 도시적인 것, 지식인의 세계와 절연함으로써 주류문화의 형상화에 짐짓 무관심한 듯한 태도를 취했다. 사회주의의 영향을 받은 것은 확실했지만, 이기영처럼 농촌사회를 계급투쟁의 장으로 묘사하려는 서투른 시도를 꿈꾸지 않았다. 그는 합법의 공간에서 시대의 현실을 비판하는 것이 작가의 심리 속에 잠재되어 있는 자기검열의 요구에 굴복하는 것, 즉 의도를 왜곡하거나 표현의 수위를 낮추는 것 말고 다른 길이 없다는 것을 알고 있었다. 표현에 대한 식민지 권력의 과도한 개입을 수용하는 것은 사유의 긴장과 사상의 정당성을 심각하게 약화시켰다. 이것이 식민지 작가들이 직면했던 중요한 딜레마였는데, 김유정은 그러한 초라한 직접성의 세계를 선택하지 않았다.

그는 정치의 흐름과 무관한 것으로 인식되는 향촌공간에 대한 상식적 이해를 뒤집고 자기방식으로 그것을 새롭게 해석함으로써 '상징검열'이 행사했던 텍스트 지배력의 틈을 벌리고 검열체제의 가시권에서 벗어난 '외부'의 시공간을 만들고자 했다. 텍스트에 대한 식민권력의 통제가 근대의 표상체계와 공존할 수밖에 없다는 자명성을 활용한 것이다. 검열은 텍스트의 죽음을 목표로 하지 않으며, 전면적 사멸이 있지 않고서는 텍스트에 대한 완벽한 지배는 불가능한 것이다.

식민권력은 특정한 단어와 상황을 제거함으로써 식민지 텍스트가 권력의 의도에 복종한 것으로 이해했다. 그것은 일종의 대상없는 타협이었다. 검열자들은 '사회주의'와 '섹스'에 예민했는데, 결과적으로 식민지 조선은 혁명도, 뜨거운 애정도 존재하지 않는 인간의 욕동이 사라진 애매한 장소로 표상되었다. 이혜령은 "식민지 섹슈얼리티는 특정한 방식이 아니라면 그려질 수 없거나 침묵되어야 하는 암흑의 핵심 중에 하나였다"고 단언했다.[31] 피식민자들이 검열의 구조에 걸려들지 않으려면 이러한 '상징검열'의 구동방식에 예민해야 했다. 검열자의 촉각이 민감하지 않은 소재와 묘사, 분석을 동원해서 내면의 의도를 효과적으로 유지하는 방법을 발견해야 하는 것이다. 김유정은 도시성, 이데올로기, 근대문명, 사회주의와 같은 누구나 예민하게 의식하는 정치의 영역을 벗어나면서 불온성의 가시화를 감추었다.

자신이 원하는 것을 그릴 때 반드시 차별의 수위를 의식해야만 했던 이유로 인해 식민지는 날것으로의 직접성이 불가능한 시공간이 되었다. 그 때문에 모든 것이 흐릿해졌다. 예컨대 '핑크'와 '레드'가 육체의 감각이란 차원에서 설명될 수 없을 때, 무엇으로 그것을 대신할 것인가의 문제를 낳는 것이다.

식민지의 일부 작가들은 주제의 명료함을 남겨놓기 위해 서사의 의도적 혼돈이나 비정치적 배경을 활용하는 수사전략을 채택했다. 염상섭의 '통속'이나 김유정의 '향촌'은 그렇게 해서 선택된 간계의 형식이다. 염상섭이 사회주의(자)의 위험성을 통속의 형식으로 무마하려고 했던 것과 같이 김유정은 매춘의 불온함을 향촌의 무미건조함으로 완화시켰다. 그것은 검열자의 감각을 약화시켰다. 김유정의 소설에서 순진을 가장한 영악함을 읽어낸 최원식은 그의 문학이 "겉보기와는 달리 치밀한 운산運算이 촘촘히 작용하고 있으며, 뜻밖에 지적 실험의 성격이 짙다"[32]고 지적한 바 있다.

향촌사회에서 벌어지는 무지랭이들의 웅성거림, 음란한 의도와는 거리가 먼 매춘의 현장들, '풍속괴란風俗壞亂'의 검열기준을 적용하기 어려운 묘사와 표현, 그것들 모두가 드러내는 주변성은 검열자로 하여금 오독의 가능성을 유도했다. 여기서 오독은 식민지 텍스트의 생존과 직결되었다.

변두리의 존재로 가장하거나 근대미달의 언어형식을 의식적으로 드러내는 것, 서사구도의 혼란을 통해 작가의 생각을 이해하기 어렵게 만드는 것 등은 굴종을 피하면서 자기를 보존하는 피식민자의 문학이 선택할 수 있는 하나의 생존방식이었다. 식민자의 세계가 구축한 표현방식을 수용하지 않는 것만이 제국이 만든 보편화의 함정에 빠지지 않는 길이었기 때문이다.

제 13 장

심훈의 고투, 검열과 식민지 소설의 행방

피식민자의 언어들

공간의 정치학
상하이와 경성의 차이

심훈의 『동방의 애인』(1930)은 매우 정치적인 소설이다. 이 소설의 정치성은 두 가지 지평을 가지고 있다. 그 하나는 사회주의를 긍정하는 사상의 정치성이다. 이것은 사회주의를 보편적인 시대정신으로 긍정하는 심훈 자신의 가치관에서 생겨났다. 다른 하나는 이 보다 복잡하고 미묘하며, 작품이 발표된 시기의 민감한 사회관계를 반영한다. 이 글의 문제의식은 두 번째 정치성의 성격을 해명하는 것에서 시작된다.

이 소설이 다루는 미시공간은 1920년대 전반기의 경성과 상하이이고, 거시배경은 러시아와 일본이다. 소설 속에서 경성은 사회주의운동가의 실천무대로, 상하이는 그들의 성장과 학습의 요람으로 그려진다. 러시아는 혁명의 모국이자 새로운 가치의 창조지로 묘사된 반면, 일본은 조선의 궁핍과 고통의 원인이자 소설 전체에 넘쳐나는 서사적 긴장의 근원으로 암시되었다.[1] 심훈은 이 소설에서 중국, 조선 그리고 조선 속에 투영되어 있는 일본이 해방되어야 할 '동방'이 되길 바랐는지 모른다. 이 점에서 '동방'은 이념화된 공간이었다.

그러나 작품 속에서 조선을 제외한 '동방'의 다양한 주체는 창조되지 않았다. 검열에 의해 중단되기까지 『동방의 애인』에서 중국인 또는 일본인 혁명가는 끝내 등장하지 않았다. 사회주의혁명의 가능성이라는 '동방'의 공통분모는 결국 약화되고 말았다. 상하이는 사회주의 이상이 숙성하는 장소로, 조선과 조선 속에 투영되어 있는 일본은 그 이상이 실현되어야 할 투쟁의 장소로 구획되었지만, '동방'의 의미는 주인공의 존재를 통해 유일하게 살아난 조선이라는 협소한 지역으로 축소되었다. '동방'의 혁명이 곧 동아시아의 변혁임을 살아 있는 사실로 드러내지 못한 것이다.

"조선놈이란 것이 사랑하는 사람을 껴안지도 못하게 했습니다. 무산자라는 것이 여자를 거느릴 자격까지 우리에게 빼앗아 갔습니다"[2]라고 외친 주인공 이동렬에게 민족과 계급은 같은 차원의 문제로 인식되고 있었다. 심훈은 소설의 시작을 알리는 글에서 "우리 민족과 같은 계급에 처한 남녀노소가 사랑에 겨워 껴안고 몸부림칠 만한 새로운 공통된 애인"[3]으로 사회주의를 거론했다. 사회주의의 민족화를 역설한 것이다. 민족중심의 사유가 만드는 공간가치의 서사적 낙차로 인해 일본은 물론 청년 심훈의 체험이 녹아 있는 혁명의 산실 상하이까지 '동방'의 주역으로 부각되지 못한 것이 아닐까 하는 추정을 하게 된다.

그럼에도 이 소설에서 상하이의 위치는 중시되었다. 여기에 이 소설의 두 번째 정치성이 개입한다. 『동방의 애인』이 『조선일보』에 연재된 1930년은 사회주의 문화운동의 고양기였다. 임화를 필두로 권환, 안막, 김남천 등 일본에서 건너온 카프의 새로운 지도부는 예술운동의 볼셰비키화를 천명하고 예술가들이 혁명운동의 전위로 나아갈 것을 결의했다. 이를 위해 일본 사회주의 문화운동과의 연대가 강조되었는데, 권환은 「조선예술운동의 당면한 구체적 과정」(『중외일보』 1930.9.3)을 통해 일본프롤레타리아작가동맹이 발표한 「예술대중화에 대한 결의」(『전기(戰旗)』 1930.7)를 번안했다.[4] 이 글에서 권환은 전위활동에의 주목, 대공장파업, 소작쟁의, 반파쇼 반제국주의 투쟁 등 볼셰비키적 대중화를 위해 작가가 유념해야 할 다양한 내용을 나열한 후 다음의 마지막 항목을 제시했다. 참고로 『전기』

의 같은 내용도 함께 인용한다.

> 조선 프롤레타리아트와 일본 프롤레타리아트의 연대적 관계를 명확히 하는 작품. 프롤레타리아트의 국제적 연대심을 환기하는 작품(권환, 『중외일보』)

> 식민지 프롤레타리아트와 국내 프롤레타리아트의 연대를 명확히 한 작품, 프롤레타리아트의 국제적 연대감을 고취시키는 작품(일본프롤레타리아작가동맹, 『전기』)

이 두 개의 문장에서 프롤레타리아트 연대의 의미는 조선과 일본과의 관계로 한정되었다. '국제적 연대'라는 표현이 들어 있기는 하지만, 그것이 중국을 포함한 보다 광범한 인근지역을 명료하게 지칭하는 것은 아니었다. 카프의 이러한 일본편향에 맞서 심훈은 『동방의 애인』을 통해 조선 사회주의와 상하이의 관계를 강조했다. 한설야와의 논쟁에서 보여준 이론주의에 대한 불신이 공간의 문제로 바뀔 때, 그것은 일본적 사회주의에 대한 비판으로 연결된다. 심훈은 이렇게 말했다.

> 세계 각국의 사전을 뒤져보아도 알 길 없는 '목적의식성', '자연생장기', '과정을 과정하고' 등등 기괴한 문자만을 나열해 가지고 소위 이론투쟁을 하는 것으로 소일의 묘법妙法을 삼다가 그나마도 밑천이 긁히면 모모某某를 일축一蹴하느니 이놈 너는 수완가다 하고 갖은 욕설을 퍼부어 가며 실컷 서로 쥐어뜯고 나니 다시 무료해진지라 영화나 어수룩한 양 싶어서 자웅을 분간할 수 없는 까마귀 떼의 하나를 대표하여 우리에게 싸움을 청하는 모양인가?[5]

'목적의식성', '자연생장기', '과정을 과정하고'라는 표현은 명백히 일본식 사회주의문예운동의 관념성에 대한 비난을 담고 있다. 조선 프로문학의 주역들을 "장작개비를 집는 듯한 이론조각과 난삽한 감상문"[6]의 주체로 가혹하게 평가한 것도 같은 맥락에서였다. 카프의 '부락적 폐쇄주의'와 '교조성'에 대한 심훈의 문제의식은 뚜렷했다.[7]

『불사조』(1931)에 등장하는 조선의 무산자 홍룡은 진정한 혁명가의 모습을 "강도, 살인미수, 폭발물 취체위반 같은 무시무시한 죄명을 지닌 직접 행동패" 혹은 "기골이 장대한 북관의 청년"으로 묘사했다. 북관의 혁명가들은 "이론을 좋아하지 않"으며, "몰락의 과정을 과정하고 있는 부르조아지들의 … 목적의식은 역사적 필연으로 자연생장기에 있어서 … 이런 따위의 알아듣기 어려운 들 건너 문자를 연방 써가면서 노닥거리는 것으로 일을 삼지는 않는"다. 그들은 "닭과 같이 싸우고 성난 황소처럼 들이받고 때로는 주린 맹수 같이 상대자에게 달려들어 살을 물어뜯"으며, "이론이나 캐고 앉아 있는 나약한 지식계급으로서는 근처에 가기도 어려운 야수성이 충만한"[8] 존재들이다.

『영원한 미소』(1933)에서 수영은 "이론이란 결국 공상일세. 우리는 인제부터 붓끝으로나 입부리로 떠들기만 하는 것을 부끄러워할 줄 알아야 하네"[9]라며 이론무용론을 설파한다. 심훈 소설이 창조한 혁명가의 형상은 이론과 지식의 사회주의에 경도된 엘리트 지식인과는 무관한 존재이다. 북관이라는 단어는 행동주의가 혁명의 진정성 여부를 결정짓는 기준이라는 것을 보여준다. 공간의 가치화 현상이 심훈 문학의 현저한 특징인 것이다.

『동방의 애인』에서 상하이가 중요해진 것도 바로 투쟁하는 혁명가의 서식지이자 교육장이었기 때문이다. 심훈은 1930년의 현실에서 1920년대 초반의 상하이를 주목하고 그곳에 조선 사회주의운동이 태어난 기원의 장소라는 의미를 부여했다. 심훈의 소설은 혁명의 기운이 상하이에서 잉태해 조선으로 건너온 것으로 설명한다. 이 소설의 등장인물 이동렬과 강세정은 박헌영과 그의 부인 주세죽을 모델로 한 것이다.[10] 박헌영은 심훈과 경성제일고보 동창생이며, 1920년 11월 도쿄를 출발하여 나가사키를 경유, 상하이로 망명했다. 그는 1921년 3월 이르쿠츠크파 공산당의 지휘를 받는 고려공산당 상해회 결성에 참가했고, 같은 해 5월에 안병찬, 김만겸, 여운형, 조동우 등이 주도하는 이르쿠츠크파 고려공산당에 입당한다.[11]

심훈의 중국행과 상하이, 항저우로의 이동은 박헌영의 이러한 동선과 겹쳐진다. 심훈이 베이징으로 출발한 것은 1920년 늦가을 즈음이었다.[12] 그러나 베이징에 도착한지 얼마 지나지 않은 1921년 2월, 심훈은 돌연 베이징을 떠나 상하이로 향했고, 인근 항저우 지강대학之江大學에 적을 두게 된다.[13]

혁명을 찾아 상하이로 찾아든 『동방의 애인』의 주인공들이 심훈 자신의 체험에서 비롯된 것이라면, 심훈의 상하이 정착은 이 도시의 사회주의가 만든 구심력의 결과이다. 심훈과 박헌영 두 사람은 비슷한 시기 각각 일본과 조선을 탈출해 상하이에 도착했다. 그 경위를 정확히 알 수는 없지만, 중요한 것은 두 사람 모두 상하이에서 첨예한 사회주의운동의 현장과 대면했다는 사실이다.

『동방의 애인』과 관련된 또 한 명의 중요인물이 이동휘이다. 상하이에서 이동렬, 강세정, 박진은 ×씨로 표현된 혁명지도자를 만났고, 그가 지도하고 있는 '○○당 ××부'에 입당한다. ×씨는 수십 년간 해외 혁명활동에 종사했고 비극적 사건으로 딸을 잃었으며, "육척도 넘을 듯한 키와 떡 벌어진 가슴이며 가로 찢어진 눈에다가 수염이 카이젤 식으로 뻗친"[14] 외모를 지니고 있는 인물이다. 이동휘임에 틀림없는 설명이다.

함남 단천 출신(1873년생)의 무관이었고, 1910년대 북간도와 연해주를 무대로 활동했으며, 초대 임시정부 국무총리를 지냈던 이동휘는 심훈의 이상적 인간상인 북관의 야성적 혁명가의 모습과 일치하는 인물이었다.[15]

이동휘는 1920년 5월경에 조직된 재상하이 한국공산당의 책임비서였으며,[16] 1921년 5월 창립된 고려공산당(상해파)의 위원장이었다.[17]

사회주의운동의 주도권을 둘러싸고 상해파와 이르쿠츠크파는 첨예하게 대립했다. 이동휘는 상해파의 영수였다. 두 그룹은 혁명노선상의 커다란 차이가 있었다. 상해파는 민족혁명을 일차과제로 한 연속 2단계 혁명노선을 취했으며, 독자적인 한인공산당 건설을 지향했다. 반면 이르쿠츠크파는 즉각적인 사회주의혁명을 목표로 한 1단계 혁명노선을 선택했으며, 러시아공산당에 가입한 인물들이 주축이었다.[18] 심훈은 "한말 이래 민족운동의 전통과 경험에 대한 강한 자부심과 주류의식을 지닌"[19] 이동휘를 상하이 한인사회주의운동의 영도로 인정함으로써 사회주의운동의 민족적 성격을 분명히 했다.

상하이에서 심훈이 박헌영과 이동휘를 만났다는 기록은 찾지 못했다. 그러나 여운형과의 관계,[20] 항저우에 일시 체류했던 이동녕·이시영과의 인연, 소설 속 인물묘사 등을 고려할 때 두 사람과의 접촉이 없었다고 단정하기도 쉽지 않다. 하지만 이동휘와 박헌영은 각각 상해파의 영수, 이르쿠츠크파의 초급당원이라는 연륜과 계통의 차이로 인해 같은 차원에서 연결될 인물은 아니었다. 따라서 심훈이 이동휘와 박헌영을 『동방의 애인』의 모델로 했더라도 그것이 실제 운동의 현실과 일치할 수는 없었다. 심훈은 박헌영의 행적을 서사의 골격으로 삼되[21] 이동휘의 민족적 사회주의 노선을 지지했던 것이다.

하지만 상하이에 대한 주목이 조선을 넘어서는 '동방'의 확장을 뜻하는 것은 아니었다. 상하이는 도쿄를 의식한 상대적 공간이었을 뿐 '동방'의 의미와 결합하지는 못했다. '동방'은 의연히 조선이란 지역을 의미하는 술어였다. 심훈은 이 소설에서 사회주의혁명의 지역성 문제를 중시했고, 소설 속에 구현된 서사공간의 정치적 의미를 계산했다. 그에게 공간정치학이 필요했던 것은 혁명은 조선에서 일어나야 하는 것이었기 때문이다. 이

소설에서 상하이는 조선 사회주의운동의 기억을 위한 보조물로서 활용되었다. 그 결과 심훈의 소설에 배어 있는 사회주의혁명운동의 동아시아적 가능성은 그것이 풀려나가는 서사방향과 배치되었다.

조선인에 의한 조선혁명으로 압축되는 소설의 구도는 조선 이외 지역의 역할과 위상을 조선으로 수렴하게 만들었다. 이러한 위계성으로 인해 동아시아의 다주체성이 소설 속에서 성립하기는 어렵게 되었다. 그것은 동아시아가 조선의 사회주의를 위한 배경이 되는 것을 의미했다. 이러한 방식은 식민지인은 동아시아를 상상할 수 있는가라는 질문을 불러낸다. 장면화된 동아시아와 서사화된 동아시아는 다른 것이다.

연장된 조선
발견되지 않는 중국

『동방의 애인』에 등장하는 중국은 조선인 혁명가라는 단일한 시선에 의해 포착된다. 주인공의 활동반경과 경험세계를 넘어서는 중국의 현실은 묘사되지 않았고, 흥미를 배가하며 서사의 풍요를 만드는 다성의 언어와 다양한 인격 또한 등장하지 않았다. 소설 속에서 상하이는 사회주의혁명의 전초기지였지만, 그것은 조선인 혁명가의 관점에서만 그러했을 뿐이다. 작품 속에서 조선의 혁명을 둘러싼 복잡한 관계의 서사는 그려지지 못했고, 조선혁명의 역사성은 보다 큰 배경 속에서 검토될 기회를 얻지 못했다.

『동방의 애인』은 근대 중국의 격동 속에 살아간 다양한 인간군상을 살려낸 요코미츠 리이치橫光利一의 『상하이』[22]와는 전혀 다른 서사방법을 선택했다. 그것은 한 사람이 여러 사람의 음색을 흉내내는 것에 가까웠다. 그 점에서 상하이는 연장된 조선이라고 할 수 있다.

혁명을 위해 조선을 탈출한 이동렬과 박진은 상하이에서 사회주의를 만나고, 사상의 스승과 조우하며 사회주의 모국 러시아로 가는 길을 발견했다. 그러나 그것은 일차원적인 직선의 내러티브를 보여줄 뿐이다. 그 모든 여정은 혁명의 현장인 조선으로 귀결된다. 어디에 있든지 때가 되면 그들은 돌아가야 하는 것이다. 이 점에서 『동방의 애인』은 성장소설의 구조를 지녔다. 주인공이 지나는 길은 생육의 양분을 공급하지만, 그는 길 좌우에 펼쳐진 세계와 긴밀한 연관을 맺지 못한다.

상하이에서 주인공들은 조선에서 불가능한 국가의 정체성과 조우했다. 이동렬과 박진은 상하이에 첫발을 디딘 후 "××깃발이 날리는 ××××집도 문 앞까지 가서는 예배하듯 하였다(『동방의 애인』, 551면)." 복자로 처리된 부분은 '한국'과 '임시정부'일 것이 분명하다. 그 '예배'를 통해 두 사람은 국민이라는 자의식을 새삼 갖게 된다. 한윤식이란 인물은 혁명지도자 ×씨에게 이들을 소개하며 "이번에 내지에서 많은 고생을 하다가 나온 청년들입니다"라고 말한다. 일본을 뜻하는 '내지'라는 표현의 의미전환을 통해 그들은 모국의 의미를 새롭게 깨닫는다.

'내지'의 뜻이 일본에서 조선으로 바뀐 것은 상하이이기 때문에 가능한 일이었다. 상하이는 상대화된 '외지'로, 조선의 확장된 장소로 인식되었다. 그것은 조선의 해방공간으로 상하이를 서사화하는 동력이 되었다. 그러나 확장된 조선이라는 의식 속에서 상하이의 고유함은 사라진다. 그곳은 조선에서 불가능한 일들이 허용되는 땅이지만, 조선의 역사에 새로운 기력을 불어넣지는 못한다. 상하이는 젊은 조선인 혁명가들의 성장이 이루어지는 그들만의 소우주로 닫혀 지는 것이다.

『동방의 애인』에서 사회주의운동과 상하이의 관계가 무엇인가라는 질문은 제기되지 않았다. 상하이에서 조선인 혁명가들이 길러졌다는 것이 어떠한 역사적 의미를 지니는가를 심훈은 묻지 않는다. 그것은 제국 일본에 대항하는 반식민지운동이 일본의 팽창과 함께 동아시아 전역으로 확산될 수밖에 없었던 시대의 정황과 엇갈린다. 심훈은 조선과 중국의 이권을 둘러싼 일본과 서구열강의 대혼전을 오히려 조선해방의 특별한 계기로 포착한 『개벽』의 중국 특파원 이동곡李東谷의 시각을 받아들이지 못했다.[23] 요동치는 동아시아의 정세 속에 놓여 있는 조선의 운명을 그 실재의 상황에서 분석하지 않은 것이다. 따라서 '동방'의 의미가 조선 안으로 소실되어 버린 것은 필연적인 일이었다.

이동휘 그룹이 일본과 중국의 사회주의자들과 접촉하고 그들을 지원했다는 사실은 널리 알려져 있는 일이다. 상하이를 중심으로 동아시아에서의 사회주의 연대가 모색되었던 것이다.[24] 오스키 사카에大衫榮는 그의 『자서전』(1923)에 상하이에서 만난 이동휘, 여운형, 천두슈陳獨秀 등 조선과 중국 사회주의자들의 면모를 기록했다. "조선의 동지는 확실히 공산주의자가 아니었다. 단지 독립의 불가능성과 독립을 위한 길이 너무나 멀다고 느껴 사회주의라도 좋고 공산주의라도 좋은 〈20자 복자〉 지나지 않았다"[25]라는 오스키 사카에의 기억을 통해서도 이동휘 그룹의 민족주의 성향이 강하게 느껴진다.

하지만 이동휘 그룹은 민족의 중요성을 특별히 강조했음에도 조선의 변혁이 조선의 힘만으로 이루어질 수 없다는 관점을 동시에 지니고 있었다. 반면 『동방의 애인』은 일본=조선의 지배자, 중국=혁명가들의 망명지로만 그림으로써 조선의 운명과 관련된 이들 지역의 역할을 별도의 것으로 분할하였다. 소설의 내용이 현실의 동아시아를 해체하여 조선의 판도 속에 그것을 함몰시키는 형국이 된 것이다.

『동방의 애인』에서 '이역'의 지위를 지닌 유일한 공간은 모스크바였다. 모스크바가 '이역'으로서 묘사될 수 있었던 것은 사회주의 사상과 사회주의 근대성의 생산지였기 때문이다. 사회주의 사상은 사회주의 근대성 혹은 사회주의 문명의 우월함에 의해 정당화되었다.

동렬이는 수첩을 꺼내들고 그네들의 새로운 문화시설과 소비에트 정부가 생긴 지 불과 몇 해 동안에 피와 땀으로 건설한 모든 기관이며 '놀라울만한 치적'을 일일이 적어 넣고 일행의 맨 뒤에 떨어져서 중요한 통계표까지 베꼈다.[26]

『동방의 애인』에서 어떤 지역이 조선의 구심력에서 독자화될 수 있는 것은 사상과 문명의 압도적 차이에 의해서만 가능한 일이다. 모스크바의 사례가 그러한 경우이다. 문명의 질적 차이가 묘사의 필요성을 보장하는 조건인 것이다. 이를 통해 심훈의 정서 속에 남아 있는 사회진화론의 잔재가 확인된다. 눈에 보이는 지표를 중시한다는 점에서 자본주의 근대와 사회주의 근대에 대한 평가는 유사한 방식으로 이루어지기 때문이다.

이동렬이 주목하는 것은 사회주의 근대가 달성한 '새로운 문화시설'과 같은 '놀라울 만한 치적'이다. 그것은 모방해야 할 가치이자 대상이다. 사회주의자 이동렬에게 근대를 안으로부터 파열시키는 사상의 성찰은 찾아보기 어렵다. 근대의 물질세계와 자신을 구별하는 탈근대의 주체는 기대할 수 없는 것이다. 그것은 이론주의를 거부하고 현실 자체를 중시하는 심훈 개인의 기질로만 설명될 수 없다.

이동렬의 베끼는 행위는 그 점에서 상징적이다. 사회주의 문명의 이전을 위한 기록행위를 뜻하기 때문이다. 『동방의 애인』의 모스크바 장면은 발전에의 욕망 혹은 압축된 복제를 꿈꾸는 근대문명에 대한 동경의 내면화를 보여준다. 조선의 젊은 혁명가들은 존재하지 않는 국가를 대신한 엘리트 관료들이다. 그들은 새로운 국가를 위한 사회주의적 유신의 주역들이다. 하지만 이러한 장면은 사회주의 근대가 그 반대편의 세계와 어떻게 달라야 하는가라는 의문을 동시에 제기한다.

소설 속에서 러시아가 '이역'으로 그려진 반면, 중국의 지역성은 주목되지 않은 또 하나의 원인이 여기서 확인된다. 중국은 혁명주체의 지위를 부여받지 못했고 동시에 사회주의 근대문명의 중심도 아니었기 때문이다. 중국은 단지 조선의 혁명가들이 잠시 머물기 위한 일시적인 기착지였을 뿐이다. 소설 속에서 혁명의 실체는 중국을 괄호치고 러시아에서 조선으로 연결되었다. 그리고 그것은 민족의 근대를 어떻게 구현할 것인가의 문제로 나아갔다. 심훈에게 있어 사회주의는 민족을 국가화하는 수단이자 과정으로 이해되었을 가능성이 높다.

귀환의 서사
혁명과 계몽의 경계

『동방의 애인』은 주인공의 귀환 장면을 그리는 것에서 시작한다. 이 소설에서 주인공의 귀환은 서사의 종결이 아니라 서사의 출발을 알리는 표시이다. 서술적 역전의 수법은 주인공의 귀환이 소설의 진정한 시작임을 알리려는 목적 때문에 선택되었다. 귀환 이전의 서사는 주인공의 행위를 설명하기 위한 배경에 불과했다. 상하이와 모스크바에서 있었던 일들은 작품의 긴박한 갈등과 크게 관계되지 않는 일종의 공허한 시간의 재현이다.

그러나 박진이 조선을 향한 기차를 타는 순간, 그의 귀환은 현실에의 투신으로 변화되었다. 그 점에서 이 소설의 귀환은 『만세전』에서 그려진 그것과는 근본적으로 다르다. 상하이와 모스크바가 성장의 공간이라면 돌아온 고국은 투쟁의 현장이다. 젊은 혁명가에게 더 이상의 유예의 시간은 허락되지 않는다. 독자를 압도하는 긴장감은 가치의 실현과 소멸, 삶과 죽음이란 이분법의 어느 한쪽을 강요하는 타협 불가능한 상황의 결과였다. 다음과 같은 광경은 주인공이 귀환 이후 만나게 될 냉혹한 세계의 실제를 드러낸다.

국경을 지키는 정사복 경관, 육혈포를 걸어 메인 헌병이며, 세관의 관리들은 커다란 버러지를 뜯어먹으려고 달려드는 주린 개미 떼처럼, 플렛포옴에 지쳐 늘어진 객차의 마디마디로 다투어 기어올랐다.[27]

긴장이 고조된 원인은 서사의 흐름이 국가의 주도권을 둘러싼 갈등국면에 가까이 접근했기 때문이다. 경관, 헌병, 세관은 현재의 지배력을 지키려는 국가권력의 대리자 들이다. 인삼장사로 위장한 사회주의자 박진과 그를 뒤쫓는 형사들의 숨 막히는 추격전은 조선을 사이에 둔 식민체제와 혁명세력의 심각한 쟁투를 보여준다.

그러나 이 긴박한 묘사가 오래 지속되는 것은 불가능했다. 서사의 방향이 조선의 운영주체와 연관될 것일 때, 그것은 식민지의 허용 범위를 벗어나는 것이기 때문이다. 따라서 『동방의 애인』이 검열로 중단된 것은 예상되었던 일이다. 후속편인 『불사조』 또한 서사의 종결을 허락받지 못했다. 소설이 국가권력의 쟁취를 위한 권력투쟁의 현실적 도구가 될 수는 없었던 것이다. 식민지의 텍스트는 조선총독부와의 계약관계 속에서 생존의 기회를 얻었다. 모든 단행본 출판의 법적 근거였던 출판법의 목표는 텍스트의 소유권을 보장하는 대가로 국가에 대한 텍스트 주체의 자발적인 복종을 의무화하는 데 있었다.[28] 국가권력의 전복을 기도하는 텍스트의 불허가는 당연한 일이었다.

그렇기 때문에 혁명가의 활동은 그 실체가 있는 그대로 소설화되기 어려웠다. 소설이 잃어버린 국가를 되찾기 위한 투쟁을 재현해야 한다는 주장은 당위의 언어에 불과했다. 사회혁명을 목표로 한 작가들은 식민지 권력이 허용하는 표현의 한계를 끊임없이 점검해야 했다. 문제의 초점은 혁명과 재현의 동시성이 아니라 재현의 수준이었던 것이다. 소설이 합법과 비합법의 경계라는 갈림길에 섰을 때, 작가는 서사의 생존과 사멸 가운데 하나의 길을 선택하지 않을 수 없었다.

예컨대 경성에 숨어든 젊은 혁명가들이 무엇인가를 모의하는 장면을 심훈은 이렇게 회피했다. "세 동지가 쥐도 새도 듣지 못하리만큼 나직이 주고받는 이야기의 내용은 이 소설을 쓰는 사람도 들어 옮기지 못할 것이며, 더구나 독자가 궁금할 것은 말고도 어찌할 도리가 없는 노릇이다."[29] 심훈은 식민지 정치의 본질을 그리고자 하면서 그 현실의 구체성을 묘사하기 어려운, 피할 수 없는 곤혹에 직면해 있었다.

후반기 소설에서 현장 속으로 들어가는 주인공의 결정이 '귀국'이 아니라 '귀향'의 방식으로 바뀌게 된 원인은 여기에 있었다. 심훈은 서사의 생존을 위해 재현의 수준을 낮추는 방법을 선택한 것이다. 그 결과 국가는 고향으로, 국가의 회복은 고향의 개조로 치환되었다. 심훈은 식민권력이 조선인에게 가한 표현의 억압을 묘사수준의 완화 혹은 서사구성의 변화를 통해 돌파하려고 시도한 것이다. 그것은 이른바 리얼리즘의 단계를 낮추는 것을 의미했다.[30]

만약 『동방의 애인』이 중단되지 않았다면, 이 소설의 행방은 어떻게 되었을까? 혁명가들의 파란만장한 활동과 그들의 비극적 죽음 사이 어디쯤에서 종결되었을 것이다.[31] 그러나 『동방의 애인』이 품고 있던 서사의 가능성은 어떤 방식으로도 식민지의 대중에게 드러낼 기회를 얻지 못했다. 이 점에서 검열체제의 의도는 심훈의 창작과정에 성공적으로 개입했다. 서사의 내용이 조정됨으로써 『영원의 미소』, 『직녀성』, 『상록수』로 이어지는 후반기 소설의 구도는 사회모순에 의한 현실갈등과 계몽적 이상주의가 결합하는 방식으로 변화되었다. 소설가의 의도와 서사의 내용이 국가권력의 압력에 의해 분절되는 현상이 벌어진 것이다.

고향의 개조라는 새로운 서사전략은 식민지사회에서 사회주의와 근대서사가 결합할 수 있는 서사양식의 한 형태를 보여주었다. 검열에 대한 우회가 심훈 소설에 나타나는 두 번째 로컬리티의 원인이 되었다. 동아시아를 배제하고 조선으로 집중했던 그의 서사는 결과적으로 고향이라는 조선 내부의 새로운 소실점을 만들어냈다. 조선에로의 함몰이 식민지 검열의 위력 앞에 놓일 때, 스스로 결정한 서사의 운동방향을 바꾸는 방식으로 대중과의 만남을 결정하게 된 것이다.

이 과정에서 고향이라는 공간은 식민지 후진성의 개조현장이면서 혁명의 대상 또는 잃어버린 국가에 대한 은유라는 이중의 지위를 갖게 되었다.[32] 심훈은 계몽과 진화라는 식민지의 주류 언어, 혁명과 독립이라는 금지된 언어의 중첩을 시도했다.[33] 외부의 압력이 강할수록 그 중첩된 의미를 분할하는 경계가 애매해지는 현상들이 발생한다. 종종 그것은 서사 질서의 착종을 만들어냈다. 국가권력에 대한 도전의 기운을 최대한 감추면서 그 변혁을 암시해야 한다는 상반된 목표가 작가의 임무로 주어진 것이다.

『상록수』에서는 농촌운동의 가능성을 확장하려는 박동혁의 발언에 대해 "그건 탈선이오…현재의 정세를 보아서는 어느 시기까지는 계몽운동과 사상운동을 절대로 혼동해서는 아니 됩니다"[34]라는 경고가 제기된다. 농촌운동의 역할해석에 대한 이러한 억제는 소설이 드러내는 의도의 파장이 어떤 범위를 넘어서지 않도록 하려는 조절체계가 실재했음을 보여준다. 자신의 분열된 의도가 작품 속에서 뜻하지 않은 방식으로 노출될 것에 대한 강한 우려와 자의식이 소설의 형상 속에 흘러나온 것으로 볼 수 있는 장면인 것이다.

이처럼 말하고 싶은 것과 말할 수 없는 것 사이의 거리감은 서사의 양식에 영향을 미칠 수밖에 없었다. 이 때문에 고향에서 벌어지는 사건은 그 자체의 현실성과 국가를 둘러싼 쟁투의 은유체계라는 기능을 동시에 유지해기 위한 분열된 의미구조를 담고 있어야 했다. 그렇지 않으면 국가에서 고향으로 공간을 이동한 작가의 목적은 달성될 수 없었다.

사회혁명의 암시와 소설의 생존을 동시에 지키려했던 심훈의 고투가 낳은 『상록수』의 세계를 어떻게 평가할 것인가는 별도의 논의가 필요하다. 하지만 왜 그러한 방식으로 검열체제와의 대결에 임했는지는 대해서는 조금 더 부연하고 싶다. 심훈의 태도는 국가에 대한 개인의 헌신을 가치의 차원으로 받아들였던 시대정신의 산물이었다. 이 소설에서 중요한 것은 사회주의가 아니라 상실한 국가를 온전하게 되찾는 것이다. 심훈은 그 중요성을 알리는 전령으로 소설의 역할을 규정했다. 그러나 작가가 국가의 수호자가 되면서 근대국가의 억압에 대한 전위적 파괴의 언어는 기대하기 어려워졌다. 제국 일본의 검열에 맞서 언어로 국가성을 해체하려는, 그것을 통해 제국과 식민지의 모든 경화된 질서를 넘어서려는 시도는 심훈의 문학세계 안에서 일어나지 못했다.

심훈 문학의 대미를 장식하는 『상록수』에 투영된 미래에 대한 낙관은 그렇기 때문에 다소 공허하다. 그러한 이상주의는 근대의 야만에 맞서는 개인의 참여와 실천을 유도하기보다 새로운 근대로 기존의 근대를 환치하려는 관습적인 시도로 이해되기 때문이다. 고향으로 내려간다는 결정은 서사의 안일함을 추인하게 만들었다.[35] '향토'의 현실은 그 자체로 의미 있는 서사자원임에도, 고향의 시공간이 근대국가의 은유로 이해받기 위한 '겉서사'로 활용된다는 것이 결국은 문제가 되었다. 그런데 '겉서사'의 존재는 그 이상주의가 발산하는 낙관성에 의해 현실의 절박함을 희석시키고, 서사의 흐름을 종종 타성적 도식 속에 가두고 만다.

따라서 "모더니즘의 세례로부터 거의 안전한, 너무도 건강한 심훈의 소설적 체질의 한계"[36]라는 설명으로 심훈의 이상주의를 개인화하기보다는, 그러한 이상주의에 묻어 있는 국가에 대한 근대문학의 집요한 동경이 어떻게 형성되었는지를 다른 방식으로 질문하는 것이 필요하다. 국가와 서사를 동일한 구성체로 결합하려는 반복적 시도를 넘어 국가로의 귀일을 강제하는 거대한 질서 자체를 의심하게 만드는 관념의 권위는 왜 생겨날 수 없었는가?

『동방의 애인』의 서사가 동아시아로 확대되지 않고 식민지 조선에 한정되었다고 해서 그것을 비판할 생각은 없다. 국가에 대한 헌신이 결국에는 막다른 골목에 부딪치고 말았던 것처럼, 동아시아를 구도하는 서사의 결과도 특별했을 것이라는 기대 또한 가정에 기초한 것이기 때문이다. 그럼에도 한 가지 아쉬운 점은 있다. 만약 이 소설의 저변에 흐르고 있는 외부로 향한 힘이 사라지지 않고 여러 주체, 여러 공간의 활기를 수반하며 재현되었다면, 작가의 관심을 조선에 멈추도록 만든 식민지 현실의 제약을 넘어설 수 있는 다른 차원의 가능성이 조성되지 않았을까?

소설과 국가

『동방의 애인』은 소설이 국가와 맺는 관계방식을 하나의 보여준다. 심훈의 중국 체험은 1920년부터 1922년 사이에 이루어졌고, 그 기억을 되살려 1930년 『동방의 애인』의 집필을 시작했다. 이 작품을 계기로 기억된 것은 무엇이고 그 기억을 불러낸 원리는 무엇인가를 해명하는 것이 중요하다고 생각한다.

심훈에게 있어 중국은 그가 동경했던 사회주의 근대의 기원 공간이었다. 그러나 새로운 가치와 그 주역을 잉태하는 시공으로 중국의 역할은 의도적으로 제한되었다. 심훈은 『동방의 애인』을 통해 동아시아 근대의 갈등을 작품 속에 끌어들였지만, 그것은 식민지 조선의 문제를 설명하기 위한 배경으로만 활용된 것이다. 하지만 서사의 전 과정이 조선으로 모아지면서 작품이 그리고자 했던 새로운 국가건설의 표현 가능성은 약화될 수밖에 없었다. 그것은 합법이란 방식으로 합법의 주체인 제국 일본을 부정해야 하는 것이었기 때문이다. 농촌과 고향의 개조라는 『상록수』의 서사는 이러한 현실이 강요한 어쩔 수 없는 비유와 상징이었다. 그렇기 때

문에 심훈의 서사는 당면한 문제의 속화로 설명될 여지가 있다.[37]

동아시아를 조선과의 관계 속에 압축할 때 생길 수 있는 부작용을 심훈이 고려하고 있었는지는 알 수 없다. 그러나 『동방의 애인』에서 '동방'의 내용을 조선으로만 고정한 것은 확실히 어떤 조급함의 산물이었다. 문학을 통해 국가를 구출하려는 노력, 그것은 예상치 못한 모순을 만들어냈다. 향토 혹은 고향으로 국가가 비유되자 소설 속의 국가 이미지는 경험에 근거한 지역인식이라는 한계 속에 갇히게 되었다. 그것은 근대 국민국가에 대한 문학의 몰입을 의미했다. 식민지에서 소설이 국가의 재설계에 개입하는 것은 결국 미래의 가능성을 과거에 가두는 방식으로밖에 표현될 수 없음을 일련의 심훈 소설들이 보여주었다. 그의 이러한 한계는 허용된 문자로 기존의 국가권력을 부정하는 것이 가능한가, 그것을 현실화한 실제의 사례는 존재하는가 등의 질문을 불러일으킨다.

하지만 보다 근본적인 의문은 문학과 국가의 관계설정 방식에 대한 것이다. 식민지인의 고통을 근대국가 자체의 문제로 파악하는 관점은 왜 제출되지 않았는가? 제국의 억압을 민족국가의 창출을 통해 극복하려는 시도의 한계에 대한 문학적 접근 가능성은 심훈의 문자 속에서 왜 일어날 수 없었는가? 그리고 근대국가의 모순과 정면으로 대결하는 관념의 대서사는 왜 만들어지지 못했는가 등의 문제를 우리는 따져보아야 한다. 기억→근대국가의 작용→소설의 양식화라는 일련의 과정에서 근대소설이 보여준 가능성과 한계를 새로운 차원에서 점검할 필요가 있다.

제14장

식민지 구소설과 하위대중의 상상체계

피식민자의 언어들

구소설과 반주류의 시간관

식민지 조선 출판계의 특징은 전체 출판물에서 구소설이 차지하는 비중이 과도하다는 점이다. 1910년대부터 1930년대까지 제작된 16개 조선 출판사의 판매도서목록을 일별해보면 그러한 현상이 뚜렷이 드러난다. 현대의 인쇄술로 출판된 구소설은 1913년부터 1918년 사이에 집중적으로 출현했는데,[1] 이것은 신소설의 전성기가 1912년부터 1914년 사이인 점과 대비된다.[2] 구소설의 출판이 신소설의 뒤를 이어 전면화되었다는 시간의 도치는 한국 근대문화사의 특기할만한 일이다. 1910년대 소설출판의 융성은 한국이 식민화되면서 계몽운동의 배경을 상실한 탓에 생겨난 현상이었다. 하지만 구소설이 신소설보다 늦게 근대 출판사들의 관심을 받게 되었다는 사실 자체가 구소설과 '근대'의 밀접한 연관을 보여준다.

신소설은 근대소설사의 문을 열었음에도 본격적인 근대문학보다는 종종 구문학과의 관계에서 그 역사적 위상이 거론되었다. 예컨대 비서구 전통을 근대의 주류와 분리하려는 임화의 문학사론 속에서 신소설은 현대신소설,[3] 구소설과 동류로서 설명된다. 임화는 극복할 수 없는 결함을 신소설의 양식 속에서 발견하고 단절을 통한 진화라는 문학사 이해의 구도를 그려냈다. 이 글 전체의 이해와 관련된 사안이므로 임화의 관점에 대한 조금 긴 인용이 필요하다.

그러므로 리얼리즘적 형식과 새로운 의식이 현대소설에 의하여 통일되고 발전되면서 신소설은 단지 조금 변형된 구소설로 낡은 양식과 낡은 테마를 유형적으로 번복飜覆하는 상태에 머무르지 아니할 수 없었다. 그것은 과도기의 소설이요, 신구혼합형의 소설이기 때문이다. 그 이상 발전하자면 신소설이 되지 아니할 수 없는 고로 현대소설이 탄생하고 발전하면서부터 신소설은 이미 역사적 역할을 다한 것으로 발전은 정지되고 급기야는 사멸하지 아니할 수 없었다. 그럼에도 불구하고 사멸하지 않고 신소설이 잔존해 있음은 이미 역사적으로 죽은 것이 살아 있는 셈이다. 여기서 신소설이 현대소설의 선구로서보다 구소설의 아류로서 존재해 있는 이유가 있다. 그 가장 좋은 예는 수많은 현대 신소설이다. 그것들은 단지 구소설의 아류일 뿐 아니라 실로 초기의 신소설 그것을 속화한 것이다. 현대의 신소설과 초기의 신소설이 역사적인 가치나 의의에 있어서와 같이 현격한 것임에 불구하고 그것들이 모두 후진하고 비속한 독자층의 애독물이 되어 있는 이유는 그것들이 다 같이 구소설적 양식에 구소설적 주제를 담아가지고 있기 때문이다.[4]

일제의 한국강점 이후 급격히 조선사회 안으로 진입한 서구문학의 영향력은 조선의 전통서사를 반근대의 양식으로 고착시켰고, 임화는 서구 근대문학의 도입과 전면화를 정당한 것으로 확신하는 문학사관을 통해 이들을 근대의 문학장에서 추방했다. 식민지사회에서 무수하게 산출된 재래의 서사물들은 "후진하고 비속한 독자층의 애독물"로 서슴없이 규정되었다. 그러나 이들은 식민지 독서시장에서 오랫동안 다수 대중의 관심대상이었고, 무엇보다 은폐된 근대문화의 실체를 드러내는 계기를 제공했다. 1910년 이후 생산된 신소설, 현대 신소설, 구소설은 임화의 정의와는 다른 차원에서 긴밀하게 연관된 문화현상으로 다루어져야 한다. 임화의 가치절하와는 달리 이들 서사물은 식민지 근대의 복잡성을 이해하는 데 중요한 시사점을 드러내고 있기 때문이다. 그것은 소설 양식론의 문제뿐 아니라 식민지 대중서사의 독서주체, 그들의 문화취향과 이념지향, 조선인 엘리트와 하위대중[5]의 관계, 일본 문화시장이 조선에 미친 영향력과 이에 대한 조선인들의 대응 등 다양한 문제들과 교섭한다.

구소설이 근대문학과 무관한 전통시대의 유산이라고 보는 오래된 관점은 부분적으로만 옳다. 구소설이 근대 인쇄자본의 영향력 아래에 놓이게 되면서부터 구소설이 가지고 있는 옛 요소는 그 내용과 양식에 한정될 뿐, 본질적으로는 근대 문화상품의 하나로 성격이 전환되었기 때문이다. 식민지사회에서 전통시대의 연원을 갖지 않는 이른바 신작 구소설이 계속 생산된 것은 구소설이 전통사회의 잔존물이 아니라 근대문화의 하나로 생명력을 발휘했다는 것을 보여준다. 과거의 것을 당대에 가져오는 것에 그치지 않고, 과거라는 성질을 활용하여 상품성을 극대화하려는 의도가 추구되었다는 뜻이다.

그렇기 때문에 구소설이 식민지 조선사회에서 과거를 불러내는 역할만 했다고 판단하는 것은 잘못된 것이다. 그것만으로 조선인의 막대한 소설 구매의 합리적 이유를 설명하기 어렵기 때문이다. 구소설을 읽는 행위에 대한 학술적 관심은 식민지라는 복잡한 사회구조 속에 놓인 조선인 독서주체의 역사성을 규명하는 것을 뜻한다. 그들은 토착소설을 읽음으로써 무엇을 얻었으며 어떠한 사유를 만들었는가? 우리의 새로운 관심은 이러한 방향으로 나아가야 한다고 생각한다.

식민지사회에서 간행된 구소설의 시간을 전통시대와 중세사회로 한정하는 것은 구소설을 사서 읽었던 사람들의 판단과 선택을 왜곡하는 것이다. 우리는 식민지사회의 구소설 범람을 독서주체의 자기정당화라는 차원에서 해명해야 한다. 그것은 교육, 직업, 문화 등 사회의 기득권에서 소외된 하위대중이 근대의 상황에 적응하고 참여하는 사회적 실천의 한 양상이었다. 천정환은 구소설의 소비와 독서가 책읽기의 대중화, 근대화에 결정적인 계기를 제공했다고 하면서 1930년대까지 백여 년에 걸쳐 대중의 인기를 모은 『춘향전』이야말로 '근대소설'의 대표작이라는 정당한 해석을 내놓았다.[6] 그의 말대로 식민지의 구소설은 확실히 근대문학이다.[7]

1910년대부터 1930년대까지 간행된 조선인 출판사들의 판매서적목록은 식민지 조선의 지식문화시장을 이해하는 데 필요한 다양한 정보를 제공한다. 이들 '서목'은 식민지 출판시장의 구성방식, 조선인 지식문화의 성격과 양상, '이중출판시장'의 상황에서 일본 출판자본과 경쟁하거나 공존하기 위해 조선인 출판업자들이 추구했던 생존전략, 식민지 검열당국의 지식문화통제, 조선인 독서문화의 특질 등의 내용을 담고 있다. 이 자료를 통해 구소설, 신소설, 현대 신소설과 같은 식민지의 토착 근대성을 재현하는 서사양식이 조선 출판사들의 핵심판매도서였다는 점이 분명하게 드러났다.

구소설, 신소설, 현대신소설은 주류 근대문학이 걸어간 길과는 다른 형태의 문화체험을 제공하고 그들만의 독자들을 양성하며 대규모 독서시장을 창출했다. 이들은 정통 근대문학과는 다른 상상계와 인식론을 통해 제국 일본의 근대성, 조선인 엘리트의 현실인식과 구별되는 세계해석을 만들어냈다.

16개 출판사 판매도서목록 가운데 제작년도가 확인되는 것인 13개, 확인되지 않는 것은 3개이다. 도서의 총수는 23,609종이며, 이 가운데 이른바 토착소설류(구소설, 신소설, 현대신소설)가 3,708종(15.7%)이다. 그런데 〈표1〉의 '한문구서'는 백지판白紙版' 혹은 '당판唐版'이라는 원래 명칭에서 알 수 것처럼, 20세기 이전에 제작된 것이거나 중국에서 수입된 책일 가능성이 높다. 따라서 이를 제외하면 목록 총수는 16,327종이며 소설류 비율도 22.7%로 높아진다. 참고로 토착소설과 한문구서의 총합은 10,990종이며 전체의 46.5%에 해당한다. 그것은 식민지 조선의 출판사들이 판매하는 도서의 절반에 육박하는 분량이다.[9]

〈표1〉 식민지 출판사 판매도서목록에 나타난 신소설, 구소설의 비중[8]

출판사	연도	서점주	서적 합계	구소설	신소설	신작 구소설	소설합계	한문구서
광학서포(廣學書舖)	1910	김상만(金相萬)	434	0	28	0	28 (6.6%)	0
옥호서림(玉虎書林)	1910	정인호(鄭寅琥)	439	0	29	0	29 (6.7%)	0
신문관(新文館)	1914	최남선(崔南善)	591	62	66	18	146 (24.7%)	0
광한서림(廣韓書林)	1918	김천희(金天熙)	1,303	196	90	18	314 (24%)	319 (24.5%)
공진서관(共進書舘)	1920	류성배(柳聖培)	1,918	190	76	19	285 (14.9%)	1,038 (54%)
동아서관(東亞書館)	1922	류중표(柳重杓)	2,200	223	92	30	345 (15.7%)	1,037 (47%)
문창사(文昌社)	1923	최연택(崔演澤)	2,038	179	93	30	302 (14.8%)	671 (32.9%)
삼광서림(三光書林)	1925	강범형(姜範馨)	1,621	100	84	80	264 (16.3%)	679 (41.8%)
박문서관(博文書館)	1927	노익형(盧益亨)	2,276	184	85	38	307 (13.5%)	660 (28.9%)
신구서림(新舊書林)	1931	지송욱(池松旭)	2,286	201	148	102	451 (19.7%)	662 (28.9%)
문광서관(文廣書館)	1937		745	156	227	0	383 (51.4%)	47 (6.3%)
한성도서(漢城圖書)	1937	이봉하(李鳳夏)	312	0	0	0	0	0
중앙인서관(中央印書館)	1939		536	0	0	0	0	0
문우당(文友堂)	?		1,191	245	24	0	269 (22.6%)	0
덕흥서림(德興書林)	?	김동진(金東縉)	2,506	140	69	43	252 (10%)	1090 (43.5%)
이문당(以文堂)	?	박진현(朴晉鉉)	3,213	185	96	52	333 (10.4%)	1079 (33.6%)
합계			23,609	1,971 (8.3%)	1,207 (5.1%)	430 (1.8%)	3,708 (15.7%)	7,282 (30.8%)

하지만 3,708종의 토착소설이 모두 독립적인 별개의 작품은 아니다. 판매도서목록은 각 출판사가 고유하게 출판한 서적목록을 뜻하지는 않는다. 동일한 작품의 다양한 판이 혼재되어 있거나 특정 소설을 여러 출판사가 공동으로 판매하는 경우가 일반적이었다. 식민지기 출판사들은 대부분 출판과 판매를 겸했는데, 그것은 '생산과 유통의 미분리'라는 당시 출판업의 영세성에서 비롯된 현상이었다. 토착소설의 저작권과 출판권 또한 극히 혼란스러웠기 때문에 어떤 출판사가 간행한 서적을 특정하여 분류하는 것도 현실적으로 어렵다.[10] 따라서 복수의 출판사가 동일한 서적을 자기 판매도서로 제시했을 가능성이 높고, 그렇기 때문에 위의 통계는 상당한 중복을 포함하고 있다. 간행물 통계가 아니라 출판유통량에 대한 간접자료인 것이다.[11]

식민지 출판사의 간행물통계는 조선총독부 경무국 도서과의 자료를 통해 보다 구체적으로 확인된다. 1927년부터 1940년까지 8회의 기록을 종합할 때 구소설은 476종(5.23%), 신소설은 632종(5.23%)이 제작되었다. 6년치의 통계가 빠져 있기 때문에 이 수치는 간행총량과는 거리가 있다. 통계에 같은 작품의 중간重刊까지 포함되었을 가능성이 있으므로 '종수'가 독립된 개별 작품수를 의미하지는 않는다. '신소설'이란 항목 속에 이른바 근대소설이 포함되어 있는지 확인할 수는 없지만, '문예'라는 별도의 항목이 있기 때문에 포함되지 않는다고 보는 편이 타당하다. 그럴 때 신구소설 전체 비율은 10.46%이다.[12]

식민지 구소설의 총량을 조사하고 분석한 최호석에 의하면, 작품 확인이 가능한 구소설은 모두 328종이며 이 가운데 20세기 들어 창작된 신작 구소설은 133종이다. 이것은 중간重刊을 뺀 것이며 개별 작품의 총수를 뜻한다. 최호석은 식민지 구소설의 유형을 전근대 시기 한국에서 창작된 작품(제1유형), 근대에 들어와 한국에서 창작된 작품(제2유형), 전근대 시기 국내로 들어온 외국 작품(제3유형), 근대에 국내로 들어온 외국 작품(제4유형)

등 네 가지 형태로 분류했다. 이 가운데 2, 4유형이 신작 구소설에 해당한다. 133종 가운데 1900년대 1종, 1910년대 63종, 1920년대 51종, 1930년대 15종, 1940년대 이후 3종이 생산되었다. 20세기에 새롭게 제작된 구소설이 구소설 전체의 40%라는 것은 식민지의 구소설이 과거로 고정된 화석이 아니며 수용자와의 관계 속에서 생산된 당대의 문화상품이라는 것을 뜻한다.[13]

식민지사회가 시작되면서 토착소설류는 우리가 익히 알고 있듯이 서구문학을 보편적인 것으로 받아들인 주류 지식인들에 의해 배척되었다. 인쇄자본의 관점에서 이들 모두가 근대의 문학이라는 성격을 지니고 있었지만, 가치판단의 차원에서 부정된 것이다. 우리는 문화상품이라는 근대의 조건과 서사양식의 반서구성이 겹쳐질 때, 전자의 의미와 가치가 그렇게 무시된 원인이 무엇인지 확인해볼 필요가 있다. 이러한 현상은 조선인 출판시장과 조선인 지식인 집단의 대립과 갈등을 의미하기 때문이다.

이 과정에서 조선의 지식인들에 의해 하위서사 혹은 반근대서사라는 인식이 만들어졌는데, 그것은 서구적 근대문학의 인정투쟁과도 무관치 않은 현상이었다.[14] 적어도 1920년대까지 서구적 근대문학은 최종 승리가 불확실했고 문학계의 중심이 되지 못했다. 특히 당시 잡지들은 구문학은 물론 근대문학과도 구별되는 제3의 문학을 만들고자 했는데 "제3의 문학적 흐름을 주목할 때, 1920년대 이미 신구문학이 교체되었다는 것은 주류 중심주의에 기반을 둔 후대의 판단일 뿐"이라는 이경돈의 견해를 우리는 경청해야 한다.

흥미롭게도 구소설은 중세와 근대 두 시대에 걸쳐 주류집단의 공격을 받았다. 전통사회의 구소설은 세도를 어지럽히고 풍기를 저해한다는 이유로,[15] 근대에 들어와서는 사회변화를 수용하지 못한 시대착오적인 문화로 거부되었다. 이전의 비판 근거가 다음 시대의 가치로 전화되지 못한 채 또 다른 차원에서 구소설이 공격받는 것을 보면서, 중세의 지양을 내세운 근대성의 이념이 오히려 이전 시기의 논란을 자기의 것으로 수용하기보다 의도적인 절연과 불연속을 만들어내는 것은 아닌가라는 의심을 하게 된다.

김태준은 이러한 혼란에 주목하고 근대 국민문학의 형성경로와 소설사의 관계 속에서 조선시대 국문소설이 차지하는 위치를 다음과 같이 정리했다.

> 조선의 한문소설을 중국문학의 한 방계로 본다면 별문제려니와 조선의 국민문예와 그에 포함되는 소설을 논하고자 함에 하물며 특권계급의 손에서 사랑을 받던 한문소설의 고찰만이 나의 주안이 아니거든, 정음의 제정과 정음문학의 난숙기인 세종, 숙종의 시대를 대서특필하지 않을 수 없다.[16]

'정음소설'이 근대 국민문화의 기초가 되었다는 김태준의 관점은 역사의 연속성이란 차원에서 전前 시대 민중문화의 가치와 중요성을 지적한 것이다. 그러나 『춘향전』을 국문소설의 중심에 세우고 박지원의 한문소설과 대비되는 위치를 부여함으로써 김태준은 국문소설 해석의 역사에서 또 다른 차원의 논쟁점을 만들어냈다.[17]

『춘향전』이 "특권층의 생활의 폭로와 그에 대한 반항을 제한 없이 담아서 도리어 역선전으로의 기염을 토하는 도구가 되었다"는 주장과 "신흥계급의 승리를 대변하는 『춘향전』은 봉건붕괴과정의 산물"[18]이라는 확신은 구소설에 대한 판단의 명료한 기준을 제시했다. 사회주의 역사관이 구소설의 해석에 개입함으로써 『춘향전』이 근대문학의 동력으로 이해될 수 있는 근거가 생겨난 것이다.

그러나 사적 유물론의 구도로 20세기 전후를 연계된 동시대성으로 일체화하려는 시각 속에서 실제로는 일부를 제외한 숱한 구소설이 반근대의 영역으로 밀려났으며 문학사 기술의 관심대상에서 사라졌다. 서구중심주의가 설파한 구소설에 대한 비난은 이미 널리 알려져 있던 일인데, 서구중심주의와 사회주의는 근대중심성이라는 공분모를 통해 전통을 창안하고 그것에 시간의식을 부여하며, 당대의 현상을 이념화하면서 동시에 절대화했다.[19]

식민지의 대중들은 자신들을 근대라는 이념의 시간 안에 가두려는 여러 차원의 압력으로 인해 어쩌면 그들에게 정체성의 자양을 제공했던 구소설을 외면하거나 부정하도록 요구받았다. 조선어 출판시장의 상당부분을 차지했던 구소설은 태어나지 말았어야 할 전통시대의 사생아 취급을 받았다. 그럼에도 불구하고 그 판매량이나 일반대중의 관심은 생각처럼 약화되지 않았다.

1935년 6월, 잡지 『삼천리』 기자는 서울 서적도매상조합의 조사를 인용해 '옥편'이 일 년간 2만권, 『춘향전』이 일 년간 7만권, 『심청전』이 일 년간 6만권, 『홍길동전』이 일 년간 4만5천권, 잡가 책이 일 년간 1만 5천권이 매년 비슷하게 팔린다고 하면서, 이 책들이 "오로지 시골 장거리에서 장터로 돌아다니며 파는 봇짐장사 일천사오백 명 손으로 판매되고 있다"고 기록했다.[20]

그 현상에 대한 『삼천리』 기자의 판단은 '통탄'과 '비애'로 압축되었는데, 지식인 사회의 이러한 극단적 부정에도 불구하고 일반대중의 구소설 애호는 여전히 계속되었다. 이 엇갈림의 상황은 어느 나라에나 있을 법한 근대전환기의 신구문화 공존현상인가? 아니면 식민지의 사회구조 속에서 하위대중이 겪은, 아직까지 설명되지 못한 어떤 특별한 정황의 산물인가?

식민지,
차등근대화의 문화 공간

식민지의 구소설은 이중의 차별 속에서 생존했다. 그 하나는 내지와 외지 사이의 분리정책, 즉 식민주의의 본질인 제도적인 차별로 인해 생겨났다.[21] 다양한 차별의 형식을 통해 식민지의 고유한 문화형태와 피식민자의 심성구조가 만들어졌다. 그것은 조선인의 문장 속에도 명백한 흔적을 남겼고, 앞에서 '식민지 문역文域'이라는 개념을 통해 그 성격이 점검된 바 있다.[22]

차별의 문제는 피식민자의 지식장 안에서 또 다른 형태로 진행되었다. 조선어매체들이 조선인을 대상으로 진행한 국민화의 노력 가운데 생겨난 차등근대화의 목표는 조선인 사회 내부 엘리트들에 의해 대중사회를 계몽하고 견인하는 방식으로 추진되었다. 식민지 조선사회에서 이른바 '미디어 아카데미아'의 역할을 자임했던 잡지 『개벽』은 이러한 차등근대화의 관념을 만들고 확산시킨 대표적인 대중매체였다.[23]

구소설에 대한 부정적인 판단은 이러한 근대주의의 실천과정에서 확산되고 심화되었다. 구소설이 나쁜 전통의 대표 가운데 하나로 부각된 것은 구소설이 대중사회에 행사한 영향력에 대한 반작용 때문인데, 선진 근대국가가 나아간 길을 모색하던 조선인 엘리트들은 구소설의 계속된 인기가 근대가치의 신속한 전파를 방해하는 요인이 된다고 판단했다. 서구 근대성과 내셔널리즘의 확산을 저해하는 요소로 지목되어 강력한 제거의 대상이 된 것이다.

조선어 민간매체가 가지는 특별한 지도력은 여론을 주도하려는 자체의 목적과 간접통치의 효율성을 이용하려는 식민권력의 의도가 결합되어 만들어진 것인데, 몇몇 매체들은 이러한 구심력을 통해 식민지사회 내부에서 상당한 지배력을 행사했다. 식민지기 내내 지속된 구소설에 대한 폄하는 이러한 정황과 무관치 않은 현상이었다.

개벽사의 핵심인물인 박달성은 「경성형제에게 탄원합니다!!-대경성을 건설키 위하여」(1922. 3, 통권 21호)를 통해 도시근대화의 문제를 제기했다. 여기서 그는 전형적인 형태의 차등근대화론을 설파했다.

> 영국인은 륜돈倫敦을 자랑하며 불국인은 파리巴里를 자랑하며, 독일인은 백림伯林을 자랑하며 미국인은 화성돈華盛頓을 자랑하며 일본인은 동경을 자랑하며 조선보다 유소猶少한 서서인西瑞人은 쩨노바를 자랑하며 북해변北海邊에 개재介在한 화란인和蘭人도 해아海牙를 자랑합니다. 그들은 그를 천하 만인에게 자랑하기 위하여 많은 해를 두고 많은 인민이 모여서 피도 많이 흘리고 땀도 많이 흘렸습니다. 즉 대도회大都會를 만들기 위하여 그 나라 그 민족의 실력을 세상에 표명하기 위하여, 그들은 분명히 그리하였습니다. 다른 예는 그만두고라도 50년 전까지 강호江戶라는 소명小名을 가지고 태평양안 무장야武藏野 일우一隅에 개재介在하였던 현 일본의 동경. 그 어떠합니까. 불과 50년에 3백만 인구를 두고 동양적 대도회를 형성하여 세계에 소리쳐 자랑하니 그들의 피와 땀 얼마나 흘렸스리이까![24]

박달성은 경성이 런던, 파리, 베를린, 워싱턴 D.C., 제노바, 헤이그가 되기를 바랐다. 그리고 '대도회大都會'야말로 '그 나라 그 민족의 실력을 세상에 표명'하는 근대성의 기준이 된다고 주장했다. 그는 '대도회'의 조건으로 '시가市街', '교육', '문학과 예술', '서책사書册肆' 등 네 개의 요소를 제시했다.

'시가'에서는 '남촌'에 비해 '추잡'한 '북촌', '왜소한 평와가平瓦家 초가'가 즐비한 건물들, '백만원 이상의 상점'이 없는 거리가 지적되었다. '교육'에서는 고등교육, 유치원, 고아원의 부재를 골목마다 넘치는 재래식

서당과 대비했다. '문학과 예술'과 관련하여, 도서관, 극장, 공원, 병원, 목욕탕, 이발소 대신 양복점, 양화점, 주점이 즐비한 문화부재의 상황을 비판했다. '서책사'에서는 '기백종의 신소설이 나열되었을 뿐'이며 "종교서, 문학서, 정치서, 경제서 등 인간 실생활의 보감이 될 만한 무슨 서적은 볼 수 없"는 현실을 개탄했다.

대도시의 선진문화를 동경하며 근대문명을 조선의 현재로 끌어오려는 박달성의 욕망은 충분히 이성적인 것이다. 그러나 전통도시의 낙후함을 지적하는 그의 비판은 지나친 것이며, 신소설에 대한 대중의 관심을 반근대의 사례로 단정하는 태도는 한국 근대성의 내적 맥락을 돌아보지 않는 성급한 판단이었다. 더 큰 문제는 경성이라는 도시의 미래상을 바라보는 그의 태도가 식민논리의 구도 안에서 움직였다는 점이다.

예를 들어 '남촌'에 비해 '추잡'한 '북촌'이라는 지적은 식민세력이 남촌에서 북촌으로 세력판도를 넓히고 있던 당대현실, 즉 "일본인의 북진으로 표현되는 민족 간 공간쟁탈전"[25]의 상황을 도외시한 발언이었다. "그곳은 노는 사람이 없고, 속설俗說만 외이는 사람이 없고, 미신은 있으나 외면적 추행은 없고, 술은 있으나 주정군酒酲軍은 없"는 도쿄의 도시성에 대한 편견은 "경성부민에게 이러한 습성 이러한 악행이 유전되어 고질이 된 것은 단단무타斷斷無他 이조 오백년의 문폐정폐文弊政弊라 합니다"라는 자기모멸의 심리와도 연결되었다. 그것은 문명과 도시공간의 관계를 근대성의 성취 여부로 결정짓는 제국주의 문명관의 구도와 유사했다.

도시사학자 김백영은 근대의 도시계획이 부르주아 문화의 우월감에 입각한 프롤레타리아 계급의 무질서와 비위생에 대한 타자화, 서유럽 백인문명의 우월감에 입각한 식민지 원주민의 야만과 비문명에 대한 타자화라는 동형적인 사회적 권력관계로부터 배태된 문화적 차별의 기제로서 고안된 것이라고[26] 지적했다. 이러한 관점에 비추어 볼 때, 박달성의 경성개조론은 식민정책의 본질을 꿰뚫어보지 못한 한계를 드러냈다. 구소설에 대한 박달성의 혐오는 다음의 문장에 이르러 그 핵심의도가 제시되었다.

> 형제여. 저녁이나 먹으면 희둥지둥 종로거리에나 방황하고 주점에나 들락날락하고 친구 만나 시시평평한 잡담이나 하고 방구석에 엎드려 잡가나 부르고 『춘향전』, 『심청전』 신구소설이나 외이는 것이 그것이 할 일이겠습니까. 형제여. 말이 나스니 말이지 여러분처럼 잡소설 좋아하는 이는 세계에 없으리라 합니다. 집집마다 심지어 행랑방에도 『춘향전』, 무슨 전 하는 소설 한 책씩은 다 있지 아니합니까. 저녁을 먹고 나서 골목에 발만 내여 놓으면 집집으로 나오는 각설이떼의 소리 참말 듣기에 거북하더이다. 여러분. 여러분의 저녁마다 외이는 그것이 분명히 할 일이 없어서 그렁저렁 시간이나 보내자고 그리하는 것이 아닙니까. 감정의 요구도 아니오, 지식의 요구도 아니겠지오. 갈 데 올 데 없이 분명히 그러하겠지오.
>
> 아, 여러분. 잡지 한 권, 신문 한 장은 왜 못 보면서 그 더럽고 더럽고 썩어지고 썩어진 잡탕속설에 취醉하고 말읍니까. 형제여. 다른 서적은 그만두고 잡지하나 신문 한 장을 왜 못 봅니까. 형제여 이것이 도회인의 상사常事입니까. 자기를 위하여 경성을 위하여 조선을 위하여의 반드시 할 일이라고 생각하였습니까. 형제여. 형제들이 분명히 경성형제이거든 선히 각 서관에 모여들어 그 너저분한 신구소설 또는 잡가류를 일소하여 묶어 치우고 또는 형제들 집에 있는 그것들을 일일이 뽑아내어 화로에 집어넣으십시오. 그리하여 그 대신 지식 상, 생활 상에 필요한 서적 또는 신문 잡지를 준비하십시오.[27]

박달성은 전통소설을 읽는 것이 지식의 근대화에 해악을 끼치는 행위라고 주장했다. 신구소설을 읽는 것이 "감정의 요구도 아니오, 지식의 요구도 아니"라는 발언을 통해 이들 토착서사의 무용론을 강조했다. 그는 구소설의 양식을 게으름, 음주, 미신, 싸움, 욕 등과 함께 근대를 위해 버려야 할 것으로 분류했다. 근대의 도래를 위해 피할 수 없는 희생으로 규정한 것이다. 지식문화의 근대화가 조선인들이 주체적으로 실현할 수 있는 거의 유일한 영역이었던 탓에 토착소설의 부정은 어쩌면 더욱 집요한 관심의 대상이 되었을 것이다. 하지만 이로 인해 상당수 조선인들이 즐겨 읽었던 고유한 서사양식들이 당대의 문화구조를 설명하기 위한 자원으로 활용될 가능성은 사라지게 되었다.

박달성의 생각은 전통시대에서 발원하여 식민지 대중에게까지 영향력을 행사하고 있는 토착소설을 공격하여 근대주체로서의 위상을 공고히 하려는 조선인 엘리트들의 의지를 집약한 것이었다. 그러나 그것이 근대국가 건설초기에 필요했던 전통비판의 문제와 어떻게 연계될 수 있는지는 불확실했다. 근대국가의 주권을 행사할 수 없었던 식민지 조선에서 본격적인 전통비판이 구체화되기 어려웠던 것은 사회개조의 틀을 기획하고 실천할 수 있는 주체가 없었기 때문이다. 식민지사회에서 과거의 지식문화에 대한 개념정의, 그 수용과 계승의 여부에 관한 본격적인 논의는 이루어지지 못했다.[28] 대한광문회 활동에서 조선학운동에 이르는 지난한 노력이 이어졌지만, 전통의 현대적 의의에 대한 전면적인 논의가 펼쳐질 수는 없었다.

토착소설이 국문의 보편화, 민중 상상력의 확산을 포함해 고유문화의 대중화를 조성하여 조선의 정체성을 대중사회 전반에 뿌리내리게 하는 문화기구로서의 역할을 수행했음에도 조선인 지식인들이 토착소설을 야박하게 비난한 것은 그 존재와 역할의 실체를 부정하는 반논리의 모순을 담고 있었던 현상이다. 무엇보다 대중의 문화관습을 시대착오의 현상이라 공격하여 근대사회와 대중의 관계, 문화주체로서의 대중이 갖는 정치성 등을 논의할 수 있는 계기가 차단되었다.

박달성의 구소설관은 근대문학에 대한 이광수의 견해를 통해 엄밀한 학술적 판단을 만나게 된다. 우리가 익히 아는 바이지만, 이광수는 「문학이란 하오」를 통해 구소설에 대해 분명한 개념 정의를 내렸다.

> 조선에서 재담이나 이야기를 소설이라 하고 차此를 선善히 하는 자를 소설가라 칭하는 자가 유하나니 차는 무식한 소치다. 소설은 이렇게 간이簡易한, 경輕한, 무가치한 것이 아니니라. 소설이라 함은 인생의 일 방면을 정正하게, 정精하게 묘사하여 독자의 안전眼前에 작자의 상상 내에 재한 세계를 여실하게, 역력하게 전개하여 독자로 하여금 기其 세계 내에 재하여 실견하는 듯 하는 감을 기起케 하는 자를 위謂함이니 (…중략…) 소설은 작자의 상상력의 세계를 충실하게 사진寫眞하여 독자로 하여금 직접으로 기 세계를 대하게 하는 것이라. 소설은 실로 현대문학의 대부분을 점하는 자니, 하인何人의 안두에 소설이 무한 데가 무하고, 하 신문잡지에 소설 일이편이 부재不載함이 무함을 보아도 현대문학 중에 소설이 하여何如한 세력을 유함을 가지可知할지라.[29]

이광수는 이 글에서 재담과 이야기로 불린 구소설은 소설이 아니며 소설이라는 용어는 반드시 서구적 현대성의 내용과 형식을 지녀야 한다고 주장했다. 그는 구소설이 '간이하고 경하며 무가치'하다고 단정했다. 이러한 확신은 근대문학의 장 안에서 연원과 양식을 달리하는 다양한 서사문학의 공존가능성을 애초부터 봉쇄했다.

박달성과 이광수가 말하고자 했던 것과 처한 상황은 매우 다른 것이었다. 그러나 그들은 구소설이 자신들의 근대성과 공존할 수 없다고 생각한 공통점을 지니고 있었다. 조선의 현실을 이해하는 방식은 달랐지만 구소설의 생명력과 가치를 부인한다는 점에서 두 사람은 같은 보조를 취했다. 그들은 전통의 시간과 현재의 시간은 함께할 수 없으며 현재가 과거의 시간에 의해 훼손되지 말아야 한다는 시간관을 공유했다. 단일하고 순수한 근대의 시간을 창조하기 위해 구소설은 과거의 사체가 되어야만 했다.

서로 다른 시간성을 지닌 서사의 공존이 거부되자 구소설을 매개로한 식민지의 대중문화는 종적 시간의 울타리 안에 갇히게 되었다. 구소설을 읽는 당대인의 독서행위는 과거의 시간에 매몰되는 것으로 해석되었다. 구소설의 서사가 발산하는 고유한 시공간의 충격은 근대의 서사와 섞이지 못했고, 다양한 양식의 활발한 교섭을 통해 강화되는 근대문학의 생명력은 약화될 수밖에 없었다. 한국 근대문학의 견고한 정전주의, 단편미학에의 경도, 장르문학에 대한 경시 등은 이러한 정황 속에서 생겨난 것이다.

박달성의 사고를 따라가다 보면, 식민성과 근대성이 겹쳐지면서 생성된 학술과제들을 만나게 된다. 그것은 자신의 과거를 식민성에 내재한 근대의 논리로 부정해야 하는 이율배반의 문제였다. 차등근대화는 제국 일본이 경험한 길을 뒤따라 걷는 방식을 조선인들에게 제시했다. 문제는 이 과정에서 근대의 균질화 압력에 저항하는 비균질한 주체들에 대한 관심이 사라졌다는 점이다. 근대화에 대한 동경, 서구문명을 이상화하는 발전의 신념이 적용될 때 식민지인들은 그것을 절대화하는 인식체계의 구속에서 벗어나기 어렵게 된다.

그 영향은 다양한 차원에 걸쳐 있었다. 『춘향전』의 세계가 근대의 시각에서만 해석될 때, 이 소설과 식민지의 독자들이 만나는 다양한 지점들이 살아날 여지는 급격히 줄어들었다. 대중의 정서 속에 전이된 영감의 원천들은 상상력을 자극하지 못하고, 근대의 사고 속에 재배치되거나 쓸모없는 것으로 버려졌을 것이다. 새로운 질서로 통합될 수 없는 특별한 것들의 세계는 이렇게 소멸되었다.

토착서사들은 제국 일본의 문화왜곡을[30] 차단하는 기능을 가지고 있었음에도 불구하고 차등근대화의 과정에서 그들이 할 수 있었던 적극적 기여의 가능성을 봉쇄당했다. 구소설을 둘러싼 분열은 하위대중과 주류 지식층 간의 문화격차를 대표하는 사례의 하나였다. 조선의 근대화를 저해하는 존재로 취급되면서 구소설은 자신의 신원을 설명할 기회조차 얻지 못한 채 식민지근대화의 뒤안길에 버려졌다. 구소설은 인쇄자본주의의 산물이지만, 그 수용자들은 대부분 사회에서 소외된 자들이었고 그 양식은 근대문화의 목록 속에서 지워졌다.

그러나 구소설은 신소설, 현대신소설 등과 함께 근대소설의 문법과 세계이해의 방식에 인상적인 틈을 만들었다. 이들은 조선인 하위대중의 고유한 상상공간의 하나가 되었는데, 그곳은 지배를 위한 동일화의 힘이 미치기 힘든 영역이었다. 구소설은 모방을 통해 선진 근대문화에 도달할 수 없었던 하위대중이 식민지 근대를 살아낸 방식을 보여주었다. 이러한 복수複數의 양식을 고려하지 않고서 근대문학의 전체상을 설명하는 것은 불가능하다.

민족인가 토착인가
구소설을 통한 하위대중의 재전통화

구소설의 독자들은 근대라는 이름으로 자신들에게 가해지는 모욕에 답할 수 있는 장치를 갖고 있지 못했다. 그들은 오직 읽는 행위로만, 어쩌면 듣는 상태로만 존재했던 사람들이었다. 하지만 말할 수 없는 자로 성급하게 그들을 정의해서는 안 된다. 누군가에게 말할 수 있는가라는 질문을 던질 때, 혹은 말할 수 없는 자라는 판단을 내릴 때 우리는 신중해야 한다. 행위의 결정과 태도의 표명, 오랫동안 유지되는 습속에 대한 존중까지를 포함해 의미로 전화될 수 있는 모든 것은 종종 말을 대신하거나 경우에 따라 말보다 명료하게 누군가의 입장을 드러낸다.

한 사회의 다수가 구소설이란 특정한 문화양식에 관심을 집중했던 것에는 여러 가지 이유가 있었을 것이다. 식민지의 조선인들은 구소설을 읽는 행위를 통해 무엇을 말했는가? 그리고 구소설과 근대소설의 독서가 겹쳐질 때 생겨난 문화의 양상들, 즉 이 두 영역의 병존이 어떤 근대의 모습을 만들었는지에 대한 문제도 함께 고민해야 한다.

구소설의 독자를 현재 속에서 과거를 사는 존재로 단정한 원인이 차등 근대화였다는 점을 지적했는데, 이를 역사이론의 차원에서 합리화한 사람은 문학사가 임화였다. 그의 사유 속에는 정전주의, 사회주의적 진화론, 서구문학 양식 등 세 개의 기준이 있었다. 문학의 근대가 이미 종결된 과거 서사양식과 공존할 수 없다고 생각한 임화는 식민의 시간이 근대시간의 출발이자 새로운 문명의 시작이라는 역사인식을 받아들였다.

임화는 이광수의 「현상소설 고선여언考選餘言」(『청춘』, 12호 1918.3)에서 제시된 근대문학의 기준이 "비록 언문으로 씌어졌다 하더라도 시조, 구소설, 가사, 창가 등을 신문학에서 분리시킨 준엄한 규정"이라 고평한 후, 신문학을 "새 현실을 새 사상의 견지에서 엄숙하게 순예술적으로 언문일치의 조선어로 쓴, 바꾸어 말하면 내용, 형식과 함께 서구적 형태를 갖춘 문학"[31]이라고 정의했다. 이를 통해 신문학, 곧 근대문학은 20세기에 들어와 시작되었으며 구문학의 자원은 근대문학의 성립에 어떠한 영향도 줄 수 없다는 두 개의 기둥이 세워졌다.

사회주의자 임화는 이광수, 최남선이 세운 문학개념의 서구중심성을 적극 지지함으로써 그 속에 흐르고 있는 식민주의 요소를 계승했다. 근대문학의 범위가 일본을 통한 서구성의 영향 이후의 시간에 한정됨으로써 전통문학의 자원이 활용될 여지는 사라졌다.

시조, 가사, 구소설, 혹은 이두문헌, 또는 한문전적까지도 서구적 의미

內容

六堂의「마즈막課程」은檢閱바들때全部削除를當하얏습니다

編者

『태서명작단편집』(조선도서주식회사, 1924)
홍명희, 염상섭, 변영로, 진학문 등이 참여한 서구문학 번역작품집. 15편의 단편소설이 실려 있다. 최남선이 번역한 「마지막 과정」은 검열과정에서 삭제되었는데, 서언과 목차 사이에 한 면으로 그 사실을 밝혔다.

의 문학, 즉 예술문학적인 성질의 유산은 전부 문학사 가운데 포함되는 것이다. 그러나 거듭 말하거니와 신문학사는 근대 서구적인 문학의 역사다.[32]

이광수의 「문학이란 하오」(1916)를 차용한 "신문학사는 근대 서구적인 문학의 역사"라는 정의를 통해 근대문학의 역사를 한국 문학사의 전 과정에서 분절하여 특권화하는 논리가 만들어졌다. 서구문학을 불러온 식민지의 시간은 과거로부터 영향을 받지 않는 순수한 시간으로 의미화 되었고, 이로 인해 현재와 연결될 수 없는 조선문학의 과거가 탄생했다.

서구 근대성의 수용을 근대 세계체제의 확산이라는 거부할 수 없는 추세의 결과로 받아들인 임화의 판단은 납득할 수 있는 것이다. 그러나 이를 바탕으로 전통문학의 생명력을 부정하고 근대문학의 시간 속에서 이들의 역할을 금지한 것은 동의할 수 없는 일이었다. 그는 "시조, 가사, 운문소설, 한시, 그 타他는 현대에 이르도록 전통적 문학으로 생존해 있으나 결코 근대문학이 아니다. 그것들은 오직 현대에서 볼 수 있는 구시대 문학의 약간의 유제에 불과하다"[33]고 단정한 뒤 "시민정신을 내용으로 하고 자유로운 산문을 형식으로 한 문학, 그리고 현재 서구문학에서 보는 바와 같이 유형적으로 분립된 장르 가운데 정착한 문학만이 근대의 문학이다"[34]라는 결정을 내렸다. 시간인식이라는 이데올로기를 내세워 공존과 뒤섞임, 상호영향을 통한 성격변화와 같은 문학의 자연스러운 운동성을 인정하지 않은 것이다.

절대시간이라는 이해방식으로 인해 한국의 근대소설은 서사자원의 심각한 고갈을 자초했다. 초라한 식민도시의 삶에 집착하는 서사의 위축을 선택하게 되자, 문명의 언어로 포장된 근대어의 경계 밖에 존재하는 역사경험이나 민속과 민중문화의 축적을 서사의 활성화를 위한 원천으로 활용할 수 없게 되었다. 이것이 근대인의 상상력을 협소하게 만들었다. 전통을 부정하는 것으로 근대가 가능하다는 편협한 시간관의 포로가 된 것이다. 현대성의 이념을 전파하는 문학사라는 이데올로기가 낳은 예상치 못한 결과였다.

홍명희의 『임꺽정』은 이러한 근대주의의 한계를 돌파하려는 시도로 당시에 많은 주목을 받았다. "작은 논두렁길을 걷던 조선어학은 비로소 대수해大樹海를 경험하였다"는 김남천의 발언이나, "한 시대의 생활의 세밀한 기록이요, 민속적 재료의 집대성이요, 조선어휘의 일대 어해語海를 이룬 점에서도 족히 조선문학의 한 큰 전적"이라고 말한 이효석의 평가, "그의 풍부한 어휘와 지리의 소상함은 문학적 전통이 없는 이 땅의 신문학도들이 많은 유산을 얻게 될"[35] 것 이라는 이기영의 판단은 『임꺽정』과 홍명희가 남긴 영향의 폭을 짐작케 한다.

당대를 대표하는 소설가였던 이들은 『임꺽정』에 대해 한결같이 조선어와 조선지리, 조선생활 등 조선의 과거와 조선의 말을 부활시킨 존재로 고평했다. 그러나 이들은 조선의 과거와 말이 근대문학이라는 양식을 통해서만 현실로 재현될 수 있다고 보았다. 반면 평론가 이원조는 『임꺽정』이 서양의 성격소설보다 중국 원, 명, 청 시대의 사건소설과 유사하다는 관점을 제시했다.[36] 『임꺽정』의 대성취가 서구의 시간과 서사양식에 근거하지 않을 수 있다는 이원조의 발언은 무엇보다 근대문학=서구성이란 원칙에 대한 반론의 시각을 담고 있었다. 새로운 판단을 보여준 것이다.

문학적 근대의 상한선을 20세기 전후로 생각한 서구주의자들의 틈 속에서 염상섭은 그만의 특별한 견해를 제시했다. 근대의 이름으로 모욕당하거나 소멸되어온 과거를 되살려 재해석하려는 구체적인 시도는 「민족, 사회운동의 유심적 고찰」(1927)에서 이루어졌다. 이 글에서 염상섭은 민족의 개념에 대한 자신의 고유한 입장을 드러냈다. 여기서 등장하는 '흙', '불가리不可離한 숙명', '자연적 약속'이라는 표현들은 이성주의자 염상섭이 구사했던 어법이라고 하기에는 다소 낯설다.

좀 더 긴절히 말하자면 민족적 일면을 버리지 않는 사회운동, 사회성을 무시하지 않는 민족운동, 그것을 지금 조선은 요구하지 않는가! 아무리 조선 민족적인 정치경제 상태에 살 수 있게 될지라도 기계에, 자본주의적 생활법칙에 예속되어 살기를 원하고 자연의 이법에 돌아가기를 생각지 않는 동포는 새로운 세대에 발맞추지 못할 반려요, 또 아무리 새로운 생활환경에 안적安適할 수 있더라도 민족적 개성을 상실하였거나 지리적 조건으로 약속된 민족의 전통을 무시하는 사회원은 자연의 이법에 귀순하려는 인류의 신 행로의 동행자가 되기 어려울 것이다. 어떠한 세대, 어떠한 생활조직 하에서라도 반도의 흙은 조선말을 하는 사람과 및 그 자손의 손에서 갈耕리고 조선말은 반도의 흙을 가는 사람 이외의 입에서 회화되지 않을 것이기 때문이다. 그리 아니할 수도 없거니와 구태여 그렇게 아니할 필요도 없는 일이기 때문이다. 소비에트 아라사가 각 연방의 통일된 조직 하에 각자의 방족어邦族語로 시행한다는 것은 얼마나 자연의 이법에 순적順適한 방법이요, 또 얼마나 유쾌한 일이냐! 그리하고서야 인류의 문화는 정도로 들어서고 또한 찬연한 빛을 얻을 것이요, 또 그러고서야 인간의 자유는 확보되었다고 할 것이다. 일본 사람에게는 사미센三味線을 뜯게 하여라. 아라사 사람에게는 발랄라이카balalaika를 타게 하여라. 조선 사람은 장고長鼓를 칠지니! 그것은 다 그 토지, 그 자연 속에서 자연의 이법대로 된 그 백성의 영혼과 개성을 울리임인 연고니라.[37]

이 글에서 염상섭이 설명하고 있는 민족은 반부르주아, 탈근대문명의 성격을 내장하는 있는 '무엇'이다. 그것은 부르주아가 창안한 근대문명의 범위에서 벗어나 있는, 염상섭 자신의 표현을 빌려 말하면, '자연의 이법'이란 초시간성의 성질을 가지고 있었다. 이종호는 염상섭이 시조와 민요 등 민족전통의 문제에 집중한 것이[38] "자본주의적 일체에서 벗어나서 또 다시 새로이 '대지의 자子'로써 당연히 획득할 생활양식을 구축하기를, 즉 대안근대성으로 나아가기를 지향한" 것으로 이해했다. 그는 민족에 대한 염상섭의 사유를 프란츠 파농Franz Fanon이 언급한 "유럽이 낳을 수 없는 완전한 인간을 창조하기"와 같은 기획의 일환으로 해석하는 흥미로운 논제를 제기했다.[39]

이렇게 재해석될 수 있는 민족이라는 것은 무엇인가? 그것은 우리가 오랫동안 경험했고 많은 연구자들에 의해 부정된 민족과 어떻게 다른 것인가? 우리의 근대경험 속에서 탈민족의 반성을 통해서도 없어지지 않는, 남겨진 것들이 있다면 그것은 무엇이며, 어떻게 해석해야 하는가? 염상섭의 민족론은 우리에게 그러한 사유의 과제들을 전해주었다. 어쩌면 염상섭은 근대주의자들의 민족 상상력과 민중의 전통관을 포괄하는 통합적 민족관념 생각하고 있었는지 모른다.

식민지 하위대중의 구소설에 대한 관심과 구매행위를 어떻게 설명할 것인가라는 본래의 논의로 돌아갈 때가 되었다. 식민지 조선인의 구소설 독서는 능동적인 재전통화를 통해 주체의 문화관습을 구축하는 집단실천의 하나였다. 단순한 습관의 지속이 아니라 주류사회의 문화형태를 의식한 행위가 되었다는 것이다. 구소설을 경유한 재전통화가 식민지의 문화구조를 만드는 데 어떻게 기여했는지를 살펴보아야 한다.

재전통화라는 논의를 처음 시작한 연구자는 강인철이다. 그는 "1950년대 탈계급화, 탈정치화된 농민들의 연고주의적 정치형태, 다시 말해 학연, 지연, 혈연 등 일차적 사회 연줄망 혹은 공동체 집단에 기초하여 정치적 지지를 선택하는 전통적 정치문화의 재등장, 그리고 지자체 선거에서 지주출신, 말단행정기관 간부출신, 동족부락의 정치적 영향력이 증대되는 현상"이라고 재전통화의 의미를 설명했다. 강인철은 이러한 현상의 원인을 "구지배세력의 세력회복, 마르크스적 지식층으로부터 유교적 지식층으로의 지적 권위의 재역전, 농촌인구의 문화적 동질성의 강화 등과 함께 도시문화에 대한 반발적 선택의 측면이 덧붙여 작용하고 있었던 것"이라 진단하고, "미국취향 문화의 과도한 침투로 인한 아노미적 상황에 대처하려는 농민들의 문화적 전략"이라 그 사회배경을 분석했다.[40]

이용기는 전후 농촌사회에서 전통적 가치규범과 혈연관계망이 다시 강화되는 재전통화를 "자신들에게 익숙했던 전통적 가치를 통해서나마 전후의 아노미 상황에 대응하여 주민들의 상호부조와 공동체적 결속을 강화"하려는 이데올로기 전략으로 이해했다. 동시에 "전후 농촌의 재전통화는 전통으로의 회귀라기보다는 전통의 능동적 활용에 가까우며, 그것이 근대화라는 거대한 사회변동에 역행하는 것이 아닌 한, 전통의 근대적 변용이라 할 수 있다"라는 결론을 도출했다.[41] 다소의 입장 차이는 있지만, 두 사람은 과거로의 회귀를 의식적으로 드러내는 재전통화가 실은 근대성의 외곽에 처해 있던 농민들이 근대성에 맞서는 자율적 선택의 하나였다는 점에 공감했다.

전후 농촌의 재전통화와 구소설의 재전통화는 근대의 중심에서 밀려난 존재들의 자기주체화 방식이라는 점에서 기본 성격을 같이 한다. 상당한 시간 동안의 근대체험을 거친 후 이루어진 전후 농촌의 재전통화와는 달리 구소설을 읽는(혹은 듣는) 현상은 전통사회의 문화와 연접한 현상이지만, 신소설이 출현한 시기부터 구소설에 대한 부정적 시선을 강요하는 현상들이 지속적으로 있었기 때문에 1910년대 후반에 이르면 이미 구소설과의 접촉이 문화지체 현상으로 상대화되었던 것이 분명하다.

구소설의 독서에서 나타난 재전통화는 전통을 창조하여 현재와 과거를 단절하는 시간관과 달리 현재와 과거를 겹쳐지게 함으로써 현재를 해석하는 기준과 동력으로 과거를 현재화하는 태도이다. 그것은 서구 근대성과는 다른 차원의 권위를 자신에게 부여함으로써 스스로를 정당화하려는 주체구성의 한 방법이며, 근대국가를 상상하고 소유하기 위해 과거를 희생시킨 조선인 주류사회에 대한 하위대중의 대항 이데올로기이기도 했다.

타이완의 『삼육구소보三六九小報』에 게재된 한문 통속문예를 검토한 류수친柳書琴의 연구는 식민지 구소설이 포함된 토착서사의 역사성을 파악하기 위한 비교사의 시야를 열어준다. 그는 특히 출판업자들과 소설 독자의 공모와 협력을 보다 적극적으로 인정해야 한다는 문제를 강조했다.

> 전통문학자들은 통속잡지 『삼육구소보三六九小報』의 창간을 통해 어떻게 자신들의 문화자본을 정합하고 발굴하고 동원한 것일까? 부성(타이난)을 중심으로 한 이러한 전통문인들(이하 소보문인으로 간칭)은 당시의 문화상황 및 독서시장의 수요와 요구에 대해 나름대로 현실적이고 실무적인 판단을 하고 있었다. 바로 그렇기 때문에 통속잡지 발행이란 책략을 선택할 수 있었던 것이다. 또한 이러한 책략을 통해 이들 전통문인들은 그동안 신문학자들로부터 자신들이 줄곧 대중과 괴리되어 있다고 비판받았던 바로 그 대중을 한문과 성공적으로 접목시킬 수 있었던 것이다. 그 결과, 타이완 통속문예의 독서/창작의 공간을 확대할 수 있었고 전통문인과 한문독자간의 안정성을 강화할 수 있었으며 나아가 신세대 한문작가와 독자들을 지속적으로 발굴하고 양성할 수 있었다. 이런 의미에서 『삼육구소보』는 일종의 속(俗, 通俗)이면서 결코 동(同, 同化)이 아닌 새로운 문화위치에서 타이완 문화주체의 유지 및 발전에 일정한 공헌을 할 수 있었던 것이다.[42]

타이완 문인들이 통속잡지 『삼육구소보』를 창간한 것은 "전통적 주류에 저항하는 새로운 담론을 생산"하려는 전략적 의도의 산물이라는 것이 류수친의 판단이다. 이 잡지가 주류 근대성의 밖을 만드는 방식으로 식민지 지배방식에 빈틈을 만들었다는 것이다. "한문문예의 변혁, 생산, 소비를 통해 만들어진 일종의 전통해체, 식민저항, 탈중심의 '한문현대성'과 타이완 문화의 장역 분화를 촉진하고 전통문예의 현대문예로의 전화를 자극하는 '문예현대성'을 포괄"[43]한 것으로 이 잡지의 성격을 해명한 것은 "신문학 발전만을 중시하는 단선적 역사해석학을 극복"하려는 타이완 학계의 중요한 성과 가운데 하나로 평가되어야 한다.

식민지 타이완에서는 한국과는 달리 '신구문학논쟁'이 있었다.[44] 이 논쟁이 가능했던 것은 신구문학이 양식과 내용상의 차이에도 불구하고 한자라는 언어 동일성에 기초해 있었기 때문이다. 신문학의 정당성은 무엇보다 그 언어의 국민성에 의한 것이었다. 하지만 대중사회에서 국문의 주요한 유통경로였던 조선의 토착서사들은 문학적 근대의 범주 속에서 어떤 위치를 부여받아야 하는지에 대한 최소한도의 논의도 거치지 못한 채 그 존재가치가 부정되었다. 대중언어의 시대와 모순되는 사각지대가 생겨난 것이다.

근대성 이해의 새로운 방향

식민지 시기 간행된 구소설을 전통문화의 잔재로 이해하는 기존의 관념을 벗어나 그것을 근대문화의 일부로 간주하고 근대성 해석의 새로운 촉매로 활용해야 한다는 것이 이 글의 주장이다. 20세기의 구소설은 식민지 조선 안에서 발흥하고 있던 서구 근대문화와 공존했다. 그것은 외형적으로 문명 교체기에 나타나는 일반적 중첩의 형태를 띠고 있었지만, 한편으로는 식민지배로 인한 특별한 문화구조의 산물이기도 했다. '이중출판시장' 상황에서 내지의 출판물과 경쟁할 수 없었던 조선 출판자본의 강요된 선택이라는 측면과 차등근대화라는 헤게모니전략을 추진하던 조선인 엘리트들에 의해 구시대의 유물로 배제된, 두 개의 차별이 구소설의 생존조건이었다.

그렇지만 구소설은 식민지 하위대중의 주체적인 문화결정을 상징하는 존재였을 뿐 아니라 당대 대중의 사회인식과 문화심리를 결정하는 데 영향을 미친 요인 가운데 하나였다. 그동안 우리는 전통사회의 인식방법과 미학체계가 한국의 근대문화에 미친 실질적인 영향에 대해 무관심했다. 하지만 전통서사에 대한 진화론적인 해석에서 벗어나 그 작용과 파장의 실체를 새로운 각도에서 설명할 수 있다면, 한국 근대성에 대한 이전과는 다른 차원의 해명 가능성이 열린다.

구소설을 근대문학의 상수로 전제했을 때, 주류 근대문학과의 공존이 빚어내는 전체상을 어떻게 설명하고 묘사할 것인가가 직면해 있는 과제이다. 이를 위해 식민지 지식문화의 구조, 독자의 감성과 사고체계에 개입했던 구소설의 영향력을 먼저 확인해야 한다. 근대문학 이해의 시야를 확장하기 위해서 하위대중의 독서체험을 포함한 새로운 문학장의 구도가 세워져야 하는 것이다.

그 구체화를 위한 몇 가지 초점을 제시한다. 식민지 조선의 하위대중들에게 수용된 구소설의 의미를 새롭게 분석하기 위해서는 근대문학의 미학과 예술방법을 기준으로 세워 그 한계를 찾는 것에 머물렀던 기존 연구방식을 허무는 것이 중요하다. 하위대중의 상상체계를 구성했던 구소설의 시간인식과 서사양식의 원리, 독서주체의 세계인식에 대한 추론들이 이루어져야 하며, 동시에 구소설 각 편에 대한 분석의 성과들이 쌓여야 한다. 이럴 때 근대소설과 별개의 구성원리와 인식론을 가지고 있던 구소설의 실체가 지금과는 다른 차원에서 조망될 수 있을 것이다.

근대사회와 무관한 듯이 보이는 비근대의 언어들, 낭만적이고 초월적인 상상과 집단의식 속에 들어 있는 자의적 시간관들, 신화적이고 그로테스크한 인간이해의 방식들, 역사경험과 지리의 실체를 자유롭게 상상하는 예상치 못할 발상들, 근대의 공간과 도저히 섞일 수 없는 과거 세계의 묘사들, 다양한 종교가 혼합된 복합적 인식체계들, 구소설과 신작 구소설의 성격 차이 등 많은 논점들이 우리의 분석과 토론을 기다리고 있다.

이러한 연구를 통해 우리는 문학의 과거가 문학의 현재에 어떻게 간섭하고 있는지에 대한 다양한 근거들을 확인할 수 있을 것이다. 아일린 줄리언Eileen Julien은 유럽의 모더니즘에 영향을 주었던 아프리카 언어들의 역할에 주목하면서 "유럽소설 자체가 유럽 너머 공간들과 접촉하여 가능해졌다"는 에드워드 사이드Edward Said의 관점에 힘입어 "소설 자체가 크레올 형식, 즉 전지구적 역학의 산물"이라고 주장한다.[45] 이러한 견해는 이제 하나의 상식에 속하는 것이지만, 우리에게는 서사의 세포들이 이질 공간 사이의 충돌뿐만 아니라 다양한 시간성의 접촉을 통해서도 증식될 수 있다는 다른 차원의 학문적 질문을 촉발시킨다. 여기서 문학의 과거 혹은 전통문학의 깊이 있는 해석의 계기가 생겨나며 문학의 역사화가 새로운 단계로 넘어갈 수 있다고 생각한다.

제 15 장

하위대중의 형이상학은 어떻게 만들어지는가?

피식민자의 언어들

근대사회에서 읽힌 『심청전』과 '죽음'의 문제

선험적 편견을 넘어

한국의 구소설이 20세기 전반기에 절정을 맞이한 것은 인쇄기술의 혁신, 출판자본주의의 성장, 문해능력을 갖게 된 대중의 출현이 결합되어 나타난 현상이다. 그러나 다른 한편에서는 근대 지식문화의 주도권을 가질 수 없었던 식민지사회의 문화지체현상이 초래한 결과이기도 했다. 따라서 20세기 구소설을 근대문화로의 이행기에 포착된 미처 사라지지 않은 옛 문화의 잔존물로 이해하는 것은 잘못된 것이다. 구소설의 존재 자체가 근대문화의 한 부분이었음에도 불구하고 전통시대의 것으로만 해석됨으로써 근대성의 심층을 구성하는 중요자질 가운데 하나로 충분하고도 진지하게 검토되지 못한 것이다.

식민지 구소설은 서구로부터 도입된 근대문학의 영향력에 밀려 시급히 사라져야 할 퇴행문화의 하나로 취급되었지만, 실제로는 대중의 정신과 사유를 심화하고 확장하는 사회교육의 역할을 감당했다. 역사전환의 과정에서 무시된 전통서사들이 현실에서 발휘하는 영향력은 근대성을 엘리트의 전유물로만 사고하도록 만든 다양한 시도들을 무색하게 만들며 그 성격과 체계를 다시 생각하도록 요구한다.

총량에서 본다면, 식민지사회에서 구소설이 대중의 독서를 주도했다는 것은 명백한 사실이다. 더욱 중요한 것은 이들이 식민지사회에 들어와

보다 널리 퍼져나간 근대의 읽을거리였다는 점이다. 20세기에 새로 만들어진 신작 구소설의 규모가 근대 활자로 간행된 구소설 총량의 40%에 육박하는 사실과 『춘향전』 판매량이 1935년에 7만권에 달했다는 기록은 아직 적절하고 충분한 학술적 해석과 만나지 못했다.[1]

구소설이 근대의 실상을 보여주지 못하고 새로운 시간성을 구현하지 못했다는 이유로 20세기를 설명하기 위한 분석대상에서 제외됨으로써 문학적 근대의 형질은 근대문학이란 단일한 방식으로 고착되었다. 이러한 현상은 문학사라는 역사기술 방법론을 통해 이루어졌다. 근대국가론과 깊은 공모관계인 문학사는 근대학문의 한 부분에 불과했지만, 그 영향은 매우 깊었다. 단일 시간성에 대한 추종을 거부하는 대안을 만들지 않고서는 와해국면에 접어들었거나 주변문화가 되어가고 있는 '근대문학' 이후에 대한 설득력 있는 구도를 보여주는 것이 어쩌면 불가능할지도 모른다. 새로운 문학생태계의 틀을 만들어 주류문학의 위축이 이상적 문학의 소멸로 해석되는 문학종말론의 구도를 바꾸는 작업이 필요한 시점이다. 이러한 역사인식의 전환을 위해서 문학의 근대성에 대한 정의가 한 방향으로 굳어지기 시작한 식민지 문학의 성격을 새롭게 해석하는 방법론의 도출이 시급하다.

일차적으로 중요한 것은 구소설을 통해 분출한 하위대중의 상상계가 근대문학의 지평과 공존할 때 생성되는 지식문화의 성격을 어떻게 설명할 것인가의 문제이다. 구소설의 발상이 현실이해와 세계해석의 측면에서 독서인구에 어떤 영향을 미쳤는지를 해명하는 것은 근대성 연구가 기존의 특정한 관점을 버리고 다원적인 주체의 상호침투로 인해 생성된 복잡계의 양상에 접근하는 것을 뜻한다. 이 과정에서 식민권력이 개입하여 생겨난 고유한 영향력들이 어떤 파장을 불러왔는지도 함께 점검해야 한다.

이 장에서 집중하려는 문제의식은 '대중의 형이상학'이라는 표현 속에 압축되어 있다. 존재론과 시공간론, 우주론 등을 포괄하는 형이상학이라는 용어는 구소설의 세계에 대한 해명과 어울리지 않는 것처럼 느껴진다. 형이상학이라는 단어 자체가 서구로부터 발원한 아카데미즘의 전유물로 굳어진 용어일 뿐만 아니라, 구소설의 서사 속에서 그것을 추출하려는 시도가 아직 현실로 경험되지 못했기 때문이다. 따라서 대중의 형이상학이라는 표현이 구소설의 성격을 다른 차원에서 해석하려는 의도를 담은 과장된 수사로 오해될 수 있다.

그러나 근대문화 전 국면 속에서 구소설의 내용을 살펴볼 때 그 이해의 차원이 달라진다. 전통사회와 근본적으로 달라진 점은, 구소설이 국문 사용의 보편화로 형성된 국민문화의 한 자질로 인정되어 그 밖의 문화현상들과 스스로를 견줄 수 있는 가능성이 생겼다는 점이다. 그것은 구소설이 자신의 성격을 구속하고 있던 문화의 계급성에서 해방되었다는 것을 의미했다. 이로써 구소설은 사회 각 문화영역과 전면적인 관계설정이 가능해졌는데, 20세기 전반기는 우리의 상식과는 달리 구소설의 역능이 가장 활성화된 시기였다.

근대소설의 성립을 통해 서사의 원리와 개념에 큰 변화가 생겼고 이 과정에서 구소설 서사자원이었던 종교, 역사, 구비전승 등 다양한 원천들은 근대문학의 주류세계로 진입하는 것이 차단되었다.[2] 당대의 시공간에 몰두하는 근대소설의 세계는 현실의 세밀화를 얻어낸 대신 그 내부에 담고 있는 시간과 공간의 축소를 받아들여야 했다. 반면 구소설은 인과성, 주체구성, 시간관, 공간개념 등으로부터 가해지는 특정한 서사화의 압력이 적었기 때문에 원천 자료가 만들어내는 상상력의 최대치가 독자의 정신세계로 직접 결합할 수 있었다.

정의하기 어려운 시공간의 광대함, 여러 종교의 등장과 신비체험, 정체를 알 수 없는 비밀스러운 공간들의 뒤섞임, 죽음과 죽음 이후가 공존하는 살아 있음의 불확정성과 같은 요소들은 근대의 사유방식과 만나면서 그 성격과 의미가 새롭게 부여되었다. 그것은 종종 근대사회의 인식체계와 충돌하거나 그것의 보편타당함에 대해 의문을 제기했다. 근대사회를 겪으면서 구소설의 소재, 서사구조, 시공간 체계의 재의미화가 진행된 것이다. 근대인의 관념, 학지學知, 인식의 규범들을 초월하는 사유의 세계에 대한 새로운 차원의 분석이 요청된 것이다.

근대사회의 기준으로 설명하기 어려운 구소설의 존재가 새롭게 정립되기 시작한 식민지 근대문학의 질서에 어떠한 파열음을 냈는가? 구소설의 독서를 통해 형성된 식민지 대중의 정신세계가 한국의 근대성을 형성하는데 어떠한 기능과 역할을 했는가? 한국의 근대문화를 만드는 데 참여한 하위대중의 서사형식들이 존재했음에도 제대로 발견하지 못했고, 그마저도 성급하게 전통의 세계로 돌려보냄으로써 중요한 문화자원을 휘발시켜버린 저간의 상황을 근원에서부터 다시 한번 성찰할 필요가 있다.

심청,
죽음을 향해 돌진하는

근대 대중의 기억 속에 살아남은 구소설의 주인공은 단연 여성이다. 춘향과 심청! 그들은 죽음을 스스로 선택했다는 특별한 공통점을 지니고 있다. 여성과 죽음의 결합이라는 소재는 대중의 이목을 집중시키는 힘이 있는데, 그것은 죽음을 통하지 않고서는 설명할 길 없는 극단의 위태로움이 여성의 삶 주변을 둘러싸고 있다는 점을 보여주기 때문이다. 타인의 고통을 통해 가학적 관음증을 유도하는 소설 속의 스캔들조차 종종 여성의 비극적 죽음을 다루면서 가벼운 관심거리라는 세간의 선입견을 배반한다.[3] 구소설의 여성 주인공이 근대의 여러 예술 장르 속에서 계속하여 환생한 것은 이러한 가능성 때문이었다. 그것은 근대 여성의 생존환경과 사회적 위상이 전통사회의 상황과 별반 다르지 않다는 것을 암시했다.

우리가 잘 알고 있듯이, 춘향은 천민기생에게는 허락되지 않는 금지된 사랑을 거부한 죄로 죽음과 직면했다. 하지만 그이는 낭만적 결말을 선택한 서사의 반전을 통해 죽음의 문 앞에서 가까스로 살아난다. 죽음을 불사한 춘향의 이러한 결단은 마르크시스트 김태준에 의해 봉건사회구조를 부정하고 저항하는 하층민의 역사투쟁이란 시각에서 해석되었다.[4] 만약 춘향의 죽음을 바라지 않는 초월적 힘의 개입이 없었다면 『춘향전』은 비극소설의 한 전형이 되었을 것이나 어쩌면 대중 속에서의 생명력은 훨씬 축소되었을 것이다. 연애담의 행복한 결말을 바라는 대중의 욕망이 남녀 간의 애정이 발산하는 생생력의 소재가 그렇게 차갑게 사그라지는 것을 그냥 두지 않은 것이다.

애정은 무엇보다 삶을 전제한 것이고, 생식과 번성, 생의 이어짐을 지피는 계기이자 불꽃이다. 현세의 시간을 보장하는 동력인 것이다. 그렇기 때문에 연애담의 구조는 그것이 설사 죽음으로 종결된다 할지라도 죽음이 상징하는 완전한 소멸로 귀결되지 않는 무엇인가를 남긴다. 연애소설의 죽음이 생의 간절함을 기원하는 여운을 가져오는 것은 이 때문이다. 민중적 낭만성의 미학은 근대에 이르러 곧잘 저질의 대중성과 상통하는 것으로 이해되어 문학의 긴장감을 약화시키고 현실의 이해를 안일한 주관성에 매몰시키는 자질로 비난받지만, 그것이 실제로 어떤 기능과 역할을 했는지에 대한 해명은 아직까지 제대로 이루어지지 못했다.

그런데 심청의 죽음은 춘향이 대면했던 그것과는 사뭇 다른 것이었다. 무엇보다 심청은 춘향이 겪지 못한 삶과 죽음의 경계를 넘어섰다. 그는 스스로 익사했다! 이것이 두 소설 사이에 가로놓여 있는 근본적인 차이이다. 이와 함께 죽음을 대하는 이해방식도 판이하다. 춘향의 죽음은 기생의 책무인 수청을 거부하고 연인에 대한 절개를 지킴으로써 발생한 징벌의 한 형태였다. 주체가 선택한 정당한 행위에 대한 부당한 처벌의 결과

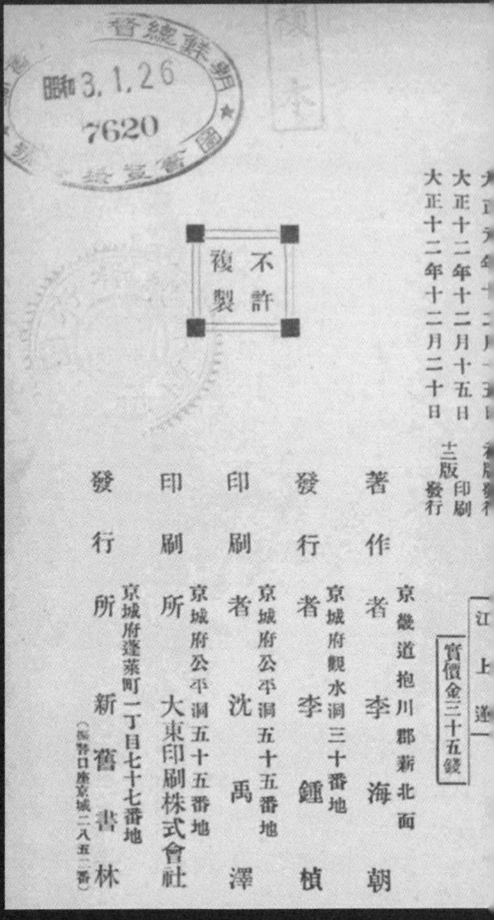

大正十二年十二月十五日 印刷
大正十二年十二月二十日 十二版發行

江上蓮 實價金三十五錢

不許複製

著作者 京畿道抱川郡新北面 李海朝
發行者 京城府觀水洞三十番地 李鍾楨
印刷者 京城府公平洞五十五番地 沈禹澤
印刷所 京城府公平洞五十五番地 大東印刷株式會社
發行所 京城府蓬萊町一丁目七十七番地 新舊書林 (振替口座京城二八五二番)

신소설 작가 이해조의 『심청전』 개작본인 『강상련』 표지와 판권지

1912년 초판, 1923년에 12판이 간행되었다. 그 판매량을 통해 대중사회에서의 인기가 짐작된다.

로 죽음이 찾아온 것이다. 춘향은 삶의 행복을 행해 달려갔지만, 사회질서와 제도에 반함으로써 결코 원치 않는 극단의 결과와 마주서게 되었다. 그런 점에서 춘향은 순수하게 죽음 그 자체를 추구했던 것이 아니다. 감옥 안에서 춘향은 이몽룡에게 이런 편지를 썼다. 이 편지를 통해 죽음이 불가피한 것이나 그것은 인연을 지키려는 결단의 결과임을 밝혔다. "길이 만종록萬種祿을 누리시다 천추만세千秋萬歲 후後 후생後生에 다시 만나 이별離別없이 살아지다"라는 진술은 삶에 대한 한 인간의 간절한 열망을 드러낸다.

> 이화梨花에 두견杜鵑울고 오동梧桐에 밤비 올 제 적막寂寞히 홀로 앉아 상사일념相思一念이 지황천로地荒天老[5]라도 차한此恨은 난절難絕이라. 무심無心한 호접몽胡蝶夢은 천리千里에 오락가락 정불지억情不知抑이오, 비불자성悲不自省이라. 오읍장탄嗚泣長歎으로 화조월석花鳥月夕을 보내더니 신관사또新官使道 도임到任 후後에 수청守廳을 들라하옵기에 저사모피抵死謀避하압다가 참혹慘酷한 악형惡刑을 당하여 모진 목숨이 끈치든 아니하였으나 장하지혼杖下之魂이 미구未久에 될 터이오니 바라건대 서방님書房任은 길이 만종록萬種祿을 누리시다 천추만세千秋萬歲 후後 후생後生에 다시 만나 이별離別없이 살아지다.[6]

그러나 심청의 경우 춘향과는 달리 죽음을 계기로 자신이 추구하는 무엇인가를 실현하는 '목적화된 죽음'에 다가선다. 심청은 자기에게 부여된 시간을 중단해야만, 다시 말해 인간이 지닌 시간의 소유권을 내려놓은 것을 통해 자기실존을 증명하려는 태도를 취했다. 아비를 위해 몸을 팔았다는 소식을 듣고 가까이 지내던 장승상댁 부인이 공양미 삼백 석을 대신 갚아주겠다고 하자 심청은 이렇게 말한다.

당초 말씀 못한 일은 후회한들 어찌하며 또한 몸이 위친하여 정성을 다 차하면 남의 무명색한 재물을 바라리까. 백미 삼백 석을 도로 내준다 한들 선인들도 임시 낭패 그도 또한 어렵삽고 사람이 남에게다 한번 몸을 허락하여 값을 받고 팔렸다가 수삭이 지난 후에 차마 어찌 낯을 들고 무엇이라 배약[7] 하오리까. 노친 두고 죽는 것이 이효상효하는 하는 줄은 모르는 배 아니로되 천명이니 하릴없소. 부인의 높은 은혜와 어질고 착한 말씀 죽어 황천 돌아가서 결초보은 하오리다.[8]

죽음을 결정하는 심청의 태도는 직선적이고 단호하다. 그는 죽음과 만나지 않고서는 자기의 지극한 절실함이 누구에게 납득되거나 증명될 수 없다는 태도를 취했다. 그것은 우리가 알고 있는 자살의 성격과는 매우 다른 것이다. "노친 두고 죽는 것이 이효상효하는 하는 줄은 모르는 배 아니로되 천명이니 하릴없소"라는 심청의 발언 속에는 죽음의 실현만이 인간으로서의 품위와 자격을 보장한다는 확신이 들어 있다. 지극한 효성으로 인한 부작용을 뜻하는 '이효상효以孝傷孝'를 꺼리지 않고 자신을 던져 부처의 자비를 구하는 기약 없는 목표를 실천하는 것이다. 그것은 생존의 절대성을 거부하는 태도이다. 중세의 '효' 관념이 교조화되어 극단적인 행동지침이 되는 것에 대한 우려가 '이효상효'의 논리 속에 담겨 있다면, 심청은 그것을 알면서도 죽음 속에 뛰어들어 '효'라는 사회유지 이데올로기를 넘어서는 어떤 에너지를 발산하는 것이다.

그것은 종교의 수호나 혁명의 투신 속에서 발견되는 죽음의 방식과 유사하다. 자신의 가치와 생의 시간을 바꿈으로써 육신의 소멸에 자신의 시간이 귀속되지 않도록 하는 태도이다. 하지만 보통의 사람이라면 결코 수용하기 어려운 일이다. 죽음을 향해 달리는 젊은 여성, 인간에게 부여된 시간의 진행을 스스로 절단하는 심청의 내면을 우리가 구체적으로 확인할 수는 없다. 하지만 그의 질주 속에는 미처 설명되지 못한 응축된 숱한 사연들이 들어 있었을 것이다.

심청의 죽음을 이해하는 문제를 둘러싸고는 이미 많은 논의들이 제출된 상태이다. 불교와 무속, 신화와 전설이 하나의 서사 속에 얽히는 과정에서 구현된 전승의 한 형태로 파악하는 것이 연구사의 일반적인 시각이다.[9] 그러나 1920년대, 30년대에 대중의 독서 속에서 포착된 심청의 죽음은 전통소설의 서사기원론과는 전혀 다른 차원의 파장을 만들어냈다. 어떤 독자들이 근대의 활자로 인쇄된 『심청전』을 읽을 때 또 다른 사람들은 『무정』과 『만세전』을 읽고 있었기 때문이다. 중층화된 근대의 분할 속에서 서로를 지켜보거나 심지어는 그 두 개의 세계, 즉 하위문화화된 전통서사의 세계와 신흥엘리트의 새로운 소설세계를 함께 향유하는 이들도 생겨났을 것이다. 그 속에서 죽음에 대한 명쾌한 몰입과 과감한 도전을 보여준 심청의 낯선 태도는 근대성에 반하는 이질적인 것으로 부각된다. 전통서사의 세계는 존중할 필요가 없는 과거의 것으로 치부되거나 현실을 설명하는 잣대가 될 수 없는 낙후된 시대의 유산으로 폄하되는 것이다. 익숙하지 않은 것을 문명의 역외로 분리하는 근대인의 발상 또한 『심청전』을 대하는 시선에 영향을 미쳤을 것이다.

근대소설의 세계에서 죽음은 대개 생에 대한 열망의 소진이나 포기, 전쟁이나 제어되지 않는 폭력의 결과로 묘사된다. 사회의 거대한 압력 아래 초라해진 개인의 비참을 다룰 때 근대의 작가는 그 마지막 귀결점으로 종종 죽음을 배치했다. 살인, 방화, 자살의 장면을 빈번하게 등장시킨 신경향파소설의 전형화된 서사는 사회의 압력에 더 이상 버틸 수 없어 찢어져버린 인간을 통해 죽음을 둘러싼 근대소설의 통념을 압축하여 보여준다. 죽음은 외력에 의한 생의 불가능성을 설명하는 서사의 형식으로 선택되고 있는 것이다.

김동인의 「감자」(1925)는 생의 밑바닥에서 매춘을 받아들인 복녀의 비참한 죽음과 그의 차가운 시체마저도 거래의 대상으로 전락하는 현실을 그린다.[10] 그것은 화폐가 지닌 교환기능의 절대화로 모든 것이 그 고유한 가치를 잃어버리기 시작한 시대의 변화를 포착했다. 시체가 거래의 대상이 될 수 있었던 것은 복녀가 살해당했기 때문이다. 징벌을 피하는 대가로 복녀의 몸에 가치가 부여된 것이다. 살인자 왕서방은 돈을 지불하고 복녀의 죽음을 뇌일혈로 위장하며 복녀의 남편은 부인의 매춘에 기생해 왔던 것과 동일한 방식으로 그 몸과 돈을 교환한다. 여기서 한 인간의 죽음은 어떠한 의미도 남기지 못한다. 존재의 사라짐은 지불된 돈에 의하여 정당화되며 죽은 이는 결국 자기 몸의 소멸과 무관해지는 것이다.

「감자」와 비슷한 시기에 간행된 『강명화의 설움』(1925)도 내용은 다르지만 죽음에 대한 인식은 본질적으로 동일하다. 이 소설은 기생의 처지로 부호의 아들과 함께 살지 못할 형편을 비관하여 자살한 강명화의 죽음을 소재로 하고 있다. 나혜석은 그 죽음의 성격을 "개인적 생의 존엄과 그 생을 전개하여갈 역량이 풍부한 것을 자신하면서 어디까지 할 수 있는 대로 살려고 하는 것이 현대인의 이상이요, 그 생의 전부를 개전開展하려고 노력하는 일체의 행위가 행복이요 만족인 것을 일찍이 자각"[11]하지 못한 탓으로 돌렸다. 이러한 방식의 죽음이 갖는 무의미성을 말하고 있는 듯싶다.

근대소설에서 죽음은 대개 어떠한 원인에 의한 결과일 뿐(극단적인 사례로 현대 추리소설에 등장하는 무수한 시체들을 생각해보자!) 죽음 자체가 의미의 구현체로 인물의 의지를 의식하게 만드는 사례는 많지 않다. 죽음을 통해 인간은 생물학적인 측면뿐만 아니라 법과 사회의 차원에서 존재성을 상실한다. 죽음이 이루어지는 순간 주체의 의지는 의미로부터 분리된다. 그것은 주인공이 죽으면 진행이 중단될 수밖에 없는 '서사'라는 인식방법의 특성과 관련된 문제일 뿐 아니라, 근대인이 가지고 있는 죽음 이후의 시간에 대한 회의감과 관련된 문제일 것이다.

무수한 죽음을 남긴 전쟁이라는 살육의 시공을 빠져나왔음에도 바다에 몸을 던진 『광장』의 이명준을 생각해보자. 더 이상 대면할 수 없는 거대한 힘의 포위 속에 놓여 있다고 자기현존을 규정짓는 순간 의지의 소멸과 죽음이 만나는 지점이 생겨났다. 근대 소설가의 입장에서 죽음을 그린다는 것은 죽음이 실현된 지점으로부터 빠져나오려는 사람들의 욕망을 다루고자 할 때 선택하는 소재이다. 죽음을 허락한 상황에 대한 성찰을 통해 죽음과 최대한 멀리 떨어진 곳의 안정감을 말하려는 의도가 그 속에 들어 있다. 죽음을 거부하기 위해 죽음이 전면화되는 것이다.

그런데 심청의 죽음은 결과로서의 죽음이 아니라 죽음을 통해서 무엇을 할 수 있는가를 묻는다. 그런 점에서 『심청전』은 죽음에 대한 근대소설의 이해방식에 대한 재검토를 요청한다. 심청의 죽음에는 실명한 부친의 고통에 대한 연민, 간난신고로 인한 생에 대한 모멸감, 신의 초월성을 인정할 수밖에 없는 인간의 나약함, '효'라는 자기계급의 정체성을 지키려는 의도 등이 영향을 미쳤지만 그러한 힘들에 의해 조종된 결과는 아니다. 심청은 죽음의 순간에 뛰어들어 세계의 견고한 질서에 개입하고 자신의 의지를 드러냈다. 죽음의 현장에 들어서면서 심청이라는 특별한 존재가 탄생하는 것이다.

『심청전』에는 최기숙의 지적대로 지배이데올로기와 사회구조가 힘없는 개인을 죽음에 이르도록 압박하는 측면이 있지만,[12] 그렇다고 심청이 압력을 견디지 못해 절벽 앞에 선 존재는 아니다. 심청은 견디기 힘든 그러한 압력을 자기를 빛으로 만드는 에너지로 변환시켰다. 중요한 것은 죽음 그 자체가 아니라 죽음을 삶의 한 형태로 해석하는 태도이다. 그런 점에서 『심청전』은 삶과 죽음에 대한 철학적인 질문을 던진다. 그 질문은 근대사회의 전면화라는 사회구조의 변화에 의해 비로소 의미가 구성된다. 여기에 이 소설의 근대적 성격이 부여되는 것이다.

심청의 죽음이 부활의 모티프를 가능하게 하기 위한 의도적 설정이라는 지적도 가능하다. 부활 이후에 초점을 둔다면, 그것은 행복한 종결을 이끄는 계기라는 점에서 『춘향전』의 낭만적인 결말과 같은 성격을 갖게 된다. 하지만 『심청전』은 『춘향전』과 민중의 상상력을 공유하면서도 서로 다른 특징을 가지고 있다는 점을 강조하고 싶다. 죽음을 목적으로 실천한다는 것이 어떤 구별점을 만들어내기 때문이다. 죽음 이전과 부활 이후의 심청은 별개의 존재이다. 인당수에 몸을 던지기 전 그가 꺼낸 말들을 통해 우리는 그의 죽음이 부활을 예견한 것이 아니라는 것을 느낀다.

> 비나이다 비나이다, 하나님 전 비나이다. 심청이 죽는 일은 추호도 설지 않으나 안맹하신 우리 부친 천지에 깊은 한을 생전에 풀려하고 죽엄을 당하오니 명천이 감동하사 우리 부친 어둔 눈을 불원간에 밝게 하여 대명천지 보게 하오. (…중략…) 여러 선인, 상고님네 평안히 가옵시고 억십 만금 리를 얻어 이 물가에 지나거든 나의 혼백 넋을 불러 객귀 면케 하여 주오.[13]

투신을 앞에 둔 심청은 생의 종결을 확정하며 죽음 이후의 세계에 대해 말하지 않는다. 그가 죽음 이후를 알고 있었다는 근거는 소설 속에서 확인할 수 없다. '나의 혼백'이라고 발화한 자, 자신의 미래를 비명횡사한 존재인 '객귀客鬼'로 정의한 자가 생존했을 때의 존재성을 그대로 지닌 채 부활 이후를 살아가는 것이 『심청전』서사의 구조이다. 죽음을 향해 냉정히 달려가는 자와 초월적 힘의 도움을 받아 다시 생명을 부여받은 두 개의 존재가 이 소설 속에서 공존하고 있는 것이다. 이 두 성격 모두 근대인의 사유체계와 서사규범 안에서는 용납되기 어렵다. 후자의 모습은 전통서사의 계보를 잇고 있다는 점에서, 전자는 죽음을 목적화하는 삶의 방식이 인간의 삶 속에서 희소할 수밖에 없다는 점에서 그렇다.

구소설이 화석처럼 변하지 않은 상태로 근대사회에 진입했던 것은 아니다. 모든 삶의 형태가 그렇듯이 구소설 또한 외부의 자극과 요구에 여러 가지 방식으로 반응했다. 먼저 20세기에 들어와서 새롭게 만들어진 신작 구소설의 존재가 그러하다.[14] 경우에 따라 구소설의 신체를 사회변화의 정황에 맞추어 재구성하기도 했다. 심청전의 변형물인 『몽금도전』이 그 전형적 사례를 보여준다. 『몽금도전』은 1916년 박문서관에서 간행한 신작 구소설이다. 이때는 이미 신소설 간행의 전성기가 지나고, 구소설 복간과 신작 구소설 창작이 출판사들의 새로운 관심대상으로 각광을 받던 시기이다. 구소설이 신소설에 후행하여 유행한 것은 식민지화로 인해 계몽주의 서적 간행이 봉쇄되어 출판 대상이 급격히 축소된 탓이다.[15]

『몽금도전』의 특징은 『심청전』의 플롯과 서사구조, 인물형상을 근대인의 인식기준에 맞게 개조하는 것이었다. 태몽에 의한 득자得子의 부정, 시주에 의한 개안의 부정, 불교적인 용궁의 부정 등을 통해 신성성을 거세했다는 것이 가장 두드러진 변화였다.[16] '부활하지 않는 심청'이 창조된 것이다. 합리성이라는 새로운 서사기준이 작동하면서 생겨난 변화와 파장을 해명하는 것은 본격적인 작품론이 필요한 과제이지만,[17] 초점은 1910년대 후반 구소설의 제작자들이 서사구조와 근대성의 관계를 확실하게 의식하고 있었다는 점이다. 그것은 독자의 성격이 달라지고 있다는 것, 즉 전통과 근대 두 세계관을 지닌 구소설 독자의 존재가 출판계 속에서 상상되고 있었다는 뜻이다. 그러한 현실은 구소설을 통한 식민지 하위대중의 사유체계 해석에 중요한 시사점을 던진다.

현재에 묶이지 않는 자아

『심청전』의 서사는 자기의 가치를 지키기 위해 육신을 버리는 여성의 결정을 다룬다. 후반부의 부활 이후 내용은 그렇기 때문에 죽음을 향한 질주가 만들어낸 서사의 빈약함을 보완하려는 목적을 가지고 있다. 죽음에 이르는 길이 아니라 죽음을 급격히 완성하려는 의욕은 독자들이 기대하고 있는 인생사의 드라마틱한 우여곡절과는 거리가 멀기 때문이다. 여기서 인간의 실존과 결합하는 근대의 유물론적 시간을 상대화하는 거리감이 생겨났다. 그것은 시간을 한 개인의 물질적 육신에 국한하지 않는 사유방식과 연관된 문제이다.

과학주의와 쌍생아인 리얼리즘 미학의 확산은 그 미시분석과 심층묘사라는 인식방법을 통해 근대세계체제라는 거대한 구조 속의 한 분자라는 인간론과 자의식을 확산시켰다. 리얼리즘 소설은 종종 세계의 압력에 대한 공포 속에서 소극적으로 현실을 부정하는 인물들을 불러내는데, 그것은 인간이 외부의 힘에 의해 규정된 존재라는, 어떤 한계 속에 구속된 상태라는 사고방식을 강화한다. 과학적 해석의 촘촘한 연계망을 통해 사유의 끝단까지 인과율을 벗어날 수 없도록 하는 것이다. 주관의 능동성이란 결국 근대사회가 구성한 질서와 규범의 체계를 배반하지 않은 미세한 자율성을 뜻하게 된다.

> 근대 인식론이 근대과학과 연결되면서 때때로 하나의 닫힌 세계 구조로 작동한다. 근대 인식론의 특징인 선후관계를 통해 우리는 무엇을 무엇 이전에 알게 된다는 것을 배울 뿐만 아니라, 무엇이 무엇을 기초로 하여 추론될 수 있다는 것도 배운다. 따라서 이러한 선후관계는 상호간에 토대관계를 설정한다. 예를 들면 나는 나의 표상을 통해서 세계를 인식하는 것이며, 나는 가치 부여 이전에 세계를 사실로 인식해야 한다. 그리고 만약 초월적인 것이 있다면 자연적인 것에서부터의 추론을 통해 초월적인 것을 인식해야 한다. 이러한 선후관계 설정은 닫힌 세계 구조로 작동될 수 있는데, 왜냐하면 이러한 인식과정에 따르면 초월적인 것의 추론이 추론과정에서 가장 마지막 과정에 위치되며, 이로 인해

가장 논박되기 쉽기 때문이다. 초월적인 것에 대한 추론은 근대 인식론에서 보면 가장 문제가 많은 추론이다.[18]

근대문학이 일반화되면서 구소설이 내장하고 있는 사물과 세계에 대한 직관과 그 속에 담긴 앎에 대한 축적된 이해방식이 제거되었다. 과학과 결합한 근대인식론을 매개하지 않는 사유방식들은 신뢰할 수 없는 낙후된 것으로 버려졌다. 세대의 이어짐 속에서 전승된 경험과 예지의 활용 가능성은 급격히 축소되었다. 근대문학은 눈에 보이는 세계로의 후퇴라는 특징을 가지고 있는 것이다. 그것은 찰스 테일러Charles Taylor가 말했던 '세속적 시간secular time'의 문제와 연결되어 있다.[19] 거의 자연화의 수준에 이르렀을 시간에 대한 오래된 관점이 깨져나갈 때, 그 관습의 파열에 직접 개입하는 국가의 재구성에 주체화된 방식으로 개입할 수 없을 뿐만 아니라 심지어는 새로운 계서제階序制에 의해 그 상황에서 원천 배제되는 존재들은 그러한 급속한 세속화의 시간을 어떻게 견디어냈을까?

테일러의 설명에 의하면 '반구조anti-structure'의 필요성을 상실하는 것이 공적인 영역의 '세속화'이다. 반구조는 영적인 맥락에서 사용되는 용어로 이해된다. 인간의 규범은 더욱 큰 영적 질서 속에 존재하며, '반구조'는 그 사회의 질서가 유지되기 위해서 혹은 영적 질서의 힘을 끌어들이기 위해 필요한 것이다.[20] 식민지 하위대중의 표현매체였던 토착서사는 그 점에서 시간인식을 포함해 사유의 급속한 '세속화'에 대한 억지력을 행사했다고 판단한다.

식민지 조선의 주류 엘리트로서 이광수와 임화의 공통분모는 그들의 상반된 가치지향과는 달리 근대문학 이데올로기를 통해 독자들의 경험 속에 남아 있는 과거에 대한 기억을 지워나갔다는 것이다. 문학을 통해 과거를 보존하거나 기억할 수 있는 그 매개성을 부정하는 방식으로 문학의 제도가 구축되어온 것이다. 문학사 기술이 오직 당대를 완성된 상태로 설명하려는 이념의 도구였다는 것은 자명한 일이다. 이것은 근대주의의 정당성을 입증하기 위한 권력의 현시방법 가운데 하나였다.[21]

식민지 하위대중의 구소설은 과거 없는 현재를 설파하는 근대문학의 독선에 대한 도전의 의미를 갖는다. 근대의 시간성에 포섭된 과거만이 존재하게 됨으로써 조선이라는 문화단위 속에서 문학이 구성하는 서사의 시간은 분절되었다. 더 이상 공유하는 과거는 존재하지 않게 되었다는 뜻이다. 근대적 이성이 지배하는 세계 속에 직관과 초월, 구부러진 시간관은 공존할 수 없게 된 것이다.

그런데 과거의 시간을 차별하고 가치절하하는 근대문학의 태도는 근대국가의 성격에 대한 역사적 해석에서 외면할 수 없는 질문을 던진다. 세대 간의 교류를 통해 대중의 감각 속에 여전히 남아 있거나 인쇄기술을 통해 전통사회보다 더 많이 확산되고 보급된 구소설의 시간관이 이어주는 전통과 민족성의 연계가 근대문학의 역할과 어떻게 다른 것인지에 대한 분석의 필요성이 생겨나기 때문이다. 베네딕트 앤더슨Benedict Anderson은 소설이 근대성의 전면화에 미친 영향을 높이 평가했지만,[22] '상상의 공동체'를 구성하는 데 기여한 구소설과 근대소설의 역할 차이는 아직 충분히 논의되지 못한 과제로 남아 있다.

그것은 조선인 신지식층이 생산한 근대문학과 하위대중이 향유한 구소설이 만들어낸 심상의 차이가 한국의 민족개념을 형성하는 데 어떻게 교섭하고 충돌하였는지를 질문해야 한다는 뜻이다. 그런데 이식된 과거를 선택한 사람들조차 그들이 부정한 과거에서 발생한 감성의 체계와 기억의 흔적을 완전히 버리지 못했다. 따라서 근대문학의 성장과 공존한 구소설들은 근대서사의 시간원리 및 질서와 대립하거나 심지어는 그 주류질서를 내파하는 역할을 했다는 것이 분명하다. 그것은 근대문학의 주도성이 절대적일 수 없으며 오히려 끊임없이 도전받고 있었다는 점을 드러낸다. 그 점과 관련하여 라나지트 구하Ranajit Guha는 이렇게 말한다.

> 식민지 지배권력이 뒤를 밀어주고 선전해주었기 때문에 일반적으로 서양의 근대적인 것들로 이루어진 역사서술은 식민시기 이전의 토착서사학narratology를 대체하는 결과를 가져온 것이다. 남아시아 역사서술에서 튼튼한 방어벽을 쌓아놓고 있는 국가주의는 이 서사학이 가져온 혁명의 산물이다. 그런데 이 서사학의 혁명이 성공적으로 이루어졌기 때문에 우리 역사가들은 그것을 문제로 인식하지 못하고 있었다. 바로 이 혁명이 우리의 과거, 우리의 기술, 우리의 직업을 모두 '세계사'라고 하는 하나의 통합된 인식 안에서 학문으로 인식하게끔 만들었다.[23]

> 개인은 저마다 타인을 만나기 위해 반드시 해야 할 채비의 일부분으로 과거를 불러낸다. 그 결과 특수성은 개인이 우선 상호 연관된 그물에 걸려들어 버린 탓에 특정 과거 위에 기술된 '일시적 특수성'으로 바뀌게 된다. 이 일시적 특수성이 타인과 관계 맺는 모든 사람들의 세상에 함께 살아가는 일상을 매개한다. 이 매개를 통해 과거는 그 장면에 도달하는 주체와 공유하는 한 세트의 상호성으로 모양을 드러낸다.[24]

식민지사회에서 구소설의 정치적 가치를 발견한 이는 익히 알려진 것처럼 초기 프로문학 이론가였던 김기진이었다. 그는 구소설이 하위대중의 서사라는 점에 주목했다. 그는 구소설이 노동자, 농민의 사상변화에 기여할 수 있는 길을 찾고자 했다. 그것은 『심청전』과 『몽금도전』의 관계처럼 구소설의 골격을 유지하되 그 세계인식과 사유방식을 개량하는 방향이었다. 그가 "현실에서 도피하여 환상에 도취하게 하며 미신을 길러주며 노예근성을 북돋아주며 지배자에 대한 봉사의 정신과 숙명론적 정신과 봉건적 퇴영적 취미를 배양"[25]하는 탓에 "조선의 농민과 노동자에게 『춘향전』, 『심청전』, 『구운몽』, 『옥루몽』은 필요하지 않다"[26]라고 단언했음에도 구소설에 주목했던 것은 구소설이 행사한 노동자, 농민에 대한 현실적인 영향력 때문이었다.

> 오늘날 가장 많이 팔리는 이야기책-즉 『춘향전』 『심청전』 『조웅전』 『홍길동전』 『유충렬전』 『강상루』 『옥루몽』 『구운몽』 『추풍감별곡』 『추월색』 『월하가인』 『재봉춘』 기타 10수 종과 또는 이것들만은 못하지만 그래도 빈약하기 짝이 없는 조선 출판계에서 재판이상씩 나가는 지위를 독점하고 있는 유상무상의 책들이 대개 누구의 손으로 팔려가느냐 하면 학생보다도, 부인보다도, 농민과 그리고 노동자에게로 팔려간다. 장거리나 큰길거리에 행상인이 벌여놓은 이 따위 책들은 좁쌀 되나 북어 마리나 사가지고 집으로 돌아가는 장꾼, 즉 농민이 사가는 것이 대부분이다.
>
> 그들이 이따위 책을 사가는 심리는 울긋불긋한 그림 그린 표지에 호기심과 구매욕의 자극을 받고, 호롱불 밑에서 목침 베고 들어 누워서 보기에도 눈이 아프지 않을 만큼 큰 활자로 인쇄된 까닭으로 호감을 갖고, 정가가 싸서 그들의 경제력으로도 능히 1, 2권쯤은 일시에 사볼 수 있다는 것이 다시 구매욕을 자극하므로 드디어 그들은 그 책을 사가는 것이오, 사가지고 가서는 문장이 쉽고 고성대독하기에 적당하므로- 소위 그들의 '운치'가 있는 글이 그들을 매혹하는 까닭으로 애독하고, 소위 재자가인才子佳人의 박명애화가 그들의 눈물을 자아내고 부귀공명의 성공담이 그들로 하여금 참담한 그들의 현실로부터 그들을 우화등선하게 하고, 호색남여를 중심으로 한 음담패설이 그들에게 성적 쾌감을 환기케 하여 책을 버릴래야 버리지 못하게 하므로 그들은 혼자서만이 책을 보지 않고 이웃사촌까지 청하여다가 듣게 하면서 굽이굽이 꺾어가며 고성대독하는 것이다.[27]

그러나 김기진은 구소설과 하위대중의 관계가 맺어진 원인을 깊이 있게 파헤치지는 못했다. 문예대중화를 위한 실용전술을 계발한다는 발상을 벗어나지 않았기 때문에 근대의 주류시각으로 구소설의 기능과 역할을 설명했다. 그는 구소설과 식민지 기층 민간사회의 관계를 근대주의의 발상이 만들어낸 사회적 후진성의 차원에서만 사고했다. 전통사회의 시간과 문화가 지속되는 것을 부정한 근대주의자의 시각이 작동했던 탓이다.

김기진의 발언이 나온 지 10여 년이 지난 후 경제사학자 인정식은 이 문제에 대해 다른 차원의 시각을 내놓았다. 그는 농민이 구소설을 읽는 행위를 문화주체와 사회구조의 상관성이란 관점에서 다루었다. 인정식은 구소설이 유행하는 원인을 "금일의 무수한 현대소설보담도 도로혀 충실하고 심각하게 농민의 성격을 반영하고 농민의 생활을 소재로 하고 또 농민의 공감을 얻을 수 있기 때문"이라고 지적했다. 그는 임화의 농민문학에 대한 이해를 비판하면서 문제의 본질은 농민이 문화상의 이익과 편익을 받지 못하는 데 있는 것이 아니라 '동양적 농민의 성격'에 있다고 지적했다.

> 이 아세아적 농민의 성격에는 과거의 지나간 일체의 사회적 잔적殘跡과 특징과 생활양식, 전통, 습관 등이 아직 그 뿌리를 남기고 있을 뿐 아니라 현대의 시민적 사회발달에 대해서도 현대의 동양적 사회의 특수한 성격이 이 농민의 아세아적 성격에 근저를 두고 있기 때문이다. 정체적인 동양적 사회에서는 사실 현대란 것은 과거 봉건적 세대의 대폐적貸幣的인 표현에 불과하다. 현대와 과거에는 구라파에서 볼 수 있는 것과 같은 역사의 준령을 볼 수가 없다.[28]

인정식은 근대문화의 힘이 미치지 못한 탓으로 구소설의 유행을 해명할 수는 없다고 하면서, 그것은 근대의 중심과 분리된 농민을 기반으로 한 별개의 사회구성체로 인한 현상이라는 입장을 내놓았다. 교섭하기 힘든 두 세계의 병존이라는 문화현상이 구소설의 확산이란 형태로 나타났다는 것이다. 구소설에 관한 인정식의 판단은 농민의 독서문화를 근대주의에 근거해 부정하거나 폄하하지 않고 당대의 농민이 처한 사회 환경의 산물로 해석함으로써 농민의 문화지향과 구소설의 관계가 실제 현실에 근거해 이해될 수 있는 논리를 제공했다.[29]

이 글에서 인정식이 식민지 조선의 이원화된 문화구조를 지적하고 있는 것은 분명했다. 그는 조선 농민이 '정신의 암우暗愚'를 벗어날 수 없기 때문에 다른 사회계층에 대한 관심은 고사하고 자기 자신에 대해서도 의식적인 비판자가 되기 곤란한 형편이라 지적한 후, 농민 자신을 소재로 한 작품을 통해서만 '감격'을 느낀다고 설명했다. 그것은 구소설이 수행한 농민과 세계를 이어주는 가교의 역할을 적극적으로 인정하는 주장이었다. 인정식의 발상대로 식민지사회에서 복수의 문화주체와 표현형식, 재생산구조가 공존했다면 그것은 어떠한 역사상을 만들고 있었던 것일까?

식민지서사의 의미

『심청전』은 근대의 독자들에게 스스로 선택한 자아의 소멸이 시간의 종언을 뜻하는 것은 아니라는 것을 알려주었다. 비장한 죽음 이후에도 심청은 살아 있었고 아버지를 만났고 그로 하여금 죽음을 향해 달리게 만들었던 부친의 불구가 해결되었고 심학규와 같이 불행한 육신을 지닌 자들만을 위한 잔치가 벌어졌다. 죽음 이후가 죽음을 미화하는 서사는 일차적으로 '복선화음福善禍淫'과 같은 중세의 사회윤리를 떠올리게 하지만,[30] 동시에 현존에 모든 것을 집중하는 근대의 본성에 대립각을 세우기도 했다. 두 개의 시간 속에 각존하고 있는 자아를 하나의 서사 속에 병치함으로써 인간의 자아가 특정한 시간에 오로지 매어 있는 것이 아니라는 것을 말한 것이다. 현재가 유일한 것이 아니라는 제안은 특정한 시간성이 독존할 수 없다는 사고를 독자들에게 심어주었다. 그것은 자아가 시간을 초과할 수 있다는 생각을 품게 만든다.

서사 속의 자아가 특정한 현재에 구속되지 않는 것은 현실이 가하는 압력과 독서대중의 직접대면을 완충하거나 주류사회의 기준에서 스스로를 멀어지게 함으로써 생존의 내구력을 키워준다. 자아가 특정한 시간성에 얽어매지 말아야 한다는 요구로 인해 근대의 시각으로 파악되지 않는 사유공간이 구축되었다.

배항섭은 조경달의 연구에 대한 논평에서 이렇게 말했다.

> 저자가 지적한 국민국가론은 물론, 근대성론도 근대의 폭력성과 배타성을 드러내고 비판하는 입장이지만, 그를 위해 민중의 자율성과 모든 전근대적인 것을 간단히 포섭 회수해버리는—민중이든 전근대든 근대를 만나는 순간 근대의 뱃속으로 일방적으로 빨려 들어가는—강력무비한 포식자로서의 이미지를 강조하는 접근방법을 취하고 있다. 그에 따라 근대비판의 입지를 스스로 축소하거나 소거해버릴 뿐만 아니라, 입론이나 성격의 차이에도 불구하고 근대와 전근대를 연속이 아니라 단절, 대립적인 것으로 바라보고, 결과적으로 근대를 특권화한다는 점에서 근대주의 인식을 여전히 벗어나지 못하고 있는 것이다.[31]

이러한 비판은 근대로 회수되지 않는 세계와 시공간이 근대의 방식이 아닌 모습으로 존재하는 것에 대한 관심을 촉구한다. 문화와 정신 영역에서 그러한 이질공간의 한 형태가 식민권력이 조장한 전통의 유지라는 방식으로 나타났다. 예를 들어 족보에 집착하는 행위를 지주제 온존의 의도와 결합된 봉건유제의 강화라는 차원으로 설명할 수 있다. 그러나 족보야

말로 현재의 시간에 투항하지 않는 자아의 끊임없는 복제와 자기증식의 욕망이 투영되어 있는 서사물이다. 이와 비슷한 방식으로 식민지의 하위 대중들은 구소설을 통해 자신들의 고유한 시간을 발견하고 지키며 그 속에서 근대의 시간을 역으로 상대화하는 의도를 실현시켰다. 족보와 구소설은 전통시대보다 오히려 식민지기 이후 대량으로 생산되었다. 이 점에서 구소설과 족보는 동질적인 성격을 지닌 '식민지 서사'들이다.[32] 해석되지 않는 세계를 만나는 것이 근대의 이면을 보는 것이라고 생각한다.

부록

주

참고문헌

찾아보기

1. 국외 발행 불온출판물 일람표

일러두기

- 자료의 소재는 朝鮮總督府 警務局 圖書課, 『新聞紙要覽』, 1927
- 한자와 일본어로 표기된 자료임. 의미가 불확실한 경우 외에는 원문의 병기를 생략함
- 인명과 지명은 원음대로 표기하고, 첫 등장 시에만 원문의 한자어를 병기함
- 언문과 선문은 한국어, 한문과 지나문은 중국어, 방문(邦文)과 일문은 일본어를 뜻함
- 원문에는 '적요(摘要)'란을 두고 부연 설명을 덧붙인 경우도 있음. 그중 핵심만 '발행지 및 발행인' 내로 통합시켜 제시

1. 적화 선전 출판물

명칭	종별	국어별	발행지 및 발행인
노동보(旬刊)	신문	언문	지린성(吉林省) 판스현(盤石縣) 따난문(大南門)
혁명	신문	언문	베이징대학, 김봉환(金泰煥), 김창숙(金昌淑), 윤종묵(尹宗黙)
선봉	신문	언문	블라디보스토크[浦潮], 김하구(金河球), 오함묵(吳咸黙)
벽력(霹靂)(旬刊)	신문	언한문	톈진 프랑스조계, 유광(柳光)
도보(導報)	신문	언한문	베이징대학 내 주계훈(朱啓勳)(원세훈(元世勳))
신민보(旬刊)	신문	언문	중동선(中東線) 스터우허쯔(石頭河子), 허백농(許白農)
고공청통신(高共靑通信)	신문	언한문	하얼빈(哈爾賓) 고려공산청년회 총국 만주부
적기(赤旗)	신문	노문	블라디보스토크
소작인	신문	노문	모스크바
소년공산당원기(旗)	신문	노문	하바로프스크
공인지로(工人之路)	신문	한문	블라디보스토크[浦潮斯德]
빈천(貧賤)	신문	노문	모스크바
거화(炬火)	잡지	언문	광둥(廣東)
대진(大震)	잡지	언문	닝구타(寧故塔), 대진(大震)청년회, 홍원식(洪元植)

명칭	종별	국어별	발행지 및 발행인
노동자잡지	잡지	영문	불명(不明)
시단(詩壇)	잡지	언한문	베이징대학 내
러시아공산당 정강(政綱)	잡지	언문	블라디보스토크
레닌공산청년회 역사	잡지	언문	블라디보스토크 '이종(李鐘)' 역(譯)
붉은 깃발 밑으로	잡지	언문	블라디보스토크 고려공산청년회
레닌이란 어떤 사람인가	잡지	언문	최고려(崔高麗) 저
신로(新路)에서	잡지	언문	블라디보스토크[浦汐] 고려공산청년회
농촌정치학 교과서	잡지	언문	최고려 저
국가와 혁명	잡지	언문	상하이(上海), 장건상(張建相) 역(譯)
모쁠통신(*)	리플릿	언문	닝구타 공제호(共濟號) 내 김하구
말(馬)과 칼	잡지	언문	레닌그라드, 주필 오하묵(吳夏默)
재간도 공산주의자 동지들에게	삐라	언문	블라디보스토크 고려공산청년회
조선 노동청년에게 고함	삐라	언문	블라디보스토크 국제공산청년회 집행부
선언서	삐라	언문	베이징 한국학생 호안(滬案)후원회
위험에 서있는 재북만(在北滿) 농민에게	삐라	언문	닝구타 대진사(大震社)
붉은 기발 아래의 소년공산당	팸플릿	한문	불명(不明)
국제무산청년데이에 대한 선포문	삐라	언문	하얼빈 고려공산당청년회 만주부
공산주의 고취 선포문	삐라	한문/언문	하얼빈 북만도감부(北滿都監部)
여자해방	잡지	선문(鮮文)	상하이
화염	신문	선문	불명(不明)
이즈베스차	신문	노문	러시아
혈조(血潮)	잡지	선문	중국
프라우다	신문	노문	모스크바
돌격주간(突擊週刊)	잡지	지나문	중국 한양
해방 전선의 고려노력여자	단행본	선문	노령(露領)
성인독본(成人讀本)	단행본	선문	노령
신주의(新主義)	단행본	선문	불명(不明)
신독본 붉은 아동	단행본	선문	블라디보스토크
내외의 여성에게 고함	단행본	선문	블라디보스토크
여자대표	단행본	선문	블라디보스토크
국제혁명운동사	단행본	선문	블라디보스토크

* 모쁠=국제혁명운동희생자구원회

2. 조선 독립 고취에 관한 출판물

명칭	종별	국어별	발행지 및 발행인
국민보	신문	언문	하와이[布哇]
한미보(韓美報)	신문	언문	하와이, 국민보와 합병
태평양시사(太平洋時事)	신문	언문	하와이
한인교회보(漢人敎會報)	신문	언문	하와이
신한민보	신문	언문	홍콩, 백일규(白一奎)
자유	잡지	언문	시카고
독립신문	신문	언한문	상하이
대한임시정부공보	신문	언한문	상하이
상하이타임쓰	신문	언한문	상하이
경종보(警鐘報)	신문	언한문	싱징(興京)
신민보	신문	언한문	목릉(穆陵) 신민부기관지
정의부공보(正義部公報)	신문	언한문	화뎬(樺甸) 정의부
신대한	신문	언한문	상하이
대한독립보	신문	언한문	상하이
진단(震檀)	잡지	언한문	상하이
신한공론	잡지	언한문	상하이
애국신보	신문	언한문	간도
독익보(獨謚報)	신문	언한문	헤이룽장(黑龍江)성 헤이하(黑河)
독립공보	신문	언한문	베이징(北京)
대동(大同)	신문	언한문	톈진(天津)
정리보(正理報)	신문	언한문	톈진
힐로(ヒルロ)시사	신문	언한문	하와이
사민보(四民報)	신문	한문	상하이
중외대사휘보(中外大事彙報)	신문	한문	상하이
한민보	신문	한문	상하이
일세보(一世報)	신문	언한문	둔화(敦化)
해외순보(海外旬報)	신문	언한문	베이징
조선유학생보	잡지	언한문	시카고
국민위원회공보	신문	언한문	베이징
구미위원부공보	신문	언한문	상항
태평양잡지	잡지	언문	워싱턴[華盛頓]
코리안리뷰	잡지	영문	필라델피아[費府]
배달공론(培達公論)	잡지	언한문	닝구타, 공산주의 색채 있음
신광(新光)	잡지	언한문	베이징

명칭	종별	국어별	발행지 및 발행인
신한청년	잡지	언문	상하이
민언(民言)	잡지	언문	베이징
천고(天鼓)	잡지	한문	상하이
동아청년(東亞青年)	잡지	언한문	상하이
신광(晨光)	잡지	한문	톈진
상하이용언(上海庸言)	잡지	한문	상하이
학우통신(學友通信)	잡지	한문	싱징
야고(埜鼓)	잡지	언한문	지린
Young Korea	잡지	영문	호놀룰루
동우(同友)	잡지	언한문	지린
상하이소년	잡지	언한문	상하이
상하이평론	잡지	언한문	상하이
부득이	신문	언한문	톈진
한국역대소사정론(韓國歷代小史正論)	팸플렛	언한문	저장(浙江)
학살(虐殺)	팸플렛	언한문	상하이
신단민사(神壇民史)	팸플렛	언한문	상하이
계역(桂曆)	삐라	언한문	호놀룰루
국치지(國恥誌)	팸플렛	언한문	상하이
김상옥전(金相玉傳)	팸플렛	언한문	상하이
국치소지(國恥小誌)	팸플렛	언한문	상하이
해외동포	팸플렛	언문	베이징
성사(醒獅)	팸플렛	언문	난징(南京)
평평(平平)	잡지	언한문	상하이
독립정신	잡지	언문	상하이
도두(渡頭)	잡지	언문	베이징
인도(引導)	잡지	언문	불명(不明)
경종(警鐘)	잡지	언문	상하이
조선혁명	잡지	언문	지린
화동학우(華東學友)	잡지	언한문	화동
다물통신	잡지	언한문	중국
맹진(猛進)	신문	한문	상하이
학해(學海)	잡지	언문	지린
오소식(吾消息)	신문	언문	톈진 프랑스조계
배달족역사(培達族歷史)	단행본	언문	중국
국어교과서	단행본	언문	지린
임시정부 경제후원회 일람	단행본	언문	상하이 대한교민단

3. 공산주의 선전에 관한 출판물

명칭	종별	국어별	발행지 및 발행인
동아공산신문	신문	언한문	리닝시(伊市) 한인공산당 중앙총회 선전과
노농신보	신문	언한문	치타시(知多市) 한인노농신보사
자유보	신문	언한문	우한시(武市) 한인공산당본부
신세계	신문	언한문	亞市(※불명) 공산당 헤이룽주연합회
노동세계	신문	언한문	하바로프스크[哈府]
신세계(대한독립보의 개제)	신문	언한문	상하이 청년사회당
적성(赤星)	신문	언한문	우한시 한인공산당본부
적기(赤旗)	신문	언한문	리닝시 공산당 한족회
세계무산청년단합기관지 기념호	신문	언문	상하이
군성(群聲)	신문	언문	노국 송전관(松田關) 한족공산당
연하신문(年賀新聞)	신문	언문	노국 송전관 한족공산당
투보(鬪報)	신문	언한문	톈진 프랑스조계(실은 상하이)
정보(正報)	신문	언한문	한성 종로 정보사(正報社)(실은 상하이, 톈진)
선구(先驅)	신문	한문	광저우(廣州) 인민출판사
화요보	신문	언한문	한성 종로 화요사(실은 상하이, 톈진)
노동자	신문	언문	치타
화공성시보(華工醒時報)	신문	한문	치타 적탑총공회(赤塔總工會) 출판
적색노동조합 국제연맹	신문	방문(邦文)	블라디보스토크
신생활	신문	언한문	상하이 청년사회단
적색청년	신문	노문	블라디보스토크
농민익보(農民益報)	신문	언문	지린성 닝안현가(寧安縣街) 농민익사(農民益社)
노동보	신문	언문/영문	지린/미국
혁명	신문	언한문	베이징대하교 내
적기(赤旗)	신문	노문	블라디보스토크
소년공산당원기(旗)	신문	노문	하바로프스크
공인지로(工人之路)	신문	한문	블라디보스토크
빈천(貧賤)	신문	노문	블라디보스토크
벽력(霹靂)	신문	언한문	톈진 프랑스조계, 유광(柳光)
도보(導報)	신문	언문/한문	베이징대학 내 주계훈(朱啓勳)(원세훈(元世勳)
신민보	신문	언한문	중동선 스터우허쯔, 허백농
고공청(高共靑)통신	신문	언문	하얼빈 고려공산청년회 만주지부
코페이카(カペイカ)	신문	노문	하얼빈
상하이통신	신문	언한문	상하이

명칭	종별	국어별	발행지 및 발행인
붉은 청년	신문	노문	블라디보스토크
태평양의 명성(明星)	신문	노문	하바로프스크
화장(火葬)	신문	언문	하얼빈 고려공산청년회, 김훈(金勳), 최춘택(崔春澤)
소년 레닌의 부하	신문	노문	모스크바
공산	잡지	언문	상하이
동모(同謀)	잡지	언문	홍콩 노동사회개진당
노동운동	잡지	방문	도쿄 노동운동사, 지린에서 발견
광명	잡지	언문	광저우 광명월보사, 무정부주의 고취
효종(曉鐘)	잡지	언한문	톈진 프랑스조계 효종사
문화	잡지	언한문	블라디보스토크 문화사
극광(極光)	잡지	언문	상하이 극광사
애세(愛世)(조직호)	잡지	한문	상하이
노동자잡지	잡지	영문	
자위회보(自衛會報)	잡지	언한문	블라디보스토크 산한촌(新韓村)
적색노동조합 국제동맹	잡지	언한문	블라디보스토크
청구(靑丘)	잡지	언문	행인(幸仁)
신인물	잡지	언문	베이징 선인유학생회
선전	잡지	언한문	상하이
사상운동	잡지	언문	지안(輯安)
수매(水賣)	팸플릿	언문	치타시 한국공산당본부
러시아공산당 정강	팸플릿	언문	치타시 한국공산당본부
공산당의 선언	팸플릿	언문	치타시 한국공산당본부
노동조합 이야기	팸플릿	언문	하바로프스크 한족공산당본부
우리 무산계급의 진로	팸플릿	언문	하바로프스크 한족공산당본부
새로운 세상이 되면	팸플릿	언문	치타시 한국공산당본부
공산당 간장(簡章)과 기율 및 정강	팸플릿	언한문	상하이 고려공산당
칼 마르크스	팸플릿	언문	공산당 총지부
레닌	팸플릿	같음	고려공산당
위민자각(爲民自覺)	팸플릿	같음	블라디보스토크
고려공산당	팸플릿	언문	상하이 고려공산당
아헌설략(俄憲說略)	팸플릿	언한문	상하이 고려공산당
수포(水泡)	팸플릿	언문	불명(不明)
직공동맹(職工同盟)	팸플릿	언한문	상하이 고려공산당
공산주의와 무정부주의 및 의회파의 비교	팸플릿	언한문	상하이 고려공산당

명칭	종별	국어별	발행지 및 발행인
국제공산당의 선언, 헌법 가입 조건	팸플릿	언문	상하이
동양청년에게 5월 1일 시위운동 기초 밑으로	팸플릿	언문	블라디보스토크
세계 무산자 단결하라	팸플릿	노문	블라디보스토크
신군령(新軍令)과 사명	팸플릿	언한문	블라디보스토크
공산당의 총강	팸플릿	일문/한문	상하이
노농 러시아에서의 부인해방	팸플릿	언문	상하이
우리들의 운동	팸플릿	한문	상하이
연해주한족공산당연합총회 주의선언서	팸플릿	한문	상하이
태평양회의 및 우리들의 태도	팸플릿	한문	상하이 고려공산당
일본제국주의자에 속박당한 조선민족 독립운동	팸플릿	노문/선문	하얼빈 인민원회 외사(外事)대리 카라한
군인의 꼭 지켜야 하는 것	팸플릿	방문	일본재향군인회, 블라디보스토크 발견
세계 하층민에 대한 국제공산당의 격문	팸플릿	언문	모스크바 국제공산당 실행위원회
공산독본	팸플릿	언문	상하이 고려공산당
간도방면선전 구역별 통지서	팸플릿	언문	간도
리프크네히트 기념	팸플릿	언문	광저우 고려공산당, 상하이에서 반포
토지문제	팸플릿	언문	상하이 고려공산당
공산당 안내	팸플릿	언문	모스크바 로국공상당
병졸의 각오	팸플릿	언문	블라디보스토크, 가타야마 센(片山潛) 제작
세계무산계급 단결하라, 해군수병 제군	팸플릿	언문	블라디보스토크 일본공산당
잠자는 한족(韓族)은 분기하라	팸플릿	언한문	전로(全露) 공산당청년회
노농러시아의 적색함대	팸플릿	언한문	블라디보스토크 일본공산당
전(全) 러시아공산청년회 규칙	팸플릿	언한문	국제청년회 집행부
조선노동청년에게 고함	팸플릿	언한문	국제청년회 집행부
재로(在露) 혁명군대 연혁	팸플릿	언한문	블라디보스토크
계급투쟁장 속의 청년	팸플릿	언문	고려공산청년회 중앙총회
조선의 일본병사에게 고함	팸플릿	언/방/한문	블라디보스토크 고려공산청년당
고원동(告遠東) 아라사혁명	팸플릿	한문	블라디보스토크 제3국제공산당
일본청년 및 부녀자 노동자에게 보냄	팸플릿	방문	일본공산당, 블라디보스토크에서 입수
해방주(海坊主)	팸플릿	방문	블라디보스토크
제3국제공산당태평양대회에 대해 평론했던 원인	팸플릿	언한문	
제3국제공산당국제연맹 집행위원 워싱턴회의	팸플릿	언한문	블라디보스토크
공산파 및 무정부당파의 제도	팸플릿	언한문	

명칭	종별	국어별	발행지 및 발행인
고려공산청년회 규칙	팸플릿	언한문	블라디보스토크
홍기하면적소년공산당(紅旗下面的少年共産黨)	팸플릿	한문	
국가와 혁명	팸플릿	언문	상하이, 장건상(張建相) 역(譯)
각 방면에 비전(飛傳)하여 연락할 것	삐라	언한문	블라디보스토크
경고한인전체(警告韓人全體)	삐라	언한문	블라디보스토크
순회장고(巡回章告)	삐라	언한문	블라디보스토크
올림픽선수제군	삐라	영/일/지문	상하이
공산당선전문	삐라	언한문	리닝시 고려공산당중앙총회
한국노동자제군	삐라	언문	상하이 제3국제공산당 극동 비서부
경고문	삐라	언문	간도
극동 한족(韓族)공산당연합 총회 제1주년 기념호	삐라	언문	노령 극동 한족공산당 연합 총회
리프크네히트 제3주년기념일 경고일중국청년(警告日中國青年)	삐라	언한문	상하이 광주인민출판사
전조선국민회의선언서	삐라	일문/선문	하얼빈[哈市]
대동협회선언(大同協會宣言)	삐라	선지문(鮮支文)	상하이 대동(大同)협회 중일한(中日韓) 동지
광고	삐라	언한문	블라디보스토크 직업조합 회의실행국
전세계 무산자여 단결하라. 세계무산청년단회 기념일	삐라	언한문	상하이 고려공산당 중앙위원회
만화: 세 명의 군인을 그려 적군정부가 일본군을 쫓아냈고 백군이 망명했다고 각각 양쪽 위에 씀	삐라	언한문	노령 크라스키노[煙秋]
지폐 뒷면: 만국의 무산자 일치단결하라. 횡포한 자본국가를 무너뜨려라. 너희들의 주의인 공산을 실행해라.	삐라	방문	불명(不明), 하얼빈에서 발견
경고문: 전미(全米) 노동자가 고려공산당에 보낸 것	삐라	영문	미국
군인노동자농민	삐라	방문	블라디보스토크 제3국제공산당 위원회
일본노동자 및 농민에게 고함	삐라	방문	블라디보스토크 제3국제공산당 위원회
포고	삐라	언한문	노령 소성(蘇城) 한인혁명군 참모부
해군군인제군에게 고함	삐라	방문	블라디보스토크 제3국7 공산당 위원회
노농 로국을 구원하라	삐라	방문	블라디보스토크 제3국제공산당 위원회
만국의 무산자를 합동하라	삐라	방문	블라디보스토크 제3국제공산당 위원회
고려혁명군 경고문	삐라	방문	블라디보스토크
무산자여 대동단결에 가입하라	삐라	방문	블라디보스토크
주고(注告): 중국노농동포	삐라	방문	블라디보스토크

명칭	종별	국어별	발행지 및 발행인
일본군벌 및 재단을 박멸하라	삐라	방문	블라디보스토크공산청년회
일본노동청년 및 육해군 병사 제군	삐라	방문	블라디보스토크 공산청년회
만국의 청년노동자에게 보냄	삐라	방문	블라디보스토크
한정부(韓政府)와 적국(赤國) 파릿프장군과의 제휴	삐라	언문	
전세계의 무산계급 단결하라. 일본선원(船員)동포 제군	삐라	방문	블라디보스토크, 일본인 제작
혁명가	삐라	방문	블라디보스토크
고려청년 무산동무에게	삐라	방문	블라디보스토크
세계 각국 노동청년에게	삐라	방문	블라디보스토크
고려노동운동	삐라	언문	블라디보스토크
일본병사 제군에 보내는 편지	삐라	방문	블라디보스토크 극동공화국 혁명적기군
노령에 거주하는 동포에 고함	삐라	방문	블라디보스토크
원동 러시아에 거주하는 한인 노동 군중에게	삐라	방문	블라디보스토크
적기단(赤旗團) 선포문	삐라	방문	간도 방면
한국노동 청년에게 고함	삐라	방문	블라디보스토크 국제공산당
동양청년에게	삐라	방문	블라디보스토크 국제공산당
고려노력군중과 5월1일	삐라	방문	블라디보스토크 국제공산당
고려노력여자동포들에게	삐라	방문	블라디보스토크 국제공산당
5월1일 전세계 무산노동자 경절(慶節)에 대한 선언을 보고함	삐라	방문	불상(不詳)
연해주에 거주하는 무산청년 동료에게	삐라	방문	연해주 러시아 공산청년회 고려부
세계무산청년 단결하라	삐라	방문	불상(不詳)
선포문, 나라 망한 지 4년	삐라	방문	블라디보스토크
진재(震災)에 관한 선전	삐라	방문	블라디보스토크 고려공산 중앙총국
격문	삐라	방문	일본노동동맹회 스즈키 분지(鈴木文治),
선포문	삐라	언문	창춘(長春) 발견
고려 노력 군중에게 고함	삐라	언문	블라디보스토크 고려공산청년회중앙총국
전로(全露) 청년공산당에 격함	삐라	언문	블라디보스토크 고려공산당 중앙본부
반군국주의의 희생자에 대해 노동계급에게 호소함	삐라	방문	동지연선(東支沿線) 노국공산당연맹 블라디보스토크
전세계 무산자 단결하라	삐라	언문	블라디보스토크
연해주에 거주하는 고려노동자들이여	삐라	언문	블라디보스토크
철도종업원 여러분에 고함	삐라	언한문	동지(東支)철도 청쯔(城子)
연해주 고려노력동포자들이여	삐라	언한문	블라디보스토크
세계의 노동자 단결하라. 진실한 단결은 승리를 의미한다	삐라	노동/언문	블라디보스토크

명칭	종별	국어별	발행지 및 발행인
우리들의 때가 왔습니다	삐라	방문	고베(神戶), 블라디보스토크에서 입수
현대노동자의 경(境)	삐라	방문	블라디보스토크에서 입수
제군은 무슨 목적으로 토지경영을 하고 있는가	삐라	방문	블라디보스토크에서 입수
붕괴는 급속히 진행된다	삐라	방문	블라디보스토크 국제공산당집행위원
제3국제공산당 옹호, 중국철도공인 선언	삐라	한문	블라디보스토크에서 입수
재간도 무산자 무산자들이여	삐라	언문	블라디보스토크 고려공산청년회
선포문	삐라	언한문	고려공산청년회 북만부
무산청년데이	삐라	언문	러시아레닌공산청년회 연해주 고려부
서간도 피학살 동포 제5주기념 추도회 통지서	삐라	안문	청년동맹회 상하이 한인유학생회
경고문	삐라	언문	CK단 경고부
전권단(電拳團) 조직 통지문	삐라	언한문	전권단(電拳團)
재만(在滿) 동포에게 호소함	삐라	언한문	고려공산청년회 중앙총국 만주부
경고 지방 동포	삐라	언한문	임시정부육군 주만(駐滿)참모부 윤성좌(尹聖佐), 박현오(朴賢五)
대한 독립 기성 총동맹	삐라	언한문	
동포에게 고함	삐라	언한문	
경고 친애하는 벗 중화국민	삐라	한문	
구미(歐美)위원부 통신	삐라	영문	
고군민각위(告軍民各位)	삐라	언문	
깨라 국민	삐라	언문	
삼림노동자 제군에게 보냄	삐라	언문	
소비에트 선전가	삐라	언한문	
의열단 격문	삐라	언한문	상하이
구구사(九九社) 선언	삐라	언한문	하와이
구미위원부 통고	삐라	언한문	상하이
홍사단 약법(興士團 約法)	삐라	언한문	상하이
우엘치박사 성토문	삐라	언한문	
혈루(血淚)	삐라	언한문	
조선인에 대한 공개장	삐라	영문	워싱턴
부족(扶族) 통일 발기문	삐라	언한문	닝구타
성토문	삐라	언문	베이징
3.1기념일에 관한 기사	삐라	언한문	지린
로일신협정에 대해 일반동포에 고함	삐라	언한문	베이징
악분자소탕선언	삐라	언한문	베이징
한국독립당 조직촉성선언	잡지	언한문	
동맹	잡지	언한문	지린
학군(學軍)	잡지	언한문	상하이

명칭	종별	국어별	발행지 및 발행인
농보(農報)	잡지	언한문	지린
신진소년(新進少年)	잡지	언한문	지린
노력청년(勞力青年)	신문	언한문	지린성 닝안현(寧安縣) 노력청년사
화장(火葬)	잡지	언한문	하얼빈
고려청년	잡지	중문	베이징
혁명주보	잡지	중문	베이징
상하이학생	잡지	중문	상하이
농군(農軍)	잡지	언문	중동선(中東線) 아청현(阿城顯)
혁명청년	잡지	언문	상하이
농민익보(農民益報)	잡지	언문	지린성 닝안현 둥징청(東京城)
만지홍(滿地紅)	잡지	한문	중국 차오저우(潮州)
대동민보(大東民報)	신문	언문	상하이
중국농민	잡지	한문	중국 차오저우
황포조(黃埔潮)	잡지	한문	중국 황저우시(黃州市) 따둥로(大東路)
조조(潮潮)	잡지	한문	중국 차오저우
제3국제당 강령	단행본	한문	상하이
노농여자대표회 개선에 관한 재료	단행본	언문	노령 연해주
면(面)집행위원회와 촌(村)소비에트의 규정	단행본	언문	노령 연해주
공산당 선언서	단행본	언문	미국 시카고
국제 노동제	단행본	한문	베이징 혁명사
삼민주의강설(三民主義講說)	단행본	한문	베이징
베이징참안진상(北京慘案眞狀)	단행본	한문	베이징
북벌(北伐)	단행본	한문	상하이
제12회 국제청년기념일 선고	단행본	한문	상하이
타도 제국주의	단행본	한문	중화민국
혁명수령언론집(革命首領言論集)	단행본	한문	중국혁명군
손문주의대강(孫文主義大綱)	단행본	한문	중화민국 혁명군
중정동강훈계(重征東江訓戒)	단행본	한문	중국
국민당 제1회 전국대표자회의 선언 및 결의문	단행본	한문	중국
학교와 노동	단행본	노문	블라디보스토크
우리들의 힘은 우리들의 논이다	단행본	노문	모스크바
붉은 처녀지	단행본	노문	모스크바
코페라차 및 사회주의	단행본	노문	모스크바
신세계의 여명[曙]	단행본	노문	모스크바
노국공산법류(露國共産法類)의 주해(註解)	단행본	노문	리야잔현
레닌 및 레닌주의	단행본	노문	레닌그라드
10월의 청년공산당원	단행본	노문	레닌그라드

2. 병합 20주년에 관한 불온문서

일러두기

- 朝鮮總督府 警務局 圖書課, 「併合二十週年ニ關スル不穩文書」, 1929.
- 원문의 소재는 김경일 편, 『한국민족해방운동사 자료집』 제1권, 영진문화사, 1994.
- 명백한 오류는 수정하여 옮겼으며 필요한 경우 임의로 단락을 구분했다.

쇼와 4년(1929) 8월 29일은 그들의 소위 병합 20주년 기념일이다. 이 기념일을 전후하여, 즉 8월초부터 9월말에 걸쳐 상당히 많은 불온문서가 내지로부터 이입되었고, 지나 만주로부터 수입된 것도 있었다. 그 내용은 거의 천편일률적인 것이며 '조선의 독립', '일본제국주의의 박멸', '계급투쟁의 직접행동 고조', '노동자 해방' 등을 그 주된 것으로 하고 있다.

1. 내지로부터 이입

1) 조선어(언문)에 의한 것

(1) 원한 깊은 국치일 8월 29일은 왔다. 스트라이크와 데모로 기념하자.

전 노동자, 농민 제군! 원한 깊은 국치일 8월 29일은 왔다. 비인간적인 심혹한 압박, 박해와 착취 속에서 이미 20년째의 기념일을 맞이하기에 이르렀다. 1910년 8월 29일! 한국정부가 전 조선민중의 생명의 환탈換奪권을 일본제국주의에 팔아넘긴 날! 이 날은 실로 조선 방방곡곡에서 일대 폭동이 일어나려고 하자 이를 압살하기 위해 문을 닫거나 감시했다. 경성시가에는 일본제국주의의 몇 문의 대포가 조선민중의 유혈을 기다리고 있었다. 또 대포 1문은 창덕궁을 향해 만일에 야기될 일을 경계하고 있었다. 이 날은 일본제국주의가 조선민중을 향해 야만적 식민지정책을 공공연히 선언한 날이다. 즉 조선민중의 경제적 착취, 따라서 몰락과 파멸을 예고했던 날이다.

전 노동자 농민 제군!

우리들은 어떻게 이 날을 잊을 수 있단 말인가! 우리들은 원한 깊은 국치기념일을 맞이함에 있어 더욱 끈질긴 투쟁을 결의하고 한층 더 굳게 싸우자. 과거 5백 년간의 암흑 전제정치를 생각해보아라! 그리고 또 현재의 일본제국주의 하에 있는 조선총독의 전제무력정치를 생각해봐라! 어디에 차이점이 있단 말인가! 과거에 있어서는 우리들은 수천 년 동안 상민이라는 이름하에 노예생활을 감수해왔지만 일본제국주의가 조선을 침략한 후에는 '요보'[1] 라는 명칭 하에 비인간적인 굴욕과 압박, 착취를 받고 있는 우리 조선인이 아닌가!

우리 농민이 경작하고 있는 논밭을 탈취한 것이 누구요, 만주 혹은 일본으로 유리 분산적 생활을 시키는 자도 또한 일본제국주의가 아니면 누구란 말인가! 우리들은 일본제국주의와 철저히 투쟁하지 않고서는 우리들 자신과 및 전 조선민중의 완전한 해결이 불가능함을 잘 알고 있다! 뿐만 아니라 세계의 유일한 노동자, 농민의 국가를 건설한 형제들도 옛날에는 우리와 마찬가지로 비참한 생활을 영위해왔다. 이 비참한 생활을 벗어나려고 일어섰던 순간은 모름지기 노예적 굴욕, 비인간적 생활의 철쇄를 절단코자 일어섰던 그 순간이었다.

전 노동자, 농민 제군!

우리 조선민족도 일어섰다. 봐라. 영흥永興탄광부쟁의, 옥구沃溝소작쟁의, 용천龍川소작쟁의 등등. 현금도 용감히 싸우고 있다. 뿐만 아니라 일본 노동자 농민이 우리 조선 노동자, 농민의 해방운동을 위해 적극적으로 원조, 지지하고 있다. 일본제국주의에 대한 공동투쟁을 한층 더 힘찬 악수를 가지고 진행하고 있다. 공동투쟁을 맹세했던 데에 공포를 느낀 지배계급은 사력을 다하여 방해코자 하고 있다.

현금 중국혁명을 중심으로 제2차 제국주의전쟁을 준비하고 있다. 일본제국주의는 조선 식민지의 해방운동을 철저히 압살코자 한다. 보아라, 노동자 농민의 학교인 노동조합을 파괴하고 전선戰線의 전투적 전위前衛를 투옥하여 죽이고 언제나 스파이 정책을 써서 전 운동선을 분열 교란시키고 있지 않은가!

전 노동자, 농민 제군! 일어나라! 이 반혁명과의 싸움에. 전 노동대중은 과감히 일어서서 용감히 진영을 엄수하라. 8월 29일은 잊을 수 없는 국치일이며 9월 1일은 은연한 일본제국주의의 명령 하에 비참하게도 많은 동포들을 살해한 그들의 진재기념일震災記念日[2]이다. 일본 좌익단체가 그 기간을 반제주간으로 정하여 투쟁하기로 결정했다. 우리 조선 노동대중도 그와 악수하여 힘찬 대중쟁투를 불러일으키자!

1. 타도 일본제국주의.
1. 조선민중 해방 만세.
1. 조선총독 절대 반대.
1. 조일 노동자 편견을 버려라.
1. 언론, 출판, 집회, 결사 자유 만세.
1. 국치기념일을 스트라이크와 데모로 기념하라.
1. 조일 노동자 공동투쟁 만세.

1928. 8. 29

재일본 조선노동총동맹 도쿄노동조합 서명인 손수진孫秀鎭

(2) 국치기념일에 즈음하여 전 조선 이천삼백만 동포들에게 격한다!

전 조선 이천삼백만 동포제군! 제군! 우리들은 전쟁, 폭동, 혁명의 화염 속에 생활하는 것이 아닌가? 물론! 잘 기억하고 있는 줄 안다. 경술년 8월 20일을! 우리들은 이 날을 기념하는 역사적 해수는 올해가 20주년! 영원히 잊을 수 없는 치욕의 날이다.

1910년 8월 29일! 이때 우리 민족의 정치, 경제는 어떠했는가? 신사조는 어떠했는가? 따위는 전혀 몰랐다. 이때 일본자본주의는 장족의 발전을 이루었고 극동의 패권을 장악하기 위해 만몽滿蒙을 약탈하기 위해 동양평화를 위한다는 이름으로 일본 자본가, 지주의 대표 가쓰라 타로桂太郎, 이토 히로부미伊藤博文는 삼천리강산과 이천삼백만 동포들을 야수와 같은 일본제국주의에 약탈되게 하고 우리들을 이중삼중으로 착취하기 시작했다.

친애하는 이천삼백만 동포제군! 경술년 8월 29일 이후의 우리들의 상태를 되돌아봐라! 기묘한 착취수단으로 경제적 파멸을 주는 일본주의日本主義는 토지의 80% 이상을 점령했고 정치적으로는 융화정책, 민족정책 등을 감행하고 추호의 자유도 찾기 어려운 만큼 말살해버렸던 것이 아닌가? 보아라! 큰 사건만을 들어보자! 3.1운동 당시의 몇 만 동포 학살, 간도, 훈춘琿春 토벌사건, 간토진재關東震災에다 6천 동포 학살사건, 조선·간도 공산당사건, 최근에 이르러서는 함남 갑산甲山 화전민 추방사건 등이다. 더구나 이것뿐만 아니다. 조선 내지에서 불처럼 일어난 노동자 파업(영흥탄광부, 동양 유일의 원산쟁의, 부산고무, 부산 도공陶工쟁의), 학생 파교罷教, 크고 작은 집회, 언론기관 등은 모두 다 놈들에게 유린당하고 있지 않는가? 또 우리 동포들은 경제적 착취와 정치적 압박에 생활은 파멸당하고 아사餓死에 울고, 할 수 없이 부모처자를 데리고 고국을 피눈물로 떠나 남북 만주－황무지 혹은 일본노동시장으로 유리 분산되어 일본제국주의의 압박과 착취를 받고 있는 것이 현하의 우리들의 현상이 아니면 무엇이겠는가?

혁명전선에서 울고 있는 노동자 제군! 우리들이 이러한 정세 하에서 언제까지 압박과 착취를 받아야만 하는가? 아니다! 어렵지 않다! 보아라! 우리들에게 실증해 주었다! 독일 적색전사동맹의 형제들, 러시아 적위형제들은 이미 철석처럼 단결하고 적을 패배시키고 승전고를 울리고 있지 않는가? 그렇다면 우리들은 민족적 편견성性을 버리고 계급적 입장에서 연대적 책임을 지고 공동투쟁에 굳게 단결하고 자본가, 지주의 정부와 제국주의 전쟁을 옹호하는 반혁명적인 사회애국주의자와 결사적으로 투쟁함으로써만 우리들의 해방을 얻는 것과 동시에 승전고를 울리고 태평가를 고창할 수 있다. 형제들이여! 8월 29일에는 일제히 무장하여 가두에 시위하는 일대 폭동을 일으키자! 닥치는 대로 부수고 복수하자! 이렇게 해서 스무 번째 국치일을 기념하자! 일본 좌익단체는 반제주간을 정했다. 우리들은 그것과 악수하여 힘찬 대중투쟁을 일으키자!

1. 파업과 데모로 국치를 기념하자!

1. 소비에트 러시아를 사수하라.

1. 민족적 특수한 폭압에 항쟁하라!

1. 조선총독정치를 타도하라!

1. 도일 조선 노동자 금지 절대 반대.

1. 민족적 편견성을 버려라.

1. 조선민족해방 만세.

1. 제국주의전쟁 절대 반대.

1. 화전민의 생활을 보장하라.

1. 동지東支철도 무력회수 절대 반대

1. 언론·출판·집회·결사의 자유.

1. 조선에 이민정책 절대 반대.

1. 조·일·대(朝·日·臺) 노동계급 공동투쟁 만세.

1928. 8. 29.

재일본 조선노동총동맹 도쿄조선노동조합 북부지부 서명인 박철규朴哲奎

(3) 조선민족이여, 이 날은 국치일. 8월 29일을 기념하라. 나약하게 쉬지 않고 힘차게 용감히 전쟁터로 나서라. 그리고 우리들의 원적 XX제국주의를 가차없이 쳐부수라. 8월 29일! 조선민족으로서는 잊을래야 잊을 수 없는 날이다!

해마다 이 날을 맞이할 때마다 우리들의 가슴에 튀어 오르는 피를 멈출 수 없다. 20년 전인 1910년 8월 29일,[3] 이 날이다. 금수강산 삼천리 땅은 무슨 까닭으로 놈들에게 빼앗기고 우리들의 몸은 무슨 까닭으로 그들에 결박되어 모든 자유를 빼앗긴 것인가. 즉 이 날에 빼앗긴 것이다.

조선인들이여. 우리들은 그 해부터 약한 인간이 아니다. 놈들에게 결박당하고 자유를 잃었기 때문에 약해진 것이다. 타인의 힘을 빌리지 않고 스스로가 스스로의 손으로 자유를 탈환하라. XX제국주의를 타도하라.

오사카 조선노동조합 수미요시住吉지부 타마데玉出 사무소

(4) 국치일에 즈음하여 조선노동자 제군에게 호소한다. 조선 노동자 제군!

일본제국주의의 마수에 걸려 빵과 직업과 자유를 모두 빼앗겨 극동의 도시라는 도시는 물론 방방곡곡에까지 표랑해야만 했다. 조선노동자 제군!! 제군은 놈들의 폭압 광포한 총독정치에 의해 경찰의 교수絞首와 고문, 게다가 군사적 대大XX를 강행한 것이 몇 번인가? 제군은 놈들의 소위 일한융화라는 기만정책 하에 이용당하고 있는 것이다.

1910년의 이 날에 소위 극동평화, 일시동인一視同仁을 표방한 한일합병! 조선 국치의 막幕에 들어간 지 20년 동안 참풍慘風, 즐풍櫛風,[4] 혈우血雨 속을 거쳐 온 제군 앞에는 놈들의 새 무기로 하는 전쟁을 몰아내야할 절박함과 조선박람회의 개최가 다가왔다. 한편 놈들에게는 배척하기, 민족적 임금차별, 특권폭압의 가중 등이 있어 비인간적 지위와 도탄에 빠진 제군의 어려운 생활은 더욱더 심해져 가고 있지 않은가?

제군의 원한은 감옥에서 신음하는 몇 천의 전위들과 마찬가지다. 제군의 분격은 국치를 전후한 20여 년 동안에 쓰러진 십 수만의 의사義士들의 피, 그것이 아닌가? 그리고 제군! 제군이 굴욕을 받는 것은 제군의 투쟁 역량이 완전히 조직되어 있지 않기 때문이다. 그래서 전투적 노동조합이 확립되는 것이 목하의 급무다.

조선노동자 제군. 오늘 제20회 국치일은 어떻게 기념하는가? 조선노동자 제군 5분간만이라도 제군의 작업을 그만두고 대오를 조직하라.

1. 우리들의 직업과 자유를 부여하라.

1. 민족적 임금 차별, 배척, 특권, 폭압을 분쇄하자.

1. 해방운동의 모든 희생자를 즉시 석방하라.

1. 조선에 일본 이민移民, 증병增兵, 천상天上박람회 절대 반대

1. 제국주의 전쟁 반대

1. 전투적 노동조합 확립 만세

1. 조선노동자 공동투쟁 만세

1. 타도 조선총독정치

오사카 조선 노동조합 미나토구港區지부

(5) 조선민족의 치욕일 8월 29일을 스무 번째로 다시 맞이하면서!! 조선 피압박민족에 격檄한다.

우리들의 과거 20년 역사를 회고할 때면, 그 역사의 페이지가 피의 역사이며 눈물의 역사인 것은 누누이 말할 필요도 없다. 백두산부터 한라산까지 방방곡곡의 골짜기는 눈물의 골짜기이며 피의 골짜기인 것이다.

조선민족이여!! 삼천리강토에 이천삼백만의 조선민족을 몇몇 매국노(이완용, 송병준) 등등이 일본제국주의의 독아의 제단에 제공한 지 20유여有余 년에 놈들 일본제국주의는 우리들에게 무엇을 가르쳤는가? 억압, 박해, 학살, 생존권까지도 여지없이 박탈당했다. 보아라. 놈들의 사기적인 픗말인 일선융화, 공존공영과 같은 간판 아래, 놈들은 우리들을 어떻게 생활하지 못하게 하고 어떻게 모욕하며 어떻게 잔학하게 억압하고 있는가? 일본제국주의 금융자본의 마수, 동양척식회사, 후지不二흥업회사 등등이 조선의 농촌을 어떻게 구축하고 약소민족이라는 즉 망국 민족이라는 낙인을 찍고 어떻게 우리들을 모욕, 학대했고 조선민족의 해방을 위해 용감히 싸워준 우리들의 동지들을 어떻게 학살하고 희생양을 삼았는가? 한편으로 매년 8월 29일을 맞이할 때면 우리들의 골육은 약동躍動한다. 그뿐만 아니다. 가장 공포에 놀라는 놈들은, 무뢰한의 두령인 이완용, 송병준 등의 종복인 박춘금朴春琴, 어담魚潭, 이기동李基東 등을 이용하고, 어용단체인 상애회相愛會, 자치회自治會, 공화회共和會 등을 조직

하여 조선 피압박 민중 해방의 총진영인 신간회, 노동조합, 청년동맹의 해방 운동을 저지하고 있지 않은가? 조선민족이여. 스무 번째 국치일에 즈음하여 일본제국주의와의 항쟁의 투쟁을 전개하여 어용단체 반동단체를 철저히 박멸하자.

조선민족에 대한 특수 폭압, 임금차별 철폐. 치안유지법 및 제령 제7호 기타 제 악법 즉시 철폐.

반동단체 철저히 박멸!!

조선민족 해방 만세!!

재일조선노동총동맹 오사카 조선노동조합 니시나리西成 지부

(6) 국치다! 데모다!

전투적 노동자 제군! 제군이 행하는 데마다 기만, 박해, 구축, 잔학으로 착취의 영원한 철쇄에 묶어두려는 일본제국주의의 야만극이 백주에 공연되고 참풍慘風 혈우가 어느덧 20여 년이다. 제군의 국치일, 한일합방의 날을 거듭하여 제20회가 된 오늘은 다시 제군의 쌓였던 분한을 격발해 마지않는다!!

전투적 노동자 제군! 고문과 감옥이 제군의 머리 위에 군림하고 있다. 조선의 천지는 놈들의 야만극을 공연하는 무대다. 보아라!! 이민과 증병은 해마다 증대하고 있다. 악법과 악한 제도는 날마다 완비되고 있다. 무엇보다, 척무성拓務省 신설, 일본 도항 저지의 법령화, 박람회를 앞에 둔 계엄, 그리고 거련관車輦館사건, 갑산 화전민에 대한 화공火攻사건 등등은 이를 폭로하는 것이 아니면 무엇이겠는가?

전투적 노동자 제군! 제군의 전위도, 제군의 감옥 동지도 한결같이 잔해殘害당하고 있고 제국주의 전쟁준비, 산업합리화에 따른 놈들의 포악무도한 압박과 백색테러는 더욱더 심화되고 있지 않은가!!

전투적 노동자 제군! 제군은 의분의 단결력이 아직 남아 있지 않는가. 과연 그렇다면 제군은 일을 쉬고 일대 데모로 궐기하라. 그리고 빼곡히 쌓인 철골徹骨의[5] 분한憤恨을 토하라.

1. 우리에게 자유와 직업을 부여하라!

1. 우리의 희생을 즉시 석방하라!

1. 제국주의전쟁 반대!

1. 조선의 천상박람회를 분쇄하라!

1. 전투적 노동조합 확립 만세!

1. 조일 노동자 공동투쟁 만세!

1. 타도 일본제국주의!

1929년 8월 19일 오사카 조선노동조합본부

(7) 제20회 국치기념일 날, 8월 29일은 또다시 왔다!! 전 조선 이천삼백만 민족의 가슴 깊이 원한이 되어 치욕 받던 이 날을!!

전 피압박민족 제군. 대중적으로 공동투쟁을 전개하자.

지금부터 20년 전인 1910년 8월 29일, 이 날은 조선의 국적인 송병준, 이완용 등등의 음모 하에 이천삼백만 우리민족이 삼천리강산을 3천만 엔円이라는 염가로 일본제국주의에 팔아넘겨졌던 날이다. 우리들의 강산을 놈들의 손으로 빼앗겼다. 그 후 우리민족의 생활은 어떻게 되어 있는가?

정치적으로는 박해, 유린, 구축. 경제적으로는 착취와 기아, 사회적으로는 차별과 학대를 받는 것 외에 아무것도 없는 것이다. 그래서 우리 민족은 먹을 양식이 없고 살 집이 없어 유랑의 여행을 계속하고, 부모 형제자매와 이별하여 남자는 등에 짐을 지고 여자는 머리에 이며, 일본노동시장으로, 남만주의 광막한 토지로 유리 표랑하고 지배계급의 학대 아래 기아에 허덕이고 있다. 현하 우리 조선민족의 참상이 아닌가? 전 피압박민족 제군!!

그래서 우리들은 이 배수의 진으로부터 앞으로, 앞으로 돌진하면서 전 민족은 일본제국주의의 아성을 향해서 철저히 항쟁해야만 우리 민족은 해방되는 것이다. 만약 이 선상으로부터 후퇴하면 대해에 빠져들어 죽을 수밖에 없다.

전 피압박민족 제군.

우리들은 이 국치기념일에 즈음하여 원한과 적개심 밖에 아무 의의도 없는 것이다. 우리들은 조선민족 XX 만세를 고창하면서 일대 항쟁을 불러일으켜라.

1. 동일노동에는 동일임금을 지불하라.

1. 조선에 일본인민 절대 반대

1. 학교 내 군사교육 절대 반대

1. 도항 저지 절대 반대

1. 불법 감금 및 야만적 고문 절대 반대

1. 치안유지법, 제령 제7호 기타 악법 철폐

1. 공산당 피고들 즉시 석방

1. 타도 조선총독 폭압 정치

1. 제국주의전쟁 절대 반대

1. 조선민족 해방 만세

재일본 조선청년동맹 오사카지부

(8) 전 피압박 조선민족은 기억하라!

8월 29일 국치기념일은 왔다!!

오늘날부터 20년 전(경술년) 이 날은 삼천리강토와 이천만 민족을 일본제국주의자 놈들에게 예속, 빼앗긴 이후로 지배계급의 철쇄는 여지없이 엄습되고 말았다.

제군!! 이 원수의 날은 제군의 단결력과 시위로 일본제국주의 아성에 육박하지 않으면 설욕할 수 없다. 모여라 이 날에!! 뭉쳐라 이 날은!!

1. 언론, 집회, 출판, 결사 자유 획득!!

2. 민족적 차별, 특수폭압 절대 반대!!

3. 타도 조선총독 폭압정치!!

오사카시 히가시나리東成구 가모노鴨野정 569 신간회 오사카지회

(9) 조선의 민족이여 20년 전의 8월 29일을 기억하고 있는가?

금일은 조선민족의 영원한 치욕일. 지금부터 20년 전의 8월 29일이다. 일본제국주의는 조선의 약소민족을 보호한다며 4천만 년 찬란한 역사와 이천삼백만의 생명인 삼천리강토를 강탈당했다. 놈들은 20년이라는 오랫동안 우리들 조선민족이 생활하지 못하도록 만들고 온갖 박해와 유린으로 수미일관했다.

조선민족이여!! 궐기하라!! 그리고 일본제국주의를 타도하라!!

1. 식민지를 해방하라.
1. 조선청년에게 특수 폭압 반대.
1. 일선日鮮 청년 제휴 만세.

오늘은 조선민족의 영원한 치욕일.

재일 조선청년동맹 니시나리西成지부 니시나리西成반

(10) 조선 압박민족 제군!!

8월 29일은 왔다. 일본제국주의의 폭력으로 우리 조선을 빼앗긴 지 20주년이 이 날이다. 전조선 피압박 민족 제군이여. 조선에 있어서는 우리들의 비참한 상태는 새삼 적을 것도 없다. 오늘날까지 탄압과 포박을 받아 왔지만 우리들의 자유와 인권은 토지와 함께 생존권까지도 빼앗겼던 것이다. 일본XX주의의 독이빨은 조선민족의 약소함을 틈타서 조선, 일본, 만주에까지 이른다. 물론 일선융화의 기만적 반동정책과 특수폭압과 원시적 착취 등은 합리화되고 끝까지 좇는 방식으로 민족적 파멸을 요구해왔다.

보아라. 노동자, 농민, 청년학생 등의 제 운동은 일망타진적 체포, 감금, 투옥, 고문이 되고, 척식성의 신설, 군인의 증원, 경찰의 증원은 『조선일보』를 통한 주지의 사실이다. 올해부터는 우리들의 손으로 만들어낸 개량서당改良書堂을 폐지한다고 한다. 이 상태로는 다른 식민 만국 노농자勞農者의 폭압과 다르지 않은 현실이다.

전조선 피압박민족 제군이여!! 이 날을 기념하라. 나오라. 일어서라. 단결하라. 국치기념일을 동기로 하여 지금 조선민족이여, 그리고 똑같은 해방의 도상에 있는 일선日鮮 노농자여, 그들 XX제국주의의 아성에 굴치 않고 단결하라.

1. 일본제국주의 침략 반대
1. 언론, 집회, 결사, 자유 획득
1. 민족적 특수폭압 절대 반대
1. 와카야마和歌山 조선노동조합 준비회 사수
1. 제국주의의 노예가 된 반동단체 박멸
1. 노농정부 수립
1. 타도 XX제국주의
1. 타도 조선총독정치

투쟁적 노동자 농민은 이 날을 기념하기 위해 29일의 노동시勞働市에 와카야마和歌山 조선노동조합 준비회 사무소로 한꺼번에 모여라.

와카야마시 하타야시키畑屋敷 레키혼歷本정
와카야마 조선노동조합 준비회
와카야마 노동조합본부
와카야마 목재노동자조합 준비회
와카야마 방적 염공染工노동조합 준비회

(11) '기억하라.'

8월 29일 이 날은 일본과 조선과 합병된 날이다. 우리들 조선의 형제자매여! 이 날은 국치기념일이다. 이 날을 잊지 않도록 조선인과 일본인이라는 차별을 절대로 쳐부수라.

와카야마 레키혼정 와카야마 조선노동조합

2) 일본어에 의한 것

(1) 반제反帝 리플릿 제1집

반제국주의동맹 일본지부 준비회

일한병합에 즈음하여 일선日鮮 노동자, 농민 제군에게 호소함.

친애하는 일선 노동자, 농민 제군!! 우리들이 자나 깨나 잊을 수 없는 원한의 날 '8월 29일'이 다시 왔다. 19년 전의 오늘 메이지 43년 8월 29일에 탐욕스럽고 만족할 줄 모르는 일본제국주의는 '동양의 평화와 일한 양국 공통의 평화와 이익'이라는 이름하에 무력과 간계로 독립국 한국을 병합하고 우리들의 토지와 생활을 약탈하고 말았다. 이 날 융희隆熙 4년 8월 29일에 오랫동안 우리들을 무지와 빈곤의 밑바닥에 떨어뜨렸던 우리들의 지배자는 그 지배의 채찍과 함께 우리들의 생활과 국토를 새로운 지배자 일본제국주의에 양도했던 것이다. 지배자는 바뀌었다. 그러면 우리들 조선 노동자, 농민의 생활이 조금이라도 편해졌는가? 단연코 아니다! 편해지지 않았을 뿐더러 압제와 빈곤은 전보다 더하여 견디기 어렵게 되지 않았는가!

일한병합 때에 일본은 '공공의 안녕을 유지하고 민족의 복리를 증진시키기 위해' '여기에 영구히 한국을 제국에 병합한다'고 선언했다. 이 선언이 정말이었는지 거짓이었는지는 병합 후 19년 동안 일본이 조선에서 실천한 사실을 보면 분명하다. 어떤 자본주의국도 프롤레타리아를 착취하는 것만으로 만족하지 못한다. 그들은 원료품을 얻는 것을 필요로 한다. 또한 그들에게는 상품을 판매하기 위한 시장이 필요하다. 그래서 그들은 그 땅의 주민들이 어떻게 생각하더라도 그런 것에는 아랑곳하지 않고 후진국을 식민지화시킨다. 그들은 고양이가 쥐를 대하는 것 같은 수단에 호소해서라도— 누누이 전쟁이라는 수단으로— 자신이 갖고 싶은 장소를 탈취하고 만다. 그리고 그들은 거기서부터 원료를 빼앗고 상품을 팔아넘기고 잉여자본을 투자하여 거기의 노동자 농민에게서 짤 수 있을 만큼 짜내는 것이다.

'동양의 군자국'이라며 뽐내는 일본이야말로 가장 잔인한 그 자본주의 나라 가운데 하나이다. 식민지 침략에 있어서는 세계의 어느 나라에도 균이 비할 데 없는 챔피언인 것이다. 실제로 일청전쟁은 조선을 지나支那에게 빼앗기지 않으려고 했던 전쟁이며 일로전쟁은 제정 러시아에게 빼앗길 뻔했기 때문에 시작한 전쟁이었다. 그리고 이 두 번의 전쟁에서 무자비하게 노동자, 농민을 죽여 놓고 일본의 자본가와 지주가 얻은 것은 무엇이었는가. 물론 그들이 오랫동안 침을 흘리며 노리고 있던 조선, 타이완, 사할린, 남만주였다. 우리들의 나라 조선은 이 야수적으로 탐욕스런 일본제국주의에 의해 희생되었던 것이다.

그러면 병합 후에 일본은 어떤 일을 했는가? 쌀, 석탄, 철 등 주요한 산물은 거의 모두 내지로 가져갔다. 조선에서 나오는 원료는 모두 다 가져가 새로운 자본주의적 기업이 생길 리가 없다. 거기에 조선으로부터 가져간 원료가 모습을 바꾸었음에 틀림없는 일본상품이 대량으로 쳐들어온다. 마치 도둑이 훔쳐간 내 소지품을 내가 사는 것과 같다. 그것으로 막대한 이익을 거두어들인 것은 단지 일본의 자본가뿐이며 굶주릴 수밖에 없는 것은 우리 조선인이다.

특히 참을 수 없는 것은 동양척식회사다. 이 회사는 국가권력의 직접적인 지지에 의해 음험하고 악랄한, 실로 말로 표현할 수 없는 방법으로 조선 농민들에게서 토지를 강탈하는 일에 종사하고 있다. 일본에 살다가 다시 만주로 떠난 농민 제군은 모두 이 마수에 걸려 고국을 쫓겨나게 된 것이다. 이리하여 일본은 조선의 모든 부를 약탈하고 말았다. 지금 조선은 일본제국주의가 자기를 유지해내기 위해 없으면 안 되는 것이 되었다. 이 사실을 보면 일본은 조선의 발전을 위해, 조선민족의 행복을 위해 병합했다던 여러 말들이 얼마나 어처구니없는 거짓말인지를 알 수 있지 않는가!

일본제국주의가 조선을 무지막지하게 병합한 것은 계속해서 착취하기 위해서였다. '일본인은 뛰어나고 조선인은 자신의 나라를 지켜 나갈 수 없는 열등한 민족이기 때문에 일본이 도와주었다'라고 홍얼거리며 조선을 잡아먹은 것을 정당화하고 있다. 그러나 민족에 본질적으로 열등하거나 고등하거나 하는 구별이 있겠는가. 조선인을 열등한 것으로 만든 것은 여러 자본주의 국가인 것이다. '조선인은 독립할 수 없다'는 말은 독립할 수 없도록 옆에서 무력으로 그 독립을 방해하기 때문이다.

'조선의 독립'이야말로 조선민족의 가장 올바른 요구이며 아무리 일본제국주의가 탄압하더라도 탄압을 부정하는 앞으로의 요구는 소리 높게 외쳐질 것이다. 보라, 후에 일어난 '모모 중대사건' '모모 비밀결사사건' '모모 음모' 등의 굉장히 많은 ……는 날로 일본제국주의의 기초를 흔들고 있다. 일본제국주의의 탄압은 더욱더 광포해 가는데 그것에 의해 결코 시들지도 않을 뿐더러 일본 내지에서도 노동자 농민에게는 언론, 집회, 결사, 출판의 자유가 없지만 조선에서는 그런 것들 따위는 새발의 피 정도도 없다.

두세 사람이 모여 무엇인가 상의하면 곧 '불령선인'이라며 감옥에 집어넣는다. 조금이라도 진실된 말들이 씌어져 있는 책은 한 권도 조선에 들어오지 않는다. 재판소에서 조선인은 이유가 어떻든 반드시 지게 되어 있다. 그밖에도 선거권, 피선거권은 전혀 없고, 어떤 정치적 자유도 없고, 철저한 차별 대우 아래에 깔려 있다. 조선에는 모든 문화적 설비가 결여되고 있고 단지 과다하게 있는 것은 2만 이상의 경관과 2개 사단의 병사들이다. 역대 총독은 모두 군인이다. 총독의 지휘 아래 몇 번이나 무력진압을 당한 것이다. 게다가 그 진압방법은 실로 야만스럽기 짝이 없는 것이었다.

이러하니 아직까지 일한병합을 찬미하는 자는 단연코 우리 프롤레타리아 진영에는 없을 것이다. 조선독립의 요구야말로 프롤레타리아의 폐부에서 배어나온 진실된 외침이다. 이를 방해하는 놈은 제국주의의 편이다. 우리들의 적이다. 하지만 조선의 독립은 결코 조선의 노동자, 농민의 힘만으로는 불가능하다. 일본의 노동자, 농민의 해방이 일본의 노동자, 농민의 힘으로는 불가능하듯이 우리들을 굳게 묶고 있는 일본제국주의의 철쇄를 끊기 위해서는 우선 무엇보다도 일본과 조선의 노동자, 농민이 굳게 손을 잡아야 한다. 식민지 및 외국 노동자 농민이 압박이나 착취로부터 자유로이 되려면 미워해야 할 민족적 편견과 배외주의, 애국주의를 버리고 이러한 기만적 사상에 우리들을 유혹하는 제국주의자 및 그 끄나풀인 사회민주주의자와 싸워야만 한다.

우리들의 적은 일본인이 아니라 일본의 자본가와 지주다. 이 일선日鮮노동자, 농민의 공통된 적을 무너뜨리기 위해 중요한 점은 우리들이 어디까지나 조선인이든 지나인이든 모두 제국주의 부르주아에게 착취와 압박을 당하고 있다는 것이다. 프롤레타리아의 공동의 적 제국주의에 대해 싸우는 동지라는 것이다. 가령 다른 말로 말한다면 다른 풍속과 습관을 지니기 때문에 우리들은 몇 번이나 교활한 일본제국주의에 혹독한 경험을 겪었는지 모른다. 그 간토대진재 때에도 일본의 자본가와 지주는 조선인에 대한 일본의 감정을 이용하고 '불령선인 왔다'는 유언流言에 의해 내란 발발을 막았던 것이다. 그때에 학살된 몇 천의 우리 형제들을 생각하면 우리들은 단지 이를 악물고 일본제국주의에 대한 복수를 맹세할 뿐이다!

친애하는 일선日鮮 노동자, 농민 제군!

우리들의 공동의 적은 일본제국주의다. 일본의 자본가, 지주다. 지금까지 몇 번이나 조선의 해방운동이 실패했고 일본의 무산계급운동이 강력해지지 않았던 것은 우리들이 이 점을 분명히 이해하지 못하고 일선日鮮 노동자의 충분한 결합이 없었기 때문이다. 우리들의 무기는 단지 단결이 있을 뿐이다!

8월 29일! 이 국치기념일을 기하여 우리들은 제국주의에 반대하고 일어서야 한다. 이 날을 기하여 우리들은 단단하게 결속하지 않으면 안 된다. 우리들은 이 날을 일선 프롤레타리아의 단결의 힘으로 싸워야만 한다. 일본에서는 8월 1일에 전 세계의 피압박 민족과 노동자, 농민을 연결하는 '반제국주의 식민지 억압 반대동맹의 일본지부 준비회'가 성립되었다. 이야말로 일선日鮮 노동자, 농민을 연결하는 공연公然한 기관이다. 우리들은 결속하고 이에 참여하자. 이 동맹의 힘을 키워가는 것에 따라 우리들의 힘은 강대해질 것이다. 우리들은 8월 29일의 국치기념일을 기회로 '반제국동맹 일본지부' 창립운동을 대중적으로 불러일으켜야만 한다.

오너라! 일본의 동지들이여.

오너라! 조선의 노동자 농민들이여.

'8월 29일' 이 날에 일본제국주의에 대한 우리들의 무한한 단결과 반항의 위력을 보여주자!

조선민족 해방운동 만세!!

일본제국주의의 식민지 침략 반대!

일선 프롤레타리아의 단결 만세!

반제국주의동맹 일본지부 창립 만세!

조선민족에 대한 차별대우 반대!

조선에서의 언론, 집회, 출판, 결사의 자유!

국치기념일을 스트라이크나 데모로 싸워라!

(2) 전 조선민족은 피로 기념하라!!

천추만대 원한의 날 국치기념일은 왔다!!!

8월 29일. 20년 전의 이 날은 매국노 이완용, 송병준 등의 패거리들의 손에 의해 이천삼백만 민족과 반만년 역사가 있는 삼천리강산을 일본제국주의에 매도했던 날이다!!

농촌으로부터 공장으로부터 제너럴 스트라이크와 데모로 이 날을 기념하라!!

1. 치안유지법, 제령 제7호를 철폐하라.

1. 조선XX당 검거 절대 반대

1. 조선민족 XX 만세

오사카 조선노동조합 동북지부 오사카 히가시나리東成구 츄오中央정 9 금병남琴秉南

(3) 조선국치기념일.

20년 전의 8월 29일.

일본제국주의에 그 나라를 빼앗긴 날.

조선민족의 원한의 기념일이다!

일본 노동자 제군! 큰 손을 내밀어라!

일본, 조선 노동자 제휴 만세!

타도 조선총독정치!

조선민족 해방 만세!!

무산자신문지국

2. 국외로부터 수입

(1) 제20회 국치기념일을 맞이하여

재중 조선 노력청년 대중에게 격檄한다!

노동자, 농민, 청년대중 제군!

일체의 피압박 청년대중 제군!!

조선의 완전한 해결을 얻기 전에는 조선민족의 마지막 한 사람을 남기기까지 절치악권切齒握拳해야만 한다. 경술년 8월 29일! 이 날은 곧 신흥의 예기를 동아대륙에 토해내려고 하는 제국주의 일본이 그 생명을 지속 발전할 유일한 독계毒計로 삼천리강산을 강도처럼 점령하여 이천만 생령을 야수적으로 노예화시킨 날이다. 19년 전의 오늘! 천지는 어두컴컴하게 만뢰참연萬籟慘然 했던 조선민족의 최대의 치욕인 이 날! 이 날을 시작하여 우리들은 토지, 논밭을 빼앗기고 인권을 유린당하고 국외로 추방·유리케 되었고, 야수의 도살을 받는 반면에 놈들은 일약 세계적 일등 강도가 되어 우리들의 친한 이웃 중국을 침략하고 태평양 위의 우선권을 잡지 않았는가.

노동자, 농민, 청년제군!

모든 피압박 청년대중 제군!!

20년이라는 오랜 굴욕생활! 비참한 파탄생활! 이 역경 속에서 우리들은 부단히 싸워 왔다. 그러나 그 칠전팔기의 악전고투의 대상은 단지 악법의 거듭된 개악, 만병수경蠻兵獸警의 증치增置, 감옥의 대증축, 최소한도의 인민의 권리의 마지막 박탈뿐이다. 그들의 쇠발굽 아래서 짓밟힌 무수한 시신과 도창刀 끝에 가련하게 흐르던 수만 선배들의 뜨거운 피만이 그 결과였다.

형제들아! 이 날은 우리들의 반만년 역사에서 처음으로 오汚○을 가한 민족 최대의 모욕의 날이다. 또 동시에 우리들의 최대의 희망, 최후의 승리를 실현해야 할 날이다. 우리의 삶의 마지막 국면에 서 있는 조선민족의 현 상황은 결코 주저하고 망설이는 것을 허락지 않는다. 개량주의, 기타 일체의 잡동사니와 같은 악희惡戱를 일축하여 영웅적, 희생적 투쟁으로 일본제국주의를 타도하는 것에 의해서만 우리들의 활로가 유일 존재하는 것이다.

형제들아! 제군의 가슴에 맹렬히 불타는 혁명적 열화를 한 곳에 모아라! 그리고 노동청년 전위가 외치는 함성에 보무步武를 맞춰 십자가두街頭의 마지막 일전을 개시하라! 모든 피압박 청년 대중의 소재지에서 보다 활기찬 진용과 위대한 결심으로 이 날을 기념하라! 기념대회 연설회, 시위행렬 등 모든 대중적 투쟁을 과감히 개시하라! 조선 노동청년 대중의 위력 앞에 일본제국주의를 전율케 만들어라!

1. 8월 29일의 국치를 피를 씻기라.
1. 타도 일본제국주의
1. 일본제국주의의 만몽 침략을 배척하라.
1. 타도 기회주의 개량주의
1. 박멸 보민회保民會 등의 일체의 주구기관
1. 타도 반공론
1. 제2차 대전의 위기와 싸워라.
1. 중국 혁명에 직접 참가하라.
1. SSL[6]을 사수하라.
1. 세계혁명 성공 만세

1929년 8월 29일

재중국 한인 청년동맹 중앙간부

(2) 국치 19주년 기념에 즈음하여

8월 29일! 우리들은 잊을 수 없는 날이다. 일본제국주의는 암암暗暗한 야욕에 몰려 조선에 대한 약탈적 공세를 취했다. 이에 따라 조선 귀족 놈들은 자신의 안일만을 본위로 삼아 은사금 등등 다수한 금품을 받아 사복만을 채우고 완전히 조선의 국권을 일본제국주의의 입 안에 집어넣고 말았다. 일본제국주의는 조선민족을 노예로 규정하여 오인의 혈루로 만천하를 수놓았던 것이 오늘 이 날이다.

일본제국주의는 조선을 완전히 상품시장, 원료공급지, 염가노동 매수지, 이민지 등으로 만들기 위해 일본의 무기를 다수 장치하였다. 군대, 경찰 등의 시설로 압박, 착취하는 놈들은 피압박, 피착취 조선민족의 반항을 이끌었고 조선민족의 반항은 일본제국주의의 야수적 학살과 감금 등을 야기했다. 이처럼 여지없는 유린 속에 비인간적 생활을 죽지 못하고 계속하고 있는 조선민족은- 아니다. 그보다도 조선 노동자, 농민은 이러한 힘들고 고된 생활에 있어 대포도 칼도 아무것도 무서워하지 않았다.

기미 3월 1일에 우리들의 반항의 소리는 만천하를 진동시켰고, 이 반항을 폭압하는 일본제국주의의 총검은 조선민족에 총살, 방화, 부상, 생지옥 등 8천여의 희생자들을 냈다. 이 희생과 동시에 조선의 방방곡곡에서 곡성은 우리의 모골을 송연케 만들었다. 이는 얼마나 짐승 같은 행동인가? 이때를 계기로 하여 놈들은 정치적 형식만을 변경하는 교활한 정책으로 착취범위를 확장시켰던 것이다. 사방에 거미줄을 친 듯한 철도망은 놈들의 말로는 산업증식, 교통편리로 설명하지만 그 실상은 조선의 심산궁곡의 농민의 피땀까지도 착취할 이기에 불과하다. 이렇게 해서 조선 농촌의 피폐와 농민생활의 불안은 날로 달로 심해짐에 따라 곳곳에 소작쟁의, 노동자 동맹파업 등으로 더욱더 반항의 소리는 힘차게 퍼지기 시작했고 놈들을 전율케 만들었다. 약간이나마 완화된 폭압정치는 단말마적 탄압을 해야만 하게 된 것이다.

조선 노동자, 농민 대중이여! 마지막 함성은 죽음이 아니라 살아나는 것이다! 일어나라! 조선 노력대중이여! 생사를 돌아볼 여지는 없다. 단지 제군의 힘에 의하지 않고는 조선민족 해방은 얻지 못한다. 조선에서 일본제국주의를 구축하지 않고는 제군의 살 길은 가망이 없는 것이다. 만주의 황야에 찾아온 제군이여! 풍찬노숙을 예사로 하는 제군에게 있어서 일본제국주의의 제2차 학살계획과 중국통치 무리들의 조선인 구축의 위기는 제군의 모든 생애를 위협하는 것이다. 여기에 제군은 대중적 결속을 다지고 중국 노력대중과도 악수하고 중국혁명을 적극 지지하고 일본제국주의의 만몽 침략정책에 반항해야 한다. 그리고 또 그 모든 세력을 구축하는 것이 제군의 분노를 씻고 조선을 위해 공 있는 일이고 또한 제군의 유일한 활로를 개척하는 것이다. 제군이여! 오늘을 의의 있게 기념하라!

구호

1. 8월 29일! 국치를 피로 설욕하자.

1. 제국주의 일본을 근본적으로 타도하자.

1. 조선독립 완성 만세

1. 일본제국주의 만몽 침략에 반대하자.

1. 조선 내의 일본 군경을 모두 살해하자.

1. 동아보민회東亞保民會, 선민부鮮民部, 보민부 등 일체의 주구를 박멸하자.

1. 백색공포와 싸우자.

1. SSL을 사수하자.

1. 제2차 학살의 위기와 싸우자.

1. 중국혁명을 적극적으로 지지하자.

1. 매국적을 모두 죽이자.

1. 봉건 세력을 퇴치하자.

1. 국수주의자를 박멸하자.

1. 혁명 군중은 폭동을 일으키자.

1929년 8월 29일

재만농민동맹·재중국한인청년동맹 제2구 연합 국치기념 공동주비籌備 위원회

(3) 국치기념 제20회에 즈음하여.

동지들아! 지우志友들아! 슬픈 날! 통곡의 날은 왔다! 아니다, 우리들의 분노와 의기를 격앙시키는 날(국치기념)! 우리들의 의무와 책임을 보다 선명히, 엄중히 가르치는 날은 왔다! 일본제국주의의 강도적 병탄에 의해 반도의 강

하江河는 완전히 살벌! 학살! 전형全形적 감옥, 단두대가 되었다. 이후 20년간 일본제국주의 타도, 조선민족 해방이라는 전민중의 함성과 함께 조선민중은 총동원하여 일본제국주의의 아성을 삼키고자 필사적인 노력으로 분투했지만 지금까지의 성과는 검거, 고문, 감금, 교살 등 적의 백색테러 하에 잔인하게도 희생되었고 그러므로 일본제국주의는 필사적인 악구惡口를 가지고 만주에까지 다시 제2차 학살을 계획하고 있다.

중국 통치군統治群의 공포정책은 긴박해지고 이에 합류하는 파벌잔재의 결정체인 사회기회주의자, 민족적 국수주의자, 개량주의자는 무솔리니주의를 직수입하여 백색테러의 '블록'을 결성하고 요원의 불처럼 일어나는 노동자, 농민의 혁명적 진영을 한 입에 삼키려고 어처구니없는 말을 하고 있다. 이들 모든 백색테러의 철추는 지금 급격히 노력대중에게 특히 노력청년에게 내려지고 있다. 이것이 제20회 국치기념을 맞이하는 오늘의 특질이다. 또한 이뿐인가? 기호, 강원, 경남, 평안 등의 지방열의 재생산, 통치식統治式 단체의 망행妄行이 끊이지 않는 것은 무엇을 말하고 있는가.

친애하는 동지들이여! 전우들이여! 이 같은 순간에 우리들은 어떻게 모든 장애를 차버리고 신사회를 어떻게 건설해야 하는가? 동지여! 친우여! 우리들은 잘 알고 있다. 조선의 독립은 결코 어떤 특권계급의 이익을 보호하는 것이 아니기 때문에! 조선의 해방은 단지 노동자, 농민의 영도 하에 이룰 수 있다는 것을 철저히 알고 있다. 때문에 우리들은 단지 오늘은 우리들의 전위의 지도 아래 무조직無組織 노력청년 대중을 대열에 끌어들이고 결속하고 혼신의 무장으로 피로 물든 붉은 깃발을 높이 세우고 척후의 나팔소리와 함께 뛰어나와 반일본제국주의 전선의 무장전투대가 되어 파벌잔재와 일체의 반동요소를 차버리고 내년의 오늘까지는 전 조선의 노력대중이 한 곳에 모여 조선혁명 성공 축하회를 성대히 집행할 수 있도록 하자!

힘껏 외쳐라! 너희들의 표어를.

1. 8월29일 국치를 피로 설욕하라.

1. 제국주의 일본을 근본적으로 쳐부수라.

1. 조선혁명 성공 만세

1. 일본제국주의 만몽침략을 절대로 반대하라.

1. 동아보민회, 신민부, 보민회 등 일체의 주구기관을 박멸하라.

1. 제2차 학살의 위기와 싸워라.

1. 중국혁명에 직접 참가하라.

1. 일체의 사회기회주의, 일체의 개량주의를 박멸하라.

1. SSL을 옹호하라.

1929년 8월 29일

재중국한인청년동맹 제3구 위원회

(4) 눈물과 피로 젖은 8월 29일은 어기지 않고 또다시 돌아왔다!

한국 피압박 대중이여! 분기하고 피로 국치를 설욕하자!

한국 피압박 대중이여! 독사처럼 왜倭 제국주의 놈들에게 인간적 권리를 박탈당한 망국노라는 낙인을 찍힌 8월 29일. 원한이 골수에 깊이깊이 박혔던 국치일 19번째가 돌아왔다. 동포들이여! 이천삼백만의 인구는 적은 것이 아니다. 삼천리강산은 좁은 것이 아니다. 왜 그런가? 왜 19년 동안 오늘날까지 국치를 씻지 못하고 망국노들의 추악한 명칭을 그대로 지속시키고 그 극악무도한 왜적의 흉포한 분위기 속에서 아사, 동사하는 참극을 연출하고 이 날을 슬프게 맞이하고 있는가?

형제들이여! 왜적의 말굽에 짓밟히는 총검에 찔리고 찔려 쓰러진 선열의 흘린 붉은 피와 단두대에 떨어진 선지先志의 해골은 우리들에게 무엇을 교훈하고, 인간지옥인 감옥에서 신음하는 형제들은 무엇을 외치고 있는가? 그보다도 제국주의 왜놈들은 제2차 제국주의 대전 준비의 일환으로 극단적 반동 폭압과 극도의 착취 아래에서 아사, 동사, 피살, 구축, 유리, 방황 등 금수와 같은 노예생활이야말로 오히려 죽어도 더 이상 견딜 수 없다.

동포들이여! 이대로 견뎌볼 것인가? 19번째나 되는 이 국치일을 눈물과 탄식으로 맞이하고 쉬어야 하는가? 형제들이여! 아니다. 분기하자! 이 참담한 생활을 견딘다면 어찌 죽음을 견디지 못하겠는가? 분기하여 빨리 죽을 것인가, 자유를 획득할 것인가. 조속히 천하를 가르는 싸움에 나서자. 자, 그렇다면 형제들이여! 이 날을 기하여,

1. 강도 일본제국주의를 근본적으로 타도하자.
1. 조선 내의 왜 군경을 타살하자.
1. 일본 만몽 주둔군을 철퇴시키자.
1. 선민부, 동아보민회, 만주개발대 등 주구 굴窟을 박멸하자.
1. 제2차 세계대전의 위기와 싸워라.
1. 매국노를 모두 죽이자.
1. 봉건 세력과 국수주의를 박멸하자.
1. 개량주의를 타도하자.
1. SSL을 사수하자.
1. 조선독립 완성 만세.
1. 세계혁명 만세.

그리하여 8월 29일 국치를 피로 설욕하자.

제19회 국치일 재중한인청년동맹 제4구 제4지부

(5) 격문

삼천리강산은 촌보도 남김없이 일본제국주의자의 안식무대로 변했다. 이천삼백만 인구는 피차간의 구별 없이 일체 그들의 노예와 비복, 그것도 못하면 만주의 노야露野에 의지할 곳 없이 흩어지고 있다. 군벌대장 다나카田中전 내각의 만몽 적극정책, 조선이민 정책은 조선을 한 입에 집어삼키고 그것도 모자라 독설毒舌을 만몽에까지 뻗쳐 이를 천하에 선전하고 또 만방에 자랑코자 다나카의 복심인 부하 야마나시山梨 총독에 명령하여 조선에 소위 박람회를 열게 했다.

그러나 다나카 내각의 포만증은 만주의 주인, 장쭤린張作霖을 폭살하고 아울러 자기 몸까지 무너트려 멸망하게 했다. 민정당의 하마구치濱口 총재는 전 군벌내각을 교묘히 재벌내각으로 바꾸어 일본의 자본벌資本閥을 조선과 만주에 끌어내고 남대문 역두에서 강우규의 거탄에 세례를 받던 사이토齋藤 군을 조선총독에 재임시키고 재정 적극정책의 실현에 만전을 다하고 있다. 동포들이여. 이를 아는가, 모르는가.

격려

1. 8월 29일의 국치기념을 설욕하라.

1. 3월 1일의 훌륭한 독립의 기염氣焰을 다시 드러내라

1. 9월 12일의 박람회를 쳐부수라.

단행

1. 타도 일본제국주의

1. 박살 재임 사이토 총독

1. 구축 일본이민 정책

1. 암살 요로要路 대관大官

1. 파괴 조선박람회

1. 투탄 관공서

1. 타도 재벌 하마구치내각

1. 환기 조선독립정신

1929년 9월 1일 고려혁명당본부

(6) 국치기념을 즈음하여

격檄

"반일본제국주의 전선을 군건히 하라"

"조선에서 일본제국주의를 몰아내자"

"조선 절대독립 만세"

이는 제국주의의 단두대에서 마지막 피를 흐를 때까지 외치는 표어다. 도살, 학살의 마당에서 혁명적 노력농민대중의 외침이며 전투 목표다. …… 따라서 민족주의 대신들의 잠꼬대이며 봉건적, 영웅적 야심을 채우는 상품이며 민중을 속는 간판이었다. ……하지만 지금은 그들의 면목이 폭로되었다. …… 그것은 전 민족적 협동당의 매개체이다. 국체 등과 기타 민족적 단체 등의 개량주의적 길을 밟는 것과 일본제국주의와 싸우기 위해서라고 하면서 민중의 피땀으로 얻은 총을 혁명의 길을 찾아가는 군중 앞으로 돌리는 것과 …… 그 혁명적 대중을 인도하는 전위 투사들의 가슴에 들이대는 것과 우경세력의 대두와 그들의 전선인 …… 그리하여 야수적 총독정치의 폭압은 여지없는 바다. 민중을 유린하고 학살한다. 이것이 19주년을 맞이한 우리들의 운동의 특점特點이다.

동지들이여!! 재만 노동자 제군!? 제군들의 주위에는 여섯 가지의 위험성! 동지들을 잡아가고 끌고 가서 그리고 직접 간접으로 혁명건설을 삼키고 마는 독물이 있음을 알아야만 한다. (A) 일본제국주의 (B) 중국의 반동정치 세력 (C)자기들의 면목, 세간에 폭로될 때에 그것을 가리기 위해 해체, 합동을 말하고 무슨 부, 무슨 당, 무슨 회 운운하고 법석을 떨고 여전히 봉건적 반동적인 통치적 지반을 만들어내는 …… 동지들을 모아 삼키는 민족주의 대신들의 대부분 (D) 평안, 기호, 강원 등의 지방열, (E) 좌익전선에서 탈락하고 개량주의적 파시스트적 길을 공공연히 밟는 파벌주의 대신들 (F) 토호열신劣紳, 두번째 집주인[二房東] 등이다. 그리하여 그들은 혁명적 대중을 학살, 구타, 총살, 구금을 감행하여 좌익 전선에 총공격을 개시하고 있다. 이도 또한 19주년 국치기념일을 맞이하는 만주의 특점이다.

동지들, 노력대중이여!?

그러나 조선의 반제국주의 전선은 이같이 내재적 특점! 에도 불구하고 나날이 힘차게 성장한다. 노동자와 농민들은 전투전선에 직접 참가한다. 그리하여 최대의 자기의 이익을 위해서만 싸우는 전선을, 대열을, 단체를 잘 인식하여 혁명적 반제국주의 전선에 참가한다. 여기에서 이 전선은 일본제국주의와 충돌하여 이에 합류하는 모든 반동세력과 끊임없이 싸우고 또 우리들의 적은 누구누구인지를 알아야 한다. 여기서 우리들의 전선은 결정적 새 계단을 밟게 된다. 투쟁의 대상이 명확해지고 전투 방향이 확정된다.

이것이 19주년 국치기념일의 수확이어야만 한다. 따라서 우리들은 가장 노동자와 농민이 사랑하는 바의 표어를 외친다.

1. 혁명적 반제국주의적 전쟁을 굳건히 하자.
2. 개량주의적 세력을 박멸하자.
3. 노동자와 농민들은 당을 사수하라.
4. 민족주의의 우경은 우리들의 적이며 좌경은 동맹군이다.
5. 일본 중국 프롤레타리아의 절실한 동맹군이 되자.
6. 일본제국주의를 타도하라.
7. 중국의 반동정치에 반항하라.
8. 조선 절대독립 만세.
9. 노동자 농민 독재주권 만세.

1929년 8월 29일

조선공산당 중앙위원회 만주총국

3. 신문기사

(1) 『민성보民聲報』[7] '백의인白衣人이 죽은 날'

백의의 벗들이여 알겠느냐? 오늘은 삼천리강산이 변했던 날.

이천만 생령의 마지막 숨을 거둬들인 날.

오- 벗들이여, 잊었던가. 치욕스러운 경술 8월 29일을,

이제 스무 번이나 우리들의 가슴에 치욕의 칼날이 돌아오지 않았는가.

생각이 나는가, 벗들이여.

헤이그에서 열린 만국회의의 석상에서 배를 가르고 열혈을 만국의 놈들에게 맛보라고 흘렸던 이준 씨와 하얼빈에서 이토 히로부미에게 복수한 안중근 씨를.

오호라 어째서 이 날은 이렇게 조용한가.

옛일을 생각하고 치욕스러워 견디지 못하고

숨어들어서 나오지 않아서 이렇게 조용한가.

그렇다면 20년 동안이나 받아온 혹악한 폭압에 견디지 못하고

오호라 드디어 사멸하고 말았는가.

왜 이 반도는 이렇게 침묵하고 있는가.

이 이천만 생령이 이렇게 완전히 죽었던가.

오호라 벗들이여 들리는가, 하늘이 무너지는 소리가

안중근의 권총 소리다.

그리고 새빨간 흙이 보이는가.

이준 씨의 뜨거운 피다.

오호라 조선이여, 재생의 새로운 빛깔

(2) 『민성보』 '옛날의 오늘'

20년 전의 옛날의 그때, 8월 29일!

치욕스러운 그날! 통곡의 그때!!

20년 후인 오늘 이때, 8월 29일! 박해의 오늘! 착취의 이때!!

아! 무서운 오늘! 예와 지금도 마찬가지로

잃었던 것은 강토! 얻은 것은 살육!!

그래, 설욕해야 할 오늘! 살아남으려는 민족들이여!!

공장, 농장, 학교, 가두에

모여라 단결! 항쟁!! 타도!!

3. 고등경찰관계주의일표

일러두기

- 朝鮮總督府 警務局이 1933년 '대외비'로 간행한 『高等警察用語辭典』의 부록
- 고유명사는 원래의 발음에 따름
- 다이쇼, 쇼와, 민국 등 연호 표기에는 괄호로 서기西紀를 병기
- 일부 어휘는 괄호 안에 설명을 제시 [예] 노부(鹵簿: 왕의 행렬)

월일	명칭	적요(摘要)
1월 1일	보천교 대절일치성제(大節日致誠祭)	고래로 조선에서는 음력 1월 1일에 조상에게 제사하는 풍습이 있다. 보천교에서는 이 날에 개조(開祖) 강증산(姜甑山)의 제사를 행한다.
음력 1월 3일	보천교 기도일	다이쇼(大正) 11년(1922) 보천교주 차경석(車京石)이 종래의 비밀 포교를 고쳐 공연주의(公然主義)로 내부의 조직을 변경시킨 것을 기념한다.
1월 3일	한커우(漢口)사건 기념일	민국(民國) 16년(1927) 한커우(漢口)에서 지나 관헌 및 민중과 영국 관헌이 충돌, 사망자 2명, 부상자 수명을 낸 사건.
1월 5일	니주바시(二重橋)사건	다이쇼 13년(1924) 상하이의 의열단원 김지섭(金祉燮)이라는 자가 폭탄을 휴대하고 니주바시(二重橋)에서 궁성(宮城)으로 침입하려다가 체포되었다.
1월 8일	사쿠라다문밖(櫻田門外) 불상(不祥)사건	쇼와(昭和) 7년(1932) 1월 8일 사쿠라다 문 밖에서 노부(鹵簿: 왕의 행렬)를 향해 이봉창(李奉昌)이 폭탄을 투척하다.
1월 9일	피의 일요일	1905년(메이지 38년) 일러전쟁 당시 패전보가 빈번해져 러시아 국내가 소란해졌을 때, 가폰 대승정(大僧正)이 인솔한 굶주린 노동자에 의해 큰 시위운동이 일어나 군대의 총화(銃火)를 입고 사상자 수천이 나온 날. 소비에트 연방에서는 이를 피의 일요일이라 칭하여 당일을 기념하고 있다.

월일	명칭	적요(摘要)
음력 1월 11일	시천교 해월(海月) 도통(道統) 전수일(傳受日)	최해월(崔海月)부터 구암(龜菴) 김연국(金演局)에 이르는 교주의 도통(道統)을 전수(傳授)하다.
같은 날	상제교지일(上帝敎知日) 기념일	위와 같음.
1월 15일	칼·로자데이	1919년 1월 15일, 무산청년운동가 칼 리프크네히트와 로자 룩셈부르그가 횡사했던 날.
같은 날 1월 21일	3엘(L)데이	리프크네히트와 룩셈부르그가 횡사했던 1월 15일부터 레닌이 죽은 1월 21일까지 사이의 일주일간을 말한다. 3엘(L)은 전기(前記) 3명의 이름 중 첫 글자를 취한 것.
음력 1월 15일	중광절(重光節)	단군교, 대종교에서 행한다. 나철(羅喆)이 이 교를 부활시킨 기념일.
1월 18일	천도교도일(道日) 기념일	제4세(世) 교주 박인호가 손병희로부터 승통(承統)한 기념일로서 쇼와 2년(1927) 2월부터 새로 천도교 의절(儀節) 안에 추가되었다.
1월 20일	국민당기념일	민국 13년(1924) 1월 20일 국민당이 제1차 전국대표대회를 광둥(廣東)에서 소집, 당의 강령과 장정을 통과시켜 선언을 발포하고, 대내외 정책을 발표한 날.
1월 21일	레닌기념일	1924년 1월 21일 오후 6시 5분, 레닌이 사망하다. 이 날을 레니즘의 선전 기념일로 삼다.
1월 22일	이태왕(李太王) 홍거(薨去)	다이쇼 8년(1919) 1월 22일, 이태왕 홍거하다.
1월 31일	조선무산자동맹 창립 기념일	다이쇼 14년(1925) 1월 31일, 경성부 평동 여규면(呂圭冕) 외 10명의 주최 하에 동회(同會)를 조직하다.
2월 1일	천도교 대도주(大道主) 탄생일	천도교 제4세 교주 박인호(朴寅浩)의 탄생일.
2월 7일	2.7 기념일	민국 12년(1923) 2월 7일, 경한(京漢)철도 동맹파업 주모자 공산당원 린양치엔(林洋謙) 외 45명이 정저우(鄭州)에서 우페이푸(吳佩孚)에게 총살당하다.
2월 8일	크로포트킨기념일	1921년 2월 8일 무정부주의 거두 크로포트킨이 사망하다.

월일	명칭	적요(摘要)
같은 날	조선독립청원운동 기념일	구주전란이 종식하고 파리에서 강화회의가 개최되었을 때 재미 조선인 거두가 동(同) 회의에 독립청원서를 제출하려 했고, 재도쿄 유학생 등은 이를 후원하여 다이쇼 8년(1919) 2월 8일 독립선언서, 청원서, 결의문 등을 국무대신, 양원 의장, 각국 주재 대공사 등에게 우송하다.
2월 11일	건국제	일본 건국의 이상에 기초하여 우리 국민의 건전한 발달을 도모하는 목적으로서 나가타 히데지로(永田秀次郎), 마루야마 츠루키치(丸山鶴吉) 등의 제창에 의해 다이쇼 15년(1926) 기념절을 정하여 건국제를 거행하고 국민운동으로서 매년 전국적으로 행하게 되었다.
2월 12일	남북통일기념회	민국 2년(1913) 남북통일이 이뤄지다.
음력 2월 13일	시천교, 상제교 구암 탄생일	시천교, 상제교에서 구암 김연국의 탄생을 기념하다.
2월 15일	시천교 해산사(海山師) 탄생일	시천교 해산예사(海山禮師) 이용구(李容九)의 탄생일.
같은 날	대종교 노자(老子) 탄생일	대종교 본소(本所)에서 노자의 탄생일을 기념하다.
같은 날	국제연극데이	국제연극동맹(테아인테른)의 지정 연극데이
음력 2월 15일	단군교 중제(仲祭)	단군교에서는 춘하추동 네 차례의 제사를 행한다. 중제라고 불리는 것은 동계의 중간 달에 행하는 제사의 뜻이다.
2월 20일	고바야시 다키지(小林多喜二) 기념일	쇼와 8년(1933) 2월 20일 공산당원 고바야시 다키지가 츠키지(築地)경찰서에 구금 중 급사한 날.
2월 24일	이리(伊犁)조약기념일 (지나국치기념일)	지나 광서(光緖) 7년(메이지 14, 1881), 이리(伊犁)조약에 의해 이리 서쪽의 參伯(자이산 노르로 추정- 역자주) 일대를 러시아에 할양하다.
2월 25일	실업반대데이	코민테른의 국제적 기념일 중 하나로 제1회는 쇼와 5년(1930) 3월 5일에 실시되고 그 후 2월 25일로 정해지다.
2월 27일	대종교 공자 탄생제	대종교 본소에서 공자 탄생제를 행하다.
음력 2월 첫째 정(丁)의 날	경학원(經學院) 춘기 석전제(釋奠祭)	경학원에서 공자에게 기원하는 제전 내지에서는 문무천황(文武天皇)의 어자(御字: 글자를 부리어 씀)에서 연원 음력 2월 및 8월상의 정(丁)의 날 대학(大學) 기숙사에서 행하다.

월일	명칭	적요(摘要)
3월 1일	3.1기념일	다이쇼 8년(1919) 3월 1일, 조선 전체에서 발발했던 독립만세 소요사건을 기념하려고 하다.
같은 날	만주국독립기념일	쇼와 7년(1932) 3월 1일, 만주국은 그 독립을 안팎에 천명하였다.
3월 5일	코민테른 창립기념일	1919년(다이쇼 8년) 3월 5일 모스크바에서 창립.
같은 날	야마센(山宣) 기념일	쇼와 4년(1929) 3월 5일, 노농당 소속 대의사 야마모토 센지(山本宣治)가 구로다 호쿠지(黒田保久二)에게 살해당한 날로 공산주의자는 이 날을 투쟁기념일로서 삼는다.
3월 6일	독일 자오저우만(膠州灣) 조차(租借)기념일 (지나 국치기념일)	독일 선교사 2명이 살해된 것에서 발단, 자오저우만이 조차되어 산둥성 내의 철도·광산권을 양도하다.
3월 8일	국제무산부인(無産婦人) 데이	1917년 이 날은 러시아 도시 페테르그라드에서 무산부인 대중이 권리평등과 자유해방의 시위운동을 행한 것이지만, 1921년 모스크바에서 개최된 제2회 국제부인대회에서 3월 8일로서 국제무산부인데이라고 결정하였다.
음력 3월 10일	천도교 대신사(大神師) 기신일(忌辰日)	개국 473년(1864) 제1세 교주 최제우는 난세혹민(亂世惑民)의 죄명으로 대구에서 참수되었고, 나이는 41세였다.
같은 날	시천교 제세주(濟世主) 수형일(受刑日)	위와 같음.
음력 3월 11일	상제교 제세주 수형일	위와 같음.
3월 10일	육군기념일	메이지 38년(1905) 일러전쟁에서 펑티엔(奉天)을 점령하여 승패가 수차례 갈린 날, 이후로 이 날을 육군기념일로 삼다.
3월 12일	쑨원기념일	민국 14년(1925) 이 날 국민당 수령 쑨이시엔(孫逸仙)이 베이징(北京)에서 죽자 이래로 쑨원주의(孫文主義) 선전기념일로 삼다.
같은 날	독재정치붕괴기념일	1918년 3월 12일 러시아 농민당은 마침내 독재정치를 구축하고 황제 니콜라스 2세를 포박하여 소위 2월혁명이 되다.
3월 14일	상하이임시정부[假政府] 선언기념일	다이쇼 8년(1919) 3월 14일, 상하이임시정부선언을 발표하다.

월일	명칭	적요(摘要)
같은 날	마르크스기념일	1883년 3월 14일, 칼 마르크스가 사망하다.
음력 3월 14일	이왕(李王)(坧 전하) 연제(年祭)	다이쇼 15년(1926) 이왕 척(坧 순종) 전하가 홍거하여, 이래로 음력 3월 14일로 연제를 집행하다.
음력 3월 15일	대종교 천경절(天慶節)	대종교 남도본사(南道本司)에서 단군의 사망을 기념하다.
같은 날	단군승어(昇御)기념대제	단군교에서 단군의 승천일(昇天日)을 기념하다.
같은 날	3.15사건기념일	쇼와 3년(1928) 제2차 일본공산당이 전국에서 일제히 대검거된 날.
3월 18일	적색구제(赤色救濟) 모연일(募捐日)	국제혁명구제회(모프르)가 주의(主義)를 위해 희생한 투사 및 가족을 구제하고 위안하며, 물질상의 원조를 주기 위한 모연일.
같은 날	파리코뮌기념일	1870년부터 1871년까지, 보불전쟁에 의해 프랑스가 세당요새를 넘기게 되었을 때, 자본주의 티에르 정부가 수립되리라 한 것도 실패로 끝나고 정권은 이 날 공산당원이 조직한 국민군 중앙위원의 손에 넘어갔다.
같은 날	베이핑민중혁명기념일(段祺瑞民衆慘案)	민국 15년(다이쇼 15년, 1926) 베이핑에서 국민대회를 개최, 각국의 타이구(太沽) 포대(砲臺)의 철폐 요구에 대해 반대운동을 시작하였고, 돤치루이(段祺瑞) 부하의 발포에 의해 사망자 60여 명이 나왔다. 이를 '돤치루이 민중 참안' 또는 3.18 사건라고 칭하다.
음력 3월 21일	천도·시천교 해월신사(海月神師) 탄생일	천도교, 시천교에서 제2세 교주 최시형의 탄생을 기념하다.
3월 21일	3.21 사건 기념일	민국 16년(1927) 국민혁명군이 상하이를 점령했던 날.
3월 24일	난징참안기념일	민국 16년(쇼와 2년,1927) 난징에서 장제스의 인솔 하에 국민당 혁명군과 쑨촨팡(孫傳芳) 군이 교전 중 미국 해군과 충돌하여 다수의 사상자를 냈던 날.
3월 27일	러시아 뤼따(旅大)조차기념일(지나국치기념일)	메이지 31년(1898) 이 날 독일의 자오저우만(膠州灣) 조차를 이유로 러시아가 뤼순(旅順), 따롄(大連)을 조차하다.
3월 29일	지나 황화절(黃花節)	선통(宣統) 3년(메이지 44년, 1911) 이 날 혁명당 수십 명이 독서(督署)를 습격하다 전사하여 광둥성(廣東省) 성북문(城北門) 밖 백운산(白雲山) 기슭 황화(黃花) 언덕에 매장하다.

월일	명칭	적요(摘要)
4월 일	부활제	예수의 부활을 기념하는 예수교도의 제사로 3월 1일 후의 만월(滿月)에 이은 첫 번째 일요일에 행하다.
4월 5일	천도교 천일(天日) 기념일	조선개국 469년(萬延 원년, 1860) 4월 5일, 천도교 제1세 교주 최제우가 득도하고 포교를 시작했던 날.
같은 날	시천교 개교일(開敎日)	위와 같음. 춘효향례일(春孝香禮日) 또는 도사추제(道師追祭)라고도 부른다.
같은 날	청림교(青林教) 수도(受道)기념일	위와 같음.
같은 날	상제교(上帝教) 시일(時日)기념일	위와 같음.
4월 7일	희랍국(希臘國) 제일(祭日)	1924년 4월 7일, 제정(帝政)을 폐하고 공화국이 되다.
4월 8일	천도교 제3세 교주 탄생일	천도교 제3세 교주 의암(義庵) 손병희(孫秉熙) 탄생일.
음력 4월 8일	관불제(灌佛祭)	우리 기원(紀元) 37년, 석가가 탄생한 날 야간에 지붕 위에 제등(提燈)을 연달아 걸고 폭죽 등을 하는 옛 관습이 있다.
4월 8일	대종교 석가탄생일	대종교에서 석가 탄생의 제사를 행하다.
4월 9일	일본농민데이	다이쇼 13년(1924) 4월 9일, 일본농민조합이 설립되어 이 날을 일본농민데이로 정하다.
4월 10일	3단체해산기념일 (4.10 기념일)	쇼와 3년(1928) 4월 10일, 일본공산당사건과 관련하여 노동농민당, 일본노동조합평의회, 전일본무산청년동맹의 세 단체가 결사금지를 명령 받은 날.
4월 12일	청당(淸黨)기념제	쇼와 2년(민국 16년, 1927) 상하이에서 쿠데타를 거행한 총공회(總公會)의 거두를 시작으로 각지의 공산당원에 대해 대탄압을 가한 지나 국민당이 공산계를 일소시킨 사건을 기념하다.
4월 15일	성덕태자제(聖德太子祭)	성덕태자 기념을 위해 성덕태자봉찬회(奉贊會)에서는 50년 마다 대제(大祭)를 행하고 그 사이에는 때마다 중제(仲祭)를 행하다. 다이쇼 10년(1921)은 1300년 기념에 해당하였다.
음력 4월 15일	수운교주탄생기념일	수운교(水雲教)에서 현 교주 이상룡(李象龍)의 탄생 기념제사를 행하다.

월일	명칭	적요(摘要)
4월 16일	4.16사건기념일	쇼와 4년(1929) 4월 16일, 일본공산당 대검거의 집행일을 기념하다.
4월 17일	레나사살기념일	1912년 4월 17일 시베리아의 오지 레나금광의 노동자들은 8시간 노동제, 품삯[勞銀] 상승, 노동자에 적의를 지닌 사무원 27명의 해직 등을 요구했다가 관헌에 의해 사살되어 사망자 270명, 부상자 250명이 나왔다.
같은 날	마가세키(馬關)조약 기념일	일청전쟁의 결과 지나는 조선의 독립 승인, 타이완 및 펑후도(澎湖島)의 할양, 배상금 2억 냥(兩)을 제공하는 조약을 시모노세키(下關)에서 체결하였다. 이를 국치 기념일로 삼다.
4월 18일	국부(國府)난징천도 기념일	쇼와 2년(1927) 이 날 공산당에 대탄압을 가한 지나 국민당 장제스 일파는 난징에 독립정부를 수립하여 우한(武漢)정부에 대항했고 국민당은 2파로 분열되었다.
4월 23일	레닌탄생기념일	1970년 4월 24일, 신빌리스크에서 태어나다.
4월 25일	형평사창립기념일	내지의 수평사(水平社)를 본 떠 다이쇼 12년(1923) 4월 25일 경남 진주에서 형평사가 창설되다.
4월 28일	대종교본소설립기념일	해월(海月) 신사(神師) 최시형 탄생기념 제사를 행하다.
4월 29일	상하이폭탄사건	쇼와 7년(1932) 4월 29일, 상하이에서 관병식 거행 후, 윤봉길의 폭탄 투척에 의해 시라카와(白川) 대장, 시게미츠(重光) 공사, 가와바타(川端) 민단장 등이 부상을 입다.
5월 1일	메이데이	1886년 미국 시카고에서 처음으로 8시간 노동을 요구하며 54만 명의 대중동맹파업을 행하다. 그 후 1889년 7월 국제 사회당은 프랑스 파리에서 열린 제2인터내셔널에서 이 날을 국제노동제로 결정하다.
같은 날	소년데이(어린이 날)	다이쇼 13년(1924) 3월 개벽사(開闢社) 주최 조선 소년지도자대회에서 매년 5월 1일을 어린이 날(鮮語, 소년의 날)로 정하는 것을 결의하고 쇼와 3년(1928)부터 5월 첫 번째 일요일로 변경하다.
5월 첫 번째 일요일	예수교 꽃의 기념일	서양에는 용기에 담은 화려한 꽃을 포장하여 신과 선조의 덕을 칭송하고 그 꽃으로 병원에서 신음하는 병자를 위로하는 습관이 있다. 일본에서도 기독교도들 사이에서 행한다. 조선에서 행하는 꽃의 날은 취지가 바뀌었다.

월일	명칭	적요(摘要)
5월 3일	폴란드제일(波蘭國祭日)	1926년 피우스트스키가 이끈 혁명이 발발하여 수도 바르샤바로 밀려와 대통령 보이치에호프스키는 사직하고 수상 보이스트는 비행기로 도망가서 혁명은 끝내 성공했다.
같은 날	지난(濟南)사건기념일 (5.3기념일)	쇼와 3년(1928) 지나 국민당 혁명군이 북벌을 위해 지난(濟南)에 들어가 우리 거류민 및 군인에게 위해를 가해 일본군으로부터 반격을 받은 날. 지나 측은 일본제국주의의 포학(暴虐)이라고 속였다.
5월 4일	지나 5.4기념일	민국 8년(1919) 5월 4일, 베이징에서 이행된 21개조 문제 반대 배일시위운동이 폭동화되어 친일파 차오루린(曺汝霖)의 집을 불태우고 주일공사 장쭝샹(章宗祥)에게 중상을 입혔으며 친일파, 안푸파(安福派: 돤치루이가 이끈 군벌)를 응징한 날로 기념하다.
5월 5일	노동신문기념일	1912년 5월 5일, 페테르부르그에서 시작된 노동신문 『프라우다』 제1호가 출판되다.
같은 날	마르크스데이	1818년 5월 5일, 칼 마르크스가 탄생한 날을 기념하다.
5월 7일	지나 5.7국치기념일	민국 4년(1915) 5월 7일, 일본정부가 지나에 소위 21개조 통첩을 한 날. 지나는 이후 이 날로 국치기념일을 삼다.
5월 9일	지나 5.9기념일	민국이 결국 21개조를 승인한 날이자 국치기념일이 되다.
5월 13일	상하이임시정부조직기념일	다이쇼 8년(1919) 5월 13일, 상하이 임시정부의 구체적 조직이 구성되다.
5월 15일	신간회 해소	쇼와 6년(1931) 5월 15일, 전국대회를 개최하고 해소를 가결하다.
같은 날	5.15사건	쇼와 7년(1932) 이 날 육해군 장교 등이 제도(帝都)의 암흑화를 기도하여 이누카이(犬養) 수상을 죽인 사건.
음력 5월 15일	단군교 중제(仲祭)	하계(夏季) 중간 달에 행하는 단군교의 제사.
5월 16일	아이훈(瑷琿)조약기념일 (지나국치기념일)	러시아가 지나의 내란을 틈타 개전하여 헤이룽(黑龍) 강안(江岸) 수천 리를 빼앗아 가지다. (安政 5년, 1858)
5월 18일	수운교주(水雲敎主) 탄신기념일	조선개국 472년(文久 3년, 1863) 수운교주 이상용 태어나다.

월일	명칭	적요(摘要)
5월 19일	천도교 의암순도일(殉道日)	천도교 제3세 교주 손병희 사망일을 기념하다. 5월 20일
5월 20일	대극교(大極教) 본부창립기념일	메이지 42년(隆熙 3년, 1909) 5월 20일 여영상(呂永祥)이 대극전(大極殿)을 창립하다.
5월 21일부터 5월 27일까지	피의 일주간	파리코뮌에 대한 프랑스 정부군의 공격이 개시된 것은 1871년 5월 21일이다. 그로부터 27일까지 일주일간 비참한 시가전이 행해졌다. 이 사실을 기념하는 것으로 이 날부터 27일까지의 일주일간을 지칭한다.
5월 22일	시천교 해산대예사(海山大禮師) 환원일(還元日)	시천교주 이용구(李容九)가 사망한 날.
5월 25일	아르헨티나(亞爾然丁) 독립기념일	1516년 이래 스페인령이 되었으나 1810년 혁명이 일어나 1816년 5월 25일 독립을 선언하다.
5월 27일	해군기념일	메이지 38년(1905) 5월, 일본 해군이 해전에서 러시아 함대를 무찔러 러시아 해군의 목숨을 손아귀에 쥐다.
5월 30일	지나 5.30기념일	민국 14년(1925) 5월 30일, 상하이 난징루(南京路)에서 일본계 면방공장의 쟁의가 일어나 공부국(工部局) 관헌과 지나 민중이 충돌한 날을 기념하다.
같은 날	간도 5.30기념일	쇼와 5년(1930) 5월 30일, 간도 공산당폭동이 일어난 날.
6월 1일	지나 6.1기념일	민국 12년(1923) 6월 1일, 창사(長沙)에서 발생한 부요마루(武陽丸)사건을 맞아 우리 해군 육전대가 폭행단에게 발포, 한 사람이 죽은 날.
같은 날	적색소년데이	소비에트 연방의 공산소년단 창립일.
같은 날	시간[時]의 기념일	
음력 6월 1일	보천교 사모일(思慕日)	보천교 현 교주 차경석은 메이지 13년(1880) 6월 전북 정읍군 입암면(笠岩面)에서 태어났다. 그의 탄생일을 기념하는 것.
같은 날	대화교(大華教) 득도기념일	대화교 제1교주 윤경중(尹敬重) 득도일.
음력 6월 2일	천도교 해월 순도일	메이지 31년(1898) 6월 2일 제2대 교주 최시형이 동학당의 난을 일으켰고, 경성에서 형을 받았다. 천도교에서는 이 날을 순도일로 정하다.

월일	명칭	적요(摘要)
같은 날	상제교(上帝教) 신사(神師) 수형기념일	위와 같음.
6월 9일	영국 주룽(九龍) 조차 (지나 국치 기념일)	광서 24년(메이지 31년, 1898), 영국은 홍콩 보호를 이유로 주룽 본도를 조차하다.
6월 10일	이왕(李王) 국장기념일 (6.10기념일)	다이쇼 15년(1926) 6월 10일, 이왕(故 坧 전하) 국장 당일, 일부 학생이 만세를 외친 날. 약간의 불온한 계획이어서 검거를 당했는데 그 이후 좌경분자들 사이에서 당일을 6.10기념일이라고 부르고 있다.
6월 12일	한커우(漢口)사건 기념일	민국 10년(1921) 6월 12일, 한커우의 영국 조계에서 영국 육전대가 군중에게 발포해 몇 사람의 사상자가 나온 사건을 기념하다.
하지(夏至)	보천교·무극대도교 절일(節日) 치성제	무극대도교에서 하지, 추석, 동지에 세 차례 절일 치성제를 행하다.
6월 17일	대치(臺恥)기념일 (臺灣始政記念日)	메이지 28년(1895) 4월 시모노세키의 일청강화조약에 의거 타이완이 우리의 영토가 되고 같은 해 6월 타이완 사무국 관제가 발포되며 민정(民政)이 개시되다.(메이지 31년(1898) 10월 2일 총독부 관제 발표)
6월 19일	쑨원추도회	민국 14년(1925) 4월 12일, 쑨이시엔(孫逸仙)이 병으로 죽고 6월 19일 장례를 행하다.
6월 23일	샤미엔(沙面)사건 기념일	민국 14년(1925) 6월 23일, 광저우(廣州) 샤미엔에서 일어난 상하이사건에 대한 시위운동. 군중과 영불 연합 사미엔 경비대가 충돌하여 52명의 사망자, 수백여 명의 사상자가 난 날.
음력 6월 24일	보천교조 선화(仙化) 기념일	메이지 42년(1909) 6월 29일, 개조 강증산 죽다.
같은 날	무극대도교 순일(循日) 기념일	위와 같음.
6월 26일	텐진조약 (지나국치기념일)	함풍(咸豐) 8년(安政 5년, 1858) 영불연합군이 타이구(太沽)를 점령하다. 배상금 4백만량, 센토우(仙頭) 개항, 통관세(釐金) 면제를 약속하다.
6월 30일	바쿠닌기념일	1876년 무정부주의자 바쿠닌이 스위스 베른에서 살해되다.

월일	명칭	적요(摘要)
7월 1일	국민정부성립기념일	민국 원년(1912) 이래 국민당은 위안스카이에게 반대하고, 임시정부를 설립해서 삼민주의운동을 일으켰다. 민국 14년(1925)에는 광둥에서 국민정부를 수립하고 혁명의 입지를 굳혔다.
같은 날	영국 웨이하이웨이(威海衛) 조차기념일	광서 24년(메이지 31년, 1898) 극동 평화와 러시아 침략 방지를 이유로 영국은 웨이하이웨이 및 부근 20여리를 조차하다.
7월 첫 번째 토요일	소비조합데이	소비조합운동의 선전을 국제적으로 행하는 날이다. 다이쇼 13년(1924)부터 시작되었다.
7월 4일	합중국독립기념일	영국 본토가 발포한 인지조례, 일용품 과세 및 보스톤사건에 분개해 영국의 굴레에서 벗어나는 것을 결의하고, 1776년 7월 4일 북미 13주에서 독립선언서를 공포했다.
7월 6일	소비에트 헌법제정 기념일	1922년 소비에트 사회주의 연방공화국의 헌법이 발표되다.
음력 7월 7일	칠석제(七夕祭)	칠석이라고 부르며 은하수에서 견우와 직녀 두 사람이 만난다는 전설이 있다.
7월 9일	국민혁명군철사(哲師) 기념일	민국 15년(1926) 국민당 북벌군이 광둥에서 일어나 10월에 들어 우한(武漢)을 물리치고 창장(長江) 상류에 이르렀지만, 일시적으로 불리해져서 다음해 다시 군을 일으켜 북벌을 성공했다.
7월 11일	시천교 신원일	시천교 순도자의 위령제를 행하다.
7월 14일	제2인터내셔널기념일	1889년 7월 14일, 프랑스 파리에서 개최되다.
같은 날	프랑스국제일	1789년 루이 16세의 시정에 반대한 파리 호국군(護國軍)이 베르사이유감옥을 파괴한 날. 프랑스 7월혁명이 성공하고 공화제가 된 날을 기념하다.
음력 7월 15일	백종일(百種日)	조선의 옛 관습에 따라 농가에서 농부가 김매기를 마치고 호미를 씻는다는 의미로 이 날 일을 쉰다. '백중(百中)'이라고도 불린다. 내지의 우란분(于蘭盆)에 해당한다.
7월 24일	영국 미얀마(緬甸) 점령 (지나국치기념일)	광서 12년(메이지 19년, 1886) 영국이 미얀마에서 최고의 권력을 갖는 것을 승인하다.
같은 날	페루(秘露)독립기념일	1821년 7월 28일, 페루 독립을 선언하다.

월일	명칭	적요(摘要)
8월 1일	스위스국제일	1874년 8월 1일, 스위스 헌법을 제정했다.
같은 날	국제반전데이 (적색데이)	'적색의 날'로도 불린다. 베를린 공산주의자의 봉기를 기념하며 모든 국가에서 일제히 공산주의 진출을 기도하기 위해 쇼와 4년(1929) 5월 코민테른 집행위원회에서 이 날을 국제반전데이로 정하다(유럽전쟁이 반발할 때 독일이 러시아에 대해 선전포고를 한 날이다).
같은 날	독일국제일	1918년 독일에서 혁명이 발발하고 독일황제는 네덜란드로 피난했다. 독일에서 공화제가 선포되고 8월 11일 공화국 헌법이 실시되다.
8월 14일	8개국 연합군 베이징 점령(지나국치기념일)	광서 26년(메이지 33년, 1900) 의화단사건으로 일, 영, 프, 러, 미, 독, 이, 오의 연합군에게 베이징이 점령되다.
음력 8월 14일	천도교지일(地日)기념일	천도교 제2대 교주 최시형이 교지를 승통한 날.
같은 날	시천교 해월 도통 전수일	위와 같음.
같은 날	상제교 정일(定日) 기념일	위와 같음.
8월 15일	성모(聖母)승천제	천주교에서 성모의 승천일을 기념하다.
음력 8월 15일	추석제	조선에서는 햅쌀을 써서 송편을 만들어 조상에게 제사지내다.
같은 날	무극대도교 치성일	추석절일 치성제를 행하다.
같은 날	대종교 조천절(朝天節)	제1대 교주 나철 사망일을 기념하다. 희경절(喜慶節)이라고도 부른다.
같은 날	보천교 치성제	음력 중추절일 치성제를 행하다.
음력 8월 첫번째 정일(丁日)	경학원 추계 석전제	경성 경학원에서 봄과 가을 2차례 행하다.
음력 8월 15일	단군교 중제	추계 중간에 행하는 제사로 중제(仲祭)라고 칭하다.
8월 29일	일한병합기념일	메이지 43년(1910) 일한병합을 이루다. 조선인주의자(朝鮮人主義者) 사이에서 국치기념일이라고도 칭한다(강 건너 지나에 있는 조선인 사이에서는 8월 25일을 같은 기념일로 삼고 있다).
같은 날	난징화약(和約) 국치기념일	1840년 아편전쟁 결과 지나가 패배하고 1942년 난징조약을 체결하여 홍콩은 영국령이 되고, 2천백만 냥의 배상금을 주며 굴복했다.

월일	명칭	적요(摘要)
9월 1일	간토청(關東廳)시정 기념일	일러 전쟁 후, 간토주(關東州)를 조차하고, 메이지 39년(1906) 간토도독부를 설치했는데, 다이쇼 8년(1919) 9월 1일 간토청으로 고쳐 오늘날에 이르다.
같은 날	대지진기념일 (학살기념일)	다이쇼 12년(1923) 9월 1일, 간토대지진이 일어난 날, 매년 내지와 조선의 각 주요 도시에서 각종 단체가 주최해서 참살된 조선인을 위한 추도회를 한다. 좌경분자는 이 날을 '학살기념일'이라고 부르고 있다.
9월 첫 번째 일요일	국제무산청년데이	1915년 스위스 베른에서 개최되다. 각종 사회주의자 대회에서 동년(同年) 9월 3일 각국 무산청년은 각국의 군벌과 재벌에 대해 국제적으로 반항의 대시위운동을 할 것을 결의하다.
9월 3일	가메이도(龜戶)사건기념일(백색테러반대데이)	다이쇼 12년(1923) 9월 상순, 지진으로 인심이 흉흉해지고 조선인과 사회주의자에 대한 일반인의 박해가 격심해졌다. 히라사와 케이시치(平澤計七) 외 수 명의 좌익주의자가 가메이도경찰서에서 보호검속 중에 행방불명되었다. 이는 군대 및 경찰관이 살해한 것으로 알려져, 반테러운동을 행하게 되었다.
9월 5일	완센(萬縣)사건 (지나국치기념일)	민국 15년(1926), 영국 기선 아롤호가 지나 민선과 충돌하여 지나 당국이 영국배를 억류시키게 된다. 영국 함선이 포격을 하고 상점과 민가 천여 호가 파괴되었으며 사망자가 7백여 명에 달했다.
9월 7일	9.7국치기념일	메이지 33년(1900) 9월 7일 청국이 북청사변(北淸事變)에 의거한 최종 의정서에 조인하다. 민국 13년(1924) 후에공(胡鄂公)에 의해 조직된 반제국주의연맹의 주창에 따라 같은 달 9일 9.7국치기념일로 정하다.
음력 9월 9일	중양가절(重陽佳節)	음력 9월 9일 절구(節句)의 의미로서 중구(重九)라고도 부른다.
9월 13일	옌타이(煙台)조약기념일 (지나국치기념일)	광서 2년(메이지 9년, 1876) 윈난(雲南)에서 영국인 한 사람이 살해되어 배상금 20만냥을 지불하다.

월일	명칭	적요(摘要)
9월 세 번째 일요일	형평(衡平)데이	형평운동의 발전을 기약하기 위해 강연과 강좌, 포스터, 삐라 등에 의해 선전 및 가두운동을 행하다. 쇼와 5년(1930) 4월 형평사 전조선대회 후 동월(同月) 26일 제1회 집행위원회에서 의결하다.
9월 16일	멕시코독립기념일	1810년 9월 15일 멕시코 독립을 선언하다.
같은 날	오스기 사카에(大杉榮) 기념일	다이쇼 12년(1923) 9월 16일, 무정부주의자 오스기 사카에 부부가 아마카스(甘粕) 헌병대위에 의해 교살되다.
9월 18일	칠레(智利)독립기념일	1818년 9월 18일 독립하다.
같은 날	만주사변기념일	쇼와 6년(1931) 9월 18일, 지나군의 펑티엔(奉天) 교외 류타오후(柳條湖) 만철 철로 폭파로 일지사건(日支事件)이 발발한 날을 기념하다.
음력 9월 19일	보천교 사모일	메이지 4년(1871) 19일 개조 강증산 천사(天師)가 전북 정읍군 덕천면 신월리에서 태어나다.
같은 날	무극대도교 기념치성제	위와 같음.
9월 28일	제1인터내셔널기념일	1866년 제1인터내셔널 회의를 영국 수도 런던에서 개최하다.
10월 1일	시정(施政)기념일	메이지 43년(1910) 10월 1일 통감부를 폐지하고 조선총독부를 설치한 날.
같은 날	체육데이	다이쇼 13년(1924) 9월 23일 문부차관의 통첩에 의거 같은 해 11월 3일 제1회 전국체육의 날을 거행하기 시작했다. 조선은 10월 1일에 행한다.
음력 10월 3일	단군강탄(降誕)기념대제	오늘(쇼와 8년, 1933)보다 4266년 전에 태백산(백두산) 단목 아래 단군이 탄생하다. 상하이 대한교민단 및 기타 불령단체에서는 개국기념일로써 경축식을 거행하다.
같은 날	대종교 개천절	위와 같음.
10월 7일	사회과학데이	전국학생사회과학연맹은 쇼와 2년(1927) 10월 7일을 전국학생사회과학에 대한 폭압에 일제히 항의의 날로 삼다.
같은 날	와타나베 마사노스케(渡政)데이	쇼와 3년(1928) 10월 6일, 일본공산당원 와타나베 마사노스케(渡邊政之輔)가 타이완 지룽(基隆)에서 관헌에 의해 사살되었다며 극좌파가 기념하는 날. 사망일은 6일이지만 7일을 기념일로 하고 있다.

월일	명칭	적요(摘要)
10월 10일	쌍십절(雙十節)	선통 3년(1911) 10월 10일, 리위엔홍(黎元洪)이 쑨원, 황싱(黃興)과 연락하고 쓰촨(四川)에서 국민혁명의 봉화를 올린 것을 기념하다.
음력 10월 15일	수운교 개교기념일	다이쇼 11년(1922) 11월 6일(음력 10월 15일) 수운교 포교를 개시하다.
동지(冬至)	보천교·무극대도교 절일 치성일	보천교, 무극대도교에서 치성제를 행하다.
10월 16일, 17일, 18일	경성신사례제(例祭)	
10월 17일	조선신궁례제(例祭)	
10월 24일	베이징조약기념일 (지나국치기념일)	함풍 10년(万延 원년, 1860) 영·불에 의해 주룽을 할양한 조약.
10월 26일	이토공 암살사건	메이지 42년(1909) 10월 26일, 이토 히로부미 공이 하얼빈 역에서 조선인 안중근에 의해 살해되다.
10월 28일	천도교 제1대 교조 탄생일	제1대 교주 최제우의 탄생을 기념하다.
음력 10월 28일	시천교 제세주 강생일	위와 같음.
같은 날	청림교(靑林敎) 대신사 탄생기념일	위와 같음.
같은 날	상제교 대신사 탄생 기념일	위와 같음.
10월 28일	체코슬로바키아국제일	1918년 10월 28일, 독립을 선언하다.
10월 29일	조선언문발포기념일	쇼와 8년(1933)부터 487년 전에 조선언문을 창작하셨던 날을 기념하다.
10월 30일	10.30사건기념일	쇼와 7년(1932) 10월 30일 새벽 아타미(熱海)에서 일본공산당 재건운동의 전국회의를 개최하기 위해 집합한 당원 12명이 검거되고 이어서 전국적 대검거가 행해졌다.
11월 1일	천도교 포덕일	천도교 주의를 일반인에게 광포하는 것과 함께 천도교 청년당원의 계절 활동일로 다이쇼 15년(1926) 11월 1일에 제일성을 올렸다.
11월 3일	독일혁명기념일	1918년 11월 3일, 혁명이 발발하여 28일 카이저가 정식 퇴위하고 수상 막스 폰 바덴 공작에 의해 공화제 실시가 선포되다.

월일	명칭	적요(摘要)
같은 날	2.3사건기념일	쇼와 4년(1929) 11월 3일 전라남도 광주에서 내선인 학생이 충돌한 사건이 일어나고 전 조선의 학생 소요가 되다.
같은 날	요시미치 이와타(岩田義道)기념일	요시미치 이와타가 쇼와 7년(1932) 10월 31일 체포되고 경시청에서 유치 중 이 날 급사했다.
11월 5일	가타야마 센(片山潛) 객사	가타야마 센이 쇼와 8년(1933) 11월 5일, 74세로 모스크바에서 객사하다.
11월 7일	러시아혁명기념일	1907년 11월 7일 케렌스키 임시정부가 전복되고 정권이 소비에트의 손으로 옮겨져 레닌을 수반으로 한 노농정부가 조직되다. 마침 음력 10월 25일이었기에 10월혁명이라고도 칭한다.
같은 날	중화소비에트공화국임시정부창립기념일	1931년 11월 7일 중국공산당이 장시(江西)성 뤼진(瑞金)에서 중화소비에트 제1차 전국대표대회를 개최하고 중화소비에트공화국 임시정부를 창립한 날.
11월 11일	평화극복기념일	다이쇼 7년(1918) 유럽대전이 종식되고 휴전조약이 성립한 날.
11월 12일	쑨원탄생기념일	지나 국민당의 창설자 쑨원은 민국 원년(1912)보다 46년 전(同治 5년, 1866) 11월 12일, 지나 광둥 샹산(香山)현 추이샹(翠亨)향에서 태어났다. 국민당에서는 이 날을 기념일로 하고 있다.
같은 날	프랑스 광저우만(廣州灣) 조차(지나국치기념일)	광서 25년(메이지 32년, 1899) 프랑스 선교사 2명이 살해된 사건으로 인해 광저우만 조차를 승인하다.
11월 14일	블라디보스토크(海蔘威[浦汐]) 할양(지나국치기념일)	영불 연합군 사건 조정의 대가로 함풍 10년(萬延 원년, 1860) 우스리스크[鳥蘇里]와 블라디보스토크 2천 7백여 리를 러시아에게 할양했다.
음력 11월 15일	단군교 중제	단군교 사계 제사 중 동계 중월(仲月)에 행하는 제사이다.
11월 20일	킴창립기념일	킴(공산당청년인터내셔널)이 창립된 1919년 11월 20일을 기념하다.
12월 1일	천도교교일기념일	메이지 39년(1906), 동학당의 난으로 내지를 돌며 시기가 이르기를 기다리던 손병희가 조선으로 돌아와 제3대 교주가 되고 동학을 천도교로 개칭하여 개교한 기념일.

월일	명칭	적요(摘要)
같은 날	천도교농민데이	천도교 농민사에서 쇼와 6년(1931)부터 이 날을 농민데이로 제정하고 매년 전 조선에서 성대하게 실시하다.
음력 12월 5일	무극대도교 탄생기념 치성제	교주 조철제(趙哲濟)의 탄생을 기념하기 위한 치성제를 행하다.
12월 6일	핀란드(芬蘭)독립제	1917년 12월 6일, 하원의 만장일치에 의해 러시아로부터 독립하다.
12월 15일	자멘호프기념일	에스페란토어 창시자 자멘호프의 탄생일. 에스페란토어에 의한 '무국경주의 선전'을 하는 것을 목적으로 한다.
같은 날	광둥소비에트기념일 (제2 모프르데이)	1927년(쇼와 2년) 지나 광둥에서 공산당이 폭동을 일으키고 소비에트정부를 수립한 날. 이 날을 '제2 모프르데이'라고도 부른다.
12월 19일	시천교 성탈절	시천교 제세주(濟世主) 탄생 기념일
같은 날	천도교 성탄절	최수운 성탄기념일. 쇼와 2년(1927) 12월 13일에서 성탄절에 이르는 한 주 사이를 포덕주간으로 정했다.
음력 12월20일	이태왕 년제	다이쇼 8년(1919) 1월(음력 7년 12월 20일) 이태왕이 홍거(薨去)하였다.
12월 24일	천도교인일(人日)기념일	제3대 교주 손병희가 교통을 계승한 기념 제사를 행하다.
12월 25일	제3혁명기념일	민국 4년(1915) 12월 25일 차이어(蔡鍔), 탕치야오(唐繼堯)가 윈난(雲南)에서 위안스카이(袁世凱)의 제정에 반대해 박차고 일어난 공화 옹호의 기념일.
같은 날	기독강탄제(基督降誕祭) (크리스마스)	그리스도의 탄생을 축하하기 위해 행하는 제사.
12월 27일	토라노몬(虎の門)사건	다이쇼 12년(1923) 12월 27일, 제국의회 개원식 황태자 행차행렬에 대해 토라노몬에서 난바 다이스케(難波大助)가 대역무도한 일을 행한 날.

서문

1 김주현 주해, 『정본이상문학전집』 1, 소명출판, 2009, 96면. 원문을 현대의 표기로 바꾸고 이해하기 쉽게 행을 나누었다.

2 신형기, 「이상(李箱), 공포의 증인」, 『민족문학사연구』 39호, 민족문학사학회, 2009, 147면. 신형기는 이상이 묘사한 공포의 문제가 지극히 현실적인 사안이라는 점을 강조했다. 그 점이 중요하다고 생각한다. "그가 전하는 공포는 추상적이거나 형이상학적인 것이 아니었다. 구체적인 공포는 초극이 불가능한 것으로서, 그것의 출처인 역사의 구체적인 맥락으로 되돌아갈 것을 요청하는 것이었다."

3 김경수 책임편집, 『염상섭중편선집』, 민음사, 2014, 124~125면. 이 책은 1924년 간행된 고려공사본을 토대로 한 것이다.

4 김수영, 「실험적인 문학과 정치적인 자유」(1968), 『김수영 전집』 2, 민음사, 1982, 159면.

5 김수영, 같은 글, 163면.

6 김수영의 반검열 의식과 이어령과 벌인 불온시 논쟁에 대해서는 박지영의 「자본·노동·성-불온을 넘어, 반시론을 넘어」(『상허학보』 40호, 상서학회, 2014)를 참고할 것. 반공주의와 관련된 연구로는 강웅식의 「전체주의적 반공주의와 순수·참여논쟁」(『상허학보』 15호, 상하학회, 2005)를 참조할 것.

7 김수영, 「'불온'에 대한 비과학적인 억측」(1968), 『김수영 전집』 2, 민음사, 1982, 163면.

8 『조선일보』 1923.3.29(한기형 편, 『미친 자의 칼 아래서-식민지 검열관련 신문기사 자료』 1, 소명출판, 2017, 308면.

9 장멍린은 근대 중국의 저명한 지식인이다. 저장성(浙江省) 출신으로 1912년 컬럼비아대학 대학원에 진학, 존 듀이에게 배웠다. 1917년 철학 및 교육학 박사학위를 취득 후 귀국하여 베이징대학 교육학과 교수와 총장 대리를 지냈다. 그는 자유주의적 진보주의 입장을 견지한 학자로 평가되고 있다.

10 이동곡의 활동에 대해서는 한기형의 「근대 초기 한국인의 동아시아 인식」(『대동문화연구』 50호, 성균관대 대동문화연구원, 2005)를 참조할 것.

제1부
식민성의 기층

| 제1장 | 식민지, 불온한 것들의 세계

1 김만원 외 역해, 『두보진주동곡시기시역해』, 서울대학교출판부, 2007, 250면.

2 정조 24년(1800) 윤4월 26일 첫 번째 기사(국사편찬위원회 조선왕조실록 참조).

3 임유경, 「개념으로서의 '불온'」, 『개념과 소통』 제15호, 2015, 207~210면.

4 최민지, 『일제하민족언론사론』, 일월서각, 1978, 431면.

5 鈴木敬夫, 『법을 통한 조선 식민지 지배』, 고려대 박사학위논문, 1988, 83면.

6 국사편찬위원회 역사통합정보시스템의 '불온' 항목 참조.

7 朝鮮總督府 警務局, 『高等警察用語辭典』(對外秘), 1934, 부록.

8 전체 내용은 이 책의 부록으로 수록되어 있다.

9 조선총독부의 신흥종교 정책과 그 시행 내용에 대해서는 윤이흠의 『일제의 한국 민족종교 말살책』(모시는사람들, 2007)을 참조할 것.

10 법제처 종합법령정보센터 '불온' 항목 참조.

11 불온출판물, 불온간행물도 불온문서와 비슷한 의미로 사용되었지만, 불온문서라는 표현이 불법성 혹은 비합법성을 더 강하게 지시하는 경우가 종종 있었다.

12 해방 이후 제정된 대한민국 법률에서 불온과 불온문서라는 용어는 삭제되었다. 그러

나 이들 표현은 다양한 방식으로 살아남았다. 불온문건, 불온유인물, 불온통신 같은 불온문서의 유사 표현이 경찰청과 그 소속기관 직제(대통령령), 군인복무규율(대통령령), 보안업무규정시행규칙(대통령훈령), 비밀보호규칙(대법원규칙), 정보 및 보안업무 기획조정규정(대통령령) 등의 각종 명령과 행정규칙 속에 오랫동안 남아 있었다. 2008년 일어난 국방부 불온서적사건은 불온문서라는 자의적 개념이 한국사회에 엄존하고 있음을 드러냈다. 국방부 법무관들은 국방부의 불온서적 금지규정이 반헌법적인 행태가 아닌지를 가려달라고 헌법재판소에 제소했는데, 이 사건은 식민지 유산이 한국사회에서 당시까지 완전히 청산되지 않았다는 것을 명백하게 보여주는 증거이다.

13 조선 출판협회 편, 『조선병합십년사』, 1924, 유문사. 421면.

14 이 책의 제10장 「3.1운동과 법정서사」를 참조할 것.

15 姜德相 編, 『現代史資料』 26(三一運動編 2), みすず書房, 1967, 제2장 참조.

16 內務省 警保局, 「鮮人不穩宣傳ビラに就て」, 『出版警察報』 第1號, 1928.10, 21면. 삐라는 'bill'의 일본어 표기로 비합법적으로 살포된 반국가 선전물을 뜻한다. 일반적으로 한 장짜리 문서이다. 삐라의 성격에 대해서는 이혜령의 「식민지 검열과 '식민지-제국' 표상-『조선출판경찰월보』의 다섯 가지 통계표가 말해주는 것」(『대동문화연구』 72호, 성균관대학교 대동문화연구원, 2010, 508~519면)

17 『매일신보』 1920.3.3

18 山室信一, 「出版・檢閱の樣態とその遷移－日本國から滿洲國へ」, 『東洋文化』 86, 東京大 東洋文化硏究所, 2006, 26면(13. 國民帝國內出版物の周流と統制).

19 심훈기념사업회, 『그날이 오면』(영인본), 차림, 2000, 31~32면.

20 한문자료에 대한 검열은 이 책의 제9장 「한문자료를 읽는 검열관」을 참조할 것.

21 한문자료의 검열 상황에 대한 연구사례로는 박경련의 「일제하 출판검열에 대한 사례연구-申得求의 『農山先生文集』을 중심으로」(『서지학연구』 23호, 서지학회, 2002)를 참고할 것.

22 이수입 출판물, 불법 출판물과 식민지 검열의 상관성에 대해서는 박헌호·손성준의 「한국 근대문학 검열연구의 통계적 접근을 위한 시론: 『조선출판경찰월보』와 식민지 조선의 구텐베르크 은하계」(『외국문학연구』 38호, 외국어대학 외국문학연구소, 2010)을 참고할 것.

23 최민지, 「언론관계법규」, 『일제하민족언론사론』, 일월서각, 1978, 525면.

24 계훈모, 『한국언론연표』, 관훈클럽신영연구기금, 1979, 1964면.

25 『매일신보』 1936.5.27

26 『조선중앙일보』 1936.5.15

27 『매일신보』 1930.5.28

28 『조선중앙일보』 1936.8.5, 식민지 조선에서 '불온문서임시취체령'이 '제령제13호'로 제정된 것은 1936년 8월 8일의 일이다.

29 이혜령, 앞의 논문, 513면.

30 권환, 「삼십분간」, 『제일선』 1932.9, 110~111면.

31 삐라의 정치성에 대한 하나의 해석을 제시한다. "삐라의 불투명한 신원과 무정형한 동태는 식민지-제국의 세계상의 매끈하지 않은 뒷면의 솔기들을 보게 만들었다. 메이데이, 러시아혁명기념일과 같은 날에 현해탄을 사이에 두고 식민지 조선과 제국 일본, 그리고 중국 여러 곳에서 동시다발적으로 살포되는 삐라는 자본과 제국의 시간을 거스르는 다른 시간과 공간의 감각을 누구에게인가 환기시켰을 뿐만 아니라, 식민지-제국의 역사를 역주행하여 조선-내지-외국이라는 해사한 영토적 경계의 구획이 은폐하고 있는 원초적 폭력의 시간을 누구에겐가 대면토록 한다."(이혜령, 앞의 논문, 519면)

32 『동아일보』 1927.4.21 '해외에서 발행하는 혁명잡지 판명된 것만 사십여 종이라고'

33 高警 第4322號(1925.12) 「不穩文書「革命」ノ記事ニ關スル件」. 이 글에서 인용한 모든 일제 공문서는 국사편찬위원회 한국역사정보시스템 자료를 참조했다.

34 식민지 출판경찰의 활동과 그 간행물들의 성격에 대해서는 정근식·최경희의 「도서과의 설치와 일제 식민지 출판경찰의 체계화 1926~1929」(『한국문학연구』 30호, 동국대 한국문학연구소, 2006)에서 충실한 기초 연구가 이루어졌다.

35 정근식·최경희, 같은 논문, 104면.

36 生悅住求馬, 『出版警察法概論』, 松華堂(東京), 1929, 1~2면.

37 '조사자료'로 명명된 출판경찰 기록의 성격과 내용에 대해서는 앞의 정근식·최경희 논문에서 그 자료현황이 정리되어 있다. '조사자료'는 식민지 출판경찰의 활동상과 불온 텍스트에 대한 조선 검열당국의 인식과 관심 내용을 이해하는 데 핵심적인 정보를 제공한다. 향후 보다 집중적인 연구가 필요하다.

38 김경일 편, 『한국민족운동사자료집』 1권, 「해제」, 영진문화사, 1993.

39 이 책의 제7장 「식민지의 위험한 대중시가들-『조선어 신문의 시가[諺文新聞の詩歌]』의 분석」을 참고할 것.

40 『조선출판경찰월보』는 제국 출판경찰의 행정기록 가운데 가장 오랫동안 정기적으로 간행된 핵심자료이다. 일본, 한국, 타이완, 만주 네 곳에서 발행된 출판경찰 정기 보고서에 대한 각각의 성격 분석과 그 비교연구는 근대 텍스트에 대한 제국 일본의 이해

방식과 정책 내용을 해명하기 위한 중요한 과제이다.

41 연보인 『신문지요람』은 '신문지법'(조선인 발행자)과 '신문지규칙'(일본인과 외국인 발행자)에 의해 간행된 매체만을 대상으로 삼고 있었다. 『조선출판경찰월보』는 여기에 '출판법'(조선인 발행자)과 '출판규칙'(일본인과 외국인 발행자)에 의한 출판물도 조사분석의 대상에 포함시켜 식민지 출판계의 총체성을 구현하고자 하였다.

42 이 표는 『신문지요람』의 목록을 기초로 재구성한 것이다.

43 '差押'은 압수를 뜻하는 식민지 시기의 법률용어이다. 앞으로 본문 안에서는 압수로 표기할 것이며, 자료원문이나 식민지 당시 사용한 용어를 인용할 때는 '차압'을 사용할 예정이다.

44 A-2, '조선 내 발행 신문지 게재사항 종류 일람표'

45 A-3, '조선 내 발행 신문지 사용문자 종별 일람표'

46 A-10, '신문지 발행금지·발행정지처분 건수 표'

47 A-11, '조선인 발행 신문지·잡지 행정처분 건수 비교표'

48 그 전체 목록은 이 책의 부록으로 제시했다.

49 C-21, '국문·외국문 신문지 차압처분 결과표'

50 면수의 확인이 어려움. 135면 전후.

51 정근식, 「일제하 검열기국과 검열관의 변동」(『대동문화연구』 51호, 성균관대 대동문화연구원, 2005)과 이혜령의 앞의 논문, 511면과 각주 35을 참고할 것.

| 제2장 | '문역(文域)'이라는 이론 과제-검열, 출판자본, 표현력의 차이가 교차하는 지점

1 김재용에 의하면 「탱크의 출발」은 원래 한국어 시였는데 이북만이 일본어로 번역하여 『프롤레타리아예술』에 기고했다고 한다(김재용 편, 『임화문학예술전집』 1, 소명출판, 2009, 377면).

2 이 사건의 전말에 대해서는 부르스 왓슨(Bruce Watson)의 『싸코와 반제티』(삼천리, 2009)를 참조할 것.

3 임화, 「담-1927」, 『예술운동』 창간호, 조선프롤레타리아예술동맹 동경지부, 1927.11, 44~48면.

4 김윤식은 이 시에 대해 '임화의 기념비적인 작품이자 초기 프롤레타리아 시가의 모범작'이라 규정하고, 미래파 및 다다이즘의 세례가 프롤레타리아 시 내면의 깊이와 외

면의 넓이를 획득하는 데 기여한 사례로 설명했다. 그는 「담-1927」을 김기림의 「기상도」(1936)나 「태양의 풍속」(1939)에 방불할 만한 모더니즘의 선구로 평가하면서 이상의 「시 제1호」에 대한 기법적 영향의 문제를 함께 거론했다(『임화연구』, 문학사상사, 2000, 6판, 116~122면). 그런데 「담-1927」와 「시 제1호」의 유사함은 다른 한편에서 이상의 시에 대한 정치적 재해석의 필요성을 제기한다(이정석, 「이상문학의 정치성」, 『현대소설연구』 42호, 현대소설학회, 2009).

5 홍약명, 「붉은 처녀지에 드리는 송가」, 『예술운동』 창간호, 조선프롤레타리아예술동맹 동경지부, 1927.11, 49~51면.

6 赤砲彈, 「동무들아! 메이데이는 준비되었느냐!?」, 『무산자』 3권 1호, 무산자사, 1929.5, 1~2면.

7 임화, 「네거리의 순이」, 김재용 편, 『임화예술문학전집』 1, 소명출판, 2009, 379면.

8 위에서 거론한 네 편과 「다 없어졌는가」와 「제비」 두 편, 도합 여섯 편의 임화 시가 『카프시인집』에 포함되었다.

9 그런데 '법역'의 활용은 좌익출판의 전유물은 아니었다. 신문발행을 철저히 통제한 조선총독부의 정책 때문에 신문발행으로 수입을 얻고자 하는 사람들이 일본에서 발행한 신문을 조선으로 반입하는 사례가 적지 않았다. 이 신문들은 형식상의 발행소를 일본에 설치하되 일본에서는 판매하지 않고 주로 조선 내에 반포하면서 마치 조선에서 발행허가를 얻은 것과 같은 행태를 취했다. 이들 신문에 대한 도서과의 판단은 다음과 같았다. "주로 내지에 판매 반포하고 부수적으로 조선 내로 이입되는 보통 일반의 내지 발행 신문지와 동일로 보기는 불가능함은 물론이고, 그 실질에 있어서는 조선 발행 신문지와 아무런 차이가 없다. 그런데 이들 신문 발행자들은 이것으로 마치 조선 내에서 허가를 받아 발행하는 신문지처럼 행세하고 혹은 광고를 강요하기도 하고 혹은 구독을 강요하는 등 신문을 배경으로 각종 불량행위를 저지르고 그 폐해가 미치는 바는 적지 않다."(朝鮮總督府 警務局 圖書課, 『新聞紙出版物要項』, 1928, 154~155면) 하지만 이러한 행위에 대한 법적조치는 사회주의자들에 비해 그렇게 심각하지 않았다.

10 물론 일본에서 조선인들의 누린 자유 또한 한계가 있는 것이었다. 『사상운동』 속에는 "안녕질서 문란죄로 발매금지, 압수를 당하였습니다", "벌금 문 것이 두 번, 발매금지 당한 것이 4회" 등 검열관련 발언들이 여러 차례 등장한다.

11 식민지 시기 일본에서 제작된 조선인 매체목록은 梁永厚의 「戰前の在日朝鮮人の新聞, 雜誌目錄」(『關西大人權問題硏究所紀要』 50, 2005.3.31)을 참조할 것. 이 목록에

는 매체뿐 아니라 단행본 성격의 출판물도 일부 포함되어 있다.

12 권두언(杜宇), 『사상운동』, 2권 1호, 1925.8(朴慶植 編, 『在日本朝鮮人運動關係機關誌(解放前)』(朝鮮問題資料叢書 第五卷), 三一書房, 1983, 71면.

13 정진석 편, 『일제시대 민족지압수기사모음』 I, LG상남언론재단, 1998, 66면.

14 문제의 글 「莫斯科에 새로 열린 국제농촌학원」의 필자 朴春宇는 저명한 재러사회주의자 朴鎭順의 필명이다. 박진순은 러시아 연해주 태생으로 모스크바대학에서 수학했으며 상해파 고려공산당 중앙위원, 코민테른 집행위원, 코민테른 집행위 조선문제 보고자 등을 역임한 인물이다(강만길·성대경 편, 『한국사회주의운동인명사전』, 창작과비평사, 1996, 209~210면).

15 『개벽』 72호, 1926.8, 28면.

16 가노 마사나오(김석근 역), 『근대 일본사상 길잡이』, 소화, 2004, 343면.

17 언필생, 「동경에서 열린 震災 당시 被○○동포 제3주 추도회기」, 『사상운동』 2권 3호, 1925.10, 11면.

18 그 점에 대해서는 이 책의 제10장 「3.1운동과 법정서사」를 참고할 것.

19 『동아일보』 1923.11.23

20 『동아일보』 1923.11.19

21 고노 겐스케는 일본에서 관동대지진을 다룰 때 "조선인 학살은 특히 정보통제의 대상이 되었다"고 지적한 바 있다(紅野謙介, 「一九二O年代 大正期文學の臨界點」, 『文學』 2010.3, 2010.3·4月號, 岩波書店, 43면).

22 朝鮮總督府 警務局 圖書課, 『新聞紙出版物要項』, 1928, 114면.

23 朝鮮總督府 警務局 圖書課, 『新聞紙要覽』, 1927, 18면.

24 『사상운동』, 『청년조선』, 『교육연구』, 『반도조선』, 『조선노동』, 『청년에게 호소함』, 『노동독본』, 『일본청년에게 고함』, 『사회개조의 제사조』, 『제1인터내셔널 창립선언 및 규약』, 『노국 주요인물 모습』, 『자본주의의 해부』, 『로자 룩셈부르크』, 『金剛杵』, 『학지광』, 『조선인 신운동』, 『대중신문』, 『신공론』, 『契의 연구』, 『광선』, 『소작운동』, 『赤衛』, 『조선경제』, 『黑友』, 『松京學友會報』, 『사명』, 『自我聲』, 『劇星』(朝鮮總督府 警務局 圖書課, 『新聞紙要覽』, 1927, 23~25면)

25 『新聞紙出版物要項』(1928)과 『朝鮮に於ける出版物概要』(1929)에서 추출하여 종합했다. "이밖에 휴간 중에 있는 것으로 『조선경제』(협동조합운동사 기관지), 『교육연구』(재일본조선교육연구회 기관지), 『신공론』(형설회 기관지), 『사명』(동경조선기독교청년회 기관지) 등이 있지만 다시 발행될 가능성 없다. 조선어 인쇄물은 모두 동

성사(同聲社, 조선인 경영)에서 인쇄"(朝鮮總督府 警務局 圖書課, 『新聞紙出版物要項』, 1928, 127~128면)

26 고영란, 「제국 일본의 출판시장과 전략적 비합법 상품의 자본화 경쟁」, 『근대검열과 동아시아』, 성균관대학교 동아시아학술원 학술회의 논문집, 2010.

27 조선프롤레타리아예술동맹, 「전국 독자 제군에게 急告함」, 『예술운동』 창간호, 1927. 11, 55면.

28 『조선일보』 1929.2.26, 「일본무산계급잡지 조선서 발매금지」

29 김윤식, 『임화연구』, 문학사상사, 2000, 244면.

30 고노 겐스케(紅野謙介), 「문학은 어떻게 자본화되었는가-1920년대의 저작권, 출판권과 언론통제」, 성균관대학교 동아시아학술원 공개강의안(2009.4). 이와 함께 紅野謙介의 『検閲と文學-1920年代の攻防』(河出書房新社, 2009)의 제4장 '内閲という慣行'을 참조할 것.

31 『동아일보』 1928.4.17, 「주목을 받는 신문과 잡지」

32 일제 관헌 기록에 의하면 『개벽』의 편집진과 조선총독부 사이에서도 '내열'을 통해 잡지의 표현 수위를 서로 합의한 사례가 있었다. 하지만 『개벽』은 총독부와의 '내열' 약속을 지키지 않음으로써 행정처분을 받았다. "大正 15(1926)년 2월호, 3월호로 잇따라 행정처분을 받기에 이르러 또다시 엄계를 가한 결과 4월호 이하는 이미 内検閲을 받아 당국의 지시에 따르기를 맹세하며 그 5월호 기사 중 불량하다고 인정되는 부분을 삭제하고 주의했음에도 불구하고 당국에 대한 납본만 그 부분을 삭제하고 그 발매 반포한 것은 그대로 이를 놔둔 것을 발견하여 행정처분에 붙였다."(『新聞紙要覽』, 1927, 66~67면 전후. 면수 불확실함)

33 이 번역본에는 천황을 ××로 표기하는 것과 같이 억지로 만든 몇 개의 형식적인 복자들이 들어 있다.

34 김경일, 『이재유 연구』, 창작과비평사, 1993, 302면.

35 이들 통계는 조선총독부 경무국 도서과가 제작한 『新聞紙要覽』(1927), 『新聞紙出版物要項』(1928), 『朝鮮に於ける出版物概要(1929, 1930, 1932)와 『朝鮮出版警察概觀』(1934~1940) 등의 자료에 근거한 것이다.

36 朝鮮總督府 警務局 圖署課, '新聞紙雜誌輸移入及其ノ種類數量', 『新聞紙要覽』, 1927, 16면. "内地又ハ外國ヨリ朝鮮内ニ輸移入セラルル新聞雜誌ハ〈 …중략… 〉逐年增加ノ傾向ヲ示シツツアリテ斯ノ如キ傾向ハ卽チ朝鮮文化ノ向上ヲ如實ニ示ス證左ニシテ洵ニ喜フヘキ現象ナリト"

37 朝鮮總督府 警務局 圖署課, '新聞紙雜誌輸移入及其ノ種類數量', 『新聞紙要覽』, 1927, 16면. ""雖又一面此等多數ノ新聞雜誌ノ輸移入ニ伴ヒ民衆ノ思想上ニ及ホス影響尠ナカラサルモノアルヲ以テ此ノ方面ニ対シテハ特ニ深甚ノ注意ヲ拂ヒツツアリ"

38 신문지법과 신문지규칙에 의해 발행된 것에 한정한 통계로, 출판법에 의해 간행된 출판물 검열 통계는 빠져 있음. 내용 구성은 『新聞紙要覽』(1927), 『新聞紙出版物要項』(1928), 『朝鮮に於ける出版物概要』(1929, 1930, 1932)등을 종합한 것임.

39 이 통계에 관해서는 『新聞紙要覽』(1927), 『新聞紙出版物要項』(1928), 『朝鮮に於ける出版物概要』(1929)을 참고할 것.

40 朝鮮總督府 警務局 圖署課, 『朝鮮に於ける出版物概要』, 1929, 145면.

41 朝鮮總督府 警務局 圖署課, '新聞紙雜誌輸移入及其ノ種類數量', 『新聞紙要覽』, 1927, 17면.

42 1930년대 후반 독서시장에서 조선어 출판물과 일본어 출판물의 경합과 그 양상에 대해서는 천정환 의 「일제말기의 독서문화와 근대적 대중독자의 재구성(1)-일본어 책 읽기와 여성독자의 확장」(『현대문학의 연구』 40호, 한국현대문학연구학회, 2010)을 참조할 것. 이 글에서 천정환은 일본 출판물의 조선 내 확대가 결과적으로 일본 출판업의 발전에 큰 유익을 주지 못했다고 판단했다. 그것은 사실이다. 그러나 일본 출판자본의 조선 진출 문제를 조선 출판계의 관점에서 바라볼 때, 또 다른 시각과 논점들이 생겨난다. 그 점을 함께 다룰 필요가 있다.

43 고영란, 「제국 일본의 출판시장과 미디어 이벤트」, 『사이/間/SAI』 6호, 국제한국문학문화학회, 2009, 134면.

44 박광현, 「검열관 니시무라 신타로와 조선어문」, 『흔들리는 언어들』, 성균관대학교출판부, 2008.

45 한기형, 「『개벽』의 종교적 이상주의와 근대문학의 사상화」, 『『개벽』에 비친 식민지 조선의 얼굴』, 모시는사람들, 2007, 438~439면.

46 박광현, 앞의 논문, 402면.

47 '비식민지'라는 용어의 선택에는 식민지의 '외부'가 식민지를 상대화하는 주체가 되어서는 안 된다는 의도가 담겨 있다. 식민지 문화의 특질을 분석하기 위해서는 먼저 식민지인이 고안한 자기표상의 방법에 대해 점검해야 한다. 하지만 서구의 학술성과를 보편화하는 이론과 분석틀로는 그 실상이 잘 잡히지 않는다. 근대성 연구의 문제와 한계는 대부분 여기에서 생겨났다. 예를 들어 한국에서 문학의 근대화는 주로 식민지기에 이루어졌다. 그 세계를 섬세하게 분석하기 위해서는 식민지라는 복잡한 시

공간을 분석하기 위한 어떤 특별한 체계와 기준이 필요한데, 외부세계와 식민지를 성급하게 연결하려는 보편화의 욕망에 의해 그러한 발상의 활발한 표명과 소통이 이루어지지 못했다.

48 이 점에 대해서는 이혜령의 「감옥, 혹은 부재의 시간들-식민지 조선에서 사회주의자를 재현한다는 것, 그 가능성의 조건」(『대동문화연구』 64호, 성균관대 대동문화연구원, 2008)을 주목하기 바란다.

| 제3장 | '이중출판시장'과 식민지 문화-'토착성'이란 문제의식의 제기

1 이 책의 제5장 「대중매체의 허용과 문화정치의 통치술」의 내용을 참조할 것.

2 이익상, 「현하 출판과 문화(중)」, 『동아일보』 1927.9.14

3 도서과의 출판경찰 활동과 연보, 월보의 성격에 대해서는 정근식·최경희의 「도서과의 설치와 일제 식민지 출판경찰의 체계화」(『검열연구회 편, 『식민지 검열: 제도·텍스트·실천』, 소명출판, 2011)을 참조할 것.

4 1920~30년대 단행본 출간의 전체상을 조망할 수 있는 통계표가 정진석에 의해 작성된 바 있다. 정진석, 「일제강점기 출판환경과 법적규제」(『근대서지』 6호, 소명출판, 1912)의 〈표1.2〉 '1920, 30년대 출판물 허가건수', 37~38면.

5 표1, 2, 3의 자료 출전은 아래와 같다.

*『新聞紙要覽』의 「內地人發行新聞通信雜誌頒布狀勢表」, 「朝鮮內發行新聞紙雜誌頒布狀勢一覽」

*『新聞紙出版物要項』의 「朝鮮內發行新聞紙頒布狀勢一覽表」(15~20면), 「移輸入新聞雜誌頒布狀勢一覽表」(117~126면)

*『朝鮮出版警察概要(1933.1~1936.12)』(昭和8年)의 「內地人發行新聞通信雜誌頒布狀勢一覽表」(21~32면), 「朝鮮人發行新聞雜誌頒布狀勢一覽表」(47~51면), 「移輸入新聞·雜誌頒布狀勢一覽表」(108~120면)

*『朝鮮出版警察概要』(昭和9年)의 「內地人發行新聞通信雜誌頒布狀勢一覽表」(170~183면), 「朝鮮人發行新聞雜誌頒布狀勢一覽表」(198~201면), 「移輸入新聞雜誌頒布狀勢一覽表」(257~272면)

*『朝鮮出版警察概要』(昭和10年)의 「內地人發行新聞通信雜誌頒布狀勢表」(326~339면), 「朝鮮人發行新聞雜誌頒布狀勢表」(351~354면), 「移輸入新聞雜誌頒布狀勢表」

(417~432면)

*『朝鮮出版警察概要』(昭和11年)의 「內地人發行新聞通信雜誌頒布狀勢表」(472~479면), 「朝鮮人發行新聞雜誌頒布狀勢表」(480~483면), 「移輸入新聞雜誌頒布狀勢表(596~611면)

*『朝鮮出版警察概要』(昭和12年)의 「內地人發行新聞通信雜誌頒布狀勢表」(31~44면), 「朝鮮人發行新聞雜誌頒布狀勢表」(44~47면), 「移輸入新聞雜誌頒布狀勢表」(204~223면),

*『朝鮮出版警察概要』(昭和14年)의 「內地人發行新聞通信雜誌頒布狀勢表」(287~300면), 「朝鮮人發行新聞雜誌頒布狀勢表」(301~304면), 「移輸入新聞雜誌頒布狀勢表」(401~421면)

6 특별한 상황은 1938년에 『매일신보』가 갑자기 1위로 뛰어올랐다는 점이다. 그 원인에 대해서는 다른 차원에서의 점검이 필요하다.

7 1930년(소화5년) 외국 출판물 수입액은 일본으로부터 이입액의 약 1%가량이었다(일본 출판물 2,214,762원, 외국출판물 22,444원). 그런데 이입액 대비 수입액 비중은 점차 줄어들고 있었다. 1926년 5.1%이던 것이 1927년 2.5%, 1928년 1.2%, 1929년 1.6%이었고, 1930년에는 1%까지 낮아졌다. (『조선일보』 1931.3.12, 「서적 잡지 수이입액 일 년에 이백여 만원」)

8 내지인·외국인의 경우 '발행'만 명시되어 있으나 조선인의 경우 출원과 허가, 그리고 나중에는 삭제와 취하 등의 항목이 추가된다. 이곳에서는 '허가' 건수만을 취했다. 『新聞紙要覽』, 『朝鮮出版警察概要』 등 출판경찰 년보의 「內地人·外國人 單行出版物出版狀況一覽表」와 「朝鮮人發行單行出版物許可(其他)件數種別表」을 종합하여 작성한 수치임.

9 출판경찰월보 '朝鮮人發行單行出版物出版許可件數表'에서 '허가건수'만을 종합한 것. '기록상 합계'는 원문에 나와 있는 수치이며, '실합계'는 원문의 계산오류를 바로 잡은 수치임.

10 朝鮮總督府 警務局 圖書課, 『新聞紙出版物要項』, 1928, 33면. "近時內地ヨリ移入ノ刊行物ニ圧倒サレ其ノ個人經營ニ係ルモノニアリテハ其ノ經營相當苦境ニアルノ實情ニアリテ特殊ノモノヲ除キテハ到底內地ノ移入出版物ニ及ハズ多ク經營ノ收支償ハズ其ノ發行亦不振ノ情況ニアリ"

11 朝鮮總督府 警務局, 『朝鮮における出版物概要』(1929), 2장 1절 '內地人及異國人の新聞雜誌發行狀況'

12 「最近 兩 三 日間에 百五 種 新聞 押收」, 『중외일보』 1929.9.28, "일본서 발행하여 조선 오는 것 釜山 埠頭엔 新聞 山積. 최근 양 삼일 동안에 일본에서 발행하여 가지고 조선에 들어오는 신문잡지가 일백오 종이나 압수처분을 맞아 釜山 水上署에는 신문지의 산을 이루었다는데 사건내용은 물론 당국의 기피하는 터이므로 발포할 자유가 없지만은 사건만은 상상 이상에 중대한 터로 심지어 『文藝春秋』까지 압수를 받았더라."

13 이 통계는 현재 남아 있는 111호 『조선출판경찰월보』 전체의 수치를 합산하여 구성한 것이다.

14 자료 원문의 표현은 '신문지'이다. 이 표현은 신문지법 대상의 정기간행물을 뜻한다. 따라서 '신문지'라는 규정 속에는 우리가 상식적으로 알고 있는 신문 이외에도 잡지와 같은 매체도 포함되어 있었다. 참고로 조선의 신문지법은 극히 소수만을 대상으로 엄격한 허가제를 시행하고 있었다. 잡지 가운데 신문지법의 대상이 되었던 대중매체는 『신생활』, 『신천지』, 『개벽』, 『동명』, 『조선지광』, 『현대평론』 등을 비롯해 15종 내외였다(정진석, 『한국언론사』, 나남출판, 1990, 385~386면).

15 금지단행본목록에 수록된 단행본 총 2,794건 가운데 일본어 단행본은 2,359건(84.4%), 조선어 단행본은 250건(8.9%), 중국어 단행본은 154건(5.5%)이다.

16 이혜령, 「식민지 섹슈얼리티와 검열-桃色과 적색, 두 가지 레드문화의 식민지적 정체성」, 『동방학지』 164호, 연세대 국학연구원, 1913.

17 전자의 경우, 통신강의록과 수험서, 의학서적 등으로 포장된 성관련 도서, 사회주의 이론과 원전의 번역, 일본문학과 일본어로 번역된 서구문학, 대중교양서와 전문학술서, 각종 사전류 등이 존재한다. 식민지기 조선에 이입된 일본 단행본의 성격에 대해서는 별도의 연구가 필요하다.

18 「금후 조선 희망의 거화」, 『동아일보』 1929.1.1(출판계 洪淳泌씨 談)

19 『사선을 넘어서』(1921)는 일본의 목사이자 사회운동가인 賀川豊彦의 저작이다.

20 『동아일보』 1921.12.27

21 그 세부 내용은 다음과 같다. 정치 513종, 법률 503종, 경제 420종, 사회문제 527종, 통계 154종, 神書 종교 871, 철학 381종, 문학 3,715종, 어학 716종, 역사 287종, 전기 278건, 수학 238건, 이학 332종, 공학 428종, 의학 568종, 산업 798종, 교통 100종, 군사 91종, 음악 827종, 미술 560종, 기예 889종, 辭書 411종, 叢書 26건, 잡서 1,318건(이익상, 「현하 출판과 문화」(상), 『동아일보』 1927.9.13).

22 이 통계가 어떤 자료에 근거한 것인지는 제시되지 않았다. 따라서 이 수치의 객관성은 확인할 수 없다.

23 이 통계와『警務彙報』의 통계가 상당한 차이가 난다. 정진석 교수가 정리한 '1920년대 출판물(잡지/단행본) 허가건수'에 의하면 1925년의 경우 1,239종이다. 이익상이 제시한 자료와 323종의 차이가 있다. 식민지의 계속출판물은 대부분 단행본의 법적 위치를 가지고 있었기 때문에 매 간행물 당 1종의 단행본 취급을 받았다. 그것을 모두 계산한 것과 그렇지 않은 경우 때문에 생긴 편차일 가능성도 있지만 확인할 길은 없다(정진석,「일제강점기의 출판환경과 법적 규제－1920~30년대 조선총독부 출판통계를 중심으로」,『근대서지』6호, 1912, 37면).

24『동아일보』1936.8.23

25 부분적으로 일본에서 이입된 출판물도 있었을 것이다. 보다 엄밀한 자료검토가 필요하다.

26 그밖에 '사상'으로 분류된 60여종의 사회주의 서적도 관심이 필요하다. 여기서 '사상'이란 용어가 식민지사회에서 '사회주의'로 전용되었다는 것을 알 수 있다. 대체로 50전 미만의 가격에 판매되었던 것을 보면, 값싼 대중용 팜플렛의 성격을 지닌 소책자일 가능성이 높다. 사회주의 관련 서적은 검열기구의 강력한 제제의 대상이 되었지만 불온성의 정도를 낮추어 판매 가능한 내용으로 유통되었을 가능성이 있다. 하나의 독립된 영역으로 이 정도 분량의 서적이 간행되었다는 것은 '사회주의'에 대한 조선인 구매자의 관심이 상당히 높았다는 것을 보여준다.

27 족보가 '만들어진 전통'의 근거로 활용되는 현상은 1930년대 초반 김태준에 의해 신랄하게 비판된 바 있었다. "향촌에서도 문벌이 나쁘면 행세를 할 수 없는 형편이니 帖掌議나 帖參奉으로도 양반이 되어야 하겠고, 또 祖先에 현저한 儒賢이거나 명사가 있어야 하기 때문에 저절로 거짓말이라도 거액의 자본을 던져서라도 족보만은 훌륭하게 하여야 한다. 내가 이렇게 말하면 어떤 동무는 웃으리라. '족보는 노예제 시대의 산물인지라 다른 시대가 오면 저절로 소멸될 터인데 그따위 지엽문제에 대하여 아카데미크로 연구할 필요가 없다'라고. 그러나 日暮途遠하다. 조선 출판물의 대부분이 족보라고 하는 데야 이 사람들의 장래도 걱정되지 아니할까?"(김태준,「성씨·문벌·족보의 연구」,『조선어문학회보』제7호, 1933.7.15, 41면(허재영 편, 역락, 2011, 195면)

김태준은 여기서 식민지 조선의 족보열을 사회심리와 출판자본이라는 두 가지 차원에서 접근하고 있다. 특히 이 글에서 그는 중국사회에서 '譜學'과 '문벌'의 자랑은 晩唐 이후 사라진 일임에도 조선에서는 백년 이래의 대유행하는 연유가 사회계급의 미분화에서 비롯된다고 지적했다. 이 문제에 대해서 이용범의 다음과 같은 판단도 참고할 만하다.

"김태준에게 있어 족보열과 단군·기자·화랑 등의 표상에 대한 집착은 같은 궤도에 있는 것이었다. 그는 표상에 대한 집착을 그것들의 역사적 맥락에서 보여줌으로써 파훼하려 노력했다. 「단군신화연구」에서는 단군신화가 만들어져간 역사를 추적하면서 그것이 후대의 요구에 의해 만들어진 것임을, 곧 조선의 고유성을 주장하는 이들에게 그 고유성이 만들어진 것임을 보여주었다. 「기자조선변」에서는 기자숭배가 고려 숙종 대부터 비로소 시작되었고, 조선후기에 그것을 족보숭배와 결부시켜 이용하는 모습까지 제시하였다."(이용범, 「김태준과 郭沫若-한 고전학자의 인식론적 전환의 계기」, 성균관대 석사학위논문, 2014, 105~106면)

28 손병규, 「이십세기 전반의 족보 편찬 붐이 말하는 것」, 『사림』 47호, 수선사학회, 2014, 174면.

29 현대성의 내용과 외형을 지니고 있지만, 양식과 구조의 측면에서 구소설의 성격을 이어받은 서사양식의 작품들이 20세기 전반기 다수 출판되었다. 이들은 가장 많은 판매량을 지닌 문화상품으로 전국적인 차원에서 유통되었다.

30 조동일, 「영웅소설 작품 구조의 시대적 성격」. 『한국소설의 이론』, 지식산업사, 1977.

31 이혜령, 「1920년대 『동아일보』 학예면의 형성과정과 문학의 위치」, 『대동문화연구』 52호, 성균관대 대동문화연구원, 2005; 김진균·한영규 외 편, 『식민지시기 한시자료집』, 성균관대학교출판부, 2009.

32 강명관, 「일제 초 구지식인의 문예활동과 그 친일적 성격」, 『창작과비평』 1988 겨울호.

33 松本武祝·정승진, 「근대한국촌락의 중층성과 일본모델-사회적 동원화와 '전통'의 창조 개념을 중심으로」, 『아세아연구』 51권 1호(통권 131호), 2008, 213면.

34 松本武祝·정승진, 같은 논문, 209면에서 재인용.

35 松本武祝·정승진, 같은 논문, 219면.

36 이상, 「東京」, 김주현 주해, 『정본이상문학전집』 3, 소명출판, 2009, 145면(『문장』 1939.5).

| 제4장 | 검열장의 성격과 구조

1 『조선일보』 1927.7.8

2 식민지 시기 출판정책의 실증적 이해는 정진석의 「일제하의 언론 출판연구」(『신문연

구』 26~27, 1978)를 참고할 것.

3 이 진정사건의 경위에 대해서는 1931년 3월 12일자 『조선일보』, 『동아일보』, 『매일신보』 기사 참조.

4 『조선일보』 1931.3.12, 「언론자유를 요구코 검열당국에 항의」(한기형 편, 『미친 자의 칼 아래서－식민지 검열관련 신문기사 자료』 2, 소명출판, 2017, 288면)

5 『매일신보』 1931.3.12

6 『조선일보』 1931.3.12, 「언론자유를 요구코 검열당국에 항의」(한기형 편, 『미친 자의 칼 아래서식민지 검열관련 신문기사 자료』 2, 소명출판, 2017, 288면)

7 『동아일보』 1931.3.17

8 이 기성회는 한국인 서적조합과 『신천지』, 『조선지광』, 『동명』, 『상공세계』, 『청년』, 『계명』, 『신생활』 등 8개 잡지사, 신문관과 천도교회월보사 등 7개 출판사 등에 의해 조직되었다(『조선일보』 1923.3.25).

9 『조선일보』 1923.3.29

10 『조선일보』 1925.6.14

11 이 점에 대해서는 『매일신보』 1926.2.21 「현안중인 조선 신문지법」, 『동아일보』 1926.8.2 「개정중인 출판법」, 『동아일보』 1931.1.2 「출판법령 개정설, 철저한 안을 세우라」, 『동아일보』 1934.3.15 「조선사정에 적응토록 출판법 일부 개정」 등의 기사를 참고할 것.

12 『동아일보』 1922.8.14 「경무국장의 경고에 대하여」

13 최민지, 『일제하 민족언론사론』, 일월서각, 1978, 438~439면.

14 최민지, 같은 책, 480면. 관련 상황에 대한 연구로 방효순의 「일제시대 저작권 제도의 정착과정에 관한 연구」(『서지학연구』 제21집, 한국서지학회, 2001)을 참고할 것.

15 그러나 저작권이 보장을 위한 구체적 제도까지 마련된 것은 아니었다. 저작권 문제에 대한 실질적인 해결은 출판 관계자들의 지속적인 요구사항 가운데 하나였다(『조선일보』 1923.3.29).

16 박헌호는 식민지인에 대한 제국 일본의 의도된 차별이 "제국의 중심부와 식민지의 위상을 제도는 물론 정신의 차원에서 확인"하기 위한 구조적 기제라는 전제하에 "차별의 문제는 단지 식민지 통치의 정치적 관용의 차원에서 해결될 수 있는 문제가 아니었다. 차별은 조선인들에게 식민주의를 내면화하게 만드는 제국의 논리일 뿐만 아니라 제국의 중심으로서 일본인의 주체성을 확인하고 확장하는 '내지인'용 이데올로기이기도 했다"라고 분석했다(박헌호, 「문화정치기 신문의 위상과 반－검열의 내적 논리」, 『대동문화연구』 50호, 성균관대 대동문화연구원, 2005, 235~236면).

17 정근식, 「식민지적 검열의 역사적 기원」, 『사회와 역사』 64, 한국사회사학회, 2003, 25면.

18 출판법의 제1조는 "其 문서를 저술하거나 又는 번역하거나 우는 편찬하거나 又는 圖畵를 作爲하는 자는 저술자라 하고, 발매 又는 반포를 담당하는 자를 발행자라 하고, 인쇄를 담당하는 자를 인쇄자라 함"이라고 하여 출판과정에 개입하는 개인의 역할을 상세하게 구분하여 설명했다.

19 이름이 바뀐 경우를 별개의 매체로 계산할 경우 총수는 31종으로 늘어난다. 신문지법 발행 매체의 목록과 성격에 대해서는 정진석의 『한국언론사』(나남, 1995, 5판, 378~388면)을 참조할 것.

20 XY생, 「현하 신문잡지에 대한 비판」, 『개벽』 63, 1925.11

21 문화정치기 잡지 필화사건과 폐간경위에 대해서는 이 책의 제5장의 「대중매체의 허용과 문화정치의 통치술」과 장신의 「1922년 『신천지』 필화사건 연구」(『역사문제연구』 13호, 2004)를 참조할 것.

22 신문에 대한 압수처분은 일상적인 것이었고, 발행정지는 식민지 민간지가 발행되었던 20년 5개월 동안 『동아일보』, 『조선일보』가 각 4회, 『중외일보』와 『조선중앙일보』가 각 1회를 당했다(정진석, 『한국언론사』, 나남, 1995, 5판, 438~471면).

23 박용규, 「일제하 민간지 기자집단의 사회적 특성에 대한 연구」, 서울대 박사학위논문, 1994, '제2장, 일제의 언론정책과 민간지의 기업화'

24 일본의 식민지적 법-행정체제의 포괄적인 성격에 대해서는 이철우의 「일제하 한국의 근대성, 법치, 권력」(신기욱·마이클로빈슨 편, 도면회 역 『한국의 식민지 근대성』, 삼인, 2006)과 「일제하 법치와 권력」(박지향 외 편, 『해방전후사의 재인식』, 책세상, 2006)을 참고했다. 특히 "일본의 통치는 '잔혹하고' '자의적'으로 묘사되어 왔지만, 그 통치행위 밑에 놓인 권력과 지배의 논리를 인식하려는 노력은 거의 없었다. 일본의 통치가 억압적이었다면, 어떤 식의 억압이 있었고 그 성격은 어떠하였으며 식민지화 이전 한국인이 겪은 억압과는 어떻게 달랐는지를 살펴야 한다"(「일제하 한국의 근대성, 법치, 권력」, 67면)는 이철우의 입장은 필자의 문제의식을 가다듬는 데 큰 도움이 되었다.

25 이 점에 대해서서 한기형의 「근대어의 형성과 매체의 언어전략」(『역사비평』 2005 여름호, 역사비평사)를 참고할 것.

26 이 책의 제6장 「식민지 검열현장의 정치맥락」을 참조할 것.

27 검열표준의 문제는 정근식의 「식민지 검열과 '검열표준'」(『검열의 제국-문화의 통제와 재생산』(푸른역사, 2016)에서 정교하게 분석되었다.

28 이 두 자료는 『일제시대 민족지 압수기사모음』 I (정진석 편, LG상남언론재단, 1998,

35~78면)에 번역되어 실려 있다.

29 윤정원, 「한국 근대 정기간행물에 관한 서지학적 연구: 1889~1945」, 『서지학연구』 14, 1997, 348면

30 정진석, 『한국언론사』, 나남출판, 1990, 389면 〈표2〉와 394면 〈표4〉 참조.

31 정진석 편, 『일제시대 민족지 압수기사 모음』 I , LG상남언론재단, 1997, 35~75면.

32 정진석 편, 『일제시대 민족지 압수기사 모음』 I , LG상남언론재단, 1997, 45면.

33 정진석 편, 『일제시대 민족지 압수기사 모음』 I , LG상남언론재단, 1997, 72면.

34 「편집에 관한 희망 및 그 지시사항」, 경무국 도서과, 1939(최민지, 앞의 책, 563면).

35 이 통계는 정진석의 『한국언론사』(나남출판, 1990) 389면 〈표2〉와 394면 〈표4〉의 내용을 근거로 재구성한 것이다.

36 공제욱·정근식이 편집한 『식민지의 일상-지배와 균열』(문화과학사, 2006)은 이러한 문제와 관련한 다양한 실제 사례를 다루고 있다.

37 식민지 '검열장'은 대체로 다음의 4단계로 나누어 살펴볼 수 있다. 1단계:1905~1919, 2단계:1919~1926, 3단계:1926~1937, 4단계: 1937~1945. 이 가운데 2, 3단계가 식민지 '검열장'의 안정기라고 할 수 있다. 중요한 문제는 2단계에서 3단계로의 변화, 즉 문화정치기 '검열장'과 도서과의 설치와 함께 시작되는 3단계 '검열장'의 성격이 어떠한 구조적 차이가 있는지를 살펴보는 것이다. 이러한 비교분석을 통해 총력전 체제 하의 4단계 '검열장'이 이례적이며 특수한 정황의 산물인지 아니면 식민지 '검열장'의 진행 과정에서 나타난 필연적 현상인지가 설명될 수 있을 것이다.

38 朝鮮總督府 警務局 圖書課, 朝鮮人 刊行 出版物 許可件數 年別 比較表, 『朝鮮出版警察概要』, 1939, 63~65면.

39 데틀레프 포이케르트(김학이 역), 『나치시대의 일상사』, 개마고원, 2003, 379면.

40 권명아는 파시즘적 통제의 균열을 만드는 다양한 형태의 현실 비틀기나 일탈의 표정들에 주목했다(권명아, 「파시즘 경험과 유산을 둘러싼 논쟁 비판」, 『역사적 파시즘』, 책세상, 2005). 이러한 시각은 그동안의 연구가 규명하지 못했던 파시즘적 일상의 의미가 새롭게 이해되는 계기가 되었다.

제2부
검열이라는 거울

| 제5장 | 대중매체의 허용과 문화정치의 통치술

1 '검열체제'는 검열을 수행하는 식민통치기구, 검열과정, 검열과정의 참여자를 하나의 체계로 파악하기 위해 고안된 개념이다. 이러한 개념이 필요했던 이유는 식민지 검열이 텍스트 검사, 발행정(금)지 등의 행정처분, 정식재판 등의 사법처분이 결합하여 완결되기 때문이다. 식민지 검열체제의 시계열적 전체상이 드러나면 이 용어에 대한 보다 섬세한 개념화가 가능할 것이다. 이와 관련된 연구로는 정근식의 「일제하 검열기구와 검열관의 변동」(『대동문화연구』 51호, 성균관대학교 대동문화연구원, 2005), 「도서과의 설치와 일제 식민지 출판경찰의 체계화, 1926~1929」(『한국문학연구』 30호, 동국대 한국문화연구소, 2006) 등의 성과들이 있다.

2 식민지 검열의 기원과 그 법률적 성격에 대해서는 최기영의 「광무 신문지법 연구」(『대한제국시기 신문연구』, 일조각, 1990)와 정근식의 「식민지적 검열의 역사적 기원: 1904~1910」(『사회와 역사』 64호, 2003)을 참고할 것.

3 강동진, 『일본 언론계와 조선』, 지식산업사, 1987, 136면에서 재인용.

4 1910년대 잡지의 역사적 위상에 대해서는 한기형의 「근대잡지와 근대문학 형성의 제도적 연관」(『근대어·근대매체·근대문학』, 성균관대학교출판부, 2006)를 참고할 것.

5 다케우치 로쿠노스케에 대해서는 한기형의 「무단통치기의 문화정책—근대 잡지 『신문계』를 통한 사례분석」, 『근대소설사의 시각』, 소명출판, 1999; 한기형, 「근대잡지와 근대문학 형성의 제도적 연관」; 이경훈, 「『학지광』과 그 주변」(한기형 편, 『근근대어·근대매체·근대문학』, 성균관대 대동문화연구원, 2006)을 참고할 것.

6 竹內錄之助, 「신일본 건설과 본지의 사명」, 『반도시론』 22호, 1919. 4면.

7 이러한 판단이 문화정치기 매체허용에 미친 3.1운동의 역할을 과소평가하려는 의도에서 이루어진 것은 아니다. 언론 허용의 결정적 요인은 역시 3.1운동에서 폭발된 조선민중의 분노를 약화시키려는 것에 있었다. 하지만 그 배경에 설명한 것과 같은 정치적 고려가 동시에 작용했다고 판단한다.

8 특히 하라 내각의 언론자유 확대 그리고 전후 경제의 호황 여파로, 1918~1919년 무렵부터 급격히 발달한 출판저널리즘(신문의 경우 1917년 666종, 1918년 798종, 1920년 840종; 잡지의 경우 1915년 1140종, 1918년 1442종, 1919년 1751종, 1920년 1862종)의

존재는 식민지 미디어정책을 보다 전향적으로 사고하게 한 간접적인 배경이라고 할 수 있다(三谷太一郎, 「대정 데모크라시의 전개와 논리」, 차기벽·박충석 편, 『일본 현대사의 구조』, 한길사, 1980, 252면).

9 XY생, 「현하 조선의 신문잡지에 대한 비판」, 『개벽』 63, 1925.11, 47면.

10 문화정치의 역사적 성격에 대해서는 다음의 논문을 참고했다. 강동진, 『일제의 한국 침략 정책사』, 한길사, 1980; 마이클 로빈슨(김민환 역), 『일제하 문화적 민족주의』, 나남, 1990; 박찬승, 『한국 근대정치사상사 연구』, 역사비평사, 1992; 長田彰文, 「日本の朝鮮統治における「文化政治」の導入と齋藤實」, 『上智史學』 No. 43, 上智大學史學會; 1998, 김동명, 「일본제국주의의 식민지 지배체제의 개편」, 『한일관계사연구』 9집, 1998; 이태훈, 「1920년대 전반기 일제의 문화정치와 부르조아 정치세력의 대응」, 『역사와현실』 47호, 2003; 신주백, 「일본의 '동화'정책과 지배전략」, 『일본과 서구의 식민통치 비교』, 선인, 2004.

11 무단통치기 상황에서 『소년』, 『청춘』과 같은 한국인 잡지들이 발행될 수 있었던 역사적 조건에 대해서는 한기형의 「근대어의 형성과 매체의 언어전략-언어, 매체, 식민체제, 근대문학의 상관성」(『역사비평』 2005 여름호, 역사비평사)를 참조할 것.

12 김근수, 『한국잡지개관 및 호별목차집』, 한국학연구소, 1973.

13 정진석, 『한국언론사』, 나남, 1995, 456면.

14 「원고 검열을 폐지하라」, 『동아일보』 1920.4.19

15 「愚劣한 총독부 당국자는 何故로 우리 日報를 정간 시켰나뇨」, 『조선일보』 1920.9.5

16 「동아일보는 무기 발행정지」, 『매일신보』 1920.9.26

17 유진희는 1920년대 초 상해파 고려공산당 중앙간부진의 일원이었으며, 김명식과 함께 『신생활』를 중심으로 사회주의운동을 전개한 인물이었다. 그는 1922년 말의 『신생활』 필화사건에도 연루되었다. 유진희에 대해서는 임경석의 『한국 사회주의의 기원』(역사비평사, 2003)과 이현주의 『한국사회주의 세력의 형성』(일조각, 2003)을 참고할 것.

18 「근년에 처음 있는 언론 옹호의 변론」, 『조선일보』 1921.2.9, 신문의 상세한 보도로 검열을 둘러싼 쌍방의 공방이 대중사회에 널리 알려졌다. 그것은 대중매체의 역할과 존재에 대한 사회적 관심을 촉구하는 의미를 담고 있었다. 이러한 기사는 『개벽』 재판뿐 아니라 문화정치기 필화사건 보도에서 여러 차례 계속되었다.

19 「社告」, 『개벽』 9호, 1921.3, 146면.

20 「귀중한 경험과 고결한 희생」, 『개벽』 28호, 1922.10, 3~4면.

21 「주목할 만한 언론계 전도」, 『동아일보』 1922.9.16

22 『동아일보』 1823.6.19; 『동아일보』 1923.6.30

23 「『신천지』 필화의 일인 박제호 군 영면」, 『동아일보』 1924.7.10

24 일방청인, 「『신천지』 필화사건 공판기」, 『신천지』 1923.1, 101~103면.

25 김준엽·김창순, 『한국공산주의운동사』 2, 청계연구소, 1986, 37면.

26 「『신생활』 사건의 판결 언도」, 『동아일보』 1923.1.17

27 김송은, 「『신생활』 발행금지와 오인의 관견」, 『개벽』 32호, 1923.2, 72면.

28 「『신생활』 발행금지」, 『동아일보』 1923.1.10

29 1910년대 백대진의 활동에 대해서는 김복순의 『1920년대 한국문학과 근대성』(소명출판, 1999)을 참고할 것.

30 『신천지』 필화사건을 집중 분석한 장신은 「1922년 『신천지』 필화사건 연구」(『역사문제연구』 13호, 2004.12)에서 『신생활』, 『신천지』 필화사건이 "독립운동의 다양한 변용과 공산주의의 광범한 확산 우려라는 이대과제를 일거에 해결"(345면)하려는 의도에서 '기획'된 것으로 판단, 필자의 견해와 유사한 내용의 결론을 제시했다.

31 『개벽』의 역사적 성격에 대해서는 최수일의 『『개벽』 연구』(소명출판, 2008)을 참고할 것.

32 「『신생활』 발행금지」, 『동아일보』 1923.1.10

33 『동아일보』 1923.5.11, 『동아일보』 1923.5.11, 『동아일보』 1923.6.4

34 『동아일보』 1922.11.26

35 「잡지 필화사건과 법조계의 분기」, 『동아일보』 1922.12.18

36 『동아일보』 1922.11.29

37 동경제국대학 경제학과 조교수였던 森戶辰男가 학부 논문집인 『경제학연구』 창간호에 기고한 「크로포트킨 사회사상연구」가 신문지법, 조헌문란죄 위반으로 1920년 1월 기소되어 금고 2개월, 벌금 70엔에 처해졌던 필화사건을 말함.

38 『시대일보』 1924.6.22

39 정진석, 한국언론사, 제11장 '일제의 탄압과 언론의 저항' 참조; 박용규, 『일제하 민간지 기자집단의 사회적 특성의 변화과정에 대한 연구』, 서울대 박사학위 논문, 1994, 제4장 2절 참조.

40 「압박과 항거」, 『동아일보』 1924.6.9

41 「언론압박에 대하여」, 『동아일보』 1924.6.10

42 「다시 언론압박에 대하여」, 『동아일보』 1924.7.30

43 '시일갈상(是日害喪)'은 『맹자』에 나오는 표현이다. 폭군 걸왕이 "저 해가 없어져야 내가 망한다"고 하니 백성들이 그를 원망하며 "이 해가 언제 없어질고[是日害喪], 내가 너와 같이 망하리라[予及女偕亡]"하며 걸왕을 저주했다고 한다.

44 「언론 자유를 존중하라」, 『동아일보』, 1925.1.26

45 이러한 미디어의 중립성에 근거해 검열을 둘러싼 쌍방의 심리전을 살필 수 있는 사례로 '삭제'의 문제를 들 수 있다. 삭제는 기본적으로 매우 가학적인 억압방식이었다. 난도질된 삭제 장면은 독자에게 현실에 대한 공포를 갖게 만든다. 독자는 참혹하게 해체된 텍스트를 재구성하며 심각한 정신적 고통을 당해야 했기 때문이다. 이것이 '삭제'의 주체가 의도하는 정치심리학이다. 하지만 검열체제를 와해하려는 자들은 그러한 의도를 교묘하게 역이용하기도 했다. 특정 문맥의 구성을 상투화하고 앞뒤 문맥에 의지해 복자의 감추어진 의미를 알아차릴 수 있도록 만들어 이를 정치선전에 활용했다. 이는 삭제를 유도했다는 뜻이기도 한데, 이를 통해 검열 주체의 부당한 권력행위를 폭로하는 동시에 삭제장면을 특별한 심리전의 공방 현장으로 전화시켰다. 검열자가 피검열자의 의도 속에 포획되는 상황이 누군가에게 감지되는 순간 검열자의 권력과 그가 조성한 공포는 강도가 약화될 수밖에 없다.

46 박용규는 도서과 설치의 의미를 "사상통제의 강화라는 맥락에서 검열 등의 업무를 보다 강력하게 추진하기 위한 경무국내의 업무분담 차원에서 이루어진 것뿐"이라고 평가했다. 따라서 도서과의 설치에 의해 "이전보다 더욱 철저한 검열이 실시되고 언론에 대한 강력한 제재가 행해졌다"고 파악한다(박용규, 앞의 논문, 62면).

47 마이클 로빈슨(김민환 역), 『일제하 문화적 민족주의』, 나남, 80면.

48 「『개벽』지에 발행정지」, 『동아일보』 1925.8.2

49 최수일, 「『개벽』 연구」, 소명출판, 2008, 44면.

50 「『개벽』지에 발행정지」, 『동아일보』 1925.8.2

51 박용규, 앞의 논문, 62면.

52 정진석, 『한국언론사』, 451면.

53 박용규, 앞의 논문, 73면에서 재인용.

54 「『개벽』의 정지와 당국의 언명」, 『조선일보』 1925.8.4

55 최수일, 「『개벽』 연구」(소명출판, 2008)의 제3장 「『개벽』의 재생산체계와 그 반향」을 참고할 것. 이 책에서 최수일은 잡지 『개벽』과 관련된 인물들을 모두 조사해서 『개벽』 유통관련 인물 편람(부록 7)이라는 방대한 자료를 제시했다. 이 자료를 통해 우리는 당시 사회에서 『개벽』이 지녔던 영향력의 수준을 짐작할 수 있다.

56 「항상 불온기사 혁명사상 선전」, 『동아일보』 1926.8.3
57 민두기, 「시간과의 경쟁-20세기 동아시아의 혁명과 팽창」, 『시간과의 경쟁』, 연세대학교출판부, 2002, 2~3면.
58 박용규에 의하면 1930년 이후 안정된 경영상태에 기반한 신문들의 현저한 기업화와 급격한 논조의 변화, 그리고 일제 언론통제의 강화는 하나의 맥락에서 상호 연결되어 있는 현상이었다(앞의 논문, 105~106면).

| 제6장 | 식민지 검열현장의 정치맥락-『개벽』과 『조선지광』의 사례

1 『개벽』 폐간의 원인과 관련하여 이 잡지의 유통망과 지방 사회운동 세력의 연계가 만들어낸 체제위협적 상황을 강조한 최수일의 연구(『개벽연구』, 소명출판, 2009, 제3장 「『개벽』의 재생산체계와 그 반향」)와 문화정치기 식민체제의 내적 위기라는 관점에서 『개벽』 폐간의 역사적 의미를 이 책의 제5장 「대중매체의 허용과 문화정치의 통치술」을 참고할 것.
2 장석홍, 『6.10만세운동연구』 국민대학교 박사학위논문, 1995, '제2장, 6.10만세운동의 계획과 추진'; 김준엽·김창순, 『한국공산주의운동사』 2, 청계연구소, 1986, 458~469면.
3 『조선일보』 2006.8.3
4 한기형, 「『개벽』의 종교적 이상주의와 근대문학의 사상화」, 『개벽에 비친 식민지 조선의 얼굴』, 모시는사람들, 2007.
5 『별건곤』 30호, 1930.7, 2면.
6 素虹生, 「잡지총평」, 『신계단』, 1932, 30면.
7 『별건곤』 30호, 1930.7, 16면.
8 천도교의 종교 활동에 대해서는 허수의 『이돈화연구』(역사비평사, 2011), 천도교와 근대문학의 연관에 대해서는 한기형의 「『개벽』의 종교적 이상주의와 근대문학의 사상화」(「『개벽』에 비친 식민지 조선의 얼굴」, 모시는 사람들, 2007)을 참고할 것.
9 素虹生, 앞의 글, 30면.
10 『별건곤』의 매체 성격에 대해서는 이경돈의 「『별건곤』과 근대 취미독물」(『대동문화연구』 46호, 성균관대 대동문화연구원, 2004)를 참조할 것.
11 임화, 「잡지문화론」, 『비판』 6권 5호, 1938.5, 115면.

12 김경재는 상해 『독립신문』 기자(1922), 상해 『신한공론』 주필(1923)을 역임했으며, 이후 화요회, 북풍회의 중진으로 활동했다. 1925년 12월 고려공산청년회 중앙위원으로 선출되었고, 1926년 조선공산당에 입당했다. 『개벽』, 『조선지광』, 『시대일보』 등을 통해 활발한 문필활동을 펼쳤으며, 이로 인해 조선의 福本和夫로 불렸다(강만길·성대경 편, 『한국사회주의운동인명사전』, 창작과비평사, 1996, 42~43면).

13 김경재, 「세 가지 인상 회고」, 『별건곤』 30호, 1930.7, 12면.

14 『동아일보』 1926.11.1, 「『조선지광』 월간으로 변경」

15 『조선지광』은 1922년 11월 張道斌 주간, 姜邁, 張膺震, 鮮于全, 黃達永, 李大偉 등이 중심이 되어 창간했다. 초기의 경향은 '단군주의' 등 '정신적 민족주의'의 성향이 두드러졌다. 제4호 발간 후 발매금지를 당해 간행이 중단되었고, 1924년 5월 金東爀이 경영권을 넘겨받아 속간되었다. 그러나 속간호가 발행 당일 압수되는 등 검열당국의 심각한 탄압을 받았고, 이후 1924년 말까지 압수와 임시호 발간을 거듭했다. 1925년 초반 경 다시 휴간되었다가 1925년 8월 재속간되었다. 1925년 2월 22일 李承駿, 崔時俊, 閔丙德, 金璟載, 朴熙道 등이 자본금 40만원을 출자해 주식회사 전환을 시도(『조선일보』 1925.2.26)했으나 성공했는지는 불확실하다. 김동혁이 운영하면서부터 주보 형태를 유지했던 것으로 보인다. 필자가 실물을 확인한 바로는 제58호(1926.8.10)와 제59호(발간일 미상)는 주보로 간행되었다.

16 김동혁(필명 晩梧)은 『동아일보』 영업부장(1922) 출신으로, 1927년 6월 신간회 경성지회 선전부 상무간사를 역임했고, 같은 해 조선공산당의 프랙션 활동에 참여했던 인물이었다(강만길·성대경 편, 『한국사회주의운동 인명사전』, 창작과비평사, 1996, 61면).

17 林元根, 曺利煥의 진술조서에 의하면, 1925년 9월의 『조선일보』 필화사건 이후 『조선일보』에서 해직된 박헌영, 임원근, 김단야의 합법생활과 지하공작을 위해 『조선지광』을 매입하려는 시도가 있었다. 그러나 이 시도는 자금부족으로 실패했다고 한다(김준엽·김창순, 『한국공산주의운동사』 2, 청계출판사, 1986, 335~337면).

18 김준엽·김창순, 『한국공산주의운동사』 2, 청계출판사, 1986, 295~296면.

19 천도교와 사회주의 진영 사이에 이루어진 논쟁과 갈등은 1930년대 초반의 중요한 사회이슈 가운데 하나였다. 이 점에 대해서는 정혜정의 「일제하 천도교의 '수운이즘'과 사회주의의 사상논쟁」(『동학연구』 11호, 2002)를 참조할 것.

20 『신생활』은 1만부가량 발행되었고(박희도, 「최근 10년간 필화사건」, 『삼천리』, 1931. 4; 전상숙, 『일제시기 사회주의 지식인연구』, 지식산업사, 2004, 67면 재인용), 『개벽』은 평균 8천부 내외가 판매되었다고 한다(최수일, 『『개벽』 연구』, 소명출판, 2008, 267면).

21 이 점과 관련하여 "사상의 탄압, 그 결과로 사회주의가 공론장에서 완전히 배제됨으로써 식민지 조선의 사상은 그 어느 것이든 자신을 성숙시키고 오류를 수정할 기회를 갖지 못했다(박헌호, 「'문화정치'기 신문의 위상과 반-검열의 내적 논리」, 『대동문화연구』 50호, 성균관대 대동문화연구원, 2005. 244면)"는 분석은 사회주의의 역사적 성격해명에 대한 중요한 문제제기라고 생각된다.

22 필자가 실물을 확인한 『조선지광』의 마지막 호는 1932년 2월에 간행된 제100호이다. 『조선지광』은 적어도 조선지광사에서 발행한 또 다른 잡지인 『신계단』의 창간(1932.10) 준비가 시작된 1932년 8월 이전까지 간행되었을 가능성이 있다. 『신계단』의 발행인은 兪鎭熙였는데, 그는 『신생활』 필화 사건의 중심인물이자 1925년 4월 창설된 조선공산당 중앙집행위원 가운데 한사람이었다.

23 『중외일보』 1928.6.20

24 세포, 러시아 공산당 조직의 최소단위.

25 『동아일보』 1928.8.23

26 『조선일보』 1927.3.31 「『조선지광』 4월호 압수」; 『조선일보』 1931.08.02 「『조선지광』 압수 임시호 발행 분망」

27 치안유지법에 대해서는 奧平康弘의 『治安維持法小史』(筑摩書房, 1977), 김명한의 『일제의 사상통제와 그 법체계』(서울대 법학과 석사학위논문, 1986), 김철수의 「일제 식민지 시대 치안관계 법규의 형성과 적용에 관한 연구 1910~1945」(『한국사회학』 29, 1995), 장신의 「1920년대 민족해방운동과 치안유지법」(『학림』 19, 연세대학교 사학연구회, 1998), 水野直樹의 「조선에 있어서 치안유지법의 식민지적 성격」(『법사학연구』 26, 2002) 등을 참고할 것.

28 전상숙, 『일제시기 한국 사회주의 지식인 연구』, 지식산업사, 2004, 116면.

29 「치안유지법 실시와 금후의 조선 사회운동」, 『개벽』, 1926.6, 10~18면.

30 『개벽』과 『조선지광』의 사회적 영향력을 객관적으로 비교 검토하는 것은 쉽지 않다. 현실적으로 비교 가능한 것은 발간부수, 판매부수, 전국적 유포망, 다양한 사회세력과의 연계 등이다. 이 점에 대한 후속연구가 필요하다.

31 마루야마 마사오(김석근 역), 『현대정치의 사상과 행동』, 한길사, 1997, 123면.

32 유재천, 「일제하 한국 신문의 공산주의 수용에 관한 연구」(3), 『동아연구』 18호, 서강대 동아연구소, 1989, 204면 표10.

33 유재천은 1926년과 1927년의 증가를 신간회운동의 결과로, 1931년과 1932년의 증가는 좌익문예운동의 영향으로 추정했다(유재천, 「일제하 한국 잡지의 공산주의 수용

에 관한 연구」, 『동아연구』 15호, 서강대 동아연구소, 1988, 24~25면).

34 1927년 1월부터 시작된 이 논쟁의 경과에 대해서는 金森襄作의 「논쟁을 통해 본 신간회」(『신간회 연구』, 동녘, 1983)를 참조할 것.

35 안광천 자신에 의하면, 이 글의 원제는 「신간회와 그의 임무에 대한 비판」이다(노정환, 「청산파적 경향의 대두」, 『조선지광』 75호, 1928.1, 10면).

36 미성생, 「'신간회와 그 임무'에 대한 비판-노정환씨의 이론을 배격함」(전5회), 『조선일보』 1927.11.27~12.3

37 박문병은 1928년 당시 조선공산당 함남도당 위원, 고려공산청년회 선전부담당 중앙집행위원으로 활동했던 인물이다(강만길·성대경 편, 『한국사회주의운동인명사전』, 창작과비평사, 1996, 189면).

38 김준엽·김창순, 『한국공산주의운동사』 3, 청계출판사, 1986, 4~16면.

39 金森襄作, 「논쟁을 통해 본 신간회」, 『신간회 연구』, 동녘, 1983, 169면.

40 임영태 편역, 『식민지 시대 한국사회와 운동』, 사계절, 1985, 364면.

41 최규진, 『코민테른 6차대회와 조선공산주의자들의 정치사상연구』, 성균관대 박사학위논문, 1996, 83~119면 참조.

42 김준엽·김창순, 『한국공산주의운동사』 3, 청계출판사, 1986, 289~293면.

43 일제하 사회주의 잡지의 논설내용을 분석한 김민환은 "이들 좌파 잡지는 마르크스-레닌-스탈린으로 이어지는 정통 마르크스주의 이외의 사상이나 이론에 대해서는 일관되게 배타성을 보인 점을 지적할 수 있다. 이들 좌파 잡지는 사회주의 사상이 아닌 다른 이론이나 사상에 대해 매우 적대적이었다"는 주장을 논문의 결론 가운데 하나로 제시했다(김민환, 「일제하 좌파 잡지의 사회주의 논설 내용 분석」, 『한국언론학보』 49권 1호, 2005, 295면).

44 朝鮮總督府 警務局, 『最近における朝鮮の治安狀況』, 1933(並木眞人 외, 『1930년대 민족해방운동』, 거름, 1984, 19면).

45 김경일, 『이재유 연구』, 창작과비평사, 1993, 101면.

46 『동아일보』 1932.9.12; 『신계단』 창간호 「편집후기」

47 검열흔적의 삭제와 연계된 1930년대 식민지 검열정책의 변화에 대해서는 한만수의 『허용된 불온』(소명출판, 2015)의 3부 3장 「현시적 검열에서 은폐적 검열로」, 5부 '검열된 텍스트의 복원과 연구방법론'과 최경희의 「텍스트와 역사로서의 검열의 흔적-1930년대 전반기 주의 체제를 중심으로」(『일제하 한국과 동아시아에서의 검열에 관한 새로운 접근』, 서울대 규장각 한국학연구원 국제워크샵 논문집, 2006.12.7)를 참조할 것.

48 임화, 「잡지문화론」, 『비판』 6권 5호, 1938.5(하정일 편, 『임화문학예술전집』 5, 소명출판, 2009, 38면)

| 제7장 | 식민지의 위험한 대중시가들 – 『조선어 신문의 시가[諺文新聞の詩歌]』(1931)의 분석

1 『조선어 신문의 시가[諺文新聞の詩歌]』(1931)는 1981년 단국대학교출판부에 의해 『빼앗긴 책–1930년대 무명항일시선집』이라는 제목으로 재편집 간행되었다. 이 책에는 당시 신문의 조선어 원자료와 『諺文新聞の詩歌』 영인본이 함께 실려 있다.

2 괄호 안의 숫자는 세 범주로 분류된 작품수이다. 이 통계는 『조선어 신문의 시가』의 '序'에 근거한 것이다.

3 『조선일보』, 1930.1.12(『빼앗긴 책–1930년대 무명항일시선집』, 단국대학교출판부, 1981, 44면).

4 식민지 검열이 텍스트를 통해 제국의 대립자를 창출하는 메커니즘에 대해서는 박헌호의 「문화정치기 신문의 위상과 반–검열의 내적 논리」(『대동문화연구』 50호, 성균관대 대동문화연구원, 2005)를 참조할 것.

5 '泊太苑'이라는 필명으로 발표되었다.

6 『동아일보』, 1930.1.24(『빼앗긴 책–1930년대 무명항일시선집』, 106면).

7 『동아일보』, 1930.1.5(『빼앗긴 책–1930년대 무명항일시선집』, 13~14면).

8 『동아일보』, 1930.2.8(『빼앗긴 책–1930년대 무명항일시선집』, 134면)

9 '맥락주의'는 한만수의 용어이다. 그는 '부분주의'와 '맥락주의'라는 개념을 통해 검열방법의 중층성을 설명했다(「검열기준의 구성원리와 작동기제」, 『허용된 불온』, 소명출판, 2015). 그의 견해는 식민지 검열의 실제를 이해하는 데 유용한 시각을 제공했다. 그런데 '맥락주의'는 한만수의 의도와는 달리 '부분주의'에 비해 객관적인 태도로 오해될 여지가 있다. 검열과정에서 텍스트의 맥락을 살피는 것과 주관성을 배제하는 것은 별개의 문제였다. 경우에 따라 '맥락주의'의 주관성이 보다 강할 수도 있었다. 검열행위는 사실의 분석이 아니라 관점의 투영과 그 합리화에 본질이 있었기 때문이다.

10 식민지 검열자료의 체계화는 1926년 4월 도서과가 설치되면서 구체화되기 시작했다. 도서과는 1926년부터 1936년까지 총 7회에 걸쳐 『朝鮮に於ける出版物概要』, 『朝鮮出版警察概要』 등의 이름으로 식민지 검열 관련 '연보'를 비공개로 발행했다. 이와 함

께 『朝鮮出版警察月報』가 정기적으로 출간되었다. 도서과는 이밖에도 검열한 출판물의 기사개요 및 번역문, 『조선어 신문의 시가』과 같은 조사자료집 등을 다수 간행했다. 도서과의 성격과 역할은 정근식의 「일제하 검열기구와 검열관의 변동」(『대동문화연구』 51호, 성균관대 대동문화연구원, 2005)과 정근식·최경희의 「도서과의 설치와 일제 식민지 출판경찰의 체계화 1926~1929」(『한국문학연구』 30호, 2006)에 상세하게 정리되어 있다.

11 정근식·최경희, 앞의 논문, 159면, 〈표8〉 '검열기준의 구체화과정' 참조. '간행물행정처분례'와 '검열표준'의 구체적 내용은 정진석이 엮은 『일제시대 민족지 압수기사 모음』 I (LG상남언론재단, 1998)의 한국어 번역본을 참고할 것.

12 검열의 표준화 문제에 관해서는 정근식의 「식민지 검열과 '검열표준'」(『검열의 제국-문화의 통제와 재생산』, 푸른역사, 2016)을 참조할 것.

13 하지만 그것은 정책결정의 합리화를 위해 국가가 동원하는 '조작된 통계'와 같은 것이었다. 객관성이라는 회로를 통해 자기 행동의 윤리성을 스스로 보장하는, 말하자면 정책과 그 결과를 정당화하는 과정의 일환이었던 것이다. 이 점에서 『조선어 신문의 시가』는 도서과의 검열관련 정기간행물이었던 『조선출판경찰월보』와 상호보완의 관계를 가지고 있었다. 전자가 식민지 검열의 기획과 방법론을 담고 있는 시리즈의 한 편이라면, 후자는 행정,사법 처분된 텍스트를 통계와 사례로 제시하면서 체계화하고 있기 때문이다. 조선총독부 내부간행물인 이들은 정책기준의 제시와 정책실천의 정리라는 긴밀한 상호관계를 맺고 있었다.

14 이 통계는 필자의 조사에 의한 것이다. 실제와 다소의 차이가 있을 수 있다.

15 근대시와 동요의 대략적 비율은 『조선일보』 1:2.58, 『동아일보』 1:1.06, 『중외일보』 1:1.33이었다. 세 신문의 근대시와 동요의 비율은 대략 1.06배에서 2.58배 사이에서 움직였다.

16 『조선일보』와 『동아일보』는 4면을 문예면, 5면을 가정면으로 구성하여 각각 근대시와 동요를 구분해 게재했다. 『중외일보』는 석간에는 3면, 조석간 모두 발행의 경우 1면(조간)과 3면(석간)에 문예물을 배치했다.

17 모은천, 한태천, 홍은표 등 근대시와 동요를 함께 발표한 인물들이 섞여 있기 때문에 이 통계가 완벽한 것은 아니다.

18 확인된 61명 가운데 『조선어 신문의 시가』에 작품이 수록된 30명을 제외한 나머지 명단은 다음과 같다. 金光均, 金達鎭, 金大鳳, 金尙鎔, 金永壽, 金裕貞, 金在哲, 金廷漢, 金青葉, 金海剛, 南應孫, 朴魯春, 朴載崙, 卞榮魯, 申孤松, 安鐘彦, 梁雨庭, 吳永壽, 李

東珪, 李周洪, 李河潤, 李薌, 李活, 鄭寅普, 鄭鎭石, 趙南英, 車鼎鉉, 韓晶東, 咸孝英, 玄東炎, 洪銀杓.

19 신문별로 분류하면 『동아일보』 25/8/0, 『조선일보』 29/45/1, 『중외일보』 17/6/1 이며, 미상이 2이다.

20 이러한 현상은 근대 문학장의 운동양상과 매체의 상관관계에 대한 심화된 연구의 필요성을 제기한다. 근대문학을 만들어낸 제도의 하나인 대중매체의 문학에 대한 개입방식은 각 매체가 처한 조건과 입장에 따라 상이한 양상을 드러냈다. 신문과 잡지의 입장 차이, 각각의 매체가 처해 있던 환경과 매체전략의 상이함, 국가·대중·매체 상호간에 존재했던 역학의 시간적 변화 등에 대한 분석을 통해서만 매체와 문학의 역사적 관계에 대한 밀도 있는 해명이 가능할 것이다. 이 과제에 대한 저자의 생각은 「매체의 언어분할과 근대문학-근대소설의 기원에 대한 매체론적 접근」(임형택·한기형 외편, 『흔들리는 언어들-언어의 근대와 국민국가』, 성균관대학교출판부, 2008)을 참조할 것.

21 식민지 현상문예의 성격에 대해서는 박헌호가 편집한 『작가의 탄생과 근대문학의 재생산제도』(소명출판, 2008)에 수록된 「동인지에서 신춘문예로」(박헌호), 「『개벽』의 현상문예와 신경향파문학」(최수일), 「식민지 시기 『조선일보』 신춘문예의 제도화 양상 연구」(김석봉) 등의 논문을 참조할 것.

22 구술문화와 문자문화의 역사적 변화양상에 대한 이론적 문제의식은 월터 J. 옹의 『구술문화와 문자문화』(이기우·임명진 역, 문예출판사, 1995) 3장 「구술성의 정신역학」과 4장 「쓰기는 의식을 재구조화한다」를 참조할 것.

23 식민지사회에서 '작가'가 갖는 사회적 위상에 대해서는 박헌호의 「식민지 조선에서 작가가 된다는 것-근대미디어와 지식인, 문학의 관계를 중심으로」(『작가의 탄생과 근대문학의 재생산제도』, 소명출판, 2008)를 참조할 것.

24 이 문제에 대한 필자의 생각은 「근대잡지와 근대문학 형성의 제도적 연관」, 「최남선의 잡지발간과 초기 근대문학의 형성」(한기형 외, 『근대어·근대매체·근대문학』, 성균관대학교출판부, 2006)과 「근대어의 형성과 매체의 언어전략」(『문예공론장의 형성과 동아시아』, 성균관대학교출판부, 2007)에 정리되어 있다.

25 한기형, 「근대잡지와 근대문학 형성의 제도적 연관」, 『근대어·근대매체·근대문학』, 성균관대학교출판부, 2006

26 이혜령, 「1920년대 『동아일보』 학예면의 형성과정과 문학의 위치」, 『대동문화연구』 52호, 성균관대 대동문화연구원, 2005.

27 이 통계는 한영규·김진균이 성균관대학교 대동문화연구원에서 수행한 '식민지 시기

한시자료의 수집정리'라는 연구프로젝트의 성과에 근거한 것이다. 이 연구의 성과는 『식민지시기 한시자료집』(성균관대학교출판부, 2009)으로 정리 간행되었다.

28 박헌호, 「동인지에서 신춘문예로-등단제도의 권력적 변환」, 『작가의 탄생과 근대문학의 재생산제도』, 소명출판, 2008, 102면.

29 김기진, 「예술의 대중화를 위하여」, 『조선일보』, 1930.1.1~1.14(홍정선 편, 『김팔봉문학전집』 I , 문학과지성사, 1988, 166면).

30 소리의 높낮이가 길이나 리듬과 서로 어울려 이루어지는 음의 흐름.

31 김기진, 「예술운동에 대하여」, 『동아일보』, 1929.9.20~9.22(홍정선 편, 『김팔봉문학전집』 I , 문학과지성사, 347면).

32 임화, 「김기진군에게 답함」, 『조선지광』 88, 1929.11(신두원 편, 『임화문학예술전집』 4, 소명출판, 2009, 154면).

33 사회주의운동과 『개벽』, 『조선지광』의 관계에 대해서는 이책의 제6장 「식민지 검열 현장의 정치맥락」을 참조할 것.

34 임화, 「김기진군에게 답함」, 『조선지광』 88, 1929.11, 69면(신두원 편, 『임화문학예술전집』 4, 소명출판, 2009, 153면).

35 김석봉, 「식민지 시기 『조선일보』 신춘문예의 제도화 양상 연구」, 『작가의 탄생과 근대문학의 재생산구조』, 소명출판, 2008, 157~159면.

36 김기진, 「예술의 대중화에 대하여」, 『조선일보』 1930.1.1~1.14(홍정선 편, 『김팔봉문학전집』 I , 문학과지성사, 1988, 168면)

37 김기진, 「예술의 대중화에 대하여」, 『조선일보』 1930.1.1~1.14(홍정선 편, 『김팔봉문학전집』 I , 문학과지성사, 1988, 166~167면)

38 송영, 「수원행-프로예맹 강연기」, 『조선지광』 85호, 1929.6, 97면.

39 「예술의 대중화에 대하여」에서 김기진 또한 이 아리랑이 "공석정 군의 작가作歌"라고 확인하면서 "아리랑 노래가 수원에서 일반 노동자나 농민과 내지 소아들에게도 널리 퍼져서 불리운다는 말씀"을 들었다고 기록했다.

40 "예컨대 아리랑 같은 것일지라도 이용할 때에는 개량하도록 힘쓸 것을 잊어버려서는 안 된다"(김기진, 「예술의 대중화에 대하여」, 『조선일보』 1930.1.1~1.14(홍정선 편, 『김팔봉문학전집』 I , 문학과지성사, 1988, 168면)

41 김기진, 「예술의 대중화에 대하여」, 『조선일보』 1930.1.1~1.14(홍정선 편, 『김팔봉문학전집』 I , 문학과지성사, 1988, 167면).

42 김동환, 「조선 민요의 특질과 그 장래」, 『조선지광』 82호, 1929.1, 76면.

43 『조선일보』 1930.1.19

44 『조선지광』 83호, 1929.2, 115면.

45 이 점과 관련하여 중국혁명운동에서 동요의 위치를 다룬 레오나드 L. 추의 견해를 참조할 필요가 있다. "동요는 풍부한 은유와 예언을 담고 있고, 왕왕 사회부조리에 대해 풍자적이기 때문에 불만을 강조하고, 대중의 정열을 고취시키고, 나아가 인민과 아동을 사회주의화하는 데 이것을 활용했다"(「중국 아동의 무기-혁명동요」, 『중국 혁명기의 대중매체』, 강영희 역, 공동체, 1986, 22면).

46 「신춘현상모집」, 『동아일보』 1930.12.15, 4면.

47 「신춘현상모집의 결과와 성과 정리」, 『동아일보』, 1931.1.31, 1면 사설.

48 「신춘현상모집공고」, 『동아일보』, 1931.12.25, 4면.

49 김병구는 1930년대의 고전부흥운동이 "'조선적인 것'을 과거로부터 소환하여 절대화한 나머지 역사적 현실을 괄호로 묶음으로써 식민제국의 논리로 귀결될 가능성"을 지적하면서 고전부흥의 '조선적인 것'이 '식민제국의 파생담론'이 될 수 있다고 주장했다(「고전부흥의 기획과 '조선적인 것'의 형성」, 『조선적인 것의 형성과 근대문화담론』, 소명출판, 2007, 39면). 김병구의 판단은 『동아일보』 신춘현상의 의미를 이해하는 데 하나의 방향을 제시한다고 생각한다.

50 『동아일보』, 1931.1.6, 4면.

51 신두원 편, 『임화문학예술전집』 3, 소명출판, 2009, 488면.

52 임화, 같은 책, 486~487면.

53 근대시에 가해진 식민지 검열의 생생한 사례는 검열본 『심훈 시가집』(심훈기념사업회 편, 『그날이 오면』, 차림, 2000)을 참조할 것.

54 김병호, 「죽어진 시집」, 『조선지광』 92, 1930.8, 28면.

55 김병호, 같은 글, 28면.

56 출판자본의 자기검열 문제에 대해서는 한만수의 『허용된 불온』(소명출판, 2015) 3부 1장 「인쇄자본을 통한 검열」를 참조할 것.

57 박용규, 『일제하 민간지 기자집단의 사회적 특성의 변화과정에 대한 연구』, 서울대 박사학위논문, 1994, 110~112면.

58 『매일신보』, 1933.1.1

59 『조선일보』, 1930.1.2

60 최원식, 「심훈연구서설」, 『한국근대문학을 찾아서』, 인하대학교출판부, 1999, 252~253면.

61 물론 '검열기준'은 검열기구 내부의 언어였고 비대칭 정보에 해당했다. 때문에 식민지인들은 검열기준을 의식하면서 무엇인가를 쓸 수는 없었다. 검열기준은 피검열자가 그 내용을 모를 때, 즉 무엇이 검열될지 알 수 없을 때 가장 큰 효과를 얻었다. 그래야만 피검열자는 포괄적인 자기검열 체계를 구동시키기 때문이다. 그러나 검열사례가 축적되면서 역으로 피검열자 스스로 '경험적 검열표준'을 구성했을 가능성이 생겨났다. 이를 통해 적극적인 '검열회피'의 사례들이 나타나게 되었다. 검열회피가 어떤 단계를 넘어갈 때 검열기능 일부를 무력화할 수 있는 텍스트의 생산 가능성도 예상해 볼 수 있다. 검열회피의 양상에 대해서는 한만수의 『허용된 불온』(소명출판, 2015) 4부 '검열우회로서의 1930년대 텍스트'에 들어 있는 다섯 편의 글을 참조할 것.

| 제8장 | 선전과 시장, 문예대중화론의 재인식

1 마에다 아이(유은경 외 역), 「쇼와 초년의 독자의식-대중화론의 주변」, 『일본근대독자의 성립』, 이룸, 2003, 275면.
2 서동주, 「예술대중화논쟁과 내셔널리즘」, 『일본사상』 17, 한국일본사상학회, 2009, 106면.
3 마에다 아이, 앞의 책, 275면.
4 서동주, 앞의 논문, 109면.
5 朝鮮總督府 警務局 圖書課, 『朝鮮に於ける出版物概要』(1929), 〈표3〉, 〈표12〉.
6 이 통계에는 조선에서 출판법으로 간행된 도서의 통계가 빠져 있다. 현재 이입 도서량과 조선의 출판 총량을 비교하는 것은 불가능하다.
7 朝鮮總督府 警務局 圖書課, 『朝鮮に於ける出版物概要』(1929), 第2節, '朝鮮人の新聞雜誌發行狀況'
8 그 성격에 대해서는 이 책의 제3장 「'이중출판시장'과 식민지 문화」를 참조할 것.
9 朝鮮總督府 警務局 圖書果, 『新聞紙出版物要項』(1928), 2장 1절, '朝鮮內 內地人 及 外國人 新聞雜誌 發行狀況'
10 김기진, 「대중소설론」, 『동아일보』 1929.4.14.~4.20(홍정선 편, 『김팔봉문학전집』 I, 문학과지성사, 1988, 128면~138면).
11 한기형, 「1910년대 신소설에 미친 유통·출판환경의 영향」, 『한국근대문학사의 성격』, 소명출판, 1997, 230면.

12 권환, 「조선예술운동의 당면한 구체적 과정」, 『중외일보』 1930.9.6(임규찬·한기형, 『카프비평자료총서』 IV, 태학사, 1991, 202면)

13 김기진, 「대중소설론」, 홍정선 편, 『김팔봉문학전집』 I, 문학과지성사, 1988, 134면.

14 朝鮮總督府 警務局 圖書課, 『朝鮮出版警察概要』(1939), '朝鮮人 發行 出版物 出版許可件數 年度比較表', 62면.

15 청을 공격하려다가 뜻을 이루지 못하고, 모반사건에 연루되어 옥사한 임경업을 제시한 것은 전통서사와 반외세문제가 연결되는 사례를 통해 전통양식이 현실맥락과 결합될 수 있음을 암시한 것이다.

16 김기진, 「대중소설론」, 홍정선 편, 『김팔봉문학전집』 I, 문학과지성사, 1988, 134면.

17 김기진, 「문예시대관 단편」, 『조선일보』, 28.11.18(홍정선 편, 『김팔봉문학전집』 I, 문학과지성사, 1988, 119면).

18 하야시 후사오, 「프롤레타리아 대중문학의 문제」, 『전기』 1928. 10(조진기 편역, 『일본 프로문학론의 전개』 I , 국학자료원, 2003, 426면.

19 민중문화에 대한 바흐친의 생각은 『프랑수아 라블레의 작품과 중세 및 르네상스의 민중문화』(이덕형·최건형 역, 아카넷, 2001)를 참고할 것.

20 구라하라 고레히토, 「예술운동이 당면한 긴급문제」, 『전기』 1928. 7(조진기, 앞의 책, 361면)

21 구라하라 고레히토, 「예술운동이 당면한 긴급문제」, 『전기』 1928. 7(조진기, 앞의 책, 363면)

22 서동주, 「예술대중화논쟁과 내셔널리즘」, 『일본연구』 17호, 2009, 한국일본사상학회, 112~113면.

23 조진기 편, 『일본 프로문학론의 전개』 I, 국학자료원, 2003, V. 예술대중화론 참조.

24 마에다 아이, 앞의 책, 285면.

25 무용담이나 협객의 이야기를 다루는 일본의 전통 연희.

26 조진기 편역, 『일본 프로문학론의 전개』 I , 국학자료원, 2003, 467~468면.

27 임화의 근대주의에 대해서는 이책의 14장 「식민지 구소설과 하위대중의 상상체계」를 참조할 것.

28 김기진, 「변증적 사실주의」, 『동아일보』 1929.2.25(홍정선 편, 『김팔봉문학전집』 I, 문학과지성사, 1988, 62면)

29 김기진, 「문예시대관 단편」, 『조선일보』 1928.11.9~11.20(홍정선 편, 『김팔봉문학전집』 I, 문학과지성사, 1988, 127면)

30 임화,「탁류에 항하여」,『조선지광』 86, 1929.8(신두원 편,『임화문학예술전집』 4, 소명출판, 2008, 140~141면)

31 김두용,「정치적 시각에서 본 예술투쟁」,『무산자』 3권 1호, 1929.5(朴慶植 編,『在日本朝鮮人運動關係機關誌(解放前)』, 朝鮮問題資料叢書 第5卷, 三一書房, 1983, 462면).

32 박성구,「일제하 프롤레타리아예술운동에 대한 연구-카프 경성본부와 동경지부의 대립적 양상을 중심으로」, 서울대 석사학위논문, 1988, 61면.

33 司空杓,「조선의 정세와 조선공산주의자들의 당면임무」,『레닌주의』 1호, 1929(배성찬 편,『식민지시대 사회운동론연구』, 돌베개, 1987, 85면)

34 권윤환,「무산예술운동의 별고와 장래의 전개책」,『중외일보』 1930.1.25(임규찬·한기형,『카프비평자료총서』 IV, 태학사, 1991, 60면)

35 고영란,「제국 일본의 출판시장과 전략적 '비합법' 상품의 자본화 경쟁」,『근대검열과 동아시아』, 성균관대학교 동아시아학술원 국제학술회의 논문집, 2010.1.22

36 리디아 류(민정기 역),『언어횡단적 실천』, 소명출판, 2005, 358~359면.

37 권환,「조선예술운동의 당면한 구체적 과정」,『중외일보』, 30.9.14(임규찬·한기형,『카프비평자료총서』 IV, 태학사, 1991, 211면)

38 안함광,「조선프로예술의 현세와 혼란된 논단」,『조선일보』, 1931.3.24(임규찬·한기형,『카프비평자료총서』 IV, 태학사, 1991, 241면)

39 '가펼우남'은 신약성서에서 등장하는 예수 그리스도의 도시 가버나움(Capernaum)을 러시아어로 음역한 '카페르나움(Капернаум)'에서 온 말이다. '카페르나움'은 상트페테르부르크의 주점으로, 19세기 말~20세기 초 직업작가들이 만남의 장으로 선호한 장소 중 하나였다. 당시 상트페테르부르크의 쿠즈네츠 골목과 블라디미르대로 코너에 위치한 사업가 다비도프의 주점이 유명했고, 이를 지역주민들이 소유주 이름을 따서 '다비드카'로도, 민중관습에 따라 '카페르나움'으로 부르기도 하였다. 이곳에 문학동인들과 문학잡지 출판인들이 모여들었다. 문학계에서 '카페르나움'의 명성은 도스토예프스키의 소설『죄와 벌』과 네크라소프의 시『카페르나움의 벗에게』 등 여러 작품에서도 찾아볼 수 있다(이상의 내용은 러시아학 연구자 한지형 선생의 가르침에 의한 것이다).『조선일보』 기사「원고시장」(1926.1.18)에는 "'가펼우남'의 뜻은 뿌닌, 알렉세이 등 러시아 작가들이 모여서 논담하고 또는 웃고 토론하던 집 이름이라 하더라"는 기록이 남아 있다. '카페르나움'에 근거할 경우 '가펼우남'은 '가펼나움'의 오식이다.

40 흉내 내는 것을 뜻함.

41 이량, 「문예시장론에 대한 편언」, 『개벽』 69호, 1926.5, 116면.

42 이량의 설립한 프로문예의 직접 교환시장이 현실화되었던 것은 분명했다. 「시내 공평동에 문예원고시장-프로문사들이 설립했다」는 제목의 『동아일보』(1926.1.16) 기사에는 다음과 같은 내용이 실려 있다. "일부 프로문사 중에서는 현재 조선에 문예출판물이 있기는 있으나 그것이 일반에 보급되지 못하고 또한 보급된다 하더라도 당국의 검열로 참다운 무산문예작품을 마음대로 볼 수 없다는 취지로 프로문사들의 원고를 서로 교환하고 또는 작가의 원고를 지원하는 사람에게 팔기 위하여 공평동 십번지 공중식당 옆에 '가펼우남閣'이라는 원고시장을 설립하였는데 누구나 물론하고 자기 원고를 팔고자 하면 그리고 원고를 써 보내주면 좋겠다 하면 일정한 기일을 정하여 원고를 공매할 터이나 아직 조선의 정도가 그까지 발달되지 못하였으므로 잘 팔리지 않을 염려도 없지 않은바 만일 팔리지 않는 것은 순회문고 식으로 원고 보낸 작가에게 다른 원고를 보내서 읽게 하려는데 누구든지 원고를 많이 보내주면 발기인의 한사람인 이량 씨가 책임을 지고 주선하리라더라."

43 김기진, 「예술운동의 일 년간」, 『조선지광』 89호, 1930.1(홍정선 편, 『김팔봉문학전집』 I, 문학과지성사, 1988, 177면)

44 김기진이 언급한 통속문학의 개념은 염상섭이 생각한 통속과는 일정한 유사성을 지녔다. 염상섭이 제안했던 통속문학의 의미는 이 책의 제11장 「통속과 반통속, 염상섭의 탈식민 서사」를 참조할 것.

45 김기진, 「문예시대관 단편」, 『조선일보』 1928.11.16.(홍정선 편, 『김팔봉문학전집』 I, 문학과지성사, 1988, 123면)

46 심훈, 「우리 민중은 어떠한 영화를 요구하는가」, 『중외일보』 1928.7.11.~7.27(『심훈문학전집』 3, 신구문화사, 1966, 탐구당, 535-536면)

47 심훈, 같은 글, 541면.

48 고비야시 다키지(황봉모·박진수 역), 『고바야시 다키지 선집』, 이론과 실천, 2012, 359면.

| 제9장 | 한문자료를 읽는 검열관

1 손병규, 「20세기 전반의 족보편찬 붐이 말하는 것」, 『사림』 47호, 수선사학회, 2014.

2 박경련, 「일제하 출판검열에 대한 사례연구-신득구(1850~1900)의 『농산선생문집(農

山先生文集)』을 중심으로」, 『서지학연구』 23호, 2002; 성봉현, 「일제하 문집간행과 출판검열-『송암집(松菴集)』을 중심으로」, 『서지학보』 31호, 2007

3 정근식, 「식민지적 검열의 역사적 기원」, 『사회와역사』 64호, 2003; 최기영, 「광무신문지법에 대한 연구」, 『대한제국시기신문연구』, 일조각, 1990

4 朝鮮總督府 警務局 圖書課, 『朝鮮出版警察概要』, 1937, 74면, 이러한 기록은 각 출판경찰 '연보'에 대부분 모두 들어 있는데, 연도에 따라 다소간 표현상의 차이가 있다.

5 朝鮮總督府 警務局 圖書課, 『朝鮮出版警察概要』, 1937, 60면.

6 이 통계는 『警務彙報』(1934.4, 73~74면, 20년대)와 『조선출판경찰개요』(1940, 32~33면, 30년대)의 자료를 토대로 정진석 교수가 정리한 것이다. 통계수치는 단행본과 잡지 허가건수가 합쳐진 것이다. 정진석, 「일제강점기 출판환경과 법적규제」(『근대서지』 6호, 소명출판, 1912)의 〈표1.2〉 '1920, 30년대 출판물 허가건수', 37~38면.

7 이 표는 1928년부터 1940년까지 간행된 '연보' 10권의 통계내용을 종합하여 정리한 것임.

8 제시된 목록은 현재 남아 있는 『조선출판경찰월보』 전체를 대상으로 정리한 것이지만, 완벽한 것이라고 하기는 어렵다. 결호의 문제뿐 아니라 정리과정에서 누락된 것이 있을 가능성도 있다.

9 조선총독부 경무국 도서과, 『朝鮮出版警察月報』 제39호(昭和 6년, 1931.12)

10 조선총독부 경무국 도서과, 『朝鮮出版警察月報』 제62호(昭和 8년, 1933.11)

11 조선총독부 경무국 도서과, 『朝鮮出版警察月報』 제93호(昭和 11년, 1936.6)

12 조선총독부 경무국 도서과, 『朝鮮出版警察月報』 제101호(昭和 12년, 1937.2)

13 조선총독부 경무국 도서과, 『朝鮮出版警察月報』 제108호(昭和 12년, 1937.9)

14 조선총독부 경무국 도서과, 『朝鮮出版警察月報』 제115호(昭和 13년, 1938.4)

15 그 구체적 양상에 대해서는 정근식·최경희의 「도서과의 설치와 일제 식민지 출판경찰의 체계화, 1926~1929」, 『식민지 검열: 제도·텍스트·실천』, 소명출판, 2011, 105~115면.

16 조선총독부 경무국 도서과, 『不穩刊行物記事輯錄』, 조사자료37집, 1934, 7~59면. 번역은 한국고전번역원에서 제공하는 '한국고전종합DB'를 참고했다.

17 『면암집』 원문에는 "布告八道士民"으로 되어 있다.

18 松田利彥(감수/해설), 「勉菴先生文集摘要」, 『韓國併合期警察資料』(松井茂博士記念文庫舊藏) 제3권, ゆまに書房, 2005, 9~10면.

19 松田利彥(감수/해설), 「勉菴先生文集摘要」, 『韓國併合期警察資料』(松井茂博士記念

文庫舊藏) 제3권, ゆまに書房, 2005, 11면.

20 松田利彦(감수/해설), 「勉菴先生文集摘要」, 『韓國併合期警察資料』(松井茂博士記念文庫舊藏) 제3권, ゆまに書房, 2005, 11~14면.

21 『면암선생문집』의 간행경위에 대해서는 최영희의 「면암집」(『민족문화연구』 제9집, 한국고전번역원, 1983)을 참조할 것.

22 메이지시기 일본의 경찰관료. 1097년 대한제국 내부 경찰국장으로 식민지 경찰기구를 정비하는데 역할을 했다.

23 윤병석 역편, 「안중근」(박은식 저) , 『안중근전기전집』, 국가보훈처, 1999, 203면, 註記.

24 『장태염연보장편』에 수록된 「安君頌」을 그 제자 黃侃이 「安君婢」로 고쳐 필사하여 전기 『안중근』 서두에 영인 수록했다.(윤병석 역편, 「안중근」, 265면, 각주1)

25 조선총독부 경무국 도서과, 『不穩刊行物記事輯錄』, 조사자료37집, 1934, 72면.

26 번역문은 윤병석 역편, 앞의 책, 347면에서 가져왔음.

27 윤병석 역편, 앞의 책, 266면.

28 潘宗禮는 1905년 淸 정부의 국비 유학생으로 일본에 유학을 갔다가 귀국하던 도중 대한제국의 을사늑약 체결 소식을 듣고 인천 앞바다에 뛰어들어 자결했다.

29 윤병석 역편, 앞의 책, 268면.

30 윤병석 역편, 앞의 책, 275면.

31 윤병석 역편, 앞의 책, 326면.

32 정근식, 「구한말 일본인의 조선어교육과 통역경찰의 형성」, 『식민지시기 검열과 한국문화』, 동국대학교출판부, 2010.

33 정근식의 논문 「일제하 검열기구와 검열관의 변동」(『식민지 검열: 제도·텍스트·실천』, 소명출판, 2011) 54면 〈표11〉에 조선총독부 경무국 도서과 조선인 직원 18명의 명단과 주요경력이 정리되어 있다.

제3부
피식민자의 언어들

| 제10장 | 3.1운동과 법정서사-조선인 신문의 반검열 기획에 대하여

1 다케우치의 삶과 활동에 대한 구체적인 확인은 아직 충분히 이루어지지 않았다. 이경훈은 그가 일본 조합교회와 연결되었을지도 모른다는 조심스러운 추정을 한 바 있다(「『학지광』과 그 주변」, 『근대어·근대매체·근대문학』, 성균관대학교출판부, 2006, 374~390면).

2 竹內錄之助, 「조선사건의 진상을 논하여 我 정부 及 국민에 望함」, 『반도시론』, 1919.4, 6면.

3 竹內錄之助, 같은 글, 3면.

4 동아시아 문명주의의 설파라는 관점에서 3.1운동 주체들의 인식태도를 살핀 연구로는 미야지마 히로시의 「민족주의와 문명주의-3.1운동에 대한 새로운 인식」(『나의 한국사 공부』, 너머북스, 2013)를 참고할 것.

5 이 문제에 대해서는 강동진의 『일제의 한국침략정책사』(한길사, 1980)의 제3장 '참정권문제와 지방제도의 개편'을 참조할 것.

6 『반도시론』의 사장은 竹內錄之助, 편집 겸 발행인은 上野政吉, 발행소인 반도시론사의 주소는 '東京市 赤坂區 檜町 三番地', 인쇄소 東京國文社의 주소는 '東京市 京橋區 宗十郎町 十五番地'였다(1917년 6월 창간호 판권지 참조). 흥미로운 사항은 『반도시론』의 전신이자 역시 다케우치가 사장으로 있던 『新文界』는 조선에서 간행되었으며, '신문지규칙'의 저촉을 받았다는 점이다. 발행소인 신문사의 주소는 '京城府 需昌洞 一九六番地'였다. 다케우치가 『신문계』를 폐간하고 『반도시론』을 창간하면서 발행지를 경성에서 도쿄로 옮긴 이유는 청소년 계몽지에서 정치언론으로의 변신을 꾀하면서 표현의 자유를 확대하려는 의도가 있었던 것이 아닌가 추정된다. 다케우치의 1910년대 출판활동에 대해서는 한기형의 「무단통치기의 문화정책」(『한국근대소설사의 시각』, 소명출판, 1999)을 참고할 것.

7 그러나 『반도시론』은 결국 3.1운동에 대한 다케우치의 입장 때문에 발행이 중단되었다. 이 점에 대해서는 한기형의 「근대잡지와 근대문학 형성의 제도적 연관」(『근대어·근대매체·근대문학』, 성균관대학교출판부, 2006, 308면)을 참조.

8 『매일신보』에 게재된 3.1운동 기사의 내용과 성격에 대해서는 황민호의 「『매일신보』

에 나타난 3.1운동의 전개와 조선총독부의 대응」(『한국독립운동사연구』 26호, 독립기념관 한국독립운동사연구소, 2006)을 참조할 것.

9 박헌호는 이 문제를 식민주의와 근대 정신사의 상관성이라는 차원에서 분석했다. 그는 「1920년대 전반기 『매일신보』의 반사회주의 담론연구」(『한국문학연구』 29호, 동국대 한국문학연구소, 2005)에서 『매일신보』가 사회주의와 사회주의 운동가를 왜곡 선전하여 사회주의에 대한 혐오를 광범하게 조성했음을 논증했다.

10 『반도시론』과는 달리 『매일신보』는 한국 내 '신문지법'의 규정을 받았다(정진석, 『한국언론사』, 나남, 1990, 378면). 출판과 관련된 식민지 이중법의 성격에 대해서는 최기영의 「광무신문지법연구」(『대한제국기 신문연구』, 일조각, 1991), 정근식의 「식민지 검열의 역사적 성격」(『사회와역사』 64호, 2003), 김창록의 「일제 강점기 언론·출판법제」(『한국문학연구』 30호, 동국대 한국문학연구소, 2006)를 참조할 것.

11 忍月, 「피눈물」 9회, 『독립신문』 1919.9.20.

12 이 소설의 1회는 자료가 망실되어 3회분부터 남아 있다(한국학자료원 편, 상해판 『독립신문』, 2004, 증보판).

13 3.1운동을 배경으로 한 두 편의 소설, 심훈의 「찬미가에 싸인 원혼」(『신청년』 3, 1920.8)과 김동인의 「태형」(『동명』, 1922.12~1923.4)이 감옥을 통해 3.1운동을 간접화한 것은 검열로 인한 표현의 제한 때문이었을 가능성이 높다.

14 김여의 본명은 金輿濟이다. 그의 생애와 작품 활동에 대해서는 정우택의 「「만만파파식적」의 시인 김여제」(『한국근대시인의 영혼과 형식』, 깊은샘, 2004)를 참고할 것.

15 『조선출판경찰월보』 7호(1929.4)와 『조선출판경찰월보』 6호(1929.3)의 삐라(전단) 차압처분 통계를 비교해보면, 전자가 119건인데 비해 후자는 42건이다. 불법유인물의 반입, 살포가 급격히 늘어났다는 뜻이다.

16 『심훈문학전집』 3, 탐구당, 1966, 600면.

17 최린, 「생각나는 대로」, 『개벽』 33호, 1923.3, 70면.

18 이윤재, 「금년 삼월과 우리의 과거」, 『개벽』 33호, 1923.3, 72면.

19 『개벽』 67호, 1926.3, 97면.

20 3.1과 관련된 관헌자료의 양식과 성격에 대해서는 姜德相이 편집한 『現代史資料』 가운데 『3.1運動篇』 1·2(みすず書房, 1967)을 참조할 것.

21 3.1운동 관련자들에 대한 일제의 법적 대응에 대해서는 장신의 「삼일운동과 조선총독부의 사법대응」(역사문제연구소, 『역사문제연구』 18호, 역사비평사, 2007)을 참조할 것.

22 3.1운동 심문조서는 국사편찬위원회가 간행한 『한민족독립운동사자료집』(탐구당,

1991)의 3.1운동 부분과 이병헌의 『3.1운동비사』(삼일동지회, 1966) 등에 일부 자료가 번역되어 있다. 그밖에 「법정에 현출한 독립사건의 경과」(조선 출판협회 편, 『조선병합십년사』, 유문사, 1923)도 3.1운동 관련 '법정서사'에 대한 당대의 관점을 이해하는 데 도움을 준다.

23 세 편의 분량은 200자 원고지로 환산하여 약 650매 가량이다. 이들 공판기는 국한문판에도 함께실렸다. 제목은「裵說氏公判顚末」(1908.6.20~8.7,41회),「旅順通信」(1910.2.8~2.26, 13회. 3회부터 「安重根의 公判」으로 제목이 바뀌고, 2월 23~26일까지 3회는 「安禹 兩氏 公判 審問에 대한 陳述의 詳報」로 다시 제목이 바뀜), 「李在明公判」(1910.5.14~5.18, 8회)으로 국문본과 같거나 다소의 차이가 있다.

24 1909년 내부 경찰국에서 발행한 『경찰사무개요』의 '치안방해'에 의한 신문지 압수 조건에 의하면, ① 국권회복의 名을 藉하여 일본 보호를 반대하여 反旗를 揭함을 고취한 자 ② 일본의 보호를 目하여 한국을 병탄함이라 誣하여 일반 한인의 반감을 起한 자 ③ 無根의 流說을 傳하여 인심을 惑亂케 하고 又는 事를 과대히 포장하여 국민을 분개케 하여 官의 시설을 妨碍하고 사회의 질서를 교란한 자 ④ 국권회복은 국민의 공동일치를 요한다 하여 단체의 조직을 장려한 자 ⑤ 국권회복은 국민의 문명을 요한다 하여 신교육의 보급을 창도한 자 ⑥ 海蔘威 지방으로써 한국인의 국권 회복 단체의 근거지 삼기를 고취한 자 ⑦ 암살자를 義士라 하여 此 사상의 고취함을 노력한 자 ⑧ 폭도를 謂하여 국가에 忠한 자라 하여 此에 聲援을 與한 자 등 여덟 개 항목이었다. 이 조항에 의해 『대한매일신보』는 해외에서 반입된 한인신문들과 함께 여러 번 압수되었다(「소위 신문지 압수처분」, 『대한매일신보』 1910.5.14).

25 날장(捺章): 도장을 찍음.

26 「여순통신」, 『대한매일신보』 국문판, 1910.2.23(잡보,3면)

27 『매일신보』 자료는 아니지만 『재팬 크로니클(Japan Chronicle)』 특파원이 기록한 「105일사건 공판기(The Korean Conspiracy Trial)」(1912)가 남아 있으며, 『105인사건 공판참관기』(윤경로 역, 한국기독교역사연구소, 2001)라는 제목으로 번역되었다.

28 권보드래가 편집한 『1910년대, 풍문의 시대를 읽다』(동국대학교출판부, 2008) 제5장에 그 일부가 수록되어 자료의 정황을 이해하는 데 도움이 된다.

29 Eli.M.Mowry(한국이름 车義理, 1880~1971) 미국 북장로교 선교사이자 교육가. 미국 오하이오 주 출신으로 1909년 웨스턴신학교를 졸업하고 한국에 선교사로 내한하였다. 숭실학교 교사와 평양의 숭인, 숭덕 등 지방의 14개 소학교 교장직을 역임하였다. 특히 음악에 정통하여 부인과 함께 장대현교회에서 성가대를 결성하고 숭실학교에

서는 숭실합창단과 음악대를 결성하여 음악을 통한 선교를 하였다(권경란, 「선교초기 선교사들의 음악활동에 관한 고찰-1930년 이전에 활동한 선교사 중심으로」, 장로회신학대 석사학위논문, 2004년, 4면).

30 「위법선교사공판」, 『매일신보』, 1919.4.17

31 『매일신보』 1919.11.30, 「불온문서 전부 압수」; 신복룡, 『대동단실기』, 양영각, 1982, 69면.

32 이 책의 제 5장 「대중매체의 허용과 문화정치의 통치술」을 참고할 것.

33 『동아일보』 등 민간신문에 공판기가 게재되면서 『매일신보』 또한 민간신문 공판기를 추종하여 시국사건의 범인을 관대하게 취급하거나 심지어는 의인시하는 일들이 생겨났다. 이러한 현상은 『매일신보』가 『동아일보』, 『조선일보』를 상대로 경쟁하지 않을 수 없었던 시대 상황을 반영하는 현상이었을 것이다. 강우규 사건은 그러한 경합의 양상이 구체적으로 드러나기 시작한 계기 가운데 하나였다. 『매일신보』의 신문자본으로서의 성격과 민간신문과의 경쟁 양상에 대해서는 정진석의 『언론조선총독부』(커뮤니케이션북스, 2005, 99~124면)를 참조할 것.

34 『동아일보』, 1920.4.15, 「강우규 공소공판」

35 『동아일보』, 1920.4.15, 「강우규 공소공판」

36 「사십칠인 예심결정서」, 『동아일보』, 1920.4.8

37 유광렬, 「대구행(3)」, 『동아일보』, 1920.6.20

38 유광렬, 「대구행(5)」, 『동아일보』, 1920.6.22.

39 3.1운동 '법정서사'의 영향과 추이에 대한 분석은 향후의 과제로 남겨둔다. 신문에 다양한 방식으로 연재된 각종 시국사건의 공판기와 판결문에 대한 종합적 정리가 필요하다. 그밖에 『조선지광』 72호(1827.10)에 발표된 「공산당공판인상기」, 「공산당사건예심결정서」, 「공산당사건 及 공판에 대한 감상」 등도 주목할 만한 자료 가운데 하나이다.

| 제11장 | 통속과 반통속, 염상섭의 탈식민 서사

1 염상섭, 『만세전』, 『염상섭 전집』 1, 민음사, 1987, 21~22면(1924년 고려공사 발행 판본). 이하 이 작품 인용 시 괄호 안에 인용면수만 표기한다.

2 형이상의 사유는 사회주의혁명에 대한 과격한 상상의 표현과도 공존했다. 일례로 임화의 시 「曇-1927」에서 구현된 혁명적 모더니티는 그것이 도쿄에서 발표되었기 때

문에 가능한 일이었다. '역'의 편차로 분열된 '제국/식민지체제'의 성격에 대해서는 이 책의 2장 「'문역(文域)'이라는 이론과제」를 참고할 것.

3 이 책의 13장 「심훈의 고투, 검열과 식민지 소설의 행방」을 참조할 것.

4 '생번'은대륙문화에 동화되지 않은 타이완의 고산족을 뜻하는 말로서, 문명화되지 못한 야만인을 비유한다.

5 유종호는 『이심』의 작품론 중에서 "『만세전』의 독자들은 조혼한 주인공의 아내의 죽음에서 대가족 제도 아래 가장 커다란 희생 분담을 떠맡은 한국 여성의 힘겨운 역할을 읽어냈을 것이다. 열다섯 살에 시집와서 보수 없는 노력봉사에 삶을 위탁한 그녀는 출산이라는 여성 특유의 생물적 기능을 끝내고 젊은 나이에 맥없이 죽어가는 것이다. 그것은 가정 내부의 착취적 인간관계를 드러내면서 해방의 당위성을 강력히 시사한다"고 언급했다. 『만세전』에 담겨 있는 여성주의적 시각을 고평한 것이다. 「작품해설:소설과 사회사」, 『이심』, 민음사, 1987, 319면.

6 염상섭 자신은 식민지 검열과 근대문학의 긴장관계에 대해 이러한 견해를 남겨놓았다. "더욱이 당국의 削除刀가 문단에 대하여 점점 예리하여진 것은 큰 타격인 동시에 특히 장래를 위하여 별반의 방책을 강구치 않으면 아니 되겠다. 문인, 일반 操觚家, 출판업자 등의 연맹 같은 것이 출현되어 적극적으로 방어책을 취함도 장구한 계획으로 좋은 일이겠지마는, 위선 그 작품을 전부 삭제하는 것부터라도 완화시킬 운동을 하는 것이 시급하겠다. 금월 중에도 『신민』에서와 『조선문단』에서 양개 작이 전부 삭제된 모양이니, 실로 중대한 현상이요, 한가지로 문단인이 우려하는 바가 아니면 아니 될 것이다." 염상섭, 「문단시평」(『신민』, 1927.2), 한기형·이혜령 편, 『염상섭문장전집』 I, 소명출판, 2013, 553면. 『만세전』 또한 검열로 인해 여러 차례 개작되었던 작품이다. 그 상황에 대해서는 이재선의 「일제의 검열과 『만세전』의 개작」(『문학사상』, 1979.11)을 참고할 것.

7 임화, 「소설문학 20년」(『동아일보』, 1940.4.12~4.20), 임규찬 편, 『임화문학예술전집』 2, 소명출판, 2009, 448면. 하지만 '환멸'의 의식과 3.1운동을 직접 대응시키는 것은 상황을 과장하는 것이라는 판단도 있다. 박헌호, 「한국 근대소설사에서 단편소설의 주류성 문제」, 『식민지 근대성과 소설의 양식』, 소명출판, 2004, 91면.

8 임화, 위의 글, 449면.

9 염상섭, 「배울 것은 기교-일본문단 잡관」(『동아일보』, 1927.6.7), 한기형·이혜령 편, 『염상섭문장전집』 I, 소명출판, 2013, 622~634면.

10 "침통한 고뇌에 부대껴보지 못한 국민에게서는 깊은 문학이 나오기 어렵고, 대륙의 바람을 쏘이지 못한 백성에게는 영혼의 큰 울림을 바랄 수 없는 모양이다." 같은 책, 633면.

11 염상섭, 「문단시평」(『신민』, 1927.2), 한기형·이혜령 편, 『염상섭문장전집』 I , 소명출판, 2013, 546~559면.

12 이보영 교수는 자신의 저서에서 '난세성'이란 개념을 매개로 염상섭과 러시아리얼리즘 문학의 깊은 연관성에 대해 여러 차례 강조했다. "난세적인 악과 불행과 여기에 대한 저항의 극한을 통하여 그 종말적 사회의 모순을 폭로하고 초극하려는 작가의 의지"라는 관점에서 도스토예프스키 『죄와 벌』의 세계와 염상섭 문학 주인공들의 행적을 비교한 것이 그 하나의 사례이다. 이보영, 『난세의 문학－염상섭론』, 예림기획, 2001, 33면. 「염상섭평전」 8(『문예연구』 68, 문예연구사, 2011)에서도 "'북풍'으로 암시된 19세기 러시아문학의 영향권 안에 있는 대표적 조선작가가 염상섭이었음은 그의 여러 작품에 의해 입증된다"고 주장했다.

13 가야트리 스피박(태혜숙·박미선 역), 『포스트 식민이성 비판』, 갈무리, 2005, 27면의 주 7.

14 '패러택씨스'의 개념에 대해서는 다음의 논문 구절이 시사적이다. 염상섭의 서사를 이해하는 데 원용되어도 무방한 문장이라고 판단한다. "「줄어든 긴급사태(Fewer Emergency)」는 어느 하나의 플롯을 중심으로 이야기를 풀어가고 있지 않다. 각각의 요소들이 거의 동등한 무게를 지니고 있어서 어느 하나도 강조되지 않으며 또한 어느 하나도 가볍게 여길 수 없다. 폭력범의 총기난사가 있고 곧 이어 우편배달부의 아들의 시각이 제시되고 그 후에 우편배달부가 일하러 나오지 못하는 이유가 다시 제시된다. 이때 총기난사와 우편배달부의 아들, 그리고 우편배달부의 이야기는 철저히 나열적 혹은 병렬적이다. 그 내용에서 인과적 내용을 유추해내기 어렵기 때문이다. 이것이 병렬(parataxis)로서, 레만이 밝히고 있는 포스트 드라마적 요소이며, 또 한편으로 퍼포먼스적 요소이다." 이용은, 「포스트 드라마와 새로운 서사－Crimp의 Fewer Emergency를 중심으로」, 『인문언어』 12－2, 국제언어인문학회, 2010, 281면.

15 유종호, 「소설과 사회사」(작품해설), 『이심』, 민음사, 1987, 312면.

16 염상섭, 김경수 감수, 『광분』, 프레스21, 1996, 5면.

17 김억, 「염상섭론－'비통'의 상섭」, 『생장』, 1925.2.

18 조용만, 「흉금을 열어 선배에게 일탄을 날림－염상섭 씨에게」, 『조선중앙일보』, 1934. 6.26~6.27

19 한국 근대문학에서 단편소설이 보다 예술적인 양식으로 평가된 원인과 과정에 대해서는 박헌호의 『식민지 근대성과 소설의 양식』(소명출판, 2004)의 1부를 구성하는 3편의 논문을 참고할 것. 이 글의 문제의식과 관련하여 박헌호는 "신문이나 대중잡지의 통속성을 공박하면서 이것이 조선에서 장편소설이 통속화되는 핵심적인 이유라

고 지적"한 식민지 시대 작가들의 일반적 인식을 비판하면서 "근대소설은 말의 진정한 의미에서 통속적인 장르라고 할 수 있다. 근대화란, 말하자면 지상(地上)의 형식이며 세속화의 시대가 아닌가? 통속소설은 근대소설이 짊어져야할 또 하나의 화두"(「한국 근대소설사에서 단편양식의 주류성 문제」, 같은 책, 70~71면)라고 주장했다. 이러한 견해는 염상섭의 통속론을 적극적으로 지지하는 의미를 지닌다.

20 하영만, 「염상섭씨에게-단편을 발표하라!」, 『조선중앙일보』 1934.7.24

21 염상섭, 「조선의 문예, 문예와 민중」(『동아일보』, 1928.4.10~17), 한기형·이혜령 편, 『염상섭문장전집』 I, 소명출판, 2013, 697~698면.

22 식민지 시기 신문연재소설의 문화적 위치에 대한 당대의 논의에 대해서는 천정환의 『근대의 책읽기』(푸른역사, 2003)의 「신문연재소설의 문화적 위상」(323~334면)을 참고할 것.

23 염상섭, 「문예시감(7)-통속·대중·탐정」(『매일신보』 1934.8.21), 한기형·이혜령 편, 『염상섭문장전집』 II, 소명출판, 2013, 397면.

24 '통속소설'에 대한 이러한 이해는 염상섭 고유의 것이라기보다 당대에 통용되던 일반적인 것이기도 했다. 김기진은 통속소설의 개념을 "민간의 조선문 신문이 간행된 이래로 가정 내의 독자를 유인하기 위하여 그들 문예의 사도들로 하여금 가정 독자의 흥미를 끌만한 소설을 쓰게 하여 삽화와 한 가지로 신문에 기재한 것"이라고 정의한다. 김기진, 「대중소설론」, 『김팔봉문학전집』 1, 문학과지성사, 1988, 128면.

25 '통속'이란 용어의 기원은 매우 오래되었다. 시기별로 다양한 용례가 보인다. 그렇지만 어느 시대든지 지식과 문화의 대중적 확산이란 의미를 담고 있다. '통속'이 '저속'의 뜻으로, 부정적인 흥미 추구의 태도와 그 상황을 지칭하는 의미로 이해되는 계기에 대해서는 충분히 검토하지 못했다. 어쩌면 두 개념이 애초부터 공존했을지도 모른다.

26 염상섭, 「소설과 민중-「조선과 문예, 문예와 민중」의 續論」(『동아일보』, 1928.5.27~6.3), 한기형·이혜령 편, 『염상섭문장전집』 I, 소명출판, 2013, 712~713면.

27 같은 책, 714~715면.

28 『동아일보』 1931.2.7

29 이언 와트(강유나·고경하 역), 「5장: 사랑과 소설」, 『소설의 발생』, 강, 2009, 201면.

30 대표적인 논의로 황종연의 「노블·청년·제국」(『탕아를 위한 비평』, 문학동네, 2012, 407~408면)을 참고할 것.

31 임규찬 편, 『임화문학예술전집』 2, 소명출판, 2009, 16면.

32 임규찬 편, 같은 책, 137면.

33 김기진, 앞의 글, 130면.

34 전통성과 '문예대중화론'의 관계에 대한 문제는 이 책의 제8장 「시장과 선전-'문예대중화론'의 재인식」을 참조할 것.

35 『레미제라블(Les Miserables)』을 말한다.

36 염상섭, 「소설과 민중-「조선과 문예, 문예와 민중」의 續論」(『동아일보』, 1928.5.27~6.3), 한기형·이혜령 편, 『염상섭문장전집』 I, 소명출판, 2013, 712~713면.

37 서영채, 『사랑의 문법』, 문학동네, 2004, 129면.

38 서영채, 같은 책, 132면.

39 천핑위안(陳平原), 「'아속(雅俗)'을 초월하여-진융(金庸)의 성공과 무협소설의 나갈 길」, 『민족문학사연구』 16, 민족문학사연구소, 2000, 305면.

40 천핑위안, 같은 논문, 315면.

41 염상섭, 『사랑과 죄』, 『염상섭 전집』 2, 민음사, 1987, 74면.

42 지순영은 김호연의 의사를 스스로 상상해낸다. "결혼이란 결국 사랑을 얻겠느냐? 돈을 얻겠느냐?는 두 가지 길밖에 없는 것이니 당신이 사랑을 얻으려는 꿈을 단연히 버릴 용기가 있거든 돈을 얻으슈. 그러나 그 돈은 물론 당신의 금강석반지 값이라든지 향수값 비단옷값 자동차 값으로 쓸 것은 못될 것이요. 내일, 아니 우리 사업을 위하여 사랑을 희생하고 돈을 얻어 바치라는 말이요." 하지만 이 생각은 그녀 자신의 것이다. 염상섭, 『사랑과 죄』, 95면.

43 조일제, 『장한몽』, 『한국신소설전집』 9, 을유문화사, 1968, 26면.

44 염상섭, 『삼대』(한국소설문학대계 5), 동아출판사, 1995, 218면. 류보선이 정리한 이 판본은 신문연재본에 근거한 것이다.

45 염상섭, 같은 책, 218~219면.

46 염상섭, 같은 책, 224~225면.

47 볼프강 카이저(이지혜 역), 『그로테스크』, 아모르문디, 2011, 303면.

48 김병화가 홍경애와 깊은 교감을 나누게 된 것은 많은 사건들을 겪으며 홍경애의 성격과 진심을 이해한 이후의 일이다.

49 사회주의운동과정에서 생겨난 주의자 사이의 성적 차별과 그 문학적 재현의 문제는 장영은의 「아지트 키퍼와 하우스 키퍼-여성사회주의자들의 연애와 입지」(『대동문화연구』 64호, 성균관대 대동문화연구원, 2008)의 의견을 참고할 것.

50 "무(武)로써 법(法)을 범하고 권위를 무시하지만, 언신행과(言信行果)의 행동규범에 입각하여 약자와 액곤한 자를 도와줌에 있어서는 자신의 생사를 돌보지 않고 또 자신

의 공적과 재능을 자랑하는 것을 부끄럽게 여기는 염결퇴양(廉潔退讓)의 덕을 지닌 인간"이라는 '유협'에 대한 정의는 『사기』「유협열전」에 등장한다(박희병, 「조선후기 민간의 유협숭상과 유협전의 성립」, 『한국고전인물전연구』, 한길사, 1992, 276~277면). '유협'은 한자문화권 내에서 추앙된 가치 있는 인간상이었을 뿐 아니라 그 반권력의 태도와 염결성, 제도의 허식을 벗어나 참된 우의를 추구하는 정신으로 인해 동아시아 전통 대중문학의 핵심적인 서사자원이 되었다(양수중 저, 안동준·김영수 역, 『강호를 건너 무협의 숲을 거닐다』, 김영사, 2004). '유협'을 숭상하는 경향은 조선후기로 접어들면서 특히 고조되었다. 박희병에 의하면, '유협'이란 인간타입은 조선후기에 성장한 중소상공인층을 중심으로 한 시정인의 심의경향(心意傾向)이다. 민간질서에 대한 통제력을 상실하고 있던 공권적 지배력을 대신해서 조선후기의 유협은 민간에 있어 시비의 분변, 정의의 수호자로서의 역할을 담당하고 있었다. '유협'은 국가질서의 파괴자와 민간질서의 지주라는 상반된 사회적 위상을 지니고 있었던 것이다(박희병, 앞의 책, 299면). 시정을 누비며 서민들의 편에 서서 강자를 누르고 약자를 옹호하며 불의에 맞섰던 인물들의 이야기는 18세기 후반에서 19세기 중반에 이르기까지 여러 사람들의 붓끝을 통해 입전되었다. 서울시정의 형편에 밝았던 염상섭이 그러한 전승을 차용했을 여지를 생각해볼 필요가 있다.

51 임화, 「통속문학론」, 신두원 편, 『임화문학예술전집』 3, 소명출판, 2008, 323면.

52 한기형, 「신소설작가의 현실인식과 그 의미」, 『한국 근대소설사의 시각』, 소명출판, 1999, 84~85면. 이후 박혜경에 의해 『귀의성』의 서사가 보다 심층적으로 해석되었다. 박혜경, 「신소설에 나타난 통속성의 전개양상」, 『국어국문학』 144호, 2006.

53 최원식은 『장한몽』의 통속적 신파가 식민지의 피로한 민중을 위안하기 위해 고안되었음을 밝힌 바 있다. 「『장한몽』과 위안으로서의 문학」, 『민족문학의 논리』, 창작과비평사, 1982.

54 이보영, 앞의 책, 34면.

55 장훈의 죽음에 대한 이혜령의 해석은 염상섭 소설이 지닌 사회적 긴장의 본질을 예리하게 해부하며 염상섭 문학의 미학적 구조가 본질적으로 비극미를 지향하고 있음을 알려준다. "『삼대』의 작가는 부랑자와 룸펜이라는 가시적인 외관을 꿰뚫어서야 보이게 되는 사회주의자의 내면에 대한 가장 강력한 가시화 방법을 장훈의 자살로 선택했던 것이다. 그러한 자살이란 자신의 목숨을 끊어 적대자들 앞에 시체로, 오로지 가시적이기만 한 존재로 자신을 전시하는 것을 의미한다." 이혜령, 「감옥 혹은 부재의 시간들-식민지 조선에서 사회주의자를 재현한다는 것, 그 가능성의 조건」, 『대동문

화연구』 64호, 성균관대 대동문화연구원, 2008, 92~93면.

56 테리 이글턴(이현석 역), 『우리시대의 비극론』, 경상대학교출판부, 2006, 408면. "안티고네는 굴복하기를 거부하고 죽음을 절대적으로 소망하기 때문에 욕망의 숭고함의 상징이 된다. 안티고네는 자신의 위반행위에 아무런 죄책감을 느끼지 않는다. 지배권력이나 일반인은 이런 그녀를 미쳤거나 사악한 존재로 볼 수밖에 없다. 순교자는 어떤 우연한 대상을 불가해한 법칙이나 무조건적인 윤리적 목적의 수준으로 격상시켜 이를 목숨보다 더 소중히 여기는 사람이다. 슬라보예 지젝의 말대로 "비극적 존엄성은 평범하고 연약한 개인이 도저히 믿을 수 없을 정도의 힘을 발휘하여 '물(物), The thing'(Zizek, Did Somebody Say Totalitarianism?, p.81)에 대한 그의 지금까지의 헌신 때문에 최악의 대가를 치르는 것을 우리에게 보여준다. 비극적 재난 속에서 주인공은 물을 위하여 생명을 포기한다. 그리하여 그의 패배는 승리가 되고 그에게 숭고한 존엄성을 부여한다."

| 제12장 | 성노동에 대한 사유와 상징검열의 외부－검열의 시각으로 해석한 김유정의 소설

1 「조선의 집시－들병이 철학」(『매일신보』 1935.10.22.~29), 전신재 편, 『원본김유정전집』, 한림대학교출판부, 1987, 392면.

2 추수희의 「섹슈얼리티를 자본화(capitalizing)하는 성노동자의 '노동'에 대한 연구」(『현대사회연구』 12, 전남대학교 사회과학연구소, 2008)을 통해 '성노동'의 현실에 대한 초보적 이해를 얻었다. 필자의 한계로 인해 김유정이 언급한 '성노동'을 페미니즘 담론의 맥락 속에서 해석하지는 못했다. 이 글의 초점은 식민지사회에서 김유정이 묘사한 자발적 매춘이 어떻게 의미화되었는지를 점검하는 것이며, '성노동' 자체의 사회적 의미를 분석하는 데 있는 것은 아니다. 페미니즘에 대한 김유정의 이해 경로에 대한 추정은 엘렌 케이(Ellen Karolina Sofia Key)와 알렉산드라 콜론타이(Aleksandra Mikhailovna Kollontai)의 수용양상을 분석한 홍창수의 「서구 페미니즘 사상의 근대적 수용연구」(『상허학보』 13호, 상허학회, 2004)를 참조했다.

3 이 문제에 대해서는 피에르 부르디외의 『남성지배』(김용숙 역, 동문선, 2003)를 참고하라.

4 최원식은 「모더니즘 시대의 이야기꾼－김유정의 재발견을 위하여」(『민족문학사연구』 43호, 민족문학사연구소, 2010)에서 김유정의 '유토피아적 몽상' 혹은 '위대한 사

랑'이 "크로포트킨이나 맑스의 결합일지도 모른다"(361면)고 추정했다.

5 김유정, 「조선의 집시-들병이 철학」, 399면.

6 『신문예』, 1924.3, 68면.

7 김유정, 「조선의 집시-들병이 철학」, 398면.

8 미셸 푸코, 『광기의 역사』(오생근 역), 나남출판, 2005, 61면.

9 "식민지 검열체제에서 검열주체들은 자신들이 피검열주체인 조선인이라는 해석의 공동체의 일원인 것처럼 가정해야만 검열을 실천할 수 있었다. 그런 점에서 식민지 지배행위의 하나인 검열 또한 모방에 기초한 것이다. 이와는 조금 다르게 식민지 검열에 대한 식민지 작가의 미메시스는 대상을 모방하는 것으로, 비슷해짐으로써 주체를 위협하는 대상의 폭력성에 대한 무력감을 상쇄시키고 그 폭력이 완화되기를, 중지되기를 간절히 원하는 행위인 것이다."(이혜령, 「검열의 미메시스-염상섭의 『광분』을 통해서 본 식민지 예술장의 초규칙과 섹슈얼리티」, 『민족문학사연구』 51호, 민족문학사연구소, 1913, 83면)

10 구체적인 설명은 이 책의 제4장 「검열장의 성격과 구조」를 참조할 것.

11 검열기준과 검열관행의 식민지적 '차별'이 만들어낸 다양한 문제들에 대해서는 이 책의 제2장 「'문역'이라는 이론과제」를 참고할 것.

12 전신재 편, 『원본김유정전집』, 한림대학교출판부, 1987, 27면.

13 김항, 「식민지배와 민족국가/자본주의의 본원적 축적에 대하여-『만세전』 재독해」, 『저수하의 시간, 염상섭을 읽다』, 소명출판, 2014, 2장.

14 전신재 편, 『원본김유정전집』, 한림대학교출판부, 1987, 31면.

15 전신재 편, 『원본김유정전집』, 한림대학출판부, 1987, 173면(『사해공론』 1936.1)

16 가야트리 스피박, 『포스트식민이성비판』(태혜숙·박미선 역), 갈무리, 2005, 400면.

17 식민지사회에 만연했던 '불온'의 의미에 대해서는 이 책의 제1장 「식민지, 불온한 것들의 세계」의 내용을 참조할 것.

18 「조선의 집시-들병이 철학」, 전신재 편, 『김유정문학전집』, 한림대학교출판부, 1987, 395면.

19 식민지권력의 매매춘정책에 대해서는 다음 두 편의 논문을 참조할 것. 강정숙, 「대한제국·일제초기 서울의 매춘업과 공창제도의 도입」, 『서울학연구』 11호, 1998; 야마시다 영애, 「식민지 지배와 공창제도의 전개」, 『사회와 역사』 51호, 1997 봄.

20 이러한 한계는 국가건설을 통한 근대의 주체적 설계 불가능성에서 일차적으로 생겨난다. 중국의 5.4신문화운동과정에서 일어난 가혹한 전통비판의 사례를 참고하라.

21 가노 미키요, 『천황제와 젠더』(손지연 외 역), 소명출판, 2013, 116~117면.

22 가노 미키요, 같은 책, 141면.

23 권명아, 『역사적 파시즘』, 책세상, 2005, 192면.

24 박헌호, 『한국인의 애독작품-향토적 서정소설의 미학』, 책세상, 2001, 65~66면.

25 박헌호, 같은 책, 51면.

26 박헌호, 같은 책, 78면.

27 박헌호, 같은 책, 107면.

28 김철, 「프롤레타리아 소설과 노스탤지어의 시공」, 『한국문학연구』 30호, 동국대 한국문학연구소, 2006

29 「황토기」를 '남성적 질서의 폭력성'으로 독해한 이혜령의 연구(『한국 근대소설과 섹슈얼리티의 서사학』, 소명출판, 2007, 228면)와 이 소설에서 '파시즘의 창조적 허무주의'와 연결된 '파괴의 열정'을 읽어낸 김철의 논의(「김동리와 파시즘」, 『국문학을 넘어서』, 국학자료원, 1999, 55면)를 참고할 것.

30 레이 초우, 『원시적 열정』(정재서 역), 이산, 2004, 45면.

31 이혜령, 「식민지 섹슈얼리티와 검열-'도색(桃色)'과 '적색', 두 가지 레드 문화의 식민지적 정체성」, 『동방학지』 164호, 연세대학교 국학연구원, 2013, 253면.

32 최원식, 앞의 논문, 350면.

33 염상섭 소설과 여성의 긴밀한 관계, 사회적 존재로서의 여성에 대한 염상섭의 깊은 관심에 대해서는 여러 연구자들이 이미 주목한 바 있다. 앞서 거론한 이혜령의 「검열의 미메시스-염상섭의 광분을 통해서 본 식민지 예술장의 초규칙과 섹슈얼리티」(『민족문학사연구』 51호, 민족문학사연구소, 1913)와 심진경의 「세태로서의 여성-염상섭 신여성 모델 소설을 중심으로」(『저수하의 시간, 염상섭을 읽다』, 소명출판, 2014), 이용희의 「염상섭의 장편소설과 식민지 모던 걸의 서사학-『사랑과 죄』의 '모던 걸' 재현문제를 중심으로」(『저수하의 시간, 염상섭을 읽다』, 소명출판, 2014)을 참조할 것.

| 제13장 | 심훈의 고투, 검열과 식민지 소설의 행방

1 『동방의 애인』의 공간정치학은 장영은에 의해 지적된 바 있다. 장영은, 「금지된 표상, 허용된 표상-1930년 초반 『삼천리』에 나타난 러시아 표상을 중심으로」, 『상허학보』 22호, 상허학회, 2008.

2 심훈, 『동방의 애인』, 『심훈문학전집』 2, 신구문화사, 1966, 582면.

3 심훈, 「작자의 말」(『동방의 애인』), 『심훈문학전집』 2, 신구문화사, 1966, 537면.

4 임규찬 편, 『일본프로문학과 한국문학』, 연구사, 1987, 120면.

5 심훈, 「우리 민중은 어떠한 영화를 요구하는가」, 『심훈문학전집』 3, 신구문화사. 1966, 533면.

6 심훈, 「1932년의 문단정황-프로문학에 직언」, 『심훈문학전집』 3, 신구문화사, 1966, 565면.

7 최원식, 「심훈연구서설」 『한국근대문학을 찾아서』, 인하대학교출판부, 1999, 157~160면.

8 심훈, 『불사조』 『심훈문학전집』 3, 1966, 신구문화사, 441면.

9 심훈, 『영원의 미소』, 『심훈문학전집』 3, 1966, 신구문화사, 109면.

10 임경석, 『박헌영의 생애』, 여강출판사, 2003, 60면.

11 임경석, 같은 책, 55~57면.

12 한기형, 「습작기(1919-1920)의 심훈」, 『민족문학사연구』 22호, 민족문학사연구소, 2003.

13 한기형, 「백랑의 잠행 혹은 만유-중국에서의 심훈」, 『민족문학사연구』 35호, 민족문학사연구소, 2007.

14 심훈, 『동방의 애인』, 『심훈문학전집』 2, 1966, 신구문화사, 552면.

15 반병률, 「연보」, 『성재 이동휘 일대기』, 범우사, 1998.

16 임경석, 『한국사회주의의 기원』, 역사비평사, 2003, 201~205면.

17 이현주, 『한국사회주의 세력의 형성』, 일조각, 2003, 167~170면.

18 반병률, 「진보적인 민족혁명가, 이동휘」, 『내일을 여는 역사』 제3호, 2000.10, 165면.

19 반병률, 같은 논문, 169면.

20 심훈의 시 「R씨의 초상」(1932)에 대한 최원식 교수의 「심훈연구서설」(『한국근대문학을 찾아서』, 인하대학교출판부, 1999, 248면)를 참고할 것.

21 최원식, 같은 논문, 250면.

22 『上海』는 1928년 11월부터 1931년 11월까지 잡지 『改造』에 연재된 후, 1932년 단행본으로 나왔다. 한국어 번역본 『상하이』는 1999년 출판사 소화에서 김옥희의 번역으로 출간되었다.

23 이동곡의 중국관에 대해서는 한기형의 「근대초기 한국인의 동아시아인식」(『충돌과 착종의 동아시아를 넘어서』, 성균관대학교출판부, 2007)을 참조.

24 이현주, 앞의 책, 164~165면.

25 오스키 사카에(김응교·윤영수 역), 『자서전』, 실천문학사, 2005, 368면.

26 심훈, 『동방의 애인』, 605면.

27 심훈, 『동방의 애인』, 539면.

28 이 책의 제4장 「검열장의 성격과 구조」를 참조할 것.

29 심훈, 『동방의 애인』, 548면.

30 최원식, 「심훈연구서설」, 『한국근대문학을 찾아서』, 인하대학교출판부, 1999, 260면.

31 상하이를 거점으로 활동한 사회주의자 오기만의 비극적 최후를 다룬 오기영의 수기 『사슬이 풀린 뒤』(성균관대학교출판부, 2002)를 참조할 것. 저자의 형인 사회주의 운동가 오기만은 1934년 상하이 프랑스 조계에서 체포 투옥되었으나 1937년 폐결핵이 악화되어 사망했다.

32 식민지 문학 텍스트에 나타나는 고향(혹은 향토)이 식민지 상황에서 표현되기 어려운 국가에 대한 은유라는 분석은 이미 선행 연구에 의해 지적된 것이다. 필자는 그 문제의식을 받아들여 심훈의 소설분석에 적용했다. 관련 연구사의 흐름은 한만수의 「1930년대 '향토'의 발견과 검열 우회」(『한국문학이론과 비평』 30호, 2006)를 참조했다.

33 박헌호, 「작품해설」, 『상록수』, 문학과지성사. 2005, 446면.

34 심훈, 「상록수」, 『심훈문학전집』 1권, 144~145면.

35 이 점과 관련하여 이기영 『고향』의 분석을 통해 "근대적 노스탤지어에 사로잡힌 지식인-주인공-작가의 시선이 발견한 '고향'과 '농촌'은 식민지 속의 또 다른 식민지이며, 프로레타리아는 그들에 의해 식민화된 존재들이다."(김철, 「프로레타리아 소설과 노스탤지어의 시공」, 『한국문학연구』 30호, 동국대 한국문학연구소, 2006, 48면) 라는 결론을 도출한 김철의 논의가 주목된다. 김철은 이 글을 통해 프로소설이 "모더니티의 변화된 시간관, 특히 직선적 진보이념을 바탕으로 현실의 존재론적 구속을 통속적 혹은 정신적으로 벗어나고자 한 시도"(50면)였으며, 이기영 소설 속의 '고향'은 그러한 노스탤지어 심리에 의한 '지방적인 것'(특수)과 '세계적인 것'(보편)이라는 구분법이 '발견'하고 '구성'한 결과로 파악했다(57면).

36 최원식, 「서구 근대소설 대 동아시아 서사」, 『대동문화연구』 40호, 성균관대 대동문화연구원, 2002, 149면.

37 최원식, 「심훈연구서설」, 240면.

1 권순긍, 『1910년대 활자본 고소설연구』, 성균관대 박사논문, 1990, 부록.

2 한기형, 「1910년대 신소설에 미친 출판 유통환경의 영향」, 『한국근대소설사의 시각』, 소명출판, 1997, 232면, 주 21.

3 '현대 신소설'이라는 표현은 임화가 사용한 것이다. 초기 신소설의 후대적 속화를 의도한 용어이나 이 글에서는 그러한 의미보다는 신소설 양식의 대중적 전면화의 양상을 설명하기 위한 의도로 차용한다(임화, 『개설 신문학사』, 『조선일보』 1939; 임규찬 편, 『임화예술문학전집』 2, 소명출판, 2009, 196면).

4 임화, 같은 책, 196~197면.

5 많은 논란을 무릅쓰고 '하위대중'이라는 용어를 사용하게 되었다. 문화구조의 급격한 변화가 야기한 현상의 복잡함과 역동성을 고려하지 않고, 대중 개념의 역사적 위상을 설명하는 것은 어렵다. 특히 문화주체로서 대중을 해명하고자 할 때, 그 범주 내부의 격차와 충돌이라는 현상을 생각하지 않을 수 없다. 예컨대 식민지 대중매체의 독자들은 대부분 높은 수준의 지식문화를 수용할 수 있는 사람들이었다. 상층 조선인 엘리트들의 지지로 새로운 대중문화가 형성되고 있었던 것이다. 그것은 서구 근대성과 결합하여 조선사회를 재조직하려는 문화헤게모니의 관철과정이기도 했다. 반면 구소설의 독자들은 그러한 수혜로부터 벗어나 있던 사람들이었다. 새로운 지식문화의 세계에 참여할 수 없었던 그들의 시야는 과거로 향할 수밖에 없었고, 미래로 가는 길은 닫혀 있었다. 근대사회 문화주체로의 상승대열에 참여할 기회를 얻지 못했던 것이다. 식민지 구소설의 독자층을 해명할 수 있는 실제 근거나 연구방법론이 개척된 것은 아니기 때문에 이러한 판단은 오류에 빠질 가능성이 있다. 식민지 대중주체를 분할하여 설명하려는 가설은 정교한 식민지 사회분석을 통해 입증되어야 하는 문제이기 때문이다. 식민지 구소설의 미학과 특질을 근대성의 맥락에서 설명하는 것을 통해 그러한 난제가 조금이나마 풀릴 수 있게 되기를 기대한다.

6 천정환, 『근대의 책읽기』, 푸른역사, 2003, 75면.

7 장유정은 인쇄본 구소설의 연구사에서 근대문학적 성격을 지적한 장효현의 발언을 다음과 같이 정리하였다. "그(장효현)는 활자본 고소설이 조야한 읽을거리가 아닌 "일제의 검열로 인한 내용의 한계와 대중수용의 비좁은 진폭의 이중적 한계로 인해 현대소설이 감당했어야 하면서도 감당할 수 없었던 부분을 떠맞고"(「근대전환기 고전소설 수용의 역사성-식민지 시대 활자본 고소설 수용의 역사적 의미」, 『한국고전소설사연구』,

고려대학교출판부, 2002, 559면)있었다고 말했다(장유정, 「계승과 통속-활자본 고소설의 존재방식에 대한 규명」, 『인문과학』 58호, 성균관대 인문과학연구소, 2015, 17면). 장유정의 글을 통해 인쇄본 구소설 연구사 흐름의 맥락을 확인할 수 있었다.

8 이 표는 식민지 출판시장의 현황을 분석하기 위한 출판사별 도서목록을 바탕으로 작성된 것이다. 표의 '소설합계'는 국문소설을 말한다. 1910년 광학서포와 옥호서림의 출판목록 분류체계에 국문소설은 '신소설류'만 존재했다. 1914년 신문관의 소설분야의 분류명이 '신구소설류'로 변화했다. 이후 국문소설은 '소설서' 혹은 '신소설 급 고대소설'로 분류되었다. 이들은 당시의 근대소설이 '문예서'로 분류된 것과도 구별된다. 표의 소설합계는 '신구소설'로 분류된 도서의 수량이다. 그 중 구소설, 신작구소설, 신소설의 분포는 기존연구 가운데 구소설목록은 최호석(「활자본 고전소설의 유형에 대한 연구」, 『우리문학연구』 38호, 우리문학회, 2013; 「활자본 고전소설의 총량에 대한 연구」, 『고전문학연구』 43호, 한국고전문학회, 2013)의 논문을, 신소설 목록은 오윤선(「신소설 서지 데이터베이스의 분석과 그 의미」, 『우리어문연구』 25호, 우리어문학회, 2005)의 논문을 참고하여 분류했다. '한문구서'는 '백지판구서(白紙版舊書)'와 '당판각종분류(唐版各鍾分類)'에 속한 도서이다.

9 참고로 자료 원본에는 대부분 '도서목록'이라는 표제로 되어 있지만, 주문판매를 위한 목적으로 제작되었기 때문에 '판매도서목록'이라고 보는 것이 적절하다.

10 한기형, 앞의 책, 238면, 243면.

11 확인하지 못한 '도서목록'이 더 있을 가능성이 높기 때문에 이 수치들은 식민지기 출판물 유통상황 전체와는 무관한 것이다.

12 이 책의 제3장 「'이중출판시장'과 식민지 문화」의 내용을 참조할 것.

13 앞에서 제시한 두 편의 최호석 논문을 참조하여 정리했다.

14 이경돈, 「『별건곤』과 근대 취미독물」, 『대동문화연구』 46호, 성균관대 대동문화연구원, 2004, 251면.

15 이 점에 대해서는 이문규의 「국문소설에 대한 유학자의 비평의식」(『한국학보』 9-2, 1983)와 김경미의 「조선후기 소설론 연구」(이화여대 박사논문, 1994) 등을 참조할 것.

16 김태준, 『증보 조선소설사』, 학예사, 1939(정해렴 편역, 『김태준 문학사론선집』, 현대실학사, 1997, 23면)

17 『증보 조선소설사』 '제6편 근대소설 일반'의 제4장 '대문호 박지원과 그의 작품'과 제6장 '걸작 『춘향전』의 출현'은 20세기 국민문학의 전사가 이 두 가지 경향의 통합에 의해 가능해졌다는 추정을 하게 만든다. 소설사 전체의 목차 가운데 이 두 장만이 가

치론적 표현을 담고 있다.

18 김태준, 『증보 조선소설사』, 학예사, 1939(정해렴 편역, 『김태준 문학사론선집』, 현대실학사, 1997, 175면)

19 김태준은 『춘향전』을 분석하면서 이 소설이 왜 시대의 고전이 되어야 하는지를 다양한 각도에서 조명했다. 그는 사회 각 계층의 생활상을 치밀하게 제시하고 묘사함으로써 "근대적 소유관계의 맹아"(현대실학사 판, 167면)를 제시하고, "권력계급이 당시의 법전인 『경국대전』과 『대전통편』 등을 무시하고 범람(犯濫)한 짓"(168면)을 하는 것을 비판하며, "기생의 딸 춘향이를 능겁하는 것쯤은 당시 수령으로서는 극히 노멀(normal)이었다. 차라리 이에 반항하는 춘향이가 애브노멀(abnormal)이었고 그만큼도 시대의 힘"(170면)이라며 서사의 갈등구도를 환기했으며, 실학과 서학(천주교)의 기풍을 소설형성의 배경으로 지적했다(171면). 바로 이러한 분석들이 김태준이 지닌 안목과 역사관의 산물이었다. 특히 『춘향전』을 이전 시대 "연문학의 계승자"로 규정하면서 지적한 내용은 그가 도달한 문학사가로서의 경지를 느끼게 한다.

"자연경제 위에 부자연하면서 조잡하게 발달한 조선의 연문학을 봉건 붕괴과정에서 집성하였기 때문에 이는 이후 자본시대와 깊은 내용적 관련을 가지게 되는 것이다. 아닌게 아니라 근세의 신문예운동의 발달에 있어서 한문학을 배제하고 조선 문자로 조선 과도 형태의 사상을 표시할 적에 제일 도움이 되었던 것이다. 다만 이런 고전수양이 없는 이가 최근의 작가들에 많다."(174면) 여기서 김태준은 『춘향전』이 갖는 근대문학 기원으로서의 성격이 그 내용과 문제의식뿐만 아니라 기존양식의 종합과 지양을 통해서 이루어졌음을 강조했다. 특히 "고전수양이 없는 이가 최근의 작가들에 많다"는 지적은 전통을 배제한 근대문학이 초래할 문학적 왜소함을 경고하려는 의도로 읽혀진다. 이러한 분석의 사례들은 김태준의 문학사가 깊이 있는 탐구와 성찰의 결과임을 말해준다.

그러나 그는 『증보 조선소설사』의 후반부에서 근대문학을 특권화하는 소설, 신소설, 구소설(고대소설)이라는 시간의 삼분법을 받아들임으로써(198면) 근대에 대한 형식주의 시간관을 넘어 문학의 근대에 대한 독립된 해석에까지 이르지는 못했다. 김태준의 고평에도 불구하고 『춘향전』은 여전히 하층의 통속대중소설로 인식되었다. 이러한 해석의 이중성은 뒤에서 살펴보겠지만, 김기진과 임화의 문예대중화논쟁에서 나타나는 것처럼, 이른바 전통의 시간을 하위대중의 전유물로 단정 짓는 식민지 엘리트들의 일반적인 사유를 통해 강화되었다. 근대성의 인식론에 포섭되지 않으려는 사상자질과 정신세계의 특질을 그 자체로 해석하기보다 기존의 관념으로 재단하려는 단선적 태도의 결과인 것이다.

20 「삼천리 기밀실」, 『삼천리』 7권 5호, 1935. 6. 30면.

21 박헌호, 「문화정치기 신문의 위상과 반검열의 내적 논리」, 『식민지 검열: 제도·텍스트·실천』, 소명출판, 2011.

22 이 책의 제2장 「'문역(文域)'이라는 이론과제」를 참조할 것.

23 한기형, 「배제된 전통론과 조선인식의 당대성」, 『상허학보』 36호, 상허학회, 2012.

24 『개벽』 21호, 1922.3, 44면.

25 염복규, 「식민지 근대의 공간형성」, 『거울과 미로』(동국대학교 한국문화연구소 편), 천년의시작, 2006, 243면.

26 김백영, 『지배와 공간-식민지도시 경성과 제국 일본』, 문학과지성사, 2009, 386면.

27 『개벽』 21호, 1922. 3, 47~48면.

28 한기형, 「배제된 전통론과 조선인식의 당대성」, 『상허학보』 36호, 상허학회, 2012. 299~306면.

29 이광수, 「문학이란 하오」, 『이광수전집』 1권, 삼중당, 1971, 553면(『매일신보』 1916. 11.10~23).

30 그러한 간섭의 대표적인 것이 전통에 대한 문명사적 폄하의 의도를 담고 있는 각종 '구관조사(舊慣調査)'들이다. 다음과 같은 연구가 참고가 된다. 최석영, 「일제의 구관조사와 식민정책」, 『비교민속학』 17호, 1997; 허영란, 「식민지 구관조사의 목적과 실태」, 『사학연구』 86호, 2007; 이승일, 「일제의 동아시아 구관조사와 식민지 법제정 구상-타이완과 조선의 구관입법을 중심으로」, 『한국사연구』 151호, 2010.

31 임화, 「개설 신문학사」, 임규찬 편, 『임화예술문학전집』 2, 소명출판, 2009, 15면.

32 임화, 「개설 신문학사」, 같은 책, 16면.

33 임화, 「개설 신문학사」, 같은 책, 17면.

34 임화, 「개설 신문학사」, 같은 책, 18면.

35 「약동하는 조선어의 大樹海」, 『조선일보』 1939.12.31(임형택·강영주 편, 『벽초 홍명희 『임거정(林巨正)』의 재조명』, 사계절, 1988, 192~193면)

36 이원조, 「『임거정』에 대한 소고찰」, 『조광』 4권 8호, 1938.8(임형택·강영주 편, 『벽초 홍명희 『임거정』의 재조명』, 사계절, 1988, 185면)

37 염상섭, 「민족, 사회운동의 유심적 고찰」, 『염상섭문장전집』 1, 소명출판, 2014, 538~539면.

38 염상섭, 「시조와 민요-문예만담에서」, 『염상섭문장전집』 I, 소명출판, 2014, 610면.

39 이종호, 「염상섭의 자리, 프로문학의 밖, 대항제국주의의 안」, 『저수하의 시간, 염상섭을 읽다』, 소명출판, 2014, 87면.

40 강인철, 「한국전쟁과 사회의 시기 및 문화의 변화」, 『한국전쟁과 사회의식의 변화』, 백산서당, 1999, 282~285면.

41 이용기, 「전후 한국 농촌사회의 '재전통화'와 그 이면」, 『역사와 현실』 93호, 한국역사연구회, 2014, 456~462면.

42 柳書琴, 「문화위치로서의 '통속'-『삼육구소보』와 1930년대 타이완 독서시장」, 『시선들』(성공회대학교 동아시아연구소 편) 제1호, 2010 봄호, 한울, 124면.

43 柳書琴, 같은 글, 135면.

44 논쟁의 경과에 대해서는 葉連鵬의 일제 강점기 타이완 신구문학논쟁 다시 읽기-원인, 과정, 결과를 다시 생각한다」(최말순 편, 『타이완의 근대문학: 운동·제도·식민성』, 소명출판, 1913)를 참고할 것.

45 아일린 줄리언, 「최근의 세계문학 논쟁과 (반)주변부」, 『안과 밖』 18, 2005, 122~126면.

| 제15장 | 하위대중의 형이상학은 어떻게 만들어지는가?-근대사회에서 읽힌 『심청전』과 '죽음'의 문제

1 천정환의 『근대의 책읽기』(푸른역사, 2003, 64~76면)에서 이 문제들이 거론된 이후 보다 심화된 연구가 진행되지 못하고 있는 것이 현실이다.

2 그러한 서사들이 근대의 인쇄물로 독자와 만나더라도 대개 본격적인 근대문학이 아니라는 표지를 달아 하위문화로 격리했기 때문에 새로운 시대의 인식도구로 활용될 가능성은 극히 적었다.

3 염상섭의 『광분』(『조선일보』 1929.10.3~1930.8.2)은 대중의 관음적 시선 속에 추구하는 가치가 왜곡되고 스캔들의 와중에서 살해당하는 예술가 민경옥의 삶을 통해 여성이 근대사회의 주체로 자기를 실현하는 것이 거의 불가능했음을 냉정한 시선을 통해 묘사했다. 이 문제에 대해서는 이혜령의 「검열의 미메시스-염상섭의 『광분』을 통해서 본 식민지 예술장의 초규칙과 섹슈얼리티」(『민족문학사연구』 51호, 민족문학사연구소, 2013)을 참조할 것.

4 정해렴 편역, 『김태준문학사론선집』, 현대실학사, 1997, 175면.

5 地荒天老: 땅이 황폐해지고 하늘이 늙어지다.

6 이해조, 『옥중화』 보급서관, 1914(6판), 118~119면(중앙도서관 소장본). 인용문은 현대표기로 교정한 것임.

7 背約.

8 이해조, 『강상련』, 신구서림, 1914(4판), 60~61면. 이해조의 『강상련』은 완판본을 저본으로 한 것으로, 이후 간행된 『심청전』의 모본 성격을 지닌다. 광동서국, 대창서관, 회동서관, 태화서관, 시문당서점, 해동서관, 대성서림, 세창서관, 영화출판사 등에서 간행한 『심청전』은 모두 『강상련』에 계통을 둔 것이다(최운식, 「해제」, 『심청전』, 시인사, 1984, 12면). 인용문은 현재의 표기방식으로 다소 수정하였다.

9 최운식, 「연구성과 검토」 『심청전』, 시인사, 1984, 참조.

10 『김동인문학전집』 5, 삼중당, 1976, 214~218면.

11 나정월, 「강명화의 자살에 대하여」, 『동아일보』 1923.7.8

12 최기숙의 「'효녀 심청'의 서사적 탄생과 도덕적 딜레마」(『고소설연구』 35호, 고소설학회, 2013)는 심청의 죽음을 둘러싼 원인과 배경을 이렇게 설명한다. "효를 실천하기 위해 심청이 죽음을 택한 것은 자발적인 것으로 제시되었지만 여기에는 극빈, 장애, 신분, 여성, 미혼(연령), 지역 등의 다층적 요소가 복합적으로 결합되어 있었다. 그리고 이러한 조건은 개인이 감당할 수 있는 능력을 초과하는 심리적·현실적 압박을 가함으로써, 심청을 죽음에 이르게 했다. 여기에는 복합적인 불행의 요소를 감당해야 하는 사회적 약자가 최소한의 생계유지 이상을 희망했을 때 발생하는 절망의 파괴적 힘에 대한 파토스적 인식이 작용했다."(66면)

13 이해조, 『강상련』, 신구서림, 1914(4판), 75~76면. 인용문은 현대표기로 교정한 것임.

14 그 일반적인 정황에 대해서는 심재숙의 『근대계몽기 신작고소설연구』(월인, 2012)를 참조할 것.

15 한기형, 「1910년대 신소설에 미친 출판, 유통환경의 영향」, 『한국근대소설사의 시각』, 소명출판, 1997.

16 김진영, 「『몽금도전』의 창작배경과 장르성향」, 배달말 57호, 77~82면.

17 신호림, 「비현실성과 낭만성의 경계: 『몽금도전』 다시보기」, 『판소리연구』 43호, 2017.

18 찰스 테일러(김선욱 외 역), 「저자 서문」, 『세속화와 현대문명』, 철학과현실사, 2003, 15~16면.

19 '세속적 시간'에 대한 찰스 테일러의 다양한 설명 가운데 한 문단을 인용한다. "그러나 계속되는 근대개혁의 물결은, 종교 혹은 '시민성'의 이름으로 조직과 규율을 통해서, 선한 필요가 나쁘거나 덜 좋은 필요에게 단지 전술적이거나 우연적으로만 양보하

는 인간적 질서를 만들고자 노력했다. '시민성'의 규율은(이제 이 말을 함축적으로 나타내기 위해 과정적인 단어인 '문명화'를 사용하겠다)은 상보성을 제거하는 데 결정적으로 기여했다. 그렇게 함으로써 시민성의 규율은 고차원적인 시간이 일상적으로 이해되는 세계로부터 우리를 끌어내, 세속적 시간이 공적인 영역을 독점적으로 지배하는 세계로 이끈다."(찰스 테일러, 위의 책, 130면)

20 찰스 테일러(김선욱 외 옮김), 『세속화와 현대문명』, 철학과 현실사, 2003, 99면.

21 한기형, 「'이념의 구심화'에서 '실용적 확장의 중식구조'로-『조선문학사』, 『신문학사』, 『한국문학통사』의 비교 검토」, 『고전문학연구』 28호, 한국고전문학학회, 2005.

22 베네딕트 앤더슨(윤형숙 역), 『상상의 공동체-민족주의의 기원과 전파에 관한 성찰』, 나남출판, 2002.

23 라나지트 구하(이광수 역), 『역사 없는 사람들』, 삼천리 2011, 20면.

24 라나지트 구하(이광수 역), 『역사 없는 사람들』, 삼천리 2011, 51면.

25 김기진, 「대중소설론」(『동아일보』 1929.4.14~20), 『김팔봉문학전집』 1, 문학과지성사, 1988, 130면.

26 "그러면 조선의 대중소설은 누구의 소설인가? 묻지 않아도 노동자와 농민의 소설이다. 『춘향전』, 『심청전』, 『구운몽』, 『옥루몽』은 제일 많이 누구에게 읽히어지는 소설인가? 묻지 않아도 노동자와 농민에게 읽히어지는 소설이다. 단순히 이 의미에 있어서 『춘향전』, 『심청전』, 『구운몽』, 『옥루몽』은 대중소설인 것이다. 그러나 이것들은 현재의 조선의 농민과 노동자가 가져야 하는 소설인가? 결코 그렇지 않다! 그러므로 여기서 새로이 "무엇이 대중소설이냐"하는 문제가 일어나는 것이다."(김기진, 같은 글, 129~130면)

27 김기진, 같은 글, 135면.

28 인정식, 「조선농민의 문학적 표현」, 『삼천리』 12권 제7호, 1940.7, 105면.

29 이러한 판단에 근저에는 아시아적 생산양식, 중국혁명논쟁의 와중에 제출된 역사해석 등에 대한 다양하고 복잡한 문제가 들어 있다. 다음과 같은 연구들의 참조가 필요하다. 홍종욱, 「'식민지 아카데미즘'의 그늘, 지식인의 전향」, 『사이/間/SAI』 11호, 2011; 홍종욱, 「주변부의 근대」, 『사이』 17호, 2014; 박형진, 「1930년대 아시아적 생산양식 논쟁과 이청원의 과학적 조선학연구」, 『역사문제연구』 38호, 역사문제연구소, 2017; 아리프 딜릭(이현복 역), 『혁명과 역사-중국 마르크스주의 역사학의 기원 1919~1937』, 산지니, 2016.

30 임형택, 「17세기 규방소설의 성립과 『창선감의록』」, 『동방학지』 57호, 연세대 국학

연구원, 1988.

31 배항섭, 『19세기 민중사연구의 시각과 방법』, 성균관대학교출판부, 2015, 247면.

32 이 책의 제3장 「'이중출판시장'과 식민지 문화」를 참조할 것.

부록

1 요보(ヨボ): 상대를 부르는 한국어 '여보'에서 유래했으나 식민지시기에는 일본인이 조선인을 멸칭하는 경우에도 빈번하게 사용되었다.

2 震災記念日: 1923년 9월 1일에 발생한 간토대지진[關東大震災]의 기념일이다.

3 원문에는 "1909년 8월 29일"로 되어 있으나 수정하였다. 본 부록에는 이 외에도 경술국치를 1909년도로 표기한 대목이 여럿 존재한다. 일괄 1910년으로 변경하였다.

4 櫛風: 바람으로 머리를 빗고 빗물로 목욕을 한다는 뜻으로, 객지를 방랑하며 온갖 고생을 겪음을 비유적으로 이르는 말.

5 徹骨: 몸이 너무 말라 뼈만 앙상하게 드러낸 모양이나 상태.

6 미상. 만약 SSL이 SSR의 오기라면, 이것은 소비에트 사회주의 공화국(Soviet Socialist Republic)의 약어임.

7 『민성보』는 1928년 2월 연변 지방에서 창간된 재중 한국인 신문으로서, 1931년 폐간될 때까지 강력한 반일논조를 유지했다. 이 때문에 『조선출판경찰월보』 등 검열기록 가운데 자주 등장하는 매체이기도 하다.

참고문헌

식민지 문역
검열, 이중출판시장, 피식민자의 문장

1. 자료

잡지

『개벽』『공제』『반도시론』『별건곤』『비판』『삼천리』『소년』『신계단』『신동아』『신문계』『신생활』『신천지』『아성』『제일선』『조광』『조선지광』『철필』『청춘』『현대평론』『혜성』

신문

『대한매일신보』『동아일보』『매일신보』『시대일보』『제국신문』『조선일보』『조선중앙일보』『중외일보』『황성신문』

김경일 편, 『한국민족운동사자료집』(제1권), 영진문화사, 1993.
한국학자료원 편, 상해판 『독립신문』, 2004, 증보판.

朝鮮總督府 警務局 圖書課, 『新聞紙要覽』(1927)
朝鮮總督府 警務局 圖書課, 『新聞紙出版物要項』(1928)
朝鮮總督府 警務局 圖署課, 『朝鮮に於ける出版物概要』(1929, 1930, 1932)
朝鮮總督府 警務局 圖書課, 『朝鮮出版察概概要』(1934, 1935, 1936, 1937)

朝鮮總督府 警務局 圖書課, 『朝鮮出版警察月報』

臺灣總督府 警務局 保安課 圖書掛, 『臺灣出版警察月報』

內務省 警保局, 『出版警察報』

朝鮮總督府 警務局 圖書課,『併合二十週年ニ關スル不穩文書』, 調查資料 第14輯, 1929.

朝鮮總督府 警務局 圖書課, 『諺文新聞の詩歌』, 調查資料 第20輯, 1930.

朝鮮總督府 警務局 圖書課, 『諺文新聞差押記事輯錄』, 調查資料 第30輯, 1932.

朝鮮總督府 警務局 圖書課, 『不穩刊行物記事輯錄』, 調查資料 第37輯, 1934.

朝鮮總督府 警務局, 『最近における朝鮮の治安狀況』, 1933.

朝鮮總督府 警務局, 『高等警察用語辭典』, 1933.

朝鮮總督府 官房文書課, 『朝鮮の言論と世相』,調查資料 第21輯, 1927.

朝鮮總督府 警務局, 『朝鮮總督府禁止單行本目錄』, 1941.

火野葦平(西村眞太郎 譯), 『보리와 兵丁』, 朝鮮總督府 發行, 1939.

姜德相 編, 『現代史資料』 26(三一運動編 2), みすず書房, 1967.

由井正臣 外 共著, 『出版警察關係資料解說·總目次』, 不二出版, 1983.

朴慶植 編,『在日本朝鮮人運動關係機關誌(解放前)』(朝鮮問題資料叢書 第五卷), 三一書房, 1983.

松田利彦 編, 『韓國'併合'期警察資料』 第3卷, '民族運動おおよび民心に對する調査2', ゆまに書房, 2005.

2. 단행본

강만길·성대경 편, 『한국사회주의운동인명사전』, 창작과비평사, 1996.

강덕상(김광렬역), 『여운형 평전』, 역사비평사, 2007.

강동진, 『일제의 한국침략 정책사』, 한길사, 1980.

______, 『일본 언론계와 조선』, 지식산업사, 1987.

계훈모, 『한국언론연표』, 관훈클럽신영연구기금, 1979.

검열연구회 편, 『식민지 검열, 제도·텍스트·실천』, 소명출판, 2011.

공제욱·정근식 편, 『식민지의 일상-지배와 균열』, 문화과학사, 2006.

국사편찬위원회, 『한민족독립운동사자료집』, 탐구당, 1991.

권보드래, 『1910년대, 풍문의 시대를 읽다』, 동국대학교출판부, 2008.
권명아, 『역사적 파시즘』, 책세상, 2005.
______, 『음란과 혁명』, 책세상, 2013.
김경일, 『이재유 연구』, 창작과비평사, 1993.
김계자·이민희 공편, 『일본프로문학지의 식민지 조선인 자료선집』, 도서출판 문, 2012.
김근수, 『한국잡지개관 및 호별목차집』, 한국학연구소, 1973.
김민환 외, 『일제강점기 언론사연구』, 나남, 2008.
김백영, 『지배와 공간－식민지도시 경성과 제국 일본』, 문학과지성사, 2009.
김병철, 『한국근대번역문학사연구』, 을유문화사, 1975.
김복순, 『1920년대 한국문학과 근대성』, 소명출판, 1999.
김윤식, 『임화연구』, 문학사상사, 2000.
김주현 편,『증보 정본 이상문학전집』(전3권), 소명출판,2009.
김준엽·김창순, 『한국공산주의운동사』 2, 청계연구소, 1986.
____________, 『한국공산주의운동사』 3, 청계출판사, 1986.
김진균·한영규 외 편, 『식민지시기 한시자료집』, 성균관대학교출판부, 2009.
김현주, 『사회의 발견』, 소명출판, 2013.
김철, 「김동리와 파시즘」, 『국문학을 넘어서』, 국학자료원, 1999.
검열연구회 편, 『식민지 검열 : 제도·텍스트·실천』, 소명출판, 2011.
단국대출판부 편, 『빼앗긴 책－1930년대 무명항일시선집』, 단국대학교출판부, 1981.
민두기, 『시간과의 경쟁』, 연세대학교출판부, 2002.
민족문학사연구소 기초학문연구단, 『조선적인 것의 형성과 근대문화담론』, 소명출판, 2007.
박용규, 『식민지시기 언론과 언론인』, 소명출판, 2015.
박지향 외 편, 『해방전후사의 재인식』(전2권), 책세상, 2006.
박찬승, 『한국 근대정치사상사 연구』, 역사비평사, 1992.
박헌호, 『한국인의 애독작품－향토적 서정소설의 미학』, 책세상, 2001.
______, 『식민지 근대성과 소설의 양식』, 소명출판, 2004.
______ 편, 『작가의 탄생과 근대문학의 재생산제도』, 소명출판, 2008.
반병률, 『성재 이동휘 일대기』, 범우사, 1998.
방기중 편, 『일제 파시즘 지배정책과 민중생활』, 혜안, 2004.
방기중 편, 「일제하 지식인의 파시즘체제 인식과 대응」, 혜안, 2005.
배성찬 편, 『식민지시대 사회운동론연구』, 돌베개, 1987.

배항섭, 『19세기 민중사연구의 시각과 방법』, 성균관대학교출판부, 2015.
식민지일본어문학·문화연구회 편, 『제국의 이동과 식민지 조선의 일본인들－일본어 잡지 『조선』 1908~1911 연구』, 문, 2010.
신복룡, 『대동단실기』, 양영각, 1982.
심재숙, 『근대계몽기 신작고소설연구』, 월인, 2012.
심재호 편, 『심훈문학전집』(전3권), 신구문화사, 탐구당, 1966.
심훈기념사업회 편, 『그날이 오면』, 차림, 2000.
안승연 편, 『일제강점기(1920~1929) 한국노동소설전집』, 보고사, 1995.
여성문화연구소 성노동연구팀, 『성노동』, 여이연, 2007.
연세대학교 국학연구원 편, 『일제의 식민지배와 일상생활』, 혜안, 2004.
염상섭, 『염상섭전집』, 민음사, 1987.
______, 『삼대』(한국소설문학대계 5), 동아출판사, 1995.
______(김경수 감수), 『광분』, 프레스21, 1996.
오기영, 『사슬이 풀린 뒤』, 성균관대학교출판부, 2002.
유선영, 『식민지 트라우마』, 푸른역사, 1917.
윤병석 역편, 「안중근」(박은식 저), 『안중근전기전집』, 국가보훈처, 1999.
윤이흠, 『일제의 한국 민족종교 말살책』, 모시는사람들, 2007.
윤해동, 『지배와 자치－식민지기 촌락의 삼국면구조』, 역사비평사, 2006.
______, 『식민지 근대의 패러독스』, 휴머니스트, 2007.
이동순·황선열 편, 『깜박 잊어버린 그 이름－권환시전집』, 솔, 1998.
이병헌, 『3.1운동비사』, 삼일동지회, 1966.
이보영, 『난세의 문학－염상섭론』, 예림기획, 2001.
이중연, 『책의 운명』, 혜안, 2001.
이타가키 류타·정병욱 편, 『식민지라는 물음』, 소명출판, 2014.
이해조, 『옥중화』 보급서관, 1914.
______, 『강상련』, 신구서림, 1914.
이현주, 『한국사회주의 세력의 형성』, 일조각, 2003.
이혜령, 『한국 근대소설과 섹슈얼리티의 서사학』, 소명출판, 2007.
이호룡, 『한국의 아나키즘』, 지식산업사, 2001.
임경석, 『한국 사회주의의 기원』, 역사비평사, 2003.
______, 『박헌영의 생애』, 여강출판사, 2003.

임영태 편역, 『식민지 시대 한국사회와 운동』, 사계절, 1985.
임규찬 편, 『일본프로문학과 한국문학』, 연구사, 1987.
임규찬·한기형, 『카프비평자료총서』(전8권), 태학사, 1991.
임우경 외 편, 『타이완 향토문학논쟁 40주년자료집』, 성균관대학교출판부, 2017.
임유경, 『불온의 시대－1950년대 한국의 문학과 정치』, 소명출판, 2017.
임형택·강영주 편, 『벽초 홍명희 『임거정(林巨正)』의 재조명』, 사계절, 1988.
임형택·한기형 외 편, 『흔들리는 언어들』, 성균관대학교출판부, 2004.
임화문학예술전집편찬위원회 편, 『임화문학예술전집』(전5권), 2009.
장효현, 『한국고전소설사연구』, 고려대학교출판부, 2002.
전상숙, 『일제시기 사회주의 지식인연구』, 지식산업사, 2004.
______, 『조선총독정치연구』, 지식산업사, 2012.
전신재 편, 『원본김유정전집』, 한림대학교출판부, 1987.
정근식·한기형·고노 겐스케 외, 『검열의 제국－문화의 통제와 재생산』, 푸른역사, 2016.
정병욱, 『식민지 불온열전』, 역사비평사, 2013.
정우택, 『한국근대시인의 영혼과 형식』, 깊은샘, 2004.
정진석, 『한국언론사』, 나남출판, 1990.
______ 편, 『일제시대 민족지압수기사모음』(전2권), LG상남언론재단, 1998.
______, 『언론조선총독부』, 커뮤니케이션북스, 2005.
정해렴 편역, 『김태준 문학사론선집』, 현대실학사, 1997.
조동일, 『한국소설의 이론』, 지식산업사, 1977.
조선출판협회 편, 『조선병합십년사』, 유문사, 1923.
조일제, 『장한몽』, 『한국신소설전집』 9, 을유문화사, 1968.
조진기 편역, 『일본 프로문학론의 전개』(2권), 국학자료원, 2003.
주명철, 『서양금서의 문화사』, 길, 2006.
차기벽·박충석 편, 『일본 현대사의 구조』 한길사, 1980.
천정환, 『근대의 책읽기』, 푸른역사, 2003.
최기영, 『대한제국시기 신문연구』, 일조각, 1990.
최말순 편, 『타이완의 근대문학: 운동·제도·식민성』(전3권), 소명출판, 1913.
최민지, 『일제하민족언론사론』, 일월서각, 1978.
최수일, 『개벽연구』, 소명출판, 2008.
최운식, 『심청전』, 시인사, 1984.

한국영상자료원(KOFA) 편, 『식민지시대의 영화검열 1910~1934』, 한국영상자료원, 2009.
한기형, 『근대소설사의 시각』, 소명출판, 1999.
______ 외 편, 『근대어·근대매체·근대문학』, 성균관대학교출판부, 2006.
한기형·이혜령 편, 『염상섭문장전집』(전3권), 소명출판, 2013.
____________ 편, 『저수하의 시간, 염상섭을 읽다』, 소명출판, 2014.
한기형 편, 『미친 자의 칼 아래서－식민지 검열관련 신문기사 자료』(전2권), 소명출판, 2017.
한만수 편, 『식민지시기 검열과 한국문화』, 동국대학교출판부, 2010.
한만수, 『잠시 검열이 있겠습니다』, 개마고원, 2012.
______, 『허용된 불온』, 소명출판, 2015.
허수, 『이돈화연구』, 역사비평사, 2011.
____, 『식민지 조선, 오래된 미래』, 푸른역사, 2011.
허수열, 『개발 없는 개발－일제하 조선경제개발의 현상과 본질』, 은행나무, 2005.
홍정선 편, 『김팔봉문학전집』 I , 문학과지성사, 1988.
황종연, 『탕아를 위한 비평』, 문학동네, 2012.
서영채, 『사랑의 문법』, 문학동네, 2004.

가야트리 스피박(태혜숙·박미선 역), 『포스트식민이성비판』, 갈무리, 2005.
가노 미키요, 『천황제와 젠더』(손지연 외 역), 소명출판, 2013.
고바야시 다키지(황봉모·박진수 역), 『고바야시 다키지 선집』, 이론과 실천, 2012.
가노 마사나오(김석근 역), 『근대 일본사상 길잡이』, 소화, 2004.
커즈밍(문명기 역), 『식민지 시대 대만은 발전했는가』, 일조각, 2008.
데틀레프 포이케르트(김학이 역), 『나치시대의 일상사』, 개마고원, 2003.
라나지트 구하(김택현 역), 『서발턴과 봉기』, 박종철출판사, 2008.
____________(이광수 역), 『역사 없는 사람들』, 삼천리 2011.
레이 초우(정재서 역), 『원시적 열정』, 이산, 2004.
로버트 단턴(주명철 역), 『책과 혁명-프랑스 혁명 이전의 금서 배스트셀러』, 길, 2003.
류수친(송승석 역), 『식민지문학의 생태계－이중언어 체제하의 타이완 문학』, 역락, 2012.
리디아 리우(민정기 역), 『언어횡단적 실천』, 소명출판, 2005.
리차드 H. 미첼(김윤식 역), 『일제의 사상통제』, 일지사, 1997.
마루야마 마사오(김석근 역), 『현대정치의 사상과 행동』, 한길사, 1997.

마이클 로빈슨(김민환 역), 『일제하 문화적 민족주의』, 나남, 1990.
마에다 아이(유은경 외 역), 『일본근대독자의 성립』, 이룸, 2003.
미셸 푸코(오생근 역), 『광기의 역사』, 나남출판, 2005.
미하일 바흐친(이덕형 · 최건형 역), 『프랑수아 라블레의 작품과 중세 및 르네상스의 민중 문화』, 아카넷, 2001.
베네딕트 앤더슨(윤형숙 역), 『상상의 공동체－민족주의의 기원과 전파에 관한 성찰』, 나남출판, 2002.
______________(서지원 역), 『세 깃발 아래에서－아나키즘과 반식민주의 상상력』, 길, 2009.
볼프강 카이저(이지혜 역), 『그로테스크』, 아모르문디, 2011.
부르스 왓슨(이수영 역), 『싸코와 반제티』, 삼천리, 2009.
신기욱 · 마이클 로빈슨 편(도면회 역), 『한국의 식민지 근대성』, 삼인, 2006.
아리프 딜릭(이현복 역), 『혁명과 역사－중국 마르크스주의 역사학의 기원 1919~1937』, 산지니, 2016.
야마무로 신이치(윤대석 역), 『키메라-만주국의 초상』, 소명출판,
에드워드 사이드(김성곤 · 정정호 역), 『문화와 제국주의』, 창, 1995,
오스키 사카에(김응교 · 윤영수 역), 『자서전』, 실천문학사, 2005.
왕후이(송인재 역), 『절망에 반항하라』, 글항아리, 2014.
요코미츠 리이치(김옥희 역), 『상하이』, 소화, 1999.
월터 J. 옹(이기우 · 임명진), 『구술문화와 문자문화』, 문예출판사, 1995.
윌리암 모리스(박홍규 역), 『에코토피아 뉴스』, 필맥, 2004.
이언 와트(강유나 · 고경하 역), 『소설의 발생』, 강, 2009.
제임스 M. 블라우트(김동택 역), 『식민주의자의 세계모델』, 성균관대학교출판부, 2008.
존 다우어(최은석 역), 『패배를 껴안고』, 민음사, 2009.
찰스 테일러(김선욱 외 역), 『세속화와 현대문명』, 철학과현실사, 2003,
테리 이글턴(이재원 역), 『이론 이후』, 길, 2010.
피에르 부르디외(최종철 역), 『구별짓기－문화와 취향의 사회학』. 새물결, 2005.
______________(김용숙 역), 『남성지배』, 동문선, 2003.
호미 바바(나병철 역), 『문화의 위치』, 소명출판, 2012.
Japan Chronicle 특파원(윤경로 역), 『105인사건 공판참관기』, 한국기독교역사연구소, 2001.

生悅住求馬,『出版警察法槪論』, 松華堂(東京), 1929.

奧平康弘,『治安維持法小史』, 筑摩書房, 1977.

林秀彦,『左翼檢閱』, 啓正社. 1983.

Monica Braw(立花誠逸 譯),『檢閱 1945-1949, 禁じられた 原爆報道』, 時事通信社, 1988.

江藤淳,『閉された言語空簡-占領軍の檢閱と前後日本』, 文藝春秋, 1989.

Henry Reichman(川崎良孝 譯),『學校圖書館の檢閱と選擇』, 青木書店, 1993.

耿雲志 主編,『胡適遺稿及秘藏書信』, 黃山書社, 1995.

岡本さえ,『青代禁書の硏究』, 東京大出版會, 1996.

平野共余子,『天皇と接吻-アメリカ占領下の日本映畵檢閱』, 草思社, 1998.

陳芳明,『植民地臺灣-左翼政治運動史論』, 麥田出版, 1999.

Robert Justin Goldstein(城戸朋子 · 村山圭一 譯),『政治的 檢閱』, 法政大學出版部, 2003.

加藤厚子,『總動員體制と映畵』, 新曜社, 2003.

坪井幸生,『ある朝鮮總督府警察官僚の回想』, 草思社, 2004.

淺野豊美,『帝國日本の植民地法制』, 名古屋大學出版會, 2008.

紅野謙介,『檢閱と文學―1920年代の攻防』, 河出書房新社, 2009.

小林英夫·張志强 共編,『檢閱された語る滿洲國の實態』, 小學館, 2006.

鈴木登美 外編,『檢閱·メディア · 文學』, 新曜社, 2012.

3. 논문

金森襄作,「논쟁을 통해 본 신간회」,『신간회 연구』, 동녘, 1983.

강명관,「일제 초 구지식인의 문예활동과 그 친일적 성격」,『창작과비평』 1988 겨울호.

강인철,「한국전쟁과 사회의 시기 및 문화의 변화」,『한국전쟁과 사회의식의 변화』, 백산서당, 1999.

강정숙,「대한제국 · 일제초기 서울의 매춘업과 공창제도의 도입」,『서울학연구』 11호, 서울학연구소, 1998.

고영란,「제국 일본의 출판시장과 미디어 이벤트」,『사이』 한국국제문학문화학회, 6호, 2009.

______,「제국 일본의 출판시장과 전략적 '비합법' 상품의 자본화 경쟁」,『근대검열과

동아시아』, 성균관대 동아시아학술원 국제학술회의 논문집, 2010.1.22.
권경란, 「선교초기 선교사들의 음악활동에 관한 고찰－1930년 이전에 활동한 선교사 중심으로」, 장로회신학대 석사논문, 2004.
권순긍, 『1910년대 활자본 고소설연구』, 성균관대 박사학위논문, 1990.
김경미, 「조선후기 소설론 연구」, 이화여대 박사학위논문, 1994.
김동명, 「일본제국주의의 식민지 지배체제의 개편」, 『한일관계사연구』 9집, 1998.
김명한, 『일제의 사상통제와 그 법체계』, 서울대 석사논문, 1986.
김철수, 「일제 식민지 시대 치안관계 법규의 형성과 적용에 관한 연구 1910~1945」, 『한국사회학』 29호, 1995.
김민환, 「일제하 좌파 잡지의 사회주의 논설 내용 분석」, 『한국언론학보』 49권 1호, 2005.
김진영, 「『몽금도전』의 창작배경과 장르성향」, 배달말 57.
김철, 「프롤레타리아 소설과 노스탤지어의 시공」, 『한국문학연구』 30호, 동국대 한국문학연구소, 2006.
柳書琴, 「문화위치로서의 '통속'－『삼육구소보』와 1930년대 타이완 독서시장」, 『시선들』(성공회대학교 동아시아연구소 편) 제1호, 2010 봄호, 한울.
류진희, 「식민지 검열장 형성의 안과 밖－『조선출판경찰월보』에 있어 '지나'라는 메타범주」, 『대동문화연구』, 72, 성균관대 대동문화연구원, 2010.
松本武祝·정승진, 「근대한국촌락의 중층성과 일본모델－사회적 동원화와 '전통'의 창조 개념을 중심으로」, 『아세아연구』 51권 1호(통권 131호), 2008.
미야지마 히로시, 「민족주의와 문명주의－3.1운동에 대한 새로운 인식」, 『나의 한국사 공부』, 너머북스, 2013.
水野直樹, 「조선에 있어서 치안유지법의 식민지적 성격」, 『법사학연구』 26호, 2002.
박경련, 「일제하 출판검열에 대한 사례연구－申得求의 『農山先生文集』을 중심으로」, 『서지학연구』 23, 2002.
박성구, 「일제하 프롤레타리아예술운동에 대한 연구」, 서울대 석사학위논문, 1988
박용규, 『일제하 민간지 기자집단의 사회적 특성에 대한 연구』, 서울대 박사학위논문, 1994.
박헌호, 「문화정치기 신문의 위상과 반－검열의 내적 논리」, 『대동문화연구』 50호, 성균관대 대동문화연구원, 2005.
_____, 「1920년대 전반기 『매일신보』의 반사회주의 담론연구」, 『한국문학연구』 29, 동국대 한국문화연구소, 2005.

박헌호·손성준, 「한국 근대문학 검열연구의 통계적 접근을 위한 시론: 『조선출판경찰월보』와 식민지 조선의 구텐베르크 은하계」, 『외국문학연구』 38호, 외국어대 외국문학연구소, 2010.
박형진, 「1930년대 아시아적 생산양식 논쟁과 이청원의 과학적 조선학연구」, 『역사문제연구』 38호, 역사문제연구소, 2017.
박혜경, 「신소설에 나타난 통속성의 전개양상」, 『국어국문학』 144호, 국어국문학회, 2006.
박희병, 「조선후기 민간의 유협숭상과 유협전의 성립」, 『한국고전인물전연구』, 한길사, 1992.
반병률, 「진보적인 민족혁명가, 이동휘」, 『내일을 여는 역사』 제3호, 2000.10.
방효순, 「일제시대 저작권 제도의 정착과정에 관한 연구」, 『서지학연구』 제21집, 한국서지학회, 2001.
서동주, 「예술대중화논쟁과 내셔널리즘」, 『일본사상』 17호, 한국일본사상사학회, 2009.
손병규, 「이십세기 전반의 족보 편찬 붐이 말하는 것」, 『사림』 47호, 수선사학회, 2014.
손성준, 「번역과 원본성의 창출 : 롤랑부인 전기의 동아시아수용양상과 그 성격」, 『비교문학연구』 53호, 한국비교문학회, 2011.
鈴木敬夫, 『법을 통한 조선 식민지 지배』, 고려대 박사학위논문, 1988.
신주백, 「일본의 '동화' 정책과 지배전략」, 『일본과 서구의 식민통치 비교』, 선인, 2004.
신호림, 「비현실성과 낭만성의 경계: 『몽금도전』 다시보기」, 『판소리연구』 43, 2017.
아일린 줄리언, 「최근의 세계문학 논쟁과 (반)주변부」, 『안과 밖』 18호, 2005.
王哲, 『백화 양건식의 번역문학』, 성균관대 석사학위논문, 2010.
염복규, 「식민지 근대의 공간형성」, 『거울과 미로』(동국대학교 한국문화연구소 편), 천년의시작, 2006.
야마시다 영애, 「식민지 지배와 공창제도의 전개」, 『사회와 역사』 51호, 1997 봄.
유재천, 「일제하 한국 잡지의 공산주의 수용에 관한 연구」, 『동아연구』 15호, 서강대 동아연구소, 1988.
______, 「일제하 한국 신문의 공산주의 수용에 관한 연구」(3), 『동아연구』 18호, 서강대 동아연구소, 1989.
윤정원, 「한국 근대 정기간행물에 관한 서지학적 연구 1889~1945」, 『서지학연구』, 한국서지학회, 제14집, 1997.
오윤선, 「신소설 서지 데이터베이스의 분석과 그 의미」, 『우리어문연구』 25호, 우리어문학회, 2005.

이경돈, 「『별건곤』과 근대 취미독물」, 『대동문화연구』 46호, 성균관대학교 대동문화연구원, 2004.
이기훈, 「독서의 근대, 근대의 독서 : 1920년대 책읽기」, 『역사문제연구』 7호, 역사문제연구소, 2001.
이승일, 「일제의 동아시아 구관조사와 식민지 법제정 구상—대만과 조선의 구관입법을 중심으로」, 『한국사연구』 151호, 2010.
이문규, 「국문소설에 대한 유학자의 비평의식」, 『한국학보』 9-2, 1983.
이보영, 「염상섭평전」 8, 『문예연구』 68호, 문예연구사, 2011.
이용기, 「전후 한국 농촌사회의 '재전통화'와 그 이면」, 『역사와 현실』 93호, 한국역사연구회, 2014.
이용범, 「김태준과 곽말약—한 고전학자의 인식론적 전환의 계기」, 성균관대 석사학위논문, 2014.
이용은, 「포스트 드라마와 새로운 서사—Crimp의 Fewer Emergency를 중심으로」, 『인문언어』 12-2, 국제언어인문학회, 2010.
이재선, 「일제의 검열과 『만세전』의 개작」, 『문학사상』, 1979.11.
이정석, 「이상문학의 정치성」, 『현대소설연구』 42호, 한국현대소설학회, 2009.
이태훈, 「1920년대 전반기 일제의 문화정치와 부르조아 정치세력의 대응」, 『역사와현실』 47호, 2003.
이혜령, 「1920년대 『동아일보』 학예면의 형성과정과 문학의 위치」, 『대동문화연구』 52호, 성균관대 대동문화연구원, 2005.
_____, 「감옥, 혹은 부재의 시간들—식민지 조선에서 사회주의자를 재현한다는 것, 그 가능성의 조건」, 『대동문화연구』 64호, 성균관대 대동문화연구원, 2008.
_____, 「식민지 검열과 '식민지—제국' 표상—『조선출판경찰월보』의 다섯 가지 통계표가 말해주는 것」, 『대동문화연구』 72호, 성균관대 대동문화연구원, 2010.
_____, 「'트랜스' 식민지—제국과 식민지 서사」, 『한일 문학·문화의 트랜스내셔날과 그 전망〉, 동아시아문학문화연구회 하계 워크샵 논문집』 2010.8.20 성균관대 동아시아학술원.
_____, 「식민지 섹슈얼리티와 검열—桃色과 적색, 두 가지 레드문화의 식민지적 정체성」, 『동방학지』 164호, 연세대 국학연구원, 1913.
_____, 「검열의 미메시스—염상섭의 광분을 통해서 본 식민지 예술장의 초규칙과 섹슈얼리티」, 『민족문학사연구』 51호, 민족문학사연구소, 1913.

임형택, 「17세기 규방소설의 성립과 『창선감의록』」, 『동방학지』 57호, 연세대 국학연구원, 1988.
장석홍, 『6.10만세운동연구』 국민대 박사학위논문, 1995.
장신, 「1920년대 민족해방운동과 치안유지법」, 『학림』 19호, 연세대학교 사학연구회, 1998
____, 「1922년 『신천지』 필화사건 연구」, 『역사문제연구』 13호, 역사문제연구소, 2004.
____, 「삼일운동과 조선총독부의 사법대응」, 역사문제연구소, 『역사문제연구』 18호, 역사비평사, 2007.
장영은, 「아지트 키퍼와 하우스 키퍼－여성사회주의자들의 연애와 입지」, 『대동문화연구』 64호, 성균관대 대동문화연구원, 2008.
장영은, 「금지된 표상, 허용된 표상－1930년 초반 『삼천리』에 나타난 러시아 표상을 중심으로」, 『상허학보』 22호, 상허학회, 2008.
장유정, 「계승과 통속－활자본 고소설의 존재방식에 대한 규명」, 『인문과학』 58호, 성균관대 인문과학연구소, 2015.
정근식, 「식민지적 검열의 역사적 기원」, 『사회와 역사』 64호, 한국사회사학회, 2003.
정근식·최경희, 「도서과의 설치와 일제 식민지 출판경찰의 체계화 1926~1929」, 『한국문학연구』 30호, 동국대 한국문학연구소, 2006.
정근식, 「일제하 검열기구와 검열관의 변동」, 『대동문화연구』 51호, 성균관대 대동문화연구원, 2005.
정진석, 「일제강점기 출판환경과 법적규제」, 『근대서지』 6호, 소명출판, 1912.
정혜정, 「일제하 천도교의 '수운이즘'과 사회주의의 사상논쟁」, 『동학연구』 11호, 2002.
천정환, 「일제말기의 독서문화와 근대적 대중독자의 재구성(1)－일본어 책읽기와 여성독자의 확장」, 『현대문학의 연구』 40, 한국현대문학연구학회, 2010.
陳平原, 「'아속(雅俗)'을 초월하여－진융(金庸)의 성공과 무협소설의 나갈 길」, 『민족문학사연구』 16, 민족문학사연구소, 2000.
최경희, 「텍스트와 역사로서의 검열의 흔적－1930년대 전반기 주의 체제를 중심으로」, 『일제하 한국과 동아시아에서의 검열에 관한 새로운 접근』, 서울대 규장각 한국학연구원 국제워크샵 논문집, 2006.12.7.
최규진, 『코민테른 6차대회와 조선공산주의자들의 정치사상연구』, 성균관대 박사학위논문, 1996.
최기숙, 「효녀 심청의 서사적 탄생과 도덕적 딜레마」, 『고소설연구』 35호, 한국고소설학회, 2013.

최석영, 「일제의 구관조사와 식민정책」, 『비교민속학』 17호, 1997.
최원식, 「『장한몽』과 위안으로서의 문학」, 『민족문학의 논리』, 창작과비평사, 1982.
______, 「서구 근대소설 대 동아시아 서사」, 『대동문화연구』 40호, 성균관대 대동문화연구원, 2002.
______, 「모더니즘 시대의 이야기꾼-김유정의 재발견을 위하여」, 『민족문학사연구』 43호, 민족문학사연구소, 2010.
최호석, 「활자본 고전소설의 유형에 대한 연구」, 『우리문학연구』 38호, 우리문학회, 2013.
______, 「활자본 고전소설의 총량에 대한 연구」, 『고전문학연구』 43호, 한국고전문학회, 2013.
추수희, 「섹슈얼리티를 자본화(capitalizing)하는 성노동자의 '노동'에 대한 연구」, 『현대사회연구』 12호, 전남대 사회과학연구소, 2008.
황민호, 「『매일신보』에 나타난 3.1운동의 전개와 조선총독부의 대응」, 『한국독립운동사연구』 26호, 독립기념관 한국독립운동사연구소, 2006.
한기형, 「습작기(1919~1920)의 심훈」, 『민족문학사연구』 22호, 민족문학사연구소, 2003.
______, 「백랑의 잠행 혹은 만유-중국에서의 심훈」, 『민족문학사연구』 35호, 민족문학사연구소, 2007.
______, 「『개벽』의 종교적 이상주의와 근대문학의 사상화」, 『개벽에 비친 식민지 조선의 얼굴』, 모시는 사람들. 2007.
______, 「근대 초기 한국인의 동아시아 인식」, 『대동문화연구』 50호, 성균관대 대동문화연구원, 2005.
______, 「'이념의 구심화'에서 '실용적 확장의 중식구조'로-『조선문학사』, 『신문학사』, 『한국문학통사』의 비교 검토」, 『고전문학연구』 28호, 고전문학학회, 2005.
______, 「근대어의 형성과 매체의 언어전략」, 『역사비평』 2005 여름호, 역사비평사.
______, 「『개벽』의 종교적 이상주의와 근대문학의 사상화」, 『『개벽』에 비친 식민지 조선의 얼굴』, 모시는사람들, 2007.
______, 「배제된 전통론과 조선인식의 당대성」, 『상허학보』 36호, 상허학회, 2012.
허영란, 「식민지 구관조사의 목적과 실태」, 『사학연구』 86호, 2007.
홍종욱, 「'식민지 아카데미즘'의 그늘, 지식인의 전향」, 『사이/間/SAI』 11호, 국제한국문학문화학회, 2011.
______, 「주변부의 근대」, 『사이/間/SAI』 17호, 국제한국문학문화학회, 2014.
홍창수, 「서구 페미니즘 사상의 근대적 수용연구」, 『상허학보』 13호, 상허학회, 2004.

山室信一,「出版·検閲の様態とその遷移ー日本國から滿洲國へ」,『東洋文化』86, 東京大 東洋文化硏究所, 2006.
梁永厚,「戰前の在日朝鮮人の新聞, 雜誌目錄」,『關西大人權問題硏究所紀要』50, 2005.3.31.
紅野謙介,「一九二O年代 大正期文學の臨界點」,『文學』2010.3, 2010.3·4月號, 岩波書店.
長田彰文,「日本の朝鮮統治における「文化政治」の導入と齋藤實」,『上智史學』No. 43, 上智大學史學會, 1998.
蔡盛琦,「1950年代圖書查禁之硏究」,『國史館館刊』第26期, 2010.
林果顯,「1950年代反共大陸宣戰體制之形成」, 國立政治大學歷史系硏究部博士論文, 2009.

찾아보기

식민지 문역

검열, 이중출판시장, 피식민자의 문장

가

나

다

바

사

아

자

차

카

타

파

하

기타

총서 知의회랑 arcade of knowledge 을 기획하며

대학은 지식 생산의 보고입니다. 세상에 바로 쓰이지 않더라도 언젠가는 반드시 인류에 필요할 지식을 생산하고 축적하며 발전시키는 일을 끊임없이 해나갑니다. 오랫동안 대학에서 생산한 지식은 책이란 매체에 담겨 세상의 지성을 이끌어왔습니다. 그 책들은 콘텐츠를 저장하고 유통시키며 활용하게 만드는 매체의 차원을 넘어, 인간의 비판적 사유 능력과 풍부한 감수성을 자극하는 촉매의 역할을 충실히 해왔습니다.

이와 같은 '책을 읽는다'는 것은 단순히 지식과 정보를 습득하는 데 멈추지 않고, 시대와 현실을 응시하고 성찰하면서 다시 그 너머를 사유하고 상상함을 의미합니다. 그러므로 '세상의 밑그림'을 그리는 책무를 지닌 대학에서 책을 펴내는 것은 결코 가벼이 여겨선 안 될 일입니다.

이제 우리는 다양한 방식으로 존재하는 지식과 정보, 그리고 사유와 전망을 담은 책을 엮어 현존하는 삶의 질서와 가치를 새롭게 디자인하고자 합니다. 과거를 풍요롭게 재구성하고 미래를 창의적으로 기획하는 작업이 다채롭게 펼쳐질 것입니다.

대학의 심장부에 해당하는 도서관이 예부터 우주의 축소판이라 여겨져 왔듯이, 그곳에 체계적으로 배치된 다양한 책들이야말로 이른바 학문의 우주를 구성하는 성좌와 다름없습니다. 우리는 그 빛이 의미 없이 사그라들지 않기를, 여전히 어둡고 빈 서가를 차곡차곡 채워가기를 기대합니다.

앎을 쉽게 소비하는 시대를 살고 있지만, 다양한 앎을 되새김함으로써 학문의 회랑에서 거듭나는 지식의 필요성에 우리는 공감합니다. 정보의 홍수와 유행 속에서도 퇴색하지 않을 참된 지식이야말로 인간이 가야 할 길에 불을 밝혀줄 수 있기 때문입니다. 앞으로 대학이란 무엇을 하는 곳이며, 왜 세상에 남아 있어야 하는 곳인지 끊임없이 되물으며, 새로운 지의 총화를 위한 백년 사업을 시작하겠습니다.

총서 '知의회랑' 기획위원

안대회 · 김성돈 · 변혁 · 윤비 · 오제연 · 원병묵

지은이 한기형韓基亨

충청남도 아산에서 출생했다. 성균관대학교 국어국문학과에서 한국근대소설의 형성과정에 대한 연구로 박사학위를 받았다. 2002년 성균관대학교 교수로 부임했으며 국립타이완정치대학 객좌교수를 역임했다. 현재 성균관대학교 동아시아학술원 원장으로 일하고 있다. 문화제도사의 시각에서 식민지 근대성의 구조를 해명하는 데 문제의식을 두고 있다. 연구의 초점은 대중매체의 역사성, 문화시장과 문장표현에 대한 국가검열의 영향 두 가지이다. 그동안 『카프비평자료총서』(공편), 『한국 근대소설사의 시각』, 『근대어·근대매체·근대문학』(공저), 『흔들리는 언어들』(공편), 『식민지 검열-제도·텍스트·실천』(공편), 『염상섭문장전집』(공편), 『저수하의 시간, 염상섭을 읽다』(공편), 『근대 학술사의 전망』(공저), 『檢閱の帝國-文化の統制と再生産』(공편), 『검열의 제국-문화의 통제와 재생산』(공편), 『미친 자의 칼 아래서-식민지 검열관련 신문기사자료』 등의 책을 쓰거나 동료들과 함께 편집했다.

知의회랑
arcade of knowledge
008

식민지 문역
검열, 이중출판시장, 피식민자의 문장

1판 1쇄 발행 2019년 6월 25일
1판 2쇄 발행 2019년 12월 30일

지 은 이 한기형
펴 낸 이 신동렬
책임편집 현상철
편 집 신철호·구남희
마 케 팅 박정수·김지현

펴 낸 곳 성균관대학교 출판부
등 록 1975년 5월 21일 제1975-9호
주 소 03063 서울특별시 종로구 성균관로 25-2
전 화 02)760-1253~4 팩스 02)762-7452
홈페이지 http://press.skku.edu

ISBN 979-11-5550-334-8 93800

값 35,000원

⊙ 이 저서는 2014년 정부(교육부)의 재원으로 한국연구재단의 지원을 받아 수행된 연구임(NRF-2014S1A6A4027302).